钱乃荣 著

钱乃荣文学论文集

图书在版编目(CIP)数据

钱乃荣文学论文集/钱乃荣著. —上海：上海大学出版社，2017.6

ISBN 978-7-5671-2828-6

Ⅰ.①钱… Ⅱ.①钱… Ⅲ.①文学研究-文集 Ⅳ.①I0-53

中国版本图书馆 CIP 数据核字(2017)第 105690 号

责任编辑 黄晓彦
封面设计 施羲雯
技术编辑 金 鑫

钱乃荣文学论文集

钱乃荣 著

上海大学出版社出版发行

(上海市上大路 99 号 邮政编码 200444)

(http://www.press.shu.edu.cn 发行热线 021-66135112)

出版人：戴骏豪

*

江苏句容排印厂印刷 各地新华书店经销

开本 787×960 1/16 印张 25 字数 462 000

2017 年 7 月第 1 版 2017 年 7 月第 1 次印刷

ISBN 978-7-5671-2828-6/I·443 定价：50.00 元

前　言

去年，我出版了一本《钱乃荣语言学论文集》，我是一个中国语言文学系的教授，除了撰写大量研究语言学的论文之外，还喜欢文学，写了不少文学方面的论文，今年着手选编这本文学论文集，共收入论文55篇。

我对语言和文学方面的爱好，是从小以来形成的。我认为一个人一生的兴趣爱好大多源自童年，一是本性使然，一是生活环境作用的结果。在人生旅途中不断发扬和研究自己的兴趣爱好，会很快乐地度过一生。

我童年、少年时代在上海弄堂里和小学中学里感染到的浓厚的海派文化生活环境，造就我一生为之陶醉的情性，发自内心的冲动，我不觉疲倦地愿为之解析、颂扬以至添砖加瓦。

我的学术专长是汉语语言学，重在方言学，但文学方面的研究兴趣从未因此削弱过。我在潜心研究语言学的同时，仍然很关心我从小就喜欢的文学动态，购买我喜欢的文化期刊，欣赏各种文化成果，心旷神怡，也常年不断地撰写一些带有亲临其境切身感受的研究文学、文艺、文化、民俗方面的文章。

在这本论文集里，我收集了较多探究评议海派文化的论文。上海本是一个奇异的城市，这个城市具有深厚博大的文化底蕴，近现代创造了极其辉煌的文明。我们要翻开尘土像深挖宝藏那样开发海派文化的各种信息，像拨数珍珠一般地用现代眼光细细品味，同时提高我们的鉴赏力，继承弘扬光大这个城市海纳百川、追求卓越、开明睿智、大气谦和的精神。

钱乃荣

2017年3月记于黄浦土山湾坐看云起作坊

目　录

论纳兰性德词的人情美

纳兰性德的词没有“力拔山兮气盖世”的雄志豪气，也没有“应似飞鸿踏雪泥”的清通禅幽。他身为贵族公子而超然于仕途世事，虽居进士侍卫却“惴惴有临履之忧”(严绳孙《成容若遗集序》)。在他31年的短暂生涯里，留下了300多首婉丽秀隽、清新超逸的小令长调，字里行间，灼灼真情天然流动，多层次的内心感受交错迭现，读来使我们回味感叹不已。

大量事实证明，不同的内在感情，有不同的外在表现方式，而大多数表现方式在同民族的人之间以至在世界各民族中间又是相通的。作家写的是个人的遭遇和情感，它却又是整个人类以往的情感再表现。诗词作品特别注重直觉的境界，它通过对种种自然景物、内心感受意象，这种意象与情趣契合，能把作者的内心感情进行解释和披露，又使审美主体在审美中对其进行深刻的领悟和创造性的驰骋发挥。正因为纳兰性德的词少雕琢，善白描，“纯任性灵，纤尘不染”(况周颐《蕙风词话》卷五)，所以他那种从不同角度抒发出来的多层次的内心情感特别能打动读者，人们在细心咀嚼他的词时能真切地感受到词中表现出来的人类生活中最美好的东西——真挚的人情。

一

纳兰性德对纯真爱情的执著追求，对恋人妻子的真情挚爱，使他的许多诗中描写的爱情生活十分旖旎动人。如《落花时》一词：“夕阳谁唤下楼梯，一握香荑，回头忍笑阶前立，总无语，也依依。　笺书直恁无凭据，休说相思，劝伊好向红窗醉，须莫及，落花时。”写的就是他与恋人之间的那种心心相印的温情和且亲且嗔的缠绵怜爱。另一首《减字木兰花》更是描写了恋人相逢不语恐人撞见，情怯怯的钟爱之情：“相逢不语，一朵芙蓉著秋雨。小晕红潮，斜溜鬟心只凤翘。待将低唤，直为凝情恐人见。欲诉幽怀，转过回阑叩玉钗。”这两首词虽未详写情人的容貌，然其韵致已跃然纸上。除了用夕阳、秋雨、楼阶、红窗、回阑、蔓草、幽泉等景物来表现爱情外，他在另一首《生查子》词中还使用了并生“幽兰”“龙凤团茶”“鸳鸯香饼”、不曾闲的“花月”等景物陪衬他对爱人的无限相思：“散帙坐凝尘，吹气幽兰并。茶名龙凤团，香字鸳鸯饼。……花月不曾闲，莫放相思醒。”“心悄悄，红阑绕，此情待共谁人晓?”(《天仙子》)则抒发了伊人虽去,愉悦仍萦绕心头的孤寂情感。“记绣榻闲时,并吹红雨;雕阑曲处,同倚斜阳”(《沁园春》)更是对妻子如胶似漆的爱情生活情趣的无限赞美。

可惜纳兰性德的妻子在婚后不久就离世而去。多情者,不以生死易心,挚爱甚笃的纳兰性德写下了不少凄婉哀伤的悼亡词,读来令人涕下。有时他直发悲怆:“几回偷湿青衫泪”(《鹧鸪天·十月初四夜风雨,其明日是亡妇生辰》),“梦好难留,诗残莫续,赢得更深哭一场”(《沁园春》);有时他借月抒怀,表达人不如月的深切哀伤,如“若似月轮终皎洁,不辞冰雪为卿热”(《蝶恋花》)。他又以人去楼空、物是人非,抒发了内心深处掀起的怀妻旧情,如“燕子依然,软踏帘钩说”,情必近于痴而真。纳兰性德把亡妇之痛幻思作梦,他长歌当哭,高呼“此恨何时已?”“是梦久应醒矣!”(《金缕曲·亡妇忌日有感》)又说“卿自早醒侬自梦”(《南乡子·为亡妇题照》),表达了死是感情解脱而自己长在痛苦中煎熬的无限转折回肠。他只望“重泉若有双鱼寄,好知他年来苦乐”(《金缕曲》),又在茫茫的碧落黄泉中寻觅,怜爱地想象她“料短发朝来定有霜”(《沁园春》),见她“尘满疏帘素带飘”(《鹧鸪天》),“向从前悔薄情”,由后悔当初没有付出自己的全部而深深内疚,抒写人间悼亡之情入木三分。他写梦醒、写恨愁、写寒更、写风月花雨泪,以寄托对亡妇的哀思,又以春秋对照,写真情的生死不变,像梁祝及韩凭夫妇那样化为双蝶:“唱罢秋坟愁未歇,春丛认取双栖蝶。”(《蝶恋花》)他为亡妻掬尽眼泪,“待结个他生知己,还怕两人俱薄命”(《金缕曲·亡妇忌日有感》),爱极痛绝,终至后死其妻未几。

与爱情这一人类永恒主题可以相媲美的,便是离合悲欢之情,它构成了人生情感中又一千古绝唱。

剪不断的离愁幽思,道不尽的勉强慰藉。纳兰性德词在表达人类的离别之情和客旅之苦方面,苍凉清怨,入化入神。

纳兰性德感叹人生诸多离别。他说:“谁复留君住?叹人生几番离合,便成迟暮。”(《金缕曲·西溟言别赋此赠之》)甚至叹息“浮生如此,别多会少,不如莫遇”(《水龙吟·再送荪友南还》)。他以月赋离情,要人们莫轻离别,他比喻人的会少离多,犹如天月常缺:“辛苦最怜天上月,一昔入环,昔昔都成玦。”(《蝶恋花》)他追问:“问君何事轻离别?一年能几团圆月?”(《菩萨蛮》)“怕人去楼空,柳枝无恙,犹扫窗间月。”(《念奴娇》)他写旅程的凄苦:“山一程,水一程”,“风一更,雪一更。”(《长相思》)还有离别的孤独和惆怅:“不见合欢花,空倚相思树”,“判得最长宵,数尽厌厌雨。”(《生查子》)他倾诉了因经过旧日分别地点而引起的惆怅:“又到绿杨曾折处,不语垂鞭,踏遍清秋路。”(《蝶恋花》)沉思往事,诗人默默无言,任马遍行;他慨叹时光的消逝,时间的变易使梦样的往事难再寻觅:“不恨天涯行役苦,只恨西风,吹梦成今古。”他极写出塞远行的清苦和古今幽恨：“身向云山那畔行，此风吹断马嘶声，深秋远塞若为情！一抹晚烟荒戍垒，半竿斜日旧关城，古今幽恨几时平。”（《浣溪沙》）他又写旅途中的飘零和多愁多病，“谁道飘零不可怜”，“倩魂销尽夕阳前”（《浣溪沙》）；“长飘泊，多愁多病心情恶。心情恶，模糊一片，强分哀乐”（《忆秦娥》）。他又写到年岁的难挨，风雨的无情，朱颜的憔悴：“隔帘寒彻，彻底寒如冰”“纸窗淅沥，寒到个人衾被。”（《忆桃源慢》）“谁翻乐府凄凉曲，风也萧萧，雨也萧萧，瘦尽灯花又一宵。”（《采桑子》）在悲歌大放之时，诗人又难忘旧景旧情：“消不尽，悲歌意；匀不尽，相思泪。想故园今夜，玉阑谁倚？”（《满江红》）“最忆西窗同翦烛，却话家山夜雨”（《金缕曲·西溟言别赋此赠之》），如今是“满目荒凉谁可语，西风吹老丹枫树”（《蝶恋花·出塞》）。最后只能怅问如期而归的潮汛了：“归期安得信如潮，离魂入夜倩谁招？”（《浣溪沙》）但是，漫漫客程还十分遥远，客地的风雨都令离人心惊：“明日客程还几许？霑衣况是新寒雨。”（《蝶恋花》）诗人抚今追昔，感慨万千，心中惆怅不已。

二

纳兰性德词中充满着对美好人情的向往。他写道“人生若只如初见”（《木兰花令·拟古决绝词》），期望人们永远像刚刚见面那样情浓意厚真诚无猜。当他在看到“芳草绿粘天一角，落花红沁水三弓”之时，即想到“好景共谁同”（《忆江南》），渴望与心爱之人共享天伦之乐。他追求并呼唤人间的温情；“人间何处问多情”（《浣溪沙》），表达了一种欲求温情不得的失落感。在《蝶恋花·出塞》一首中，他连用了四个“深”字，为多情唱颂歌：“一往情深深几许？深山夕照深秋雨。”因为只有在出塞之时，他才更体会到荒凉索情，才更需要真情的慰藉。一个一往情深的人在长久的思念后，常会感到有一种一时的虚空，仿佛已斩断情丝，得到解脱，到了情极至反的境地。他说：“人到多情情转薄，而今真个悔多情。”然而这种虚空感毕竟是短暂的，他“又到断肠回首处，泪偷零”（《摊破浣溪沙》），昔日的一言、一物、一地、一景，都会重新勾起他对美好人情和心爱之人的回忆。在“断肠回首处”，纳兰性德又一次明白了这段刻骨铭心、永劫不变的恋情，将始终萦绕着他的一生。于是他虽身宿在双林禅院中，还终于悟出了“情在不能醒”（《忆江南·宿双林禅院有感》）之真谛。

纳兰性德词并不像有的人所说的都是表达一种低沉抑郁的感情，他在《浪淘沙·望海》中就曾激情迸发言志，“踏浪惊呼”：“沐日光华还浴月，我欲乘桴”，“水气浮天天接水，哪是蓬壶？”并自称“德也狂生耳！”“身世悠悠何足问，冷笑置之而已”（《金缕曲·赠梁汾》），襟怀嵚崎。另一方面，他也与许多伟大诗人一样，慨叹人世无常，抒发人生短促和个人孤独寂寞之情：“人生能几，总不如休惹情条恨叶，刚是尊前同一笑，又到别离时节。"（《念奴娇》）他慨叹物是人非，柔情成昨："月似当时，人似当时否？"（《苏幕遮》）他以浮萍随水，冷雨葬花，柳绵吹碎等来表现人生的短促，如："半世浮萍随流水，一宵冷雨葬名花。魂是柳绵吹欲碎，绕天涯。"（《摊破浣溪沙》）到其妻亡故之后，他更觉"瞬息浮生，薄命如斯""欲结绸缪，翻惊摇落"（《沁园春》）了。

在纳兰性德词中，虽寡虹销雨霁之气象，无风回海立之声势，但是，山之光，月之色，花之香，水之声，文人之韵致，美人之姿态，雅然淡出，正如王国维在《人间词话·上》中所述："纳兰容若以自然之眼观物，以自然之舌言情。"

在纳兰性德的词里，情宵独坐，邀月言愁，良夜孤眠，呼蛩语恨，这些都表现了自古以往凄清寒凉、蕴藉宛恻的人之常情，清丽之句频频迭见。如："小院新凉，晚来顿觉罗衫薄，不成孤酌，形影酬酢。"（《点绛唇》）"一钩新月几疏星，夜阑犹之寝，人静鼠窥灯。"（《临江仙》）"依旧乱蛩声里，短檠明灭，怎教人睡？"（《秋水·听雨》）雨能令昼短，也能令夜长。纳兰性德常在词中把声声檐雨，谱出回肠。如："今夜相思几许？秋雨，秋雨，一半西风吹去。"（《如梦令》）"因听紫塞三更雨，欲忆红楼半夜灯。"（《鹧鸪天》）

纳兰性德写女子，以花为貌，以鸟为声，以月为神，以柳为态，以玉为骨，以芭蕉为伴，以秋水为衬，尽写人间美女传神之情。他以雨中芙蓉、风中娇桃、夕阳前海棠等表现女子的花容。如："相逢不语，一朵芙蓉著秋雨。"（《减字木兰花》）"桃花羞作无情死，感激东风，吹落娇红，飞入窗间伴懊侬。"（《采桑子》）"最娇人，清晓莺啼，飞去一枝犹颤。"（《东风第一枝·桃花》）"一种蛾眉，下弦不似初弦好，庾郎未老，何事伤心早？"（《点绛唇·对月》）柳树的婀娜多姿更能引人入迷："娇软不胜垂，瘦怯那禁舞。"（《卜算子·咏柳》）自古以来或以芭蕉映衬仕女，或以芭蕉喻女子绿衣翠裳，映窗玉立，均系文人情致。纳兰性德却将芭蕉化入情中，"芳心一束浑难展"、"想玉人和露折来，曾写断肠诗句"（《疏影·芭蕉》），把"未展同诗卷，开来比翠笺"的蕉叶与玉人芳心浑成一体。他以秋水映衬美女，如"爇尽水沉烟，露滴鸳鸯瓦，花骨冷宜香，小立樱桃下"（《生查子》）。鸟喧传声，花写情态，香传情韵，纳兰性德写美人细腻入微，缠绵沉挚。

纳兰性德以为："飘零心事，残月落花知。"（《临江仙·寄严荪友》）他是一个惜花人，他以爱美人之心爱花，则护惜倍加深情。他说："休说生生花里住，惜花人去花无主。"（《蝶恋花》）因此他与芭蕉一样心情，说："西风一夜剪芭蕉，倦眼经秋耐寂寥，强把心情付浊醪。"（《忆王孙》）他又爱梅，问梅"与谁更拥灯前髻，乍横斜，疏影疑飞坠"（《月上海棠·瓶梅》）。他惜桃怜柳，傲迎风雨："薄劣东风，凄其夜雨，晓来依旧庭院。"（《东风第一枝·桃花》）"衰杨叶尽丝难尽"（《鹧鸪天·十月初四夜风雨，其明日是亡妇生辰》)，“长条莫轻折”(《淡黄柳·咏梅》)，他写令人艳的秋海棠“夜来微雨西风里，无力任欹斜”(《锦堂春·秋海棠》)。他也多次写秋风秋雨中的萧萧竹影，如：“几竿修竹三更雨，叶叶萧萧，分付秋潮，莫说双鱼到谢桥。”(《采桑子》)纳兰性德惜花爱卉多情缠绵，最后他又说：“为怕多情，不作怜花句！”(《蝶恋花》)婉约之致，可见一斑。

纳兰性德深谙中国诗人的自然观，在沿用中华民族的情趣习俗基础上，他的情感语言又是用他的天然情趣、真情实感悟出来的，因此他的诗意虽充满他的独立自主的个性，却同时符合人的共通的感受。他写夕阳、落叶、西风、秋水、残月都形容尽致，活色生香，词中写的最为刻骨铭心的是“梦”与“泪”。他把梦境写得很美，或交感，或神谕，或托兆，或泄恨，他的泪也十分传情，或盈盈，或潸潸，或哽噎难鸣，欲哭无调，或椎心泣血，泪如泉涌，充满着人情况味。纳兰性德常把生涯看作是梦，说：“若问生涯原是梦，除梦里，没人知。”(《江城子》)他说人生的梦是记不分明的，所以不必清醒，“风淅淅，雨纤纤，难怪春愁细细添，记不分明疑是梦，梦来还隔一重帘”(《赤枣子》)，“梦也不分明，又何必催教梦醒”(《太常引》)。他认为与佳人的欢期也如同梦幻一般，但即便是梦是幻，仍须留住：“暗忆欢期真似梦，梦也须留。”(《浪淘沙》)“梦难凭，讯难真，只是赚伊终日两眉颦。”(《玉连环影》)他是一个爱和情的至上主义者，哪怕风雨无情，只要多情销魂的好梦，他不要醒，他说：“夜雨几翻销瘦了，繁华如梦总无凭，人间何处问多情。”(《浣溪沙》)“朔风吹散三更雪，倩魂犹恋桃花月，梦好莫催醒，由他好处行。”(《菩萨蛮》)早期，纳兰性德的泪总与平生的惆怅联系一起，他说：“我是人间惆怅客，知君何事泪纵横，断肠声里忆平生。”(《浣溪沙》)行役之苦怨也使他流泪，如：“生来柳絮飘卷，便教呢也无灵，待问归期还未，已看双睫盈盈。”(《清平乐》)“不忍覆馀觞，临风泪数行。”(《菩萨蛮》)直到妻殁之后，他的悼亡之作，则是青衫湿透，“泣尽风檐夜雨铃”(《南乡子·为亡妇题照》)了。

三

纳兰性德的词直抒胸臆，自然流丽，风格近似李煜词。陈维崧曾说：“《饮水词》哀感顽艳，得南唐二主之遗。”(《词评》)周之琦也说：“纳兰容若，南唐李重光后身也。予谓重光天籁也，恐非人力所能及。容若长调多不协律，小令则格高韵远，极缠绵婉约之致，能使残唐坠绪，绝而复续，第其品格，殆叔原、方回之亚乎？”(《箧中词》一引)纳兰性德自己论词时也极崇尚李煜，曾说：“花间之词如古玉器，贵重而不适用；宋词适用而少贵重。李后主兼而有之，更饶烟水迷离之致。”他词中的许多情趣旨意也着力倚仿承继李煜。当今几部文学史都认为纳兰性德得李煜之遗“大致不差”(中国科学院研究所《中国文学史》第三册)。

然而，细读纳兰性德的词，笔者觉得，尽管在凄婉感伤、单纯明净的格调上继承了李煜词的风韵，但就词的内容实质上有两处与李词很不相同。

一是李煜词的哀怨渗透了亡国君主丧失宫廷享乐生活的无限感伤，如“故国不堪回首月明中”（《虞美人》）；又写囚徒生活的哀痛心情，如“梦里不知身是客，一晌贪欢”（《浪淘沙》）；写对宫廷豪华生活的迷恋，如“佳人舞点金钗溜，酒恶时拈花蕊嗅，别殿遥闻箫鼓奏”（《浣溪沙》）。而纳兰性德为人谨慎，避谈世事，是一个竭其肺腑待友的人，“所交游皆一时俊异，于世所称落落难合者”（徐乾学《纳兰君墓志铭》）。在他的词中漠视功名利禄，他的词“韵淡疑仙，思幽近鬼”（杨芳灿《纳兰词·原序》），有的是骚情古调，侠肠俊骨，却绝无官场贵族气。他以海鸥相比以寄志，“可觉得，海鸥无事，闲飞闲宿”（《满江红·茅屋新成却赋》）。他蔑视浮名，感叹地说：“百感都随流水去，一身还被浮名束。”（《满江红·茅屋新成却赋》）他曾劝友不求功名，“且乘闲，五湖料理，扁舟一叶”，“任西风吹冷长安月！”（《金缕曲·慰西溟》）。徐乾学在墓志铭中赞扬他说：“抗情尘表，则视若浮云；抚操闺中，则志存流水。于其殁也，悼亡之吟不少，知己之恨尤多。”其伤其恨，皆与奢华生活无涉。

二是李煜词表现的爱情生活是与宫中女子的幽会，表现了一种偷情行为和紧张心理，以至带有轻佻浮艳的因素。如描述自己思念宫中美人（乐工）之作：“眼色暗相钩，秋波横欲流”，“雨云深绣户，未便谐衷素”（《菩萨蛮》）；又如他和小周后的幽期密约之情：“今宵好向郎边去”，“手提金缕鞋”，“一向偎人颤”，“奴为出来难，教郎恣意怜”（《菩萨蛮》）。这与纳兰性德词中表现的对爱妻坚贞纯洁的挚情是不可同日而语的。李煜对大周后的感情并不深厚，因此他对大周后的悼亡之作如《虞美人·风回小院》《谢新恩·秦楼不见》，与他跟小周后的恣意的怜、无奈地笑的偷情之作相比，其生动之趣相去甚远。反之我们来看纳兰性德词《沁园春·瞬息浮生》一首的小序，读来真比此首悼亡绝唱更其优美动人：

> 丁巳重阳前三日，梦亡妇淡妆素服，执手哽咽，语多不复能记，但临别有云：“衔恨愿为天上月，年年犹得向郎圆。”妇素未工诗，不知何以得此也？觉后感赋。

衔恨为月，尘缘未断，纳兰性德以他满腔的清泪、刻骨的疚心、永久的悲哀和无尽的思恋，填字遣句，铭记的是他对亡妻生死不渝之真情。

原刊于《上海大学学报》社会科学版 1991 年第 4 期；《人大复印资料·古代近代文学研究》1992 年第 1 期转载。

《20世纪中国短篇小说选集》第1卷前言

中国在现代意义上的短篇小说是本世纪初在西方文化的冲击和影响下发端的，到本世纪末已蔚为大观，成为民众最为喜闻乐见的文学样式。我庆幸生逢世纪之交，有缘编辑这部20世纪短篇小说选集，借以回顾和检阅100年来短篇小说的发展历程和辉煌成就，这真是很有意义的事。

现代短篇小说与中国古代传统小说的区别主要有以下几个方面：

(1) 小说用虚构的情节，塑造各种具有个性的人物形象，表现人生和社会，它不再是叙述杂事、采录异闻、缀辑琐语、记人逸情的笔记传奇。

(2) 小说着意刻画人情，追求表现人生的深度广度，与铺陈故事的说书话本相区别。

(3) 小说以满足人的审美愉悦为主要目的，表现人的平常生活和理想，因此它进入平民生活不胫而走，与西方的小说戏剧一样成为文学的主体，不再像古代小说那样是居于诗歌散文之外的末流，或者是文以载道的工具，于是涌现了大批有才华的专门从事小说创作的作家。

此外，短篇小说与中、长篇小说比较也有不同，其篇幅短小，描写生活里最精彩的片段。

1901年1月，清廷重新宣布“取外国之长”维新改革①，开启思想禁锢，报刊新闻自由化，举国向往立宪热情高涨。第二年起，晚清小说开始进入热潮。梁启超创办《新小说》杂志，发动“小说界革命”，带头以西方政治小说为范本，写起政治小说《新中国未来记》来，1903年就有两部著名的、后被称为谴责小说的《官场现形记》《二十年目睹之怪现状》以及以官僚体制弊病为揭示对象的《老残游记》闻世。晚清大量的书报刊物出版和长篇的哲学、社会、理想、科幻、侦探、国民、警世、滑稽、军事、言情、武侠等小说在上海纷纷涌现，出现了多采繁荣的局面。民初北洋政府时期，经济发展翻了三番，上海城区迅速扩展，市民阶层迅速形成，以“南社”为代表的近代文学团体登场和以《礼拜六》为代表的都市消闲文学的发达为标志，现代短篇小说体裁的诞生和繁荣，既受欧美翻译文学的影响，又与本土民俗民情结合，使上

---

① 《光绪朝东华录》第4601页。

海都市文学在20世纪初崛起时就表现出她的多元博采风格，深得市民喜爱。

中国资产阶级改良运动思想家接受了西方文艺思潮，开始带来小说观念的全新变化。梁启超在1898年创办的《清议报》第1册上发表的《译印政治小说序》和1902年创办的《新小说》杂志第1期上发表的《论小说与群治之关系》中，都向旧小说观念发起挑战，认为“中土小说，虽列之于九流，然自虞初以来，佳制盖鲜”。他极力推崇小说的社会地位，称“小说为国民之魂”，“小说为文学之最上乘也”。他把小说的启蒙、宣教和改造社会的作用强调到无以复加的地步，以至“欲新政治，必新小说”，“欲改良群治，必自小说界革命始；欲新民，必自新小说始”[①]。为了配合开民智、助教化的目的，他认为“文言不如其俗语”，“俗语文体之流行，实文学进步之最大关键也”，提倡专用俗语写作小说。那个时候夏曾佑对小说的看法较为全面，他在1903年发表于《绣像小说》第3期上的《小说原理》中说明了小说的娱乐功能。他说：“看画最乐，看小说其次，读史又次，读科学书更次，读古奥之经文最苦。”“小说遂为独一无二可娱之具。一榻之上，一灯之下，茶具前陈，杯酒未罄，而天地间之君子小人、鬼神花鸟，杂众而过吾之目，真可谓取之不费、用之不匮者矣。”“小说之为人所乐，遂可与饮食男女鼎足而三。”他还指出了历史与小说的区别，同是叙事，小说可以虚构，历史必须纪实。他也认为写小说的语言要“与口说之语言相近”[②]。1906年吴趼人在《〈月月小说〉序》中说明了小说的艺术特征与社会作用的关系：“读小说者，其专注在寻绎趣味，而新知识实即暗寓于趣味之中，故随趣味而输入而不自觉也。”[③]早在1896年裘廷梁就在《苏报》上发表了《论白话为维新之本》，主张“崇白话而废文言”[④]，随之白话报刊蓬勃面世。

19世纪末和20世纪初，中国出现了历史上用白话创作的长篇章回小说的鼎盛时期，大量暴露和谴责社会丑恶现象，表现当时现实生活和改造社会理想的小说诞生，这与创作者浓烈的政治启蒙动机有关，也与改良派的小说理论倾向相关。但是，在20世纪开头几年，短篇小说文体并未引起注意，很少出现的几篇都还带着浓重的旧小说的特征。如本册第1篇《述异记》选自李伯元创办的《游戏报》，就好像《洛阳伽蓝记》中的述异笔记；《卢生》一篇类似寓言故事，早期的短篇小说都带有述异、志怪、纪实、主观评议和讲故事的特点。1902年《新小说》创刊，到第二年才见短篇，虽其中有新思想，却也没摆脱旧小说的文体框架，如1903年的《唐生》和《窈

---

① 梁启超：译印政治小说序，《清议报》1898年第1册。
梁启超：论小说与群治之关系，《新小说》1902年第1号。

② 夏曾佑：小说原理，《绣像小说》1903年第3期。

③ 吴趼人：《月月小说》序，《月月小说》1906年第1号。

④ 裘廷梁：论白话为维新之本，1898年。霍松林主编：《中国近代文论名篇注》，贵州人民出版社1986年。

娘》是在“新聊斋”的栏目下刊出的，都如纪实，结尾带有长段类似“异史氏曰”的评议。在1906年的《卢生》文中我们见到了“短篇小说”一词，直到1907年《月月小说》才打出了“短篇小说”的专栏旗号。虽然1906、1907年徐卓呆、吴趼人等曾写过一些警世讽事的白话短篇，但真正比较成熟的短篇小说大概还应从1909年包天笑的《一缕麻》算起。从本集选编的前10年的几篇短篇中，我们可以领略到我国现代短篇小说发生时期的由旧至新的过渡面貌。值得注意的是，即是雏形时期的短篇小说，其题材已可谓五花八门，有警世小说如《温泉浴》，有社会小说如《查功课》，有寓言小说如《卢生》，有言情小说如《一缕麻》，有侦探小说如《血帕》，有中国短篇武侠之祖《刀余生传》，有中国最早的科幻小说《新法螺先生谭》。西洋小说的写作手法也已开始采用，如徐卓呆的《温泉浴》采用了第一人称的叙事手法，吴趼人的《查功课》里简短对话的连续运用。

在20世纪前10年里，关于小说理论的文章已有不少，其中尤以辛亥革命时期的资产阶级革命派黄摩西在1907年2月《小说林》创刊号发表的《发刊词》和《小说小话》，徐念慈的《小说林缘起》和《余之小说观》最为有名。黄摩西说：“昔之视小说也太轻，而今之视小说又太重也。”“请一考小说之实质：小说者，文学之倾于美的方面之一种也。”他一语道破了小说的实质。他认为“不屑为美，一秉立诚明善之宗旨”的小说只是“无价值之讲义，不规则之格言而已”[①]。徐念慈赞扬小说新潮道：“伟哉！近年译籍东流，学术西化，其最歆动吾新旧社会，而无有文野智愚，咸欢迎者，非近年所行之新小说哉?”徐念慈对小说的定义比较全面，他说：“小说者，文学中之娱乐的、促社会之发展、深性情之刺戟者也。”他又说：“昔冬烘头脑，恒以鸩毒霉菌视小说，而不许读书子弟一尝其新，是不免失之过严；今近译籍稗贩，所谓风俗改良，国民进化，咸惟小说是赖，又不免誉之失当。余为平心论之，则小说固不足生社会，而惟有社会始成小说者也。”[②]在这儿，他说清楚了小说与社会的关系。他认为“所谓小说者，殆合理想美学、感情美学而居其最上乘者”，“满足吾人之美的欲望”，即“艺术之圆满”。他又探讨小说的美学价值，认为：“美之究竟在具象理想，不在抽象理想。”“事物现个性者，愈愈丰富，理想之发现，亦愈愈圆满。”他还说，“美的快感，谓对于实体之形象而起”，“美的概念之要素”之一“为形象性”，“形象性者，实体之模仿也”。美的另一特性“为理想化”，所谓理想化是“由感兴的实体，于艺术上除去无用分子，发挥其本性”[③]。他十分重视小说的艺术性，说：“小说之所以耐人

① 黄摩西：发刊词，《小说林》1907年创刊号。
② 徐念慈：余之小说观，《小说林》1908年第9、10期。
③ 徐念慈：小说林缘起，《小说林》1907年创刊号。

寻索，而助人兴味者，端在其事之变幻，其情之离奇，其人之复杂。”对于文体，他说：“白话小说，当超过文言小说之流行。其言语则晓畅，没艰涩之联字，其意义则明白，没幽奥之隐语，宜乎不胫而走矣。”[①]黄摩西还反对塑造人物中全知全能，他说：“古来无真正完全之人格，小说虽属理想，亦自有分际，若过求完善，便属拙笔。”[②]他也说到言语要用“京语”。

辛亥革命后的10年，是上海等地城区迅速扩展、经济文化迅速发展的时期。随着现代都市的形成，市民社会的快速发展，代表新兴资产阶级和市民阶层娱目赏心之需的消闲文学应运兴起，中国现代小说的起步就是都市文学，这是商业社会发展的必然产物。在20世纪10年代里，众多的作家以趣味、娱乐和消遣为小说创作的主旨，创作了大量的长篇、中篇和短篇小说，小说的发行直接走入市场，创作动机中也包含有商业性。1909年包天笑编辑《小说时报》创刊，1910年王蕴章编辑《小说月报》创刊，是为先声，直到1914年王钝根、孙剑秋主办的《礼拜六》周刊和徐枕亚为编辑主任的《小说丛报》创刊，短篇小说创作始进入繁盛时期。他们后来被统称之为“鸳鸯蝴蝶派”。其实除了出过《南社小说集》(收有周瘦鹃、程善之、王钝根、赵苕狂、胡寄尘等人的短篇)的“南社”和1922年成立的以联络感情、谈论文艺为宗旨的松散团体“青社”和“星社”外，当时并未组成过流派。因此，“礼拜六派”也好，“鸳鸯蝴蝶派”也好，只是别人对他们同一格调和趣味的作品的代称。这类作品关怀的是都市新生市民个人情感和轻松休闲的情调，文学回到了自己最原始的功能。《礼拜六》周刊效仿美国富林克林创办销数最广的周刊《礼拜六》晚邮报而定名，《〈礼拜六〉出版赘言》对小说的功能称：“一编在手，万虑都忘，劳瘁一周，安闲此日，不亦快哉！”[③]尽管《礼拜六》等杂志的宣言是小说为消闲和娱乐，其实他们所创作的题材却十分宽泛，迎合市民的各种生活情趣和政治热情，以及紧张工作的生活节奏外对于娱乐和休息的需求，在创作内容和思想方面也渐渐地受欧美资产阶级文学影响，用刚接受民主主义的思想去直接反映现实社会，描写民俗民情，表现市民心声，针砭时弊、抨击暴政的作品也不少见，刘铁冷在《〈民权素〉序》中还提出“不敢随俗，口诛笔伐，甘焦烂于危年”旨意[④]。此时，徐念慈在《余之小说观》中曾专门提倡创作短篇小说，以与章回长篇小说相区别：“今谓今后著译家，所当留意，宜专出一种小说，足备学生之观摩。……其体裁，则若笔记，或

---

① 徐念慈：小说林缘起，《小说林》1907年创刊号。
徐念慈：余之小说观，《小说林》1908年第9、10期。

② 黄摩西：小说小话，《小说林》1907年第2期。

③ 王钝根：《礼拜六》出版赘言，《礼拜六》1914年第1期。

④ 刘铁冷：《民权素》序，《中国近代文学大系》文学理论集第1卷。

短篇小说，或记一事，或兼数事。其文字，则用浅近之官话，……全体不逾万字，辅之以木刻之图画。”[①]至此时，中国短篇小说作为一种重要文体大批产生并成熟起来。“鸳鸯蝴蝶派”的作品在20世纪10年代和20年代达到高潮，一直延续至40年代。但是因为从20年代始，“新文学”各流派已在小说创作中担任主角，所以我们主要在这集书中介绍“鸳鸯蝴蝶派”的前期作品。

20世纪10年代的短篇小说，从内容看大致有以下几方面：

最多的是反映市井恋爱生活及其情调的言情小说，由于数量之多，又细分“怨情”“哀情”“苦情”“艳情”“恨情”“奇情”“幻情”等多类。早期的言情小说在形象地表现男女爱情命运的美好人性一面的同时还带有旧道德的斧痕，如包天笑的《一缕麻》既写封建婚姻的野蛮性又写从一而终，许指严的《香囊记》接触了“情人”题材，其中有对爱情、家庭、事业之间关系和对纳妾制度等问题的思考，却又不了了之，作者在新旧交替的年代里对旧观念的否定、怀疑以及依恋等种种复杂思想都在作品中反映了出来。陈蝶仙的《玉田恨史》是“痴情”之作，用了大量篇幅的心理独白倾诉了对亡夫的种种哀思和悼念，以表现“海枯石烂心不变”的主题，从现代人的观念看来似有过分。罗韦士的《采桑女》写了一对纯情少年在浸透于社会、家庭、民间的愚昧旧观念的无形压迫下双双自尽的故事。周瘦鹃的《恨不相逢未嫁时》和《此恨绵绵无绝期》是两篇他早期言情名著。在《恨不相逢未嫁时》中，作家对青年画家初遇芳龄美女和曲巷邂逅美人时，两人的外貌、神态、声音、动作、心理的描写，非常自然和生动，又写“别时容易见时难”的切切翘盼，写无奈分离回天无力的绵绵悔恨，从而把情人未成眷属这种人间典型的哀情表现得淋漓尽致。刘铁冷的《祸里奇缘》写因车祸救护而引来的一段奇缘，虽以巧合结尾，然主人公的思想意识已是意气扬扬的婚姻自由和人权至上了。朱瘦菊的《柔乡苦海录》是言情中较早的白话短篇，写的是纨绔子弟颠倒迷离风流偕游的一段孽情。

反映社会各阶层家庭生活各个方面也是当时小说的常见题材。如姚民哀的《切肤之痛》写富室汤氏一家为保全家产的曲折经历。张枕绿的《呜呼后母》写后母对儿子态度因受儿子的感动而前后转变。毕倚虹的《梅雪争春记》则有层次地表现大家庭中的争权夺利钩心斗角，将家政写似国政。在描写家庭生活中，往往涉及生活伦理，如张碧梧的《乌哺语》通过母子对话，将儿子孝顺父母的道理娓娓说来。程瞻庐的《慈母泪》，写三年游学在外的儿子闻母重病在赶回家乡途中和母子重聚时的痛切心情，泣涕涟涟，十分真切，母子之间的拳拳深情充满全篇。又如胡寄尘的《爱儿》，写画家瓶居一家家庭的和谐，夫妇之间处事的谅解合作以及对儿子的关怀

① 徐念慈：余之小说观，《小说林》1908年第9、10期。

爱惜，表现的是一种平等和睦的新型家庭关系，反映了民国初年伦理思想的变化。

反映时事的警世小说则继承了清末谴责小说的传统。李劼人的《强盗真诠》由兵官捉住了两个强盗引起，写出了一个强盗横行的世界，一批更比一批强的、比强盗更强盗千倍的军队打着治安旗号鱼肉豪夺乡场，致使百姓绅商受尽欺压倾家荡产。孙剑秋的《哟哟……原来是老子》写世道黑暗人情险恶，以致亲生儿子洗劫父财并将之捆绑抛入江心。范烟桥的《禁烟小史》揭露禁毒中魑魅相杂的黑幕。以最早的长篇言情代表作《玉梨魂》著名的徐枕亚，本集选了他的一篇《再来人》，写夏生一人一生在浊世恶社会历经曲折死里逃生，为官为盗为囚为贼为乞丐为簿记为巨商，最后再来故乡悟入空门的故事。黄花奴的《闭门推出窗前月》则是一篇爱国小说，写旅日青年在爱情和爱国两难须作出抉择时，毅然割断情丝还男儿本色。李涵秋的《爱国丐》极写乞丐们爱国募捐行为的艰难，通过与富人态度的对比，对畸形社会进行了深刻嘲讽。

还有一批批判现实的社会小说。如程善之的《机关枪》，写军队从日本人那儿购得劣枪，掩饰事成后与日人花天酒地共庆，其对军队的腐败现象鞭挞得入木三分。恽铁樵的《工人小史》反映工人受压榨挣扎于贫困生活中。叶圣陶的《穷愁》写下层百姓的优良品质，并反映他们被黑暗社会逼得家破人亡、离乡背井的实情。何海鸣的《乞儿之新年》写乞儿在除夕新年的所见所感所为，用白描手法写乞儿的情趣，感叹社会贫富之不公。

本卷还选了武侠小说，如林纾的《傅眉史》、顾明道的《女剑仙》。这个时期，随着福尔摩斯侦探小说的迅速翻译引进，程小青等开始创作的中国侦探小说也紧趋跟上，如他的《花后曲》、俞天愤的《啄木鸟》、王钝根的《浴室窃毛案》都是情节曲折有致的早期侦探小说。这段时期还有一些作者创作外国题材的小说，如朱鸳雏的《私生儿》、刘半农的《局骗》。

这里值得特别一提的是刘半农的作品。刘半农很早用白话写了不少短篇，在学习西洋小说的写作手法方面是比较先行的，如《局骗》对话中插入外貌描写心理描写，倒叙插叙的运用，预设悬念，细节描写等。徐卓呆 1911 年写的《卖药童》是一篇很成功的白话短篇，文中对人性的善恶都作了较深入的揭示和探究，结构完整，语言生动。周瘦鹃的《云影》构思精巧，情节回转，悬念迭生。苏曼殊的短篇《绛纱记》《碎簪记》等更是合中外文字技巧于一炉，热情奔放，笔底生花，真挚之情吐自心底。《绛纱记》中的男女追求美好的爱情生活，目睹社会黑暗人间冷酷，饱受世俗悲苦，最终看破红尘，小说结尾色彩清丽，体现了苏曼殊的思想。本卷还收录陈衡哲在留美时写的一篇白话纪实小说《一日》。有人说，《一日》是中国现代第一篇白话小说，其实在此以前，早就有大量的白话长篇、短篇小说存在。

这段时期的短篇小说十分繁荣，这些小说以其宽广的题材、不同的艺术风格满足了不同层次、不同审美趣味的市民社会读者的需要，淡化小说的功利性，更注重文学的本身，就小说观念来说这是一种进步，在写作手法方面他们的作品成就实际上超过了早期的“新文学”小说。一些作家的短篇小说产量之多也是空前的，如胡寄尘 1925 年在《我之短篇小说经验谈》中说到那时他已写了 530 篇。有人统计说：近代短篇小说创作约六七千篇，其中 1905—1919 年创作的约占 80％左右，由此可见当时小说畅销和受民众欢迎的程度。这些小说一反“文以载道”的旧文学传统，以摧枯拉朽的凡俗性向封建思想文化权威的神圣性展开了冲击，表现了新市民阶层进步的人生态度，因此不能归入旧文学，应该说是新文学新小说，为五四新文学起了开路作用。这批作家的成就还在于写了大量的具有很强的“现代性”的长篇小说，如孙家振的《海上繁华梦》、包天笑的《上海春秋》、毕倚虹的《人间地狱》、江红蕉的《交易所现行记》等，大规模描写中国社会。过去有些评论家将“鸳鸯蝴蝶派”小说贬斥为“殖民地租界的畸形胎儿”“小市民的庸俗文学”“文学的堕落”“反现实主义的逆流”云云，这些都是不实之词。

我们观照 20 世纪前 20 年的短篇小说创作成就，大致可分两个时期，前期(清末)的改造社会的小说和后期(民初)的消闲人生的小说。在这些新小说中，静态的、细腻的、逼真的景物描写、肖像描写和心理描写都开始运用，第一人称、第三人称叙述手法的使用，时空交错的情节安排，以人物性格为中心的叙事结构采用，议论、言志、载道的退出，都使短篇小说这一现代文体渐渐成熟起来。只是短篇小说的语言多用越到后来越浅近的文言，直到最后几年，白话小说渐渐多起来。包天笑 1917 年初办《小说画报》时，在《例言》第 1 条明确提出：“小说以白话为正宗，本杂志全用白话体，取其雅俗共赏，凡闺秀、学生、商界、工人，无不咸宜。”[①]它与胡适的《文学改良刍议》[②]发表在同年同月，可见白话文体完全确立取代文言是到结算的时候了。

在 10 年代最后几年相对宽松的氛围下，文化界又酝酿着新的变革。陈独秀主编的《新青年》杂志领时代之先，解放思想，倡导“民主”和“科学”，发动了反帝反封建的新文化运动。1917 年 1 月《新青年》发表了胡适的《文学改良刍议》。紧接着在 2 月，陈独秀亲自发表了《文学革命论》，他在这篇战斗檄文中认为：“今欲革新政治，势不得不革新盘踞于运用此政治者精神界之文学。”明确宣布这次文学革命的宗旨：“曰，推倒雕琢的阿谀的贵族文学，建设平易的抒情的国民文学；曰，推倒陈腐

① 包天笑：小说画报例言，《小说画报》1917 年第 1 号。

② 胡适：文学改良刍议，《新青年》1917 年第 2 卷第 5 号。

的铺张的古典文学，建设新鲜的立诚的写实文学；曰，推倒迂晦的艰涩的山林文学，建设明了的通俗的社会文学。”[①]新青年同人又推行白话废止文言，并在短篇小说方面首创实绩，从1918年鲁迅的第一篇小说《狂人日记》起，内容和形式面目一新的“新文学”作品从此打开了文学界的全新局面，形式上以后再难看到用文言写的新小说了。

尽管在《文学革命论》中，陈独秀也强调了新文学对革新政治的作用，但他抨击了“文以载道”和“代圣贤立言”的文学观念。到1920年他在《〈水浒〉新叙》中更全面阐明了文学作品的旨趣不重于创造理想而在于善写人情的观点，他说：“文学的特性重在技术，并不甚重在理想。理想本是哲学家的事，文学家的使命，并不是创造理想；是用妙美的文学技术，描写时代的理想，供给人类高等的享乐。”他还说，《水浒传》的理想并没有什么深远意义，为什么有许多人爱读他？“《水浒传》的长处，乃是描写个性十分深刻，这正是文学上重要的”[②]。他还说过：“文学之文，特其描写美妙动人者耳。”[③]“夫善写人情，岂非文之大本领乎？”[④]“中国文学有一层短处，就是：尚主观的‘无病而呻’的多，知客观的‘刻画人情’的少。”[⑤]他在《〈红楼梦〉新叙》中更有见地地说：“中土小说出于稗官，意在善述故事；西洋小说起于神话，亦意在善述故事；这时候小说历史没有什么区别。但西洋近代小说受了实证科学的方法之影响，变为专写人情一方面，善述故事一方面遂完全划归历史范围，这也是学术界底分工作用。”“我们做小说的人，只应该做善写人情的小说，不应该作善述故事的小说。”[⑥]批评文学作品的旨趣，应是“善写人情”这一条。陈独秀把小说的主要功用，小说和故事的文体区别，文学批评的方法都说清楚了。周作人在1918年12月发表了《人的文学》一文，文中指出“人性有灵肉二元，同时并存”，从身体发出的“力”，“是永久的悦乐”。他主张对于人生诸问题，“用人道主义为本”写“人的文学”，其中可写人的“理想生活”，探索“人间上达的可能性”；也可写“人的平常生活”“或非人的生活”，“后类著作，分量最多，也最重要”[⑦]。

小说属于意识形态中的审美范畴，人们主要是为了追求美感和愉悦而去读小说，人们通过感受蕴涵在美的艺术形式中的人性接受小说的美感，在读小说中得到的感觉是多方位的：与作品中的人物分享悲欢，追求情感，欣赏人性的真善美，更深

---

① 陈独秀：文学革命论，《新青年》1917年第2卷第6号。
② 陈独秀：《水浒》新叙，《水浒》，上海亚东图书馆1920年。
③ 陈独秀：答曾毅，《新青年》1917年第3卷第2号。
④ 陈独秀：答钱玄同，《新青年》1917年第3卷第1号。
⑤ 陈独秀：《儒林外史》新叙，《儒林外史》，1920年。
⑥ 陈独秀：《红楼梦》新叙，《红楼梦》，上海亚东图书馆1921年。
⑦ 周作人：人的文学，《新青年》1918年第5卷第6号。

更广地认识生活，重温旧梦，接受理想，感受思想和政治激情的鼓舞，振奋精神，陶冶情操，增知识受教育，轻松消遣，等。欧洲自19世纪中期以后最通行的是短篇小说，但中国直至19世纪末还盛行长篇章回小说，到20世纪的前20年，现代短篇小说开始勃起，标志着我国文学走向现代化。胡适1918年3月在北京大学提倡短篇小说时说："短篇小说是用最经济的文学手段，描写事实中最精彩的一段，或一方面，而能使人充分满意的文章。"[①]短篇小说实是现代社会最大众化的文学样式，情操较高的人当然也追求精英文化作品里更高等一点的享受，因此小说也就有俗有雅。

在本世纪的前20年，关于小说作用的客观和正确的认识实际上都已具备，短篇小说的创作无论在内涵上还是文体形式上都已开始向现代小说过渡。但是，自从20年代中后期开始倡导"革命文学"以后，在左翼文学运动中，小说和小说家的社会作用渐渐地又被无限夸大，许多人相信小说可以成为时代的号角和政治的晴雨表。到50年代以后，文学为政治和革命服务成为要求的一统模式，此后文学界虽亦非铁板一块，但小说作为载道言志工具和批判战斗武器的那种状态实际上一直延续到20世纪的最后20年前。直到1985年，我们的小说才又回归到扮演它最正常的角色，于是出现了各种流派竞相争艳以至流派淡化、个性张扬的全盛收获期。

原刊于钱乃荣主编《20世纪中国短篇小说选集》第1卷，上海大学出版社1999年；转载于董乃斌主编《聚沙集》，上海古籍出版社2003年。

① 胡适：论短篇小说，《新青年》1918年第2卷第6号。

《20 世纪中国短篇小说选集》第 4 卷前言

新文化运动的理论家陈独秀先生在《〈红楼梦〉新叙》中谈到文学批评的方法时说："什么诲淫不诲淫，固然不是文学的批评法；拿什么理论，什么主义，什么哲学思想来批评《石头记》，也失了批评文学作品底旨趣；至于考证《石头记》是指何代何人底事迹，这也是把《石头记》当作善述故事的历史，不是把他当作善写人情的小说。""今后我们应当觉悟，我们领略《石头记》应该领略他的善写人情，……。"[①]陈独秀先生对于文学批评方法的认识是很精到的。

我们选编这部短篇小说选，入选作品取舍的原则就看它是否"善写人情"，因为只有"善写人情"的小说才称得上是优秀小说。在此大原则的基础上，我们对其他方面采取了兼顾而淡化的态度。

如"时代性"。审美意识具有时代性，但这是相对的。我在选择作品时考虑到选一些有当年时代印记的作品，以显示各个时代故事的特点以及 20 世纪小说是如何一步步从群体意识对个体的束缚到个性不断解放的、曲折迂回的发展历程。因此我们按年代排列作品。但是"新闻、特写、杂文"等更重视它的时代性，而小说不必强调它的时代性。对入选作品的要求应该首先是看它在写"人情"上的成就。一个时代纵然有一个时代印记的人情特征，如我选了对比儿孙出生环境畅诉革命艰难的《生命的歌——母亲给儿子的信》，它代表了那个强调忆苦思甜时代的作品特征，但小说表达的那种母亲对孩子的拳拳深情却是长远的。人性的基本特征是超时代超地域的，长久的，因此人情写得越真切，作品也可以与眼前和永久的读者心灵对话，有长久的生命力。

又如"政治性"。当然我们排斥政治上反动的作品，因为这些作品本质上是违背人性的。对于除此以外的作品，我们不主要看它的政治倾向，而主要看该作品是否善写人情，如果作品真的打动人，作者的艺术手法成熟，在当时和预见的未来确有影响，即如《李双双小传》那样写人民公社的公共食堂和工分制的小说也在入选之列。对小说，我们反对把它当作政治传声筒，但并不反对小说中含有对社会有利的政治理想和其他政治因素。

又如"思想性"。文学作品必反映人的思想。李凌和苏武的书札，苏轼和王安

---

① 陈独秀：《红楼梦》新叙，《红楼梦》，上海亚东图书馆 1921 年。

石的政论,《长恨歌》和黄巢的诗,都表现了不同以至相反的思想,文学作品只有表现纷繁复杂的客观主观世界才有生趣。《桃花扇》的结果是绝交也好入道也好,《雷雨》的尾声是周朴园鲁妈复活异化了的人性一起寻找鲁大海也罢,是罪恶大家庭分崩离析也罢,我们对于各种健康的思想尤其是新思想采取"宽容"态度,对于作品的评价是看它揭示人类的幸福与困境了没有。我选入了"文革"中有影响的小说《朝霞》,是以现在的观念去衡量它的,除了个别句子有问题外,小说表现的思想——甘愿身处异乡艰苦创业的人生志向是积极奋进的。小说的功能之一,是在特设的艺术氛围中,以真挚的情感来引起读者的同情,使读者如入其境受陶醉受鼓舞,激发读者进行思考。小说既然写人生,它对人生的各个方面都会发生思想感染作用。但是它对读者的教育作用小于教科书等,大多数人不是抱着受教育的目的去看小说的;认识功能也不是小说的主要功能,具有认识作用的东西太多,新闻、评论、社科论文等对社会的认识作用都大于小说。因此许多人把小说具有认识作用和教育(认识也是一种教育)作用说成小说的主要功能,这至少是没有说到小说与其他意识形态产物的区别特征。

又如"平民性"。"平民性"是知识分子希望接近民众的口号,虽是这么说,但往往因据于自身方所的局限,写自我感受易,代人立言难,于是非平民性的名士文学就多了。"庙堂文学""贵族文学"是文学的一支,应予承认也不排斥。庙堂意识形态、民间文化形态和知识精英思想形态"三分天下",有时互相沟通,有时分道扬镳,构建了热热闹闹的、分分合合的文化史。用白话直抒情感,创立西方意义上的小说样式,从审美内涵上刷新读者的陈旧经验,使读者建设起20世纪的美感形式和审美精神,这也就是在走"平民文学"的道路。

又如"通俗性"。有人说小说的本质是"俗",也有人十分鄙视俗小说,借此将"鸳鸯蝴蝶派"等骂得一钱不值。这里涉及"严肃小说"和"通俗小说"评价的问题。我认为这两种文学同样寻常,一样受到既定的观点和社会的语言所操纵,只要是感人易、入人深、化人神,应予平等看待,雅俗没有明白的界限,衡量小说优劣的标准在于是否"善写人情"。在20世纪初期,小说是有雅俗同步发展的倾向,当时已出现传统、通俗和政论小说三者合流的雏形。到20世纪末,中国小说发展又有走向雅俗合流的趋势。

又如"社会性"。反映社会生活的广度和深度并不是决定一个短篇水平高下的主要尺度。小说的题材和切入方位角度应具有任意性,描写生活的视角也有特定性和多变性。警世谴政,启蒙救亡,武侠侦探,城市乡土,家庭社会,关怀现实,表现自我,寻根反思,印象感觉,象征魔幻……无论哪种旗号哪种手法,都是观照社会又表现自我的,都可以不同程度地干预生活和改造灵魂,反映生活、感觉的真善美的深广度才是最重要的。我们这部小说选对于各种题材、各种流派一视同仁，兼收并蓄，强调反映生活的各个层面。小说真正解放了，应该是作家个人对生活的独特认知和强烈的个人经验的体现，而没有流派。20世纪末的短篇小说就有流派淡化或消失的迹象。

又如“典型性”。要求小说必须写“典型环境”中的“典型人物”的“典型性格”，这是对小说创作的苛求。尽管持此论者要把人物个性和所谓“典型性格”说成是哲学上的个别和一般的关系，但是“一般”不等于“典型”。“典型性”的口号实际上已成为强调文学的“阶级性”“时代性”和塑造“英雄人物”的依据。人们的生活都可以分大类小类各种层次，“典型”没有客观单一的尺度。我们既选表现对时代和社会具有代表性的事件和人物的小说，也选对所谓“社会本质”“生活本质”没有代表性的事件和人物，如《小闹闹》《赖大嫂》等作品一样具有个性和共性，科幻小说、神秘小说等也一样能把作家的个人经验和人类共通的人性表现得淋漓尽致。

又如“故事性”。“故事”有多种含义。如果指史实，则小说应与《史记》《国语》《世说新语》有别，把小说体和纪实体区分开来。如果故事是指情节，小说中通常应有人物活动的环境和表现主题所需要的有吸引力的情节，尽管并不一定是故事情节越连贯曲折人物个性就越生动丰富。小说文体与故事文体的区别就在于故事侧重于事件过程的生动连贯，而小说则着重塑造多种人物形象，调用多种手段刻画人物的性格。因此，故事性的强弱不是小说优劣的评价标志。

又如“写实性”。现实主义作为一种创作理论和创作实践，从来就是我国小说作家坚持的优良传统，遗憾的是实际上它总是受到干扰。现实主义要求作家敢于直面人生，对现实生活毫无讳饰地如实描述，而这样做往往造成不欢。后来又有些口号，“写真实”是一种说法，“原于生活高于生活”又是一种说法。前者容易被理解为反映生活原样，拒绝理想和崇高；后者渐渐成为拔高人物、塑造完美无缺英雄形象的近义词。“真”不一定是“美”的，“美”也不一定是“真”的。人们要求感情生活的满足，要求美的享受，对科学真理的探索并不是人类精神生活的全部内容。真而不美，方成严肃，科学也有科学美，但最终为真；美而不真，方成浪漫，文学也以真为起点，但归结于美。文学是真善美中偏于美的层面的。科学和新闻更求真，宗教和哲学更求善，文学和艺术更求其美。“真”多一点的作品，“善”多一点的作品，同“美”多一点的作品，我们兼收并蓄。陈独秀认为“写实主义”是“其目光唯在实写自然现象，绝无美丑善恶邪正惩劝之念存于胸中，彼所描写之自然现象，即道即物，去自然现象外，无道无物，此其所以异于超自然现象之理想派也。”①陈思和分析说：“这明显地否认了文学具有独立于审美以外的社会教育功能，所谓‘即道即物’，也

① 陈独秀：答曾毅，《新青年》1917年第3卷第1号。

就是唯通过艺术描写，才能使人从美感形式中领悟到思想的意义。”“而理想主义在他看来，多少有一点‘文以载道’的味道。”[①]这里还要涉及现实主义手法和浪漫主义手法这个老话题，现实主义是离客观的真近些，浪漫主义有强烈的个性主义、丰富的理想成分和抒情想象力，结合也罢分离也罢，并不影响小说成就的判定，小说的成败归结于审美直觉感受的优劣。

最后说“艺术性”。文学艺术的起源和直接推动力，就是人类的审美需要。人们之所以阅读小说，本之于天性，为了精神上的愉快和享受，而不是为了去受政治教育或读社会学理论，那么小说感动读者的艺术性便是小说的生命。丢掉了美，既引不起读者的兴趣，又破坏了作者的创作情绪，实际上就取消了小说存在的必要性。早在本世纪初，王国维就提出“纯粹之美学”的观念，极力肯定文学非功利的纯美意识。他说：“今夫人积年月之研究，而一旦表诸文字、绘画、雕刻之上，此固彼天赋之能力之发展，而此时之快乐，决非南面王之所能易之。”[②]艺术审美价值是应具有独立地位的。

本卷所选小说的时期，正值十年“文革”及其前后。1957 年的“反右”和 1958 年始的“大跃进”，使现实主义创作传统严重受阻，在伪现实主义、伪理想主义浪漫主义的浪潮冲刷下，许多小说已成为政治颂歌和政策传声筒，创作的目标是对现实进行歌功颂德和对政敌实行口诛笔伐。在小说中，轻者是写工农兵中的好人好事，重者则写“英雄人物”，配以几个陪衬人物（常常是“我”等）和反衬人物（往往是阶级敌人），模式雷同，情节平淡。由现在的观点去看，直到 60 年代开头，比较可观的一些短篇，无非是那些艺术性较好、政治因素较淡一点的这类小说。在 1961—1962 年之间，召开了新侨会议、广州会议和大连会议，文艺政策作了一些调整，提出尊重艺术规律，除了重大题材以外，也允许题材多样化，可写中间人物，可批评人民内部的缺点。1962 年前后，出现了一些比较有人情味的作品。到 1963 年以后，这些创作思想及其作品重受批判，于是在以阶级斗争为纲的“左”倾文艺思想规范下，大部分小说重又配合形势，成为阶级斗争的工具。

在那种文学政治化的时代背景下，一些作家鉴于他们的艺术功力和对生活现实的真实把握，还是创作了一些健康向上的鼓舞人心的短篇，它们的共同特点是标语口号少，表现了人类美好的感情。挑选时，我注重作品的是否打动人心，还是选出了 60 年代“文革”前的每一年的佳作。如唐克新的描写职工大学里技术工人在平易近人的新任厂领导热情尊重和支持下走上讲台讲第一课的《第一课》，刘澍德

---

① 陈思和：中国新文学发展中的两种启蒙传统，《中国现代文学研究丛刊》1990 年第 4 期。

② 王国维：论哲学家与美术家之天职，《王国维文集》第 3 卷，中国文史出版社 1997 年。

的描写农业劳动友谊竞赛协作精神的《拔旗》。有些小说选本里往往忽视了巴金50年代以后的描写朝鲜战争中志愿军战士的短篇，这里选编了一篇《无畏战士李大海》，作家用被采访者的语气叙述故事，使人读来感觉十分真切。历史题材的小说，有陈翔鹤的《陶渊明写〈挽歌〉》，探索历史人物的晚年心灵，写陶渊明旷达宁远、清贫自守的精神世界以及对人生历程的独思、对生死问题的解悟。还有黄秋耘的《杜子美还家》，写在政治腐败社会动乱中的杜甫的忧国忧民思想和报国无门的苦闷。写“中间人物”的作品，有西戎的《赖大嫂》，塑造了一个善争利又爱撒泼的机灵活现的农村妇女形象。还有写生活情趣的小说，如邵燕祥的《小闹闹》，生动地记写了养育婴儿几个月里的种种细腻的心理活动。在情节生动文笔紧凑方面，1963年以后的小说倒有所进步，好的作品有任斌武的《路标》，写的是副班长一片赤诚耐心帮助新战士艰苦磨练在暴风雨里成长的主题；韦君宜的《奖品》，写的是如何正确对待升学和参加工作这个永久的话题。在纪念抗日战争20周年时，菡子发表了《并非遥远的岁月》一文，写了江南太湖水域百姓在新四军女战士的影响下一起参加抗战的故事。

“文革”十年里的主流文学，都是权力政治直接操纵炮制的阴谋文学帮派说教文学，到1971年“林彪事件”发生后，文艺政策略有所调整。我们以宽容的态度，淘选了两篇那个时期的作品《铁面无私》和《朝霞》，从而使短篇小说艰难度过的这段历史不致在希望了解小说及其语言曲折演进过程全貌的读者面前中断。这两篇小说不可避免在当时受“左”的“文革”思想影响，但从总体来看还是有可读性的。此外，我们在选编时也不遗漏“文革”时期民间流行的手抄本小说，在这里我们特选了王小波写的、传流于70年代的地下小说《绿毛水怪》。

1976年以后，文学渐渐从摆脱专制中苏醒。1976年4月的天安门诗歌吹起了批判“文革”的号角，以后就是短篇小说，1977年11月刘心武的《班主任》和1978年8月卢新华的《伤痕》首当其冲，勇闯禁区，发出了向“五四”现实主义传统回归的先声。《班主任》塑造了一个毁灭文化时代的两个历史畸形儿形象，一个是精神空虚、愚钝无知的小流氓，另一个是出身纯正但思想僵化、心理扭曲的愚民政策的牺牲品，发出了救救被“四人帮”坑害了的孩子的呼喊。《伤痕》描写了“文革”中的一个悲剧故事，揭示了“四人帮”在人们心灵上所留下的伤痕。这篇小说较早地触及了文学理论和创作中的一些禁区，如真实反映“文革”历史，暴露阴暗面，写社会主义时代的悲剧等问题。1979年和1980年，大量的“伤痕文学”小说诞生，痛写“文革”十年中各种人的苦难，批判和鞭挞历史的阴暗面，推动了政治生活中的拨乱反正。本册精选了最有代表性的几篇，如陈国凯的《我应该怎么办》，孔捷生的《在小河那边》，金河的《重逢》，中英杰的《罗浮山血泪祭》，曹冠龙的《锁》。未选入的还有《枫》《盼》等，这些小说通过个人或家庭在“十年浩劫”里的悲欢离合反映社会生活，着重揭示人性的异化，呼唤人性的复归，在创作上突破了不少清规戒律和题材禁区，塑造了许多以往文学作品中不能当主角的人物，揭开了“新时期文学”全新的一页。紧接着，批判“左”倾思潮为主的“反思文学”开始诞生。茹志鹃的《剪辑错了的故事》是最早的“反思小说”的力作，作者借鉴现代主义的手法，把现实和历史以及幻觉交错组接，从40年代写起，检讨了“大跃进”“反右倾”等导致党与人民群众关系令人痛心的变化，发人深思。叶蔚林的《蓝蓝的木兰溪》，写的是“根正苗红”、被用作“流动展览”的先进典型却执迷不悟地爱上了右派出身、带病工作的改造对象，表现了透明纯洁的爱情与“阶级斗争观念”“奖状奖旗”的冲突。张洁的《爱，是不能忘记的》，通过一个爱情悲剧的描写，表现的是爱情与婚姻分离的不合理性这一千古主题，对家庭、婚恋与道德的关系揭示和探索了其矛盾的一面，令人长叹发人深思。社会上下呼唤着改革，蒋子龙的《乔厂长上任记》则最早地塑造了一个在工业系统拨乱反正中的开拓型改革家的形象。这个时期的小说构成了本册书中最华彩的乐章。

归根到底，60年代和70年代的小说还是抗战开始1942年奠定的战争大一统文学的继续。这个时期的最响亮的口号是“文学为政治服务”，这个时期的多数作家都自觉不自觉地认同一种思想原则或者时代精神，以宣传它为己任。作家都以为肩负着共同的历史使命，到“文革”时期由于政治禁锢而走向顶峰，导致多数作家的脱队和深刻反思。1978年以后“五四”新文学传统又重新崛起和恢复生命力，不过当时作家认同的批判意识和启蒙意识还是很强烈的，因此才有“歌德”和“缺德”之争。这以后到80年代初是个过渡。1985年以后，小说才拉开了万紫千红的幕布，走向多元格局的发展期。

自50年代起，大陆、台湾、香港三处小说在内容和形式上各有不同，本卷编选了11篇台港小说。这里有杨青矗的《在室男》，写酒家女大目仔对时装工场学徒有酒窝的男孩的一片真爱，爱得愿意牺牲一切，但是最终朴实的男孩的心犀还是通上了踩缝纫机的嫒嫒的心犀，其原因是意味深长的，这真是一篇耐人寻味的写爱情的力作。白先勇的小说表现的人性弱点是那么深刻，从《金大班的最后一夜》里，我们看到了离开舞厅前夜的金大班深重的失落感和浓烈的感伤情怀，她对走红的青春年代及其痴恋真情的回忆，与老大下嫁商人妇结局的落魄感受，构成了鲜明的对比。我们还可在他的另一篇《冬夜》里读到力透纸背的中国人的世纪沧桑感。顾昆阳的《过河卒子》是一篇说明心正气充才能驭剑的武侠小说。由于台港两地与内陆长期信息阻隔，挑选小说难以避免片面性，我想台港两地的小说最好的办法还是由当地人来选。

原刊于钱乃荣主编《20世纪中国短篇小说选集》第4卷，上海大学出版社1999年。

《20世纪中国短篇小说选集》第5、第6卷前言

20世纪最后20年，是小说丰收的20年，不但是短篇小说，中篇小说的成就更大。尽管我们在这部小说选里坚持对绝大多数作家每人只选一篇的原则，以使读者能在有限的篇幅里读到更多作家的优秀短篇，但是由于这20年中好作家好作品太多，因此我只好分两卷来编选这段时期的小说，前一卷介绍1980—1989年的作品，后一卷介绍1990—1999年的作品。

这段时期的文学通常称为“新时期文学”，“新时期文学”的开端是批判现实主义的汹涌激浪，小说起始于1976年10月以后。从1977年刘心武的《班主任》开始，直到1985年，主要有两类小说：“伤痕小说”和紧接着的“反思小说”。“伤痕小说”雨后春笋般的涌现，揭开了新时期小说激动人心的序幕。它的主要特点是敢于直面人生的苦难，揭露批判非人道的社会黑暗，从而恢复和张扬了“五四”以来文学现实主义的优良传统。这些作品一般都有较强的悲剧色彩，表达了民众清算“文革”以及“文革”以前“左”倾路线遗毒的愿望，因此在当时深深打动人心。“反思小说”更是对50年代中期至“文革”时期20年历史行程的回顾与反省，作品的历史容量和历史深度加大了，描写了各种悲剧和各种悲剧人物，反映了当代中国人走过的艰难足迹，揭露“左”倾路线对人的摧残和扭曲，总结历史经验教训，提出不少值得深思的问题，思想内涵比“伤痕小说”更加深化。第5卷开头就是这个时期作品的精选，如张弦的《被爱情遗忘的角落》，从农村青年恋爱悲剧切入，揭示了极“左”思潮给农村带来的贫穷、愚昧和倒退。张贤亮的《邢老汉和狗的故事》，写善良勤劳的农民邢老汉从50年代以来孤寂惨痛的命运遭际。当朝夕相伴的小狗也被迫失去时，他终于默默地死去。小说是对极“左”路线的肆虐声声控诉。

《唉……》是最早见到的一篇批判腐败不正之风的小说，值得选入本卷。在打倒“四人帮”百废待兴时，刚复职上任的干部中就有大搞不正之风的现象发生，作者深恶痛绝这种特权腐败现象。

“伤痕文学”和“反思文学”对“五四”以来文学的现实战斗传统是一种继承，其缺点是大多着重对生活中黑暗现象的揭露，却未注意到对世界本质意义的找寻，作品带给人们的新鲜感多不是审美意义上的，这是人道主义复苏初期的局限。

这个时期，有些作品开始进一步对历史积淀中的民族精神和心理弱点进行探

讨。如高晓声的《陈奂生上城》通过“漏斗户”主陈奂生上城卖油绳、买帽子、住招待所的经历及微妙复杂的心理变化，写出了背着历史重负、带着封建主义色彩的社会价值观念的农民，跨入变革世代的精神状态，小说中那种喜剧性的场面包含着发人深思的感叹。又如陆文夫的《围墙》是寓言式的讽刺文学作品，小说写空谈家和实干家的对立，妙趣横生，意味深远，具有独特的美学风貌。古华的《爬满青藤的木屋》揭示了在动荡的年月里，愚昧被视作老实可靠，心胸狭窄被视作忠诚，蛮横固执被视作勇敢坚定。作者鞭挞这种落后愚昧，呼唤着文明进步。

有的作品中描写了逆境中人们美好的心灵，如冯骥才的《高女人和她的矮丈夫》。石言的《秋石湖之恋》则以独特的审美视角，优美的抒情笔调，表现了深藏于人们心中的真、善、美，是任何横暴的政治力量都无法摧毁的主题。王安忆的《雨，沙沙沙》描写了一个恬静、好思的少女在动乱年月和动乱结束的两次纯真的情感经历，作品以人物的情绪流动来联系全篇，创造了一个令人憧憬的意境，表现了对信念力量的追求。还有王小鹰的《心隙》，写了拨乱反正年代的宽容和不计旧怨的友情。

张抗抗的《夏》是最早接触了人道主义命题的作品。它塑造了青年大学生中思想解放的新人形象，他们有广泛的生活志趣和独立意志，渴求个性解放和人的价值实现，作品表达了要求变革现实的强烈愿望。

知青文学也是一大天地。梁晓声的《这是一片神奇的土地》写知青的艰苦创业，他要表现的是知青们在茫茫荒原上胸怀着奉献青春的浪漫激情，他们正视苦难，对理想有执著的追求。

反思的结论是推动改革。《乔厂长上任记》是正面反映工业改革的首篇短篇。在本卷书中，改革小说又选了邓刚的《阵痛》，这是一篇思想内涵较为深刻的作品。由“大锅饭”的分配制度所造就的很吃香的干部在改革中竟成了工厂的累赘，经历了“阵痛”，从中可透视出工业领域上发生的重大变革。

李陀的《自由落体》，开始了对世界从人的视角进行的思考。这篇小说在当时曾引起争论。它写了人的临高恐惧感，较早地吸取了现代小说的技巧，探索人的心理自然波动，是小说创作新的尝试，可说是1985年探索新潮的先声。

1985年，是小说史上划时代的年份。在这一年，中国小说界发生了重大变化。自抗战以来为规范语言左右的大一统文学时期至此年结束了。1985后小说的基本特征有以下两条：创作小说的观念更新；多元格局的形成。现代小说进入了一个回归自身的、自由发展的全新时期。

1985年的小说开始离开政治功利，出现了多种文学思潮。现实主义首先以“寻根文学”为代表，涌现了大量的文化反思的“寻根小说”。这些作家认为：文学有根，深植于民族传统文化土壤里，要着力在深广的历史文化背景上表现社会生活。如韩少功的《归去来》，写了山寨边民的一个奇异的原始质朴的故事，着眼于民族深层心理的挖掘和对落后文化意识的否定和批判。郑万隆的《老棒子酒馆》是他的《异乡异闻》一组小说中的一篇，写了一个硬汉子猎手在失去雄健以后默默远离人群孤独地死去，对人的生命意义进行了探索。阿成的《年关六赋》写松花江畔的汉子挑“漂漂女”生“漂漂崽”，在私塾里读孔子，在除夕祭祖，父亲与日本姑娘的风流事，兄弟三个和小妹的工作生活，他们团聚过年的各种心态和寻常话语，平淡地写出了各种人的自然生态。在这里，作家淡化了政治，表现的是潜在的民族历史因素的苏醒和浓郁的本地文化特色。

这时出现的许多乡土民俗小说，在表现民俗风情和地域文化上各显特色。汪曾祺早就一花独放，写了《受戒》《大淖记事》等赞美一种自然人生的作品。在《大淖记事》里描绘的是几十年前一种古老而淡远的情景，小说充满古朴而又清新的气息，追求一种健康的人性美。1985 年后，冯骥才等人的京味小说，林希等人的津味小说，陆文夫等的苏州小巷小说，还有湖南、西北、山东等作家的山乡小说，贾平凹的“商州系列”，莫言的“红高粱系列”等，都渗透地方民俗风味，又关注着文化的共时形式。这里选入了阿城的《遍地风流》三个小篇，通过绮丽的美景，写了三个相对独立的人生感觉，回荡着浓烈的艺术气韵。还有张炜的小说《满地落叶》，是他的许多田园风味的、充满质朴淡雅的诗情画意的散文化的小说中的一篇，描绘了人和自然的交融。

文化寻根小说从以下方面改变了小说史：①小说作为一种审美活动，展示了广阔的人类文化，探索了人性的奥秘，作家放弃或淡化了功利意识，使小说从长期地充当社会变化的工具中解放出来，不再表现一元的非对即错的道德判断。②小说叙事方法多样化了，在文化认知和审美体验方面形成了多方位的模式，作家在艺术表现手段上探索，使当代小说的话语面貌经历了一次深刻变革。总之，文学摆脱了一个社会政治的话语时代，到了表现人和自然、生活多方面的亲密关系的时代。寻根文学与世界现代文艺中的返归自然的潮流是相通的。

改变小说面貌又一个新潮流是“先锋派”小说的崛起。“先锋小说”向国外现代主义借鉴理论和技巧，强调“自我意识”和“个体意识”，探索人的隐秘心灵，试图揭示出现代社会里人与社会、人与人、人与自然、人与自我方面的畸形脱节。如谌容的《减去十岁》运用的是荒诞手法，反映的却是中国民众的一种普遍心态。作者在虚幻的整体框架中揭示了一系列逼真的世相，折射了众多人物各异的内心世界。马原是个典型的“先锋派”，他的《游神》，是一种典型的“虚构”，马原也在作品中提醒读者一切都是虚构。生活存在着无穷的奥秘，神秘而不甚明了，可以拟想，于是读者对现代派小说也就见仁见智了。徐星的《无主题变奏》是一篇感觉主义小说，它展示了世俗生活的图景，三教九流虚伪无聊的生活，无故事，无情节，无高潮，在断续的干线上演示出人物的一连串的感觉和散乱的情绪，对社会里的荒谬事物，否定中又有肯定，表现了当代青年的新意识。刘索拉的《跑道》用意识流的手法，写人物印象感觉、联想、内心独白，表现了那种荒谬而有内在根据、滑稽而发人思索的变形的生活景观。心理情绪的小说偏重于主观感觉的诗意的抒发，如铁凝的《哦，香雪》，张辛欣在《我在哪儿错过了你》里写了恋爱经历中在"我所喜欢的，人家不喜欢我"和"喜欢我的，我并不喜欢"的情形下种种心理矛盾，把主人公真切希望改变"男孩气质过多"性格，又时时后悔难以掩饰生活工作中养成的习性的紧张复杂心态，细腻地刻画了出来。残雪的小说写潜意识、性心理都表现了"先锋"色彩，她善用残忍冷酷的笔触表现变态压抑的心理，她的《阿梅在一个太阳天里的愁思》写岳母和女婿的畸形暧昧关系，暴露了一个被母亲操纵的女儿的婚姻悲剧，把人物复杂、变化的精神状态表现得入木三分。

王蒙曾经率先对现代主义作过多方面的新探索，发表过不少短篇，如大量运用意识流手法的《春之声》《风筝飘带》，运用诙谐荒诞变形手法的《冬天的话题》《来劲》等。但是在他写的各种题材的短篇中，我们还是更为欣赏他的 40 多年来一贯的社会良知和勇气以及现实责任感，挑选了他的切近改革开放的现实之作《坚硬的稀粥》。

先锋主义推动了 80 年代中期小说艺术思潮与观念的变革。以前的小说是表现意识形态观念的，现在的小说是表现艺术的，艺术价值和审美价值成了界定作品的主要标准。它使中国的小说缩短了与当代世界文学的距离。

先锋主义的第二个浪潮是苏童、叶兆言、余华、格非等作家兴起的，全盛时期在 1987—1991 年。他们有的打"新历史主义"的旗号，从人性和生命的角度切入历史，写出了不少具有当代体验的历史小说等。如苏童的中篇小说《1934 年的逃亡》《妻妾成群》，叶兆言的"夜泊秦淮"系列中篇《状元楼》等，格非的中篇《迷舟》《褐色鸟群》《青黄》等，潘军的中篇《南方的情绪》等，余华的中篇《古典爱情》等。本书选入了苏童的《井中的男孩》和格非的《夜郎之行》。余华在艺术创作中一直保持前卫的优势，他的小说感觉灵敏，还常带着奇异、隐秘和残忍，本书特选他的一篇《命中注定》，这是一篇带有恐怖色彩的神秘小说，展示了人生不可挣脱的宿命枷锁。他的《黄昏里的男孩》表现了人性残酷的一面，而这些又是在正义的名义下进行，很有震撼力。史铁生的《第一人称》也是一篇先锋派小说，全文完全任"我"的主观思绪展开，向任意猜想的逻辑推示下去，表现了一切都可"顺其自然"和一切事件都在"可能""也许"中发生和实现的生命中的随机机制。

1989 年以后 90 年代开始小说又有了新的变化。由于商业大潮的冲击，"精英"文化受挫，文学又因不受政治语境的制约而失去了社会轰动效应，商品经济的影响使小说带上了商品性，纳入市场轨道，作家也有世俗化的倾向。由于都市富裕阶层和市民的文化需求，消遣性、娱乐性的小说又重受欢迎，通俗文学十分活跃，雅俗小说开始形成共存互补的局面。

在 1987 年"寻根文学"和"先锋文学"落潮以后，"新写实小说"流派开始出现，1989 年以后进入全盛。"新写实小说"的特点是：面向生存，关注现实生活中的凡人琐事，呈现生活的原生状态，张扬原欲，把忧、烦、累、苦的人生体验看作本体特征。在写作方法上回复平实的叙事，主张从零点情感出发，低调叙述纯态事实，以凡俗性来引起读者感情共鸣。如：池莉的《冷也好热也好活着就好》，用低俗又传神的市民话语，记写大热天一个夜晚街坊邻居的闲聊和一对男女的寻常感情生活，展现小市民阶层的生存状态和精神面貌。方方的《纸婚年》，也是用平实幽默的笔调，写一对小夫妻结婚在为琐事磕碰赌气闹离婚又和解中度过一年的故事，表现了初婚青年的感情波折和生活原貌。刘恒的《狗日的粮食》则叙写了一个贫苦女人因饥饿而为人妻，因觅食而弃世的悲剧。女人出嫁以后所有的工作就是生孩子和搞粮食，作者几乎把人还原成原形，表现她的生物本能，写了贫困笼罩下人的生存意识。李晓的《继续操练》是一篇剖析知识分子倾轧心态的小说，暴露了人的生存状态中的矛盾奸险的一面。

新写实小说的实践又使小说的话语发生了重大的质变。它和以前的"写真实"不同，这次的"写实"，写的是平民间的凡俗生活场景，是作家个人立场下的生活体验，从寻常中开掘其原本的美学意义，不再去作启蒙或引申其社会指导意义。陈思和认为："新写实小说直接解构了有关典型、真实、本质等一整套传统现实主义的经典话语，小说叙事立场开始向个人立场转移。"[①]并指出："如果说，启蒙立场强调了人性中神性的一面，那么，个人性的立场则表现了人性中凡俗性的一面。而欧洲文艺复兴的人文主义传统，正是从伟大的《十日谈》所表现的人的欲望人的本能的合法权利开始发轫的。人的真正的神性，不应该是宗教所谓的上帝赐予，而是从自身的凡俗性中升华而上。"[②]

作家的个人经验表现得愈为强烈，创作风格也就大异，文学的群体意识进一步冲淡，于是小说创作开始实际上进入了流派消失的时期。"新写实小说"的旗号打出并显示实绩以后，许多文学杂志又打出许多新名称，如"新体验、新状态、新女性、新市民"，还有"新理想、新宗教、新武打、新言情"等，其中以 1995 年《上海文学》倡

---

① 陈思和：多元格局下的小说文体实验，《上海文学》1998 年第 7 期。

② 陈思和：1997 年小说创作一瞥，《钟山》1998 年第 6 期。

导的“新市民小说”有较大的声势，有邱华栋、唐颖、张欣、殷慧芬等人的加入。进入90年代的小说一大新风景是市民文学的重新崛起，这是城市市民社会文化和市民意识重新浮起的表现。记得在20世纪初的10年代和20年代里，都市小说曾经有过很繁荣的气象，以后乡土文学一直占领优势，佳作迭出，长期呈现农村包围城市的景观。80年代末90年代初，王朔的小说第一个表现了文学对市场需要的重视，表明了商业文化、市民文化的重新兴起，他用一种新的商业价值观把最有力的讽刺话语留给了市民文学，反叛上层的政治文化和中层的精英文化。第6卷里，选入了王朔最短一篇小说《修改后发表》。后来，“新市民小说”把描写的对象主要瞄准市场经济启动后都市中改换了生存状态和价值观念的新群体，其实此时的“新写实”小说也已经主要面向都市市民。“新状态小说”的作家有韩东、何顿等，“新女性小说”有徐坤、林白、陈染、徐小斌等，他们大都属于“新生代”作家。他们的一些小说实际上也可以归入“新写实”的范围，旗号的繁多实际上表示流派的近于消失。

这段时间的小说题材丰富，涉及生活各个角落。如邱华栋的《红木偶快餐店》，从一场简单的夫妻吵架中让我们看到都市青年男女改变生活像快餐般之一瞬以及快餐文化平静表面掩盖下的沉重。张欣的《非常夏天》写原本在沉闷寂寞中女孩，向往都市中浮华生活，在一个偶然的场合用搭关系搞背景混入江湖，靠弄虚作假寻找机会，靠突发奇想变钱化，最终走上犯罪之路，又想收场回到真实平淡中的“非常”经历和心里感觉，表现了都市社会畸形生活的一个侧面。唐颖的《困倦的波浪》写了一个错位的涉外婚姻的悲剧，具有典型性。胡丹娃的《假面女人》，写美容院老板用钱修补出来的假脸，写文学与企业联姻受到的冷遇。叶余的《李家父子》写“小一品”老板的儿子，变成了新“小一品”老板的父亲，当初毅然离开剥削家庭的小开，其儿子重返原地和爷爷一起重新买回百货店，作品展现了半个世纪里中国社会历史的沧桑。苏童的《过渡》写动迁拆房自己寻找过渡的艰难过程和由此引出的一段奇遇，描写了城市平民在窄小的空间里面临的种种困难矛盾和烦恼，表现了他们的生存能力、豁达乐观的心态和谅解互助的胸襟。韩东的《障碍》写青年朋友交往之间开放的友谊和性。陈染的《时光和牢笼》围绕“外婆的死”“与丈夫做爱”“向单位请假”三件事写了一个女性的心理体验。徐坤的《答案在风中飘荡》细腻地描写中学生的初恋心理和行为。范小青的《出门在外》写教授出外开会丢失了旅馆。铁凝的《对面》是一篇新女性小说的力作，它以曲折有致的情节，通过“我”和对面女性私人生活的穿插揭隐，展示了操纵着人类大部分生活背后的人性原始真实的自然浪漫。朱文的《穷人》写人性之恶可谓鞭辟入里、惊心动魄。这篇小说正好与第1卷上最早的较成功的白话小说《卖药童》遥相呼应，最终结局一是砸烂烧鸭店，一是烧掉慈照寺，倒也相似。叶兆言的《梦绕终宵》，是一曲性与爱的赞歌。作者用平实而富于诗意的笔触为我们展现了人性被压抑践踏的悲剧年代里潜流着而在今天终于实现的那种百折不回、博大深沉和宽容超俗的爱，肯定了尊重私秘情缘的文明。我们感受到，小说反映的生活面从来也没有像现在那么宽阔、深入和多姿多彩，作家个人风格在多元的格局下也正日趋成熟。

90年代中期以后的小说新气象的形成，与“新生代”作家的成群登上文坛以及他们活跃的创作思想有关。“新生代”(又称“晚生代”)作家大多出生在60年代，他们的特点是对历史的恩怨往往不太认真，甚至采取调侃的态度，不再以投入者的身份去再现历史上的政治。他们都按照自己的个性方式写作，重在人生感悟，各说各话。他们也进行多方位的探索，视界较新，创作手法和叙事方式各有个性，语言的流行化和通俗化对纯文学起了消解作用。这种创作题材上的多样性，创作方法上的多元化，使雅俗结合，使“严肃文学”和“通俗文学”重新调和，先锋话语和民间话语并举，带来了1995年以后新的小说创作繁荣局面。在世纪末的年代，我们重新感受到民众对短篇小说的热情，纯小说在新条件下已面向现代读物文化与之争夺市场，我们看到在一向标榜俗小说阵地的如《上海小说》杂志上已有纯小说作家的加入，我们也看到像《英才》《风采杂志》那样的现代时尚杂志上小说版面的开辟。正是在小说向现代读物靠拢的愿望引导下，作家们在小说趋于通俗化走势上寻找对策，于是迎来了1997年的文体实验的新高潮。

文体实验先是从长篇小说开始的，1997—1998年，长篇小说重掀高潮。陈思和指出，如韩少功《马桥词典》的词典式语言，李锐在《万里无云》中试图把古典的、现代的、流行的文言文、诗词、书面语、口语、政治术语、口头禅都进行尝试，又如王安忆在《文工团》里回忆式的语言，都是这次新潮中的实验文本①。“诗化小说”“散文化小说”“哲理小说”“笔记体小说”以及其他探索、实验文体也纷纷涌现，许多作品正冲破小说的既定形式，文体特征与作家的才情、气质、内在精神渐趋统一，个人风格趋向成熟。这种小说的新生态在本短篇小说选集里也予以重视。散文化的小说如王安忆的《遗民》和《死生契阔，与子相悦》，回忆年幼时代的生活经历，所见所闻，在字里行间渗透着城市生活的深层底蕴。在《死生契阔，与子相悦》里，写里弄里离群索居的邻居、上海的布尔乔亚们在60年代“困难时期”和“文革”非常时期如何从容顽强地面对困窘境遇和种种打击，祸福共享，甘苦同当的往事，写出了一个真实的上海，细节处十分缜密。纪实性小说如杨绛的《方五妹和她的“我老头子”》，通过“钟点工”方五妹和“我”的对话，记述了她的身世、家庭，和丈夫朴实的关系，和丈夫前妻子女的交往，娓娓道来，平常琐事，而都带有生活甘苦的况味。白桦的《呦

---

① 陈思和：多元格局下的小说文体实验，《上海文学》1998年第7期。

呦鹿鸣》回忆了40多年前在边疆奴隶社会里一段经历，写“家生娃子”和一只可爱的雄鹿的遭遇，写奴隶主的荒唐、残忍及其覆灭，用的是诗化的文笔。读这些作品会令人联想起“五四”年代鲁迅的《社戏》《故乡》《祝福》中的亲切，在记事的真切性生动性方面还可以追索到更早如徐卓呆的《温泉浴》、吴趼人的《查功课》等。在本世纪末，70年代出身的作家已经初露锋芒，如棉棉对“另类青年”心理、行为以及青春气息的描写如此深入逼真，卫慧才华横溢的文笔里无所顾忌地散射出来的对抗市侩文化的睿智。本集收了棉棉、卫慧、朱文颖、周茹洁、金仁顺的作品，他们写更本体的感性，有更青春更随意的人生哲学和审美追求。这种审美意识也体现在《重瞳》《伎》这样的历史题材小说中。

从1985年来的文学大势中，我们可以看到：思想解放的潮流，作家个性立场的发展和语言风格的多元走向，都已不可逆转，文学语言早已从大一统的模式中走出历经多次嬗变，新鲜语言层出不穷。既然语言是思想的直接现实，怎么能想象用“规范化”“化”得住呢？研究现代汉语的有些专家如果能走下他们不知站着的哪级层梯，到外面的世界来，到邻近的学科去看看进度，是有好处的，看看改革开放以来现代汉语已经发生了哪些深刻变化，以免落得类似“五四”白话文运动面前的林琴南的处境。

如果说，1985年小说结束了一边倒的“站在启蒙立场上的狭隘的批判情结”，“现代汉语写作开始向主流意识形态话语发起哗变，导致了先锋话语和民间话语成为写作的主要文体”[①]的话，那么到1997年较宽松的环境下，小说文体迎来的第二次突破浪潮的影响同样是深刻的。作家写短篇小说已经没有规范化的语言模式和文体结构模式，无论用第一人称或用第二、三人称来写小说，都可用个人化的语言来叙述自己的情节，这倒是更接近于个人在话说故事了，小说中流露的不再是“高于生活”的装扮，没有浮夸、附和和阿谀之气以及权威语言，有的是自信、随意和不羁的个性，更发自内心的深处，表现自然的本色。我们也看到了短篇小说这一体裁在群体性语言向私人性语言转换方面的灵活性。它使人不禁重又回想到20世纪前30、40年，从“小说界革命”起经“五四新文学运动”至30年代末“抗战”前的情景，那个时候的小说也曾有过个人风格呈现光彩的面貌。我们可以说，“五四新文学”的“现实主义”和“现代主义”两大传统，都在1985年以后的小说中重新崛起、在世纪末得到发扬以至超越。新的一代人经过新时期的20多年，已经接起了文脉之气，小说到了收获期，一股新鲜活泼的文学大气正氤氲迎向21世纪。

台湾小说界出现的情况与大陆也很相像。在台湾，一大批的被称作“新世代”

---

① 陈思和：多元格局下的小说文体实验，《上海文学》1998年第7期。

的作家，指的是50年代出生的青年一代作家，比大陆的“新生代”作家稍早些登上文坛，小说面貌焕然一新。在这第5、第6卷里，我们着重选编了台湾“新世代”作家的作品。与前辈作家相比，这些作家政治情结减少，知识背景多元，勇于尝试新技巧方式，这些特点正与大陆“新生代”相似。他们小说的特点是：站在历史圈外对整个历史政治进行嘲讽，摆脱晚清以来的政治情结；个人化取代流派，个人对生活的独特认知用最贴切的审美形式表现出来。如王幼华的《面先生的公寓》写的是现代都市中的公寓里家庭邻里杂乱生活，住户们各不相关又窥视偷听的生活和心理状态，反映了现代人烦躁心态和人际关系中的疏离感。吴舒发的《有月光的小河》写了现代文明深入了山间乡野，同时它的污浊也带到了泰雅民族的农村。黄凡的《范柩铭的正直》写了公司总经理范柩铭一天里在处理公司几个事件中表现出的有条不紊、责任分明的堂堂正气。裴在美的《李若的缝衣女郎》用第二人称的笔法，重于对现代人内心世界和生理感觉进行挖掘和探索。题材的纷杂也是“新世代小说”的特点，除了“工商、都市、乡野、言情、历史”等小说外，还出现了“心理小说”“武侠小说”“科幻小说”“神秘小说”等新的品种。本集选入的阿盛的《天鼓落情记》是一篇武侠小说。柯顺隆的《塞车节》是一篇科幻小说，我们记得在1905年徐念慈受西方小说的影响写了第一篇科幻小说《新法螺先生谭》，与《塞车节》的文体比较，竟也有点相似之处。现在，科幻小说重新崛起成为重要的一脉。神秘小说如蔡秀女的《红衣观音》，写生活中的超验现象，是小说对生命深层意义的探讨。林燿德的《恶地形》是一篇用意识流的方法写的成功的心理小说。这些小说的创作在题材和方法上都已经发展和超越了“五四”文学的传统。在香港的小说中，东瑞的《一条命案》是一篇富于趣味的小说，作者依次用“新闻主义”“对白体”“内心独白”“潜意识”“魔幻主义”“写实主义”等手法，变换着文体巧妙地连缀故事，写一件自杀案前后主人公和周围人的思想、态度、评议，对商业社会阴暗面的揭露不无深刻之处。黄傲云的《庙街的未央歌》写九龙半岛庙街贫民小社会的生活状态和一段时期内各种人事的沧桑变换。周蜜蜜的《离岛》描写同性的真情和异性的虚情。在商品社会里，由名作家用现代意识写作通俗小说，无疑提高了通俗小说的水平。雅俗的并举和合流，难以区分，这是大陆和台港小说在20世纪末共同出现的新气象，新文学作家长期来努力创造为民众喜闻乐见的文学的愿望正在走向实现。

我们再回顾一下20世纪我国小说发展的道路。20世纪初年，中国的小说不论是在形式还是内容上的探索或创新，题材的百花齐放，都可以说是孕育生机，勇追世界文学潮流的。不论是左翼还是其他进步文学社团，都是生机勃勃，这种势头在上海甚至保持到1941年租界沦陷。但是政治和国家命运的危机迫使最关心中国命运的知识精英高扬“小说救国”之旗，走革命的现实主义之路，战果累累，也曲折坎坷。直到20世纪后期的新时期里，小说又开始重新大步迈上与世界小说“接轨”的宽广道路。在这里，都市小说的起落再起可以作为一个观察点。当今，小说的创作既有表现时代精神的主旋律作品，又有适应大众文化市场的消费型作品，还有行家圈内的纯文学。多元的价值取向互相参差和交融，汇成了世纪末的百花图。

我从小爱读短篇小说，记得在50年代初才念小学低年级时，我已开始翻看我家里留传下来的别人家都没有的半部原版的《中国新文学大系》，被“小说三集”中的好几篇小说感动得热泪盈眶，从此小说一直伴随着我的童年，直至后来考入复旦大学中文系。但是在我求知欲最强的青年时代，我亲身经历了小说之路越走越窄的50、60年代，我盼望着她的繁荣，当时即使读到一二篇佳作，也常常本能地激动万分，直到“文化大革命”，小说竟濒于消灭。“四人帮”倒台以后，小说又掀起旋风，我正好重返校园读研，我又一直收藏好小说，到现在已收不胜收，但是对小说研究我实在是外行。到如今我却有机会能亲手选编这部小说选集，这真是了却了我一生中一个最美好的夙愿。但愿“旁观者清”这句话竟至于应验，我相信本选集里选的都是经得起时间磨砺的小说。我深信，小说对人性的探究和对人类的自我完善是有贡献的。在本部《20世纪中国短篇小说选集》(共6卷)里我们共选编了300篇作品，我十分感谢当代著名文学评论家陈思和教授亲自为本选集作序，我十分感谢本书的读者购买或借阅此书，和我一起重温20世纪中国短篇小说的旧梦，一起感谢那么多伟大的小说家为我们民族留下了那么多光辉的名篇。

参考文献：

孔范今主编：《20世纪中国文学史》，山东文艺出版社1997年。

陈思和：《陈思和自选集》，广西师范大学出版社1997年。

丁柏铨主编：《中国新时期文学词典》，南京大学出版社1991年。

陈思和：多元格局下的小说文体实验，《上海文学》1998年第7期。

陈思和：1997年小说创作一瞥，《钟山》1998年第6期。

原刊于钱乃荣主编《20世纪中国短篇小说选集》第5、第6卷，上海大学出版社1999年。

多元博采的海派文学

摘　要：海派文学是在中国古代市井文学精神和西方现代文学思潮相结合基础上发展起来的、以开埠后的上海为中心的江南地区都市文学，题材广泛，流派纷呈，宽容趋时，勇于创新，反映了都市市民多元的文化需求。在21世纪，我们应该弘扬海派文学精神，创新海派文学理论。

关键词：海派文学；博采多元；弘扬创新

一、海派文学的渊源

海派文学有两个来源。一是中国古代的市井文学。宋元以降，江南一带商品经济的发展和市民社会的形成，社会思想的解放，活字印刷的发明和街巷书坊的涌现，文人身份的改变，小说、戏曲的流行，文学于是走向俗化的道路。再早的源头还可以追溯到东晋以后以"支脂鱼虞、共为不韵"的《切韵》书音系统和以笔记小说《世说新语》为代表的以金陵为中心的"江东文化"。以文人抒写人情心性和民间故事为其主要标志，在"三言二拍"中已有许多江南情景市民主题，上海地区的口头文学在明末冯梦龙的《山歌》中就有反映。到乾嘉年间有杂以苏州方言的昆曲集《缀白裘》、说唱文学《三笑》、弹词《落金扇》和上海方言的滑稽体小说《何典》等，直到晚清出现了像《海上花列传》《九尾龟》那样的写实小说。

1901年清廷重新提出变法改革，开启了思想禁锢，全国向往立宪热情高涨，报刊新闻自由化。第二年起，晚清小说开始进入热潮。梁启超创办《新小说》杂志，发动"小说界革命"，带头以西方政治小说为范本，写起政治小说《新中国未来记》来；1903年就有两部著名的、后被称为谴责小说的《官场现形记》《二十年目睹之怪现状》以及以官僚体制弊病为揭示对象的《老残游记》闻世。晚清大量的书报刊物出版和长篇的哲学、社会、理想、科幻、侦探、国民、警世、滑稽、军事、言情、武侠等小说在上海纷纷涌现，出现了中国历史上少见的多采繁荣局面。民初北洋政府时期，上海经济翻了三番，城区迅速扩展，市民阶层迅速形成，以"南社"为代表的近代文学团体登场和以《礼拜六》为代表的都市消闲文学的发达。现代短篇小说体裁的诞生和繁荣，既受欧美翻译文学的影响，又与本土民俗民情结合，使上海海派文学在20

世纪初刚崛起时就表现出她的多元博采风格，深得市民喜爱。

海派文学的第二个来源是接受了西方自由民主域外文学及其种种文学思潮的结果。辛亥革命以后，“共和”成为一面旗帜深入人心，现代自由报刊业蓬勃发展，那些从外国归来的首批新型知识分子，把西方的文学理论、创作流派以及西方小说戏剧大量介绍到中国来，终于爆发了20世纪最伟大的五四新文化运动包括白话文运动，抨击“文以载道”的文学观念，倡导“善写人情”的平民文学，使以善为中心的古代文学一变为以真、美为中心，从而在根本上改造了中国的文学。新文学在上海特定的社会背景下，各种流派都可得到充分的表现和发展，这就形成了繁荣的“海派文学”。到40年代，新“旧”、雅俗文学合流，海派文学更趋成熟；到80年代，海派文学的口号重新提起，直到如今正在发扬光大。

二、理解海派文学的一些认识障碍

哪些文学作品可以称为海派文学作品？人们的看法并不很一致。比如从流派上看包不包括革命文学，从体裁上看包不包括曲艺杂文电影，从地域上看包不包括上海以外地方的作家作品，海派文学是不是正统之外的另类文学，等等，存在着不少模糊的认识。其中最可引起争议的是对文学的“雅（高雅）俗（低俗）”问题的看法，这个问题直接影响到对海派文学的文学性的评价，值得提出重加探讨。

“庙堂文学”谓之雅，“引车卖浆之徒”所言谓之俗，“雅俗”问题一直是困扰正确评价各种文学作品的绊脚石。在20世纪的文学批评中，我们看到雅俗是被任意划分的：有以作家群划分的，有以作者出自阶层划分的，有以文学的刊物地位划分的，有以文学的体裁划分的，有以文学题材划分的，有以读者的层次划分的，有以市场化的程度划分的，有以语言的通俗与否划分的，有以文章的精神境界高低来划分的，有以是否“纯文学”划分的，有以文章的思想是否革命来划分的，最甚的是以党同伐异来划分。举例说《红楼梦》在不同时代是雅是俗，人们的认识是不同的；又如10年代里用工农难以看懂的文言文写的，表现市民小资情调的《礼拜六》小说被称为俗文学，而胡适、陈独秀提倡的“不避俗字俗语”（胡适《文学改良刍议》中的“八大主义”之一）的白话通俗社会文学（陈独秀《文学革命论》中“三个建立”之一）如鲁迅的《故乡》《社戏》却被认为是雅文学。其实胡、陈在20年代之初为推荐《水浒传》《红楼梦》作序所要提倡的就是白话通俗文学，这些启蒙的俗文学后来又在有些人的眼中变成了雅文学。既然大家对雅俗从理论观念到实际分类上都如此含混不清，我们不如就抛弃了这两个貌似对立实为混乱不清的概念吧。因为它们不利于对文学分类和建设，而把它们用到判别海派文学的是非上去尤其有害。放弃了一些陈旧观念，我们就有一种平等的心态，就可以更从容地面对事实上阵容庞大互补共进并不断壮大的海派文学。

陈思和在讨论到新时期小说叙事立场开始向个人立场转移时指出:“如果说,启蒙立场强调了人性中神性的一面,那么,个人性的立场则表现了人性中凡俗性的一面。而欧洲文艺复兴的人文主义传统,正是从伟大的《十日谈》所表现的人的欲望人的本能的合法权利开始发轫的。人的真正的神性,不应该是宗教所谓的上帝赐予,而是从自身的凡俗性中升华而上。”①应该说,文学的走向凡俗性正是五四新文化运动的革命精神和目标,也是中国文学自元代以来趋时发展的必然趋势,更是海派文学的海纳百川兼容精神的精髓。我们评价一部文学作品的标尺应该是陈独秀提倡的“善写人情”②,在此原则面前我们应该平等看待各类作品,优秀的作品是那种感人易、入人深、化人神的作品,而不是其他。

三、兼蓄并存、多元博采的海派文学

摆脱了内涵外延都无法界定的所谓“雅文学”“纯文学”的自我束缚,我们就可以探讨“海派文学”的分类。

“海派文化”在中国历史上本来就是一种后起的另类文化,商业社会的兴起是她的基础。狭义的海派文化起源于海上的国画、京剧和中西结合的都市文学,她是伴随着霓虹灯、咖啡馆、旗袍、舞厅、流行歌曲、五光十色而来的都市繁华的精神产物。“文雅庄严”的站在保守的乡土立场和正统观念上的人当然看不惯它。在20世纪30年代上海的一场“海派”“京派”讨论中,尽管苏汶把“卑劣的Journalism”职业的“低级趣味”“机械文化”与“海派”划开了界线③,沈从文还认为“海派”即是与“礼拜六派不能分开”的“重风雅”的“名人才情”与“重实利”的“商业竞卖”相结合④,曹聚仁更认为“一九三四式的海派文人,‘才子’+‘流氓’还是不够的”⑤,他们说“‘上海气’是‘都市气’的别称”,可见他们从官场立场、从乡土立场非礼“都市文化”的实质。鲁迅当时就一针见血地指出:“要而言之,不过‘京派’是官的帮闲,‘海派’则是商的帮忙而已。……而官之鄙商,固亦中国旧习,就更使‘海派’在‘京派’的眼中跌落了。”⑥他还指出江南文学的发达,事实上是:“不过做文章的是南人多,北方却受了影响。”⑦鲁迅预瞻到了文学的必然趋势,他又忠告那些

① 陈思和:1997年小说创作一瞥,《钟山》1998年第6期。

② 陈独秀:《红楼梦》新叙,《红楼梦》,上海亚东图书馆1921年。

③ 苏汶:文人在上海,《现代》,1933年第4卷第2期。

④ 沈从文:论“海派”,《大公报》1934—01—10。

⑤ 曹聚仁:续谈“海派”,《申报·自由谈》1934—01—26。

⑥ 鲁迅:“京派”与“海派”,《申报·自由谈》1934—02—03。

⑦ 鲁迅:北人与南人,《申报·自由谈》1934—02—04。

"贫嘴"的北人说:"昔人之所谓'贵',不过是当时的成功,而现在,那就是做成有益的事业了。"[①]后来他在又一篇《"京派"与"海派"》中就写到了当时文学的这种变官为商的渐进:"目前的事实,是证明着京派已经自己贬损,或是把海派在自己眼里抬高……因为现在已经清清楚楚,到底搬出一碗不过黄鳝田鸡,炒在一起的苏式菜——'京海杂烩'来了。"[②]在30年代,只有鲁迅能如此清醒地指出海派文学的属性及其在中国大地上影响的不断扩大。其实在当时,批判海派的话之在上海"自由谈"上进行,正是由于海派文化天地的开辟,那是上海媒体批评自由和文人勇于自我批判的缘故,所以我们现在看到的满是批判的文字而不是维护自尊颂德的文字,除了认识上的落伍这一层外,其实对海派文学当时的成长自有好处。到三四十年代,"海派文学"趋于成熟,出现了世界最前卫的文学,如穆时英的《白金的女体塑像》;传统和新潮结合得比较好的著作,如张恨水的《金粉世界》、丰子恺的《缘缘堂随笔》、张爱玲的《传奇》、钱锺书的《围城》、徐讦的《风萧萧》、还珠楼主的《蜀山剑侠传》等海派文学名作。到了张爱玲年代,她已是自信地说:"到底是上海人!""上海人的'通'并不限于文理清顺,世故练达,到处我们可以找到真正的性灵文字。""只有上海人能够懂得我文不达意的地方。"[③]张爱玲的作品已是正面肯定现代都市物质文明的进步性,肯定商业社会市井生活场景的合理性。这就是海派文学成熟的历史。50年代以后,"海派"又一次地被否定,被彻底打倒,然而"海派"的阴魂自难打散,我们在"文革"岁月里听到见到的"地下文学""潜在写作",如《梅花党》《缘缘堂续笔》竟都是海派本色的流承。当今,我们是理直气壮地在以建设商业社会市场经济为中心了,文化观念必然与时俱进,不会与当初一些文学批评家们一般见识,我们应该觉悟,"海派文学"才是"都市文学"的灵魂,表现了上海精神,才是我们这个文明社会在全球化中与世界接轨的文学主流。

"海派文化"是以长江三角洲太湖片文化为其地域范围的特色文化,这一地区在明清时期就是全国经济文化最发达的地区,都市的商品经济是一切文化活动的坚强后盾。晚清以来这个地区由于众多的政治家文学家的推动,就全国来说,这里中西文化融合得最好,人文基础有海纳百川的气概。开埠160年来,上海城市的快速发展,书报市场的发达自由,名士汇集、思潮活跃,为"海派文学"制造了肥沃的土壤。"海派文学"的主要特点,便是她的"博采多元,不断创新,与时俱进"。海派文学的作家群,也大都出自江浙、上海、皖南吴语地区(徽语的底层也是吴语),如胡适

① 鲁迅:北人与南人,《申报·自由谈》1934－02－04。
② 鲁迅:"京派"与"海派",《太白》1935年第2卷第2期。
③ 张爱玲:到底是上海人,《杂志》1943年第11卷第5期。

是徽商聚居的绩溪人，刘半农江阴人，柳亚子吴江黎里人，徐枕亚常熟人，包天笑、周瘦鹃、程瞻庐、叶圣陶苏州人，秦瘦鸥上海嘉定人，鲁迅绍兴人，茅盾、丰子恺桐乡人，徐志摩海宁人，施蛰存杭州人，梁实秋、戴望舒余杭人，苏雪林太平（今黄山市）人，钱锺书无锡人，洪深常州人，苏青宁波人，张爱玲、程乃珊上海人。孟子说："居移气，养移体。"这些作家都是自幼说吴语的吴语区人，作品在底气上都有共通的地方。因此，"海派文学""海派文化"是有其深层的地方民俗特色和世代承传的文化底蕴的。

回顾20世纪的中国文学史，是一部门户开放、逐渐走向世界现代文学的曲折史。这100多年中产生的文学作品，大致可以从以下8个方面对之进行分类：①以个体、人性、自由为内核的启蒙文学；②以揭露、批判、呐喊为内核的社会批判文学；③以主观表现、感觉直觉、内部意识为内核的现代主义文学；④以救亡、统一、强盛为内核的爱国主义文学；⑤以解放、斗争、建设为内核的革命文学；⑥以乡愁、风俗、批判色彩为内核的乡土文学；⑦以休闲、感觉、性爱为内核的都市文学；⑧以猎奇、有趣、娱乐为核心的通俗文学。某个文学作品也可能兼类[①]。而在这8类具有不同文学精神的作品中，都有海派文学的存在。

在洋溢"五四"时代"人的觉醒"的启蒙文学中，郁达夫的《沉沦》《春风沉醉的晚上》，王独清的《咖啡店之一夜》，叶灵凤的《女娲氏的遗孽》《落雁》，张资平的《约伯之泪》、《性的屈服者》，叶圣陶的《潘先生在难中》，庐隐的《沦落》，绿漪的《棘心》，徐志摩的《志摩的诗》《翡冷翠的一夜》，陈独秀的《独秀文存》，鲁迅的《且介亭杂文》等，都是海派文学的代表；80年代五四精神复活，卢新华的《伤痕》，郑义的《枫》，王安忆的《雨，沙沙沙》等，也具有海派文学的启蒙精神。在社会批判文学中，徐卓呆的《卖药童》，叶圣陶的《多收了三五斗》，茅盾的《林家铺子》，巴金的《家》，夏衍的《包身工》，沙叶新的《假如我是真的》，宗福先的《于无声处》，戴厚英的《人啊人》，彭瑞高的《叫魂》等，都继承了批判现实主义的真谛。在现代主义文学中，刘呐鸥的《都市风景线》，施蛰存的《梅雨之夕》《将军底头》《鸠摩罗什》《石秀》，穆时英的《上海的狐步舞》，戴望舒的《雨巷》，无名氏的《北极风情画》等，都表现了上海这个城市与世界潮流的同步；到80年代，西方现代主义重新被学习探索，《上海文学》曾是"先锋文学"的重要发源地，格非的《青黄》，苏童的《妻妾成群》《井中男孩》，陈村的《一天》，李晓的《继续操练》等，都使中国小说缩短了与当代世界文学的距离。爱国主义文学中，萧军和萧红的《八月的乡村》《生死场》在上海闻世，骆宾基也在上海写成他的处女作《边陲线上》，还有如孤岛时期罗洪的《急流》《后死者》等，爱国文学也

---

① 钱乃荣：《中国语言文学导论》，上海大学出版社2001年，第168—195页。

包括当代余秋雨的以“人文山水”展开历史对话的《文化苦旅》、《山居笔记》。革命文学中，有蒋光赤的《短裤党》，茅盾的《子夜》，茹志鹃的《百合花》，巴金的《团圆》，菡子的《并非遥远的岁月》，白沉、蓝流编剧的沪剧《母亲》，上海市人民沪剧团集体创作由文牧执笔的沪剧《芦荡火种》等。乡土文学，这里指的是用现代精神解读的乡土文学，如许杰的《惨雾》，彭立煌的《怂恿》，王鲁彦的《许是不至于吧》，柔石的《为奴隶的母亲》，袁雪芬主演的越剧《祥林嫂》和沪剧《庵堂相会》《罗汉钱》，电影《枯木逢春》《早春二月》等；都市文学是海派文学的主流，从清末韩邦庆的《海上花列传》起，连绵不断，如孙玉声的《海上繁华梦》，朱瘦菊的《歇浦潮》，包天笑的《上海春秋》，江红蕉的《交易所现行记》，大规模描写上海社会；另外还有周瘦鹃的《此情绵绵无绝期》《恨不相逢未嫁时》，苏曼殊的《碎簪记》《绛纱记》，穆时英的《夜总会里的五种人》，张恨水的《啼笑因缘》，秦瘦鸥的《秋海棠》，苏青的《结婚十年》，林淑华的《生死恋》；当今都市文学十分繁荣，著名的有王安忆的《长恨歌》《妹头》《富萍》《死生契阔，与子相悦》，程乃珊的《蓝屋》《金融家》《上海探戈》《上海 Lady》，树菜的《上海的最后旧梦》《豪门旧梦》，陈丹燕的《上海的风花雪月》《上海的红颜遗事》《上海的金枝玉叶》，殷慧芬的《吉庆里》，唐颖的《丽人公寓》，陈子善编辑的《夜上海》以及陆文夫、范小青等人的小说等；通俗文学，这里是沿用习惯的称呼，指的主要是受众面较广的休闲文学，文学本起于游戏和娱乐，文学的休闲功能在城市生活中更显其魅力。1906 年以后，以言情小说带头的消闲文学重新抬头并获得蓬勃发展，从徐枕亚的《玉梨魂》开始，产量之多空前。“它是紧紧地植根于近现代上海经济发展的土壤中的一种文学”①。“这些小说一反‘文以载道’的旧文学传统，以摧枯拉朽的凡俗性向封建思想文化权威的神圣性展开了冲击，表现了新市民阶层进步的人生态度”②。有写市井恋爱生活情调的，反映各阶层家庭生活的，反映社会时事的，警世谴责的，写外国题材的，还有武侠小说、侦探小说、科幻小说、讽刺滑稽小说，其中以各种言情小说（如陈蝶仙的《玉田恨史》等）和程小青侦探小说的《霍桑探案集》最为著名。创刊于 1926 年的《良友》画报就是一本海派杂志，它早于美国的《生活》画报 10 年。在其“上海地方生活素描”里，有《鲁迅在书房》的照片，有深谙上海民俗的散文，如郁达夫的《上海的茶楼》，穆木天的《弄堂》，洪深的《上海的大饭店》，曹聚仁的《回力球场》。此外，值得注意的还有《红杂志》《红玫瑰》期刊上经常刊载的江南民俗风味很浓厚的民间歌谣谚语、顺口溜和趣味文字，也反映了都市生活情趣。上海城隍庙卖梨膏糖唱的“小热昏调”，“楼外楼”上的苏滩“文明宣卷”，上海滑

① 王文英：《上海现代文学史》导言，上海人民出版社 1999 年，第 1—10 页。

② 钱乃荣：《20 世纪中国短篇小说选集》第 1 卷前言，上海大学出版社 1999 年，第 1—9 页。

稽戏和茶馆书场里的评弹，都是群众喜闻乐见的通俗文学。直到 40 年代，在民间戏曲《白蛇传》《梁山伯与祝英台》家喻户晓的同时，通俗小说则走向现代化，有徐讦的《鬼恋》《精神病患者的悲歌》，无名氏的《塔里的女人》《海艳》，予且的《女校长》《浅水姑娘》，包天笑的《大时代的夫妇》，冯衡的《镀金小姐》，孙了红的《新婚血案》，徐卓呆的《李阿毛外传》等。80 年代以后，上海以《上海小说》杂志为中心的通俗小说和大量言情、武侠电视剧的放映使受众面最广的通俗文学形成高潮，其中有收视率创最高纪录的叶辛编剧的上海方言电视连续剧《孽债》，还有程蔷编剧的电视连续剧《蝴蝶兰》《无花的夹竹桃》《相思年代》，王晓玉的《紫藤花园》等。

打破文学观念上的门户之见和旧立场，从海派的立场着眼，看到的是，上海开埠 160 年来，海派文学十分发达，它不但题材广泛，流派纷繁，满足了都市市民多元的文化需求，而且在体裁上也应包容更多的范围。不但包括小说诗歌、散文游记、随笔杂文，还应包括戏剧曲艺、民歌杂调、吴语文学。

对于海派文学，有两个时期，过去研究较少，人们接触其作品也比较少，一个是 20 世纪前 20 年，一个是 40 年代时期。其实，这两个时期，海派文学十分发达。

四、弘扬海派文学精神，创新海派文学理论

海派文学精神是在 20 世纪文化发展中逐渐形成光大的。正如王文英主编的《上海现代文学史》中所述："我们看到上海的现代文学曾经有过她的辉煌，但同时却不能不看到她还存在的诸多遗憾。20 世纪初，上海社会在外力的压迫下发生着从前现代化向现代化的转型，她在经济上一度取得令人瞠目的进展，在全国占有绝对优势的地位。但是，当全国尚处于小农业经济的汪洋大海之中时，上海的处境绝对是尴尬的。她的进展过程充满着各种矛盾的纠结，如传统与现代的矛盾，城市与乡村的矛盾，民族矛盾，阶级矛盾等等。对于这座城市正在发生的社会转型及经济体制变化的性质，国内大多数人士都不能有清醒正确的理解，连当时的精英知识分子也未能例外。……诚然，有相当多的外来势力推动的因素，但是，在她的整个发展历史过程中，上海人(包括外地移民而来的)，适应历史的时势，抓住历史良机，顺势而为，学得了西方文化的真髓而化为自己的血肉，推动了上海历史的进展，这是一个不争的事实。"①鉴于当时普遍认识的局限，趋时渐进的上海海派精神，没有被充分认识肯定，毋庸讳言，在一个时期里还受到过挫折。

时至 21 世纪初，整个中国又在向现代化迈进。我们现今在充分认识现代化使命情况下，应该对海派文学的文学精神有一个清醒的认识，她是顺应世界现代化经

① 王文英：《上海现代文学史》导言，上海人民出版社 1999 年，第 1—10 页。

济发展下多元文化的产儿。她善于紧跟世界先进文化的潮流，又与本土传统民俗相结合，博采兼容，与民同乐，与时俱进，因此她有不老的生命力。弘扬海派文学精神，是我们文艺家的努力方向，可以带来文艺的繁荣。

在实践海派文学的同时，笔者认为必须清醒地认识到建设海派文学理论的重要性。过去，由于我们对海派认识模糊，批评多于建设，如今在上海大文化快速发展的背景下，在向小康社会继续推进的新时期，我们对我们的文化生活要有新的认识。我们应该认真研究，创新海派文学理论，一个民族要有文化前途，主要靠创新，在你的积累中故步自封没有创新，这个民族就会衰老。海派文学理论面临着创新的机遇，我们应该满怀信心迎接海派文学及其理论的丰收季节来临。

综观百年海派文学的历史，笔者提出关于海派文学属性的几点结论：①海派文学是伴随商品经济发展而形成的新文学；②海派文学是现代都市中产生的以科学与民主为底蕴的开放文学；③海派文学是今以上海为中心的长江三角洲、太湖钱塘江流域为其地域范围的区域文学；④海派文学是体裁多元、题材多元、功能多元和受众多元的现代文学；⑤海派文学是亦雅亦俗、与民同乐、群众和精英都喜闻乐见的文学；⑥海派文学是善于融合世界先进文化、积极选择吸收各种最新文学思潮的文学；⑦海派文学是与本土文化结合最好一直具有中国江南民俗特色的文学；⑧海派文学是与时俱进、不断创新、勇于建设先进文化的文学。

原刊于《海派文化之我见》，上海大学出版社 2003 年；《上海大学学报》2003 年第 5 期转载。

宽容地重写上海的历史和文明

近两年来，从《上海文学》和《新民晚报》开始，程乃珊一发不可收地写了大量的纪实文学作品，写上海的历史，写上海的人物，凭借着她的浓郁的海派风情和语言特色，吸引了上海男女老少大批读者，近来她接连推出的《上海探戈》和《上海Lady》两本书刚闻世，即进入畅销书排行榜，广受欢迎。早在80年代，程乃珊已执著于上海题材的写作。可以讲，今日在上海的作家群中，很少再有像程乃珊那样几十年如一日，心无旁骛地关注上海题材的写作。

作家需有与时俱进的文化意识。近年来，视觉感受让图片说话的传媒大革命已来临，城市的变革必将会冲击城市文化的走向。作家的创意空间也要与时俱进，程乃珊崇尚让图片说话的新概念阅读，她的书图文并茂，又配合中国读者传统的阅读方式而取折中，文字仍占一定篇幅，这也是开创一种海派的阅读改革吧。近年来，受众的阅读兴趣转向纪实性，一般的长篇短篇小说的读者急剧减少，程乃珊也开始由单一的小说创作转向纪实文体，并用小说的笔法去写真实故事，这也是在探索与时俱进的海派文学新样式。如她的“弹性女儿”“上海老克勒”“你的姓氏，我的名字”“绿屋情缘”等，就是通过上海各时期带有特定文化色彩的女性的生活变迁，带出一个个真实的悲欢离合的人生故事，从一个侧面开始了关于上海历史独特视角的文化讲述。与时俱进与跟风迎潮完全不同，前者是灵魂本身对时事的不断发问和反思，后者是没有灵魂跟着市场的盲从。

程乃珊的故事常常将自己融入叙事中，这使她的故事像当年鲁迅写的《故乡》《社戏》《祝福》和《朝花夕拾》那样，更加具有亲切感。程乃珊的故事真有其人，栩栩如生，可以探访，把旧上海延续至今，写上海在社会风涌突变时的家族兴衰，写出了维系上海社会持续发展的城市精神，写出了上海城市的积极生机和深层底蕴。正是这种海派的大气，使上海社会走向繁荣发达。上海人在百年中凭着自己的智慧和勤奋，能共欢乐，也能克服困窘境遇和种种打击，顽强地互助，祸福与共。作者在《绿屋情缘》里写了一段曲折的民族资产阶级的发家和衰落史。即使在“文革”非常时期，雍容高贵、言语风趣幽默的吴老太太被扫地出门到了一间7平方米的亭子间，还有高雅的情致教邻居百姓跳标准舞，怀着乐观的精神活到90多岁；与她一起生活的儿媳是共产党员、市三八红旗手，年年将她接到南市老城厢的小户平房中，享受市民过年的天伦之乐，使她感受到真正的、充实的儿女温情。上海的民间自有宽阔温暖的胸怀，爱护人们渡过难关。程乃珊曾在另一篇《摇摇摇，摇到外婆桥》中写道：当她的外婆家被抄家洗劫一空、革命小将满载战利品威武离开时，一个弄堂口平时一声不响的老皮匠跃起拦住了红卫兵的车子，使他们感动开恩扔下了一只箱子，他把它拎到外婆家门口。另一名上海作家王安忆也写到过一位民族资本家的太太，在1958年里弄再三动员去代课教书她都不愿去，但在"文革"中家里的男子们都被打倒失业时，从容顽强地挑起了一家好几口的家庭生计。作者母亲（茹志鹃）也说："他们有气节！"这些故事的细节都深含着文化底蕴，以小博大，以真实可信触摸着上海的历史。就从这些娓娓道来的点滴中，我们看到，即使面对逆境，上海社会的民间自有一种凝聚力，有着一种高尚的人情和爱心，互相支持，这样一种宽宏博大的胸怀和优良的文化习俗维系着上海社会。这是上海独特的贯通古今中外的先进文化积淀，它是使今日的上海很快重新崛起的博大精深的都市潜力。程乃珊以强烈的历史使命感写出了这种上海海派精神，这些上海人，即使在"知识越多越反动"的年代里，并不相信"以阶级斗争为纲"，而坚信知识能改造一切，偷偷地听外国古典名曲，学外语，搞美术，唱昆曲，谈高雅文学，说时事，关心国家和自己的命运。程乃珊写了这些高雅的情操和文化底蕴在那些"老资""小资""老克勒"乃至"小市民"中的种种表现，及其在他们子女中的延续，绵绵不断，盖源于他们的长辈都有中外先进文化的学识背景，有与外国资本争比高下的成熟素质。这就是上海精神。

所以，程乃珊的笔下决不是浅层次的对老上海的"怀旧"，她把过去和今天联系起来。我们都可以发现，无论她笔下的"老克勒""Arrow先生"，还是"上海名媛""上海保姆"或"上海卡门"，虽然她们的故事起源于20世纪30年代40年代甚至更早，但她们是渐进的，富有生命力的……与广大上海人一起进入新上海；在"困难"时期、"文革"时期与上海人共进退同命运……他们是历史的活化石，是流动的上海都会历史。程乃珊写老上海，是以关注历史、探讨历史的角度切入，她是将老上海作为一个上海历史的链接来写，是关注连接昨天和今天的那片深博的昨夜今晨，笔下的人和事是流动的。比如她《上海Lady》里写的"上海名媛"，通过资料、采访及身边现成的人事，栩栩如生又令人信服地道出，为什么"上海名媛"的含金量和魅力为全国之最；为什么上海才是最后可以成全一个"名媛"的必要处所。"上海滩为中西文化百余年的风云际会，虽不及皇城多世家皇族，也不如岭南多华侨巨商……但中国传统士大夫的庭训加上敦化了的欧美文明，为一代名媛提供了一个通往世界都会文明的洗礼"。程乃珊在"上海名媛"里所展示的，不是小里小气的名媛的发式衣着时尚，而是从为追求恋爱自由的陆小曼到中国第一位女飞行员李霞卿，直到林徽因、章含之到作者的同学、赵二小姐的孙女，向读者展现的，是上海女界一代精英如何从封建势力桎梏中走出来，又如何在烽火四起的山河中日益成熟完善。在有中国特色的社会主义建设中，一样亮闪着名媛卓越的风范。

现今不少写老上海的书籍，不少停留在单一的“时尚”的表层角度，连带不少作者本人也是只从“时尚”的角度浅层次地看老上海，程乃珊在写上海历史人物时，不因循旧说，而是以今天的眼光重审历史。如她以一个上海作家的敏感心灵和其得天独厚的资源库存，以大量真实的历史照片和二战退伍军人吉米钟的回忆，娓娓道出一个深感人心的美国大兵与上海小姐的异国爱情故事。难得的是，程乃珊的笔锋，详细讲述了这批洋丘八对上海十里洋场的震惊和大开眼界，从侧面反映大上海的魅力。同时，她也客观地用许多细节证明，大量美军在上海滞留的短短一年内，他们给上海带来的民生、文化影响和时尚流行的冲击，是深远的。程乃珊是迄今为止大胆提出这一观点来写上海史上的第一人，可见她探询历史的勇气，以自己的创作挖掘上海的真实历史。又如她从“老克勒”“阿飞”这种带有历史偏见的名词称谓中，仍然用大量的图片和令人信服的细节，为一代上海白领先驱平反正名，甚至因此在上海滩，带起一股“老克勒”热。所谓“老克勒”，就是旧时的优秀白领，温文尔雅，领中外时尚与知识之先，工作勤奋专注，尊重女性，有绅士风范。除了为“老克勒”正名，为“名媛”平反，程乃珊对上海市民同样关注和不失描绘的精彩之笔。她笔下《后门》和《上海保姆》中的市井小人物，老婆来上海做娘姨的乡下男人，老上海人家做粗重活的男保姆，酱油店与娘姨打情骂俏的小伙计等，都是常人常情，都描绘得活灵活现。如果说，上海确是一支变化多幻的探戈舞曲，可以讲，“老克勒”和“小市民”，再加上上海女人，正是构成上海最为生动的探戈的主要组成部分。看尽上海百年沧桑，上海滩上最活跃的两个层面，就是老克勒和小市民：小市民奋力跳龙门变成老克勒，老克勒没落沦为小市民，风水辗转，他们一起参加创造着上海的历史。程乃珊恰巧得天独厚，对这两个层面的人物都了如指掌，并准确地牢牢抓住上海滩这两个支点人物，完成了她海派作家的创作冲动。60年风水轮流转，当年的“老克勒”“小市民”，那些与东家心贴心的老保姆，那些外来谋生者以及乡下的家人……那些人和那些生活的典型性，在如今的上海也有着普遍的意义。上海老白领的风度，上海名媛的情愫，上海民族资本家的文化素养和民族骨气，上海茶房、堂倌和保姆们的勤谨，难道不能成为当今一些民营大款、上海新Lady和一些新民工、新保姆们的学习榜样吗？

原刊于《文汇报》“从‘上海探戈’到‘上海Lady’、‘上海萨克斯风’——谈程乃珊的近期创作”笔谈，2003年1月。

《老娘舅》对沪语文化的传承与发展

鲁迅在20世纪30年代就说过，“京派”姓“官”，“海派”姓“商”。“海派”文化是与中国古代的为“官”作点缀的文化不同性质的一种全新的商业文化，是现代社会的文化。它在20世纪初年伴随着上海开始成为商业大都市而在上海诞生。它一开始就有中西交融、海纳百川的特征。这也是现代商业世界的文化特点。

上海的滑稽戏就应运在民国初年诞生。民国初年“新剧同志社”创演大量都市话剧，由文学家徐卓呆等人自编自演的大量“滑稽小品”就开始加入在正剧之前、之中上演，后来一班滑稽演员前辈如王无能、刘春山等可以在舞台上大出风头，不久滑稽戏就进入了大型游艺场所。20世纪20年代“笑匠”徐卓呆等又办起了“开心公司”，拍出了大量的大受欢迎的滑稽影片，成为国产电影开创时期的一种独立的“笑剧”品种。后来上海有了空中电台，滑稽戏汇集以上海方言为主的江南江北方言、口技、绕口令、南腔北调，成为那时大都市中最为活跃的海派文艺。上海滑稽经历的“舞台——银幕——电台”三个发展阶段都是与当时的都市文化紧密结合并迅速紧追新技术开创的潮流的。当今，电视文化成为最时尚的群众娱乐。滑稽剧与时俱进，在各种戏剧曲艺还陷在困境中，还在前三种形态中徘徊之时，它率先冲出束缚，以其活跃紧追时尚的本性，适应上海市民休闲娱乐的需要，创造了既继承其传统精华又符合世界文化潮流的新形式——“海派上海情景喜剧”，成功迈上了第四个台阶。它占领了电视节目每个晚上的黄金时段，《老娘舅》《开心公寓》《红茶坊》等喜剧，剧情内容活泼多样，其中《老娘舅》至今已连续播出460多集，《开心公寓》也连续播出近200集，它活在市民的文化生活中，吸住了观众，创造了最高的收视率。这是群众对这些获得新生的海派喜剧的最好奖赏。滑稽剧本身就是一种基于商业文化的土壤上诞生发展起来的海派都市文艺，滑稽剧又在90年代重新崛起的大上海的新天地里，以“上海情景喜剧”的崭新面貌获得新生。

上海情景喜剧的获得成功，主要由这样两个因素所决定。第一是它适应了都市文化需求，具有浓厚的上海这个大城市的文化气息。特别是20世纪后期，世界都市文化都表现出轻松自在的特征，讽刺幽默搞笑越来越成为休闲文化的一种时尚趣味。我们从现今在上海流行的新流行语、网络流行的新词语中可以得到印证，有比例相当高的词语表现了当代年轻人的幽默情趣和童话心理。上海情景戏剧就是这样，继承了过去滑稽喜剧的迅速触及现实的传统，以讽刺夸张漫画式的演出表现了都市大众的喜怒爱憎。第二是用了本地母语上海话，现在已经成为了上海话艺术的主要代表。

情景剧使用上海方言，使得剧中的人物的表演自然流露。提倡白话文的胡适进而曾经说过："方言的文学所以可贵，正因为方言最能表现人的神理。通俗的白话固然远胜于古文，但终不如方言的能表现说话的人的神情口气。古文里的人物是死人，通俗官话里的人物是做作不自然的活人，方言土语里的人物是自然流露的人。"活在民间的口语没有经过一遍脑中的翻译，语言处处在市民的生活活着，倍感亲切。情景剧又集中并巧妙地设计展现了上海方言中的生命力强的、优秀的词语，如许多凝聚了上海人智慧的惯用俗语，与最生动的上海话词语紧密结合的"噱头"，使受众感受到了上海话特有的魅力，对于在青年中传承和发扬上海话中的精华语汇也具有积极意义。上海话中表现幽默而又不庸俗的词汇量特别多，这也是都市文化的长期积累。我们看到了编剧和演员的合作努力，在上海情景喜剧中集中展现了上海话语词中的海派魅力。一个人出生习得的第一语言就是他的母语，母语是一个人说话时最随心所欲自由表达自己心意的语言。方言语汇的丰富性和描绘事物动作的细腻性尤其适合于喜剧，这是在全国各地普遍得到了证明的，这说明方言最能自在地表现人的喜怒哀乐。即使是一个普通话的电视剧，改配方言来说，就会变得亲切，吸引住本土的观众，如 90 年代叶辛编剧的电视剧《孽债》用上海话播出，就创出了当年最高的收视率。所以联合国教科文组织要规定"世界母语日"保护母语。保护和尊重个人或少数人的母语、风俗、习惯、文化本身是 21 世纪现代文明的一个重要标志。

上海这个 160 年来迅速发展起来的国际大都市的一个显著的特点，就是中西融合、五方杂处，具有宽大的胸怀。因此上海话在开埠后的语言杂交优势中取得长足的发展，上海话既保持了它的稳定性(160 年内一个音位也没变)，又发展得特别丰富多彩，汇聚了农业、手工业、商业社会种种精细的词汇，产生了大量的惯用语(如出风头、牵头皮、收骨头、戳壁脚、七荤八素、死蟹一只、吃空心汤团、开年礼拜九、耳朵打八折、像煞有介事等)，大量新词语在上海话中产生并传入普通话(如自来水、电灯泡、马路、洋房、博物馆、沙发、麦克风、敲竹杠、出洋相等)。20 世纪 20—50 年代上海的本土文化也特别活跃发达，从草创和汇集到迅速发展成熟了江南江北诸如沪剧、滑稽、上海说唱、浦东说书、越剧、评弹、甬剧、锡剧、淮剧、扬剧等 10 多种地方文艺，还有上千首的具有上海特色的流行歌曲诞生和传唱，并传播到外地直至国外。这种城市文化生态的繁荣使上海成为一个文化高度发达的国际文化大都会，上海也成为具有鲜明上海本土特色的城市。现在我们正在保护近代建筑和中西合璧的石库门，但是，我们希望不仅仅是保护其物质外表，更要重视保护上海的精神遗产，保护上海这个城市的灵魂，上海人主要的人类行为是天天在说的上海话，失去了上海话，就像我们的新建筑失去了上海这个城市特点的继承一样。千篇一律是单薄。一个缺失本土文化的城市不可能成为世界文化的中心，一个不重视本地母语的城市从何谈起建设什么世界语言文化的乐园？

据语委最新调查的结果显示，全国以方言为第一语言的人占了汉族人口的92%。这是我国语言使用的基本现实和我们观察语言文化的基本出发点。我们是在使用方言的同时，推广全国通用语普通话。普通话的推广是有积极意义的，但是我们不需要大跃进，大跃进会败坏语言；我们也不应被那种曾经影响很深的你死我活的斗争哲学所左右，方言和普通话是互补的而不是对立的关系。大家说方言演方言，不会影响普通话的传播。方言和通用语的传播从古以来是互动双赢的，顺其自然的，语言的单一化对多元的中华文化没有任何好处。而语言多样性是世界语言的本质特征。语言没有必要统一。语言的使用自由、各种语言平等、语言的多样性、语言的群众约定俗成，这些都是语言和语言学的最基本原理。上海情景喜剧以凝练并加以艺术化的语言特色既传承了老上海话的光彩，又及时吸收了许多年轻人新上海话的好词语，表现了上海话的与时俱进，而且集中展现了上海这个大都市语言独特的幽默趣味，对上海本土文化民俗有兴趣的外地人外国人已经把它当作学习上海话的摇篮。浓厚的本土特色是个宝，越是有深厚地方色彩的文艺越会在世界上走得远。上海情景喜剧从精神灵魂上继承了老上海文化的传统，又成功地走在了发扬上海本土文化的前沿。

我希望上海人发挥从来就具备的中西合璧的独特想象和创思，发展出自己不同于海外情景剧的新形式。海派情景剧在艺术形式上可以继续进行新的探索和突破，或同时产生新的品种，比如能不能用充满江南民歌民俗特色的上海说唱和沪剧的曲调推动上海话歌曲乃至上海话歌剧、方言话剧的新生。

本文是在上海东方书院举行的“海派情景喜剧《老娘舅》《开心公寓》研讨会”上的发言，原刊于《视听》总第3期，2005年4月。

震撼人心的《玉观音》

在滚滚商潮的大都市里，在走私贩毒的边境小镇上，那儿演绎着一场奇丽激荡的人生悲欢，海岩编剧的27集电视连续剧《玉观音》给我们展示出在现今商战和反毒战线的风口浪尖上，年轻平民身上闪烁着的深刻的人性美。

当下不少的都市剧着意于撩眼的风花雪月或大家族里的旧故事，而《玉观音》却绝然不同。在这里，我们看到的是在都市阳光的五光十色下依然有着像古代"三言二拍"中那样的曲折辗转的情节，在患难无助中的绚丽爱情。主人公杨瑞不顾父亲的坚决反对，决定拒绝一家私营企业老板的妹妹钟宁对他的苦苦追求，放弃了那种凭依附生涯而可换来的企业未来继承人地位和金钱，而追求自己的真爱——一个外表美内心更美的临时工外来妹安心。当被罢免副总经理又与他父亲一起被开除出公司后，他最急于要做的事，是在茫茫的大城市里找到在钟宁压力下被其合作单位辞退的安心。直到他被迫变卖家电艰难度日，却仍毫无怨言真挚地留着爱着她。安心的儿子病危，杨瑞又抱着孩子求医抢救，找哥们求借那3000元住院费。当观众看到他对安心的孩子如此投入真心的爱时，都会深深感受到民间社会中蕴藏着的温暖情怀。一个弱势小民安心毅然放弃在北京艰难为生的临时工作，赶回云南跪请她的父母卖掉了自家的房产，援救被钟宁一家诬陷入狱的杨瑞，证人一个个被她晓之以理，并为她的真情所打动。当杨瑞的冤案终于改判无罪的刹那，我们分明看到了爱情的伟大力量和正义得胜的光芒。理性和正义触摸着被金钱诱惑作伪证以及屈从于金钱的人的良心，终究战胜了邪恶。

在律师为此案辩护的过程中，他告诉杨瑞有两种选择：一种是承认受贿，即有90%争取缓刑的希望；一种是否认受贿，但只有20%不被判刑的可能。受过罪犯欺侮忍屈负辱的杨瑞，毅然选择了后者，他选择了清白。律师佩服他的第二个与众不同是，当她指出可以马上为他办理反告对方诬陷罪以挽回一些经济损失时，他和安心的共同回答是主张"宽容"不去追究。年轻的安心原在云南边陲曾经历过残酷的人生沧桑，但她得到的结论是当今的世界上需要宽容，她劝杨瑞去与曾作伪证的哥们刘明浩恢复友谊，主动与糊涂的父亲修好。影视剧中一面展示的是小气、狭隘、加害以及疯狂的报复，另一面歌颂了弱势者在逆境中表现出的人性中崇高的宽容。这是人格中善与恶的冲突。剧情经常在人性的善与恶中突兀地震荡，现代化城市的人格魅力又是如此地震撼人心。

这个戏第三个打动人心的剧情，是让我们对反毒战线上公安警察肃然起敬。这些无名英雄出生入死，他们与贩毒者顽强殊死搏斗。在这条战线上不能等闲，不容松懈。剧中写出了他们的艰难，他们的不屈不挠。安心也是他们中的一员，敌人残杀了她的丈夫、她心爱的儿子，反而使得她更加热爱警察的工作，愿为之献身。

《玉观音》中的人物都有缺点。杨瑞在和安心拥在床上时的知心话中，得意时会自夸自己是既聪明又不怕吃苦的人，动情时又会检讨自己从小受父母宠爱不会生活。该剧中的人物个个有个性，有自己在情节流动中符合身份的语言，加上北京方言的点缀，让我们看到一个真实的社会。

佟大为、孙俪两位演员成功地塑造了杨瑞、安心两个可爱的、美貌多情的年轻人形象，他们恰如其分的一举一动，使《玉观音》一剧多处催人泪下。

海岩的作品总是让我们远离大团圆。《玉观音》的结尾同样令人震惊，看完那最后的两集，人们不禁要问：难道剧作者是要让玉观音去保佑这一对生死之交的男女到彼此50岁以后再遗憾地重逢吗？

原刊于《新民周刊》2003年第45期。

惊心动魄的善恶较量

——评电视剧《平淡生活》的新突破

海岩说他要换一种手法创作电视剧,《平淡生活》是他的转型之作,无疑这又是一部相当成功的有所新突破的电视剧。

在这个剧里,作者深刻地揭示了这样一个现实:贫困和无道德文化,这样的人在金钱的诱惑下,什么坏事都可以做出来。这个命题对认识当今的社会具有普遍意义。作者用细腻的笔触写了一个曲折离奇的冤案故事,展现了主人公——一个弱女子优优的多舛无奈的命运。在那些起伏跌宕、悬疑重重的剧情里,对优优判死刑起决定作用的伪证是优优的姐夫在金钱面前昧着良心做出的;在本剧的结尾,最后抓出来的直接杀人犯更是令人吃惊,她竟然是一个优优对她一腔真心的同乡女友阿菊。这个结尾实在出乎常人意料,却又在我们现实中的杀人案件中常见。

与此鲜明对照的是,该剧成功塑造了两个男主角周月和凌信诚。他们,还有优优,对待生活、金钱和死亡的态度又是如此不同。周月是优优心中最爱的初恋情人,凌信诚深爱着优优并和她一起生活。本来周、凌两人很可能会成为情敌,但是海岩的处理构思和现在层出不穷的表现爱情至上或爱情冲突的电视剧不同,在这里,我们看到了表现得比爱情更为伟大的一种人间真情——友谊。这是海岩第一部把友情和正义写得超乎爱情的电视剧。周月冒着被怀疑为杀人犯和被喝阻被监视被盯梢,坚定地到惨受两次儿女被害、在重病下生活信心几乎完全崩溃的信诚家去探望,分明表现了他的高尚的友情和宽阔的胸襟,他又顶着重重压力为优优、信诚和他们子女的灾难伸张正义而奋斗奔波。信诚真的像他的名字一样信诚,他对待金钱和爱情的态度真是可圈可点。他用300万元毫不犹豫地换来了儿子,他在优优被父亲送给客户残暴地夺取贞洁那天开车送优优回家时,偏偏吐露了他对优优的纯洁的爱,这种真挚爱情虽遭重重摧残而一贯始终。信诚是一个无奈的重心脏病患者,他在不断受到的精神打击中,相信优优不是杀害他父母和儿子、女儿的凶手,直到他精神完全崩溃不知所措,还将遗产全部捐给儿童福利机构。他的善良、执著和宽厚贯穿剧情始终。优优在剧中一直是一个善良心软的弱者,她在照料受伤失忆的周月时那样的无微不至一腔深情,在不被理解时又是那么毫无怨言接受命运的作弄。尤其她在死亡面前对姐姐感激扶养之恩、对信诚诉说赎罪之情的那些催人泪下的大段心酸的临终遗言，几乎占了半集电视剧的时间而听来不觉其长，因为作者是把一颗真实的善良的心捧给观众。还有凌信诚在做遗嘱时要把所有遗产留给优优的大段感人肺腑和刻骨铭心的遗言，把两个为他做遗嘱的律师都惊呆了，一下停住了电脑击键。这些台词都深深震颤着电视机前观众的心，如果改编成戏曲唱出来一定十分经典，从中也可以看到此剧的语言艺术之一斑。这部电视剧写了平凡的城市打工者的命运，整个剧情充满着善与恶的较量，常常在十分无奈无助的深处闪现人间的真情，同时看到被扭曲者的面目狰狞。

这是一部现代版的《血手印》《杨乃武与小白菜》《玉堂春》，但是过去这类戏最终的逆转往往自己无法解决，要请神仙来帮忙，让突来的包公清官来解决矛盾，所谓"戏不足，神来凑"。海岩的这个剧好就好在最后的结局是随着剧情的自然开展和人物命运的有机发展结束的，而且在越来越意料不到的曲折的矛盾冲突中，集中展现了正义的力量和人性的光芒。在情节的关键处，让我们看到知识和法律的力量。这部戏的结尾很有意思，作者不再兜售廉价的大团圆乐观主义，而是比较现实主义，所以有较浓的悲剧色彩。这是作者的进步和又进一步迈向成熟的标志。

原刊于《每周广播电视报》，2005 年 6 月。

上海流行歌曲的春秋

一、中西合璧的创作歌曲的发轫

中国的现代歌曲是上海开埠以后在西风东渐的背景下发端的。1850 年英国人在上海就成立了业余剧团进行演出，1879 年上海公共乐队成立。在上海发端的流行交际舞，总是有乐队现场伴奏。1896 年以后，中国人自己也创办乐队。1905 年废科举立学堂后，留日人士引入了日本明治维新后的“学堂乐歌”，也开始填词编写最初的小学堂歌曲，沈心工、李叔同创办《音乐小杂志》，便是中国人创办的最早的通俗音乐杂志。五四新文化运动中，蔡元培十分重视美育，1919 年 1 月，北京大学乐理研究会改名为北京大学音乐研究会，1920 年 3 月《音乐杂志》创刊。现代音乐创始人之一萧友梅自日本和莱比锡音乐学院学习回国，成为中国最早的音乐教育机构——北京大学附属音乐传习所的骨干[①]。

租界的音乐文化推动了中国第一所国立音乐学校——国立音乐院 1927 年 11 月在上海法租界成立，萧友梅是创建人之一，1928 年 9 月任院长。冼星海曾是该院学生。国立音乐院后来改名为上海国立音乐专科学校，萧友梅、赵元任、青主、黄自是音专的四位著名作曲家，他们开始了创作歌曲，并担任音乐教师，贺绿汀、刘雪庵便是黄自作曲科中的优秀学生。

雅俗共赏的民间流行歌曲是那些中国第一代现代音乐开创者首先创作的。如赵元任曲、刘半农词、斯义桂唱、百代唱片公司制作的唱片《教我如何不想她》，歌词如下：

> 天上飘着些微云，地上吹着些微风，啊，微风吹动了我头发，教我如何不想她！月光恋爱着海洋，海洋恋爱着月光，啊，这般蜜也似的银夜，教我如何不想她！……

此歌后又有“胜利”“大中华”两家唱片公司再制成唱片，可见其流行程度。此外，赵元任还谱过《海韵》、1935 年摄制的影片《都市风光》主题歌《西洋镜歌》等。

---

① 参考榎本泰子：《乐人之都——上海，西洋音乐在近代中国的发轫》一书第一章，上海音乐出版社 2003 年。

早期还有将国外的流行曲填词成歌的，如李叔同根据美国歌曲《梦见家和母亲》的作者约翰·奥德威的曲调填词的《送别》：

> 长亭外，古道边，芳草碧连天。晚风拂柳笛声残，夕阳山外山。天之涯，地之角，知交半零落。一瓢浊酒尽余欢，今宵别梦寒。……

此歌在新学堂中流行，久唱不衰。

黄自是庚子赔款公费留美生，1930年进萧友梅任院长的上海国立音专，是理论作曲组唯一的教师。从黄自作曲，他的学生刘雪庵作词的《踏雪寻梅》中，也能看到中西结合的创作传脉：

> 雪霁天晴朗，腊梅处处香，骑驴灞桥过，铃儿响叮当。响叮当，响叮当，好花瓶供养，伴我书声琴韵，共度好时光！

此时，还有不少为古典诗词配曲的流行歌，如青主作曲的宋代李之仪作词的《卜算子·我住长江头》，就是一首流传至今的优秀流行歌曲。

二、20年间流行歌曲的繁荣

中西音乐家的广泛交流，培育出上海音乐的海派风格。缤纷的爵士乐，结合着江南丝竹，洋腔洋调，加上古色古香，词文又进而通俗，使音乐在民间走向普及，同时也很快走上商业化之路。音乐会在工部局乐队演出带动下，与上海的夜生活很快结合起来了。1929年第一位与工部局音乐会合作演出的中国人便是马思聪。1931年聂耳加入了黎锦晖创办的明月歌舞团改名的明月歌剧团，成了小提琴的首席。黎锦晖曾在北京大学音乐团学习过西洋音乐，他在1929年开始用笔名发表了《毛毛雨》《特别快车》《桃花江》《妹妹我爱你》等通俗歌曲，并称为“新型的爱情歌曲”①。这是在都市歌舞升平的发达商业文化大背景下应运新生的流行歌曲。这些歌曲迎合市民多样化的文化趣味和要求，越来越多，风靡于大街小巷，当时被称为“时代曲”。

这些“时代曲”以后在上海的十里洋场，车水马龙、灯红酒绿、艺人如云之中，前后20年间，成为名副其实的“上海之音”，上海也就成了世界流行曲的主要发源地之一。在1947年出版的《新大戏考》中，收录了制成百代、胜利、丽歌等公司唱片的歌有316首，其中250首刊有歌谱。没有制成唱片的歌曲还有更多。这些生机蓬勃的流行歌曲，融合在三四十年代在上海应时掀起的前卫文化——电影、剧院、游

---

① 引自陈钢：《上海老歌名典》，上海辞书出版社2002年，第355页。

乐场、唱片、电台、舞厅之中，成为博大多元的海派文化的一片奇丽风景。

这是一批怎样的歌？过去人们得到的片面印象，似乎这段时期的流行歌曲都是卿卿我我、风花雪月的颓废音乐。这是因长期误导形成的一种误解。其实三四十年代的流行歌曲题材是多样的，几乎遍及都市生活的各个方面，具有与都市文明和民俗相契合的各类主要特征。

有的流行歌渗透古典风味。如百代唱片电影明星陈玉梅唱的《燕双飞》，唱词写得诗情画意，平仄分明，歌曲也唱得温柔敦厚：

燕双飞，画栏人净晚风微。记得去年门巷风景依稀，绿芜庭院，细雨湿苍苔，雕梁尘冷春如梦，且衔得泥，重筑新巢傍翠帷，栖香稳，软语呢喃话夕晖，差池双剪，掠水穿帘去不回，魂萦杨柳弱，梦逗杏花肥，天涯草色正芳菲。楼台静，帘幙垂，烟似织，月如眉。其奈流光速，莺花老，雨风催，景物全非，杜宇声声唤道："不如归！"

相当多的歌曲源自民间山歌，清新活泼。如周璇、严华演唱的《新对花》：

（男）正月里来开的什么花来？（女）正月里来迎春又开花。（男）小的姐姐妹妹来看花。（合）旗把隆冬抢捧抢得合萨。……

殷忆秋作词、黎锦光编曲、周璇唱的来自湖南民谣，采自湘潭花鼓戏双川调的《采槟榔》健康优美，民歌气息浓重：

高高的树上采槟榔，谁先爬上谁先尝。谁先爬上我替谁先装。少年郎，采槟榔，姐姐提篮抬头望，低头想：他又美，他又壮，谁人比他强？赶忙来叫声我的郎呀，青山好呀，流水长！那太阳已残，那归鸟在唱，教我俩赶快回家乡。

采取江南民间小调调子编曲的流行歌尤其受到欢迎，1937 年摄制的影片《马路天使》中贺绿汀编曲、田汉作词的《四季歌》《天涯歌女》便是这样的歌曲。

数量最多的流行歌是言情歌曲。这些歌曲曲调优美动听，留下了大量的陶人心醉的激情唱词，代表着三四十年代堪与宋词元曲媲美的上海都市诗歌文艺。与万家灯火的夜上海一起，深深常驻在人们的记忆中。如 1937 年电影《古塔奇案》的插曲，贺绿汀词曲、龚秋霞演唱的成名曲《秋水伊人》，感情真挚细腻，表现的是古典词曲的语言风格：

望穿秋水，不见伊人的倩影，更残漏尽，孤雁两三声；往日的温情，只换得眼前的凄清，梦魂无所寄，空有泪满襟。几时归来呀，伊人哟！几时你会穿过那边的丛林？那亭亭的塔影，点点的鸦阵，依旧是当年的情景。只有你的女儿哟！已长得活泼天真；只有你留下的女儿哟，来安慰我这破碎的心！

又如40年代陈歌辛吐露自己人生际遇的一首《恨不相逢未嫁时》，由姚敏作曲、陈歌辛作词、李香兰演唱，表现的是新文学的白话诗风：

冬夜里吹来一阵春风，心底死水起了波动。虽然那温暖片刻无踪，谁能忘却了失去的梦。你为我留下一篇春的诗，却教我年年寂寞过春时。直到我作新娘的日子，才开始不提你的名字。可是命运偏好作弄，又使我们无意间相逢，我们只淡淡地招呼一声，多少的甜蜜、心酸、失望、苦痛尽在不言中。

再如陈歌辛词曲，姚莉、姚敏兄妹对唱的著名的《苏州河边》：

夜，留下一片寂寞，河边不见人影一个，我挽着你，你挽着我，暗的街上来往走着。我们走着迷失了方向，尽在暗的后边彷徨，不知是世界离弃了我们，还是我们把它遗忘。夜，留下一片寂寞，世上只有我们两个，啊，我望着你，你望着我，千言万语变作沉默。……

此歌曲调清幽，梦一般的朦胧，十分含蓄地描写了一对热恋青年在夜上海苏州河畔的心迹情绪，余音袅袅，被人们誉为“春申小夜曲”“东方托赛里的歌”[①]。此曲和陈歌辛作曲的另一首范烟桥作词的《夜上海》，成为标志性的“市曲”，直到如今还在传唱。

此外被称为“歌仙”的陈歌辛还为诗人戴望舒作词的1938年电影《初恋》插曲《初恋女》作曲，该歌曲也是雅俗共赏的上品之作，至今在港台流行歌中传诵。

黎锦光也是一名言情歌曲的名作家，当时被称为“歌王”。由他所作词曲、梁萍唱的《少年的我》，是一首节奏轻快有力、心情开朗向上的少年爱情理想歌曲。此歌在70年代台湾流行歌明星凤飞飞等都曾唱过：

春天的花是多么的香，秋天的月是多么的亮，少年的我是多么的快乐，美丽的她不知怎么样？春天的花会逢春开放，秋天的月会逢秋明亮，少年的我只有今天快乐，美丽的她不知怎么样？宝贵的精神像月亮，甜蜜的爱像花香，少年的我不努力，怎能够使她快乐欢畅。

表现历史题材的歌曲，多是儿女情长的作品的新编。如黎锦光编曲、梁萍唱的《昭君怨》；黎锦光曲、曹雪芹词、周璇唱的《葬花》；黎锦光曲、陈蝶衣词、周璇唱的《嫦娥》。又如由严华曲、范烟桥词的电影《西厢记》插曲《月圆花好》，此曲在港澳台

① 引自陈钢：《上海老歌名典》，上海辞书出版社2002年，第177页。

新一直久唱不衰：

浮云散，明月照人来。团圆美满，今朝最。清浅池塘，鸳鸯戏水，红裳翠盖，并蒂莲开。双双对对，恩恩爱爱，这软风儿向着好花吹，柔情蜜意满人间。

鲁迅在30年代撰文深刻地指出说："海派"文化姓"商"，他肯定了海派文学发达的必然趋势①。海派文化是一种与为"官"做点缀的中国历时文化有本质不同的文化。三四十年代上海商业化高度发达的社会，为都市的文艺创造了良好的自由实现的生态环境和流行市场。自然，在流行歌曲中也有不少生活气息颇浓的活泼的商业歌曲，表现了"做生意"者的诉求。如王人美唱《卖饼儿》中有这样的勤勉句子：

北风吹来射我饼，不忧衣单忧饼冷。百业无高卑，志当坚，青年有求，怎能偷生于世间。

王人美还唱过《卖梨膏糖》小曲。这些歌曲中还有吉士词曲、周璇唱的《卖烧饼》《卖杂货》，许如煇词曲、江曼莉唱的《卖油条》，李丽莲唱的《小面包司务》等，李香兰还录制过唱片《卖糖歌》。

表现劳苦大众辛劳生活、吐露他们心声的歌曲也占一定比例。如家喻户晓、广为传唱的1934年电影《渔光曲》主题歌，即由任光曲、安娥词、王人美唱的抒发渔民的心酸的《渔光曲》，有"腰已酸，手也肿，捕得了鱼儿腹内空"那样的唱词；电影《渔家女》主题歌曲由陈歌辛早期作曲、李隽青词、周璇唱的《渔家女》，则典型地描绘了劳动人民的勤俭谋生：

天上旭日初升，湖面好风和顺，摇荡着渔船，摇荡着渔船，做我们的营生。手把网儿张，眼把鱼儿等，一家的温饱就靠这早晨。男的不洗脸，女的不搽粉，大家各自找前程。不管是夏是冬，不管是秋是春，摇荡着渔船，摇荡着渔船，做我们的营生。

聂耳曲、安娥词、龚秋霞唱的《卖报歌》，是聂耳在法租界吕班路上遇到报童"小毛头"后根据自己经历谱写的歌曲，在当时也十分流行。其中有"走不好，滑一跤，满身的泥水惹人笑，饥饿寒冷只有我知道！"的唱词；这类歌曲中还有聂耳作曲、唐讷作词、袁美云唱的《塞外村女》，聂耳作曲、孙瑜作词的《大路歌》，沙梅、盛家伦唱的《打铁歌》，沙梅唱的《打柴歌》等。

---

① 鲁迅：《"海派"与"京派"》，《申报·自由谈》1934年2月3日；另一篇《"海派"与"京派"》，《太白》1935年第2卷第4期。

具有上海地域风味的、表现都市下层民众生活面貌的流行歌渗透到生活的每个角落，表现出上海各种市民身份的生活的各种景况。如表现育婴母爱的袁美云唱的《摇摇小宝宝》，陈玉梅唱的《催眠曲》；表现母性伟大的周璇唱的有名的《慈母心》（黎锦光曲、陈蝶衣曲），陈燕燕唱的《母性之光》；表现现代女性光彩的黎莉莉、陈燕燕唱的《新女性歌》；表现平民饮食生活的袁美云唱的《油条花生米》等。歌颂大好河山优美景色、享受生活的作品，如吴莺音唱《岷江夜曲》等。描写贫困光棍生活的，有任光曲、安娥词的《王老五》；描写孤儿生活苦难的，有任光曲、蔡楚生词、陈娟娟唱的电影《迷途的羔羊》的主题曲《月光光歌》，其中有"苦儿血泪已流干"的唱词，曲调十分哀婉伤叹。还有 1939 年摄制的影片《七重天》里严华作曲、徐卓呆作词、周璇曾在 1948 年的《电影杂志》上对大家说她所唱歌曲中最喜欢唱的一首《难民歌》：

家乡有舍不能归，怀里无钱吃饭难，妻离子散沉痛难挨，幸有此间渡苦难。嗳，嗳嗳嗳嗳，渡苦难。收容所里门儿开，男女难民四方来，偶避风雨免饥寒，遥望故乡泪满怀。嗳，嗳嗳嗳嗳，泪满怀。……

面对着都市生活中的种种悲欢，那种积极人生的观念一直激励着鼓舞着人们。在流行歌曲中，不乏带有哲理思考的歌曲，如黄自曲、钟石根词、郎毓秀唱、1935 年电影《天伦》主题歌《天伦歌》中阐发的理念，既吸取了古代中华民族的传统精神，又表现了西方人文主义的光芒：

人皆有父，翳我独无？人皆有母，翳我独无？白云悠悠，江水东流，小鸟归去已无巢，儿欲归去已无舟。何处觅源头？何处觅源头？莫道儿是被弃的羔羊！莫道儿已哭断了肝肠！人世的惨痛，岂仅是失了爹娘。奋起啊孤儿，惊醒吧！迷途的羔羊。收拾起痛苦的呻吟；献出你赤子的心情。"老吾老以及人之老；幼吾幼以及人之幼。"收拾起痛苦的呻吟；献出你赤子的心情。服务牺牲，服务牺牲。舍己为人无厚薄。浩浩江水，霭霭白云，庄严宇宙亘古存，大同博爱共享天伦。

激励、呐喊的呼声伴随着三四十年代的社会救亡，创造了在民间中流传深远的、价值最高的热血歌曲。如：1935 年话剧《回春之曲》的田汉作词、聂耳作曲、金焰唱的《告别南洋》，王人美唱的《回春之曲》；1934 年电影《桃李劫》中田汉作词、聂耳作曲的《毕业歌》。又如冼星海作曲、田汉作词、金山唱的 1937 年影片《夜半歌声》插曲《热血》，歌中激昂地唱道：

谁愿意做奴隶！谁愿意做马牛！人道的烽火，传遍了整个的欧洲。我们为着：博爱平等自由，愿付任何的代价，甚至我们的头颅！我们的热血，第尼伯尔河似的奔流！

因"八一三事变"停拍《关山万里》，由刘雪庵曲、潘孑农词、周小燕唱的其插曲《长城谣》，唱出了"四万万同胞心一样，新的长城万里长"的民族意志；1934年摄制的《风云儿女》中聂耳作曲、田汉作词的《义勇军进行曲》，唱出了时代曲的最强音：

> 起来！不愿做奴隶的人们，把我们的血肉，筑成我们新的长城。中华民族到了最危险的时候，每个人被迫着发出最后的吼声。起来！起来！起来！我们万众一心，冒着敌人的炮火，前进！冒着敌人的炮火，前进！前进！前进！进！

也许有人说，这些救亡歌曲与其他的流行曲不属同类，应另立一类，甚至说是与其他流行歌曲在立场上相对立的。这种说法没有多大根据，因为它不合当时上海社会的实际情形。这些歌曲的作者是与上述其他许多歌曲的作者有同样的音乐出身背景，他们当时在上海谋生的环境也是相似的，作品产生时的文化氛围也相同，这些歌曲同样是当时流行的电影插曲，由著名的电影演员和歌手演唱，同样由"百代"唱片公司制成唱片，并在群众中流行。和最深刻的鲁迅后期杂文一样，这些爱国救亡歌也只有在当时上海这样的海派文化自由环境下才能诞生。

流行歌曲的空前繁荣，还表现在涌现了壮大的歌唱家阵容。优美的歌曲唱红了许多一流水准的歌星，如周璇、陈娟娟、龚秋霞、王人美、路明、姚莉、黎明晖、陈云裳、郎毓秀、吴莺音、李香兰、姚敏、李丽华、崔萍、欧阳飞莺、白虹、张露、白光、张帆等。

三、海派流行歌曲的是是非非

上海在西方音乐元素刚刚传入不久，在商业化产生的物质生活和商业文明生态下，前后20年中，迅速集中地产生了如此大量的海派流行歌曲，取得了举世瞩目的成绩，其成功经验是应该正视和认真总结的。

在多灾多难、动荡不安的20世纪里，上海人凭借着自己的智慧和勤奋，以宽宏博大的胸怀，努力克服困窘时境，并享受着生活的欢乐，创建和维系着都市的繁荣文化。这种海派文化，是中西融合的，博大多元的，雅俗同赏的。这是一个多元的社会，市民的生活和情感需求也复杂多样，文艺趣味也应该是多样化的，不是只有一种生活方式、一种感情。

这些流行歌曲中的佳作，如《渔光曲》《天涯歌女》，黎锦光曲、陈歌辛词、周璇唱的《五月的风》等，流行面广、普及率很高，现在还健在的不少老人至今都还能诵唱。

这些歌之所以在上海市民中颇为流行，就在于歌的内容贴近群众的生活和喜怒哀乐，唱出了市民的种种人生际遇，表达了他们的气息和心声，符合民众的多层次的工作倾诉、休闲情调和浪漫追求。歌曲创作的艺术水准也达到很高的水平，优美自然的曲调打动着人心。否则，不可想象它们能在竞争激烈的商业社会中站稳脚跟、深入市民生活并迅速流传发展。上海的流行歌曲中，似乎没有发现内容色情颓废的歌。事实上，20 世纪三四十年代的上海，流行歌曲的家喻户晓，加上各种民间戏曲的繁荣，这样的文化生态，与历史上的宋词元曲时代完全可以媲美。

但是到 50 年代以后，除了少量的救亡歌曲以外，其他的流行歌被销声了相当长的一段时期。更为极端的是，把这些流行曲看成代表“殖民地”身份的靡靡之音，或一言以蔽之——黄色歌曲。特别是那些流行于旧上海歌舞厅中的伴舞歌曲，更成为重点的批判对象。

其实，所谓“黄色歌曲”，其“黄色”是一个没有确定内涵和外延的概念，后来，它变成了一个宽大无边的罪名，是一顶用来收罗打倒对象的帽子。至于“殖民地租界的畸胎”啊，“小市民的庸俗”啊，“文艺的堕落”啊，显然更是无稽的大批判之标贴。

让我们就来看看这些“靡靡之音”，究竟是些什么内容。

最早在 1929 年就开始创作“新型的爱情歌曲”的，是曾在 1921 年就在上海先后创作儿童歌舞剧 12 部和儿童表演歌曲 24 首的黎锦晖(1891—1967)。他创作了有名的被冠以“靡靡之音”的《毛毛雨》，其歌词是：

> 毛毛雨下个不停，微微风吹个不停。微风细雨柳青青，哎哟哟！柳青青。小亲亲不要你的金，不要你的银。奴奴呀只要你的心，哎哟哟！你的心。……

原来这是一首带有江南民谣风味的表现纯朴爱情的情歌，由他的女儿黎明晖演唱。后来黎锦晖又创作了风靡 20 年代末 30 年代初的《桃花江》(周璇、严华唱)。歌词是：

> 我听得人家说：桃花江是美人窝。桃花千万朵，比不上美人多，(不错!)果然不错！我每天踱到那桃花林里头坐，来来往往的我都看见过。(全都好看吗?)好！……(男)我也不爱瘦，我也不爱肥，我要爱一位，像你这样美，不瘦也不肥，百年成匹配！……(女)好！桃花江是美人窝。我不是美人，你也爱上了？(男)好！桃花江是美人窝。爱你比那些美人好。(合)好！桃花江是美人窝，桃花颜色好，比不上美人娇！

在这个歌里，结果爱上作百年永好的，并不是最美的美人。唱词中有“我也不爱瘦，我也不爱肥，我要爱一个，像你一样美。”现代音乐作曲家陈钢认为这是仿古代宋玉诗意。“我也不知道，我也不能料，我一看见你，灵魂天上飘。”是仿《西厢记》张生“灵魂儿飞去半天”曲意写成[①]。还有黎锦晖创建的“明月歌舞团”中的“四大天王”王人美首唱的《特别快车》，曲调也十分动人。后两首歌曲的音乐因其旋律优美，还曾由高亭唱片公司发行了管弦乐曲演奏的唱片。

在舞厅歌坛中最风行的歌舞曲，堪称周璇唱、百代唱片公司发行的《何日君再来》。这个舞曲系刘雪庵创作，最先是为他1936年的音专第四期毕业欢送典礼作的探戈曲，并没有唱词。后来成为影片《三星伴月》插曲，由黄嘉谟加作了词：

> 好花不常开，好景不常再，愁堆解笑眉，泪洒相思带。今宵离别后，何日君再来？喝完了这杯，请进点小菜，人生难得几回醉，不欢更何待！来来来，喝完了这杯再说吧！今宵离别后，何日君再来？……

后来在1939年蔡楚生拍摄的抗日影片《孤岛天堂》中，扮演女主角的黎莉莉也演唱了这首歌。这首舞曲中表达的那种“人生短促、及时行乐”和“离别惆怅”当然不是一种积极的人生，但并不“黄色”，也不反动，实际上是夜生活欢乐场中发散出来的一种人之常情，其意境在古人今人的诗词中也多有表现，如唐李白的“君不见高堂明镜悲白发，朝如青丝暮成雪，人生得意须尽欢，莫使金樽空对月”，宋柳永的“多情自古伤离别”。

在大量的舞曲中，也有倾诉舞女悲戚命运之作。如电影《弹性女儿》插曲《弹性女儿》，刘雪庵作曲、潘孑农作词、路明唱、百代公司制作出版。歌词写道：

> 都会里燃着狂欢的火焰，热情飞跃在脚尖。生活变成固定的旋律，弹性女儿，永远旋转在迷梦之间。浪掷虚伪的情感，展露乔装的欢颜，在重重的压迫下，依旧要巧语花言。看，每张笑脸都含着哀怨；看，每张笑脸都含着心酸。何处去找寻真情热爱，何处去掘发光明的源泉？时光如矢催人老，年年复年年，弹性女儿永远旋转在迷梦之间。……

这是一曲4/4的小快板舞曲，曲调哀怨煽情，旋律层层迭起，极写出欢场中舞女内心的悲哀，是对颓废的反叛。赵士荟在90年代拜访路明，路明还背唱了这首她一生中最喜欢的歌[②]。它与曾担任“明月歌舞团”小提琴手的聂耳作曲、许幸作词的《铁蹄下的歌女》一歌，可谓异曲同工。

这类流行舞曲还有许多成功之作至今传唱，成为一种现代城市节奏的艺术表现。如陈歌辛曲、范烟桥词、周璇唱的《夜上海》，黎锦光曲、陈蝶衣词、欧阳飞莺唱

---

① 引自陈钢：《上海老歌名典》，上海辞书出版社2002年，第355页。
② 赵士荟：影星放歌更迷人——《上海老歌星》续三，《上海滩》2004年第4期。

的《香格里拉》，李七牛词、李隽青曲的《疯狂世界》，黎锦光词曲、姚莉唱的《哪个不多情》，其中最为流行的是《玫瑰玫瑰我爱你》《蔷薇处处开》和黎锦光词曲、旋律有欧美风格伦巴曲风味的《夜来香》等。

这些三四十年代的优秀流行歌曲在50年代被带到了香港，后来在香港、台湾等地由港台几代歌星吴莺音、奚秀兰、邓丽君、凤飞飞、费玉清、蔡琴、徐小凤等反复传唱，录制在很多名歌星的热销磁带中，余音袅袅。80年代以后重新传到上海来时，上海许多流行歌曲的狂迷青年竟不知道这些歌曲原来都出身于上海。

实际上，上海是20世纪世界流行歌曲的发源地之一。上海流行歌的海派旋律不仅曾陶醉了在上海生活过的上海市民，而且一些西洋、俄罗斯的歌手、乐手须在上海的音乐歌舞坛里打造成名。上海的流行歌舞曲也传至国外。如上海1940年摄制的电影《天涯歌女》插曲，即由陈歌辛曲、吴村词、姚莉唱的《玫瑰玫瑰我爱你》，是一首旋律奔放、节奏明快的歌舞曲。其唱词是：

> 玫瑰玫瑰最娇美，玫瑰玫瑰最艳丽。春天开在枝头上，玫瑰玫瑰我爱你。心的誓约，心的情意，圣洁的光辉照大地，心的誓约，心的情意，圣洁的光辉照大地。玫瑰玫瑰枝儿细，玫瑰玫瑰刺儿锐，今日风雨来摧残，伤了嫩枝和姣蕊。……

这首歌被译成英语流传到美国，被美国歌坛宿将 Frank Laine 唱红，于1951年荣登美国流行音乐排行榜榜首，历经60多年沧桑，收入《125首老歌金曲》中。以后，英国的“King’s Singer”六重唱团又将它改编成一首抒情的男声重唱，在全球流行①。

在40年代上海歌坛成名的日本名歌手李香兰，她的成名作《夜来香》旋律潇洒自若，后来风行于海内外竟有80来种版本之多②。

50年代初开始，上海的流行歌曲被认为是不革命、不健康的歌曲而停止歌唱播放，文艺工作者也认真改造思想努力与旧社会划清界限，陈歌辛、刘雪庵、贺绿汀等也纷纷配合形势写新社会革命歌曲。黎锦晖则被安排在上海电影制片厂，黎锦光、严华等被安排在上海中国唱片厂等处工作，从此便销声隐迹；一些名歌手、名作曲家去了香港。在解放后的百废待兴中，大家大唱解放区歌曲、苏联歌曲和新生的革命歌曲，连少年儿童也学习着50年代新创作的大量动听的儿童歌曲，旧唱片被悄悄地封藏起来，如果听到那些唱片的声音，里弄干部是会来过问的。人们很快告

---

① 陈钢：走近歌仙——《玫瑰玫瑰我爱你——歌仙陈歌辛之歌》序，《蝴蝶是自由的——陈钢音乐散文》，文汇出版社2003年，第59页。

② 陈钢：给历史的一份答卷，《上海老歌名典》，上海辞书出版社2002年。

别了旧社会的“黄色歌曲”。当时的上海文化，是不太理会海派传统的。一些在当时被认为似乎有点历史问题的制片商、艺人忙于摆脱洗刷，像柳中浩那样的原金城大戏院、国泰影片公司老板，到无处保存在三四十年代拍摄的那四五十部电影母带的地步（原藏于别人的冰库里），其中包括周璇的早期拍摄的片子等，提出要主动上交，上海电影管理处的领导说不需要，结果这些母带落得“火化”之外，做了赛璐璐原料的下场；另十几部母带被香港片商收购去，从此不知下落①。

1956年，情况有所宽松。旧歌也有一线复苏。《马路天使》《夜半歌声》《十字街头》《桃李劫》《一江春水向东流》等一些旧电影以“五四以来优秀电影”的名义重新放映，其中的插曲也就恢复唱起来了，《中国唱片》也翻版了原百代公司的唱片《四季歌》《天涯歌女》《夜半歌声》（冼星海曲、田汉词、盛家伦唱）《春天里》（《十字街头》插曲，贺绿汀曲、关露词、赵丹唱）《毕业歌》（《桃李劫》插曲，田汉词、聂耳曲）；音乐出版社也接连出版了两本《五四以来的电影歌曲选》，其中的老歌就更多些了。1956年新拍的电影《护士日记》里主角扮演者王丹凤也唱起了调子比较轻松婉转的《小燕子》。1957年5月21日上海人民广播电台播送精神病稍愈的周璇重新演唱的《四季歌》《天涯歌女》，人们也悄悄地把久藏旧唱片再欣赏一下。当时的情形是只开放少量歌曲，冠以“优秀歌曲”，而其他的流行曲则还是被视为旧社会“黄色歌曲”予以排斥。这在60年代拍摄的电影片《聂耳》的一个场景中可以看出其对立：在慰问前线伤病员时，唱《桃花江》的被伤员赶下了台，聂耳便上台激昂地唱起了自己作的雄壮的抗日歌。

1957年“反右”以后，形势急转直下。《玫瑰玫瑰我爱你》的作曲者、著名作曲家陈歌辛一言未鸣也被划为右派，1958年被捕，1961年死于安徽白茅岭农场。和贺绿汀曾为同窗，一起从师萧友梅和黄自学作曲法和声学、曾创作过不少抗日歌曲的刘雪庵，1957年在中央音乐学院被划成音乐界最大的右派，后因是《何日君再来》的作曲，历经20多年的反复批判和生活折磨，至1980年双目失明。《何日君再来》一曲除了谥以“黄色歌曲”之外，还有更多的罪名：“为汉奸作黄色反动歌曲”②“汉奸歌曲”“亡国之音”③，被认为是流行在日本侵略战争之时，为日本皇军夺去中国人的爱国心服务，使中国人民彻底抗战的精神堕落，这种大批判式的语言一直延续到80年代中期。直到粉碎“四人帮”之后，1980年华国锋主席访日本，在日本横滨的“中华街”上、在东京的“新桥”商店里，播送着台湾版《何日君再来》，日本孩子

① 宋路霞：《上海的豪门旧梦》，中国友谊出版公司2002年，第366页。
② 陈钢：《上海老歌名典》，上海辞书出版社2002年，第28页。
③ 中薗英助：《何日君再来物语》，河出书房社1993年，第13页。

还误以为这是日本歌曲。东京的晚刊中也刊有关于《何日君再来》的共同社记者在北京的采访。那个时候，大陆也在流行《何日君再来》，然而他们的记者问到的幼儿园的老师，还以为这是一首日本的歌曲。1980年5月28日的《文汇报》有一篇评论：《〈何日君再来〉是首什么歌?》，文中认为日本帝国主义利用《支那之夜》《满洲姑娘》和此歌要把中国变成殖民地的背景，现在的青年人并不明白。刘雪庵的一生就为这一个歌背着沉重的黑锅，他过去的合作者潘孑农为他奔波辩护洗刷罪名，直到1985年刘雪庵去世①。刘的名誉已在1979年得到恢复，然而这个歌的罪名当时还未解脱。

流行歌曲就是这样在上海消失的。在史无前例的"文革"中，除了语录歌和颂歌，所有歌曲，连同童谣儿歌等，全军覆没。

粉碎了"四人帮"后，到70年代末，港台流行歌曲从民间悄悄流行开来，青年们对之表现出异常的喜爱。正当录音机开始普及之时，邓丽君等歌星的歌带在群众中开始大量地翻录，通过地摊迅速传播，其中就有久唱不衰的《何日君再来》《夜来香》。

80年代初一些著名歌手，开始学习港台流行歌的风格，改唱比较轻松的歌，但仍然阻力重重。苏小明唱《幸福不是毛毛雨》，被权威音乐杂志批评。李谷一在《乡恋》一曲中加入气声唱法，作曲家王酩写了《小花》，都被点名批评，开了批判会。那时，著名作曲家谷建芬挺身而出，为此事打抱不平，特地写了一首《年轻的朋友来相会》，北京劳动人民文化宫露天剧场，大雨倾注，人们把衣服脱下披在头上，拥到台前，为这首不曾听过的新歌表达出从来没有的感受，使劲鼓掌。但是，很快《年轻的朋友来相会》又引起激烈争论，给这个歌定的罪名叫做"用资产阶级音乐毒害青年"②。在李谷一为《乡恋》受压而争时，在上海的、曾以演唱《白毛女》插曲闻名的上海歌剧院名歌手朱逢博在自己的演唱会上唱起了《乡恋》，对李表示坚决的支持。她1981年在太平洋影音有限公司的磁带专辑《雁南飞》中还收录她演唱的《夜来香》，不过在不久后的《人民日报》上载长文点名批评了《夜来香》之后，此专辑重版时只能抽掉换别的歌曲补上去。

青山遮不住，毕竟东流去。先是台湾校园歌曲的引进，春节联欢会上请港台歌手唱歌，后来是大量的港台音带和CD的引进，流行歌曲演唱会和卡拉OK活动的开展，再后又有日流和韩流，即一发不可收。人们对开放流行歌曲的认识，却有一

---

① 参考中薗英助：《何日君再来物语》，河出书房社1993年。

② 王宝梅：谷建芬回忆为流行歌曲讨说法，《报刊文摘》引自《新民周刊》2001年第52期；杨澜文、王建柱：二十年后再相会，《检察日报》2001年10月20日。

个艰难的过程。如今的上海，是青年歌唱流行歌的世界。流行歌曲本来就没有什么错，流行歌曲已经全面放开了。

四、如今上海没有歌

1992年，日中友好的使者李香兰重来上海——这个她的成名之埠拍摄电视纪录片，重寻旧梦，在花园饭店与黎锦光重逢。此时上海已经再次唱起了《夜来香》：

> 那南风吹来清凉，那夜莺啼声凄怆，月下的花儿都入梦，只有那夜来香，吐露着芬芳。我爱这夜色茫茫，也爱这夜莺歌唱，更爱那花一般的梦，拥抱着夜来香，吻着夜来香。夜来香，我为你歌唱，夜来香，我为你思量。啊啊啊，我为你歌唱，我为你思量。

李香兰搀扶着垂垂老矣85岁的《夜来香》的词曲作者黎锦光，热泪盈眶，恍若隔世。黎锦光回忆起当年创作《夜来香》的过程。那灵感袭来的1944年初夏的一个晚上，他走出房间乘凉，骤然看到前面院里盛开的夜来香，南风送来阵阵香气，又听到远处夜莺的啼声，他提笔创作了这首历经沧桑的名歌[①]。黎锦光后来虽然不能再创作流行歌了，但是仍然在为中国的艺术而作贡献，他不愧为一个忠于职守的知识精英，“晚年的黎锦光在上海中国唱片公司工作，编辑过2000多首戏曲、歌曲的唱片和音带”[②]。

在李黎重逢之时，上海又是一派流行歌曲的汪洋了。这儿的青年几乎人人都爱听爱唱流行歌曲，但是，这儿大唱特唱的是港台日韩流行歌，在这块曾是流行歌曲十分辉煌的上海土地上，独缺MADE IN SHANGHAI的流行新歌！

我们的教训是沉重的。风行都市民间的流行音乐衰落了，要提恢复竟何其难！吴亮在《没有音乐的城市》一文中说：“上海没有音乐。上海有音乐会、有音乐厅、有唱片公司、有音乐家、有音乐制作人、有报纸音乐专版、有乐评人，但是上海没有音乐。”因为“上海没有她的音乐形象和音乐代言人，上海只有音乐的过客”[③]。上海也没有歌。如今上海没有好的歌手，没有好的作曲家，没有MADE IN SHANGHAI的流行歌曲，连儿童新歌也不会产生。在新世纪伊始，上海请来了港台名歌手，来唱上海人作词上海人作曲的上海经典“时代曲”，这是上海的悲哀。这只是一种怀旧。程乃珊说道：“那从历史长廊那端传来的旋律，在新世纪听来，其中

---

① 参考赵士荟：昨夜星辰——上海老歌星·山口淑子——李香兰，《上海老歌名典》，上海辞书出版社2002年，第423页。

② 陈钢：《上海老歌名典》，上海辞书出版社2002年，第303页。

③ 吴亮：《没有音乐的城市》，中国青少年新世纪读书网，2000年8月25日。

的千种风情万种情意，别具意韵。”“曾几何时，她们的歌声缠绕着华灯初上的申城上空，从小烟纸店那抹闪着蜜黄的灯光的窗口到夜夜欢宵的舞厅歌坛，穿行在万家灯火的夜上海上空，曾经如此喧闹地装饰过一个时代。”①毋宁说，这是美好的回忆中的叹息。研究海派文化，如何推动创新海派文化，上海流行歌曲应是一个待解开的结。上海流行歌曲的春秋，是典型的、百年之内有案可稽的、有深刻教训可以汲取的文化现象实例。

啊！“时代曲”，中西融合的都市旋律，流行民间的风情意韵！如今，我们已经为她掸去了历史的尘埃，我们重新认识了这份遗产，我们重又想起老歌唱起了老歌。但是，我们现在要做些什么？到什么时候，我们能再次听到上海产的新歌，重新拾回海派流行歌的青春呢？

本文中所记的上海流行歌曲歌词，选自以下四本书和四辑录音带：

华东电台　1940《无线电特刊》第一卷合订本(第一期至十二期)，四而社编印。

倪文瑜　1947《新大戏考》，第33版，新大戏考出版社。

百代唱片　1992《夜上海精选》共四辑，香港。

吴剑　1997，1998《解语花——中国三四十年代流行歌曲》，第一、第二集，北方文艺出版社。

陈钢　2002《上海老歌名典》，上海辞书出版社。

原刊于《上海文学》2004年10月号。

① 程乃珊：上海之音，《新民晚报》2004年2月。

20世纪50年代海派文化的繁荣

谈论20世纪二三十年代海派文化的文章见得很多,但是人们似乎忽略了50年代的海派文化。本文试图回顾和追述50年代上海海派文化的真实面貌,探讨海派文化在50年代的繁荣及其后来急剧衰落的原因。

50年代的海派文化,既生根于三四十年代深厚的土壤,又加入一股清新奋发之气,在很多领域都得到一定程度的弘扬,在成熟中继续获得发展。50年代海派文化的特点是:散播面广,民间的参与度高,文化气息浓厚,群众热情高涨,中外元素渗透,雅俗共享同乐,表现了海派都市文化浓郁的上海和江南地方特色,与其他地区的乡土文化、京派文化有明显的差异。它是40年代上海文化的惯性延续,又是新生活时代精神的硕果,表现了富有活力、多样化争艳、市民化低价参与的显著风格。

一、公众娱乐

具有近50年传统的上海电影文化在解放之初的上海,延续其欣欣向荣的势态。40年代布满上海街区的影戏院依然开放,又在劳动人民集中居住区域开设了新的电影院或电影放映场点,一些工人文化宫中也安排电影放映专场,电影的票价长期维持三角一张,这使电影的放映从解放前主要对象为白领等上层人士的娱乐迅速转变成完全市民性的娱乐活动。50年代观看电影的盛况在许多上海平民记忆中是十分有回味的。当时一般晚上都有两场“夜场电影”,工作之余,观众踊跃。各家电影院门口都成为市民人头攒动、黄牛活跃之地,甚至群众连夜排队购票,先睹为荣,看不到头轮放映的抢买第二轮影院较便宜的票的情形,屡见不鲜。上海电影制片厂内明星群集,有白杨、王丹凤、赵丹、张瑞芳、秦怡、上官云珠、刘琼、石挥、韩非、顾而已等,导演桑弧、谢晋、郑君里等,都正值壮年,在生活安宁、地位提高的环境下,努力拍戏,演技臻于成熟。上海电影制片厂还一度分为“天马”“海燕”“江南”三个制片厂。当时,摄片仍多,题材丰富,如《乌鸦与麻雀》《我这一辈子》《为孩子们祝福》《鸡毛信》《渡江侦察记》《山间铃响马帮来》《金银滩》《母亲》《幸福》《女篮5号》《护士日记》《海魂》《家》《祝福》《李时珍》《林则徐》《不夜城》《雾海夜航记》《为了和平》《铁窗烈火》《罗汉钱》《天仙配》《追鱼》《三毛学生意》等,均为上海生产的优秀电影。《铁道游击队》的《西边的太阳快要落山了》，《女篮五号》中的《让青春闪光》，《护士日记》中的《小燕子》等以及当时重新播放的"五四"以来优秀电影的插曲《天涯歌女》《夜半歌声》，都成为广泛传唱的流行歌曲。《九九艳阳天》1957年在上海被群众评为受群众欢迎的歌曲第一，公布时改为《社会主义好》第一，该歌第二。1957年举办过"亚洲电影周"，印度电影《流浪者》《两亩地》成为热片，插曲《拉兹之歌》流行街头。大量的苏联和东欧国家名片，也成为群众购票的热点，墨西哥电影《生的权利》等也引起轰动。在那个时期，青少年中掀起搜罗明星像片和剧照、电影说明书的狂热。1957年《上影画报》创刊，使读者更多地接触到演员形象和影片剧照，对新电影老演员有更多的认识。中小学还组织一角钱一张票的星期天儿童场电影专场。上海人，从少年到老年，观看影片各取所需，成为其主要的娱乐活动。

20世纪三四十年代在上海产生、汇聚和迅速成熟起来的沪剧、越剧、评弹、浦东说书、沪书、上海说唱、滑稽剧、方言话剧、锡剧、甬剧、淮剧、扬剧等江南江北10多种戏剧曲艺，一起形成了繁荣的海派文艺。50年代戏剧、曲艺的民间化，达到登峰造极。解放初年，越剧《梁山伯与祝英台》《白蛇传》、戚雅仙的《婚姻曲》，沪剧《罗汉钱》《大雷雨》等成为家喻户晓的戏剧，几乎人人都会哼上两句。戏剧、滑稽剧剧目和演出盛况不亚于40年代后期。书场遍布，评弹演出在城区的书场、郊镇的茶馆，听众济济。从50年代初期一本很小的沪剧唱词选中可看到那一年的沪剧演出盛况：当时有艺华沪剧团的《刘巧儿》，努力沪剧团的《田菊花》《姑娘的爱》《翠岗红旗》，勤艺和艺华沪剧团分别演出的《小女婿》，上海沪剧团的《罗汉钱》，勤艺沪剧团的《红花绿叶》《山野春晓》，爱华沪剧团的《母亲女人》《幸福年》《葡萄与嫁妆》，艺华沪剧团的《珍珠泪》，长江沪剧团的《沙漠情歌》《活人塘》《李二嫂》《赵小兰》《纺棉花》，建新少壮沪剧团的《恨海》，丁是娥、蔡志芳唱的《小二黑结婚》，顾月珍唱的《纯洁的爱情》《红香姑娘》，小筱月珍、王雅琴、丁是娥唱的《白毛女》，一下子涌现那么多的现代戏，各显神通。此外，还有旧戏王雅琴、王盘声唱的《冲喜》，王雅琴、小筱月珍唱的《寒梅吐艳》，邵滨孙、石筱英、陈松麟、筱爱琴唱的《啼笑因缘》，勤艺沪剧团的《方珍珠》，上海沪剧团的《大雷雨》，艺华沪剧团的《梁山伯与祝英台》。沪剧创新活力依然旺盛。一些解放前著名的文艺创作家迅速转行参加剧本音乐创作，因此50年代上海戏曲出现了大量优秀的创作剧本。如曾创作流行"时代曲"的许如煇投入了沪剧、越剧等戏剧的音乐设计，有《罗汉钱》《为奴隶的母亲》《少奶奶的扇子》《妓女泪》《陈化成》等；鸳蝴派文学家平襟亚等创作《十五贯》《杜十娘》《王魁负桂英》等长篇弹词，还写过不少优美的弹词开篇，成为名篇；著名文学家苏青在尹桂芳所在的芳华越剧团担任编剧编写了《江山遗恨》《卖油郎》《屈原》《宝玉与黛玉》《李娃传》等越剧剧目。原在衡山路的上海百代唱片公司后来聚集了黎锦光、严华等三四十年代流行歌曲名手精英，编辑了大量一流的戏曲、歌曲唱片，一元一张的“中国唱片”购买处成为各处新建的“新华书店”最热柜台，总是拥挤着试听和购买的人群。戏曲和歌曲唱片的大量发行和电唱机的出现，使原来只好在名贵的留声机里放唱的戏曲唱片很快在工厂播音室和民间家庭传播普及。无线电和唱片的影响，有力推动了民间的戏曲学唱运动。1956 年在刚填没的棚户区臭水河“肇家浜”的一长条填土上，几乎天天有民间小剧组在群众围观中演戏，热闹非凡。不少青年也是追星族，剧场里各派粉丝追捧名角。爱好者学唱各派演员名唱腔唱得惟妙惟肖，他们就是如今公园里老年戏曲自唱活动的基本成员。一些名演员的最成熟唱腔都在 50 年代和 60 年代前几年奠定。1959 年上演的沪剧《雷雨》汇集群星，唱腔各显春秋，成为沪剧里中外名著改编戏中最为成功的一部戏，也是各种戏剧改编曹禺《雷雨》最成功的一部。民间戏剧兴趣影响深远，直到中小学生，如 1956 年在市中心的向明中学大礼堂国庆联欢中，有高年级学生借来戏装演出的《梁祝十八相送》、滑稽剧《开无线电》。王安忆在她的长篇小说《富萍》中记述到在十分贫民化的地区街道组织晚上戏剧演出，此时争抢座位的拥挤盛况，真比小菜场排队抢买黄鱼还要热烈。沪剧、评弹等的演唱活动还经常配合形势宣传在街头民间进行。

那时，上海私营书局密布，新华书店发轫初建，出版了大量的新书，读书气氛浓郁；遍及全市的“新华书亭”设立，对新文化的普及传播起了积极作用。如注音扫盲读本，大量的小人书连环画的涌现，苏联少年生活学习故事，各种童话故事，带来了新上海的蓬勃朝气。上海旧书店、旧书摊，旧报纸杂志，依然活跃，在国营的大型上海旧书店里，在深巷中民间开设的大量的旧书摊上，淘书之乐融融，像老城隍庙的旧书摊铺到 1958 年后还存在。它们对青少年人生及其海派意识的养成发生了极大的感染和影响。

50 年代的新创歌曲，朴素无华而充满朝气，如：《歌唱二郎山》《远航归来》《勘察队员之歌》《敖包相会》《九九艳阳天》《草原之夜》等。开国歌曲，如：王莘词曲的《歌唱祖国》，郭沫若词、马思聪曲的《中国少年儿童队队歌》，袁水拍词、瞿希贤曲的《我们要和时间赛跑》，招司词、瞿希贤曲的《全世界人民心一条》，马可词曲的《咱们工人有力量》等，雄壮豪迈、大气从容。加上苏联歌曲，少数民族歌舞曲，传唱具有广泛的群众性，催人振奋。在公园，在学校工厂，常常听到手风琴伴奏下的合唱声。西洋音乐、歌剧水准也都有提高，如 1958 年诞生的由何占豪、陈钢作曲的著名的小提琴协奏曲《梁山伯与祝英台》就是融合了优美的越剧曲调创作的、中西合璧的顶级名曲。各地民歌、广东音乐、新奏乐曲如京调、紫竹调、花好月圆、少数民族舞曲等，汇成大流，在上海纷纷制成“中国唱片”，传播到全国各地。

50 年代，集体舞盛行。这显然受到俄罗斯文化的影响。从小学生起，大家围成一个圆圈表演和跳舞，这些简单舞曲曲调轻松，活泼易学，如《集体秧歌舞》(简谱 32 35 667 6)、《狂欢舞》(16 3，24 3)、《蒙古舞》(55 55 3 5，5 i 65 5 3)(66i 6 5 66i 6 5)、《匈牙利三人舞》(6 7 1 6 3 21 7 3)、《匈牙利集体舞》(31 11 43 2)、《朋友舞》(5 i ii 76 5，52 22 321)等，加上种种集体游戏活动，成为当年群众性文娱活动的主要形式，培养起一种人人参与的集体意识，陶冶了开放和活泼的性格。节日里有的学校大操场上，男女同学圈起两个大圆圈跳着"5 i i，3 5 5"的《青年圆舞》(王克伟编舞、陈天戈作曲)。1959 年国庆十周年夜，在人民广场上有大型的集体舞狂欢，广播里播送着新创作的《祖国之春》(曾加庆作曲)和《友谊圆舞曲》。

50 年代是一个崇尚班组集体友爱的年代。集体游艺，在工厂，在里弄，在公园蓬勃开展。比如在公园，每晨的"第一套广播体操曲"播出，许多群众以个人形式参与的早操活动自动展开，傍晚是少先队喇叭声响彻夜空，晚上是工会等组织的集体游戏活动，如"叫号"游戏、"传绢头"活动等，形式内容多样，个个情绪昂扬。又加上新婚姻法颁布的巨大作用，青年人的个性获得一定的解放，上进心和友爱心增强。更令人神往的事，像夏天晚上争圈地盘在草地上观看露天电影放映的盛况，对于孩子来说无疑是一个狂欢的节日。

50 年代，旧社会留下的私营溜冰场、落弹房、舞场、乒乓室依然存在，只是清除了黑社会势力，使这些场所变得安全清洁，票价便宜，使有兴趣者继续得到用武之地。穿着"小脚裤管花衬衫"或衣装头饰上标出新奇的"小阿飞"和玩技"懂经"、魅力独特的"老克拉"，依然十分活跃其中。

各区的"工人文化宫"开张，成为工人业余活动的最好归宿。其中的棋牌室、游艺室、活动室、图书室，吸引了众多的中青年工人在文化上的参与，熏陶他们成为工厂中群众文化带头的活跃分子。每年一度举行的灯谜比赛(其中也有上海话谜面或谜底的灯谜)、书法、春联、都市摄影作品、漫画作品比赛等，造就了一批爱好业余生活的骨干。1958 年上海工人文化宫、上海青年宫和上海文化出版社还办过《游艺》杂志，推动市里群众性的多种花样的游艺活动的开展。除此以外，各区的区级图书馆也是中学生假日最好的去处，还有街道办的图书馆，有些重要文章都可以就近读到。

50 年代，地区居委会组织的社区活动相当活跃，尤其是节日前后，里弄张灯结彩，各种彩纸灯笼迎风飘舞，各街道的挂彩也有竞争性。街道地区和居委会组织群众举行节日联欢文娱活动，有的盛况空前。如组织海派文艺的自唱自娱，请剧团来演戏。笔者儿时就挤在人堆中引颈观看过地区业余才子的变戏法、杂技表演和自排自演的多场沪剧《碧落黄泉》等演出，还有在一段国庆致词中将十几名地区活跃人士的人名嵌入其中，有奖猜名，至今印象深刻。五一、十一节日原来都有区游行活动，群众早早拿了椅子在弄堂口等候看游行。游行队伍十分活跃，各家公营私营的厂家纷纷展示自己单位的风貌，如仪仗队的暗地较劲争雄，还有秧歌、腰鼓、舞狮、踩高跷等民俗色彩的加入。

海派文化还有两个大本营，一个是"大世界"，一个是"新、老城隍庙"。那是两个民间神往的文化娱乐天地。50 年代的上海，市民文化娱乐享受是多层次的全民行为，尚保留着 40 年代的底气。游乐分档次，各得其所，南京西路是最富阶层的购物吃喝、文化娱乐天地；南京东路层次稍低，一般市民可去"大世界"玩，票价便宜；贫民可去城隍庙游玩，不收门票。大世界一张低价的入场券可以观看各种舞台的戏曲和民间杂艺，城隍庙商场可以看活猢出把戏、珍奇的动物，买各种文化娱乐用品和玩具，直到 1958 年以后城隍庙楼上还陈列"十八层地狱""黑、白无常鬼"整条阴界，还有算命测字摊，九曲桥畔那些旧书小店和旧书摊上，还能淘到各种踏遍铁鞋无觅处的书籍。不同兴趣和层次的群众娱乐，诸如养八哥、斗蟋蟀、玩小虫、种花养鱼，都可找到有权威性的购买处、自己去玩的场所和朋友。

公众娱乐的发达，与市民具有一定的文化素质有关。在马路上走，常常会听到洋房里传出的钢琴声、小提琴声；到弄堂走走，晚上或假日会听到有的人家里聚集着同好票友拉京胡唱京戏，也有的人学越剧、沪剧名演员的腔调可以真假难辨。民间的自娱，内容也很广泛。市民的爱好多样化，如有各类收藏的专家布于市区各处。有的喜欢打猎，家里便收藏着名牌的猎枪，还经常出入中央商场、旧货商店等尚存的销售处。有的喜欢听听唱片，办家庭派对舞场，淮海路陕西路口还能买到外国唱片，或淘旧货。还有的人喜欢骑马，当时也能找到马场去"过念头"。

二、少儿游艺

50 年代的少年儿童，不论贫富，都可以生活在五彩缤纷的愉快生活中。那时不但在学校校门边上，有着大量低价的文化玩具摊子，而且在解放初，贫穷儿童可以优先加入"少年儿童队"(后改称"少年先锋队")。如在笔者生活的弄堂里，佣人的孩子先戴上了红领巾，在路上遇见戴着红领巾的孩子，自豪地互敬队礼。在小学里，在公园里，一听到少先队的喇叭号声，就会联想到令人神往的少先队的丰富多彩的队活动。比如说"鸡毛信"联谊传递通信的活动，去少年宫玩，参加少年合唱团、舞蹈队，各种兴趣小组，还有迎接外宾，闯"勇敢者的道路"等。

具有明亮色彩的、清新的、表现少儿学习生活的画片，在 50 年代挂满在权威性很高的"新华书店"内、各校教室里，甚至当作新年画被张贴在家里。那种有明暗层次为底子的水彩画作品是精心绘制的，具有中西结合浓厚独特的海派绘画风格。

它们实际上起源于上海徐家汇法国天主教主持的“土山湾”绘画室，最初是孤儿院的孤儿被培养画画，画的是圣像。后来那种画法由于上海商业社会的催成，发展为独特的“月份牌”笔法。解放后“月份牌”美女不能画了，众多的画手就更用心地改革技艺，除了继续在年画中画“白娘子和许仙”“梁祝”“水浒人物”外，有些画家就画起了面目一新的少年画。如李慕白作的《升旗》《献花》《我们要爱护公共财物》《我们的丰收》，张雪父、李慕白的《佛子岭的虹》，徐寄萍的《又是五分》，何逸梅的《小白兔》《种植花木》，吴哲夫的《叔叔我们的兵舰下水了》，王柳影、黄子希、华西岳的《朱德副主席和少先队员们》等。此外，特伟的《拔萝卜》也是一张颇受欢迎的画片。画手中如李慕白等就是当初杭稺英“月份牌”画室中的名画师。这种绘画风格是上海特色，可惜现在看不到继承了。

目染之外，还有耳听口唱。在上海，50 年代创作和流传着大量优美动听的少儿新歌曲。少儿歌曲之盛、之清新悦耳，是任何一个年代都无法比拟的。这些歌如沙鸥词、张文纲曲的《我们快乐地歌唱》，管桦词、瞿希贤曲的《早操歌》，华影词、陈良曲的《红领巾之歌》，金近、夏白词，黄准曲的《劳动最光荣》，管桦词、李群曲的《快乐的节日》，袁水拍词、瞿希贤曲的《我们是春天的献花》(以上均为 1954 年前创作)，管桦词、张文纲曲、黎锦光伴奏的《我们的田野》，乔羽词、刘炽曲的《让我们荡起双桨》，管桦词、瞿希贤曲的《听妈妈讲那过去的事情》等。我们回忆起当年的生活，耳边就是荡漾着那些欢乐的歌声的。

除了上面所说的少儿歌曲，活跃于民间的、上海地方色彩的童谣、儿歌和顺口溜，流传十分广泛，时时听闻。从牙牙学语时起就在母亲身边，后来在放学路上或边做游戏时，唱着喊着，感受上海民风的爱的熏染。如：“鸡鸡斗，共共飞”(都只写开头两句)“月亮亮，家家小囡出来白相相”“摇啊摇，摇到外婆桥”“笃笃笃，卖糖粥”“排排坐，吃果果”“一箩麦，两箩麦”“小三子，拉车子”“小皮球，小小篮”“落雨喽，打烊喽”“冬瓜皮，西瓜皮”“一歇哭，一歇笑”“孵下去，立起来”“赖学精，看见先生难为情”“弟弟疲倦了，眼睛小”“小孩儿乖乖，把门儿开开”“本来要打千千万万记，现在辰光来勿及”等。这些热热闹闹、童趣盎然的儿歌余音袅袅，但在“文革”之后式微了。

孩子主要的活动空间是校园和弄堂。校园和弄堂游戏之多，不胜枚举。如：stop，马连打，造房子，抬轿子，跳橡皮筋，弄堂溜冰，踢小橡皮球，拉扯铃，打菱角，抽贱骨头，打弹子，掴香烟牌子，套砖头，盯橄榄核，老鹰捉小鸡，我们要拣一个人，东南西北，弹簧屁股，盗界山，官兵捉强盗，看字，扯铃，丢绢头，钩脚跳，跳绳，踢毽子，滚铁环，打康乐球。课间游戏，有：各种游戏棋，斗兽棋，捉帖子，捉麻将牌，打手拳(搭拉里头)，折飞机，折糖纸头，拉瓶盖，拉木偶，打电话，七巧板，弹皮弓，等等。

每到夏天晚上，掇起小凳，围在一起一帮孩子，挑绷绷，金锁银锁，斗洋火棒，拼灵碰冷起。乘凉游艺多多，有接口令，一号两号，开飞机，讲鬼故事等。

小学初中里，不是都是数理化，或者语数外，美术课和音乐课十分活跃。校园活动，如跳集体舞，布谷鸟歌咏比赛，化装舞会，大跃进诗歌创作朗诵，做对联，自己动手制作标本，制作幻灯片，自做玩具，自做西洋镜，蜡光纸制作，结玻璃丝，气象观察，天文望远。孩子在家，穿珠子，结网线袋，绣花，编织，做十字花，包丝线粽子，集邮，收糖纸头等，花样繁多。有的孩子聚集一起做小人家，或办小学堂做先生，或者头戴珠子，身披彩衣，咿咿呀呀学做绍兴戏。还有养蝌蚪，养扬虫，养蚕宝宝……

每到节日，学校把各间教室都作游艺室，由各班学生自办游戏内容，如障碍跑，遮眼剪糖，套藤圈，搛弹子等，各有特色，学生凭票入室游玩，走进每间活动室都有新鲜感。还有幻灯室、猜谜室等。记得1956年国庆时，向明中学举办了全校性的创造性游艺室活动，从初一到高三，每个教室都有各班同学的自创游艺，大礼堂里有通宵的自编节目演出，小操场燃放焰火，大操场有大圆圈的集体舞，使刚入中学的笔者大开眼界。每年夏季，仿效苏联模式的“夏令营”活动，也是充满朝气的集体活动，暑期联络网传信，不断解难题地寻找目的地，自制飞机船舰模型，野外露营拉练等，培养着团结、勇敢、活泼、诚实、健康的少年形象。

校边设摊中的游艺也具有海派的多姿多态特点，也许摊主都是从城隍庙市场批来卖的。有各种内容的纸质、木质小棋子（斗兽棋、康乐棋、蛇梯棋、进退棋、五子棋、飞行棋、跳棋、陆战棋、象棋、国际象棋等），构图型、剪贴型的劳作，可按印着的图案挖刻石膏圆盘，各种故事内容的香烟牌子、花花绿绿的玻璃弹子，一分钱可买一本的正面是谜面背面是谜底的豆腐干大小的小谜语书，可看电影胶片的放大镜箱，涂水后即可印下彩图的洇纸，可抽拉的白雪公主和七个矮人，摸彩等，还有盐金枣、桃板、盐金花菜、甘草梅子等零食。到了除夕，摊头上的各式花样的、价格便宜的爆竹焰火、年画、贺年片，最易吸引孩子们的好奇心。50年代这样的开放式的、多彩的游戏活动氛围，是十分有利于少年儿童的身心健康、性格塑造和兴趣爱好培养的。

50年代上海的《新少年报》办得生动活泼，第四版上经常刊有民间故事或童话。上海少年儿童出版社出版了大量道德教育故事书，格林、安徒生等童话故事，国内国外的民间故事、英雄故事、侦探故事、通俗科学知识书等，加上十分普及的《小朋友》《儿童时代》和《少年文艺》期刊，盛极一时的连环画，孩子们常常沉浸在那些美丽的故事中。

三、文学书画

50年代之初，先是延续解放前私营书店遍布、出版各有千秋的书刊的传统，后来上海作家协会成立，一批新老作家围绕在作家协会周围，创办了《文艺月报》等期刊。巴金、周而复、柯灵、茹志鹃等一批名作家，发表了不少小说、散文和随笔，上海也开始培养全国首创的“工人作家”。但是由于多种原因，50 年代文学创作除了在 1956 年前后有点生气之外，能够传世的作品实在太少，作品也不再关注海派特点，一些海派作家也纷纷搁笔。文艺思潮上的批判接二连三，对文学界的打击最大。所以这个时期的文学与三四十年代的上海文学的繁荣是不可相比的。

然而在另外一些领域，却取得了辉煌的成就。除了上面说到的儿童文学外，那个时期是“连环画”的盛世。上海有个传统，即在许多弄堂口，都设有小书摊，在摊主的书架上，上下多排，横排着形形色色封面的连环画书，很诱惑人，俗称“小书摊”。一分钱或两分钱可以借一本在摊前的长凳坐下看完。三四十年代中在竞争中涌现的一批民间的画图能手，和不少应运而出大显身手的新画手，凭其细致的画风和精湛的技巧，在 50 年代纷纷转入连环画的创作热流之中。1950 年，毛泽东指示中宣部长周扬：“连环画不仅小孩看，大人也看，文盲看，有知识的人也看，你们是不是搞一个出版社，出版一批新连环画。”1951 年 4 月举办了“上海连环图画展览会”，上海又将 190 家私营出版社整顿合并，成立了“新美术出版社”，专门从事连环画出版。有关部门提倡“创作质量更好、数量更多的通俗读物去占领旧连环画阵地”，鼓励画家投入。国画家中有唐云、陆俨少、谢之光、王叔晖、徐燕孙、任率英等都加入了画连环画的行列，老连环画画人赵宏本、钱笑呆、董秋野、汪玉山、顾炳鑫等更加成熟[①]。在上海滩上，50 年代至 60 年代初期，出现了上海历史上连环画出版的高潮。无论从题材的包罗万象、出版数量之多和艺术水准之高来看，都达到了连环画的顶峰。有大量的中外神话、童话和民间故事，如《望娘滩》《灰姑娘》；有中外著名科学家、文学家故事，如《李时珍》《我的童年》；有古代人物故事，如《木兰从军》《鸳鸯简》；有现代长篇小说的改编，如《暴风骤雨》《家》；有苏联和其他国家的名著改编，如《卓娅与舒拉的故事》《青年近卫军》；有革命英雄烈士事迹，如《王孝和》《张积慧》；有抗日战争、解放战争、土地改革、抗美援朝的故事，如《渡江侦察记》《英勇的炮艇》；有晒蓝版的电影连环画，如《白毛女》《一江春水向东流》；有戏剧故事，如《九斤姑娘》《宋士杰》；也有第一个五年计划图解、“胡风反革命集团罪行”宣传连环画等。名著《三国演义》《水浒传》《水泊梁山》《西游记》《红楼梦》等都在此时出版了成套的选本。新美术出版社、美术读物出版社以及后来的上海美术出版社在出版连环画上立下了汗马功劳。这些“小书”，深入浅出，老妪能解，小空间里，着大工夫。直到 60 年代中期起，连环画题材开始缩小到主要画英雄人物和阶级斗争。上

---

① 引自介子平：《退色的记忆——连环画》，山西古籍出版社 2004 年，第 25—26 页。

海人在五六十年代，几乎人人都看过连环图画。笔者参加高考时历史试卷上的一道考题“西班牙内战”，其答案就是在不知哪时看连环画中看来的，否则就失去15分。

漫画在50年代也很活跃。当时有一本八开本的《漫画》杂志出版，宗旨是“打击敌人，拥护和平，批评落后，歌颂新生”。张乐平、乐小英、丰子恺、叶浅予等的漫画经常在节日的报纸上见到，张乐平画出了新社会中戴着红领巾的三毛，他和乐小英也常绘画大幅的新生活组画。不过那时的漫画多数是以歌颂社会新气象为主，很少有以犀利敏锐的笔法揭露现世相的阴暗面。

海派风味的年画和宣传画，在50年代也呈现高潮。当时上海的年画大都采用半开张大纸的形式，以从“月份牌”笔法改革而来的水彩画为主，讲究精细描绘，讲究美观真实。除了有些传统的用饱满笔法画的“年年有余”“闹春节”之类，还有像《白蛇传》《梁祝》《桃园结义》《逼上梁山》等民间传说和历史故事题材。有宣传“婚姻法”、人民银行储蓄、中苏友好、镇压反革命、第一个五年计划、公私合营、把青春献给祖国、钢铁元帅升帐等多种题材，那是一个充满宣传画的时代，连学生的画图课上也学着试画。这使孩子从小感受画图美术与现实生活联系的情趣。国画家也加入了宣传行列。后来出现了笔法较新、比较写意的佳作，如1959年国庆10周年前后由哈琼文创作的《祖国万岁》贴满了像淮海路、南京路这样的大街上，广受赞扬。

文具店和新华书店供应的贺年片、书签，价廉（当时卖一分一张，贵到三至五分一张）而配图、印刷精细。工笔的国画居多，张充仁的水彩静物画、崔预章的月季瓶花油画、陈之佛的春鸟画、吴青霞的游鱼图、江寒汀的双鸭、蒋风白的春梅黄莺、孙悟音的双牡丹，都在1956、1957年中印上了小小的贺年片，多由上海美术出版社出版，可见刚走上国营道路的出版社里确实集中了不少精心艺术的有实力的编辑精英。后来在小店里还能买到圣诞题材贺年片。上海民众这种喜欢小型贺年片的情结直到“文革”时还以“年历片”的形式悄然复活。

国画的“海上画派”是上海之“海派”得名鼻祖。任伯年、吴昌硕的后代们，人数众多，创作积极，以上海画院为根据地，挥毫舒笔，在上海的五六十年代，创造了“海派”的艺术群体性的顶峰。吴湖帆、贺天健、王个簃、应野平、吴青霞、钱瘦铁、谢之光、来楚生、江寒汀、张大壮、朱屺瞻、刘海粟、陆俨少、谢稚柳、唐云、程十发、陈佩秋、刘旦宅、曹简楼等大画家，麇集上海，除了画传统的山水花鸟人物，国画题材还适当面向工农生活和建设风貌，那时的绘画艺术都几乎达到各人的最高水准。著名的书法家沈尹默、马公愚、邓散木、白蕉、包六科、胡问遂等，篆刻家钱君匋、方去疾、单晓天等也在上海琢玉挥毫，培养门生弟子。50年代上海的书画篆展览会经常举办，热热闹闹；群众性的写春联、画扇面等风习也在延承。国画、书篆传习处，从民间到文化宫皆有。南京东路上的荣宝斋，后改为朵云轩，成为书画与市民联络的纽带。加上福州路的“古籍书店”和“上海旧书店”，成为群众淘买旧碑帖和新书画的好去处。如今上海书画大势已去。

50年代，无论在学校的墙报黑板报，或者是工人文化宫里的业余创作活动，群众性的创作热潮此起彼伏，从中涌现和培养出不少文化天才。1958年后的群众性诗歌创作，包括写大跃进民歌，形成了全民写诗歌歌颂生活的热潮，同时还深入街道农村，搜集了大量的流传于民间的旧民歌。“大跃进”运动刮起的浮夸风在群众的意识上流毒很广，在总的指导方针上是错误的，但是从由群众激发出来的巨大热情角度来看，当时也有好的一面。由于有着很广泛的群众参与面，大多数人是真心实践，促进了群众性文娱活动的普及。那种配合政治宣传的文艺活动，从学生开始，有群众自编自演的曲艺和活报剧话剧等，锻炼了青少年的表演艺术才能。专业文艺队伍挂头牌的演员也进入街坊民间演出宣传，影响较大的有制成“中国唱片”的、孙道临朗诵、上海合唱团演唱的《歌唱大跃进》组歌，徐丽仙演唱的弹词开篇《六十年代第一春》等。

四、商业文化

50年代的上海，商业文化依然繁荣，海派文化仍然在商业中逞威。这里仅举几个例子说明。

用来包裹糖果的“糖纸头”，是一种小小的设计绘画艺术，在上海特定的社会环境下，呈现出多姿多态和气象万千的风貌，成为庞大的上海海派文化中的一角风景。

糖纸头是伴随着上海成熟的商业经济发展而形成的民间文化。在20世纪30年代，鲁迅就曾一针见血地指出：“京派”姓“官”，“海派”姓“商”，并预瞻到海派在中国大地上影响的不断扩大①。糖纸文化正是一种面向市民的商业文化，它是附丽于上海市民曾拥有的庞大的糖果需求而应运繁荣起来的，它渗透在群众的普通生活和时令节庆民俗文化中。商业的繁荣和自动运转，充分市场化，带来的是五光十色、争奇斗艳。在充分商业化的社会，文化的平庸和媚俗只是极小部分，文化、艺术的高度发展和高质量是必然的。

上海的商品经济在20世纪10年代以后的急速发展，促使众多的江南才子迁

---

① 鲁迅：“京派”与“海派”，《申报·自由谈》1934年2月3日；“京派”和“海派”，《太白》，1935年第2卷第4期。

入上海谋生，在上海四马路及其周围，集中了大批的职业文人，上海糖纸头的设计画手来源也就在其中，是他们在江南文化的熏陶中积下了文化底气，进了上海后又迅速接受了西方文化，逐渐形成了前卫的优秀的艺术鉴赏力，在东方与西方艺术精华的交汇中，培养出那种处处精明和踏实做事的上海精神，创作出一张张各具特色的细笔精绘的糖纸头，就是这种工作其中之一。

糖纸头的从单纯的包装广告性到设计形式的艺术化，它先是从西方糖果产品中延伸学来的，开始于商业繁荣的20世纪三四十年代，但是，它的艺术性到了50年代发展到顶峰。

大量水果糖是每颗用纸包的，纸面上有各生产厂家的名字，如伟多利、天明、冠生园、益民、大众；还写明糖果的种类，大多用的是西文的译名，有奶糖、太妃(toffee)糖、牛轧(nouget)糖(又译成鸟结糖)、求是(juice)糖、白脱(butter)糖、巧克力(chocolate)糖(又译成朱古利糖)、具有苏格兰风味的司高去(Scotch)糖、“沙药水”味的沙士(sauce)糖、可可(cocoa)糖、咖啡(coffee)糖、本帮出典的麦乳糖等。伴随各种糖味的糖纸头的花样设计就是海派文化接受西方文明中国化的结果。西方的糖果“太妃”“牛轧”等，在上海再加入辅加成分，变得五花八门，纷繁多彩，如形成形形色色的太妃糖系列，有白脱太妃、奶油太妃、咸味太妃、三明治太妃、水果太妃、花生太妃、果仁太妃、香蕉太妃、椰子太妃、杨梅太妃、香草太妃、巧克力太妃、可乐太妃等，到江南的土壤中来。由于上海人的智慧，还交杂进了东方人的口味，什么“金橘太妃”“葱香太妃”“姜汁太妃”“话梅糖”，都在中西杂交中都产生出来。糖纸也就在西方绘画的几何画面和连续图案为底的基础上，变化加进了海派中国画的风格神韵，如牛郎织女、龙凤呈祥、松鹤万寿等，实行了东西文化的交汇。

糖纸头成为众多男女学生的收藏品，有那么多的青少年白相糖纸头，在收集和交换糖纸头中找到乐趣，接受孩童时期最早的艺术熏陶，美化了自己的心灵。有的还手工做成有着漂亮舞裙的小人等，这些都成为一代人甜蜜的孩童时代回忆。

50年代初外国糖果很快退出了上海市场后，直到1956年为界，正是上海大大小小的各家私营糖果厂自己起来争相斗艳的年代，各厂家首先重视的是糖果本身质量的竞争，同时也开始看重糖纸的价值，聘请画手描绘糖纸。著名的连环画家戴敦邦、贺友直、赵宏本等，当初也曾加入设计糖纸头。还有许多无名英雄，是他们用尽心的劳动使海派文化中一枝奇葩开放得如此鲜艳。当时大厂家的糖纸设计常以比较庄重的连续图案为主，恐怕是那个年代的崇尚。到1956年工商业改造以后，各公私合营和国营的糖厂进行了一定的重组整顿，实力增强，那时的糖果业依然延续着竞争。在糖纸的设计上，绘画思想有了一定的解放，因此糖纸无论在绘画的题材、方式和风格上均有较大的突破。我们看到最好看的糖纸头也就是在那以后的几年中诞生的。那段时间里，糖纸头之多，种类之丰富，画面的不断创新，都是最好的时候。后来，政治宣传也加入了，如有人造卫星上天的糖纸头。到 60 年代以后，一些高档糖果厂有了全透明的“玻璃纸糖纸头”，由于印刷的不便，一段时间里色彩为单色，所以相当单调，不久即进入“文革”，有的糖果厂改名为“文革糖果厂”，原来的“哈尔滨糖果厂”变成“工农兵糖果厂”，“礼花”糖纸印上“要斗私批修”和“千万不要忘记阶级斗争”。再以后，糖纸头艺术便一去不复返了！

在 50 年代，与糖纸头画艺可以媲美的，有各大百货商店和妇女用品商店中手帕柜台上飘扬着的“花绢头”。

公私合营前后的手帕厂，集中了一批手帕图案的设计家，互相竞争，设计出各种风格的、描绘水准极高的“花绢头”。一批又一批，图案层出不穷。有国画式的，有西洋油画、水彩画式的，有抽象画的，也有实物写真的。有花鸟，有山水，有静物，有人物，有模仿的西洋画，有各种动物卡通……那时的画图水准确实不同一般，每条手帕，就是一幅佳画。花绢头柜台前，简直成了 50 年代画图时代绘画风格的展览场。一条一角六分钱的花绢头，不知曾经使多少女孩子陶醉过。这一波手帕艺术的高峰也是 50 年代的一道亮丽风景，到 60 年代初期后就渐渐衰落了。

20 世纪初，城隍庙“小热昏”唱小调卖梨膏糖，大概是最初形式的商业文艺了。50 年代不但保留着解放前频繁的穿弄走巷做小生意者的种种带腔带调的吆喝声，而且弄堂生意还有伴随唱戏的场面。如几个推销“洋线团”的人顺手借了某家的高凳子，站在上面在胡琴伴奏声中唱起了戚雅仙、毕春芳的《梁祝 · 楼台会》或《白蛇传》，唱上两段就把人都吸引过来，然后大肆介绍商品，一时购买者踊跃。这种销售方式后来随着国营企业的皇帝女儿不愁嫁而消失。

五、海派文化的繁盛和衰落的原因

总结海派文化的特点，笔者认为：海派文化是伴随商品经济发展而形成的新文化，是现代都市中产生的以科学与民主为底蕴的开放文化，是今以上海为中心的长江三角洲、太湖钱塘江流域为其地域范围的区域文化，是来源多元、题材多元、功能多元和受众多元的现代文化，是亦雅亦俗、与民同乐、群众和精英都喜闻乐见的文化，是善于融合世界先进文化、积极选择吸收各种最新文化思潮的文化，是与本土文化结合最好、一直具有中国江南民俗特色的文化，是与时俱进、不断创新、勇于建设先进文化的文化。

50 年代上海海派文化的热闹景象和健康发展，使上海成为一个处处渗透着都市文化气息的乐园，各阶层的市民都可玩在其中。小结它的成功因素，主要有以下几个方面：

(1) 海派文化的传承者和守望者正值壮年，人才济济，文化素质和技能在三四十年代竞争社会里培养出来，基础雄厚。

(2) 建国初始，相当部分有才能的知识分子得到安排和利用，一部分成为"三名""三高"，生活安定，潜心艺术；一部分转业从事新的事业，如许多画师和作家，流行歌曲作曲家黎锦晖、黎锦光、许如煇等，在当时大家平等的低收入中略胜一筹；一部分跌入底层的能手又在民间滋养和需求中找到用武之地，重新创作，继续发挥才华。

(3) 领袖的倡导，立即化为行动。如毛泽东对连环画的提倡，马上组建新美术出版社，如沪剧《罗汉钱》1952年在第一届全国戏曲观摩演出大会上获演出二等奖后，带动了上海戏曲演出热潮；1956年周恩来说昆曲《十五贯》上演是"一出戏救活一个剧种"，很快推动了戏剧的繁荣。

(4) 民间的狂欢，有着多样性的趣味，有着各阶层的需求，推动游艺的精致化和平民化。如有外出打猎收藏猎枪的，也有因陋就简自制"矿石收音机"的，等等。

(5) 建国初期百废俱兴，上海人民沪剧团、上海画院等专门机构新成立，各种人员对事业发展满腔热忱，充满希望。

(6) 合理价格的良性循环，一定竞争的环境，相对宽松的政策，尚未来得及严管。文化干部相对比较懂得文化。

但是好景不长，这种健康活泼的清新之气很快受到打击，从而引起海派文化的急剧衰落。

(1) 从1957年"反右"起，阶级斗争的弦越收越紧；"大跃进"后破坏了群众的积极热忱；不同的生活方式和休闲趣味被当成"霓虹灯下"的资产阶级"香风毒雾"；接踵而来的禁止措施，如后来从百乐门起全市停止交谊舞等。

(2) 国营机制弊端的制约，严重影响了商业文化的运转。比如剧团演出方面，石筱英、周柏春等人在50年代中期就敏锐地感到，在1956年和1957年都大胆提出过正确的意见，随即被批倒批臭。如先已进入国营剧团的名演员们很早就看出了国营体制管理和经营上的毛病，不如过去的包银拆账制和场团合作制，希望有所改变。如石筱英在1956年上海剧协成立大会上发言时曾无所顾忌地说："剧团国营以前一直有戏唱，一直有剧本，自从国营以后，剧本没有了，也没有戏唱了，我也不晓得什么原因，剧本一般化，公式化。"解洪元1957年"鸣放"时曾提出："党对剧团领导有问题，管得太多太紧了。""一个剧团往往是以一个艺人来领导，对艺术的发展是有利的。"他们也在探索，想搞活剧团的机制。如石筱英和解洪元、邵滨孙曾想过拆团恢复原来的"中艺""上艺"，进行"艺术竞赛"；陈荣兰、丁是娥、解洪元在

1957 年还曾计划“场团合一”搞“剧场艺术”，尝试搞活演出，但这些设想很快都被制止。又如滑稽剧团名演员周柏春还提出了反对“人事冻结”，“剧团只留班底，我们主要演员自由进出”的新设想，[①]不过都因体制的僵化而未能继续探讨或付诸实践。石筱英有一次说到为什么剧场不准头牌演员挂霓虹灯，当时阳澄湖大闸蟹还可以挂灯。当时负责文艺的张春桥随即公开点名批判石筱英不要做灵魂工程师要做大闸蟹。“反右”以后，堵塞了言路，听不到不同的意见。

(3) 文艺为政治服务，强调文化上的统一，丧失地域文化的特色，群众的热心转移，文化素质的下降，积重难返，造成上海海派文化的枯竭。

(4) “文革”的扫荡使商业经济遭受破坏，使海派文化失去基础和活跃机制。十年打击使具有群众性、娱乐性的海派文化氛围丧失殆尽。海派文化断层，小学的教师都不会了，如何影响和传授给新一代呢？失去了一二代的传承者，往事已经遥远。

(5) 文艺的贵族化，与海派文化的特性背道而驰。文艺消费的高价制，结果使文艺边缘化，远离普通市民，平民的文化享受就成了天天守住个电视机。

如今的上海，丧失了曾经辉煌一时的本土文化。在上海曾经热闹非凡的 10 多种海派戏曲濒于枯萎找不到年轻演员，没有站得住的表现开埠后 160 年上海真面貌的、有分量的上海海派都市小说，没有新的流行儿歌、少儿歌曲和海派的流行歌曲，没有好的海派电影、电视剧，海派国画书篆处于衰落中，逊于江浙地区，连昔日发达领先称雄一时、不断向国语输送新词新语的上海话都在趋于萎缩。孩子们无处寻找醉心的游艺，只好迷恋于电脑游戏。海派文化后继乏人。如今能摸索突围的是闯将英雄，比如尽管尚不尽如人意的“海派情景喜剧”，在电视节目中站住了脚跟占领了黄金时段，取得了高收视率，连播近 500 集，在重振海派雄风方面，可谓当下最为成功的尝试，编剧者和演出者是立下汗马功劳的。居高不下的收视率说明了上海市民的情绪和欣赏趣味仍然喜爱着海派文化，海派文化仍有深层土壤。一切事情只有在边恢复边争取群众中才谈得上在新环境下的继续创新。笔者认为，上海都市文化欲重新在世界立足，上海欲再次成为文化高度发达的国际文化大都会，只有坚持弘扬上海本土特色的海派文化，支持由青年创造的新形式，如现在有上海话的 Rap、海派 Video 及网上上海话新写作等。没有青年参加的文化是没有活力的文化，是没有前途的文化，我们不想老是唱挽歌。只有在良性生态中，继承

① 引自佚名：《石筱英究竟是什么货色》；上海市人民沪剧团革命造反兵团 1967 年：《资产阶级反动“权威”解洪元必须彻底批判》；佚名：《剥开“人艺”滑稽剧团画皮，彻底揭发反动“权威”姚慕双、周柏春、袁一灵》。以上三篇收于《三十年代文艺界黑线人物》第 2 集，1967 年 9 月。自此书引用的资料仅作参考。

旧海派文化灵魂，用心改革旧文化形式，在青年关注和充满热情的领域创新，才能创造出更为辉煌的新海派文化来。让我们痛定思痛，记取教训，敞开胸怀，创造条件，共同努力再造21世纪海派文化的辉煌。

原刊于《上海文化》2005年第5期。

沪剧和海派文化

沪剧是上海开埠以后随着上海都市化而迅速发展起来的一个名剧种。在此以前，只是一种乡村田头山歌。流行川沙、南汇一带的称东乡调，流行松江、青浦等地的称西乡调。沪剧的前身在19世纪80年代进入上海城区，民国初年称花鼓戏，后来称本地滩黄和申滩，在20世纪20年代更名为申曲，1941年有个大剧团称名“上海沪剧社”，到1946年上海申曲正式定名为沪剧。

沪剧的前身，“只有一把胡琴、一副鼓板，演员只分上下手，没有‘行当’，是一种说唱歌舞形式。后来登上用木板搭成的小台，采用文明戏变成舞台演出的小戏”①。沪剧后来的迅速发展繁荣完全是进入了文化金融中心的大上海后，在海派文化的宽容、自由、竞争的大氛围里打造出来的。

一、沪剧与上海方言的深层契合

沪剧来自民间。早期的沪剧直接表现农村的现实生活，用的都是经提炼的生动活泼的民间口语。如《女看灯》中的“若要天花粉，采起杜瓜根”，《卖红菱》中的“天上呒没跌杀鸟，地上呒没饿杀人”，都是活跃在民间的闾巷谚语。又如《庵堂相会・盘夫》中的“上无兄下无弟，像枯庙旗杆独一根”“我头上帽子开花顶，青衣布衫碎纷纷，有个地方千层布，呒没地方肉棱棱”都是对贫民生活切实生动的描绘。唱富贫对比的，如：“前十年陈家铜钿有，迭个亲眷朋友好像出龙灯。”“舅妈个听见外甥到，伊厨房办酒立砧墩，排起仔十六碗菜一桌酒，叫吃拉吃拉请啊请。”到家道贫落时则：“伲娘舅听见外甥到，伊是平平彭彭关大门，撑头要撑十几根，连个贼偷强盗也打勿进。”沪剧唱词中集中了许多老派上海话生活用语和民间俗言俚语，为民俗学家了解上海旧民俗和社会生活面貌留下了丰富资料。

从沪剧语言中，可以看到上海话语法的演进。比如老戏《卖红菱》中一句吆喝“阿要买红菱啊?”，20世纪40年代的《碧落黄泉・读信》唱词中有“阿记得那一日拉狂风暴雨夜”“玉茹印象赠忘记”，从中可见上海话是非问句、完成体问句用的是“阿V”“赠V”形式，与今变为“V哦”“V了哦”形式不同，与历史上的上海话“V哦”

① 祝肇年：《中国戏曲》作家出版社1962年，第142—143页。

"V拉蛮"也不同[①],这可说明上海话有一个相当长的时间受权威语言苏州话的影响,直到最常用的是非问句。

沪剧口语化的唱词,包蕴大量生动的上海方言俚语,是研究开埠160年来上海话发展变化的窗口。百代公司唱片施春轩、施文韵的《陆雅臣》唱词有"担汤担水我担任"一句,可见上海话旧词以"担"为"拿"延续用到20世纪30年代。再说虚词的进化,40年代的唱词中副词还用"实更(这样)"旧形式[②],又有较新"搿能(这样)"在当时已开始用[③]。又如西装旗袍戏中海派上海语词的运用,大量词语见证了20世纪20—40年代旧上海话向新上海话的转变。

沪剧唱句见证上海方言的声韵调、连读调和韵律。如筱文滨在《庵堂相会》中的"纽子纽襻侪拉干净"中的"拉"保存着上海老派方音典型的元音"后a"的发音;王筱新1929年唱《小分离》(蓓开公司唱片)时"灰、气"同为"i"韵,也表现了老上海话的语音特征。沈仁伟《庵堂相会》中的"眼睛弹出像铜铃"的"铜铃"(3 4# 5),丁是娥在《罗汉钱》中的"做媒人","吃十八只蹄膀"的"媒人""蹄膀"的发音,都用老派上海话(今在城区消失)的阳平开头语音词连读调"23+44"的调型,它是区别于松江方言区、嘉定方言区划定上海方言区地域范围的标志。又如石筱英《阿必大回娘家》开头的唱腔"东方日出黄枯枯"的"2+2+3"节奏是与上海方言两个两字组和一个三字组的连读调调值(55+31、1+23、22+55+31)相一致的[④]。《阿必大回娘家》中"自叹"一段,我们逐一比较语音词的连读调及其相应的乐曲曲调,调形升降一致的占99.2%(1983年中国唱片厂磁带)。杨飞飞、赵春芳演唱的《卖红菱》整场唱段用两人对唱的形式,叙述故事如行云流水,从头至尾一韵到底,共用190个上海方言"根青韵",其曲调和上海话连读声调的一致率达100%(1964年"中国唱片"33转胶木版)。这样的唱词上海人听起来十分清楚易懂自然,像平时说话一样踏实,生活气息浓重。当时的戏班子,导演往往只说出情节,要演员根据要点自己组织唱腔和唱词上台演唱,因此唱腔设计的基础必然贴近词调,在唱戏时又随时修改,脍炙人口的唱段就是这样经过演员们反复琢磨而积累相传的,是从感知听戏的

---

① 比如:160年前上海话的形式是:"侬是王先生哦?""房间订拉蛮?"20世纪40年代时是:"侬阿是王先生?""房间阿曾订?"现今上海话是:"侬是王先生哦?""房间订了哦?"

② 石筱英:阿必大弹棉花,《新大戏考》,新大戏考出版社1946年,第247页。

③ 邵滨孙:白艳冰唐寿哭少爷,《新大戏考》新大戏考出版社1946年,第237页。

④ 上海话的句子在说话时是分成一个单位一个单位说出来的,每一个单位是一个语音词。语音词与语法上的词大小有点出入。一个语音词有时是一个音节(即一个字),有时是两个或三个音节,分别用各种模式的声调说出,这种声调形式叫语音词的"连读调",或叫"连读变调"。好的沪剧曲调,在唱每个句子时,曲调与语音词自然的连读调相吻合。"东方日出黄枯枯",是三个语音词连成一句,其节奏韵律是"东方+日出+黄枯枯(2+2+3)"。声调的升降通常是用1～5数字表示调子高低,5度最高,如普通话"天"的声调是55,"添"的声调是214。

民众情绪中来的。这是戏剧语汇的“民间”特点。五四时代周作人说：“‘民间’这意义本是指多数不文的民众；民歌中的情绪和事实，也便是这民众所感知的情绪和事实。”[①]我们可以比较，30年代唱片上的《庵堂相会·盘夫》（筱文滨、小筱月珍唱）、《阿必大弹棉花》（石筱英唱）、《五更罗梦》（沈筱英唱）的唱词，和后来50年代的“中国唱片”里的唱词，从中看到一个戏的不断成熟过程，也是唱词的民间性和文学性不断加深的过程。

二、沪剧唱腔的广采博纳

民间自身包含有容乃大的特点[②]，从民间而来的沪剧唱腔与江南海上民间小曲交融如水。沪剧许多活泼小巧的唱腔，如“夜夜游、寄生草、紫竹调、吴江歌、四季相思、月月红、进花园、莲花落、春调、阳当”等都取自江南民歌，沪剧是吸取民间小曲丰富自己唱腔最多最杂的一种地方戏剧。如著名沪剧《罗汉钱》在小晚和艾艾互赠信物时用的是婉转欢乐的“寄生草”调，在燕燕做媒时运用了十分轻松的“紫竹调”，在放花灯时用了“月月红”调，喜庆看灯时用“进花园”调，在旧媒婆做媒时配上了夸张丑化的“吴江歌”“汪汪调”，都把人物心理和感情表现得惟妙惟肖。《星星之火》在改造旧民歌调上也下了工夫，在反帝宣传一幕中配上了“孟姜女”调获得了有声有色的效果。“夜夜游”调经过名家的努力，用于《鸡毛飞上天》中丁是娥演林佩芬写对联时的热情洋溢，用于《母亲》中邵滨孙演陈东森反派的阴险诱惑，用于《芦荡火种》中“芦苇疗养院”的自然景色和军民的乐观情怀，都是成功的。

沪剧长调的形成和成熟铸就了沪剧的基本特色。长腔类中起腔、平腔，变出慢板、慢中板、中板、紧板、散板、快板、三角板、赋子板等，形成了沪剧叙事的独特风格。像《雷雨》中鲁妈的“我吃没委屈只有恨”一段从“长腔长板”唱起，先是内心克制，欲扬故抑；随着感情的翻腾激昂，节奏加快，转唱“长腔紧板”，犹如开启了感情闸门，气势一泻千里，忍无可忍地倾诉完了“我与周家冤孽深”的辗转曲折的人生沧桑。《鸡毛飞上天》杨书记教育虎荣的中板一连唱了24个“好”字作句尾韵，高潮迭起。王盘声在《铁汉娇娃》的“罗杰哭灵”中用了每句紧接的首字从一到十的连缀句，解洪元在《芦荡火种·开方》中“共有草药足九味，味味重头药性强，妙处就在药名上”的利用民间的嵌字游艺式的唱词，指示伤员脱险之路，都在长腔类板式中表现了艺术化的文字游戏性的海派特色。“赋子板”是沪剧独创的纵情急诉叙事方式，它的唱腔句句紧逼，紧而不乱，娓娓道情，犹似银河落九天。如石筱英在《杨乃

① 周作人：中国民歌的价值，《歌谣》周刊第6号第4版，北大歌谣研究会，1923年1月21日。
② 陈思和：民间和现代都市文化——兼论张爱玲现象，《上海文学》1995年第10期。

武与小白菜·杨淑英告状》104句唱词中表现的沉着勇为动人肺腑，丁是娥在《鸡毛飞上天·教育虎荣》74句唱词中忆苦思甜表现的拳拳之心循循善诱，杨飞飞在《星火燎原·开祠堂》96句唱词中当众控告表现的满怀悲愤如泣如诉，都借"赋子板"唱得淋漓尽致。簧腔类的绣腔、流水板、阴阳血、反阴阳，是锦上添花，它们是沪剧在竞争中从姐妹剧种如苏滩中汲取了精华形成的。还有缀腔的哭头、迂回、三送、凤凰头、煞板等，构成了戏曲庭园中迂回曲折的走廊。沪剧的唱腔伸展自如，不断创新，是大量地方戏剧中最适宜于表达现代题材的剧种。比如杨飞飞的粗沙浑厚的唱腔唱出《南海长城·出海》中的慷慨激昂和《为奴隶的母亲·秋风起》中的委婉缠绵，一样地浓厚直畅，声情并茂，涤荡回肠。

沪剧唱腔节奏和用词继承了明清以来江南吴歌的传统。比兴的运用，如："春二三月草青青"，"东方日出黄枯枯"。唱腔和唱词句式，如"十字句""凤凰头""三送"，衬字的运用，如"实指望……谁知晓……""叫一声……""怪则怪……""我只得……""想当初……到如今……"等，可以从盛极一时的南昆中寻到传承之源。

沪剧唱腔还创造了唱腔集大成连缀的经典唱段。如石筱英的《西厢开篇》中连续用了"凤凰头、迂回、三送、长腔中板、绣腔、流水、三角板、快板慢唱、长腔长板、阴阳血、离魂调、快板、煞板"13种唱腔浑然一体叙述了西厢艳情，杨飞飞的《妓女泪·杨八曲》连续用了"凤凰头、迂回、三送、落腔、中板、快板慢唱、反阴阳、三角板、道情调、迷魂调、慢板"11种唱腔控诉社会的黑暗，这两段精彩的唱腔都在20世纪40年代沪剧高潮期时形成。集曲联唱为沪剧首创，杂而有序，具有海纳百川的气概。在这方面相类似的，我们还看到过30年代鸳鸯蝴蝶派作家多人连缀写成波澜曲折的海派小说。

三、沪剧在都市文化氛围中的成长

沪剧，MADE IN SHANGHAI，在上海都市的迅速繁荣中，得天独厚，沪剧唱腔的迅速优化比越剧时间短。我们从1937年"丽歌"唱片中施银花、屠杏花唱的《十美图·盘夫》，赵瑞花、李艳芳唱的《梁祝·楼台会》，姚水娟、竺素娥唱的《借红灯·龙凤锁》中，1941年"胜利"唱片中姚水娟唱的《西施浣纱》里听到的唱腔、读到的唱词，都还相当单调粗糙，嵊县土腔很重，远没有50年代时那样优美。但是，40年代的沪剧已经产生了大批好剧作，不但从乡村唱出的《借黄糠》《庵堂相会》（如"胜利"唱片中筱文滨、小筱月珍的《庵堂相会·盘夫》）已经唱得相当动人，沈筱英的《西厢记》已经拥有了后来石筱英《西厢开篇》的几乎全部唱词①。

与许多戏剧相比，沪剧初创期的一些名戏题材可以延续保留至今。如反映江

---

① 沈筱英：西厢记，《新大戏考》，新大戏考出版社1946年，第246—247页。

南乡村爱情生活、来自民间表演艺术“对子戏”的《卖红菱》；三四人“同场戏”的《阿必大》，表现底层社会农民艰辛生活或爱情故事的《借黄糠》《庵堂相会》，劝善的《陆雅臣》，反映沪上民俗的《小分离》（药茶菜肴文化）、《女看灯》、《看龙舟》（岁时节俗文化）、《绣荷包》（丝绣文化），还有传统名剧《白兔记》《玉蜻蜓》等。

沪剧进入上海城以后，在上海这样的五方杂处的大都会中，迅速丰富了自己，造就了该剧种自身的各种特色。沪剧追赶时尚迅捷，应时产生了许多反映城市当下生活状态的现实题材作品。如《杨乃武与小白菜》《陆根荣和黄慧如》《妓女泪》《叛逆的女性》《镀金少爷》，少数民族戏《苗家儿女》等；沪剧还大量改编中外名著名剧，如：《家》《啼笑因缘》《秋海棠》《雷雨》《为奴隶的母亲》《蝴蝶夫人》《魂断蓝桥》《茶花女》《铁汉娇娃》《风流女窃》《断线风筝》《警察的金锁链》等，沪剧对大量的外国戏剧电影的改编十分成功，真是做到了中西合璧地方化。

沪剧与西方话剧形式相结合，在 30 年代以后，采用了大台布景，分幕分场演出。沪剧可引以骄傲的是，它创造并成功地上演了中西融合的多场话剧式的西装旗袍戏，实际上打造了一种上海的都市歌剧，《碧落黄泉》《大雷雨》《石榴裙下》《啼笑因缘》《抢亲奇缘》《皆曰可杀》《孤岛血泪》等都市戏，红极一时，表现了上海市民的海派精神和海派情结，及时再现了现代都市民众生活状态及其喜怒哀乐。沪剧的经典剧作不是古装戏而是现代都市戏，参与了上海大都市前卫文化的构建。

沪剧的活泼清新和长于叙事的曲调和节奏，利于表现现代生活。曲调和情节紧密结合的传统，使民间形态始终不离剧情，语言总是朴实大方，如《叛逆的女性》中“抢绢头”一段（杨飞飞唱）唱腔轻快流畅，地方特色浓重：“喔唷，一面孔个大学生，侬算身浪着西装！其实是一个穷光蛋，诺，屋里住拉阁楼浪，睏末要睏呒脚床，鱼肉荤腥吃勿起，吃一只咸菜豆瓣汤，搿两日穷来溚溚渧，呒没铜钿开伙仓，大概侬个中饭还勿曾吃，肚里饿脚里有眼晃咾晃。（看呀，看呀！）饿得来嘴唇浪向清水溚溚渧，还要叫伲小姐出来当面讲，侬明明存心不良敲竹杠。等到铜钿骗到手，马上走到饭店里，叫堂倌三碗白饭两块咸肉豆腐汤，一顿夜饭铜钿绢头浪向侪着港。”其乐曲唱腔与上海方言连读变调的对应率达到 100％。又如《碧落黄泉》中“志超读信”（王盘声唱）一段，每句句子都是四个节拍，或加衬字，只有“（从此恋卿）卿恋我”和“所有我个（环境）”两个语音词曲调与语音连读调不一致，其乐曲唱腔与上海方言连读调的对应一致率达到 99.3％。

四、沪剧的盛衰

沪剧的全盛时期是在 20 世纪的 40 年代到 50 年代，这也是大上海的剧场、游乐场、电台、唱片发展的高潮期。通过以上这些要素的传播，沪剧与上海平民互联互动，对上海的海派文化建设发挥了重要的作用。民间的戏迷到处传诵着大戏里的名唱段，大牌演员的流派角色唱腔也在50年代后期60年代初表演得最为娴熟，表现艺术也达到他们一生艺术水平的顶峰。

沪剧的名家阵营人才济济，流派纷呈。40年代以来，三代人都留下许多经典华彩的唱段，在民间传唱。如王雅琴在《碧落黄泉・临终》中的唱腔，尤其是“我临死还能见到侬”的拖腔欲喜还悲余恨绵绵不绝如缕；杨飞飞在《王魁负桂英・情探》中的“梨花落，杏花开，我梦绕长安十二街”融入了徐丽仙评弹曲调精华；石筱英在《大雷雨・投江》中字字断肠的快板慢唱，尤其唱到“神思恍惚心意乱，四肢无力难支撑，想见阳光恐怕等勿到，求生已经成空想”，荡漾着人生孤独绝望的呼唤；丁是娥在《罗汉钱・回忆》中辗转深沉的反阴阳调紧接快板慢唱的不朽唱段，尤其是“我赠他戒指表心意，他赠我一个罗汉钱”中的“罗汉钱”三字中一语三转的九曲回肠，紧接着的“风吹草动信息传”的跌宕回转，曾使多少年轻男女久久叹息不已；王盘声在《碧落黄泉・读信》中“阿记得那一日拉狂风暴雨夜，我受了风寒病倒拉宿舍里，幸亏侬细心来照顾我，时刻相伴拉我身边”的典型情节激情语音；解洪元在《借黄糠・放水墩》中“借拨我小钱一百糠五升，临走吃一只猫食盆，将我三拳两脚打出门”里的字字血声声泪；许帼华在《阿必大・自叹》中“我拉轿子里，真想腾云插翅逃身走，可恨害人个许媒婆，拦住了轿门看牢我！”唱得缠绵悱恻如泣如诉；诸惠琴在《金绣娘・鱼水深情》中的回忆唱段，尤其是“从此后，我眼泪伴着针线流，绷架边的奴隶苦难深。那时候，太湖的天啊常年黑云翻”唱得抑扬悲怆起伏深远，这些段落唱腔和语词契合，都唱到了出神入化的地步。还有那些情节化对唱，各见千秋。如《庵堂相会》中“搀桥”和“盘夫”中的对唱，活泼清新情意绵绵；《大雷雨》中沈仁伟和诸惠琴“这悲凉的世界早厌弃”一段的对唱痛不欲生不堪回首；《雷雨》中的“罚咒”对唱，“你是要伤娘的心，娘亲的心！不由为娘，阵阵心酸，泪双流”唱得字字沉重忧心忡忡；《星星之火》中筱爱琴、许帼华的“隔重高墙隔重山”对唱，“到今朝，盼着你妈妈到上海，妈妈啊，快快救我出火坑！”“珍子啊，娘在叫你你可听见”的高声呼唤唱得肝肠痛断心急如焚；袁滨忠在《雷雨》“飞向我们的新世界”中的声情并茂蓬勃朝气；陈甦萍、张杏声在《棒打无情郎・送别》中的对唱：“今天我将碧玉鸡心赠与你，日日夜夜胸前带，当年娘亲生下我，双手在我颈上带。”“最后我再问你一句话，学海你几时能回家？”“千万要相信我的话，但等腊梅花开时，学海我一定转回家。”唱得柔肠百转难舍难分；《警察的金锁链》中“花园会”中的对唱：“为了养活我孩子，含悲忍泪才偷生。”“听了芳子伤心话，阵阵辛酸泪难忍。”长歌当哭余音袅袅；《卖花女・临终》的对唱：“素兰你勿要再讲伤心话，使我惠青的心儿碎，你若一死我万念消，有何乐趣人世在。”一腔悲戚椎心泣血。后来，马莉莉、汪华忠、徐伯涛、赵慧芳、陈瑜等，都对他们的老师有忠实的继承和发展，到第三代，孙徐春、茅善玉、徐俊等也是努力继承，然少创新。

解放后，沪剧率先排演的根据赵树理小说《登记》改编的现代剧《罗汉钱》一举取得了成功，在 1952 年秋第一届全国戏曲观摩演出大会上获得演出二等奖。沪剧的海派情结和充满人情味的故事情节、结构在 50 年代的一些现代剧中继续有所发展。如 1958 年演出的《母亲》中合唱的加入，又如 1960 年完成剧本的《芦荡火种》中创造的“一女二男”的“智斗”场面以及该剧情节中的“一女三男”的角色模型，是直接来自民间文学中的某种有艺术价值的“隐形结构”。[①]

1959 年上演的沪剧《雷雨》，是沪剧里中外名著改编戏中的最为成功的一部戏，也是各种戏曲改编《雷雨》最好的一部。这是一部唱词占绝大部分、说白很少的剧本。剧本完全尊重原著，沪剧的唱词居然把原来话剧的台词大致不动地从头改换到结尾，唱腔与之契合得十分自然，名家把自己的演唱风格和剧中人物的个性配合得高度融和，互相之间又浑成一体，形成了一个板块又一个板块脍炙人口的对唱唱段，也落实在剧情一个一个精彩的高潮之中。

沪剧在上演革命戏和新编历史剧中曾经起了带头作用。《黄浦怒潮》《白毛女》《母亲》《鸡毛飞上天》《星星之火》《甲午海战》《为奴隶的母亲》《红灯记》《芦荡火种》《第二次握手》《小巷之花》《昨夜情》等，都是创作演出成功的现代戏。后来成为八个“革命样板戏”中两个的《红灯记》和《沙家浜》，都是根据沪剧剧本改编的，京剧《盘石湾》也取诸《南海长城》的题材情节。沪剧在各种地方戏曲中脱颖而出擅长上演现代剧的历史，本身就是海派文化的积极进取，紧追时尚，与时俱进，不断旧瓶装新酒的本色的体现。其实，沪剧的许多唱腔稍加改造仍然可以演唱当前生活节奏加快时代的现代剧的。尽管在高压的“文革”年代里，沪剧还在努力，抵制“高大全”的形象，没有随心所欲“改革”唱腔使之脱离沪剧本体变成不二不三的高喊大叫，而出现了《金绣娘》《抄表新风》等唱腔改动不大依旧掺有海派情结潜流的作品。

“文革”后脱颖的年轻一代的演员虽然在嗓音条件上不及在旧社会中滚打出来的老演员那么出色和有特色。但是他们学习很认真，如徐俊、茅善玉、孙徐春、吕贤丽、王惠钧、倪幸佳以及比他们更小一代的演员，他们在唱老戏如“搀桥”、“盘夫”等中都唱得很好，基本功是扎实的。

但是，沪剧和其他的文学艺术一样，经受过“文化大革命”的惨重打击。民间文艺和游艺，像童谣儿歌、《小八腊子开会喽》[②]里所记到的种种儿时游戏，都一蹶不

---

① 陈思和：《中国当代文学史教程》复旦大学出版社 1999 年，第 168 页。

② 张伟国：《小八腊子开会喽》，上海辞书出版社 2003 年。

振。而且此一去不再复返，人们的追忆，折射了现今群众文艺游艺的缺席。80 年代初期，戏剧和歌曲虽有一时的复兴，那是久别追忆的引申，以后就再也没有热起来。由此可见，一种文化，一种文化氛围，要形成困难，要打倒很快，再要重建，很难很难。

沪剧在“文革”以后，一直走着衰落的路。

五、沪剧对海派文化发展和转型所提供的经验教训

我们回到 20 世纪初，看一下五四时代先驱者对“中国剧的总结账”(参见郑振铎编《中国新文学大系·文学论争集》的目录分标题)。当年钱玄同疾呼：“如其中国有真戏，这真戏自然是西洋派的戏，决不是那‘脸谱’派的戏。”[①]周作人在《论中国旧戏之应废》中认为，旧剧该废的原因是旧戏幼稚不发达，宣传淫杀、皇帝、鬼神等有害思想，希望有像欧洲那样进化的戏[②]。傅斯年则主张“旧戏改良”“新戏创造”[③]。总之他们无非是主张戏剧要开创一个表现新观念新生活的新面貌。当时胡适曾对戏剧有深入一步的思考，他认为“文学的经济方法”是要写短篇小说，“戏剧在文学各类之中，最不可不讲经济”，故编戏时要注意“时间的经济”“人力的经济”“设备的经济”“事实的经济(须要把一切演不出的情节一概用简洁法或补叙法演出来。)”[④]，他说的是真知灼见。我们应该摈弃旧戏中封建、陈腐、低俗的观念和内容，我们要创造新戏，向西洋的好戏学习，在创新中实践胡适所说的几个“经济”。

自 1922 年 12 月 17 日开始，北大歌谣研究会创办《歌谣》周刊，大力提倡和搜集民间文艺。胡适认为倡导民间歌谣是要给中国文学开辟一块新的园地。他说：“我们的韵文史上，一切新的花样都是从民间来的。”[⑤]周作人在《中国民歌的价值》中引用了意大利卫太尔的一句话：“根据在这些歌谣上，根据在人民的真情感之上，一种新的民族的诗也许能够产生出来。”[⑥]

沪剧在 19 世纪末期进入上海城时，其中确有不少“五四”人物所要打倒的东西，走上了一条抛弃糟粕、发展精华、不断从西方的思想和艺术形式中汲取营养的正路，与时俱进。因此它既保持着与民间的亲密联系，又不断探索新的艺术形式，

---

① 钱玄同：随感录，《新青年》1918 年第 5 卷第 1 号。
② 周作人：中国旧剧之应废，《新青年》1918 年第 5 卷第 5 号。
③ 傅斯年：戏剧改良各面观，《新青年》1918 年第 5 卷第 4 号。
④ 胡适：文学进化观念与戏剧改良，《新青年》1918 年第 5 卷第 4 号。
⑤ 胡适：复刊词，《歌谣》1936 年第 2 卷第 2 期。
⑥ 周作人：中国民歌的价值，《歌谣》第 6 号第 8 版。

追求人性和审美，实现了雅俗共赏。

在1929年出版的《最新申滩》[①]里，有《赠金钗》《女落庵》《求下山》《嫂告》《小朱天》五种申滩；后来出版的《最新申滩》[②]中，有《卖红菱》《绣荷包》《周老龙叹穷》《拗木香》《女落庵》《小孤孀粜米》六种。这些老戏代表着刚进城的沪剧。进了上海，许多戏被淘汰了，剧种确实有了如同傅斯年所希望的改造。

沪剧从田头山歌来，在上海都市文化的推进和涤荡下，走的就是一条五四先贤指出的来自民间又重视旧剧改造的路。沪剧在其高潮的20世纪三四十年代，剧目至多，更换至快，对上海人娱乐生活的影响十分大，以至有一长段时期有《申曲日报》的发行。沪剧、越剧、滑稽剧、评弹这些民间戏剧曲艺为什么在金融文化中心的上海都得到了脱胎换骨后的大发展？其原因就是它们接受了近代现代思潮和生活的洗礼，它们加入了中西融合、宽容创新的海派文化，它们融入到民间如鱼得水，社会和人民需要它们在上海存在且发展。在发展变化中，这些戏对上海海派文化的生态建设也作出了积极贡献。

沪剧对海派文化生态建设的贡献，首先表现在它使上海这个大城市有了代表自己独特形象的戏剧。这个戏剧不同于其他许多地方戏的地方，就在于它表现了上海这个城市的特点和上海精神。它是一种重现代轻古代、重兼容不封闭、重创新勇放弃、重民俗轻高雅、重民间轻贵族、重方言轻规范、重借鉴轻固守、重融和不孤芳、重经济轻繁琐、重现实少修饰的戏剧。沪剧的前辈开始实践了如前胡适、傅斯年所说的改造，迅速度过了周作人所说的旧剧的幼稚期，跨过了中西文化原来的鸿沟，向先进文化迈步。沪剧的特点是海派文化海纳百川、有容乃大的特点，是可以不断创造先进文化的特点，它为城市文艺的繁荣提供了样本。

然而，不幸的是，沪剧在当代面临萎缩，面临危机。

沪剧的呆滞和下滑，怕不只始自“文革”。它首先来于沪剧自身，又囿于生态环境。

从50年代初期一本很小的沪剧唱词选中可看到沪剧演出仍延续40年代剧目多、演出活跃的盛况，而且出现了大量的现代剧。当时有艺华沪剧团的《刘巧儿》，努力沪剧团的《田菊花》《姑娘的爱》《翠岗红旗》，勤艺和艺华沪剧团分别演出的《小女婿》，上海沪剧团的《罗汉钱》，勤艺沪剧团的《红花绿叶》《山野春晓》，爱华沪剧团的《母亲女人》《幸福年》《葡萄与嫁妆》，艺华沪剧团的《珍珠泪》，长江沪剧团的《沙漠情歌》《活人塘》《李二嫂》《赵小兰》《纺棉花》，建新少壮沪剧团的《恨海》，丁是娥、

---

① 《最新申滩》，上海全球书局石印本1929年。

② 《最新申滩》，上海仁和翔书社石印本。未记年份，买全球书局版后再发行。

蔡志芳唱的《小二黑结婚》，顾月珍唱的《纯洁的爱情》《红香姑娘》，小筱月珍、王雅琴、丁是娥唱的《白毛女》，一下子涌现那么多的现代戏，各显神通。此外，还有旧戏王雅琴、王盘声唱的《冲喜》，王雅琴、小筱月珍唱的《寒梅吐艳》，邵滨孙、石筱英、陈松麟、筱爱琴唱的《啼笑因缘》，勤艺沪剧团的《方珍珠》，上海沪剧团的《大雷雨》，艺华沪剧团的《梁山伯与祝英台》。沪剧创新活力依然旺盛。有的解放前著名的文艺创作家转行参加了一些优秀剧本的音乐创作，如创作流行"时代曲"的许如辉投入了沪剧的音乐设计，有《罗汉钱》《为奴隶的母亲》《少奶奶的扇子》《妓女泪》《陈化成》等。后来在1953年2月，上海人民沪剧团成立了。

沪剧自从登入大雅之堂以后，先是原来的惯性在延续，尤其是旧艺人在生活安定、艺术得到重视、身份得到提高的环境里，都真心尽力想排出了很好的戏来，就像当初国营企业、公私合营企业中的工人一样，工作很努力。但是好景不长，后来，渐渐地，体制的毛病就发生和弥漫开来了。

体制上的缺陷使剧团渐渐降低、丧失了活力。解放后，改变了过去自组剧团自负盈亏"拆账包银"等的演出经营方式，转入"国营"或"集体经营"模式，采用月薪制。尽管有顾月珍这样的名演员把三大良好的心愿之一定为变自己的剧团为地位更高的"国营"[①]，但是，先已进入国营剧团的名演员们却很早就看出了国营体制管理和经营上的毛病，希望有所改变。如石筱英在1956年上海剧协成立大会上发言时曾无所顾忌地说："剧团国营以前一直有戏唱，一直有剧本，自从国营以后，剧本没有了，也没有戏唱了，我也不晓得什么原因，剧本一般化，公式化。"解洪元1957年"鸣放"时曾提出："党对剧团领导有问题，管得太多太紧了。""一个剧团往往是以一个艺人来领导，对艺术的发展是有利的。"他们也在探索，想搞活剧团的机制。如石筱英和解洪元、邵滨孙曾想过拆团恢复原来1952年前的"中艺""上艺"，进行"艺术竞赛"；陈荣兰、丁是娥、解洪元在1957年还曾计划"场团合一"搞"剧场艺术"，尝试搞活演出，但这些设想很快都被制止。又如滑稽剧团名演员周柏春在当时就已提出了反对"人事冻结"，"剧团只留班底，我们主要演员自由进出"的新设想[②]，不过都因体制的僵化而未能继续探讨或付诸实践。

沪剧跨入大院之门以后，除了旱涝保收，没有更大的积极性去挣钱外，最主要的后果是演出的内容与百姓的喜怒哀乐和票房收入可以游离，于是也开始与平民生活相脱离。后来，写剧的目的似乎就是为了写颂歌，歌颂一两个英雄人物，其他

---

① 解波、汪逸芳：《我的爸爸妈妈和阿姨》，浙江文艺出版社2004年，第211页。

② 引自佚名：《石筱英究竟是什么货色》；上海市人民沪剧团革命造反兵团1967年7月：《资产阶级反动"权威"解洪元必须彻底批判》；佚名：《剥开"人艺"滑稽剧团画皮，彻底揭发反动"权威"姚慕双、周柏春、袁一灵》。以上三篇收于《三十年代文艺界黑线人物》第二集，1967年9月。自此书引用的资料仅作参考。

的人都围着转以作陪衬,或者就是与反面人物展开斗争或者挽救。剧目的开发选择也缺少新灵感,呈现概念化,主题先行。一些剧目观念陈旧,表现内容与当代青年生活相脱离,在形式上也与接受现代信息模式相隔膜。沪剧"高雅化"的结果反而造成了粗鄙化。我们更需要的是戏剧自身的魅力,而不是在空虚的内容上附加高成本的豪华的舞台形式。戏剧的票价也应与平民的生活水准相联系。鲁迅说过,海派姓"商"不姓"官"①。我们应该转变沪剧的那种贵族化庙堂化的倾向,使沪剧回归商业社会,回归民间。

片面强调文艺的教育宣传作用以后,唱词公式化、说教化,不管韵律和曲调,变成一副文以载道的救世主面孔,变得不再"善写人情"②。于是,唱词说教化,戏剧因素、戏剧语言淡化,生活性、艺术性减弱。五四新文化运动中陈独秀的第一篇文章就反"文以载道",呼唤"善写人情"的"平易的、抒情的国民文学"③。我们应该使新沪剧重新回到"人民的真情感上"来。

沪剧原来的利于唱腔与沪语声调自然结合"幕表戏"形式取消后,由于大剧本必须先写好,再配唱腔和演员,唱腔即与唱词声调相游离。如新沪剧《野马》由于唱腔设计和上海话音律游离,"琴声"一段与上海方言的连读调只有 64.7%的契合;《璇子》的"金丝鸟"一段,共唱 42 个语音词,其中有"似对我""困樊笼""凌云壮志"等 11 个不合上海话语音词连读调,只有 73.8%的契合。演员有时照本宣唱,不参加再创作,更不用自创特色的发挥。上海方言和民俗特色的失落,使唱词难以听懂和在民间口中传唱。

一个戏的走向全国,应是它的内容好,地方民俗特色浓厚,而不在于个别的封闭性词的文读化,沪剧中的有些剧目的唱词和说白有些过分追求文学语言,脱离上海生动的方言土语的倾向,有的唱词造得既别扭又无文采,唱腔也过分强调设计,演员在曲调上唱不到位。还有像把"我""侬""伊""搿搭""伊面"改为"我""你""他""这里""那里"。这只会得不偿失,它会影响地方剧的韵味,何况现在都在有字幕的条件下,不是改了方言词就能流行天下,相反却失去了本地观众。胡适说过:"方言的文学所以可贵,正因为方言最能表现人的神理。通俗的白话固然远胜于古文,但终不如方言的能表现。"④

缺乏创新的机制后,形成流派以致喉咙的克隆和新流派的缺失,沪剧唱腔在原地踏步。

---

① 鲁迅:"京派"与"海派",《申报·自由谈》1934 年 2 月 3 日。
② 陈独秀:红楼梦新叙,《红楼梦》,上海亚东图书馆 1921 年。
③ 陈独秀:文学革命论,《新青年》1917 年第 2 卷第 6 号。
④ 胡适:《海上花列传》序,《胡适文集四·胡适文存三集》北京大学出版社 1998 年,第 408 页。

新创作对一代青年的时尚和喜怒哀乐不关心了解又不敢触及，回避当代现实生活的矛盾冲突、民间疾苦和年轻人觉得前卫敏感的题材，更失却演剧在高层次上的思想深度和人文关怀。新剧作群众不感兴趣，留下的就只能是老戏的反复重演和再挖掘，群众听厌了。然而毕竟时代不同了，离开民间社会的热点和亮点太远，大家不愿去炒冷饭，戏剧自然吸引不了观众。

戏剧一旦吸引不了观众，于是也失去了新的编剧。戏剧的创作人员老化，没有好的青年接班，有才华的天才不愿意受穷来干这一行，好剧本难觅，几乎没有新出的保留佳剧，曾经是一年中有十几个新戏、好几个好戏涌现的文化生态不见了。

当然，上述的每个原因中都包含着都市文化的大环境的问题。

海派文化的良好的生存环境形成，除了题材内容创作环境要宽松、突破束缚外，还在于商品经济的充分市场化，以及市场化带来的艺术创作和艺术欣赏之间联系完全自由的实现。演员和创作人员真正做到职业化靠市场为生，文艺演出也真正进入消费领域如鱼得水。有文艺家在竞争中的潜心努力，有百姓的蜂拥而至和戏迷们的捧场，有各种活跃在社会上的民间社团的支持，包括财力上的支援。思想的活跃和市场的活跃是根本。过去上海戏剧的繁荣就是在那样自然的文化环境中生存的，由此优质文化产品才会层出不穷。现在我们的经济市场化还不很充分，文艺市场也半生不熟甚至气息奄奄，加上有一代以上的民众已经对沪剧相当隔膜，在此情形下，扶植当然还是有必要的。如果突然把艺术家放生了，要他们像过去的戏班子那样自己去谋生，那么他们忙于他事以求自养犹不及，还有什么时间精力去专心于艺术呢?

余秋雨先生写过，高雅的昆曲，曾经是家喻户晓的民间娱乐，从 16 世纪到 18 世纪，曾经出现过二百年的狂热，在苏州虎丘山的中秋曲会延续了二百年，上演时出现过万人空巷看昆曲的盛况[①]。这是当时的江南文化生态。20 世纪 50 年代初期和中期，上海家里巷间传唱《梁祝》、《白蛇传》，连到弄堂里来推销“洋线团”的也站上高凳先唱上一段“戚雅仙”再做生意，小学生在同学家中也头上挂起了珠子咿咿呀呀唱绍兴戏，居委会或中学生的节日联欢会中会有一场化妆沪剧的出演。王安忆在她的长篇小说《富萍》中就写到过社区群众那时为观剧争抢座位的情景，真比小菜场上排队抢买黄鱼还要热烈，可见当年的文化生态之一斑了。这种民间文艺的繁荣情景自发生“文革”以后，没有回来过。来的是，从电影院开始，票价的扶摇直上，演出排场的欧美化，向发达国家看齐。它使戏剧贵族化，使戏剧离开民间。我们有了红茶坊中的轻音乐，却失去了小镇小茶馆中的民间艺人和故事员。

---

① 余秋雨：两个世纪的痴迷，《台湾演讲》，尔雅出版社 1998 年，第 229 页。

海派文艺是大众文艺，不是贵族文艺！

都市化可以带来戏剧的繁荣进步，也可以带来戏剧的衰落。在 20 世纪三四十年代，沪剧可以从无到有，从粗糙的艺术发展到成熟，其间一定历经艰难。现在有那么成功的传统，要面临新的改革改造，却缺少文化氛围和文化上当年梅兰芳、周信芳那样的改革家。

如今，沪剧又要面临新一轮的旧剧改造“总结账”的时候了。沪剧要回归海派的特色，沪剧也要抛弃许多不适应新时代的东西。以前上海人喜爱戏剧如沪剧、越剧远远超过歌剧，记得我国最好的小提琴协奏曲《梁山伯与祝英台》、最好的歌剧《江姐》都吸取过越剧唱腔的调子。21 世纪是一个文化多元发展的世纪，上海这个大都市应该有自己本土的文化，上海特色的文化必须繁荣起来，沪剧完全可以改造成新上海歌剧。

能否在政府的支持下，成立专门的机构，集中起对民间文艺的复兴有热情有见解的专家和演剧人员，探求如何将有深厚生活基础和良好唱腔基础的沪剧，改造成适应当代社会的上海地方歌剧或新沪剧，打造出当代上海本地的文艺品牌呢？

戏剧确实处于影视文化、网络文化夹击下，如何突围，我们应该商量对策。戏剧本不像长篇小说，正如胡适所说的，本来可以是时间短的，道具轻便的，人力轻松的（“须要使看戏的人不致头昏眼花”）。戏剧在发短信的年代里，如何生存下去？它可以发扬其短时间、短陈设、短故事的特点，沪剧原来也不乏节奏明快、能适合现代生活的唱腔。

有人说，青年人现在追求快餐文化，热爱流行歌曲，不喜欢沪剧，所以沪剧衰亡了。

我们说，曾在前后 20 年里唱开过数千首歌的流行歌曲发源地的上海（仅 1947 年《新大戏考》中收制成唱片的歌有 316 首，其中 250 首有歌谱，还有大量未收录的歌），现今一支好的流行歌曲都创作不出，遑论沪剧了。

城市文化体制的改革迫在眉睫，必须与时俱进。

成熟的大都市应是文化生态多元化的社会。宽松和谐，各投所好，保护少数，这是现代文明的标志。在一个人口集中的大城市里，群众的需求是多样化的。我们从群众自发的文艺舞台上可以体察到群众爱好的多样性中，总不会少戏剧演唱。沪剧、滑稽剧是有年轻观众的，也不少她们的 fans。

“捍卫文化的多样性与尊重人的尊严是密切不可分的。每个人都有权利用自己选择的语言，特别是用自己的母语表达思想，进行创作和传播自己的作品”[①]。

---

① 《联合国教科文组织文化多样性宣言》，联合国教科文组织第 31 届大会，2001 年 11 月 2 日下午通过。

问题在本土文化的发展和其文化环境的如何形成。一个缺失发达的本土文化的城市，不可能成为世界的文化中心，一个不重视本地母语（上海人的母语是上海话）的社会从何谈起建设什么世界语言文化的多元化或多样性的乐园？在大剧院里，如果自己的文化传统没有弘扬，而仅大力引进外国歌剧音乐剧演出（引进也是必要的），这是一种虚张声势，是文化上的形象工程、虚假繁荣。说花五百元、一千元买一张票去附庸风雅，是因为我们缺乏能跟上时代的本土文化的底子。

外国的歌剧戏剧在影视世界中也许也面临中国戏剧歌剧同样的尴尬，然而他们越过了太平洋大西洋到上海来了，报道说上海市民买几百元一张票子观看很踊跃。但是，争当世界一流大都市的我们的上海原来拥有自己的戏剧，什么时候也能走出去呢？

我们正在流行不出一首 MADE IN SHANGHAI 的流行歌曲中大唱特唱港台日韩歌曲，与此同时，我们是否忘了上海陈歌辛的《玫瑰玫瑰我爱你》曾经登上过美国的流行歌排行榜第一？

魂兮归来，海派文艺！

原刊于《上海文学》2005 年 10 月号。

听上海话，看上海人

——评电视剧《长恨歌》

由王安忆原著、蒋丽萍改编、丁黑导演的电视连续剧《长恨歌》是一部具有浓郁的海派特色的经典之作，不但情节的安排自然而富有海派韵味，剧中环境和种种道具使人对接上了上海人跨越几个时代的生活情景，就是剧中插入的上海话，也是仔细斟酌精雕细刻的，处处表现了上海人的生活情趣和海派风味。

电视剧中处理上海话的方式有两种，一种是像《孽债》一样全剧用上海话，海派色彩的电视剧另一种主要的做法，就是把上海话的精华语词嵌进普通话中去，像本片这样，编剧蒋丽萍是从上海话出发，用上海话的长处去丰富普通话的表达，对上海话味道重的优秀的词语进行发掘，其中不少在普通话中没有对应的词语，起着不可替代的作用，而不是把普通话转成上海话讲。这种传达海派风情的上海话词语的运用，也继承了 20 世纪三四十年代上海电影的传统。

不是在剧中生硬地贴一两个“阿拉”“开心”等上海话词语上去，就会体现上海特色的。在这个剧里，上海话词语的运用是深入描绘上海人的生活本来面貌的。有许多有趣的生活情趣浓厚的上海话词语在活跃和轻松处说出，使得剧本具有浓郁的本土性。比如王琦瑶的一句“姆妈”，从声调中就带出了上海人的称呼中亲热的嗲味道。一句“侬走好噢”，就把上海人亲切送客的模样传神地表达出来了。一句“侬夜饭吃过了啊？”听了比“你好”感觉亲热得多，那是上海的标准问候语了。还有那些有标志性的上海话的称呼在要害处冒出来，如“大亨郎头”“白相人”“十三点”“滑头”“小赤佬”“十足的阿木林”，把各种类型的上海人的人品或特征活生生地点了出来。

片中的那些带有上海时代特色的语言，如：“面孔红得像杜六房个叉烧一样”，阑尾炎用那个时代称呼的“绞肠痧”，都勾起了老上海对生活的回忆，“当我是救火会？当我是巡捕行？”责问得真是有情有景。70 年代的小菜场有“配盆菜”的摊头，用一个“配盆菜”词语表达引申出去说搭配的事，只此一词，就自然使剧情巧妙地打上了那个时代的烙印，让人感受到片子中表现的深厚的生活底子。

上海话特色的语气词和叹词的运用塑造和烘托了本土气氛，如“喔唷”有时表现了上海人的厌恶和埋怨，有时却表现了对人的惊讶，“喔唷紧张煞了，紧张煞了”

又表现了不耐烦。性格刻画得很是细腻。“喏！住院费，治疗费”中的一个“喏”，就表达了一个潇洒的“给你”的神情。“侬省省哦！”又是一种温和的警告和劝听。

写上海人的一种性格，用“像温吞水”，不冷不热；批评人花言巧语，说她“说得花妙”；称赞对方沉着，“涵养来得个好”；说那人看过来的样子，“眼睛定洋洋定洋洋的”，讲出话来使人“冷丝丝”的，这种达意又清淡的描画都是不紧不慢的，细腻刻画了上海男女的处事待人的各种风貌，“心相倒是蛮好个”。一下闷住，不能灵活处事了，说是“侪都勿活络咪”。描写其多，还带有动作性，说“多得跟造反似个”。叫人别大声激动，还有拟声词的加入：“侬横冷横冷地个啥！”煞是传神！

剧中还用了上海话中特有的形容词，如：“锃锃亮”“墨色铁黑”“滑头”“我心里就殟塞”“像长远没有来了”等，描写上海人熟悉的感受相当贴切。

表达上海人遇事的心情，也用了许多不可替代的词语，如一听到他这样说了，“我心里就殟塞”。如此诉说自己的苦衷和烦闷，十分深刻，别的词再也不能表达这层感受了。这类词还用了“乌苏”“头大”“疙瘩”。说我做这事的诚恳和卖力程度，“吃奶力气也用出来了”，其表达自己的用心，多么到位！叫人看到利害，忠告“侬勿要笃定泰山”，勿要“假痴假呆”，都是贴切的。

上海话词语还用来烘托时代的气氛，用了一些表现上海风物的名词。如在市内，就提到“旗袍个花头经”“天生个衣裳架子”“弹性女郎”；到小镇上，就有“乡下个景致”“吃满月酒”等。还有那种拷贝式话题的强调句式：“缠绵是缠绵得来”“忙是忙得来”“烦也烦杀脱了”“葛末再犟犟勿过年纪个”都可以把海派的地方氛围搞得浓浓的。

说一个人“心荡到什么地方去了”，“越说越勿入调了”会“搭架子”，“最欢喜轧闹猛”，“搭讪外国人”，“骗骗野人头”，叫一个人“侬勿要钝我咪”，“侬勿是横对吗?”，“勿要兜圈子咪”，“三日两头往她家跑了”。从这些“熟门熟路”对上口径的上海话中可以看到上海人的典型行为。

上海熟语谚语在片中也有很贴切的运用，如：“死了荷花还有藕”“少年夫妻老来伴”“萝卜勿当小菜”“千穿万穿，马屁勿穿”“做生意千做万做折本生意勿做”“人生在世，不如意的事，十有八九”“嘴里出血，还当是苋菜水”“死狗扶勿上南墙”“床上是夫妻，床下是君子”，等等，它使深奥的事理明白化，还能呈现幽默锐利的话锋。这些老古闲话再不启用的话年轻人都要忘记了，使之复活，起了将传神的上海话熟语的钩沉作用，并可以通过电视传播被普通话吸收。

这个片子最珍贵之处是提供了一个可借鉴的榜样。有特色的上海方言词语的运用，不但优化了剧本的表演语言，而且挖掘展现了上海地区的民俗文化风土人情，说明不论京派、海派等，都要各有浓郁的地域特色风味，汇集起来，中华文艺才会有更丰富多元的异彩。

再加上上海弄堂房子、申江女中的校舍教室、各种门庭内家居的种种摆设，布置得充满上海和江南的生活情调，人物的言语行动合情合理，无论是40年代还是"文革"中，那些年代的道具精致设置，衬托得很合理，如升降电梯，枪篱笆，搪瓷的叠层菜格，钢宗饭盒，中药纸包上的红纸，美国的老酒瓶，旧式台钟手表、台灯吊灯，旧式邮筒、瓷像，老无线电，老咖啡壶，胜利牌有个狗商标的留声机，福寿里、吉庆里，滚边、开叉，买生梨吊上去，墙上的旧照片，30年代的新上海地图，烟纸店的公用电话摆法，算账的架子，处处注意真实性，也都有上海派头，所以说这部片子的海派氛围是精雕细刻的，浓郁自然的，不为之过。

原刊于《新民周刊》2006年3月31日。

滑稽戏的灵魂

一、都市文化的璀璨明珠

上海滑稽戏，是上海开埠以后在都市化进程中应运而生的一种通俗喜剧，是海派文化的一朵盛开的奇葩。在整个20世纪中，时代见证了它从初创以至发展兴盛的全部历程。

滑稽戏雏形所产生的环境，与传统戏曲是不同的。传统戏曲有瓦舍勾栏、节日庙会和宫殿堂会的演出环境，到清代后期主要活跃在茶楼酒馆的戏园子中。而在以上海为中心的江南城市走向商业化的背景下，滑稽戏几乎是与20世纪初年"新剧"文明戏同时开演，当时称为"趣剧"。上海"趣剧"一诞生就进入了一种全新的文化场景中，与"新剧"一起演出在市风熏染的新剧场里，在演出整本大话剧之前、之中或之后，加入了些趣味性强的小插曲。如在辛亥革命后的两三年间，"社会教育团""自由剧团"是早期有影响的新话剧剧团，"自由剧团"人员大都是从日本回国的留学生，受到先接受西方话剧元素的日本新生话剧的影响，演出都市话剧。"社会教育团"是后获"东方卓别林"之称的徐卓呆在1911年创建的。他在1906年就开始演剧活动，擅长于滑稽表演和创作，1914年在参加新民社期间，曾连续一个月，每天表演一出自己创作的"趣剧"，共积累了《谁先死》《约法三章》等30只剧目，不少为后来的滑稽戏继承。在二三十年代还制成12张滑稽唱片，其中《半夜敲门》《调查户口》后来被作为"套子"采用，改造成独脚戏《调查户口》，又在大场戏《七十二家房客》中套用[①]。他们和后来于1914年成立的春柳社话剧团都在英租界外滩大马路3号Modem琴行的剧院中演出，这个剧院最初是美国侨民业余剧团和A. D. C剧团演出话剧之处，后来又成影戏院。1913年郑正秋的"新民社"还在兰心戏院演出过[②]。"趣剧"无论从演出内容和演出场地来说，都是在中外融会、兼收并蓄的新环境之下的，其表演形式也具有一定的现代性。由此可见，滑稽戏与起源于清同治年间主要由民间笑话演变而成的北方"相声"，从来源上来看是有不同之处的。

---

① 《上海滑稽戏志》编辑部：《上海滑稽戏志》，1997年，第146—147页。

② 黄飙：《海上新剧潮》，上海人民出版社2003年，第117—118页。

上海的滑稽戏不是从农业文化或官场文化中来，它一上台就走上一个高台阶。“趣剧”的演出题材内容一开始就具有明显的都市性特征。它往往是就近取材，迅速铺演。城市中瞬息万变、形形色色的生活细事，本身就可以成为有刺激有噱头的素材，所以，滑稽戏从初创之始，就紧随都市脉搏，表现市民风采，轻松活泼，把都市的现世相表演给市民看，而农民角色在滑稽戏里常常作为被嘲笑的形象。它渐渐为民众喜闻乐见，成为“近人情、切事理”的新剧演出不可或缺的搞笑“浇头”。尽管到后来沪上新剧陷于低谷，但趣剧却一跃而起成为上海一支亮丽的“独脚戏”（又作“独角戏”）。

“跑堂会”的形式在上海，是旧戏灵活普及的一个一直保留至 40 年代的演出形式。它也成了滑稽演出的另一个舞台。王无能、刘春山等早期的滑稽演员，“唱滑稽”极盛时可以“从早晨开始，每小时一班，直排到半夜还是唱不完”，由此可见滑稽在都市社会民间的休闲娱乐中广受欢迎的程度。后来上海冒出了“楼外楼”“先施乐园”“大世界”等新式的现代“游乐场”时，唱滑稽独脚戏的一班人随即被请去游乐场，在 20 年代后期以后挑起了游乐场的大梁，成为卖座率最高的戏曲[①]。

电影在世界上诞生后，迅速传入上海。“笑匠”徐卓呆在中国电影创始者郑正秋拍摄的《社会钟》中演傻子，并和滑稽剧作家汪优游一起开办“开心电影公司”，拍摄了《神仙棒》《隐身衣》《活招牌》《爱神之肥料》等 26 部大受欢迎的滑稽影片，自己也担任过重要角色[②]。在 20 世纪 20 年代国产影片的诞生期，成为国产电影初创时期的一种单列的“笑剧”（即喜剧，comedy）品种[③]。

后来上海有了空中无线电，独脚戏和搭档戏（也称独脚戏）的灵活形式尤其适宜在电台里广泛传播，滑稽戏就汇集了以上海方言为主的江南江北方言、口技、绕口令、山歌民谣、南腔北调，成为那时大都市中非常活跃的海派文艺。王无能、钱无量的各种方言、戏曲、市声杂唱汇合的“老牌滑稽”，和江笑笑的具有社会意义曲目的“社会滑稽”、刘春山的迅速反映时事新闻的“潮流滑稽”，各具个性，三足鼎立，经常在电台演出[④]。王无能的《各地堂倌》，程笑飞的《开无线电》，包一飞的《十三人搓麻将》，何双呆的《广东上海话》等，好戏琳琅满目。第一个整本滑稽大戏，是 40 年代初江笑笑、鲍乐乐、杨天笑等合演的《一碗饭》。1942 年，这种中西合璧、博采综合的都市喜剧正式定名为“滑稽戏”。40 年代以后，姚慕双、周柏春承前启后开创了滑稽双档独脚戏的新局面，他们与杨华生、张樵侬、笑嘻嘻、袁一灵、沈一乐、范

① 罗苏文：《沪滨闲影》，上海辞书出版社 2004 年，第 223—228 页。
② 范伯群、刘祥安：《滑稽名家——东方卓别林——徐卓呆》，南京出版社 1994 年，第 11 页。
③ 罗苏文：《沪滨闲影》，上海辞书出版社 2004 年，第 227 页。
④ 罗苏文：《沪滨闲影》，上海辞书出版社 2004 年，第 227 页。

哈哈、田丽丽等，又把滑稽戏带进了新中国的舞台新天地。

上海有了西式剧场，滑稽就登上剧场；上海有了大型游乐场，滑稽就出演游乐场；上海有了电影院，滑稽就拍成电影；上海有了唱片，滑稽随即被灌制成唱片；上海有了无线电，滑稽就在电台中播出。从一人独演的独脚戏到增加配角二人同场的滑稽小品，进而各派合场大会串，最后发展成多幕多场的大型喜剧。滑稽戏在商业化的都市上海，先后应时走上了“舞台”“银幕”“广播”三个台阶。每到一处，都受到当时市民的欣赏，滑稽戏在上海和江南人民的生活中生下了根。

二、娱乐性

滑稽的第一要素是“笑”。它是给予观众轻松和快乐的艺术。

著名演员周柏春最擅长的演技，就是善于在各种场合自然流露不同模样的笑，以此与台下观众感情交流互动。他在电影《子夜》里出演某火柴厂老板，在工厂濒临倒闭又面临工人罢工时，他选用那种难度颇高的“哭不出的笑”，可以把老板且骗且缓、无可奈何的心情最恰当地表现出来。他说：“平时，我在独脚戏的表演中，惯用各种各样的笑，如‘冷笑’、‘狂笑’、‘害羞的笑’、‘阴险的笑’、‘皮笑肉不笑’等等。而这‘哭不出的笑’正是我最拿手的一笑，眼睛在哭，嘴巴在笑。”①周柏春的这种笑的形象，使观众一想起来就要笑。

人类创造戏剧，是为了娱乐和游戏，喜剧尤其如此。人们工作劳动辛苦疲劳了，需要游戏的享受和快乐的调节，滑稽戏这种戏剧样式就是人们休闲中一种能够给观众带来无穷欢乐笑声的审美形式。

人之娱乐出乎人之起情。《诗大序》中说：“情动于中而形于言，言之不足故嗟叹之，嗟叹之不足故永歌之，永歌之不足，不知手之舞之足之蹈之也。”上古时期，先有歌舞，后有戏曲。《礼记》中记载的伊耆氏（即神农）的“蜡辞”，就是用歌舞祝祷丰收，以各人的声响和姿态表现人们丰收后的快乐和娱戏。戏剧演员源自远古的巫，巫以歌舞娱神祈求降福，由于他们善说会舞引人喜爱，于是娱神转为娱人，在周代就有专门的优人出现。初分为“倡优”和“俳优”，“倡优”主演歌舞，“俳优”就是演滑稽戏引人笑乐的。王国维曾说：“巫以乐神，而优以乐人；巫以歌舞为主，而优以调谑为主。……后世戏剧，当自巫、优二者出；而此二者，固未可以后世戏剧视之也。”②而调谑得最为快感、轻松和悠闲的，不外乎本文所论的滑稽喜剧。

因此文娱的第一目的是要强调开心。说说笑笑，劳乏顿消。尤其是在都市文

---

① 周柏春：《周柏春自述》，上海人民出版社 2003 年，第 62 页。

② 王国维：《宋元戏曲史》，华东师范大学出版社 1995 年，第 3—4 页。

明中，休闲需要加强了，人们工作为了生活，更注重调节工作和休息，强调身心宽松和艺术享受，以优化生活，同时也提高工作效率。所以，在上海这个迅速形成的现代化环境中，滑稽戏曲会脱颖而出，成为老小皆爱的市民娱乐剧目。

滑稽戏的通常形式是短戏，如独脚戏、说唱、小品形式，就是以其轻松明快、幽默诙谐取胜的。它的短小精练、风趣活泼，正好造就了其观赏价值很高的艺术模式。它抓取新鲜生活中饶有喜剧色彩的人和事及其在出人意料中的情态变化，使人赏心悦目，具有强烈的审美情趣。

滑稽戏还长于体现表演者的即兴自由发挥，使受众接受即兴性的快感，形成精神上瞬间发散性的欢愉。滑稽戏中的幕表制演出，突出了编剧和演员对戏的共同创造。群众是看演员的，看自己喜欢的演员的个性化演出，而在总体情节下靠演员自己组织台词的幕表戏对演员的艺术个性形成有明显的推进作用。名演员范哈哈在 20 世纪 80 年代的一篇文章中强调了幕表戏与观众交互作用。他说："尽管幕表戏有规定的情节，但具体的每句台词，每个动作都是变化多端，难以捉摸。在这种情况下，就要求演员随机应变，对话既要自然合拍，又要符合人物性格，还要能发挥滑稽戏的特长，能使观众发笑，那就不太容易了。正因为这样，演员就得用心摸索钻研，总结经验，最后终于形成了自己独特的表演风格、流派。滑稽戏演员特别要求能具备'活口'(台上能随机应变)的才能。幕表戏在这方面确能起到锻炼演员口才的积极作用。"①虽然有的人贬低幕表戏，甚至禁止幕表戏，但是滑稽戏其实始终离不开幕表戏，因滑稽自身的即兴搞笑本性与演出时即兴发挥相联系，幕表戏利于感情的自然流露，使演出贴近演员个人的演唱风格和条件，形成表演者的个性特色。它需要调动表演者快速使出机智应对场面，甚至临时用强烈的表演手法"起爆头"，且与观众即时的情绪达成心理默契，随场唤起欢乐情景。

滑稽戏的形式还有利于娱乐对象的互动参与。游戏的本质是参与，而参与游戏的目的是共同娱乐。滑稽戏的灵活性建立在娱乐对象配合融和上，表演者在剧场中与观众当下交流互动。如果一个表演者感到观众都不在笑，他一定要急于想方设法使观众笑起来，否则这个戏就失败了。所以演员须时时保持玩笑心态，时时积累生活中的笑料，练就大量的"包袱"和"噱头"随时抛出，调动群众笑容，而且还要驾驭好在不同的观众面前、在不同场合下调度快乐的"度"。因各异的观众情趣不一，同样的噱头会"爆不出"笑，或者"包袱"被特殊情况而"冲脱"。

滑稽娱乐可以激活本已麻木的生命意识，使观众在发笑之时体验到生命激情，

① 范哈哈:《幕表戏对演员的磨练》,《上海戏剧》1982 年第 6 期。

享受生命快乐，从而使观众从沉寂中兴奋起来。经常看滑稽的人可以使自己产生乐观的精神状态[①]。滑稽戏在暴露虚假时，使人感到乖讹可笑。尤其是在一旦突然转折，让人恍然大悟时，人会因此突然轻松下来。如海派情景喜剧《老娘舅》中有一出戏：为了争取社区文明奖，好心的老娘舅把自己社区里的好人好事设计了几个故事，重新叫人排练出来拍摄成纪录片送上去参加评比。为了要摄好好人好事，假戏真做，搞出了种种笑料，结果引起了质疑和争论。争论的场面被孩子摄入同盘录像带。经过一番争论大家认识到作假的错误后，急于要取回已送上去的录像带时，老娘舅却高兴地带来了他们获得一等奖的奖杯。正当大家深感惭愧着急之时，孩子说出这盘录像带被他改摄的真情，却原来是一场能不能弄虚作假的争论内容获了奖。众人恍然大悟，一下子都轻松了下来，老娘舅当即把奖杯送给了孩子，看滑稽的人也跟着那孩子的喜悦一刹那变得轻松愉快起来。

滑稽戏的根本内涵，与文学作品一样，在于是否“善写人情”[②]。人性的基本特征是超时代超地域的，长久的，因此人情写得越真切，作品也越可以与眼前和永久的观众心灵对话，有长久的生命力。文娱作品既然表现人生，它对人生的各个方面都自然会发生思想感染作用。滑稽戏也是在笑的艺术氛围中，以真挚的情感来引起读者的愉悦，使观众如入其境受陶醉受鼓舞，激发思考。历代歌舞戏曲都有寓意。有寓教的，有演史的，有说法的，然而这些功能都在娱乐中自然达成，观众的娱乐游戏目的是主要的。如果反客为主，必然败坏了歌舞戏曲。

所以，我们要振兴滑稽戏，就要真正恢复和发扬其主要的娱乐功能，使那些捆绑观念使命、寓乐于教的本末倒置的表演回归到文艺的娱乐功能上来，使娱乐性中的主要元素如快感、轻松、休闲作用充分展开，强调开心，满足群众的玩笑心理。

三、本土化

19 世纪末 20 世纪初法国的哲学家柏格森在他的一本美学著作中说：“如果一个人有孤立的感觉，他就不会体会滑稽。看起来笑需要有一种回声。”他接着说：“不管你把笑看成是多么坦率，笑的背后总是隐藏着一些和实际上或想象中在一起笑的同伴们心照不宣的东西，甚至可说是同谋的东西。我们不是常说吗：在戏院里，场子坐得越满，观众就笑得越欢。我们不也常说吗：许多与特定社会的风尚和思想有关的滑稽效果，是无法从一种语言翻译成另一种语言的。”[③]

---

① 阎广林：《喜剧创造论》，上海社会科学院出版社 1992 年，第 84 页。
② 陈独秀：《红楼梦》新叙，《红楼梦》，上海亚东图书馆 1921 年。
③ 柏格森：《笑——论滑稽的意义》，徐继曾译，中国戏剧出版社 1980 年，第 4 页。

这就是说，笑是一种群体参与的直觉感受，它离不开特定的民俗风尚。

上海由于得天独厚，在19世纪中期开埠以后，迅速在充分市场化的现代商业的支撑下，实现了市场化带来的艺术创作和艺术欣赏之间联系的自由实现。在上海，集中了江浙皖的文化人才，汇集起江南文化的精粹。在上海有沪剧、越剧、评弹、锡剧、甬剧、京剧、昆剧、淮剧、扬剧、苏滩、浦东说书、方言话剧等10多种的方言戏剧曲艺，从初创、发展到成熟。在这样良好的地方曲艺氛围中，滑稽戏具备了这个城市有容乃大的现代特点。滑稽戏是中西融合的海派文化结晶，它的说唱部分主要植根于江南地区的民歌时调。滑稽戏的唱腔最早来自率先与商业行为结合的"小热昏调"，另一个来源是"文明宣卷"。小热昏调是一种民间说唱形式，一度在上海城内流行，其唱词轻松活泼，用于发噱调侃，招徕买主，如在城隍庙推销"梨膏糖"等。它常取里巷素闻，随编有韵小曲，击竹板为乐器，沿门卖唱。如："说起来个希奇，啥个事体？上海个地方，大来个邪气。徐家汇朝南，龙华塔蛮有名气。昨日夜里，出仔里个事体，辩里个宝塔，拨贼骨头偷去。正巧拨拉，瞎子里个看见，哑子喊捉贼，拨聋子听见，拨风瘫人捉牢，算伊晦气，捉牢仔个小贼，呒啥客气，拿伊送到，邮政局里。"早在上海诞生的第一个"游戏场"（南京路的楼外楼）开办时，就有一种含有时事而带滑稽的"文明宣卷"，用苏滩演唱。如当时颇有名气的郑少赓自叹苦境式地唱道："一位郑少赓真可怜，两脚跑得生老茧，三餐常拿大饼替，四季衣衫勿连牵，五龙日升楼拿白茶吃，六亲无靠苦黄连，七日一个礼拜日脚真难过，八字生来颠倒颠，九九归原呒办法，只好十字街头去讨铜钿。"[①]喜怒哀乐，皆成文章。

从清代乾隆时代以后，经济文化中心南移至江南，苏州已经代替南北商业汇聚的扬州等地，成为强大的文化中心，像以苏州为中心的有200年繁荣历史的南昆戏曲对江南文化有较大的影响，再发展到近代，苏州评弹、苏州滩黄对上海的文化也影响很大，苏州话成为吴语地区长期的权威方言。在上海开埠以后，苏州文化是一种强势文化，苏州弹词成为上海市民趋之若鹜、雅俗共赏的曲艺。笔者从当时留下的唱片中发现，上海的滑稽戏在20世纪20年代雏形时期，苏州话还是其艺术语言的主流。在上海楼外楼、大世界唱苏州滩黄的陆啸梧等就与第一代上海滑稽演员王无能搭档，成为"上海滑稽大王"，说的是苏州话；一批由徐卓呆、陆希希等主唱主说的滑稽唱片如《吃大菜》《万宝全书》，郑少赓的苏滩和滑稽唱片如《时髦阿姐》《乡下大姐露马脚》等，都用苏州方言说唱，后来蒋殿奎、庄海泉等唱的"滑稽道场"中口音已经带上海音了。直到第二代上海滑稽演员江笑笑、刘春山等人的滑稽唱片里，还用苏州话说唱，不过是带有浓厚老上海话语音的苏州话了。如蓓开唱片公

① 卢永芳：《上海滩话旧录》，台北世界书局1985年，第273—274页。

司录制的78转唱片标明“著名滑稽家江笑笑”的“上海笑话《一言难尽》”，说的就是苏州话杂以上海话，或者说上海化了的苏州话。所以在上海流行的滑稽曲艺在20世纪二三十年代是以苏州话开头的，后来才逐步过渡到以上海话为主要的艺术语言。

在上海，娱乐生活从来具有宽容、多元的传统，上海社会也汇集着全国各地的移民。滑稽戏一直坚持它的本土化的特征。在演出中，它后来以说上海话为主，配以广纳博采的上海和江南一带的民间俗语间谚，因此具有江南地方生活情趣。滑稽演员会说江南江北各有特色的方言，融苏州、常熟、宁波、绍兴等地方言于一炉，以至客串山东、广东等地方言。滑稽戏将这种上海多元语言的生态中的有特色部分，提炼为滑稽笑料，编成喜剧性的情节，具有独特的幽默趣味。如利用宁波方言的特点，在内外两个结构层次的语义对立中构成笑料：“有个大大个小㑚(娃儿)，坐勒高高个矮凳上，手里拿一把厚厚个薄刀，勒切一块硬硬个软糕。”又如有名的独脚戏《宁波音乐家》把宁波话配成同音音符成句“24，21 727 2357，24 41，24 21(来发，来拕细来死烂棉纱线，来发勿拕，来发懒惰)”。甚至编成连串的方言误解笑料，如独脚戏《广东上海话》(后改名《普通话与方言》)中说上海人到大马路四大公司中买东西，售货员操的是广东上海话，彼此说话不理解，闹出种种笑话。如称呼“先生”听成“猩猩”把“买点物事”的“物事”听成“木梳”，又误听作“墨水”“米苋”，一连几次误解。再如把“四楼刚下来”听成“死了扛落来”，“七楼”听成“出老”，把“买袜子”当成“买镬子”，“味之素”当作“女厕所”，“热水瓶”当作“药水瓶”，“七搞八搞”当作“七块肥皂”，抱怨“喔唷”却听作“淴浴”，“喔唷姆妈”当作“淴浴拖鞋”，“触霉头”当作“吃馒头”，“勿识相”当作“拍照相”，“碰着七十二个大头鬼”听作“买七十二斤大头菜”等，一气呵成的误解引来一浪高一浪的笑声。许多小品和大戏，都设有不同的人说不同的方言，在热闹多彩的方言中笑料连篇。演员多会掌握要领地说出多种方言的特色。如王汝刚扮演的角色人物面广，而反串“老太婆”尤为逼真，是观众最叫好的形象，他可以扮“浦东老太”“宁波老太”“常熟老太”“苏北老太”，说着各种方言。尤其是在《明媒“争”娶》中扮的媒婆杨玉翠最“吃彩头”，获得一片赞誉，在1991年度上海戏剧“白玉兰”奖中为上海滑稽演员赢得第一个主角奖①。这种戏剧语言的包容性，表现了这个城市的开放性胸襟，表现了上海这个移民城市特有的个性。有人批评，让剧中有的人说起苏北话、山东话，是一种方言歧视，其实这是一种误会，调侃原本是喜剧的特点。滑稽名演员杨华生对此说：“上海本来就是一个移民社会，尤其是江浙人数量最多，滑稽戏就是表现了这个社会中的各种人的真实面

① 王汝刚：《自报家门》，上海人民出版社1998年，第118页。

貌，各种方言的交叉，十分生动热闹，这样也使在沪的来自各地的百姓都喜欢滑稽戏，成为它的热心观众。”①

滑稽戏从杭州小热昏、苏滩文明宣卷开始，就博采荟萃流行在江南江北民谣山歌和现代戏曲，在各种流派中选取特色唱腔曲调，甚至可以把各种流派唱腔学得惟妙逼真。著名演员田丽丽就以“九腔十八调”驰名，擅长模仿流派唱腔神情具备，风趣横生，甚至以外国苏珊娜小调旋律为基础变奏独创了《妈妈勿要哭》的新滑稽曲调。滑稽戏与最原始的民俗民谣联系最密切，各种江南民间曲调如夜夜游、吴江调、五更相思、马灯调、小孤孀调、节节高调、四季春、轮灯调、小鼓调、杨柳青调、银绞丝、对花调、苏武牧羊、醒世曲、梨膏糖调、金陵塔调、道情调等，和各种戏曲曲调如苏滩、宣卷、山歌剧十字调、沪剧、越剧曲调等，俯拾皆是，集其大成，并可宽容变奏，附夹说白，说变就转，运用自如，叙事铺言，情景交融。甚至可以随时拿时尚流行曲调做说唱音乐，如筱声咪、孙明在70年代后期借用市民喜爱的邓丽君《小城故事》曲调编了个短小的说唱《王老五自叹》，风趣地讽刺了谈高价恋爱的现象。这使滑稽戏的说唱成为唱腔最为活泼自由的曲艺，也使滑稽戏深深打上以上海为中心的江南地域本土文化的烙印。上海舞台上腔调之多之活泼，使上海话中的“腔调”一词也被抽象出来延伸成为带有点风趣意味的生活词汇了，如贬义的：“侬啥个腔调！（你什么样子！）”，褒义的：“伊倒蛮有点腔调个。（他倒有点气质、有型、个性潇洒，像个样。）”

滑稽戏还自由引入来自江南民间的熟语、口技、绕口令、贯口、卖口、歇后语、掌故、杂腔俚谣、叫卖调子、民间故事、生活中的噱头笑料，加工说唱自如，因此是一种不折不扣的海派文艺，对挖掘和传承民间文艺也有贡献。如袁一灵的《金陵塔》连缀口技、绕口令和轻松的起兴小调，蔚为一体，展现了演出者高超的说与唱的艺术水平。又如把上海地区的“庙里一只猫”“白袜和拔麦”“麻雀擦过龙华塔”等绕口令都可说得听众笑声阵阵。滑稽戏成为20世纪20年代以来上海这个大都市为主的江南城市中的颇为活跃的一种曲艺形式，它促使各种文化艺术形态的交融，它的演出也覆盖了江南很多地区，不但在上海流行，在苏州、杭州、常州、无锡都有过海派滑稽戏的剧团，苏州滑稽剧团的滑稽戏《满意不满意》等还拍成了电影。

这种地方文化的源头最早可以追溯到东晋以后中原繁华文化的南移形成的“江东文化”。宋元以降，江南一带商品经济的发展和市民社会的形成，社会思想的解放，晚明和晚清的文化环境使文人辈出和创作迭现。像晚明产生的《山歌》和“三言二拍”，已经渗透了江南文化的商业气质和性灵解放；像乾隆时代在上海县城里

① 杨华生：在作曲家许如辉诞辰95周年纪念研讨会上的讲话，2005年6月25日。

诞生的上海方言小说《何典》，就凸显上海人的诙谐滑稽不拘一格的语言特色；还有乾隆时代的南昆集子《缀白裘》，内中唱白常含嬉戏诙谐；后来在苏州、上海产生的说唱文学《三笑》、写实文学《海上花列传》《商界现形记》等，莫不表现出江南人的智慧和文学素养。上海的滑稽戏从中获得了灵气，它是中西结合的、海纳百川的，不仅是被西风吹开，而且在传统上还植根于深远的江南文化土壤。

一个人出生习得的第一语言就是他的母语，母语是一个人说话时最随心所欲自由表达自己心意的语言。在本土的平民言语中，融化着世俗精神、平民意识和真性情。方言语汇的丰富性和描绘事物动作的细腻性尤其适合于喜剧，这是在全国各地普遍得到了证明的，这说明方言最能自在地表现人的喜怒哀乐。方言的运用，首先是因为方言表达的细腻和深入，与生活和当地民俗的水乳交融。即使是一个普通话的电视剧，改配方言来说，也会变得富于亲切感，吸引住本土的观众，如 90 年代叶辛编剧的电视剧《孽债》用上海话播出，时隔 10 年再次播出，两次都创出了极高的收视率。如果直接用上海话做剧本，上海话特有的语汇和情调一定会更加浓厚地表现本土生活。

大力提倡白话文的旗手胡适曾经说过："方言的文学所以可贵，正因为方言最能表现人的神理。通俗的白话固然远胜于古文，但终不如方言的能表现说话的人的神情口气。古文里的人物是死人，通俗官话里的人物是做作不自然的活人，方言土语里的人物是自然流露的人。"活在民间的口语没有经过一遍头脑里的翻译，词语处处在市民的生活中活着，听来倍感亲切。胡适接着说："所以我常常想，假如鲁迅先生的《阿 Q 正传》是用绍兴土话做的，那篇小说要增添多少生气啊！最近徐志摩先生的诗集里有一篇《一条金色的光痕》，是用硖石的土话作的，在今日的活文学中，要算是最成功的尝试。凡懂得吴语的，都可以领略这诗里的神气。这是真正的白话，这是真正活的语言。"①上海滑稽戏展现了上海方言中的生命力强的、优秀的词语，如上海农业、工业、商业社会中积累了种种精细的词语，还产生了大量生动的充满睿智的惯用俗语，如出风头、牵头皮、收骨头、戳壁脚、淘浆糊、七荤八素、死蟹一只、吃空心汤团、开年礼拜九、耳朵打八折、像煞有介事、闲话多饭泡粥，等等，信口拈来，使受众感受到了母语特有的亲切和魅力，对于在青年中传承上海话中的精华语汇也具有积极意义。

滑稽剧又集中并巧妙地设计了与有上海方言特色紧密结合的语言"噱头"，如同音词的拈连，惯用语语义的移植双关，巧妙的发散性的比喻等，演员使用十分娴熟，使语言快速转换，即兴呵成，常常会随时爆出笑料。例如在姚慕双、周柏春 80

① 胡适：《吴歌甲集》序一，顾颉刚编《吴歌甲集》，北京大学歌谣学会 1925 年。

年代的独脚戏《啥人嫁拨伊》中，当父亲对原来做过扒手的毛脚女婿的才华渐渐有了好感后，执意要留他吃饭，女儿与父亲的对话特别精彩："爸爸，侬刚刚勿是讲叫伊立刻滚蛋吗?""啥人讲个？我是叫侬准备蛤蜊炖蛋!""侬勿是讲叫伊马上出送?""我是叫侬买太仓肉松!"每每讲到此处，台下阵阵哄笑。上海话中在多元生活环境中形成的既幽默而又不庸俗的词汇特别多，这也是都市文化的长期积累。我们看到了编剧和演员的合作努力，好的滑稽戏集中展现了上海话中海派语词的魅力。

在特定地域演出本土作品，不同的语言有不同的文化价值，不必急于成就"全国版"。"方言越土、越纯、越地道，就越能体现其音韵美、乡土美、风格美，使戏剧小品的演出更火爆、更出彩、更成功"；"方言小品带有强烈的地方特色和地方标记，每一个方言小品就是一种代表着当地文化和乡土风情的'地方风味小吃'。这种'地方风味小吃'，能满足人们寻新搜异、渴求刺激的猎奇心理，在观看时产生一种听觉感官的刺激快感，获得一种无以言状的心理满足"①。"方言运用得好，可以使演员的表演情绪和观众的观赏情绪交相呼应，高度融合，将喜剧小品的演出推向一个又一个激动人心的高潮"②。比如有个戏中，一个说"香咪!"另一个接着说："香得臭要死!"场下大笑，其实后者是追加极致赞美还是"反语"或是"双关"，只有上海人在此时才能真正心领神会。真如柏格森所说的，是"无法从一种语言翻译成另一种语言的"。所以说，在戏院里，场子坐得越满，观众就笑得越欢。因为这些观剧人沉浸在方言民俗地域文化中，他们大都是有同样语言文化背景和修养的本地人，能够敏锐感受和回味喜剧语言中的机锋和言下之意。许多与特定社会的风尚和思想有关的滑稽效果，只有说着同一方言的本土人群能够深切领会，方言中所表达的细情异趣，一旦翻译成另一种语言，往往就索然无味，虽能理解，然趣味殆尽。

对于非本地的观众来说，也不必把人们语言的感辨能力估计太低了，他们也是为了感受地方特色和灵气而来，甚至喜欢演员的气质、嗓子和语调，因而前来观看越土越地道的作品。人们宁可看原版加字幕的电影片而不愿看经翻译配音的片子，也是这个道理。

语言文化的多样性源自生活实践的本土性，从自然环境到社会组织，从行为方式到宗教信仰，数千年来全球人类各有自己的语言文化风格和内容。产业化促进了全球性语言文化的交流和沟通，但不可能取消语言文化的多样性和本土性。两千年前的"轴心时代"文明迄今仍主宰着各主要文明区域，生生不已。在近年联合国教科文组织通过《文化多样性宣言》和规定"世界母语日"等保护母语的举世共识

① 朱宗琪：《喜剧研究与喜剧表演》，中国广播电视出版社 1999 年，第 214—215 页、217 页。

② 朱宗琪：《喜剧研究与喜剧表演》，中国广播电视出版社 1999 年，第 214 页。

下，保护和尊重个人或少数人的母语、风俗、习惯、文化已经成为21世纪现代文明的一个重要标志。

许多到现在还站得住的作品，都生根于地方文化的深层土壤中，因此有较强的生命力。即使是以普通话为载体的大量电影文学作品，实际上也渗透着深层的地方文化的底蕴。像《白毛女》《洪湖赤卫队》《怒潮》《江姐》《冰山上的来客》《刘三姐》《五朵金花》《阿诗玛》等，还不都是吗？《白毛女》音乐以河北方言中形成的《小白菜》为基调，《洪湖赤卫队》、《怒潮》中动听的歌来自湖楚民俗文化，《江姐》中融入了激越的川北号子和吴侬软语的越剧唱腔才如此优美。《刘三姐》等也是建立在不同的少数民族民歌语言和方言的基础上的。这些剧目传出的是中华民族各地不同的风情，因此强大。

越是植根于本地沃土的文化，越能在世界上走得远。那是因为文化越是本土，就越是拥有细致入微的乡情民俗异彩，就越是贴近本真，其语言和文化形态中便蕴含着世界文化的普世精神和永恒价值，深藏着人类人性中共同部分的精髓。这种普遍价值和真切感受是谱在各地民俗符号深处的，不是依靠浮在表面的大道理说得出来的；是在母语方言中自然流露的，却往往不存在于公约数化的、流于肤浅空洞的上层文化中。

四、幽默和讽刺精神

“滑稽”这个名称，起自于《史记・滑稽列传》：“淳于髡者，齐之赘婿也，长不满七尺，滑稽多辩。”这里用的“滑稽”，指的是能言善辩，言乱异同。在汉武帝时，有个滑稽奇臣东方朔，他类于俳优，然多智善辩，机变百出，正谏讽喻，诙谐而有正气。这个人的形象已经深入人心，构成了许多人对“滑稽”一词属性的感性理解。“滑稽”的这种传统意义和自由精神，实际上已对取名为“滑稽”的这门戏剧形成了重要联系。欲问“滑稽”的内涵主要是什么，就是那种令人发笑的幽默，那种机变百出的讽刺现实精神。

这与西方喜剧的幽默、讽刺、嘲弄、荒诞和机智倾向是一致的。它体现了人性中的与“笑”紧密联系在一起的一种高尚情操。

这种情操一直渗透在我们的滑稽戏中，成为“笑”的基础。人们看滑稽就要看其以幽默的眼光审视现实，在讽刺嘲弄丑行中见真性，从诙谐中见正气，以至对丑恶人物或现象进行揭露和鞭挞。

王汝刚说过一个《打针》的“戏话”：郁老头穿着老婆打的新毛衣坐到医院注射室的凳上，拉下裤子痛苦万分地等待护士来打针。护士突然看到他穿的毛衣花式很新颖，于是放下针筒一边看毛衣一边计起数来“一五、一十……啊，要打一百二十五针呢!”郁老头一听到此话马上跳下注射凳,拉上裤子,逃出注射室:“打一针我都害怕,你却要帮我打一百二十五针,那不是要我老命吗?”[①]这个戏话利用的是同语双关错接形成误会的手法,使人发笑,达到了幽默的效果。

林语堂在《论幽默》一文开头,就引了麦烈蒂斯在《喜剧论》里的话:“我想一国文化的极好的衡量,是看它喜剧及俳调之发达,而真正的喜剧的标准,是看他能否引起含蓄思想的笑。”[②]幽默就是因这种含蓄思想的笑而意味深长。幽默是冷静超远的,冲淡心境的,大智若愚的,常于笑中带泪,泪中带笑。滑稽的笑如果生成在幽默诙谐中,是理性的深思,人们自然会在幽默中会心地笑,体味到人生哲理。这种真切的感受不是靠树立英雄人物教导出来的,因此,滑稽戏不是歌功颂德的戏,也不是树立标兵的戏。

讽刺是常用比喻、夸张、反语等手法对人或事进行揭露。由于夸张,造成表演上的各种巧机,把原来不相干的事或话,通过相似性的联系,被突然巧妙地组合在一起,因此令人发笑,达到喜剧艺术效果。它有时又是冷酷的,有时要嘲笑某人,对他进行道德批判。

在今年中秋佳节,严顺开、陶醉娟、陶德兴、李慰曾四人上演了一个情景短剧《送月饼》。严局长在当局长时,家里月饼盒堆得像小山,天天吃“中秋大餐”,半夜里也要起来吃——吃药。这天,朋友老李来送月饼,老李家境不宽裕,老严要老婆送回月饼。局办公室老王师傅的舅舅老陶接着也来送月饼:“来看看你,没大事情。只是东南商场要开张,我卖香水,但是有路子的人三三两两把我的摊位挤到厕所边上了。我找了张科长,张三说签字要找李四,李科长又叫我去找王五……,我没办法,后来想只要找到你,局长一张纸条就解决了。”当老严告诉他说自己退休了后,茶凉人走,老陶提起放月饼盒的马甲袋就走,但是他错拿了李老头的同色马甲袋。老严的老婆又把陶的礼袋拿去还老李了。瞬间,老陶赶回,说:出问题了,他手机不见了,有发票的,1300 元。但这是关系价,此外还有出厂价、内部价、内部处理价、零售价……关系价的最便宜,质量可比正宗的还好。“你动过了,没关系。虽局长不当,威信还在,张三李四都听你话。一部手机就算了。”“还给你,一千三。”正在数钱时,老李也拿回月饼说自己牙没了,不能吃错包里的硬月饼。结果是老陶打了随身的手机,在老李送回的马甲袋里响起了手机叫声“有电话啦!有电话啦!”找到了送礼的手机。老局长于是语重心长地说:“中秋节,礼尚往来,是习惯。你动了脑子,为了求人家,在送月饼的袋中放了手机,好比香水摊子放在厕所边,味道就不对

---

① 王汝刚:《戏话连篇》,上海书店出版社 1994 年。
② 林语堂:《论幽默》,《论语》1934 年第 3 卷第 32 期。

了。”这个短剧在轻松的笑声中将当前社会上“送礼”中的坏风气讽刺得入木三分。

车尔尼雪夫斯基在《论崇高与滑稽》中说：“丑，这是滑稽的基础、本质。”“丑只有到它不安其位，要显出自己不是丑的时候才是荒唐的，只有到那时候，它才会激起我们去嘲笑它的愚蠢的妄想，它的弄巧成拙的企图。”“因此，只有到了丑强把自己装成美的时候这才是滑稽。”①

丑角是滑稽剧中的重要角色，尤其具有戏剧性。滑稽戏中那些“可笑的”内容，通过不协调的、丑化的表演和情节展示出来，甚至可以在嘲弄、荒诞中针砭对象。黄永生的说唱《狗眼睛传奇》，讲了这样一个故事：乡长老婆洗衣服掉了一只金戒指，被因双目失明而去换上两只狗眼睛的黄阿狗一眼看清原来忘放在棉袄口袋里。阿狗再看别人时，居然个个人的体内脏腑都可看得煞煞清，连黄花闺女有了身孕是男孩也看出来了。乡长正为完成计划生育任务犯愁，灵机一动约定黄阿狗将乡里的孕妇都进行狗眼透视，一律看成怀的是女胎，看一个报酬10元，使这些孕妇都打了胎。计划生育成绩打报告上去受到表扬。后来乡长出差，阿狗根据“约法三章，不容私情”的保证使乡长老婆怀的几房合一的男婴也打了胎，事情败露，大家都来争吵说自己被打掉的是男胎。正当大祸临头之时，突接飞黄腾达喜讯：乡长升任反假话办公室主任，黄阿狗荣任吹牛三开发公司总经理。

这个独脚说唱运用了荒诞手法对丑行进行鞭挞，使人们感受到乖讹和荒唐背后的沉重。

在滑稽戏中，我们还常常听到那些特殊的不谐和的语言，如那种可乐可笑的俏皮话和双关语、文字游戏。在姚慕双、周柏春合演的《学英语》中就利用俏皮话形式，用含混的“剥了皮吐了棚一囊一囊吃”充作“吃橘子”的英语翻译而引起笑声。他们与王双庆合演的《祝枝山大闹明伦堂》就运用了对对联中的文字游戏。滑稽戏中常常有一般看来很过分的动作，如在《三毛学生意》中，文彬彬饰演的三毛，不愿意把已经打好水的脸盆端给他憎恨的吴瞎子，使范哈哈饰的吴瞎子在台上一再摸空。两人艺术化的配合，使瞎子上下起伏地摸，双手大幅度有节奏地起落，把动作夸张成像弹钢琴似的，引起观众阵阵笑声。又如新滑稽戏《太太万岁》中的“丝绵绵”在紧身旗袍中藏气球装扮成撅起的“大肚皮”，大幅度地扭动臀位进场，“开条斧”敲竹杠：“阿姐，侬哪能来解决辩只肚皮?”这种造型和动作、语言是做作夸张的，后来大肚皮又被其假哥哥真丈夫“敲爆脱”。这些丑化表演对喜剧不可缺少。在滑稽表演中还可以安排夸张的、常人看来不可思议的情节、情境，如《七十二家房客》中给伪警察369拔牙齿，用了一把修皮鞋的很夸张的老虎钳硬拔，还拔错了牙齿。

① 车尔尼雪夫斯基：《论文学》中卷，第89页。

此外，还有诸如演员的胖子与瘦子的搭配等。滑稽经常在人物造型上会造成变形化，在语音语速、动作姿态上扭曲变形，使艺术形象漫画化。甚至有在正剧中不会出现的拉拉扯扯的动作，或出现闹剧，如在《七十二家房客》中会有用棍子把天花板凿穿这样的夸张情景。只要符合规定的场景和人物的性格，在张弛适度的情形下，表演在总体上和谐就是美。

一班道貌岸然的文人，走起路来都四平八稳，他们看到滑稽戏的夸张不协调的动作感到恶心，认为太庸俗了，甚至有“丑化劳动人民”之说。实际上，这是对喜剧的表演特征的误解，不过他们不会去说卓别林的夸张动作“庸俗”。他们有时误把造成笑声的夸张丑化艺术手段贬低为低级趣味，并不意味着自己就比剧中的人物高尚，那是因为他们看不懂滑稽剧。

好的滑稽剧，可以在嘲笑了丑陋，给丑行看一看自己的面貌的同时，使人类自身的弊端得到改正，使自己在精神上超越。“出于这种动机而创造的喜剧之所以能令人发笑，与那种通过喜剧技巧在观众心理中引起的愉快之笑不同，它主要是因为可以给观众以伦理的满足。伦理的满足是心理鄙夷的必然结果”①。因此，诙谐的独白，丑化的动作，要表现的是对人生的严峻看法和态度。

五、通俗形式和市民审美趣味

直到21世纪，滑稽戏的演出一直为市民群众喜闻乐见。它的形式，虽然有多幕多场的大型喜剧，却又从没放弃其初级阶段的易于及时反映生活的、重于语言表现的独脚戏形式。经常在群众面前表演的，还是那些更为自由活泼的单人或双人的独脚戏、上海说唱、多人滑稽小品、活报剧等多种轻快形式。滑稽戏是多形式的，这些形式具有通俗化的特点。

这是由喜欢滑稽戏的观众所决定的。调查显示，滑稽戏的基本观众是都市平民。不知何时，他们被谥以“小市民”的称号。这个称呼一般认为带有贬义，如把自私、低级、卑贱、狭隘等性格都加给他们。其实他们就是城市中的广大老百姓，他们是城市人口、和谐社会的基础。反之那些“大市民”，大概指官员、白领、精英吧，又何尝都是十分高尚的人，他们也生活在里弄社区，不是一尘不染的。人与人之间应该平等，各阶层的人都有性格上的两面性。所以我们要首先为都市百姓正名，批评“小市民”这种被主观意识污染的称号。市民的地位从来是可升可降，经常与社会生活中的矛盾发生争执和妥协，对这些平凡生活中种种际遇的发掘，可以成为朵朵花絮，构成了十分自然的喜剧冲突和笑料。

---

① 阎广林：《喜剧创造论》，上海社会科学院出版社1992年，第129页。

滑稽独脚戏的许多节目表现了市民生活中的喜怒哀乐，如龚伯康的《最欢喜》用一连串的排比，将平民百姓中各种性格习气人“最欢喜”的小事快乐地唱出，如“吃蹄膀个朋友，最欢喜末就是上头一张皮”。事不在大而在以实在传神，以通俗贴近生活。杨华生的说唱《小菜场》，使丰富多彩的“小菜”均喜剧性地拟人化，互相争比高下，带有神话色彩。比如说“蔬菜是，浩浩荡荡进菜场”，“‘芋艿头’是大队长”，“豆腐皮个旗帜迎风飘”，“（快板）小白菜挂了帅，一身打扮真雄壮，头浪戴仔韭菜花，手拿扁笋当长抢。（白）小白菜个爹爹叫大白菜，姆妈叫黄芽菜，娘舅是大头菜。菠菜油菜芥菜苋菜甜菜，侪是伊个阿姐，伊还有两个妹妹，大妹子生得又瘦又小，叫鸡毛菜，小妹子又矮又胖，叫塔棵菜。小白菜个老奶奶，今年八十六岁，一向住拉绍兴，大家叫伊绍兴霉干菜，还有雪里蕻咾（转唱）咸白菜，打听消息报情况……”。说唱中夹用京戏的韵白，真像是兵壮将威的大战场。

滑稽戏是为都市的大多数市民表演的，使一般群众喜闻乐见是其基本原则，而群众认同和喜欢的戏剧形式是通俗化，需要明白的、活泼的、生活化的语言和搞笑方式，千万不要故作高深，装腔作势，失去自我。滑稽戏要表现市民生活中的审美趣味，塑造个性鲜明的市民性格形象。

20 世纪 70 年代末 80 年代初涌现的一批多场滑稽戏《路灯下的宝贝》《阿混新传》《红房子风波》等，比起五六十年代的名剧《三毛学生意》《糊涂爷娘》《活菩萨》《苏州两公差》《七十二家房客》，无论在迅速针砭时弊，反映寻常百姓生活，还是演出的艺术水准方面，都有较大的提高。如胡廷源、李尚奎、吴双艺编剧的《甜酸苦辣》中，既有时代气息，又妙语连篇，意趣横生。玉兰娘在女儿玉兰与丈夫劳国栋新旧观念矛盾冲突面前左右为难时的一段唱，套用越剧《碧玉簪》中婆母劝说媳妇接凤冠的一段唱腔，把一个家庭妇女的心理表现得惟妙惟肖：“（白）玉兰哎，我个心肝宝贝啊！（唱）叫声玉兰我个肉，心肝肉啊呀宝贝肉。玉兰是我个手心肉，哎呀老头子侬是我个手背肉，手心手背都是肉，老太婆舍勿得俉两块肉。玉兰呀侬心宽宽气和和，有啥苦衷来向娘诉？（玉旁白：爹爹勿讲道理。）俉阿爹也是为侬好，伊怕侬轧着坏道要犯错误。伊为工作忙到东来忙到西，忙得来汗淋淋来热乎乎。（劳旁白：搿句闲话还是有良心个。）玉兰侬是个好小囡，侬气要大来量要大，吵吵闹闹侬勿像样，搿种能个日脚哪能过？左邻右舍要谈论，害得我末老太婆要人难做。倘然俉惹得我来光火啦，（白：好个，葛种日脚末我也勿要过哉，我也横势横，从明朝起头。）我勿买小菜，勿生风炉，窗门一关，房门一锁，我老太婆坐仔无轨电车到外滩，光起火来去跳黄浦啊！”语言通俗流畅，像随手拈来的，平贴而又有趣味，一个唱段就把一家三口的形象及其代沟活生生地展现在观众面前，尤其是一个市民家庭妇女被演得很有人情味。

都市生活的紧张使一般市民对文艺的要求是轻快。轻快正好是轻喜剧的一个重要特征。在影视时代，滑稽小品以其轻快自如、风趣活泼而形成强烈的审美趣味和观赏价值。情节在玩笑形式的保护下，随机应变，随物赋形，节奏明快。如王汝刚到新加坡演《请保姆》，根据当地生活实况，灵机一动就把《马医生》的段子移花接木上去了，使小品中江湖郎中马医生在外骗人，回家却受高价保姆之气，一报还一报[①]。当代，那种发散性思维的"瞎七搭八"越见其搞笑优势，犹如许多夹字母夹数字、幽默缩略的网络词语。滑稽小品当下还常常成为一些娱乐节目中别具一格的小插曲。像东方卫视文艺频道中的《智力大冲浪》，每次都插播滑稽小品来提问关键词，效果颇佳。

滑稽可以使人一下子精神轻松，摆脱烦恼；因此它在都市社会里存在价值很高。美学家朱光潜说："现实世界和实际生活都是人生的一种约束，而且文化越进步，约束也越紧张，自然也越不容易呈现。"于是，现代人个个都不免带有几分假面孔，把自然倾向压下去，来受礼俗制度以及种种实际需要的支配。而维持这种紧张状态须费大量心力，所以是一件苦事。而在嬉笑戏谑或观赏喜剧之时，我们却可以暂时把面具揭开，来享受一霎时的自然人的欢乐。所以说，笑是"自然摆脱文化的庆典"[②]。滑稽表演形式中的放荡和洒脱也就此而来。

人是本体，戏剧要表现人的命运、人的本性。在人性与人的内心世界中，有两点是滑稽最易于表现也从本质上最接近普通人的审美情趣的：

一是生活原生态。"在喜剧矛盾冲突的设置和人物喜剧性格的刻画上，往往有其独到的'野性'和生活原生态的魅力"[③]。海派的滑稽戏中还保留着和易于表现出来比其他戏剧更多的那种人生"野性"。

二是保持童心和率真。时时露现出孩子般的率真。"一份孩子气的率真。这种率真有时也出现在卓别林的脸上。这是喜剧和喜剧性表演的真正基础"[④]。尤其是当代社会呼唤童心，我们从网络上不受"过滤"的、不断涌现的表现童心童趣的网络语词和动漫的流行都可以看出现代人的这种审美情趣，滑稽戏因而可以越过当前相当大的代沟背景，延续为青少年接受喜欢。

在题材和表演通俗的前提下，社会民间环境的追求，场景处所设置的合理，在各种表演场合下对观众群的层次的针对性讲究，思想内容层次上的有雅有俗，兼顾传统和现代性，这些都是迎合市民审美趣味和提升滑稽戏演出水平要考虑的要素。

---

① 王汝刚：《自报家门》，上海人民出版社 1998 年，第 138 页。
② 朱光潜：《朱光潜美学文集》第 1 卷，上海文艺出版社 1982 年，第 275 页。
③ 阎广林：《喜剧创造论》，上海社会科学出版社 1992 年，第 203 页。
④ 阎广林：《喜剧创造论》，上海社会科学出版社 1992 年，第 180 页。

都市的生活是多元的，社会需求极具驱动力，它造成了娱乐形式的多样性。在都市多彩的社会生活里，尤其要关注社会需求的新变化，要尊重大众多变的需求。所以要有一些灵活变异的娱乐样式跟上，要求题材和人物的多元，适应有着各种选择需要的人群。

都市的生活时时出新，滑稽戏的动作设计要有情趣，传统而出新，使群众感到演出情节既在预料之外，又在情理之中。说起创新，才能和灵感都是必要的。斯坦尼斯拉夫斯基说过："除了才能以外，一种内在的精神技术是必要的；如果没有这种技术，便找不到那通向人类心灵心理的与生理的准确道路，以便自然而自觉地在心灵中产生一种超意识的创造动力。"而在创造潜意识感情之前，"导演只能硬逼演员的情感，驱策演员前进"[①]。滑稽戏十分需要演员"内在"的"创造动力"，尤其是在连续剧中，不断地创新要求更高。

滑稽特别容易通过显示演员的个性色彩和个人印记，来适应于创新和多元的市民审美要求。由于经常的幕表表演和演剧时的自由发挥，形成了每个滑稽演员的不同的修养、能力、气质、性格等个性心理特征，并通过声音、语言、形体（体态、手势、习惯动作）等方面相对稳定地表演出来。"他们的主观因素，包括其自身的思想观念，个人性格，知识结构，文化修养，艺术素质，专业功力，社会阅历，风度气质等等，都会在剧中极其充分或者是相当顽强地表现出来"[②]。因此滑稽似乎已经过渡到没有流派的自由世界了，著名演员每人都是一个独特的个性形象。

六、迈上了新台阶

上海滑稽过去经历了"舞台——银幕——电台"三个发展阶段，这都是与历史上都市文化随着演出天地的高科技开发同步前进的。当今，电视文化成为最时尚的群众娱乐。滑稽剧与时俱进，在20世纪90年代各种戏剧曲艺陷入不景气的低谷，还在前述三种形态中徘徊挣扎之时，它率先冲出束缚，以其活跃、紧追时尚的本性，适应上海市民休闲娱乐的需要，创造了既继承其传统精华又符合世界文化潮流的新形式——"海派情景喜剧"，成功迈上了滑稽戏的第四个台阶——电视。

这是一个戏剧背时衰落的年代，这是一个最难突破的台阶。滑稽戏上了电视，并站稳了脚跟，这意味着它已经活了，接受了电视、网络新时代的洗礼！

在80年代后电台一直连播《滑稽王小毛》取得编剧演出经验的基础上，以江南地区民众尊敬和喜爱的人物"老娘舅"为主角，1995年9月海派喜剧集锦《百家

① 斯坦尼斯拉夫斯基：《我的艺术生活》，上海译文出版社2005年，第358页。
② 朱宗琪：《喜剧研究与喜剧表演》，中国广播电视出版社1999年，第200页。

心·老娘舅》系列开始上电视播出，出师先捷，收视率达到19%，超过了同期许多优秀电视剧，好评如潮。1998年7月，以一家老中青三代人为主体的海派室内喜剧《老娘舅》诞生，第38集《生财之道》收视率达23.61%(AC尼尔森)。在大上海大批新颖社区拔地而起后，与时俱进的《老娘舅》走出石库门，2000年7月改名为《老娘舅和邻居们》，收视率达14.7%。2002年10月由每周一集改为两集，改版后的第二集《瘦身男女》获国家广电总局"飞天奖"一等奖。后来，用酒店式公寓为载体，以现代都市人的生活为文化想象的海派都市轻喜剧《开心公寓》脱颖而出，每周连播三集。加上表现旧上海生活的《从头开始》和20世纪末21世纪初另外三个海派情景喜剧《红茶坊》《新社会屋檐下》《七彩哈哈镜》，一起占领了电视节目每天晚上八点的黄金时段，影响涉及整个长三角地区①。

《老娘舅》《开心公寓》《红茶坊》等喜剧，剧情内容新鲜活泼多样，其中《老娘舅》至今已连续播出530多集，《红茶坊》连播300集，《开心公寓》也连播了近300集。新滑稽戏已经活在市民的文化生活中，创造了最高收视率，这是群众对这些获得新生的海派喜剧的最好奖赏。滑稽剧本来就是一种基于商业文化的土壤诞生发展起来的海派都市文艺，滑稽剧又活跃在20世纪90年代经济重新崛起的大上海新天地里，我们向冲破戏剧困境、不计报酬、热爱戏剧、辛勤创业、连出新招的编剧、导演、演员、制片人非凡的成功致敬。

海派情景喜剧的获得成功，主要由这样两个因素所决定：第一是它具有浓厚的上海这个大城市的文化气息，适应了都市民众新的文化需求，特别是在20世纪后期，世界都市文化都表现出轻松自在的艺术特征，讽刺幽默搞笑越来越成为休闲文化的一种时尚趣味。上海情景喜剧以轻快的形式，继承了过去滑稽喜剧的迅速触及现实的传统，表现了当代现实生活深处的常见矛盾冲突，贴近百姓的生活情趣，以讽刺夸张漫画式的表演散发出都市大众的洋洋喜气。第二是使用了本地母语上海话，扎根于海派的深厚土壤，为长三角人民喜闻乐见。上海情景喜剧以凝练并加以艺术化的语言特色，既传承了老上海话的光彩，又及时吸收了许多年轻人新上海话的好词语，表现了上海话的与时俱进，而且集中展现了上海这个大都市语言中独特的幽默趣味。现在它已经成为了上海话文艺的主要代表，在传承上海话方面起了带头作用。对上海本土文化民俗有兴趣的外地人、外国人，已经把它当作学习上海话的摇篮。浓厚的本土特色是个宝，上海情景喜剧从精神灵魂上继承了老上海文化的传统，又成功地走在了发扬上海本土文化的前沿。

海派情景喜剧的成功还在于它重在内容，不求场景表面豪华；它每集时间短，

---

① 屠耀麟：《在"海派情景喜剧研讨会"上的发言》，《视听》2005年第3期。

不超过一小时，各集既有联系，又具有独立性，今天看了，明天有事不看也不要紧。内容形式的灵活可使人没有重复之虞，情节轻松活泼又使人身心放松。新滑稽剧的演出阵营也海纳百川，集中了沪上表演精英，除了滑稽演员外，电视文艺节目主持人（其中有演技很高的潘豆豆和黄浩），沪剧、越剧、淮剧、话剧和电影的名演员纷纷加盟，还有特邀嘉宾诸如著名主持人叶惠贤、青年舞蹈家黄豆豆等也来客串，最值得欣喜的是在频繁演出中成就了许多年轻新星。演员知名度高造成明星效应，有着各路群众的"粉丝"，老少各个层次的人都喜欢满足。

上海戏剧学院戏文系研究生洪靖慧经过调查研究后指出："'大方言'是中国重要的语言现象。结合观众群体研究分析，《老娘舅》全沪语，收视人群显示，在上海的外来打工者是《老娘舅》的忠实观众，因为他们要借由《老娘舅》来学习沪语和了解上海人。"而"收视率显示外来打工者不是《闲人马大姐》的忠实观众，图成曲线呈现"，因为"京味普通话的剧集覆盖地域广"，"由于都听得懂，也就没有许多人为学方言而守在电视机前了"[①]。洪女士的调查结果值得有些以为只要有普通话就可以包打天下的人好好思索，民间对文化的追求并非那么单纯。

一个对民众影响甚大、地方特色浓厚的戏剧，能够在影视、网络时代站住脚跟，内容形式有所拓展，理应受到爱护，应该引起评论界重视，予以正视和充分肯定，认真探讨它的盛衰得失。

陈建森在《戏曲与娱乐》一书中总结了造成当代戏曲面临困境的五大内在原因[②]。"海派情景喜剧"反其道而行之，因此突破了困境。它坚持了喜剧的"戏乐"本性，摆正了当代戏曲的俗文化的定位，恢复其娱乐消闲的本质和功能，适应了观众的审美趣味需求。不必去参与"粉饰升平、晋京拿奖"，做"配合政治、图解政治"的工具，也不浪费大钱大力去"打造"工程项目式的"样板"献礼文化，改变长期停留于"集体无风格"的状态。由于它的景气，吸引了人才——演出人员和创作人员，演出的质量得到了保证。在演出体制上也进行了改革，人员按需流动，有了自由竞争的舞台。不过分强调"文学性"追求"文学语言"，而从"演剧性"出发注重"喜剧语言"。这些重大的改变促使滑稽剧重新拣回了一度失落了的灵魂，回到了滑稽戏富于生机的原生态。

道路是曲折的。过去滑稽戏失去了许多年轻观众，其教训是深刻的。从 20 世纪 60 年代以后说教内容的泛滥，倒人胃口；从 90 年代初起剧场票价的飞涨，封杀了戏剧，迫使低收入的年老粉丝离开剧场。童年时代的爱好和习惯往往决定一个

---

① 洪靖慧：《京派海派情景喜剧及其背后地域文化比较研究》，《视听》2005 年第 3 期。

② 陈建森：《戏曲与娱乐》，上海人民出版社 2003 年，第 274—281 页。

人的一生，由于“文革”的破坏，现在的小学教师对戏剧已经陌生，有了断层，最活跃的青年人和高收入者恰恰从小远离了听看曲艺，他们听港台流行歌曲长大，当然成为流行歌曲的粉丝，对土层文化相当隔膜。因此，本土海派文艺的复兴和传承，还得让孩子从小耳濡目染。就像民族传统的元宵节、端午节、中秋节等，曾受到了“文革”和六七十年代的“移风易俗”“革命化”的摧毁性的打击，断层并不是从现在青年一代开始的，年深月久，难以挽回，更遑论更新了。现今的青年几乎断了土层的根，对传统节日便不感兴趣，于是很快地接受了西方的情人节、圣诞节。所以，现在我们是到了遵循联合国教科文组织的《文化多样性宣言》，呼吁“用自己的母语表达思想”，“捍卫文化的多样性”的时候了！

“海派情景喜剧”在21世纪的社会新环境下，必须适应新的条件，除了开辟当代新生活场景外，在电视中进行的连续性结集的演出，对滑稽表演的原有技巧手法也是一次考验。比如说，原来滑稽舞台戏的误会法和巧合法都可以用，但是“掼包袱”是一个过去惯用的出彩手法，现在一个包袱在某一集里掼了一次后，再要掼就变得重复没有噱头了。又比如喜剧也要以刻画人物的性格为主，人物的个性在连续剧中有延续性，要在剧本固有人物及其优缺点上不断翻新安排新情节，这对编剧来说要求颇高。电视的收视率是流动的，不像以前买了票就必然看下去，情景剧就要时时贴近时代、贴近观众，引起观众持续的兴趣和共鸣。情景喜剧还要寻求一些新的表演模式，如用动漫式的夸张手法，用现代化技术处理场景，数码特技手法的运用也是大有潜力可挖的，因为滑稽戏本身的特点就是夸张，应勇于尝试，保持开拓精神，但不要掩盖了本色。编剧观念的新颖，选材上的年轻化和时尚化，是滑稽戏适应时代吸引青年观众的关键，没有青年加入的文化则是没落的文化。年轻演员的不断增加和熟练演出自会产生新的创造活力，让好剧本推动青年演员出彩，现在已经开始涌现年轻编剧以至在读的研究生参加编剧，这是滑稽剧兴旺的好兆头。

走上新台阶的滑稽，希望它能吸收美国肥皂剧的长处，又要从仿效中脱出，海派文化的创新特色就是非驴非马。上海人要发挥从来就具备的中西合璧的独特想象和创思，发展出自己不同于海外情景剧的新形式，在艺术形式上继续进行新的探索和突破的同时，可以同时创造产生出一些新的品种，比如可以借鉴充满江南民歌民俗特色的上海说唱和沪剧的曲调，从先搞片头和片尾的上海话插曲开始，再搞些结合说唱或沪剧等曲调演唱的情景剧，进而推动上海话流行歌曲乃至上海方言歌剧、方言话剧等上海地方文化的新生。

与此同时，我们还高兴地看到，2005年的舞台大型滑稽剧风采不减当年，比如《太太万岁》，依然汇合着沪剧、越剧、京剧和江南民间小调表演人物，依然令人捧腹大笑，精彩情节且悲且喜，情节构思演出节奏也跟得上时代。《滑稽王小毛》依然在电台中连续热播，电视文艺频道里有了更多包括节目主持人等参加的滑稽小品，题材内容更趋轻松活泼，表演手段更为随意率真，编导演出队伍正在壮大，滑稽戏因市民的支持而热气腾腾。我们不是没有看到种种困难，但是我们祝贺滑稽戏的重振旗鼓，祝愿从滑稽戏开始，海派文艺重塑辉煌！

原刊于《上海文学》2006年4月号。

尽显风流 100 年

一、初创维艰，赶上良时

越剧出世在光绪三十二年(1906 年)，它的雏形是流行于浙江嵊县民间的“落地唱书”。现在的一种说法是：那年正月底，相来炳等四个班里的 10 个民间艺人加上 1 个学徒，从余杭来到“陈家桥”投宿，一时想借些长袍马褂、新娘嫁衣充当“行头”，拼了几张八仙桌权当戏台，化妆登台，演起了《珍珠塔》[①]。还有一种通行的说法是：那年清明节，在嵊县东望村，落地唱书艺人经过精心准备，踏上了村民们用稻桶和门板临时搭就的草台，演出了《十件头》《双金花》等剧目，不经意间，越剧便诞生了[②]。

其实，了解越剧是哪个班子先登台像样地唱起来并不重要，因为江南各地乡村里在农闲庙会或节日过年之时，一些贫苦农民自发组织的田头说唱或沿门卖唱早有传统，如嵊县的马塘村的田头歌唱，早在清道光年之前即 1820 年之前就已蔚然成风了[③]。自娱和求乞相杂合，在农村凋敝的经济中，为生活所迫学戏卖唱，自谋生存，又在备受艰难和欺压的环境中挣扎。那时唱戏方式也甚为简陋，只消用笃鼓和檀板击敲伴奏，成为很草根的“的笃班”或“小歌班”。

到 20 世纪 20 年代，赶上了好时辰，渐趋繁华的上海，游乐场所兴起，各种江南江北曲艺汇聚在沪初露头角，“的笃班”们也开始闯荡上海。当他们从“绍兴大班”中汲取了不少营养后，在 1920 年，以男演员为主的“的笃班”，带着《碧玉簪》《梁山伯与祝英台》等第四次闯进上海，才算站住了脚跟，1922 年即以“绍兴文戏”的雅名，登上了“大世界”的舞台。

“绍兴文戏”以出身于落地唱书的男演员为主，有小生王永春、楼天红、张云标、支维永，小旦卫梅朵、白玉梅、小月红，老生马潮水、小丑马阿顺、大面金荣水等。别看有些名字用了阴性词语“梅”啊“红”啊，其实都是男性。1934 年他们曾由高亭公

---

① 高义龙：《越剧史话》，上海文艺出版社 1991 年。

② 《越剧华章·创业先驱篇》，中国唱片上海公司 2006 年。

③ 任文思：“落地唱书”发源地马塘村考察，嵊县政协文史资料委员会编：《越剧溯源》，浙江文艺出版社 1992 年。

司灌录了 4 面唱片[①]。

1923 年，艺人金荣水和上海升平歌舞台前台老板王金水一起回乡过春节，谈及上海看到其他剧种有女班演出，便在嵊县施家岙组建了第一个“女子文戏”的小歌班。嵊县的警察局以“女子演戏，伤风败俗”为由下令取缔，但她们走出了家乡演戏，1924 年至 1927 年两次进上海演出并坚持了 6 年最终解散，但是施银花首创了适合女宫的“四工调”[②]。30 年代前期，女班大量兴起，但主要是在杭州、宁波等地演出，也有几次进入上海的茶园和戏院演出。

1938 年 1 月起，女班蜂拥至沪，到 1941 年已有 36 个女班在沪荟萃，一时“女子越剧”及其委婉清柔的唱腔风靡上海。三四十年代的上海，江浙的移民大批迁入，他们热爱乡音。由于上海商业的充分市场化和思想的活跃，带来了文艺高度竞争发展和高质量繁荣，沪剧、沪书、京剧、昆剧、甬剧、锡剧、评弹、淮剧、扬剧等 10 多种戏曲，都汇聚在海纳百川的上海并迅速完成了从草创、改良到成熟，越剧也就这样在上海社会、在近代文明中，打造成为海派文艺一颗灿烂的明珠。“女子越剧”在上海和浙江市镇站稳脚跟并一枝独秀代表了正宗越剧，这是越剧发展史上的第一个高峰。

也许嵊县久归绍兴府所辖，以前男班又以“绍兴文戏”自居，尽管越剧的语音来自嵊县方言，上海人以前习惯俗称它叫“绍兴戏”。

女班越剧后来在上海能站稳脚跟，发展得如此活跃，完全取决于上海当时观众的热爱。这不但是上海有了雄厚的浙江中高层移民喜欢自己的家乡戏，更重要的是，都市公共娱乐区中女性的活动空间得到极大的开拓，女性解放的思潮使上海居民中大量女性走出家庭，完全改变了传统的男女有别的戒律，女性开始融入都市的文化环境中去，与男子一样消遣生活，成为一个很大的消费群体，她们在休闲中也追逐明星，文明看戏。商业的繁荣自然形成了文艺享受的空前繁荣，这是一种深有根底的大众海派文化。游乐场、大戏院与乡下草台或茶园的配唱完全不一样，传统戏曲在上海实现了它的成功转型。

苏罗文说：“在上海，舞台传递的是展示个性、追求梦想、冒险、与命运抗争的信息和感情共鸣；乡下环境中的乡民们从舞台上得到的，则是哀怨的宣泄和对传统生活方式认同的强化，这些差异提供了考察传统戏曲在近代社会转型期多元异趋的重要视角。”[③]

---

① 《越剧华章·创业先驱篇》，中国唱片上海公司 2006 年。

② 应志良：《中国越剧发展史》，中国戏剧出版社 2002 年。

③ 罗苏文：《近代上海：都市社会与生活》，中华书局 2006 年。

二、勇于改革，带来繁荣

在艰难的初创期，越剧姐妹们是互相扶助的。在“越剧十姐妹”之前，我们知道，还有著名的“三花”施银花、赵瑞花、王杏花和“越剧皇后”姚水娟。在“三花”中，施银花“执女子越剧唱角之牛耳”。1942 年 6 月，施银花受聘于宁波天然舞台，邀请徐玉兰合演。演出第一场就发生风波。当地观众敲锣打鼓送大匾，招摇过市，大捧天然舞台原头肩小生，故意要给徐来个下马威。头炮戏是《盘夫索夫》，那位头肩小生争着要演全剧。施银花即以自己的影响，让人给新来乍到的徐玉兰也送了匾，最后达成妥协让徐出演《索夫》。从此事中可看出施银花提携后辈的气度。徐玉兰就在与施银花搭档时，由初学花旦转演小生，后形成了著名的“徐派”[①]。

越剧在上海刚站稳脚跟时的唱腔还是比较单调的“四工调”，并不像现在那样很优美。我们从 1937 年“丽歌”唱片施银花、屠杏花唱的《十美图・盘夫》，赵瑞花、李艳芳唱的《梁祝・楼台会》，姚水娟、竺素娥唱的《借红灯・龙凤锁》中，1941 年“胜利”唱片姚水娟唱的《西施浣纱》等中听到的唱腔、读到的唱词，都还相当单调粗糙，嵊县土腔很重，远没有 50 年代时的越剧如此优美。越剧唱腔的优化时期比沪剧要晚。

但是，进沪不久的越剧观众迅速剧增。1939 年春节，被称为“越剧皇后”的姚水娟在沪演出一周年之际，一本《姚水娟专集》就出版了；根据《今古奇观》中《王娇鸾百年长恨》故事改编的《泪洒相思地》上座率极高，连演 80 多天，创越剧界连演场数之记录[②]。其中姚水娟的赋子板台上即兴发挥可以唱到 18 句的“我为他……”。越剧新编的剧目接连编出，层出不穷，不断更换，不久又有《越剧日报》诞生，快速沟通剧场与观众之间的信息。演员年轻，扮相俊美，又有天赋，在男女戏迷的吹捧中演戏才华横溢，在与观众的互动中曲调越唱越好听。在超负荷的演出中，因疲惫操劳和郁愤，“歌喉嘹亮”、被誉为“越剧皇帝”的马樟花，带病演戏，心力交瘁，几乎是倒在戏台上，年仅 21 岁去世。她和袁雪芬合唱的《仕林祭塔》(1939 年丽歌唱片)中一句“哭头”“我儿呀……”在当时的唱腔中颇为出众，是对施银花 1937 年的《玉蜻蜓・哭图》中的“哭头”“大爷哎……”的发展，以后又为戚雅仙在 60 年代《玉堂春・三堂会审》里“大人哎……大人呀!”继承发挥，我们可以看到越剧唱腔调中令人感动的悲怆深沉的哭腔是如何得到小心传承、不断优化起来的。被观众誉为“闪电红星”的支兰芳有幸在 1941 年留下了一些“胜利公司”唱片如《恩爱村・叹五更》

① 高义龙:《越剧史话》，上海文艺出版社 1991 年。

② 《越剧华章・创业先驱篇》“坤伶鼻祖之小旦篇・下”，中国唱片上海公司 2006 年。

《秦雪梅·训子》,她所唱的“四工腔”实在在当时唱得最为柔和最有内劲,她在《恩爱村·叹五更》中的“东方发白雄鸡啼,黑暗过去光明来”两句中的婉转拖腔,后为金采风在1954年《盘夫》(中国唱片)中“问君有何疑难道事啊,我要把真情说我听”所传承。她在《秦雪梅·训子》中的“你言语讥讽真不孝,违背母命不该应,真是人小心不小,枉费雪梅一片心”四句,唱腔起承转合甚为和谐呼应,后为王文娟在《柳毅传书》(1956年中国唱片)中“若得爹娘见此信,定能派人到荆川,接我重返洞庭宫,一家相聚庆团圆”传承。她1938年来沪仅4年,年仅20岁同样是在过度疲劳中得了重病还坚持出演而不幸长眠。还有英年早逝的名旦筱丹桂,不堪戏霸凌辱而自杀。她的演技甚高,如由她主演的《马寡妇开店》全本分42场,所有演过“马寡妇”这一角色的演员,都比不上她演得传神。“她身穿小衣小裤,头戴水簪大包头,动作轻盈动人,唱腔悠扬缠绵,声韵间处处流溢出剧中人对爱情的渴望。她以娇艳妩媚的扮相、灵巧俏丽的身段、眉来眼去的脸部表情,和炉火纯青的表演技巧,把一个下层女子不甘心‘从一而终’,向往得到爱情的声容笑貌勾画得维妙维肖”①。

她们的勤奋努力,都对越剧的强大和在上海滩上的开创和繁荣作出过贡献。

1942年10月开始,适应上海市民欣赏的要求,袁雪芬等应运开始了对越剧的改革,她的“雪声剧团”每隔两三个星期就推出一个新剧目,在编剧、导演、舞美、灯光、表演方面都作新尝试,1942—1944年共演出了30个新剧目。1944年尹桂芳、竺水招也进行改革,编演时装戏《夜深沉》和历史剧《石达开》。1946年3月雪声剧团又推出了有现实意义的《祥林嫂》,轰动一时,成为“新越剧”的里程碑,9月又演出《凄凉辽宫月》。

越剧唱腔在20世纪40年代后期突破了原来主腔明快、跳跃的单一曲调,1943年出现了柔美哀婉、深沉舒展的“尺调”和“弦下腔”,这是越剧史上又一次重要的飞跃。于是上海女子越剧风靡一时,在上海各种戏剧中独占鳌头。尤其是“越剧十姐妹”(她们是徐天红、傅全香、袁雪芬、竺水招、范瑞娟、吴小楼、张桂凤、筱丹桂、徐玉兰、尹桂芳)和毕春芳、戚雅仙、王文娟、陆锦花、金采风等名角,将这些腔调越唱越精越美,还各自开始磨练出了自己的流派唱腔。她们是后来将越剧带进了50年代新社会的台柱。

三、流派纷呈,佳剧迭出

建国初年,戏剧和演员受到充分的重视,在整个20世纪50年代和60年代前期,越剧等各种地方戏曲都获得空前繁荣的进展,其民间化也达到登峰造极。1951

① 钱永林:筱丹桂与“马寡妇”,嵊县政协文史资料委员会编:《越剧溯源》,浙江文艺出版社1992年。

年戚雅仙的一曲《婚姻曲》由当时一张还称为“人民唱片”的78转唱片传送出来，真正达到家喻户晓的地步，唱出了时代的变化。上海的街间巷间，人人都会哼上几句“小别重逢梁山伯”“为了你，舍生忘死盗仙草”，连到弄堂里来推销“洋线团”的也会站上高凳先唱一段“戚雅仙”再做生意，越剧在上海的平民化程度，连小学生在同学家里也会穿上长袖衣、头上挂着珠子咿咿呀呀表演一段，居委会或中学生在节日的联欢会中也会有一场自排的化妆戏出演。钱亦蕉2006年采访以戚雅仙唱悲剧出名的原合作越剧团的编导李卓云，他回忆20世纪50年代越剧团戏多观众也多时说：合作越剧团当时每年不少于演出300场，戏曲改革开始后，连续排演了《梁山伯与祝英台》《白蛇传》《玉堂春》《祝福》《王老虎抢亲》《三笑姻缘》等十几部戏，每个戏都是客满两三个月，满座也换戏，先在电台里做订票广告，只要一个上午就可以卖出一个月的客满。电话局来提意见了，因为瑞金剧场的电话线都发热了。这就是海派文艺的全民性。

当年的越剧文化生态，是越剧编剧、编曲、导演、乐队、演员悉心合作努力的成果。越剧的唱词是各种地方剧中文学性最高、抒情性最强的。不少高雅古典剧目的演出使唱词和说白文读化，摆脱了嵊县过土的语词。情节和唱词具有高度文学性、雅俗共赏的、由徐进编剧的《红楼梦》，首屈一指，长期以来为全国越剧爱好者珍爱传唱。除了长期担任编剧的优秀编导南薇、黄沙等之外，戏剧家田汉也曾在20世纪40年代为越剧编剧《珊瑚引》，50年代又编剧《情探》；著名小说家苏青担任芳华越剧团编剧，化名冯允庄，编写了《屈原》《江山遗恨》《卖油郎》《宝玉与黛玉》等剧目，这样的剧本唱词当然是一流了。

越剧的表演集中展现了江南文化中柔和嗲的一面，责之者称它“软绵绵”，但是，它既典雅舒婉又妩媚传情，那一举手、一投足、一甩水袖，那曲曲弯弯如清溪细水的拖腔中，透出来的就是那种出自天然的秀美。越剧最适合演曲折的爱情戏，它表达出来的感情比许多戏剧更细腻更动人，它的人物有“服天地生人之巧”的“态”，它的情节再现了“旧曾谙”的江南好风景。王文娟唱“这诗稿，不想玉堂金马登高第；只望它，高山流水遇知音”一句甩腔，无限哀怨地表达出黛玉发自内心的对真情的渴望呼唤和对人生的无奈悲怆。孟莉英唱“那鹦哥，叫着姑娘学着姑娘生前的话呀！”多么顺其自然的平常话，在那种情景那种腔调里，竟是一腔悲愤失望、椎心泣血、九曲回肠。毕春芳唱“那玉堂春可算得义重恩也深！”的“深”字拖腔之一语三转，使感激之情表现得无限痛彻深沉。……从那些越剧的唱腔里，我们仿佛听到了天籁之声。

越剧当然也有革命的剧目，越剧唱腔当然也有激越高亢的表现。那么多的优美的剧目，那么多的水准最高的流派唱腔，大致都可到1961—1962年的录音中去寻觅。

由于越剧之美，第一部越剧电影《祥林嫂》在1948年就上映了。20世纪五六十年代里，拍摄过许多越剧电影，如：《梁山伯与祝英台》《王老虎抢亲》《追鱼》《情探》《碧玉簪》等。原来只是一种地方剧的越剧竟传遍了大江南北，拥有全国的无数"粉丝"。

越剧各派名角，都在20世纪60年代将自己的流派唱到最高水平，越剧的发展也开始了男女演员同台合演，如史济华、刘觉等男演员也很成功。各种流派唱腔也后继有人，如杨文蔚之于毕春芳，像得难辨彼此；赵志刚之于尹桂芳，青出于蓝。

四、劫后重热，余音袅袅

告别了10年禁锢之后，群众对自己喜爱的越剧曾经迸发出异常热烈的向往。越剧电影《红楼梦》刚开始重播时，上海几十家电影院连放几周，从白天连放到深夜，有的是通宵放映，观看盛况空前。在20世纪70年代后期直到80年代，越剧依然兴旺。各派"粉丝们"为了心仪的名角，聚集剧场，如追捧小生赵志刚和钱惠丽的"粉丝"，互相较劲还吵到打起来的程度。

百姓中也有很多的"粉丝"把各种流派的精华唱段学得惟妙惟肖。至今在群众性自我娱乐的舞台或场合，都缺不了越剧的演唱。在浙江，"越剧小百花"还是人才济济。

相声演员侯耀文2006年春在上海接受《每周广播电视》记者采访时说："上海的观众是属于研究型。有次我来上海，逸夫舞台正演越剧，散场的时候就看见那些戏迷围在剧场门口久久不散，正研究今天哪个角儿发挥好，谁又表现差，还有为自己喜欢的角儿互相较劲的……带着欣赏的眼光，事后还能研究你的优点和不足，属于绝对的高水准。"上海的"高水准"的观众，你们能来研究一下："越剧100岁了，越剧还会长生和昌盛下去吗？"

电视机的普及，剧场票价的飞涨，当然还有更为深层的一些原因，引来了一个戏剧背时的年代，越剧如何突破这个尴尬，挺起来重塑海派文艺的辉煌，我们又有许多话儿要说了。

原刊于《新民周刊》2006年第20期，2007年4月又作增补。

连环画，一个甲子的辉煌

一、海派文化创新的典范

连环画，我们小时候都称它为“连环图画”。自上海世界书局1927年3月首次发行陈丹旭绘画的《连环图画三国志》（全部3集，每集8册）起用了“连环图画”这个名字以后，世界书局又一连推出4部：“水浒”“西游记”“封神榜”和“岳传”，封面上还印着“男女老幼，娱乐大观”的字样。可以说这5部书的发行标志着连环画这种新型的大众图书样式正式诞生了。紧接着很快就有一大批画手蜂拥而上创作连环画，几代相传，使连环画在上海社会中铺天盖地，在前后一个甲子60年中由上海而走向各大城市和乡村，成为海派文化开满全国的一枝色彩鲜艳的奇葩。

连环画的产生当然也可以进一步溯源，比如说在远古壁画上、在敦煌石窟里都有连贯的故事图画，但是要看它在理念和技法上的影响，那么把在上海开埠后产生的《点石斋画报》和《图画日报》上的画作看成连环画的直接源头可能更为合适。连环画在上海租界产生，自然也可以找到西方文化的影子，类似连续图画的儿童读物在西方也多见，比如在20世纪三四十年代国外也有不少大致32开本、一二十页一本的彩色绘画的儿童故事书，像《白雪公主和七个矮人》等。但是如此高产量的、层层叠叠的、以（787mm×1092mm）1/64开本、60—180页一本、白纸黑线条为主精致描绘而成的“小书”（这是上海民众给以的爱称，常听说：“借两本小书来看看！”），只能说是中国特色的创造。由此我们可以看到海派文化的创新活力之一斑。

连环画是海派文化的独创，是传统文化与西方文化相结合中的文化创新的典型。在上海，许多盛极一时的海派文化创新杰作往往都起飞于20世纪20年代的中后期，如取名为“时代曲”的上海流行歌曲，包括海派京剧在内的10多种地方戏曲，几乎充满一部中国现代文学史的上海新文学，占有一部中国现代电影史的大部分优秀作品的上海电影。这些后来都达到过辉煌程度的文化形态，多数在20世纪80年代中后期走向了衰落，盛极一时的连环画也如此。这是一个值得深思和探讨的文化现象。

海派文化是一种姓“商”的文化。上海社会的商业化，在20世纪10年代就取得飞速发展的成就，这就使得上海的文化成功地实现了从传统文官文化向商业文化的转型，实现了从“为官帮闲”到“为商帮忙”为市民工余休闲服务的变化。姚公鹤在1917年出版的《上海闲话》中已经说到了“海”“京”之别：“一为社会中心点，一为政治中心点。”[①]作为一个社会中心，一个新生活和新观念的发源地，上海与纽约、巴黎等世界大都会当时同步并行，上海的海派文化即是都会式的市民文化。鲁迅也曾尖锐地指出这种为官文化向为民文化的转型在中国的渐变。[②] 在20世纪30年代，平民文化与精英文化在上海并存，共同构成了多元的海派文化。事实上，鲁迅最好最为深刻的《且介亭杂文》一集、二集、末编也只有在上海租界的亭子间中才能诞生，由此可见当年上海文化的“现代性”。

当上海成了人才荟萃之地，文人从科举入仕转为职业卖文为生后，商业化为其基础的海派文化形成了，其创作题材和创作手法都会与上海这个商业大都市的生活大环境息息相关。

连环画的特点也就是海派文化的特点，它集中体现了海派文化的草根性和市民性。茅盾在1932年发表过一篇《连环图画小说》的文章，其中写道：“上海街头巷尾像卡哨似的布满着无数的小书滩。”上海从那时候起直到60年代中期，许多弄堂门口，都设有小书摊，摊主在可以对折夹起收摊的书架子上，上下十多排，横排着形形色色彩色封面的上百本的小书，很是诱惑人，俗称“小书摊”，日出而开，日落而收。无论贫富，无论愚慧，孩童少年，都可以并排而坐，花费一分两分钱借一两本连环画坐在书摊边的矮凳长凳上看完回家，或者租到家里全家轮流读，连环画编写的内容也就与城市小百姓的娱乐文化需求打成一片。这些“小书”，深入浅出，老妪能解，小空间里，着大工夫。甚至不分年龄，老老小小，咸与喜欢，看连环画几乎成为全民的乐趣，连环画的题材和绘画样式当然也投合大众口味。

最初的连环图画，文字比较多，竖排在图画之上，每页的图文也并不完全对应。图画上的人物脚旁还标上姓名便于辨认，书前排有全书人物总图。有的书在故事画面上用口边“冒气”的方法，模仿有声电影，安排人物说话，这倒与现今的连环动漫书颇为相似。后来文字越来越让位于图画，画面也越来越精致，以至有的小书孩子单看图画快速扫过文字也能翻出个大致。到50年代中期以后，有了比较统一的上图下文的格式。这种平民文化，也表现出它的雅俗相依、鱼龙混杂来，于是在30年代就受到“第三种人”的鄙视以致“一笔抹杀”，当时鲁迅曾在几篇文章中为连环图画这种“不登大雅之堂”的“下等物事”撑腰，在一篇《“连环图画”辩护》的一开头，

---

① 姚公鹤：《上海闲话》，上海商务印书馆1917年。

② 鲁迅：“京派”与“海派”《申报·自由谈》1934－02－03；“京派”和“海派”，《太白》卷4期.1935年第5期，分别收于《花边文学》和《且介亭杂文二集》。

他就写道:“我自己曾经有过一个小小的经验。有一天,在一处筵席上,我随便地说:用活动电影来教学生,一定比教员的讲义好,将来恐怕要变成这样的。话还没有说完,就埋葬在一阵哄笑里了。”可见在保守常常占据上风的当时中国,好的东西并非一开始会被人们认识,但鲁迅却站在平民的立场上指出连环画的贡献:“对于这,大众是要看的,大众是感激的!”他在另一篇《论“第三种人”》文章中说:左翼作家要连环图画、唱本,连环图画产生不出托尔斯泰,但是却“可以产生密开朗该罗、达尔希那样伟大的画手”来的[①]。

海派文化的多样性,也在连环画书的内容和形式上得到集中表现。上海都市化的力量在于广大市民的参与,市民的追求是多元的,既有雅的又有俗的。我们从来没有看到过一种文化样式像连环图画那样,用视觉的图画形式把角角落落的大量高深的文学、历史、艺术、科技等作品和知识去通俗化普及化,参与了民间多元文化素养的造就。除大致 64 开本的小书外,连环画各种大小版本纷呈,民间应运而出的大批绘图能家,加上不少著名画家都在连环画坛上大显身手,凭其无限的想象力和功夫,精湛的技巧细致的画风,在一张张纸上连续地精雕细刻,使各种绘画艺术品种——国画、水彩画、钢笔画、线描加皴擦等的表现手法,尽展雅姿,使大众欣赏到多种多样色彩绚烂的艺术画本,从小接受美的熏陶。在连环画的创作热流之中海派文化的群体的高艺术水准得到了展现,而这些艺术之硕果走进了家家户户深处,影响了好几代人的文化素养和生活趣味。

二、登峰造极

1927—1937 年是上海作为国际性都市取得重大进展的年代,在文化方面同样明显地表现出这个城市的前卫和活力。二三十年代的上海文化是与商品经济同步腾飞的,在这块不到一百年发展历史的不大的土地上,一二十年代已经打下基础,幸运地吸引着并汇聚了来沪一试身手的文化精英和职业文人,他们中大量来自文脉代传底蕴深厚的江南名城,来到上海这块生气蓬勃的土地上,共同创造出具有鲜明江南特色的多元博采的海派文化。

连环画一诞生就受到市民的喜欢,迅速地繁荣起来,1928 年以后就形成国内其他城市以及东南亚的发行网,每种本子发行量可达两千册,上海出版连环画的大小书局已达 30 余家[②]。早期连环画的开创画家有刘伯良、陈广生、李澍丞、陈丹旭、

---

① 鲁迅论及连环画的杂文有:论“第三种人”(1932)、连环图画辩护(1932)、《一个人的受难》序(1933)、论“旧形式的采用”(1934)、连环图画琐谈(1934)、《看图识字》(1934)。

② 介子平:《褪色的记忆——连环画》,山西古籍出版社 2004 年。

朱润斋、周云舫等。刘伯良最早画的《薛仁贵征东》在1920年还是用油光纸石印的。陈丹旭采用国画笔法，线条流畅，古朴典雅，由上海华东书店印行的《水泊梁山》共有14册，是其典范之作，到50年代还出版了《水泊梁山》6册和12册两种版本，50年代以后他的连环画进入鼎盛时期，在1955—1958年由上海人民美术出版社出版了他画的《朱元璋》1—5册。早期的连环画题材与古代白话长篇小说和近代戏曲联系较密切，后来各位绘画大家风格迥异，题材各有偏重。在绘画手法上也有工笔白描、泰西素描的不同。如李毅士融合中西表现技法创作的大型连环画《长恨歌画意》人物均有立体感，在1929年登上第一次全国美展大雅之堂，1932年影印出版后，至1948年已再版9次。朱润斋的《十美图》《珍珠塔》等改变了场景写照舞台的画法，将生活的自然环境搬上画面，不但画得生动，而且文字书法也十分优美。赵宏本的画又改变了单一的中景构图，采用远、中近景互补的构图方式。连环画家也效仿月份牌画家进行分工合作绘制，有专缮文改编的，有专绘背景的，有专绘人物的。后来在绘画人物的画家中涌现了“四大名旦”：赵宏本、钱笑呆、沈曼云、陈光镒。其中钱笑呆拥有更多的妇女读者，陈光镒由于滑稽夸张最能吸引儿童[①]。由此可见，读者的喜好追逐，出版的自由竞争，销数的急剧猛增，自然会蕴育出精品来。除沈曼云外，另三位和其他许多连环画手如徐宏达、汪玉山、凌涛、江有生、李铁生、徐正平等后来都参加了公私合营和国营的出版社绘画，如陈光镒的《大闹天宫》发行过100多万册，他1954年在“新美术出版社”出的《张飞》、1956年在“美术读物出版社”出的《生死恨》，赵宏本等1954年在“新美术”出的《白蛇传》，钱笑呆在“上海人民美术出版社”出的《钗头凤》《孙悟空三打白骨精》，徐宏达1954年在“新美术”出的《望娘滩》，汪玉山等1953年在“新美术”出的《木兰从军》，汪玉山、徐宏达等1953年在“新美术”出的《赤壁大战》，凌涛1956年在“上海人民美术出版社”出的《三气周瑜》《鸳鸯简》等，都是连环画中的广受欢迎的扛鼎之作。

连环画的兴盛，使一些其他的知名画家也画起了连环画，如丰子恺、叶浅予、张乐平、曹涵美、米谷等。他们比连环画家更具个人风格和特色。像叶浅予30年代的《王先生》，张乐平40年代的《三毛流浪记》都用夸张的漫画笔法，它们与卡通和现今的动漫笔法已经相距不远了。

50年代的文化观念，还是十分崇尚大众文化，这也表现在领导人对连环画和民间戏剧等的提倡，强调了满足工农群众的文化需求，当然也强调通过文艺来教育群众，而并不是像现今有些人热衷于制造“集体无风格”的高贵的“样板”文化、“献礼”文化。1950年，毛泽东指示中宣部长周扬：“连环画不仅小孩看，大人也看，文

① 黄若谷、王亦秋、李明海：老连环画历史概述，《老连环画》，汪观清、李明海主编，上海画报出版社1999年。

盲看，有知识的人也看，你们是不是搞一个出版社，出版一批新连环画。”1951年4月举办了“上海连环图画展览会”，1952年，上海成立的“华东人民美术出版社”（后改为“上海人民美术出版社”）专门设立了连环画编辑室。与此同时，上海又将190家私营出版社整顿合并，成立了“新美术出版社”，专门从事连环画出版。1955年，“新美术”并入“上海人美”，成为全国最大的连环画编创出版部门[①]。有关部门提倡“创作质量更好、数量更多的通俗读物去占领旧连环画阵地”，鼓励画家投入。国画家中有唐云、陆俨少、谢之光、王叔晖、徐燕孙、任率英等都加入画连环画分行列，老连环画画人赵宏本、钱笑呆、董秋野、汪玉山、顾炳鑫、李铁生、严绍唐等更加成熟。在上海滩上，50年代至60年代初期，出现了上海历史上连环画出版的高潮。无论从题材的包罗万象、出版数量之多和艺术水准之高来看，都达到了连环画文本的顶峰。有大量的中外神话、童话和民间故事，如《神鱼》《灰姑娘》；有中外著名科学家文学家故事，如《李时珍》《我的童年》；有古代人物故事，如《木兰从军》《济公斗蟋蟀》；有现代长篇小说的改编，如《家》《暴风骤雨》；有苏联和其他国家的名著改编，如《卓娅与舒拉》《青年近卫军》；有革命英雄烈士事迹，如《王孝和》《张积慧》；有抗日战争、解放战争、土地改革、抗美援朝的故事，如《渡江侦察记》《英勇的炮艇》；有晒蓝版的电影连环画，如《一江春水向东流》《为孩子们祝福》；有戏剧故事，如《九斤姑娘》《宋士杰》；也有第一个五年计划图解、中国人民银行储蓄、“胡风反革命集团罪行”宣传连环画等。名著《三国演义》《水浒传》《西游记》《红楼梦》等都在此时出版了成套的选本。新美术出版社、美术读物出版社和上海人民美术出版社在出版连环画上立下了汗马功劳，全国各地也有许多出版社出版了大量的连环画。创作《鸡毛信》《武松打虎》《东郭先生》的北京画家刘继卣和创作《蓝壁毯》《渡江侦察记》《马特洛索夫》的上海画家顾炳鑫当时被誉为连环画坛上的“南顾北刘”[②]。

出版社也容纳毛遂自荐，连环画鼓励个性创作，这是一种兴旺的标志。1954年有一个青年画家杨逸麟，自动投稿一本《梁山伯与祝英台》，全用铅笔明暗法，类似几十年前李毅士的《长恨歌》画风，新美术出版社采用了，以后他投入了并一直采用这种画风创作连环画[③]。连环画的创作中也包含着画家孜孜不倦追求，如贺友直的《山乡巨变》借鉴了《清明上河图》的名作布局。出版社还组织画家到画作反映的生活所在地去体验生活，使画家对创作内容有了真切的感受，画面自有本土特色，避免了概念化和无风格。画家们把许多中外名著和历史故事改编成连环画，使

① 介子平：《褪色的记忆——连环画》，山西古籍出版社2004年。

② 汪观清：连坛上的“南顾北刘”，《新中国连环画50—60年代》，汪观清、李明海主编，上海画报出版社2001年。

③ 黎鲁：新美术出版社始末，《新中国连环画50—60年代》，汪观清、李明海主编，上海画报出版社2001年。

优秀文史作品在市民中得到普及，陶冶了孩子的情操素养，也缩短了文学作品与大众审美习惯的距离。

连环画的发行自1953年起渐入佳境。当时尽管还有一些私营的书局每本书的印数不算多，但已经合并改组的“新美术”出的大量连环画每本都有三四万册的发行量，到1955年上海出版的连环画一般都有1万到10万册的印数。在1962年，上海人美的《三国演义》系列中有好几本(《广武山》《刘备征吴》《火烧连营》《诸葛亮渡泸水》等)印数达20万册。即使在1962年纸张供应十分紧张的环境下，上海人美的《暗度陈仓》(西汉演义之十)发行有11.5万册，朝花美术的《林红和她的伙伴》发行了16.7万册。1963年上海人美的《李家庄的变迁》(下)发行27万册，《郑师傅的遭遇》发行25万册，《山沟里的秀才》、《军队的女儿》发行20万册[①]，可见连环画在“工农兵”群众中有深厚的阅读基础和影响，一两代具有多元文化素养的青少年，就在那些五花八门的题材和故事中，在连续变幻的美丽图画形象的熏陶下成长起来。上海人在五六十年代，几乎人人都看连环图画。连环画影响了几代人的阅读习惯和知识来源。

三、急剧衰落

建国初年，出版社几经合并重组，汇聚了一批40年代以来的精英画手。在1949年冬就成立的、选举赵宏本为理事长的“上海连环画作者联谊会”，办过两期“连环画研究班”，公开招生80人，培养年轻画手。由于连环画事业的欣欣向荣，这些研究班学员便很快就成了日后连环画创作的骨干[②]。在画手菌集的出版社里，在相对稳定的创作环境中，连环画的内容及其绘画细节实际上自然地受到文化素养较高的画家左右，尤其是有的名家成了领导，相对来说懂得文艺规律，于是形成了连环画的盛世。

在平常的日子里，不是在运动的风头上，在文艺政策比较宽松的岁月，如1955、1956、1962、1963年，都出现了题材和内容上的生动活泼局面。在50年代，出版了许多民间传说和童话故事的连环画，滋养了孩子幼小的心灵。比如“新美术”1954年出版的良士编文、徐宏达绘画的《望娘滩》，画了这样一个故事：四川灌县有个贫苦孩子名叫聂郎，每天靠割草卖钱养活寡母。有一天在一丛异样的草根下挖到了一颗明珠，放在米缸里次日米就满缸，此事被恶霸地主知道，便诬聂郎为盗，遣恶奴来抢，聂郎不幸将宝珠含落肚中，这时心如火烧，只好到江边喝水，却化

① 参见冠嘉萍编写：《新中国连环画目录(1950—1966)》，连环画精品屋2002年。

② 黎鲁：新美术出版社始末，《新中国连环画50—60年代》，汪观清、李明海主编，上海画报出版社2001年。

成大龙，游向大海，只保留了母亲曾拉住他的一条腿。他掀起滔天洪水，卷走了恶人；他舍不得母亲，母亲呼唤一声，即回头看一眼，一连回头 24 次，江里凸起了直到现在还留着的 24 个望娘沙滩。类似这样的民间故事书还有 1953 年的《天鹅宝蛋》、1954 年的《青蛙笔》、1955 年的《神鱼》等。再如《新民晚报》在 1962 年刊载程十发绘画的《胆剑篇》，别有一番风味，艺术水准很高，在群众中影响颇大。

意识形态上的干扰是有的，名画家的努力有时也缓冲了一些"左"的干扰，在比较懂文化的领导和济济一堂的绘画名家的作用下，有时可以大事化小，或者避重就轻以此代彼，将损失化为最小。举个例子，《三国演义》连环画自 1956 年新版以来，累计印数超过 1 亿册，60 册书有 7000 多幅图，还请了贺天健书写书题，请程十发、刘旦宅等名画家创作封面，以填"雅俗鸿沟"。然而 1958 年毛泽东主席提出要批判厚古薄今，郭沫若又发表了《为曹操翻案》，认为曹操之被丑化，根在《三国演义》。出版社领导即闻风而动，便下令停止《三国演义》的编绘，组织批判，有人批评《三顾茅庐》渲染了封建知识分子的作用，《七擒孟获》不符合党的民族政策，三个统治者各霸一方妨碍全国统一。这样，已画好的书就暂不发稿，一律打入冷宫了。1959 年 4 月画家杨兆麟下放回来目睹此状，写了一篇墙报《奇文共欣赏》并找社领导谈话，努力结果当年还是出了一本《诸葛亮渡泸水》。后来中央开了广州会议，新领导有事业心又较民主，终于在编辑的建议下继续出书，从 1956 年开始出书到 1963 年出齐，《三国演义》出版整整经历了八个寒暑[①]。在七八十年代，也曾经有过类似的争议发生，如 1977 年画手贺友直认为应该重视生活情趣的描绘，在审稿者认为哭哭啼啼有损英雄形象必须删去的情况下，坚持不改掉"李双双"伏在喜柱肩上哭泣的画面[②]。辽宁美术出版社编审王弘力等仗义为青年画手陈宜明等的以鞭笞"四人帮"罪行具有强烈艺术震撼力的连环画《枫》辩护，叶浅予、吕蒙、沈柔坚、顾炳鑫等名画家和许多青年美术工作者都参加了辩论，直到《枫》1979 年在全国第五届美展中获得金奖[③]。由此可见，成功大作的推出，往往是后面包含着画家们的多种努力的结果。

但是，终于谁也挡不住"千万不要忘记阶级斗争"的汹涌浪涛。60 年代中期起，连环画精神步步失落，题材渐渐缩小到主要画阶级斗争和英雄人物。比如

---

① 杨兆麟：《三国演义》连环画的创作与出版，《新中国连环画 50—60 年代》，汪观清、李明海主编，上海画报出版社 2001 年。

② 贺友直：应重视生活情趣的描绘，《新中国连环画 70 年代》，汪观清、李明海主编，上海画报出版社 2003 年。

③ 王弘力：血染红《枫》噙泪读；姜维朴：序。《新中国连环画 70 年代》，汪观清、李明海主编，上海画报出版社 2003 年。

1964 年 6 月上海人美有一本请名家戴敦邦绘的《一支驳壳枪》，把阶级斗争表现得剑拔弩张：少先队员马团团和马全全，利用假日帮助生产队放牛。地主小孙子马承志（连取名字都概念化），在他爷爷老地主的反动思想教育下，硬说牛是他家的。两个孩子晚上向饲养员龙官爷爷问真相，龙官炒了花生给孩子吃，团团刚要抓花生，就被全全拦住了："团团，我们不能吃，家里都有嘛，留给牛吃吧。"龙官给他们看了自己给地主当长工时穿的破烂衣服，上面还有血迹，当时由于天冷饿得昏倒丢失了牛，被地主拿扁担打得头破血流，左腿也被打断，大雪天还赶出了门。全全建议爬过篱笆到地主家后窗，透过窗户纸的洞洞，往里看到老地主快要断气时说："我恨啊，我闭不上眼啊！"告诉儿子地主马永贵在民国三十八年共产党来时向下台湾的马营长买下一支驳壳枪，马永贵拿出藏在床底的枪，老地主才闭上了眼。全全和团团把所见所闻及时报告了龙官爷爷，反动地主被捕了。这种纯从概念出发编绘的书越出越多。不久，一场"文化大革命"开始了。

连环画在"文革"期间没有被禁绝，主要是由于周恩来总理在 1970 年和 1971 年两次指示恢复出版连环画，所以我们还可以看到当时一些专业画家和业余画家的作品，如 1970 年"上海市革命出版组"开始出版的戴敦邦、刘旦宅等绘画的《智取威虎山》等。

1963、1981、1986、1990 年，曾经有过四次的全国性连环画的评奖活动。连环画的全国评奖活动从 1956 年就开始酝酿，但后来由于 1957 年的"反右"和 1960 年开始的"困难时期"，所以文化部和中国美术家协会组织的第一届评奖到 1963 年才得以举行。那次评奖获绘画创作一等奖的作品有 6 部：贺友直的《山乡巨变》（1961—1962），刘继卣的《穷棒子扭转乾坤》（1963），丁斌曾、韩和平的《铁道游击队》（1955—1960），赵宏本、钱笑呆的《孙悟空三打白骨精》（1962），王绪阳、贲庆余的《我要读书》（1958），王叔晖的《西厢记》（1958）。1981 年第二届评出绘画创作一等奖的有 5 部：许荣初等的《白求恩在中国》（1973），贺友直的《白光》（1980），王弘力的《十五贯》（1957），华三川的《白毛女》（1965），陈宜明、刘宇廉、李斌的《伤痕》（1979）。1986 年第三届评奖绘画创作一等奖空缺，绘画荣誉一等奖 4 部：尤劲东的《人到中年》（1984），李全武、徐勇民的《月牙儿》（1983），韩书力的《邦锦美朵》（1983），高云的《罗伦赶考》（1983）。1991 年第四届评奖种绘画创作一等奖有 3 部：沈尧伊的《地球的红飘带》（1989—1990），赵奇的《靖宇不死》（1989），侯国良的《呼兰河传》（1990）。值得注意的是，1986 年和 1991 年的一等奖中，1991 年的二等奖中已经没有上海绘画创作的作品了[①]。

---

① 参见段锡编著：《中国获奖连环画鉴赏》，云南美术出版社 2002 年。

原来决定1996年再举行第五届评奖活动，后来“有关领导部门认为时下评奖活动过多过滥，待过一阵再决定”，以后就不了了之。但是，在1991年的评奖会上，与会者已经看到：“这5年间，……连环画出版仍然停滞不前，印数继续滑落，图书市场混乱现象更加严重，盗版国外连环画（尤其是对青少年有害的低劣卡通读物）充斥图书阵地。”[①]这还不算，转瞬没几年，连环画已经成了爱好者的收藏品了，现今的中年人对连环画已经成为遥远的记忆。

“文革”极“左”路线的摧毁性打击，并没有扼杀连环画。野火烧不尽，春风吹又生。1982年一年全国各地出版了2100多种，8.6亿多册，曾创造了建国以来连环画最高的出版记录[②]。1983年，全国出版的连环画还有2100种，6.3亿多册，达到全国年出书总数的四分之一[③]。

连环画与戏曲、小说、电影一样，在“文革”后都有一段繁荣期，但是好景不长，在80年代末期，一下子衰落下去，连环画衰落的内因和外因也几乎与戏曲、小说、电影一样。

随着80年代改革开放的深入开展，国门打开得更大了。西方和日韩的文化涌进国内，我们的思想准备是不足的，认识水平也是不高的。一开始，以邓丽君为代表的港台流行歌曲传入大陆，有些人就判其为靡靡之音加以批判，而这时的青年群众却爱之若狂，认识上是如此迥然相异。日本的卡通连环漫画只能是盗版地活跃于地下市场，纵然青少年十分喜爱趋之若鹜，但是我们的有些指导者和市场却仿佛视若无睹，甚至十分鄙视，以致一言以蔽之“低劣有害”，不登“高雅之堂”，予以抵制排斥。

就像鲁迅在说将来可能用电影形式来教学时引起了不理解的笑声一样，当漫画动起来成为动漫时，一些人又会不可理解起来。鲁迅的时代有人抹杀连环画，如今也有人看不惯卡通和动漫。

其实卡通和漫画并不是我们没有，上海20世纪三四十年代的卡通式的漫画并不低于西方水平。在1934—1937年出版的《时代漫画》杂志上，漫画已经是百花齐放十分活跃，时尚而富有幽默讽刺情趣；上海也有“王先生”和“三毛”等的现代形象，深入人心；40年代就有我国第一部“动画片电影”《铁扇公主》，由万籁鸣、万古蟾主绘，有几十人参与绘作；50年代也拍摄过将国画融入“动画”的探索影片《小蝌

① 姜维朴：连环画艺术的四次大检阅——中国连环画四届全国评奖概述，《全国一～四届连环画评奖获奖作品图录（1963—1991）》，孟繁军编著，黑龙江美术出版社2003年。

② 姜维朴：连环画艺术的四次大检阅——中国连环画四届全国评奖概述，《全国一～四届连环画评奖获奖作品图录（1963—1991）》，孟繁军编著，黑龙江美术出版社2003年。

③ 介子平：《褪色的记忆——连环画》，山西古籍出版社2004年。

蚪找妈妈》。但是我们后来由于闭国门而自守，萎缩了创造性思维，不进则退。张乐平虽然又画出了新社会中戴着红领巾的三毛，他和乐小英也常绘画大幅的新生活组画，在节日的大报中喜气洋洋地刊出。但是这时的漫画多数是以歌颂社会新气象为主，很少有以犀利敏锐的笔法揭露现世相的阴暗面了。

我们一度在文化上的封闭倒退使我们离世界文化的发展现状越来越远，政治经济文化的一体化格局使上海的知识分子人格萎缩、人文精神丧失，能紧追时代的文艺家也越来越少。我们有些人的眼睛被遮蔽过几十年后已经看不懂国外的东西，他们闭目塞听不算，又怀着弱者的心理杞人忧天，害怕人家的强大，他们小心翼翼，头脑里的条条框框太多，对新的东西总先是保守反感，像不食荤腥的那般，眼里看到的不是低级庸俗就是暴力恐怖，担心国外的文化形态“腐蚀青少年”。其实，一直忧虑着青少年要被腐蚀的人应该看到，一代代的青少年都活得很好。

国门一打开，一时失语了！我们终于看到的现象却是：打是打不倒的，反弹得可能比原来还高；但是其骨子里的衰弱，会被风一吹即垮。我们盘旋在原地甚至已经磨掉了许多棱角的连环画的内容已经适应不了电视时代和电脑网络时代，连环画没有应时而变，因此一接触新鲜的空气便立刻枯萎，青少年很快便扬弃了陈旧而过时的东西直接去迎接时代的新潮流了，我们不改弦更张怎么行？

青少年在任何时代任何社会中总是思想最活跃最时尚的一代，他们的文化追求的总倾向不会有错，而没有青年加入的文化则是没落的文化。模糊犹豫了一阵子后，我们的文化还得赶上青少年的需求热点。新世纪的文化还得从大众文化起始，大都市的群众文化还得是市民文化商业文化。不少连环画的作者现在已经在投入卡通和动漫的绘画，动漫是当下青少年的文化热点之一，所以大家必须迎头赶上。但是不是说想赶上就能赶上，现在我们还是主要在为人打小工的起步阶段，国内原创实力很单薄。到2005年国家各部委纷纷“重视”了“动漫产业”，首届中国青少年动漫展却做了赔钱生意，数目不低于百万元。貌似金矿挖不完的动漫产业怎么还会让21个部委都赔了钱呢？根本的原因便是拍的动漫片得不到观众的认同，卖不掉，他们迎来的“是一片虚假繁荣”[①]。

时代是变化着的，读者群的欣赏口味也会变化，它是文化产业的基础。比如说连环画中常用的白描手法可能适用于表现过去大众趣味的《三国演义》，新的时代内容或许就并不合适都用白描手法来表现，或者白描手法也可经改造创新使之更有表现力，关键是要有足够的动力，脚踏实地应时变新。

日本的出版商居然可以把我国的《三国演义》做成在日本国内外十分风靡的电

① 朱光：中国动漫产业盈利吗？《上海文艺界》2005年。

脑游戏，为青少年追逐迷恋，而我们却失去了像1927年涌现初本《连环图画三国演义》那样的环境，那样的适应新时代环境生长的形成层和嫁接杂交能力。

现在家家户户有了电视机，剧场票价又高于群众收支所能接受的比例，剧场文化就面临衰落，这个说法是有一定道理的。连环画过去几角钱一本，与80年代风行一时的“五角丛书”一样，在书市涨价潮中经不起冲击，因此衰落。但是，动力不足却是根本原因，“1985年后的连环画质量大都不高，这与连环画市场的不景气无不关联”[①]。

电视机和票价这两条并不是充分理由。我们只要看看群众对“超级女声”的热情，只要看看流行歌坛上粉丝追逐明星歌手的狂热和剧场争购高价票的踊跃，并不比三四十年代“时代曲”演唱时和50年代争抢越剧、电影票的场面逊色，青年对动漫自发的热衷和喜好甚至要自扮自演。我们确要呼吁降低票价面对低收入群众，创造穷人和富人分别应有的各自的娱乐文化天地，同时我们也看到了一个事实，剧场的高票价也挡不住流行歌曲场子上的爆满与狂欢。小说期刊发行的不景气，与80年代生作家和国外青春小说的畅销成反比，也不是说明青年只喜欢电视文化了；网友们对网络小说、博客散文、动漫制作竟是如此倾心地投入，另一方面，“颁发动漫基地的‘金牌’”的动漫作品又卖不出去[②]。

连环画图文并美，类似定格的电影镜头。与此同时，有了电影，也不是就此不能有连续定格的连环画。当年在连环画中，有一类晒蓝版的“电影连环画”，它就可以与电影相辅相成，发行量也可以很大。有些人甚至为了喜欢电影中的一两个镜头，看完电影后专门去买来电影连环画，反复赏析，以至保留珍藏。可见群众的欣赏爱好是多元的。

家里有了电视机，人们还是要走出家门参加和感受与真人交流的集体狂欢、面对人气场面。大都市实际上应是一个各地移民的大客栈，哪种文化都不必自封为主体，各种趣味的人群应该各有自己休闲娱乐的去处和可以追逐到偶像的地方，每个聚集的地方也必然会找到其爱好者的踪迹。上海现今仍然有人喜欢过去的连环画，即使是很传统的昆剧，上海也有其热心者，应该是各种新老文化形式都有自己的粉丝因此都可以存在，问题是我们要形成一个机制如何使他们各得其所，流连忘返。21世纪的大都市应该是语言文化多元共生的地方，人们需要多样化的追求，需要一个襟怀开阔、有容为大、宽松自在的文化生态环境，也就是曾经产生过将来还会产生的多元博采的海派文化的社会环境。

---

① 介子平：《褪色的记忆——连环画》，山西古籍出版社2004年。

② 朱光：中国动漫产业盈利吗？《上海文艺界》2005年第3期。

我们现在还是要建设起这样的环境。我们的有种评奖活动确是过多了，评奖的标准又不利于文化的多元创新。为了取悦上级，可以花大钱搞大排场，搞演出一两场就收场的、没有群众欣赏基础的评奖文化，那种连票子都要送、送了人家也不去看的文化。有的地区的领导也热衷于集中一些力量排演“形象工程”式的公式化剧目，报纸报道着组织观看而形成的虚假繁荣。这种粉饰升平的热闹姓“官”不姓“商”，不是为民娱乐，与海派文化无缘。

那种统一语言、统一文化、统一模式的思路，是“样板文化”“工程文化”生长的基础，那种须接受或顺着上级旨意和要求的作文，破坏了创作的自在性，与语言文化的多样性和和谐共生不是一股道上跑的车，在新世纪的大都市里当然救不活文艺。即使你出大钱来“招标”，文人认领者一定为数寥寥。

平民文化、社区文化的缺失，使都市的文化离开了市民基础。国庆10周年，上演越剧《红楼梦》，这时《红楼梦》欣欣向荣；国庆55周年，我们仍然上演原版《红楼梦》，虽然场面做得十分豪华，但是只能演几场就收场。同是上演《红楼梦》，它们在都市文化的地位上是截然不同的。50年代连环画的繁荣离不开40年代连环画发达的市场打下的基础，产出和销售上的良性循环使连环画这种以商业为基础的海派文化建立在都市平民喜爱的坚实的基础上。于是，在50年代初“新美术”刚组合时，新生的年轻画手积极参加培训绘画基础，“不少人每天晚上在灯下刻苦学习，大家的热情甚至到了白热化的程度，他们长期保持着越来越兴旺的势头”①。人们充满希望和信心，背后有深厚的底蕴，人才就这样自然地出来了，他们后来都成了连环画创作的骨干。

海派文化则是一种亦雅亦俗的大众和精英都喜欢的文化形态。海派文化特征之一就是它的草根性，它往往先起源于民间深层的土壤里，在民间受群众呵护成长起来。

现在繁荣社区文化提到议事日程上来了。在较宽松的环境下民间涌现的像蔡嘎亮那样的民间娱乐演出，被一些人重视了，这是好事，应该让它顺其自然发展。笔者在《上海文学》上发表了《滑稽戏的灵魂》一文，很快有了回音，上海读者罗婷婷给《上海文学》来信说：“希望钱教授能够继续关注上海文化的边边角角，与社会现象进行对话。”“比如现在很流行蔡嘎亮的形象，好像只有传媒的炒作，却没有海派专家出来分析这些现象……”主编陈思和教授立即回信说：“关于蔡嘎亮的现象，我觉得，这是一个很有历史感的现象。如果我们考察地方戏曲的发展过程，大约现在人们所推崇的老一辈艺术表演家们，都有过类似蔡嘎亮的草根演出经历。”“最好的

---

① 黎鲁：新美术出版社始末，《新中国连环画50—60年代》，汪观清、李明海主编，上海画报出版社2001年。

态度是不要去惊动他们，让这种草根文化在民间的欢乐和选择中自生自灭，渐渐会形成当代民间艺术的风气。格调庸俗一点怕什么？环境肮脏一点怕什么？素质差一点也没有关系。如果我们一定要像某些媒体那样去大肆吹捧哄抬，或者给以过多的规范和批评，企图去引导它，反而是人为地把草根与土壤割裂开来，结果也丧失了民间的包容性和自在性。”“地方戏曲本来就属于群众的娱乐，就是应该在社会的底层里挣扎，与贫穷而快乐的普通民众在一起，在他们的笑声、哭声、哄声里慢慢形成。如果是敬业的民间艺术家就可能为群众所欢迎，艺术的流派，唱腔的风格，也是在群众的选择中慢慢形成。但是后来，群众的娱乐被抬入了高贵的意识形态的殿堂，被国家供养着，结果连流派也慢慢枯萎，丧失了生气勃勃的民间活力。”① 这些精辟的富有沉重历史感的见解概括说出了文化盛衰的辩证法，这也是为一个甲子的文化历史见证了的。

市民文化的草根性是都市文化成活和繁荣的前提，现在我们不但有了郭德纲、蔡嘎亮，又涌现了“超级女声”“加油好男儿”等有广泛群众狂热支持的娱乐文化竞争活动，已经与现代的电视平台和手机短信相结合，这是群众的创造。还有像刘心武的点评《红楼梦》，易中天的品评《三国》，再次把高深文学传播到民间，比过去的话本说书更上一层。讲错了一点有啥大不了！小说《三国演义》就把曹操写错了。而他们的共同特点，就是像当年在上海的沪剧、越剧、滑稽戏、“时代曲”一样产生了成千上万的粉丝，就像当年的连环图画走入千家万户一样，回到了平民文化的草根性，回到了深厚的群众基础。笔者认为这是我们应当支持的真正有活力有创造力的新海派文化。

商业的繁荣和自动运转，充分市场化，带来的是社会和文化的五光十色、争奇斗艳。在充分“商业化”的社会里，文化的平庸和媚俗只是极小部分，文化、艺术的高度发展和高质量是必然的。海派文化是全民各阶层各得其所和而不同的文化，在世界的大都市里应该包容着各种人喜欢的各种样式的文化，雅的、俗的，分不清雅俗的……贵族文化、好莱坞文化、交响乐、芭蕾舞、西洋歌剧等也都要，搞得精致也还真不容易。适当扶植一下本土特色文化是必要的，它反映了这个城市的本色。但是任何文化都不要离开草根民众的认可太远。连环画当时的繁荣是离不开大众的，当市场经济使大量的文化融入市场运转时，离不开群众的文化可以养活自己，而且还可以追求更好的发展。但是国营的文化体制一旦僵化，便阻断了这条活链；稿酬和文化人收入的统一低标准，也直接导致了都市文化的流失。

人才因没有吸引力而濒于流失，人才的青黄不接和老化使文化难以传承和创

① 陈思和：滑稽戏·性别研究及其他，《上海文学》2006 年第 6 期。

新，我们还缺少在本土文化上从草根滋生的和扎根群众、从群众的强烈欢呼声中涌现和磨练出来的表演人才，缺少能使文艺家自动流入和使人才乐在其中工作发展不至于流失的机制，尤其是缺乏文化创新的制作人才的聚集，我们要改变原创者和改编者的荒芜，我们要改变文化的脱离民众，这一切，都在于营造好和谐宽松的都市文化的生态环境。

原刊于《上海文化》2006 年第 6 期。

都市文化多元化进程中的海派文化

一、21 世纪国际大都市中语言文化的多样化

1. 经济一体化下的文化多元化

我们在进一步改革开放融入世界的步伐中进入了 21 世纪。这个世纪有个已可看到的世界潮流，就是“经济全球化”。

经济全球化了，如何对待世界各地的语言文化呢？人类是由为数众多的民族组成的，一个民族内也有不同地域的人群，这些民族和人群因为长期生活在同一个环境里，在漫长的历史过程中，自然形成亲密的经济和文化联系，形成共同的心理、风俗、习惯和语言，有着共同的记忆和共同的利益。各民族、各地域在语言文化上的差异普遍长久存在，从而形成了百花齐放、丰富多彩的繁华世界。

这个世界应该和谐共处、相互取长补短的。越是经济走向全球化，就越需要重视全球各个民族和族内各地区之间的平等和相互尊重，包括尊重文化多元化这个事实。在经济全球化浪潮下，如何保护本土的传统文化？如何保护世界文化的多样性？已经越来越多地引起有识之士的关注。

2. 联合国教科文组织的文化多样性宣言和“国际母语日”的确定

就这样，在 2001 年 11 月 2 日，联合国教科文组织第 31 届大会上通过了一个《文化多样性宣言》，重申：“捍卫文化的多样性与尊重人的尊严是密切不可分的。每个人都有权利利用自己选择的语言，特别是用自己的母语表达思想、进行创作和传播自己的作品。”“尊重文化多样性、宽容、对话及合作是国际和平与安全的最佳保障之一。”在 1999 年 11 月联合国教科文组织规定了 2000 年起每年的 2 月 21 日为“国际母语日”，在宣布“国际母语日”的倡议中指出：“语言是保存和发展人类有形和无形遗产的最有力的工具，各种促进母语传播的运动都不仅有助于语言多样化和多语种的教育，而且能够提高对全世界各语言和文化传统的认识。”

我国在新世纪的语言文化的建设中也赞成这些共识。教育部语言文字应用司司长杨光先生在 2004 年 7 月在国际世界语大会上的讲话《人类文明的目标与状态：语言文化的平等与多样化》中说：“各个民族、地域的语言文化都是自己一方水土独自的创造，都是对人类多元文化的一己贡献。一个民族如果失去了自己的文

化，就失去了个性特征乃至一种精神，从人类文化整体上说，也就失去了其中一个独特的文化个性。”“主张语言文化的单一化，追求语言文化的片面强权是不切实际和有害的。语言的平等、多样化与和谐共处应当成为基于人类良知的文化理念和价值目标。多语言才能多视角，多文化才能多色彩，多包容才能多理解。”

3. 现代都市文明的创建和标志

一个现代化的世界性大都市，必须有一个“海纳百川，有容乃大”的文化生态环境，正确处理好在这个都市内的语言文化独立性和包容性之间的关系。

中华语言文化有着辉煌的历史，它是人类文明的一个独特的部分，其中所凝聚的生活、实践智慧、审美的魅力和情趣等，都为世界语言文化的丰富和发展作出过杰出的贡献。在经济全球化的今天，中华传统文化面临着继往开来、重铸辉煌的挑战，我们一定会创造出无愧于伟大时代、无愧于中华民族的新文化，对人类文明作出自己应有的贡献。

作为一个世界性的大都市，上海在中华语言文化建设和世界语言文化的交往当中，一直发挥着重要的作用。上海应该倡导一种平等交往和对话的环境，让各种语言文化在上海都能生存，使各种文化人都愿意到上海来谋求发展，坚持“和而不同”原则，提倡吸收和沟通融合各种文化长处，从而促进全球文明，光大民族和地域文化。

中华民族的语言文化是在与外部环境、外来语言文化的不断撞击中才能得到锤炼和发展。语言和文化，只有与时代相适应，跟上时代前进的步伐，积极吸收世界各种先进的文化，不断地更新和发展，又不失自身传统的特色，才是一种有生命力的文化。

上海的文化既要保护和传承好具有地方特色的上海地区母语文化，即上海话和江南吴语文化，同时也要进一步开拓作为中华民族的共性文化存在的普通话语言文化，使中华文化的主体性和多样性相结合和谐互补，使多元的中华文化焕发出更多异彩。

吴语文化在中华多元文化的历史上，尤其是明清以来，一直是一种强势文化，在创建中华文化精华方面发挥过积极作用。上海又在近代史上成为江南语言和地域文化的荟萃地。上海这个城市在世界经济全球化的背景下，要多一点地方民俗色彩，成为一个有浓郁的地方特色和汇集多彩的江南地方文化的城市，形成自己城市鲜明的文化个性和特色。积极推动建设繁荣的群众性的海派文化，要让一些沉睡多时或停滞多年的海派文化重新起动和活跃起来，让上海本土特征的文化走向世界。越是有地方特色的文化在世界上越是走得远，上海要把沪剧、滑稽剧、越剧、方言话剧等有上海特色的文艺重新建设好，展现海派文化的风貌。我们应该利用

2010年召开世博会的大好机遇，抓紧今后几年的时间，使上海成为一个有浓厚地域特色和亮丽的地方文化的吴越明珠，为中华文化增彩，吸引更多的外国文化人，争取把上海重建成为世界多元文化的中心。

上海这个城市从来是一个海纳百川、襟怀开阔的城市。自1843年开埠以来，上海语言文化一直以积极的姿态吸收世界语言文化的精华和国内各地文化的精华，快速发展，上海文化也因此也成为中西文化、古今文化融合繁荣的新文化。上海是一个有深厚文化底蕴的都市。

在大上海里，我们要进一步通过我们的努力，创造一个多元文化和谐共处的良好环境，让世界各种语言和文化在上海都有存在角落，都有自然热爱和欣赏的人去各投所好，都有自由滋生和繁荣的土壤，使上海这个城市变得更深厚，使上海真正成为世界语言和多元文化的乐园。

文化的基础是语言，世界上任何语言或方言、民族文化或地域文化都是平等的，没有高下之分。在21世纪的上海应该是一个经济全球化而文化多元并存发展的都会，让尊重和保护而不是统一个人或少数人的母语、风俗、习惯、文化是现代文明成为人人皆知的共识和处处落实的城市良好风尚。

在今年5月28日《新民晚报》上有一个报道：南京东路一处工地从高空落下一颗小石子，3位中外路人主动陪同受伤者去医院诊疗，出现了从上海话到德语的即时连环翻译的动人情景：张姓青年会说英语，听不懂上海话，他的上海朋友将上海话翻译成普通话，张又用英语说给既懂英语和德语的外国朋友听，外国朋友又翻译给受伤者听。就这样在街头和医院中出现了连环翻译的动人情景。从中可见上海这个海派都市的多语风貌，一个国际性大都市一定是一个多语并存和谐共生的城市。

而这种多语自由选择、多元文化并存争艳的语言文化环境本来就是上海海派文化的特征。

4. 海派文化已得到市级领导的高度重视

今年“海派文化”正在走进上海市级决策层的话语。在市委全会、市文代会上，市级领导讲话和报告里都已明确谈到弘扬海派文化的问题。去年，市委领导同志明确批示过“保护和传承上海话应该提到议事日程上来了”，在今年在文代会上又要求在上海创造更多的表现上海的文艺作品、著作，为支持海派文艺的生产投入一定的财力。当然如果领导不明确提海派文化，海派文化在上海也自然会发展起来，领导既已明确重视和提倡了发扬海派文化，我们在上海弘扬海派文化这一目标更加上下步调一致了。

二、什么是海派文化

对于什么是海派文化，过去和现在有着多种的理解，而且有从全贬义到两分到全褒义的较大的理解分歧。

有人把海派文化概括成一句话，就是海纳百川的文化。当然这是从褒义上的理解。这个定义太笼统，可能是与中华文化中的其他文化类型相比较说的，如对京派文化、湖楚文化或乡土文化等而言，海派文化有更宽大的胸怀，注重中西融合。但是，如果放到世界的平面上来看，其实世界上凡著名的大都市如纽约、巴黎、伦敦、东京等的文化都是海纳百川的，都包容本土文化与外来文化。

也有人说，海派文化，就是具有上海风格的文化。上海风格是什么呢？还是没说出来，况且上海只是一个地区概念，不是文化特征概念，任何大小地域都可以用自己的地点冠名文化，因此这在文化分类上没有任何的意义。

所以先要解决一个海派文化的定义问题。

1.“海派文化”的范围

“海派文化”广义的可以包括很多内容，如海派建筑，像外滩近代建筑、石库门弄堂房子等；海派园艺，像园林公馆等；以及海派穿着、海派饮食、海派茶艺、海派书法、海派爵士、海派装饰、海派消费，等等。我在此讨论的是狭义的海派文化，指的是小文化的概念，包括文学、艺术两方面，如海派的小说散文、话剧戏曲、方言俚语、国画书法、流行音乐等。

2.“海派”及其概念的形成

“海派”这个名称产生在1843年上海开埠之后，在开放的社会里，在西方文化的影响下，在发达的商业社会中，主要是以江南文化汇聚上海为基础，又在中西文化融合中产生的一种新文化。

最初人们冠以“海派”称呼的文化，一种是“海派国画”。清末民初，以任伯年、赵之谦、吴昌硕等为代表的一群来自浙江的精英画手，得风气之先，汇合在沪天时地利人和的理想土壤上，吸收了西洋画的技巧，破格立新，形成面目一新的“海上画派”。另一种是后来在20世纪二三十年代的以周信芳等为代表，对北方京剧作了很多改革，形成了广受欢迎的“海派京剧”的流派。这两个“海派”的形成有共同的艺术风格，那就是在开放社会中由于思想活跃后勇于改革突破而形成的具有上海的独特个性的文化样式。

后来，实际上，在上海的各种文艺都产生了“海派”特色，如20世纪三四十年代称为“时代曲”海派流行歌曲。从19世纪末开始在上海草创、汇聚、改造到20世纪40年代成熟的10多种江南江北戏剧曲艺，还有海派话剧、海派的书法篆刻等。尤其是在上海集中了江浙皖一大批的文人作家，在二三四十年代产生了强大的海派文学。由于“海派”的壮大，在30年代曾经发生了一场关于“京派”与“海派”文学的争论。

3. 关于30年代“海派文学”的争论

海派经常会受到中国传统文化卫道士的谴责，儒家文化的精英及其浸润者一直认为经商是道德堕落和粗俗文化的根源。

当全国尚处于小农业经济的汪洋大海之中时，开埠后的上海的远远领先的社会进程一直处境尴尬，对于这座城市正在发生的社会转型及经济体制变化的性质，在20世纪30年代不能有清醒的认识，连精英知识分子也未能例外[8]。在30年代的一场“海派”与“京派”的争论中，针对当时一些京派文人对海派文化的误解，鲁迅以犀利的眼光，一针见血地指出：“要而言之，不过‘京派’是官的帮闲，‘海派’则是商的帮忙而已。……而官之鄙商，固亦中国旧习，就更使‘海派’在‘京派’的眼中跌落了。”[4]他还指出江南文学的发达，事实上是：“不过做文章的是南人多，北方却受了影响。”[5]鲁迅在当时预瞻到了文学的必然趋势，他在又一篇《“京派”和“海派”》中就写到了当时文学的那种变官为商的渐进：“目前的事实，是证明着京派已经自己贬损，或是把海派在自己眼里抬高……因为现在已经清清楚楚，到底搬出一碗不过黄鳝田鸡，炒在一起的苏式菜——‘京海杂烩’来了。”[6]在30年代，只有鲁迅能如此清醒地指出海派文学的属性及其在中国大地上影响的不断扩大。

由于中国长期封建社会形成的对“商业”的排斥，直到今天，有一些学者还因循80年代以前的陈腐观念，把鲁迅说的“‘商’的帮忙”误认为是他对海派弊病的批评，没有意识到鲁迅指出海派姓“商”的深刻意义。文化从为官走向为民，从官场走向民间，从农业文化转为商业文化，这是一次最深刻的转型。其实现今世界上的最先进的文化都是以商业为其基础的文化。

实际上，任何文化都是有其阶级基础的，是附着于某种经济基础发展繁荣起来的。鲁迅在30年代就认清了上海海派文化与繁荣的商业经济的依存关系。

4. “海派文化”的溯源

海派文学文化有两个来源。一是中国古代的市井文学文化。最早的源头可以追溯到东晋以后以“支脂鱼虞、共为不韵”的《切韵》书音系统和以笔记小说《世说新语》为代表的以金陵为中心的“江东文化”，这是中原华夏文化由于西晋“永嘉丧乱”的一次大转移，从此社会相对稳定的淮河以南地域一直是文人文化荟萃之地。宋元以降，江南一带商品经济的发展和市民社会的形成，社会思想的解放，活字印刷的发明和街巷书坊的涌现，文人身份的改变，小说、戏曲的流行，文学于是走向俗化的道路。以文人抒写人情心性和民间故事为其主要标志，在“三言二拍”中已有许多江南情景市民主题，上海地区的口头文学在明末冯梦龙的《山歌》中就有反映。到乾嘉年间有杂以苏州方言的昆曲集《缀白裘》、说唱文学《三笑》、弹词《落金扇》和上海方言的滑稽体小说《何典》等，直到晚清出现了像《海上花列传》《九尾龟》那样的写实小说。1901 年清廷重新提出变法，1906 年又预备立宪，打破了思想禁锢，报刊新闻开始自由化。1902 年起，晚清小说开始进入热潮。梁启超创办《新小说》杂志，发动“小说界革命”，1903 年就有两部著名的、后被称为谴责小说的《官场现形记》《二十年目睹之怪现状》以及以官僚体制弊病为揭示对象的《老残游记》闻世。晚清大量的书报刊物出版和长篇的哲学、社会、理想、科幻、侦探、国民、警世、滑稽、军事、言情、武侠等小说在上海纷纷涌现，出现了中国历史上少见的文化繁荣局面。民初北洋政府时期，上海经济出现了发展奇迹，城区迅速扩展，市民阶层迅速形成，以“南社”为代表的近代文学团体登场和以《礼拜六》为代表的都市消闲文学的发达，现代短篇小说体裁的诞生和繁荣，既受欧美翻译文学的影响，又与本土民俗民情结合，使上海海派文学在 20 世纪初刚崛起时就表现出它的多元博采风格，深得市民喜爱。

海派文学文化的第二个来源是接受了西方自由民主域外文学及其种种文学思潮的结果。辛亥革命以后，现代自由报刊业蓬勃发展，那些从外国归来的首批新型知识分子，把西方的文学理论、创作流派以及西方小说戏剧大量介绍到中国来，终于爆发了 20 世纪最伟大的“五四”新文化运动包括白话文运动，抨击“文以载道”的文学观念，倡导“善写人情”的平民文学，使以善为中心的古代文学一变为以真、以美为中心，从而在根本上改造了中国的文学[3]。新文学在上海特定的社会背景下，各种流派都可得到充分的表现和发展，这就形成了繁荣的“海派文学”。到 40 年代，新“旧”、雅俗文学合流，海派文学更趋成熟；到 80 年代，海派文学的口号重新提起，直到如今就应该传承发扬光大。

5. 我理解的“海派文化”的定义

正是因为上海开埠以后的经济繁荣，使原来有深厚基础的江南文化文学从苏州、杭州等中心汇聚上海，在上海海纳百川的租界的自由竞争的氛围中，很快发展成为以商业为其支撑基础的“海派文化”。

现在，振兴海派文化重新提起，这种非常具有现代性的新文化理应传承发扬光大。

我在此提出关于海派文化属性的几点结论：①海派文化是伴随商品经济发展而形成的新文化；②海派文化是现代都市中产生的以科学与民主为底蕴的开放文化；③海派文化是今以上海为中心的长江三角洲、太湖钱塘江流域为其地域范围的区域文化；④海派文化是模式多元、题材多元、功能多元和受众多元的现代文化；

⑤海派文化是亦雅亦俗、与民同乐、群众和精英都喜闻乐见的文化；⑥海派文化是善于融合世界先进文化、积极选择吸收各种最新文化思潮的大众文化；⑦海派文化是与本土文化结合最好、一直具有中国江南民俗特色的文化；⑧海派文化是与时俱进、不断创新、勇于建设先进文化的文化。

三、海派的元素

1. 草根性

海派文化起源和扎根于平民娱乐的草根文化之中，因此具有生气勃勃的原创动力。而且这种与民间保持着千丝万缕的联系一直贯穿在海派文化的始终并成为发展优化的动力。比如沪剧是上海开埠以后随着上海都市化而迅速发展起来的一个名剧种。沪剧的前身，“只有一把胡琴、一副鼓板，演员只分上下手，没有‘行当’，是一种说唱歌舞形式。后来登上用木板搭成的小台，采用文明戏变成舞台演出的小戏”。沪剧后来的迅速发展繁荣完全是进入了文化金融中心的大上海后，在海派文化的宽容、自由、竞争的大氛围里打造出来的。20 世纪 40 年代一个童年学戏班，由于在频繁的演戏中参加演出，在台上台下的交流和竞争中磨练了人才，里面许多人如杨飞飞等都成了后来沪剧界最有名的流派演员。越剧也是这样。越剧出世在光绪三十二年(1906 年)，它的雏形是流行于嵊县一带民间的“落地唱书”。因为只消用笃鼓和檀板来伴奏，称为很草根的“的笃班”或“小歌班”。到 20 年代，赶上了好时辰，渐趋繁华的上海，游乐场所兴起，各种江南江北曲艺汇聚在沪初露头角，“的笃班”们也开始闯荡上海，1938 年 1 月起女班蜂拥至沪，一时“女子越剧”及其委婉清柔的唱腔便风靡上海，站稳脚跟并一枝独秀代表了正宗越剧，在上海社会近代文明中，打造成为海派文艺一颗灿烂的明珠。在上海沪剧、越剧等 10 多种江南江北海派戏剧从初创、改革到成熟的历史证明了海派文化始终不脱离大众，带着民间文化的沃气，这种平民文化一旦庙堂化了，它们的生命力就衰落了，生气勃勃的民间活力便丧失了。

2. 本土性

海派文化是滋生于江南风土中的特色文化，它扎根于地方的语言和民俗之中。各个地域的语言文化都是自己一方水土独自的创造，都是对人类多元文化的一己贡献。如果一旦失去了自己的文化，就失去了本土的个性特征和精神灵魂。

比如上海的滑稽戏就是在良好的地方曲艺氛围中形成，具备了这个城市有容乃大的现代特点。滑稽戏是中西融合的海派文化结晶，它的说唱部分主要植根于江南地区的民歌时调。滑稽戏的唱腔最早来自率先与商业行为结合的“小热昏调”。另一个来源是“文明宣卷”。小热昏调是一种民间说唱形式，一度在上海城内流行，其唱词轻松活泼，用于发噱调侃，招徕买主，如在城隍庙推销“梨膏糖”等。它常取里巷素闻，随编有韵小曲，击竹板为乐器，沿门卖唱。早在上海诞生的第一个“游戏场”（南京路五龙日升楼对面的楼外楼）开办时，就有一种含有时事而带滑稽的“文明宣卷”，用苏滩演唱，喜怒哀乐，皆成文章。滑稽戏从小热昏、苏滩文明宣卷开始，博采荟萃流行在江南江北民谣山歌和现代戏曲，在各种流派中选取特色唱腔曲调，甚至可以把各种流派唱腔学得惟妙逼真。著名演员田丽丽就以“九腔十八调”驰名，擅长模仿流派唱腔神情具备，风趣横生，甚至以外国苏珊娜小调旋律为基础变奏独创了《妈妈勿要哭》的新滑稽曲调。滑稽戏与最原始的民俗民谣联系最密切，各种江南民间曲调如夜夜游、吴江调、五更相思、马灯调、小孤孀调、节节高调、四季春、轮灯调、小鼓调、杨柳青调、银绞丝、对花调、苏武牧羊、醒世曲、梨膏糖调、金陵塔调、道情调等，和各种戏曲曲调如苏滩、宣卷、山歌剧十字调、沪剧越剧曲调等，俯拾皆是，集其大成，并可宽容变奏，附夹说白，说变就转，运用自如，叙事铺言，情景交融。甚至可以随时拿时尚流行曲调做说唱音乐，这使滑稽戏的说唱成为唱腔最为活泼自由的曲艺，也使滑稽戏深深打上以上海为中心的江南地域本土文化的烙印。

在上海，娱乐生活从来具有宽容、多元的传统，上海社会也汇集着全国各地的移民。滑稽戏一直坚持它的本土化的特征。在演出中，它以说上海话为主，配以广纳博采的上海和江南一带的民间俗语间谚，因此具有地方生活情趣。滑稽演员会说江南江北各有特色的方言，融苏州、常熟、宁波、绍兴等地方言于一炉，以至客串山东、广东等地方言。滑稽戏将这种上海多元语言的生态中的有特色部分，提炼为滑稽笑料，编成喜剧性的情节，具有独特的幽默趣味，在热闹多彩的方言中笑料连篇。这种戏剧语言的包容性，表现了这个城市的开放性胸襟，表现了上海这个移民城市特有的个性。

一个人出生习得的第一语言就是他的母语，母语是一个人说话时最随心所欲自由表达自己心意的语言。方言语汇的丰富性和描绘事物动作的细腻性尤其适合于文艺，方言表达的细腻和深入，与生活和当地民俗水乳交融。即使是一个普通话的电视剧，改配方言来说，也会变得富于亲切感，吸引住本土的观众，如 90 年代叶辛编剧的电视剧《孽债》用上海话播出，时隔 10 年再次播出，两次都创出了极高的收视率。今年海派连续电视剧的经典之作《长恨歌》中穿插的上海话也使该剧海派风俗情调十分浓重，真实地展现了上海弄堂生活的本土风貌。“方言小品带有强烈的地方特色和地方标记，每一个方言小品就是一种代表着当地文化和乡土风情的‘地方风味小吃’。这种‘地方风味小吃’，能满足人们寻新搜异、渴求刺激的猎奇心理，在观看时产生一种听觉感官的刺激快感，获得一种无以言状的心理满足”[10]。

方言中所表达的细情异趣，一旦翻译成另一种语言，往往就索然无味，虽能理解，然趣味殆尽。

本土性与世界性有什么联系呢？我们来看：许多到现在还站得住的作品，都生根于地方文化的深层土壤中，因此有较强的生命力。如以普通话为载体的大量电影文学作品，实际上也渗透着深层的地方文化的底蕴。像《白毛女》《洪湖赤卫队》《冰山上的来客》《刘三姐》《五朵金花》等。这些剧目传出的是中华民族各地不同的风情，因此强大。越是植根于本地沃土的文化，越能在世界上走得远。那是因为文化越是本土，就越是拥有细致入微的乡情民俗异彩，就越是贴近本真，其语言和文化形态中便蕴含着世界文化的普世精神和永恒价值，深藏着人类人性中共同部分的精髓。这种普遍价值和真切感受是谱在各地民俗符号深处的，不是依靠浮在表面的大道理说得出来的；是在母语方言中自然流露的，却往往不存在于公约数化的、流于肤浅空洞的上层文化中。

3. 博采性

博采性是上海这个城市的五方杂处、海纳百川特性所决定的。上海是个移民社会，集中生活在上海的江南精英和百姓较少传统的包袱，原来就带有商业特色的江南文化善于接受西洋东洋先进文化，加上留洋归来的知识精英中那些“老克拉”的身体力行和倡导，海派文化喜包容，爱接纳，吸收转化利用人类一切精神文化成果。博采性的文化是一种开放创新性的文化。

比如主要是江浙和皖南文化发达地区的文人，菌集在上海，在晚清“小说界革命”和五四“新文化运动”以后，形成形形色色的文学流派，共同创造了中国现代文学的顶峰。不但有一流的郭沫若的《女神》、徐志摩的《志摩的诗》、邵洵美的《花一般的罪恶》、张恨水的《啼笑因缘》、穆时英的《上海的狐步舞》、刘呐鸥的《都市风景线》、柔石的《为奴隶的母亲》、茅盾的《子夜》，可以在上海表现城市现实紧追世界潮流，而且最具现代批评意识的陈独秀的《独秀文存》、鲁迅的《且介亭杂文》也只有在上海租界的亭子间中才能写出与出版。从作品主要在上海产生的一部中国现代文学史和一部中国现代电影史中，我们都可看到不同文学精神的作品中都在上海产生了经典或先锋之作，看到上海这个城市中渗透着的那种先锋前卫、博采多元、充满活力的上海精神。

我们从如今《申江服务导报》的办报特色中，还可以看到上海这个城市中渗透着的那种先锋前卫、博采多元的上海精神。

4. 全民性

海派文化参与形成上海 20 世纪三四十年代的现代市民社会，造就了上海市民的开放意识。海派文化是一种现代市民社会文化。过去在上海文化读物里面，有政治性、党派性的，也有消遣性、游戏性的；有先锋型的报刊，也有通俗性的报刊，仅仅是以中下市民为重要读者对象的城市小报就有上千种之多，极为活跃。是它们，塑造了上海的市民和上海的市民社会。海派文化在报刊、社团、出版、教育等上面都有自主权，他们在自由竞争中稳定发展，优胜劣汰，自动纠偏，这对国家的稳定和文化良性发展是非常重要的。

现今又在提倡的街头演唱、社区文化，就是重拾市民文化的风采。在50年代，这种海派文化的全民性狂欢还十分活跃。比如各种地方戏曲都很繁荣，其民间化也达到登峰造极。如戚雅仙的一曲越剧《婚姻曲》由当时一张还称为“人民唱片”的78转唱片传送出来，达到家喻户晓的地步。上海的街间巷间，人人都会哼上几句“小别重逢梁山伯”“为了你，舍生忘死盗仙草”，连到弄堂里来推销“洋线团”的也会站上高凳先唱一段“戚雅仙”再做生意，越剧在上海的平民化程度，连小学生在同学家里也会穿上长袖衣，头上挂着珠子咿咿呀呀表演一段，居委会或中学生在节日的联欢会中也会有一场自排的化妆戏出演。钱亦蕉写到50年代越剧团多、戏多、观众也多时说：合作越剧团当时每年不少于演出300场，戏曲改革开始后，连续排演了《梁山伯与祝英台》《白蛇传》《玉堂春》《祝福》《王老虎抢亲》《三笑姻缘》等十几部戏，每个戏都是客满两三个月，满座也换戏，先在电台里做订票广告，只要一个上午就可以卖出一个月的客满；电话局来提意见了，因为瑞金剧场的电话线都发热了[7]。王安忆在长篇小说《富萍》中就写到过社区群众60年代为看戏争抢座位的情景，真是比小菜场上排队抢买黄鱼还要热烈。

50年代，地区居委会组织的社区活动相当活跃，尤其是节日前后，里弄张灯结彩，各种彩纸灯笼迎风飘舞，各街道的挂彩也有竞争性。街道地区和居委会组织群众举行节日联欢文娱活动，有的盛况空前。如组织海派文艺的自唱自娱，请剧团来演戏，由地区上的业余才子的变戏法、杂技表演和自排自演的多场沪剧等演出。

海派文化还有两个大本营，一个是“大世界”，一个是“新、老城隍庙”。那儿是两个民间神往的文化娱乐天地。50年代的上海，市民文化娱乐享受是多层次的全民行为，尚保留着40年代的底气。游乐分档次，各得其所，南京西路是最富阶层的购物吃喝、文化娱乐天地；南京东路层次稍低，一般市民可去“大世界”玩，票价便宜；贫民可去城隍庙游玩，不收门票。大世界一张低价的入场券可以观看各种舞台的戏曲和民间杂艺，城隍庙商场可以看活猕出把戏、珍奇的动物，买各种文化娱乐玩具，九曲桥畔那些旧书小店和旧书摊上，还能掏到各种踏遍铁鞋无觅处的书籍。不同兴趣和层次的群众娱乐，诸如养八哥、斗蟋蟀、玩小虫、种花养鱼，都可找到有权威性的购买处、自己去玩的场所和朋友。公众娱乐的发达，与市民具有一定的文化素质有关。在马路上走，常常会听到洋房里传出的钢琴声、小提琴声；到弄堂走走，晚上或假日会听到有的人家里聚集着同好票友拉京胡唱京戏，也有的人学越剧、沪剧名演员的腔调可以真假难辨。

50年代在上海，集体舞盛行。这显然受到俄罗斯文化的影响，从小学生起，大家围成一个圆圈表演和跳舞，这些简单舞曲曲调轻松，活泼易学；50年代的新创歌曲，朴素无华而充满朝气，传唱具有广泛的群众性，催人振奋。在公园，在学校工厂，常常听到手风琴伴奏下的合唱声。西洋音乐、歌剧水准也都有提高，如1958年诞生的由何占豪、陈钢作曲的著名的小提琴协奏曲《梁山伯与祝英台》就是融合了优美的越剧曲调创作的、中西合璧的顶级名曲。各地民歌、广东音乐、新奏乐曲如京调、紫竹调、花好月圆、少数民族舞曲等，汇成大流，在上海纷纷制成"中国唱片"，传播到全国各地。各区的"工人文化宫"开张，成为工人业余活动的最好归宿。其中的棋牌室、游艺室、活动室、图书室，都吸引了众多的中青年工人在文化上的参与，熏陶他们成为工厂中群众文化带头的活跃分子。每年一度举行的灯谜比赛(其中也有上海话谜面或谜底的灯谜)、书法、春联、都市摄影作品、漫画作品比赛等，造就了一批爱好业余生活的骨干。各区的区级图书馆也是中学生假日最好的去处，还有街道办的图书馆，街道地区和居委会组织群众举行节日联欢文娱活动，有的盛况空前。如组织海派文艺的自唱自娱，请剧团来演戏，由地区上的业余才子的变戏法、杂技表演和自排自演的多场沪剧等演出。更令人神往的事，像夏天晚上争圈地盘在草地上观看露天电影放映的盛况，对于孩子来说无疑是一个狂欢的节日。

50年代的少年儿童，不论贫富，都可以生活在五彩缤纷的愉快生活中。具有明亮色彩的、清新的、表现少儿学习生活的画片，在50年代挂满在权威性很高的"新华书店"内，各校教室里，甚至当作新年画被张贴在家里。这种有明暗层次为底子的水彩画作品是精心绘制的，具有中西结合浓厚独特的海派绘画风格。它们实际上起源于上海徐家汇法国天主教主持的"土山湾"绘画室，后来这种画法，发展为独特的"月份牌"笔法。解放后"月份牌"美女不能画了，有些画手就更用心地改革技艺，画起了面目一新的少年画。如李慕白作的《升旗》《献花》《我们要爱护公共财物》《我们的丰收》，张雪父、李慕白的《佛子岭的虹》，徐寄萍的《又是五分》，何逸梅的《小白兔》《种植花木》，吴哲夫的《叔叔我们的兵舰下水了》等。目染之外，还有耳听口唱。在上海，50年代创作和流传着大量优美动听的少儿新歌曲。少儿歌曲之盛、之清新悦耳，是任何一个年代都无法比拟的。这些歌如《我们快乐地歌唱》《早操歌》《红领巾之歌》《劳动最光荣》《快乐的节日》《我们的田野》《让我们荡起双桨》《听妈妈讲那过去的事情》等。

除了上面所说的少儿歌曲，活跃于民间的、上海地方色彩的童谣、儿歌和顺口溜，流传十分广泛，时时听闻。从牙牙学语时起就在母亲身边，后来在放学路上或边做游戏时，唱着喊着，感受上海民风的爱的熏染。如："鸡鸡斗，共共飞"（都只写开头两句）"月亮亮，家家小囡出来白相相""摇啊摇，摇到外婆桥""笃笃笃，卖糖粥""排排坐，吃果果""一箩麦，两箩麦""小三子，拉车子""小皮球，小小篮""落雨喽，打烊喽""冬瓜皮，西瓜皮""一歇哭，一歇笑""孵下去，立起来""赖学精，看见先生难为情""弟弟疲倦了，眼睛小""小孩儿乖乖，把门儿开开""本来要打千千万万记，现在辰光来勿及"等。这些热热闹闹、童趣盎然的儿歌余音袅袅，但在"文革"之后式微了。

孩子主要的活动空间是校园和弄堂。校园和弄堂游戏之多，不胜枚举。如：stop，马连打，造房子，抬轿子，跳橡皮筋，弄堂溜冰，踢小橡皮球，拉扯铃，打菱角，抽贱骨头，打弹子，掴香烟牌子，套砖头，盯橄榄核，老鹰捉小鸡，我们要拣一个人，东南西北，弹簧屁股，盗界山，官兵捉强盗，看字，扯铃，丢绢头，钩脚跳，跳绳，踢毽子，滚铁环，打康乐球。课间游戏，有：各种游戏棋，斗兽棋，捉帖子，捉麻将牌，打手拳（搭拉里头），折飞机，折糖纸头，拉瓶盖，拉木偶，打电话，七巧板，弹皮弓，等等。每到夏天晚上，掇起小凳，一帮孩子围在一起，挑绷绷，金锁银锁，斗洋火棒，拼灵碰冷起，乘凉游艺多多，有接口令，一号两号，开飞机，讲鬼故事等。

小学初中里，不是都是数理化，或者语数外，美术课和音乐课十分活跃。校园活动，经常跳集体舞，布谷鸟歌咏比赛，化装舞会、大跃进诗歌创作朗诵，做对联，自己动手制作标本，制作幻灯片，自做玩具，自作西洋镜，蜡光纸制作，结玻璃丝，气象观察，天文望远。孩子在家，穿珠子，结网线袋，绣花，编织，做十字花，包丝线粽子，集邮，收糖纸头等，花样繁多。有的孩子聚集一起做小人家，或办小学堂做先生，或者头戴珠子，身披彩衣，咿咿呀呀学做绍兴戏。还有养蝌蚪，养扬虫，养蚕宝宝……

每到节日，学校把各间教室都作游艺室，由各班学生自办游戏内容，如障碍跑，遮眼剪糖，套藤圈，搛弹子等，各有特色，学生凭票入室游玩，走进每间活动室都有新鲜感。还有幻灯室、猜谜室等。每年夏季，仿效苏联模式的"夏令营"活动，也是充满朝气的集体活动，暑期联络网传信，不断解难题地寻找目的地，自制飞机船舰模型，野外露营拉练等，在小学里，在公园里，一听到少先队的喇叭号声，就会联想到令人神往的少先队的丰富多彩的队活动。比如说"鸡毛信"联谊传递通信的活动，去少年宫玩，参加少年合唱团、舞蹈队，各种兴趣小组，还有迎接外宾，闯"勇敢者的道路"等，培养着团结、勇敢、活泼、诚实、健康的少年形象。

校边设摊中的游艺也具有海派的多姿多态特点，也许摊主都是从城隍庙市场批来卖的。有各种内容的纸质、木质小棋子（斗兽棋、康乐棋、蛇梯棋、进退棋、五子棋、飞行棋、跳棋、陆战棋、象棋、国际象棋等），构图型、剪贴型的劳作，可按印着的图案挖刻的石膏圆盘，各种故事内容香烟牌子、花花绿绿的玻璃弹子，一分钱可买一本的正面是谜面背面是谜底的豆腐干大小的小谜语书，可看电影胶片的放大镜箱，涂水后即可印下彩图的洇纸，可抽拉的白雪公主和七个矮人，摸彩，等等。到了除夕，摊头上的各式花样的、价格便宜的爆竹焰火、年画、贺年片，最易吸引着孩子们的好奇心。50年代这样的开放式的、多彩的游戏活动氛围，是十分有利于少年儿童的身心健康、性格塑造和兴趣爱好培养的。50年代的儿童是沉浸在海派文化的熏陶中成长的。

从1927年上海世界书局第一部《连环图画三国志》发行到50年代至60年代中期，上海又是“连环画”的天堂。在上海有个传统，在许多弄堂口，都设有小书摊，在摊主的书架上，上下多排，横排着形形色色封面的连环画书，很诱惑人，俗称“小书摊”。一分钱或两分钱可以借一本在摊前的长凳坐下看完。在竞争中涌现的一批民间的画图能手，和不少应运而出大显身手的新画手，如赵宏本、钱笑呆、董秋野、汪玉山、顾炳鑫等，凭其细致的画风和精湛的技巧，在50年代纷纷转入连环画的创作热流之中。许多名画家中如唐云、陆俨少、谢之光、王叔晖等都加入画连环画分行列，50年代至60年代初期，出现了上海历史上连环画出版的高潮。无论题材的包罗万象、出版数量之多和艺术水准之高，都达到了连环画的顶峰。这些“小书”，深入浅出，老妪能解，小空间里，着大工夫。上海人在五六十年代，几乎人人都看过连环图画。

5. 先进性

海派由于商业利益的驱动，在现代中国受传统政治、伦理的阻力最小，选择的自由度最大，所以它在外来的西方资本主义文明和中国宋明以来的江南商业文明之间，在新旧文化、上下层文化，在精英文化和通俗文化之间，少受拘束，急速流动，互相激荡。这样就容易破除旧有的文明，生成新质，具有很强的交替更新能力，在中国文化素质中是对封建文化特征的一大颠覆，难能可贵。

海派人具有现代眼光，他们甚至是采取激进的立场，拿来就用，原装原配，不怕“西化”。外国一旦出现新的前卫的文化和学派，在上海很快就有介绍翻译，形成自己的新流派队伍。在有些传统人的保守思潮面前，以鲁迅为代表的精英人士反其道而行之，清醒地高扬“拿来主义”的大旗，旗帜鲜明地鼓吹中西融合。因此海派文化具有先进性、先锋性。

这样在海派文化中，就形成了既是融合的，又是个性鲜明的创新的文化。这种新文化具有旺盛的生命力，又是活跃的流动性最强的文化。

海派文化还注重人文精神的倡导。在三四十年代产生流行在上海的称为“时代曲”的几百首上海流行歌曲中，有歌颂市民和下层劳动人民生活和感情的歌曲，如:《四季歌》《渔光曲》《难民歌》等；也不乏带有哲理思考的歌曲，那种积极人生的观念在激励着鼓舞着人们，如1935年电影《天伦》主题歌《天伦歌》中阐发的理念，既吸取了古代中华民族传统精神，又表现了西方人文主义的光芒。激励、呐喊的呼声伴随着三四十年代的社会救亡，艺术家创造了在民间中流传深远的、价值最高的热血歌曲，如1935年话剧《回春之曲》中的田汉作词、聂耳作曲的《告别南洋》《回春之曲》；1934年电影《桃李劫》中的《毕业歌》；又如1937年影片《夜半歌声》插曲《热血》；又如刘雪庵曲、潘孑农词、周小燕唱的《长城谣》，唱出了“四万万同胞心一样，新的长城万里长”的民族意志；1934年摄制的《风云儿女》中的聂耳作曲、田汉作词的《义勇军进行曲》，唱出了时代曲的最强音，后来成为《中华人民共和国国歌》。1940年摄制的电影插曲，由陈歌辛曲、吴村词、姚莉唱的《玫瑰玫瑰我爱你》，是一首旋律奔放、节奏明快的歌舞曲。这首歌被译成英语流传到美国，被美国歌坛宿将Frank Laine唱红，于1951年荣登美国流行音乐排行榜榜首，历经60多年沧桑，收入《125首老歌金曲》中。以后，英国的“King's Singer”六重唱团又将它改编成一首抒情的男声重唱，在全球流行。

海派文化能实现出彩和宽容和谐共生，拼搏和休闲和谐共生，喜新求变和发扬传统和谐共生，开拓勇进和脚踏实地和谐共生，海纳百川和创造个性和谐共生。在海派文化的氛围中，熏陶和造就了一大批国学精、西学好、世界眼、中国心，深知传统的价值与弱点、更了解“德先生”与“赛先生”为中国最稀缺元素的、勇于创新的知识精英和实践家。

但是这种健康运转的活泼的海派文艺后来受到多种因素的干扰，从而急剧衰落。这些因素主要有：①阶级斗争扩大化和“文革”的摧毁性打击；②国营机制弊端的制约，严重影响了商业文化的运转；③文艺为政治服务，强调文化上的统一，丧失地域文化的特色；④文艺的贵族化，文艺消费的高价制，这与海派文化的特性背道而驰，结果使文艺边缘化，与普通市民远离，平民的文化享受就成了天天守住个电视机。

四、重铸海派文化的辉煌

1. 厘清认识

在对待海派文化的评介中，有以下一些认识问题需要提出并加以厘清的。

(1) 雅俗问题

有些人认为海派文化是平民文化、草根文化、俗文化、娱乐文化，不能登大雅之堂；认为海派文化是正统文化之外的另类文化。

“庙堂文化”谓之雅，“引车卖浆之徒”所言谓之俗，“雅俗”问题一直是困扰正确评价各种文学作品、文艺作品的绊脚石。在20世纪的文学批评中，我们看到雅俗是被任意划分的:有以作家群划分的,有以作者出自阶层划分的,有以文学的刊物地位来划分的,有以文学的体裁来划分的,有以文学题材来划分的,有以读者的层次划分的,有以市场化的程度划分的,有以语言的通俗与否划分的,有以文章的精神境界高低来划分的,有以是否"纯文学"划分的,有以文章的思想是否革命来划分的,最甚的是以党同伐异来划分。既然大家对雅俗从理论观念到实际分类上都如此含混不清,我们不如就抛弃了这两个貌似对立实为混乱不清的概念。因为它们不利于对文化分类和建设,放弃了一些陈旧观念,我们就有一种平等的心态,可以更从容地面对事实上阵容庞大互补共进并不断壮大的海派文化。

应该说,文化的走向凡俗性正是"五四"新文化运动的革命精神和目标,也是中国文学文艺学自元代以来趋时发展的必然趋势,更是海派文化的海纳百川兼容精神的精髓。我们评价一部文艺作品的标尺应该是陈独秀提倡的"善写人情"[1],在此原则面前我们应该平等看待各类作品,优秀的作品是那种感人易、入人深、化人神的作品,而不论它是什么出身。

(2) 方言与普通话关系问题

著名的语言学家赵元任说过:"在学术上讲,标准语也是方言,普通所谓的方言也是方言,标准语也是方言的一种。"[9]普通话原来是北方方言中的一支,由于它在历史形成中对全民族影响较大,所以大家规定拿它为基础向全国推广,成为全民族和全国的通用语。

但是,目前在全国范围内,母语是方言的人占 92%。方言与普通话是平等的语言,在任何场合,使用方言还是通用语是个人自由选择,歧视方言是错误的。方言文化与普通话文化一样优美。方言的词语来自生活中活生生的口语,方言的悠久历史积累了大量生动细腻描绘事物、动作、性状的词汇。海派文化中有相当一部分是方言文化。方言文化与普通话文化应是互补双赢的和谐共生关系,不是像有些人认为的:一个要长,一个要消,是一种"你死我活"的关系。普通话在推广时,现在不应该是急于去覆盖方言,而恰恰相反,在普通话日益扩大使用场合、在深入使用到各地群众的生活领域中去的同时,应主动大量地去吸收各地方言中的好的有用的活词语。人民群众的多样化的生活会产生和提供大量的生动活泼的词语。这是方言和普通话关系中必须坚持的科学发展观。

我们积极推广国家通用语,但在一个像上海那样的普通话基本上得到推广的大城市里,为了更多的人性化关怀,更多的人文精神的追求,更宽容的文化环境,提出保护和传承方言的问题是非常及时和必要的。人类语言文化的本性是多样性,语言文化的共性和个性的差异将永远存在,而且因此会有接触中的互补双赢和杂交优势。

(3) 商业文化的优劣问题

由于中国过去是农业文化的汪洋大海,中国历史上的“正统”意识从来贬低或鄙视商业,直到现在商业及其商业文化仍受一些人的歧视,或者更多地看到市场对文艺的消极作用。

任何文化都是有其阶级基础的,是附着于某种经济基础发展繁荣起来的。鲁迅在20世纪30年代就认清上海海派文化是商业经济繁荣而生成和依靠的背景。商业的繁荣和自动运转,充分市场化,带来的是社会和文化的五光十色、争奇斗艳。在充分“商业化”的社会,文化的平庸和媚俗只是极小部分,文化、艺术的高度发展和高质量是必然的。

海派文化的良好的生存环境形成,除了题材内容创作环境要宽松并突破束缚外,还在于商品经济的运作充分市场化,以及市场化带来的艺术创作和艺术欣赏之间联系完全自由的实现。演员和创作人员真正做到职业化靠市场为生,文艺演出也真正进入消费领域如鱼得水。有文艺家在竞争中的潜心努力,有百姓的蜂拥而至和戏迷们的捧场,有各种活跃在社会上的民间社团的支持,包括财力上的支援。思想的活跃和市场的活跃是根本。过去上海文学艺术的繁荣就是在那样自然的文化环境中生存的,由此优质文化产品才会层出不穷。现在我们的经济市场化还不很充分,文艺市场也半生不熟甚至气息奄奄,加上有一代以上的民众已经对民间文艺相当隔膜,在此情形下,适当扶植当然还是有必要的。

(4) 海派文化与“晋京拿奖文化”“样板文化”的关系

陈建森在《戏曲与娱乐》一书中总结了造成当代戏曲面临困境的五大内在原因[2]。上海现在活跃在电视黄金档收视率甚高的“海派情景喜剧”反其道而行之,因此突破了困境。它坚持了喜剧的“戏乐”本性,摆正了当代戏曲的俗文化的定位,恢复其娱乐消闲的本质和功能,适应了观众的审美趣味需求。不必去参与“粉饰升平、晋京拿奖”,做“配合政治、图解政治”的工具,也不浪费大钱大力去“打造”工程项目式的“样板”献礼文化,改变长期停留于“集体无风格”的状态。由于它的景气,吸引了人才——演出人员和创作人员,演出的质量达到了保证。在演出体制上也进行了改革,人员按需流动,有了自由竞争的舞台。不过分强调“文学性”追求“文学语言”而从“演剧性”出发注重“戏剧语言”。这些重大的改变促使滑稽剧重新拣回了一度失落了的灵魂,回到了滑稽戏富于生机的原生态。

海派文化完全不必先急于去追求“全国版”,而可在海派元素上面多着力下工夫,重在创新,优秀之作是可以涌现的,可以像过去一样为高质文艺提供经验,如60年代现代京剧《红灯记》《沙家浜》《盘石湾》都从沪剧剧本改编,优秀的越剧演出可以走向全国。

2. 打造氛围

海派文化是一种开放的多元文化，是最符合21世纪世界大都会的文化形态模式。

在目前的上海，营造一种对文化宽松的环境，至关重要。首先需要一种开放豁达的胸襟，倡导真正的“百花齐放、百家争鸣”的学术空气。对待文艺，在管理思想和模式上要讲究现代性。最好是订立一些简单的基本原则，然后实行“无为”而治，不要多加干涉，倡导多创造多包容，在上海形成一个多元文化都能自由生长、互相影响的宽松环境。

海派文化的成长是渐进的。要创造一种“春雨润物细无声”的境界，让发展和变化顺其自然，自我调节，少受执意运作的影响。

3. 落实措施

政府的重视，全民的参与，共同努力来打造城市的品牌，丰富市民的文化生活，让这个城市五彩斑斓，满足和打造市民的各种兴趣爱好，又使各具特色的文化需求各得其所。

政府的作用，可以多办市里、区里的文化节活动；有力投资支持写上海、演上海内容的作品，扶植传统有价值的濒危文化。文化部门的工作是办好市级、区级的文化馆，开拓公共文化娱乐的空间。对于文化娱乐的内容，只要宏观调节，不必过细规划，尤其要摆脱计划经济体制的捆绑及其思维模式。因为海派文化的特点是在自由竞争中自动择优除劣而壮大的文化，要确实营造轻松宽容和利于创新的文化态势，让文化社团自己去审时规划作品。

重视社区文化、街头公园文化的培植，提倡和扶植社区、弄堂、街头、绿地文艺。

抓住时机，慢慢培育，重视学生时代在民间和学校里的耳濡目染。各区各中小学都要建设儿童艺术团，形成海派文艺环境和培养文化骨干。

不可忽视恢复重建海派文化的艰巨性，保护和扶植的原因盖出于此。要从孩子和小学生抓起，在小学中加强乡土地理历史和海派文化的教育，一种文化氛围和文化习惯往往是在孩童时代通过自然感染而形成发展的。

重视青年的新形式。上海都市文化欲重新在世界立足，上海要想再次成为文化高度发达的国际文化大都会，只有坚持弘扬上海本土特色的海派文化，支持由青年创造的新形式，如现在有上海话的Rap、海派Video及网上上海话新写作等。没有青年参加的文化是没有活力的文化，是没有前途的文化。只有在良性生态中，继承旧海派文化灵魂，用心改革旧文化形式，在青年关注和充满热情的领域创新，才能创造出更为辉煌的新海派文化来。

支持海派文化的重建者。如今能摸索突围的是闯将英雄，比如尽管尚不尽如人意的“海派情景喜剧”，在电视节目中站住了脚跟，占领了黄金时段，取得了高收视率，《老娘舅》《开心公寓》可连播近千集，在重振海派雄风方面，可谓当下最为成功的尝试，编剧者和演出者是立下汗马功劳的。居高不下的收视率说明了上海市民的情绪和欣赏趣味仍然喜爱着海派文化，海派文化仍有深层土壤。一切事情只有在边恢复边争取群众中才谈得上在新环境下的继续创新。

搞活支撑文艺的社会机制，形成剧场、演出、编剧、包装、评论之间的良性循环，改变促使文艺平民化的障碍，如剧场票价的飞涨，文化场所的萎缩。

重视动态的文化传播，搭建海派文化传播的平台。

让我们满怀信心，上下齐心，努力开创上海多元文化的新生面，再造 21 世纪海派文化的辉煌。

参考文献

1 陈独秀：《红楼梦》新叙，《红楼梦》，上海亚东图书馆 1921 年。

2 陈建森：《戏曲与娱乐》，上海人民出版社 2003 年，第 274—281 页。

3 胡适：文学改良刍议，《新青年》1917 年第 2 卷第 5 号。

4 鲁迅：“京派”和“海派”，《申报 · 自由谈》1934 年 2 月 3 日。

5 鲁迅：北人与南人，《申报 · 自由谈》1934 年 2 月 4 日。

6 鲁迅：“京派”与“海派”，《太白》1935 年第 2 卷第 4 期。

7 钱亦蕉：吴越轻声相送远，《新民周刊》2006 年第 20 期。

8 王文英：《上海现代文学史》导言，上海人民出版社 1999 年。

9 赵元任：《语言问题》第七讲：方言和标准语，商务印书馆 1980 年。

10 朱宗琪：《喜剧研究与喜剧表演》，中国广播电视出版社 1999 年，第 215 页。

原刊于东方讲坛办公室编《中国城市与农村问题十六讲》，上海辞书出版社 2006 年。

上海三四十年代电影的现代性

摘　要：本文通过对20多部影片进行不同程度的重读评议，说明了上海20世纪三四十年代电影佳作迭出，群星灿烂，具有与世界先进文化同步发展的深刻的现代性。

关键词：三四十年代；上海电影；现代性

"现代性"首先是一个时间概念，20世纪对"现代性"的追求，实际上是在历史进化论的推动下，对"新"的向往。对于中国来说，这个时候"现代性"的梦想，是对封建制度下形成的落后的政治经济文化状态的排斥和摈弃，面对西方的强大，在吸取优秀的本土文化的同时，对富强、民主、平等、自由、理性等西方观念下的美好理想的追求。上海在1843年开埠以后，被迫开放并建立了租界。在租界政治殖民性的另一面，西方经济制度、社会形态、科技成果、思想文化迅速的输入，使这块土地最快地接受了有轨电车、火车、电灯、电话、电报、报纸、无线电、摄影机、影戏院等现代事物，带来了现代社会生活和现代时间观念，形成了古今对立的时间演进意识，上海成为创制具有现代性观念的文化产品的中心。具有"现代性"的作品，表现为追求民主、平等、自由的观念，科学理性的精神，追求个性解放和人类自由发展的意识等。20世纪30年代上海文化界的知识分子大致有20万人左右[①]，几批从日、英、法留学归来，和来自文化底蕴深厚的江南地区、来自北方的文化精英，聚集在一起，面对一个独特的宽松环境，获得大显身手机会，于是文化佳作迭出。一大批知识精英高扬"小说界革命"和"五四新文化运动"的启蒙精神和现实主义、人文主义精神大旗，使上海这块不到50平方公里土地上的思潮和文化迅速赶上和融入世界现代性的潮流。

上海电影业的迅速发展繁荣便是上海文化精神产品紧跟时代的一个典型。世界电影1895年12月在巴黎发明首映，只过了七个月，影片就被西方商人带到上海，在1896年8月11日上海徐园的"又一村"公映了第一部影片。1899年上海已有了初具规模的经营性电影放映。1905年，中国就诞生了第一部国产纪录片《定

---

① 上海文化界知识分子人数引自杨金福编著：《上海电影百年图史》，文汇出版社2006年，第94页。

军山》。1912 年，上海郑正秋编写了中国第一部故事片《难夫难妻》，他与张石川一起导演，1913 年首映。到 20 世纪 20 年代，上海已有 100 多家电影制片公司，出品了 700 多部影片[①]，电影在上海已经十分时尚并非常繁荣。到三四十年代，上海电影在不断探索中迅速走向成熟，创造了上海历史上中国电影的一个全盛时代。至 1949 年前，我国共生产了 3000 多部影片，其中 80%以上在上海出品[②]。

一、平民生活、人间苦难的真实写照

这是一个新旧迅速交替的上海。城市新貌可以去看举世瞩目的外滩，那些现代化和西方化的商业区和高级住宅区，消费狂热和商业文化的腾飞，但是在租界的光怪陆离底下，大街的两旁充满着弄堂、棚屋及其为生活逼迫或压榨着的广大平民，那些农民渔民、产业工人、城市贫民、流动民工等劳苦大众。20 世纪 30 年代的知识精英直面现实，崇尚针砭时弊、推动社会进步的批判现实精神，以现代价值的理念去认识社会，于是大量揭示社会底层民众生活真面貌的影片涌现出来，表现了广大电影人的忧患意识、批判精神和对大众生活状态的人文关怀。以上海商业为动力，以人文精神为支撑的大众电影为主体，在多元化创作风格为基调的创新路径上，造就了影片数量的时代之最。在 30 年代中期，电影成了“每日百万人消纳之所”[③]。佳作迭出，星光灿烂。

联华影业公司上海第二制片厂 1934 年出品的、由蔡楚生编导的《渔光曲》(王人美、韩兰根主演)是我国第一部在国外获奖的优秀电影[④]。在三四十年代，上海的市民几乎都会哼上几句同名插曲《渔光曲》的歌词：“天已明，力已尽，眼望着渔村路万重。腰已酸，手也肿，捕得了鱼儿腹内空!”“鱼儿难捕租税重，捕鱼人儿世世穷，爷爷留下的破渔网，小心再靠它过一冬。”[⑤]小猴、小猫两个是双胞兄妹，父为渔民死于海上的风暴，母徐妈只得到船王何家做奶妈。小猴、小猫与何家少爷子英三人从小一起游玩长大，成人后子英出国留学，与小猴、小猫分别时，小猫唱起了《渔光曲》。小猴、小猫租了何家渔船捕鱼为生。渔民生活艰难困苦，徐家又遭盗匪打劫，徐妈双眼失明。三人只得到上海找舅舅，兄妹和舅舅一起在街头卖唱为生，巧遇回国的子英，因子英给了一百块钱，兄妹回家路上正遇一银行遭劫，被人诬陷入

---

① 20 年代拍摄电影数字引自黄志伟主编：《老上海电影》，文汇出版社 1998 年，第 3 页。

② 1949 年前拍摄电影数字引自杨金福编著：《上海电影百年图史》序言，文汇出版社 2006 年。

③ 1935 年，《电通画报》在一张标志着电影院照片的上海地图上，加上了这个报头大标题。

④ 因大多数影片中未标明摄制年份，本文所引影片中注明出品的年份据自《老上海电影》一书。

⑤ 本文所引的 20 世纪三四十年代的电影插曲歌词均来自笔者自己搜集的三四十年代上海百代公司发行的 78 转老唱片。

狱。出狱后家里发生了火灾，徐妈和舅舅葬身火海。兄妹无家可归，子英回到上海，因收留徐家姐弟与父亲发生矛盾，随即父因破产自杀，家破人亡后，子英深悟自己改良渔业的主张无法实现，决定与徐家姐弟一起到海船捕鱼。可是这时小猴已经在繁重的劳动中倒下，临死前，小猫再次为小猴唱起了《渔光曲》。

一连串的痛苦遭遇，使影片《渔光曲》的剧情相当曲折，它真实地描绘出渔民除了劳动的艰辛外，生活境遇的艰难；另一方面，在社会处处存在黑暗之中，一切改良和创业的理想终归失败。这是这个时代的社会真实写照。

揭示劳工苦难的，还有联华上海第二制片厂 1934 年由孙瑜编导的《大路》(金焰、陈燕燕、黎莉莉主演)，反映的是工人的劳动生活，里面也有一个著名的主题歌《开路先锋》。伴随着这个歌声，一群开路的劳工拉石碾土、挥镐筑路辛劳在公路上，影片刻画了几名活生生的工人形象，除了写重体力劳动的艰辛，还表现了青年劳工的乐观精神，他们的爱国心、责任感、友谊、爱情。影片歌颂了那些身强力壮、个性丰富的热血青年，正像剧中的饭庄女侍茉莉在回答丁香问她"你爱谁"时所说的："他们我都爱。""我爱金哥的勇敢！他总在微笑，他永远向前，从没说过这事难办。""我爱老张的铁臂！他不大说话，他埋头苦干，捏人手一下要痛三天。""我爱郑君的聪明！世人的事，他知道得那么清，编出的歌儿真动听。""我爱章大的粗笨，说了就干干了又悔，粗莽赛过鲁智深。""我爱小罗的志气！又年轻又美丽。他做梦夜里在开机器，不过就是带点儿大少爷脾胃。"为了开辟一条重要的军用公路，这伙精干的青年带领大家为修筑险要地段而日夜奋战。最后，被汉奸破坏，全体人员一起壮烈牺牲。

上海是个市民社会，明星影片公司 1937 年出品由袁牧之编导的《马路天使》(周璇、赵丹、魏鹤龄主演)是反映上海市民社会生活情景的名作。影片描写了生活在大都市底层的小云和小红两姐妹、报贩老王和吹鼓手小陈，为了追求光明、摆脱压迫而一起奋斗的故事。影片生动地描绘了小红与日日对窗相见的小陈之间的真挚感情和浪漫情调，一吹一唱至相投合，描绘了他们结伴游玩大世界的喜悦神态；影片也歌颂了底层市民之间真诚相助的友情。为了帮助小云和小红逃脱流氓的魔掌，老王和小陈与流氓周旋、搏斗。最后小云因掩护小红逃走而被刺身亡。编导将小市民的生活情趣和他们的不幸遭遇在这部影片中刻画得入木三分，我们见到了一个真实的 30 年代弄堂上海。

明星影片股份有限公司 1935 年出品由沈西苓编导的《船家女》(徐来、高占非主演)也是一部描写穷苦人悲惨命运的影片，然而它又是一场纯洁爱情的悲剧。它讲述了杭州西湖摇船女阿玲和青年工人铁儿相爱甚深，一天阿玲被大流氓凌辱，后又被卖到妓院。她失手刺伤了流氓，不幸被捕。铁儿又因罢工被关进监狱。等铁儿寻找到阿玲时，她已经被摧残得奄奄一息了。社会的恶势力构成了扰民的灾难，这部电影使用了蒙太奇的手法，又将画面分割成四个三角形，增强了对社会迫害的有力控诉。

这时期出品的大多数影片都写城市生活或以城市为背景。1937年摄制的《弹性女儿》，讲述了三个舞女的伴舞生涯。当年在新光大戏院上映时，场场爆满，不少舞女也去观看，尤其是歌星路明唱起潘孑农词、刘雪庵曲的同名插曲，那煽情的舞曲旋律，如泣如诉的痛苦申诉，都深深打动了观众。如第二段歌词唱道："都会里燃着罪恶的火焰，泪珠闪烁在胸前。欢笑转成无限的忧郁，弹性女儿，永远彷徨在苦海之边，尝尽恋情的欺骗，饱受贫穷的熬煎，在重重压迫下，失去了美丽康健！看，每张笑脸都含着哀怨，看，每张笑脸都含着辛酸。何处去，寻找真情热爱？何处去，掘发光明的源泉！青春似水易流逝，年年复年年。弹性女儿永远彷徨在苦海之边。"歌声赢得了观众不少眼泪。20世纪三四十年代的上海电影，多数都伴有优美、点睛的插曲，由音乐家填词制曲，后来大量电影歌曲都成为街头巷尾广为传唱的流行歌曲。从这些影片情节和这些"时代曲"中，我们看到了三四十年代里上海文化的"现代性"。

富人们和黑社会的对穷人肆无忌惮欺压和腐败，迫使小市民陷于悲惨境地、饱受失业之苦。贫富悬殊的鲜明对照，也是影片反映社会生活的重要着眼点，从中我们更可以看到影片在阴暗色彩笼罩下的活生生的、错综复杂的社会面貌。

电通影片公司1934年出品由袁牧之编剧、应云卫导演的《桃李劫》（袁牧之、陈波儿主演）反映的是年轻的大学毕业生走向社会后的不幸遭遇。这个故事是采取倒叙法记叙的：校长在报上看到曾在毕业时领唱《毕业歌》的奋发有为青年陶建平不幸被判处死刑的消息，赶到监狱倾听了他讲述事情的缘由。

这个故事是对富人垄断社会资源的控诉。在那个社会中，滋生着一种会使有为青年处处碰壁迅速导致走投无路以致逼向犯罪变为囚徒的机制。建筑工业学校毕业生陶建平为工人仗义执言，被建筑公司经理解职。刚结婚的妻子丽琳为分担家庭重任，去一家贸易公司做经理秘书。经理居心不良，想侮辱她，遭拒绝，即怒而将其解雇。为了生活，建平只得到造船厂当苦工。不久妻子生子后因无人照料，不慎坠楼，跌成重伤。建平无处借钱为妻子治病，无奈偷了工头抽屉里几块钱，刚回到家，妻子来不及治疗已经死亡，建平只得忍痛将孩子送到育婴堂。当承受着巨大悲痛的建平回家时，工头带着巡捕来逮捕他，反抗中不慎失手……被判死刑。

听完了死刑犯的沉痛叙述，校长耳朵边渐渐响起了不久前陶建平领唱的《毕业歌》："同学们，大家起来，担负起天下的兴亡。听吧，满耳是大众的嗟伤；看吧，一年年国土的沦丧！………"一个个热血青年，纵然有救世的抱负，但很快就被痛苦的现实摧毁了。

表现上海发生经济危机时面临失业生活的，还有明星公司1937年摄制的《十字街头》，写的也是小知识分子阶层里的悲欢，写了一名大学毕业生与一厂校女教师，经过失业的磨砺，还是乐观相恋并齐步走上新的生活道路。

以上这些揭露真实、批判现实的作品，继承了五四时代陈独秀所倡导的“赤裸裸的抒情写世”的“平民文学”“写实文学”“社会文学”①的时代精神，在三四十年代的上海影片中不胜枚举。三四十年代的大量影片在贴近现实生活，揭示社会黑暗，多层次地表现社会真相的深刻性方面，甚至超过了同时代的美国好莱坞影片。

二、博爱、平等、自由的热烈追求

新华影业公司1937年由马徐维邦编导的《夜半歌声》(金山、胡萍主演)，为一部带有惊悚味的言情片，它演绎了名伶宋丹萍与富家千金李晓霞两人之间凄婉悲壮的爱情悲剧，揭露鞭挞了胡作非为的社会恶势力，情节曲折，富有悬念，具有很强的心灵震撼力。片中有个插曲《热血》，鲜明地喊出了20世纪30年代热血青年的一个时代的追求目标。歌词唱道：“我们为着，博爱平等自由，愿付任何的代价，甚至我们的头颅，我们的热血，地泊尔河似的奔流！”追求欧洲以人为本的、以人性、人智取代神性、神智的人文主义的精神，是那个年代知识界的一种时代精神。

那个时候，产生了一批歌颂母性的影片，如《慈母曲》《母亲》《母性之光》，是女性觉醒、争取平等、颂扬母爱思潮的产物，对千年男尊女卑的封建伦理是重大的挑战，从中也反映了人们对都市女性的尊重和命运关注。周璇演唱的脉脉温情的《慈母心》(影片《凤凰于飞》的插曲)成为当时妇女广为传唱的流行歌曲。天一影片公司1935年出品由王斌编剧、文逸民导演的《母亲》(范雪朋主演)讲述了这样一个动人故事：“母亲”景佩华中年失去丈夫后，历经沧桑，饱尝艰难，把儿子抚养成人到国外留学，后来终于等到儿子学成回国，可是她已经筋疲力尽，待见到儿子时，说：“我太疲倦了，现在可以休息了。”言毕即离开人世。

表现完全不同于古代女性的现代女性的命运和遭遇的影片紧随着“男女平等”的呼声，成为20世纪30年代很有“现代性”的视觉文本，在当时反映了受西方人文精神鼓舞下的人的觉醒和解放思潮。《女权》《女人》《三个摩登女性》《新女性》等影片，都紧扣着都市中女性命运的主题，反映在不同追求下的女性的不同遭遇以及追求女性人权的艰难。这类电影往往采用对比和比较的表现手法，批判旧意识，弘扬

① 陈独秀：文学革命论，《新青年》1917年第2卷第6号。

男女平等、女性解放的新风貌，在赶时髦的女性群象中树立正确光辉的形象。联华影业公司1932年出品的由田汉编剧、卜万苍导演的《三个摩登女性》(阮玲玉、黎灼灼、陈燕燕主演)描写了三个女性在国家遭受苦难时的不同表现，一个寻欢作乐，难以抵制诱惑；一个多愁善感，殉情而死；另一个把自己与国家的命运紧密结合在一起，积极参加爱国运动，充满阳刚之气，被大家称为真正的摩登女性，说明了女性的自由解放应与男性一样与爱国革命的事业结合在一起。再如明星影片股份有限公司1936年出品的由洪深编剧、张石川导演的《女权》(胡蝶、赵丹主演)则把女权视为都市生活的象征。影片重点写出了女性为争取自由平等冲破旧势力阻拦的艰难。该片塑造了一名有抱负、素有服务社会意识的女大学生宋嘉玉，她时时为妇女争取人生权利，然处处碰壁，终于消极。剧中表达的思想正如许如煇作词曲、胡蝶演唱的插曲《女权》所言："为女权斗争，为女权解放，弃离那温柔乐园，尝试着社会的千般模样。……女权女权，处处有阻挡，女权女权，黑暗无曙光。要为女权斗争，要为女权解放，勇敢贯彻那都市风光。"

比起《三个摩登女性》来说，明星公司出品的由朱石麟编导的《各有千秋》(周璇、龚秋霞主演)对女性解放、男女平等问题的展现则更为深入一层。就像鲁迅的文章要回答《娜拉走后怎样》那样，该片除了再现女性觉醒的风采之外，对妇女解放、男女平等的现实性进一步进行了探讨，影片反映了男女平等的道路漫长艰辛。碧华和她大学男友都是品学兼优的、坚信男女绝对平等的奋发青年。他们结婚后连房租也是各人平分，各人领到工资，都在节日为对方赠送衣物。由于努力工作，碧华升任化验室主任，丈夫也升了职。他们俩午饭在工作单位吃，晚饭在小餐馆吃，家里不买米的。但是碧华的母亲还是老法，认为女人不必读书，能在家维持家务为好，他父亲则坚持让女儿大学毕业可以发展挣大钱。碧华自从有了女孩小华后，雇不起奶妈，孩子只好吃奶粉，雇了一个简单照顾的保姆，结果把开水打翻在婴儿的头颈里。碧华认为："这个问题其实很简单，干脆一句话，就是我们没有钱，所以不能雇奶妈，不能请保姆，甚至不能送孩子到托儿所。"碧华再去看她的老同学，一个成了一个老头子的玩物，吃了睡，睡了吃，打打牌，听听无线电；另一个成了被生活逼苦的穷丈夫欺压，在家做做手工活苦苦度日的家庭的奴隶。"以前的理想，都打得粉碎，以前念的书，一概都忘得干干净净"。碧华却认为"我还要奋斗下去"。她的母亲却说："可是我常常听人家说，念书人就不会有钱，有钱的就不是念书人。"原来坚持不请假的碧华也只好多次请假，经理又是一向反对用已婚女人任职，认为女人必多请假。碧华母亲只好赶到女儿家领孩子，因而自己的多子女的丈夫就没有饭吃，几个小孩在家造反，家里乱得一团糟。碧华只好为了小家庭先是"留职停薪"后被辞退回家，她丈夫一人维持三人生活，生活指数又不断攀升，当她听到她丈夫在犹豫之中要签字与下员通同在账务上作弊假公济私的消息，急忙奔出追赶丈夫，但不幸被车撞倒。待到碧华清醒过来，她悲愤地说了这样一段意味深长的话："我知道，小华是女孩，跟我们一样是个女人，也是可怜虫。唉，可怜的女人，经过了多少年的奋斗，男女还是不能平等。这是什么缘故啊？妈，你的话是对的，女孩子念书完全是浪费时间浪费金钱。国家费了多少财力，父兄费了多少心血，教育出来的女子，还是只配关在家里！"本片虽然剧终，但余音袅袅发人深思。碧华走男女平等之路似乎走到了绝境。在一个生活指数不断上涨，知识职员阶层收入水准尚且低下的景况下，谈男女平等还缺乏社会的实现条件，碧华在30年代经历的问题在我们今天看来还有探讨价值，值得我们思考和努力，女子的真正解放、男女平等，没有经济、社会生活结构和收入水平上的与之同步推进，以及社会观念的相应变化，还是不可能的，还需要几代人的持续奋斗。

30年代的一些影片在反映那些在社会底层的人与苦难命运挣扎时，表现了他们追求光明的真情。如联华第一制片厂1934年出品的由吴永刚编导（阮玲玉、章志直主演）的《神女》，是阮玲玉主演得最为成功的一部默片。影片叙述了一个心地善良被生活逼迫堕落火坑的妓女，为了保护儿子能在社会上做人的权利，反抗流氓的控制，触犯刑律被判入狱。主人公神女挣扎在生活的漩涡里，在夜的街头，她是一个低贱的神女；当她怀抱守护起她的孩子时，她却是一位圣洁的母亲。在两处的生活里，她显出了伟大的人格。流氓靠她的收入去赌，说："你别不受人抬举，你出去打听打听你大爷的厉害，像你这样一个孤零的女人，以后还想在外面混事么？"她被老大视为占有品，她的钱都被老大取走。她只好把钱藏在门边的小砖头下。她决意要搬走想法子找点事做，但处处碰壁。一天天，孩子渐渐长大了，更增加了做母亲的忧虑。儿子在弄堂里，邻居不准自己的孩子跟"贱种"一起玩。她带儿子去报名入学，"家长做什么职业？"又难住了她。只有当她在校门口等候孩子放学时，才感到新生活的开始。学校开恳亲会，先生请她孩子上台表演唱歌，她感到不可名状的愉悦。阮玲玉的真切扮演淋漓尽致地表现出那代穷人眼中闪现的光明，一种新的寄托和希望。当家长来信"乃风闻妓女之子竟亦滥竽期间……"后，我们接着看到了这部影片表现的人道主义光明主题：老校长为这事件亲自作一次严格的彻查，到孩子家家访。"我为的要吃饭，我不要脸的活着，都为的是这孩子。我爱他，他就是我的命！""我虽然是个下贱女人，不过我作了这孩子的母亲，难道我要他学好都不许吗？""我的孩子为什么不配读书？"校长摇头、点头。老校长宣布调查的结果："这孩子的母亲，确是一个私娼，不过这是整个社会的问题，我们不能否定她的人格，尤其是这孩子的人格。""为着孩子的前途，她要使他受教育。我们负教育责任的，更应当把这母亲的孩子从不良的环境里拯救出来！"校长顶着反对声，站起发言:“你们完全忽略了教育的原理,我们不能为迎合一般人的错误的心理,来戕害一个孩子向上的生机。”他握着拳:“我决不能做,除非我不在这学校里!”他说罢就走,老校长毅然提出辞呈,同时学校方面公布了这孩子的退学书。当校长见到报纸上“赌窟凶杀案判决,女犯以杀人罪被判刑 12 年”后,他又担负起了教养她孩子的责任。可是母亲却对他这样说:“不过等他长大了之后,请你告诉他,他的母亲已经死了,使他不知道他有这样的一个母亲。”

影片的成功,是通过这位老校长的反潮流的形象,表达了教育平等和维护人生权利的科学理性精神,影片也充分显示现代文明的建立还路长漫漫。

对于那些社会上的弱势群体,许多影片给予人道主义的深情关怀,并引导着光明道路。如联华影业公司 1936 年出品的由蔡楚生编导的《迷途的羔羊》(陈娟娟主演),描写了一群孤苦无靠、饥寒交迫的城市流浪儿的悲惨的生活遭遇。影片虽控诉痛苦,但对孩子的淘气尽兴和互相帮助多处以喜剧形式的轻快笔触表现出来,对有的富人家庭的伪善也进行了辛辣的讽刺。在一片惨淡的月光下,要饭的孤儿们深沉地唱起了任光曲、蔡楚生词的《月光光歌》:“月光光,照村庄,村庄破落炊无粮,租税重重稻麦荒!”“月圆圆,照篱边,篱边狗吠不能眠,饥寒交迫泪涟涟!”“月凉凉,照羔羊,羔羊迷途受灾殃,天涯何处觅爹娘!”“月明明,照天心,天心不知儿飘零,风吹雨打任欺凌!”“月黯黯,照荒塘,荒场尸骨白如霜,又听战鼓起四方!”“月惨惨,照海滩,海滩无人夜漫漫,苦儿血泪已流干!”这首歌由陈娟娟领唱、上海中学歌咏队合唱,歌声婉转凄楚,余音袅袅。在联华影业公司 1935 年出品的由钟石根编剧、费穆导演的《天伦》(黎灼灼、林楚楚主演,这是在美国纽约放映的第一部中国电影)中,对那些迷途的社会最底层的孩子,郎毓秀唱起了黄自曲、钟石根词的《天伦歌》:“……人世的惨痛,岂仅是失了爹娘?奋起啊孤儿,惊醒吧,迷途的羔羊!收拾起痛苦的呻吟,献出你赤子的心情。老吾老以及人之老,幼吾幼以及人之幼。服务牺牲,服务牺牲,舍己为人无薄厚。浩浩江水,蔼蔼白云,庄严宇宙亘古存,大同博爱,共享天伦。”“浩浩江水,霭霭白云”的境界和意气,与“月惨惨”“月黯黯”相对,指出了人类应有高昂远大的抱负和追求,无论富贫,由此及彼,应有博大关怀的心胸,共同创造大同博爱的天伦乐园。这种融和着中国传统优秀文化精神和西方人文主义光芒的歌词,这种积极人生的哲理思考,激励着鼓舞着人们前进。

我们现在有的电影虽然也着力表现社会的真实面貌,也写到有些平民的贫困处境,但影片中只看到脏兮兮的环境,丑陋的生活场景和芸芸众生,看不到弱者生命里的力量和内心的光芒以及影片的理性追求。我们从 20 世纪三四十年代上海的电影中不是可以找到不少借鉴之处吗?

三、社会伦理、人情人性的深入探讨

对于人性人情、社会伦理，有些影片表现了其复杂性的一面，引人深思。

联华影业公司 1937 年出品的由孙瑜编导的《到自然去》（黎莉莉、金焰主演）表现了这样一段故事：北洋政府里的周将军自命是有维新思想的实验家，在珠光宝气的华堂里高喊一声“自由平等万岁！”，然后乘高大马车在马弁威武的吆喝声中、在街中乞丐的哀求声中打道回府。他还要举行每月一次“平等茶话会”，让三位小姐为丫头、马夫、厨娘捧烟倒茶。在他家只有当差头儿的马龙有自己不同的理想，他反对一切不自然的平等，认为文明社会里有主人、有当差是自然而然的结果。将军看到当时天下太平，海晏河清，就动了游兴，驾了游艇畅游大海，不料突遇风暴，漂泊到一个毫无人迹的岛上。食宿无着，最精于衣食住的老爷小姐们发现了自己是最无力解决问题的可怜虫，一家人全靠仆役马龙猎取山禽海产搭建茅屋为生。回国的希望已经断绝，他们真的到了自然了。两年后，大家发现过去的将军高兴地帮着从前的灶下婢拔鸟毛，二小姐在纺纱，三小姐在舂米，大小姐在打猎采椰子，每个人在工作、微笑。理想家马龙已经用他自己的发明、公正和勤敏，自然做起了岛上的首领。优胜劣败，适者生存。有钱人一改旧习，待仆平等，将军的大女儿也在共同劳动中爱上了马龙。正当举行婚礼之时，忽然天外飞来一声大炮，于是岛上的生活也随那炮声梦幻般地完结。一艘船经过将大家救回城里。从此又恢复旧貌，主仆分明。只有那马龙和爱上他的将军大女儿离开了都市，依然走向“自然”的理想中去[①]。

这个影片运用其巧妙的构思对人的生存状况进行了思索，质疑了现实社会中权力和阶级对立对人性的异化，这是个违背自然规律的社会。编者进而描绘出一个理想的回归大自然的舒心的世外桃源，在那儿，有体力、勤劳勇敢的、有智慧才干的人才是真正的主人。该片是对人与人应有的公正伦理关系的积极思考，也带有“劳工神圣”和进化论思潮的影子。“到自然去”，也就是到一个真正自由平等理性的世界里去，不过这在现实面前只是一个泡影。

联华影业公司出品的吴永刚编导的《浪淘沙》（金焰、章志直主演）更是一部对人性进行深入探讨的影片：一个善良的海员在冲破海险后带着给孩子和妻子的小皮鞋和花布欢喜归家，发现并在激怒中打死了与他妻子通奸的男子；一个奉公守法的侦探，努力追逐他要逮捕的罪犯直到船上。他们所乘的轮船触礁了，两人漂浮到

---

① 本文所论及的电影，仅《到自然去》和《恋爱与义务》两部笔者未能看到，其影片情节概述参考了《电光幻影》编写组编：《电光幻影——上世纪前半叶电影故事存真》，上海科学技术文献出版社 2004 年。

一个荒岛上。当他俩站在同一条的生命线上挣扎时，他们放弃了敌对而表现出极高贵的友情。罪犯用救了自己性命的木桶里的淡水救助着苟延残喘老想轻生的侦探。但是有一天，当罪犯告诉侦探见到了可能来救援他们的帆船时，生的欲望重新升起，利害的冲突和人欲的冲动也重新激起，侦探似乎看到了岸上呼拥他回归的场景，马上恢复了敌意，铐住了救助过他的罪犯。最终是帆船没有发现他们，岛上永久地留下了两个骷髅。

这一类的悲剧永远在人与人之中不同程度地产生着，发人深省，影片探讨了人性的复杂性。人们甚至在极度患难的自然环境下都可以互相救助共赴艰难，然而一旦回到扭曲人性的社会现实中，种种社会的尖锐矛盾、无法满足的欲望，迫使人们不能和谐相处以致成为你死我活的仇敌，人的自然性居然异化至此，这个社会难道不应彻底改造吗？30 年后苏联摄制的著名影片《第四十一》，与其情节结构何其相似乃尔。

在恋爱婚姻、家庭伦理方面，一些影片在表现人类较复杂的情感方面探索也比较深入，揭示了普通人的复杂丰富的精神世界，在处理人际关系和情感冲突问题上表现出比较宽阔的视野和理智的胸襟。如联华影业公司 1931 年出品的由朱石麟编剧、卜万苍导演的影片《恋爱与义务》(阮玲玉、金焰主演)，讲述了这样一个故事：杨乃凡是母亲早亡、屈服在旧家庭束缚下的弱者，她的父亲娶了 4 房姨太太另生了 7 个孩子。对门有个青年学子李祖义天性活泼热情奔放，默默爱她直到她被汽车撞倒救护她回家才开金口，后感情日深。然李祖义不久被寄厚望的父亲送到外国求学，杨乃凡听从父命嫁给学者黄大任了。5 年后，在一处公园，沉默遐思的青年救起了一个男孩，对方的母亲正要感谢救命恩人时，双方都呆住了，祖义与乃凡重逢。黄大任是不富情感的学者，夫妇之间只有义务没有恋爱，他对李说："以后常来坐坐。"并未想到将来的危机，只知自己可借此机会会自己的情人了。然李、杨之间却死灰复燃一往情深，两人大无畏地私奔了。黄大任从情人家陶醉归来见凤去楼空，打击很大，深觉作为丈夫的做人已经亏损，以尽为父的责任补救。黄想隐瞒此事不料竟被仆人传出见于报端。李、杨在小村的伊甸园不久为难求衣食只得回城谋生，李改名到一家公司刚满一月，因仆人饶舌，结果被公司以"来历不明"罪名辞退，老父也不认儿子了。李祖义觉世上已无他立足之地去投河，然隐隐听到乃凡的呼声，使他猛悟：他对于乃凡，恋爱之外，还有义务。半年后乃凡生了一个女儿平儿，但虚伪的社会没有祖义立足之地，他只好做一个按字数领工资的写字匠，劳累葬送一生。经过 15 年，乃凡变成鸡皮鹤发的老太婆，她替成衣铺做工而扶养平儿。然这时黄大任文名日增，办了乃凡天天必读的《国强报》，并发起救济贫民游艺会，一对子女登台奏艺，乃凡终于在报上见到一别十年的亲骨肉，喜极而涕。大主顾大任又带少爷小姐到成衣铺做衣，她噙泪偷偷各吻了一下，还打开 16 年前的旧衣箱看了他俩的小孩时穿的衣服。乃凡用十指换来的钱买了两张游艺会票全神贯注看完子女的表演。平儿同学的哥哥看游艺会时十分倾心平儿，但老仆知道少爷女友的母亲就是跟人私奔的黄夫人，饶舌的结果又破坏了这一对下一代的情侣。这天晚上，乃凡心碎，下定牺牲自己成全女儿的决心。然祖义已死，想来想去，只有将女儿托付大任，于是写了两封绝命书，投江自尽。平儿寻母绝望后，持信去见黄大任，大任老泪纵横，觉得这也是他应尽的义务，就把子女叫到面前说："这是你们的妹妹，你们要爱你们的妹妹，就如同爱你们的母亲！"三人看了墙上母亲的遗像，都凄然跪下。这个电影提倡以人性中的宏大的爱心正视现代生活中既成的错综矛盾，强调了对人类行为造成的社会义务负起责任，以缓解的心态战胜复杂情感生活中的冲突。

在对待常见的婚外恋问题上，下面两部片子是描写得比较成功的。

文华影片公司 1947 年出品的由张爱玲编剧、桑弧导演的《太太万岁》(蒋天流、张伐、石挥、上官云珠主演)是一部结构凝练、语言优美的影片。影片描写一位识大体、多情能干的、善于处理家庭上下内外人际关系的贤内助陈思珍。他帮助丈夫开创事业，设法帮助丈夫支撑事业、渡过难关，她在处理父亲与女婿关系、小姑与她弟弟的私奔问题时，都表现出她的现代意识和周旋才能。尤其是在处理她丈夫事业成功后有了婚外恋时，影片十分得体地表现了这位现代女性的聪慧和大度，如何维护、挽救家庭，教育丈夫，对于这种在都市社会中人际关系常发生的复杂情况具有认识作用，对和谐社会和稳定家庭都有现实意义。

文华影片公司 1948 年出品的另一部由李天济编剧、穆费导演的《小城之春》(韦伟、李纬、石羽主演)也是反映家庭伦理、复杂情感的影片。住在一个小城里边，守着一个患肺病的没有生气的丈夫、每天过着没有变化的日子的女主人公，一旦碰到她已离别十年的初恋情人突然来临，互相燃起情欲，经过了一场感情和理智的冲突，理性终于重占上风。

都市生活的现代化，人际关系自然会变得复杂起来。表现婚外情的影片还有张爱玲编剧、桑弧导演的《不了情》(陈燕燕、刘琼主演)也很有水平。20 世纪三四十年代这些影片将探索人生问题引向深处，影片宣扬了高雅的情操，表现了人类的高尚道德风貌，面对感情问题和家庭矛盾，不是哭哭啼啼，吵吵闹闹，剑拔弩张，誓不两立，争风吃醋，小家败气。

四、民族救亡的强烈呼声

继 1931 年日军侵略东北后，1932 年日军就在上海闸北发动了"一·二八"事变。上海民众抗日救亡的强烈呼声几乎持续了整个三四十年代，民族救亡的主题和情节一直贯穿在那个时代的影片中，富有最鲜明的时代精神。

“起来，不愿做奴隶的人们，把我们的血肉，筑成我们新的长城。……”由田汉作词、聂耳作曲的激昂雄壮的《义勇军进行曲》1935 年在上海金城大戏院首映《风云儿女》时嘹亮响起，唱出了民族救亡的最强音。影片上演盛况空前！电通影片公司 1935 年出品的由田汉编剧、许幸之导演的《风云儿女》（王人美、袁牧之主演）一开头就响起了这首歌曲。电通公司是中共领导下的左翼电影运动中孕育的年轻影片公司，此片是继《桃李劫》后第二部影片。影片最后的场面是主人公阿凤家乡的父老乡亲们在义勇军的带领下奋起抗战。

抗战以前因为国民政府出于外交的考虑，对明确将日军指为“敌人”的内容采取严格的审查①，因此阻碍了影片抗日内容的拍摄。尽管如此，《风云儿女》还在剧情中歌舞演出中唱出了“谁甘心做人的奴隶？谁愿意让乡土沦丧?”表达舞女心中的苦楚，影片直接出现了“冒着敌人的炮火，前进!”的激昂旋律。

新华影业公司 1937 年 7 月出品的由田汉编剧、史东山导演的《青年进行曲》（胡萍主演）讲述了一个富商的儿子王伯麟，在进步同学的帮助下，从懦夫成长为坚强斗士的故事。影片呼吁中国青年挺身而出团结一致，为进行抗战行动起来。结尾的情节很是感人。王早就对其父企图借战争囤粮发财的行为面对面批判过，当“敌人”进攻华北要塞时，其父竟然要将囤积的粮食高价卖给敌人。至此因失去影响他使他进步的恋人而伤心的王伯麟最终觉醒，开枪击毙了为卖粮而积极奔走的掌柜。这部电影揭示了那是一个救亡催人觉醒的时代。

1937 年 8 月，日寇发动了淞沪战役，从此上海租界地区成为“孤岛”。爱国志士冒着危险，拍摄了直接描写抗日战斗的影片，如联华影业公司 1938 年摄制的由蔡楚生、司徒慧敏编剧，司徒惠敏导演的《游击进行曲》（林楚楚、李清、蓉小意主演），直接讲述了抗战期间江南大地上青年王志强组织游击队抵抗日寇的事迹。他的未婚妻在丈人的支持下也加入行列。他们忍受了房屋被烧、亲人被辱被杀的巨大悲愤，发动群众，瓦解敌军，使游击队伍日益扩大。影片一开头，就是一张中国地图燃烧在烽火之中。敌人烧杀进入村庄后，志强在说服和鼓励乡亲参加游击队时说：“是游击队，游击队就是我们民众武力，用出奇制胜的战术去打击敌人。我们要它吃不安，睡不稳。要知道，我们是生长在这个地方的，一切的情形总比敌人清楚。我们好好地运用游击战术，我们可以藏在敌人不知道的地方，可以埋伏在敌人的周围，敌人是有好的枪好的炮，可是他们根本不知道我们藏在什么地方。我们还怕什

---

① 参见佐藤忠男：《中国电影百年》，上海书店出版社 2005 年，第 31 页。

么呢？我们将他们的枪炮抢过来！”这些话，无疑就是那个时代动员民众抗敌的教科书。影片在那么个非常时期，担负起宣传唤起群众的作用，也充分体现了那个时代上海电影冒着敌人炮火前进的“现代性”。影片结尾是终于在最后一次战斗中，游击队机智勇敢，里应外合，将敌人全部歼灭。

剧情直接描写抗战内容的影片，还有蔡楚生编导的《孤岛天堂》（黎莉莉、李清主演），顾文宗编剧、任彭年导演的《万众一心》（邬丽珠、刘仁杰主演），田汉编导的《民族生存》（彭飞、舒绣文主演），史东山编导的《八千里路云和月》（白杨、陶金主演）等。

即使在日寇已经进入租界占领了全上海情况下，我们的电影精英依然表现了不惧迫害的骨气，如在1941年上映的动画片《铁扇公主》，影片最后部分还插了一句结束语：“人民大众起来争取最后胜利”，放映时被敌伪电影检查机关强行剪去①。

五、中外小说戏剧改编和影片拍摄技巧的成功

虽然20世纪30年代初期，电影还处于无声影片刚转向有声影片的时代，然而中国的电影在许多文化精英的努力下，在商业化社会的自然竞争中，迅速成熟，群星璀璨，佳作迭出。到30年代中后期和40年代，更是出现了大量艺术成就可圈可点的影片。

明星影片公司1934年上映由郑正秋编导的《姊妹花》（胡蝶、宣景琳主演）是一部在拍摄技巧上很有追求的影片。影片情节安排曲折完整，艺术感染力颇强。在一个贫困的家庭里，大宝和二宝是一对孪生姐妹。贩卖洋枪的父亲赵大将二宝带到上海，嫁给了军阀钱督办做了七姨太，过着豪华奢侈的生活；而大宝则嫁给了生性忠厚老实的木匠桃哥，过着贫苦的生活。一富一贫，贫富差异，在影片的视觉画面上对比鲜明，也造就了一对孪生姐妹的绝然不同的性格和行为差异，一个忍重，一个骄蛮，而又都由名演员胡蝶一人分别扮演，表演十分到位。大宝为生活所迫，只好扔下刚满月的孩子，恰巧来到钱督办家里做奶妈，二宝成了她的主人，然两人并不相识。“三年内要与家里人断绝来往”。大宝为了救助受了重伤的桃哥，恳求二宝预付部分工钱，却被骄横的二宝打了耳光。无可奈何的大宝不得已拿了小主人的一个金锁，却被二宝的小姑闯见，惊惶失措的大宝无意间撞倒了一只花瓶，花瓶正好砸死了小姑，大宝被捕。母亲探监，偶然之中碰到已任军法处长的、当年遗弃她的丈夫。一家人相遇了，母亲向大宝和二宝哭诉当年赵大用烧红的火钳将自己和二宝手臂烫伤的疤痕，两条疤痕在母亲和二宝的手臂上对接，“现在你是做了

① 参见杨金福编著：《上海电影百年图史》，文汇出版社2006年，第152页。

官太太啦,你是不认你的亲妈妈了!"二宝明白了一切,即与赵大决裂,和母亲、姐姐一起坐上自己的汽车回到了自己的老家。电影的最后几场"姊妹会""夫妻会"和"母女会"都重逢在出人意料之外的场景中,寻常的语言这时却富有强大的震撼力。尤其是让胡蝶扮演身份对立的姐妹形象,通过影片叠片遮盖拼接的技巧,同时出现在一个画面之中,让不同穿着、不同性格的一对孪生姐妹在冲突高潮中同现,这在当时是很高的剪接处理技巧,使影片吸引了无数观众。新光大戏院首轮连映 60 天,国内 18 个省 53 个城市、国外 6 个国家 10 个城市放映了此片①。

明星公司 1937 年摄制的洪深、夏衍编剧,张石川导演的《压岁钱》(龚秋霞、胡蓉蓉、黎明晖主演),影片构思非常巧妙,通过一块铸有"囍"字的银圆压岁钱在各种人物的手中流转一年,用形散神聚的手法,生动地展现了 1935—1936 年一年中在十里洋场上五光十色的都市市民生活的众生相。压岁钱在穷人和富人的手中不断流转,使全剧剧情一直在贫富对照中生动转换,揭示了隐藏在金钱背后的种种人与人的相互关系。

一个上流家庭可爱的女孩在除夕夜得到一块压岁钱,春节早晨她到烟纸店里买了爆竹,店主不给老婆藏私房钱,把这块钱找给了在明星广播电台播歌的杨小姐,杨把它作为赏钱给了娘姨,娘姨又偷偷给了赌钱的当汽车夫的男友,被男友的小混混弟弟闯见要去。钱放在破口的衣袋里掉在地上,卖报的和一个阔人对抢起来,警察判给了阔人。小混混拉朋友大餐一顿却掏不出钱。阔人将得到的钱去买票进剧场看歌舞明星表演,票房又把"囍"字钱借给朋友——男主人和女情人。他们看完戏为博情人欢心,男人把一块钱赏给了帮拉开汽车门的穷孩子。生活在阁楼上的孩子的母亲因吃了人家扔出的食物而得了霍乱。孩子用这块钱请了医生,医生开了方子说:"你们很苦,我怎能要你们的钱啊!好吧,这块钱就算买药钱吧。你拿我的名片到街边药房里去配药,可以不花钱。"医生在回家路上又把这块钱送给口称活不下去要上吊的女子,这女骗子却把钱存进她存有许多一元二元的存折里。银行倒闭,经理卷钱溜走前,派听差把 100 多大洋送给情妇。不巧途中遇劫,抢夺中这块银圆落地,挑馄饨担的拾到这钱,跑到挂着"一元救一命"灯箱下的"慈善会"门前却被乱枪打死,钱滚在路边,一个保姆把垃圾倒上,又被清道夫倒进垃圾箱。几个拾荒孩子之一掏到大洋,在一片操苏北话的贫民窟里,大家赶去争看,妇女放弃了正烧着的火,火势烧掉了整个贫民窟。大发营造厂来重造房子,在夯声中一人从土中扒到这块钱,为抢一块钱几人打了起来,工头说"交给我给你们保管",这流氓工头晚上就到一元十五跳的小舞场去乱拥乱跳大肆捣乱,经理只好

① 参见杨金福编著:《上海电影百年图史》,文汇出版社 2006 年,第 93 页。

向他赔礼，拿出这块钱给堕落为下等舞女的原歌舞明星江秀霞让她对付流氓。江的同学张曼办补习学校付不出房租，江把这一元钱帮助了同学张曼，房东认为烧黑的钱不能用。张把钱援助了被偷了盘费的安徽来沪者，隔一天，一元银圆可换的小钱就少了许多。原来大洋钱不能用了，要用法币，“过几天再用大洋钱要犯法了！”那人只得赶快以低价换给了江海关，这块钱被收入国库融化了。又是一年(1936年)在“祝愿明年比今年好”的恭贺新禧声中来到了，长者又像去年一样将包在亲笔写上“如意吉祥”纸中的压岁钱放到了小女孩的枕头下面。

一个谐趣的娱乐电影，却将现实真相毕露，伴随着浓烈的理性批判。这个片子也穿插不少歌曲，如影片一开始除夕夜在恭贺新禧的锣鼓声中“一阳开泰、万象更新”的门联下，一帮人到弄堂来用“宁波滩黄”的轮灯调唱“老板今年大发财，大大元宝滚进来”，很有民俗风味。还有以美国邓波儿为榜样的由胡蓉蓉扮演的小女孩的多处歌舞表演，尤其是跳美国的踢踏舞，与故事情节结合也很自然。这个影片也像一个贺岁片，其表现手法值得我们借鉴。

由范烟桥编剧、何兆璋导演的《长相思》(周璇、舒适主演)也是一部构思巧妙的影片。抗战爆发，心明毅然离别妻子湘梅和双目失明的老母上前线，好友志坚长期解囊帮助艰难度日的湘梅一家，他俩互相在危难中救助。当见到心明的“遗物”后，朋友促成了他们正式相爱。抗战胜利后，志明离开日本宪兵队牢房回沪，在大家见面欢乐的时刻，志坚怀着复杂的心情毅然割断情思悄悄离去。我们想到 30 年后，粉碎了“四人帮”，有一篇著名的小说《我应该怎么办》，其情节结构与《长相思》十分相似。《长相思》中还巧妙地安排了由强手范烟桥作词、陈歌辛和黎锦光分别作曲、周璇唱的 6 支插曲，声情并茂，其中有一首就是后来被有些人称为“市歌”的《夜上海》。

《太太万岁》片中的语言也十分精彩。尤其是思珍为丈夫解决了流氓女人的麻烦纠缠后，下面的一段对话如行云流水。丈夫说：“从今以后我们再也没有误会了，还是跟从前一样。”思珍说：“感情的事没有那么简单。”“怎么你还没有原谅我吗?”“这不是原谅不原谅的问题。”“那，那你要我怎么样呢?”“你不是说我帮你解决了这个困难以后，你什么事情都能答应我?”“当然咾，你说哦，你说你要我怎么样?”“我要跟你离婚！……我承认我是失败了。我不是天生爱说谎，也是为了好呀！谁知道越是想好越是弄不好，到了今天我实在太疲倦了，从此以后我也不说谎了，从此以后我也不做你的太太了！”丈夫十分沮丧。不过到要走出律师所时，思珍又不离婚了，于是又有一段精彩的对白，把两人的心理和性格表现得淋漓尽致。“在这个世界上只有你一个人待我好。”“以后你自己当心自己了。”“没有你我真不想活着。我真恨自己，我真看不起我自己！”“别哭了，该签字了。”“我已经想得明白了，我跟你一起，是我害了你，所以还是离开的好。喏。(给她笔)""不，我不离婚了!"看似平淡的对话中蕴含着深层的情感。

联华影艺社和昆仑影业公司1947年联合出品的由蔡楚生、郑君里编导的《一江春水向东流》，写的是一个爱国知识青年张忠良因抗战离开上海到重庆后，在官僚买办的天地里堕落，抛弃生活在苦难中的妻儿老母的故事。这是一个十分打动人心的故事，尤其是在贫寒的妻子素芬端着一盘冷饮走进欢乐的大厅之时，听到有人喊着"张忠良"的名字，看到站在那些"高贵"的人群中的张忠良正是她离别八年、日夜思念、一家老小寄予无限期望的丈夫时，新太太泼妇王丽珍看出蹊跷盯住忠良问："这女人是谁?"素芬这时充满痛苦和绝望，一阵天旋地转，手中的银盘摔落地上人也倒下，痛苦地说出："他是我的丈夫，我们的孩子已经9岁了!"张忠良居然瞪着无情的眼睛说道："我以为你们早就死了，你现在要我怎么样?"转身上楼去安慰王丽珍了。影片这个有强烈震撼力的场面久久打动观众的心，再次证明我们40年代后期的电影艺术已经登达十分成熟的高峰期了。

在三四十年代，大量刚出版的当代小说作品，很快就改编成影响颇大的电影，如《家》《春蚕》《腐蚀》《雷雨》《啼笑因缘》《秋海棠》。此外，一些中外名著(包括戏剧)改编成的影片也拍摄得相当成功，情节往往在改编中赋予了新的改造，主题得到发挥，如《木兰从军》《玉堂春》《白蛇传》《浮生六记》《少奶奶的扇子》等。像华成公司由欧阳予倩编剧、卜万苍导演的1939年的《木兰从军》(陈云裳主演)，其台词和插曲表示了明确的抗日意愿，在"孤岛"时期沪光大戏院创下了连映85天的记录①。

文华出品由李萍倩编导的《母与子》(张伐、蒋天流主演)是采自奥斯特洛夫斯基原著的影片，改编得非常出色。韩立人和黄素在外同居有了三岁的儿子后，又与一女子相好求婚，此女人去征求同学黄素的意见，黄素看到她手持的照片顿时晕了过去。儿子的手给烫伤了，韩去托养者那儿带走儿子卖给富家，后来该富家怕他抢了家产送他进托儿院，托儿院被日本鬼子炮火炸毁，小韩流落为瘪三。16年后，在上海剧院上演名角黄素主演鲁妈的话剧《雷雨》，其中演周萍角色的演员正是从boy转为临时演员的韩成，一个被遗弃的私生子。"我是个小杂种，我是个瘪三!你别扯淡了我。""我要杀人放火做强盗，把这些瘪三全部杀掉!"他自暴自弃。剧终前的高潮是道貌岸然的剧院大老板设大宴宴请黄素。"一个人如果精神失去了寄托，就像没有了阳光的阴天。我理解你的心情，才大胆地这样说做你的知己。你能告诉我你的父母是谁?""我只知道我姓韩。"黄素正当认儿之际，出乎意料之外，又

① 参见杨金福编著:《上海电影百年图史》，文汇出版社2006年，第135页。

认出了剧院大老板正是16年前抛弃她的韩立人。失去妻子的韩老板想重修旧好，"你有什么条件可以提出来?"黄素听后厉声谴责:"以前我爱你有什么条件吗？你离开我有什么条件吗?""毒虎不食儿哪!""16年，我们过来了，我们有我们的事业！孩子，我们走!"一幕三人相认、剧情剧烈冲突的场景，多么震撼人心！《母与子》不但把全剧的人物事件背景都放在中国上海，故事的细节也十分本土化。在剧场内外鬼混的一位"亨字辈"的人物假装斯文，操着一口带浦东音的老上海话文读腔，穿插其中，也为剧情增色了不少。

1944年由卜万苍编导的《红楼梦》，袁美云演贾宝玉，周璇演林黛玉，王丹凤演薛宝钗，白虹演王熙凤，演员阵容壮大，对原著的改编十分成功，并精心摄制。从黛玉进府开场，到合枕共眠、识金锁、读西厢、吃闭门羹、葬花、撕扇、笞宝玉、操琴、题帕、试玉、失玉、熙凤献策、傻丫头泄密、黛玉焚稿、金玉良缘……情节连贯进展有条不紊，不但忠实精选了曹雪芹原著的精华，还创造性地增添了动人的宝玉哭灵和出走入寺，形成完整的一幕高一幕的悲剧高潮画面，十分经典十分打动人心。后来的越剧《红楼梦》从此片照搬了主要的剧情和大量的精彩对白。

到40年代尤其是后期，上海电影的拍摄技术已经相当辉煌和前卫，创作能量巨大，经典之作接踵而生。这里还值得一提的是，万氏兄弟在1926年就拍摄了我国第一部动画片《大闹画室》，中国联合影业公司拍摄的由王乾白编剧，万籁鸣、万古蟾主绘的，制作耗时一年半的第一部大型动画片《铁扇公主》1941年开映，是世界影史上第四部大型动画长片，比起美国的也是世界上第一部大型动画片《白雪公主》(1937年)仅仅迟了4年。

20世纪三四十年代的上海电影，无论在主题还是技巧方面，都与世界电影在同一水平线上并肩而行；回顾那个年代的电影，我们对那些曾怀有强烈的现代意识、辛勤奋斗在摄影棚内和水银灯下的创作人员和电影群星们充满无限敬意。

原刊于《上海大学学报》2007年第3、第4期。

海派商业文化的一枝奇葩——糖纸头

一、糖纸头艺术

在笔者读小学、初中的年代，正是20世纪50年代中期，课余生活丰富多彩，除了唱少儿歌、跳集体舞和加入各种自发的游戏外，文静一点的同学都有收集的爱好，如集邮、集币，收集电影说明书、电影票、电影明星照片，收集书签、贺年片，笔者除以上爱好外，还收集过花瓣和树叶。对笔者小时候艺术头脑的开发产生最大影响的，倒不是每周仅一次的图画课上的教育，恰恰是糖纸头和花绢头这两样东西。

50年代一角几分钱一块的手绢上，有着令人入迷的、相当高水平的图画，类型也五花八门，放学回家笔者常常会偷偷走进淮海中路的妇女用品商店去看上几眼。但因为笔者是个男孩子，不可能花钱去买手绢来作为收集品。不过，每次吃了糖果以后留下的包糖纸，我和不少女孩子一样，把它们拉平压平，或像对待邮票那样，放在清水里漂洗干净以后贴在玻璃窗上。这样干了以后的糖纸头，就像没有包过糖似的，非常平整，让它们舒舒服服地躺在我用过的课本里，每一页夹着一对。这些糖纸头，居然也躲过了“文革”扫“四旧”，闯过了发大水和多次搬家，保存了五六本。到了七八十年代，由我的女儿再编下去。然而到了70年代以后的糖纸头，已经没有昔日的光彩了。尤其是到了时行透明糖纸包糖后，糖纸头上的细心优美图案设计也就落潮了。90年代后，人们生怕发胖或害上糖尿病，零食也五花八门，糖果不再受人青睐；另一方面人们也迷信于品牌糖果，糖果生产的多样化竞争优势也没有了，也不必在糖纸上多动脑筋，糖纸艺术也就衰落了，有点时过境迁的况味，但笔者收藏的糖纸头一直保留至今，活生生的，还能细细回味。

就像笔者在小学里学会了大量的童谣儿歌一样，一个时代有一个时代活跃的时尚，过了以后也便没有了。笔者收集糖纸的年代，正好赶上糖纸图案设计的高潮期。在当时一颗很便宜的小糖，看来很不起眼，但肯在它的包装上大动脑筋，则与当时糖果在人们生活中的地位有关。而现在，有些人看好的往往是那些“大手笔”，那些可以“大放盘”赢大利的东东，比如那些大盒“补品”的包装上倾注心血，当然就不值得在小小的一张糖纸上花工夫了。然而，就在那个颇有朝气的50年代，在一方小小的包糖纸上，会有着那么些高水准的图画。设计这些图形的画手，也许还未完全料到它会对少年的心灵留下多么美好的印象，发生那么优雅的潜移默化的感染作用。孩子们在那些糖果面前常常流连忘返，久久不愿离去。他们在生活相当拮据的情形下，精心选择点明了哪种漂亮的糖渴望母亲花钱去买哪种糖，在甜蜜蜜品尝的同时，他们又享受了一次美的熏陶。

无怪乎当时在班上，女生收集糖纸头是很普遍的现象，几乎人人都做过，连带有些细心的男同学也同样欣赏那些优美的图画，收集起糖纸头来。

大量、优美的糖纸头的集中诞生，也是一种文化现象，它背后有着深厚的土壤，它只有在上海这样的都市中伴随着商业的繁荣才会这样出现，那样五彩缤纷。糖纸艺术起源于20世纪三四十年代，海派文化的一个主要特征，真如鲁迅说的它姓“商”。无论是美丽的“月份牌”“香烟牌子”或“明星照片”“城市风景明信片”，纷杂的方言戏曲曲艺，都是在充分成熟的商业社会的依托下，自然得以健康地生存和繁荣起来的。海派文化的另一特征，是中西融合，具有华洋杂交的优势，在一个宽松的社会形态下，在自由竞争中发展。糖纸头文化也是一种海派文化，如此纷繁的景象，本身体现了一种商业竞争的结果——百花齐放。

在40年代，依托于商业繁荣，上海涌现了大量的不同层次海派画家，浙江、苏南本来有较发达的文化，有传统的画苑基础，比如有靠批量画扇面为生的画手，有专画年画广告画的画家。他们来到上海以后融入商业社会，在西洋画的影响下，创造了江南传统与各国外来文化相结合的海派绘画艺术，是为世界独特的绘画景观，如月份牌和各种广告画就是典型。这些绘画好手，阵营壮大，到解放后，随着月份牌、广告画的消失，一些人纷纷转入了一些仍然可以存在的地方。解放初期的许多年画、儿童画、连环画，就有崭新的面貌。那些大幅的梁祝、白蛇年画和宣传画，就是月份牌绘画的延伸。还有，在小学堂边小摊子上的各种十分便宜的纸质的手工劳作玩具和小小游戏棋上的绘画，题材丰富，总是吸引着我们这些小学生们徘徊其中。那些绘画高手被手帕、糖果厂重视而请去，于是就设计出了美丽的、有较高文艺素养的作品，孩子们喜欢的“糖纸头”就这样应运而生了，从一张小小的“糖纸头”上，我们看到了一个社会的艺术水准。

二、智慧在甜味中下了深工夫

一进弄堂边不远的食品小店，一双双小眼睛就不由得盯住了那一排排的糖罐。那是一个个长方形的大玻璃瓶子，每个瓶面对着顾客的是它的方形的底部，我们看到的是瓶里排得整整齐齐的长方形的糖果，安排得那么细心齐整，足见一个时代的认真。除了什锦糖果是散放的以取五光十色以外，每个瓶子里都是一种糖，一个个瓶子横排着置于架子上，上下可以排上好几排，所以最下一排可能还得蹲下来歪着头俯看。每个瓶上都写着糖名和价钱。一眼望去，在我们孩子的眼里就是琳琅满目，令人神往了。如果你选中了哪种糖，指着哪个瓶子，店员就会在他那边的斜口打开那个瓶子的大圆木塞或铁盖，伸手进去一次一次抓那种糖果放到磅秤上去称。如果是称什锦糖，就很想他能抓到自己喜欢的那张特别好看的糖纸头包着的那颗糖，然而又羞答答不敢对他说。

最便宜的是那种“赤膊糖”，这在开在弄堂口的烟纸店里就有。一分钱一粒，如粽子糖，笔者特别喜欢吃绿色的薄荷粽子糖，这是笔者从小就有的求异心理所致。还有一种糖大家都叫它“乌龟糖”，因形似而得名，椭圆形的硬糖上面布满突出的圆点，有多种颜色不同味道而且一目了然，这就提起了大家的选择欲。另一种外有彩色圆纸套、内有“锡纸头”包着的ABC牌、后来又叫三喜牌（原为CCC牌）的水果卷糖，每卷10颗，也很便宜。那张锡纸，可以用手指撸得很平很亮，以后可做化装舞会上用的纸糊帽子上的星星月亮。

大量的水果糖是每颗用纸包的，纸面上有各生产厂家的名字，还写明糖果的种类。有奶糖、蛋白糖、太妃糖、牛轧糖、司高去糖、求是糖、白脱糖、巧克力糖、麦乳糖等。

从称呼看这些糖，原先多是些西方的舶来品。最常见的有太妃糖和牛轧糖两类。上海原租界上外来食物用大量的外来音译词来称呼。比如“太妃”是英语“toffee”的音译词，它是一种乳脂糖，它与奶糖的不同在于，既含牛奶又含咖啡。“太妃”里再辅加成分，就形成形形色色的太妃糖系列，如白脱太妃、奶油太妃、咸味太妃、三明治太妃、水果太妃、花生太妃、果仁太妃、香蕉太妃、椰子太妃、杨梅太妃、香草太妃、巧克力太妃、可乐太妃等，五花八门，这里足见本土化渗透了。“牛轧糖”是英语“nouget”的音译，又译作“鸟结糖”“纽结糖”，在西方原是一种牛奶加上杏仁或胡桃、花生、榛果的夹心糖。它也有一系列的定语，有名的有伟多利食品厂的“芝麻奶油鸟结”和“可可鸟结”，光明合作社黎明牌的“胡桃鸟结”，冠生园食品公司的“椰子鸟结”，益民一厂的“芝麻牛轧”。还有那些“杏仁味牛轧”等，已经大大扩展了“nouget”的风味，一直延伸到“橘皮牛轧”，也可见上海宽容特色之一斑。不过很正宗的“nouget”，那最有名的“花生牛轧”是华山糖果厂出品的，大家都记得，那蓝色的像国际象棋棋盘般图案的小型糖纸，包着一块夹着花生又白又软的奶糖，味道十分隽永，深得市民喜爱。后来有许多模仿它的蓝白色的花生牛轧出现，都达不到那个水平。传至21世纪，有上海界龙食品有限公司生产的“花生牛轧”，味道与之可谓一脉相承。“求是糖”是英语“juice”的音译，本指任何味道的果汁，但在当年的糖果里用时，却是缩小了这个词的词义。那时只有益民食品一厂出品出售的一种光明牌“奶油可可求是糖”最受欢迎，糖纸头特别大，蓝白红三色，图案相当大方，内中糖的形状也颇有特色，厚圆形，有点高低不平和不圆，糖是白色的，但里面有几圈咖啡色的条子花纹。实际上它是一种奶糖，放在口中，撑满一嘴，颇感满足，因此也就会留下特别深的印象。“巧克力”，又译成“朱古利”，译自英语“chocolate”，沾上巧克力边的糖，都是孩子们感觉最好的糖。

在奶糖方面，相当受人欢迎的，有一种圆长条的红纸包裹的“米老鼠奶糖”，长销不衰。还有便是一直销售到今、声誉很高的“大白兔奶糖”，它的糖纸头设计历时几十年没有变过，两侧是蓝色的一排两两相对的有点像袋鼠似的大白兔，早期收集到的还有绿色的大白兔糖纸头。

除了以上一大类在广义上也可称为软糖的奶糖以外，糖果中还有硬糖和软糖两种。有的上年纪的人并不喜欢吃奶糖，生怕奶糖会粘坏了牙齿。但是，那种俗称用“明胶”做的软糖不粘牙齿，所谓“水果软糖”，有各种水果香味，也为不少人喜吃。

另一种泛称为“水果硬糖”的硬糖，也广受欢迎。

硬糖相对来说比较便宜。最便宜的是一分一粒的水果糖，常见的有橘黄色的橘子糖，淡黄色的柠檬糖，绿色的香蕉糖，白色的白脱糖，统称“水果糖”。包在一张比较简单的红字白纸中，有名的有上海冠生园食品厂的“散水果”糖，益民一厂、天明糖果厂和马宝山糖果厂的“水果糖”。这种糖应该说是最为普及的糖了。有特色一点的硬糖，就另起名字了。如白脱球糖、咖啡糖、麦乳精糖、椰子糖、菠萝蜜糖、杨梅糖、沙士糖、留兰香糖、司考奇糖等。“白脱糖”，又写作“白塔糖”，是“butter”的音译，即以黄油味成分为主的糖，其中带有些咸味的“白脱咸味糖”颇受欢迎，多家糖厂均有出产。“司考奇”，本书的嘉利糖果厂的糖纸上又写作“司高去”，“司考奇”是英文“Scotch”的音译，原是“苏格兰的”的意思，它借代一种“苏格兰风味”的糖，别具一格，许多人喜欢回味这个味道。“可可 cocoa”“咖啡 coffee”都可以做成硬糖。还有一种“沙士糖”糖，“沙士”，是当年一种类似可乐的饮料名，在五六十年代，瓶装的汽水只有两种，一种为“柠檬汽水”，另一种称为“沙士汽水”。早有了最普通的柠檬糖，后来又来做“沙士糖”。“沙士”，应是英语“sauce”的音译，它本指各种调味汁，如酱油，或是烈酒，能增加趣味的东西。上海人就把这种味似可乐、色同酱油的汽水称作“沙士”，还把酱油色的咳嗽药水也叫做“沙药水”。从上面的许多糖名可知，它们都是在大上海翻译引进的。上海人在食品中创造的音译词真有不少，上海对外来文化吸收之宽容，使糖果变得多种多样。50 年代末，在大世界和八仙桥两处恢复了解放前的一种用乌梅泡制的“酸梅汤”，成为当时在上海的第三种广受欢迎的、属本地土产的饮料，在 60 年代只需 6 分钱一杯。不久就出现了一种酸得可爱、解渴开胃的“话梅糖”，天山食品厂“话梅糖”一出，广受欢迎，原汁原味，一直延承至今。它既是一种质量永不退化、形状一直未变的硬糖，也是外包装朴实、长久不改动的畅销糖。此外，还有一种长形的“奶油咸味糖”，当时一分钱一颗，也是极为受人欢迎的硬糖，传流至今。

小孩子喜欢吃有根捏棒的“棒头糖”。棒糖有较大的包纸，最有名的是益民食品一厂的光明牌“玩具棒糖”糖纸，上面画着一个个不同方向放置的“洋娃娃”“玩具动物”，这些图画当然是幼儿喜欢的。“棒头糖”至今对幼儿还有无限吸引力。

还有一种“夹心糖”。50年代大凡糖内有夹心的，都算较高级的糖了，价钱相对要贵些。比较上品的，有种俗称“元宝糖”，它的包糖纸不是普通用的蜡纸，而是印花的道林白纸，比较小，包法也不一样，两边折起，像元宝状。糖中间是果酱，称“果酱夹心糖”。在一般的糖果堆里，放上几颗“果酱夹心糖”，恰如天女散了花，顿时抬高了一盆什锦糖的身价，孩子们往往也盯着这几颗另类，先把它们消灭。另一种是比较酥松的夹心糖，糖面很薄，扁圆形，一咬便酥，又称“酥心糖”，如冠生园的“花纹夹心糖”，味道很地道。还有“龙虾夹心糖”，一听名称，便觉嘴馋了。

上海五六十年代糖果的大观园里，充满着智慧，糖果制造者纷纷在甜味中下了深工夫，品种竟是如此多姿多彩，上海的孩子和成年人，真有口福啊！

三、糖纸和糖厂的春秋

据说婴儿在吃奶的时候，如果你冲一瓶带甜味的钙粉水，婴儿会非常喜欢吃，可见爱吃糖是人的天性。孩子最初的零食，便与糖有着不解之缘。一旦吃上糖果，就见到了花花绿绿的“糖纸头”。糖纸上的艺术，往往是稍稍有心的孩子接受到的最早的绘画艺术。有的孩子，急于从糖纸中取出糖来往嘴里一送，把糖纸一团就扔了；聪明和细腻一点的儿童，就会把糖纸摊平，不由自主地欣赏一番。一个孩子的艺术欣赏力首先在糖纸头上得到了启示和检验。一堆花花绿绿的糖果放在一个高脚的玻璃糖果碟里，节日里放在招待客人的桌子上，对孩子来说，是最具有强烈吸引力的生活实用艺术熏陶的小平台。

一张长方形的小蜡纸，在糖厂美工师傅的精心设计和描绘下，成为一幅幅小小的艺术品，成为有广泛感染力的、孩子们心目中最早的美术教员。

一般糖纸的图形往往分为三块，两边的两块是对称的图案，中间与糖紧贴的一块是带有厂号牌子和糖类内容在内的图画。

在那些两边对称的图画设计中，就有图画中最基本的“两方连续”的图案设计，这是学习西方绘画艺术的最初基本功。如“上海世界糖果厂”的“果汁太妃”的糖纸两端，“益民一厂”的“什锦水果牛轧”的糖纸两端，便是很正式的连续图形设计，可以对着它学习最基础的图案画训练。“国泰糖果厂”出品的“白塔球糖”是很普及常见的一种糖，它的糖纸两边的连续图案又是稍微复杂的、红黄双色的生动结构。

“天明糖果食品厂”的“银河奶糖”中间画着牛郎和织女相对的美丽图画，两边的绘图有着古典图案的艺术风味。

“益民一厂”的“四季香糖”的图画设计，像古代的连续屏风那样，整张纸的图画虽是分隔三块又是连成一片的。“光明食品厂”的绿色“小燕”糖，“天星食品厂”的“雪里红”糖，“梅林糖果厂”的“敦煌牛轧”糖，画面采取的是对称的斜角分割，尤以“马宝山”的“奶油球糖”的斜体兼花卉的大小相间，更为出色。“长江制糖厂”的“橘皮牛轧”则以橘黄为全体基色，形成深浅不同的四角构图式。“天星食品厂”的“果汁太妃”两边采取的却是不对称图形。

另有一种糖纸的图案设计是整张方纸浑然一体的。比如“冠生园食品公司”的“椰子纽结”糖，是通体一致的红黄蓝三原色的大小相间的圆气球；“冠生园”的“花纹夹心糖”，则是一张红绿弧线相交的立体图；“伟多利食品厂”的“万紫千红”糖，则是各形、各色、各种花卉图案的散点画面，布局得当，甚有艺术水平。它们都构成了一纸绚丽的艺术作品。

水果和花卉是糖纸中常见的描绘物，各种动物当然最为孩子喜爱，成为活跃在糖纸画面上的最活泼生动的形象。如“清真天山食品厂”的“凤蝶奶糖”，“益民一厂”的“宝宝糖”，“天明糖果厂”的“玩具奶糖”，图形都为多色彩的，形象鲜活。不过都敌不过那一色深红的“米老鼠奶糖”更受群众欢迎。那些“健康”和“增健”糖，还画着各种姿态的人体运动图案。

那些美工设计师们应该得到人们的重视和尊敬。比如 90 年代冠生国(集团)有限公司的副总工程师上海人王纯言，就是一名受到尊重的有名的高级工艺美术师。他自幼受到知识分子家庭良好的教育，在上海第一师范附属小学读书时，就以优秀学业和美术天赋，参加了上海市少年宫美术班。他的画多次被选拔参加出国展览。他中学毕业时，正逢“文化大革命”，大学停止招生，因此走上了工作岗位。他在爱民糖果厂当上了一名学徒工，从一介草民开始，靠勤奋和天赋才华，进入了科室工作，并开始设计“大白兔”奶糖的包装纸。后来他工作的爱民糖果厂，并入冠生园食品有限公司，他与“大白兔”进一步结下了情缘，一心一意扑到“大白兔”产品系列品牌设计工作中去，并为之努力奋斗了一生。1992 年至 1995 年之间，王纯言先后荣获了轻工业部劳动模范、上海市劳动模范的光荣称号，其包装、广告设计作品，获得了 20 多项大奖。“大白兔”系列产品设计和包装上的成功，帮助了“大白兔”系列产品销量猛增，1994 年生产 6700 吨，1995 年达 8000 多吨，企业赢得了大量利润，王纯言也获得一个“兔子王”的美称①。

① 参见上海福寿园陵园文化研究所文。

除了王纯言有幸获得很高的荣誉外，著名的连环画家戴敦邦、贺友直、赵宏本等，当年也曾加入过设计糖纸头的队伍。还有许多无名英雄，也经常在我们心中受到默默称颂，是他们用尽心的劳动使海派文化中一枝奇葩开放得如此鲜艳！

五六十年代的上海有众多有名的糖果厂，如“地方国营伟多利食品厂”“公私合营冠生园食品厂”“公私合营天明糖果厂”“公私合营上海爱民糖果厂”“国营上海益民食品一厂”“公私合营联裕食品厂”“上海市光明合作社”“马宝山糖果饼干公司”“上海大众食品厂”“上海正广和汽水公司”“上海幸福食品厂”“公私合营上海天星食品厂”“上海国泰糖果厂”“上海好华商品制造厂”“公私合营清真天山食品厂”“上海长征食品厂”“上海大乐糖果厂”“上海世界糖果厂”“上海嘉利糖果厂”等，由于它们，创造了人间甜蜜的滋味，人们又在如此五彩缤纷的糖纸头中享受到甜蜜的乐趣，这些糖果厂永远留在人们甜蜜的记忆中。

有些名牌厂家的名牌糖，几十年如一日，一直保持着原有的风味不变，常驻在人们的记忆中非常深刻。比如印着大红“囍”字的“伟多利双喜太妃”，曾经不知为多少参加新婚夫妇婚礼的亲友带来过甜蜜，一时间成为许多新婚夫妻的首选结婚喜糖，一包八粒。在糖纸上，我们还能看到六七十年代“文革”的痕迹，比如笔者还收有特殊年代里一度改名为“红卫食品厂”的“红双喜”糖纸。淮海路最繁华地段上的上海海燕食品厂和老大昌食品厂在60年代率先采用透明塑料的糖纸，给人面貌一新以提高糖的档次。上海哈尔滨食品厂的“礼花”奶油蛋白糖是在60年代颇为高档的常常为收入稍高的人们排队抢购的奶糖，到了被迫改名为“工农兵食品厂”后，却并未使出厂的奶糖“工农兵化”，依然叫“礼花”，依然用当年视为较高档的“玻璃糖纸头”，只是将糖纸上最醒目的高处一大块英文改作“最高指示，要斗私批修”，糖纸的设计图案维持原样，并无把“四旧”破完。从改为“国营文革食品厂”出品的“鹅腿香脂糖”“可可蛋白”等的糖纸上也可以看到，上海人是很灵动的，即使在必须挂上“文革”标志的年代里，他们在“彻底革命”上还是大打折扣，在糖味上要保持信誉和悄悄给予创新。我们从糖纸头上可以看到时代中的人的真实印迹。

上海长征糖果厂的“奶油椰子硬糖”也是饱受赞誉保留至今的名糖。还有现今归入“冠生园集团”生产的原“天山回民糖果厂”生产的“话梅糖”，自诞生以来，一直是那张朴朴实实的棕色的糖纸头。但这个糖的味道之纯正，不管是哪一种赝品话梅糖或别家生产的话梅糖，都无法与之相比。笔者自从购买它的首批试销糖起，一直吃到现在。一直收藏着它试销品的糖纸，当时厂名叫“上海东风食品厂”。笔者不涉烟酒，每周吃话梅糖半斤，吃上了瘾。在写文章和打电脑时必须吃些什么，年轻时入迷“五香豆”，后来为了保护胃，就嚼话梅糖代之直到如今，近查血糖指数超出最高正常值，所以洒泪告别话梅糖。那些名牌糖，在当今能不受糖果业的普遍退潮而销隐，成为所剩无几中的佼佼者，应该赞扬使它永葆青春的名牌糖厂。

“冠生园”，其奶香浓郁的大白兔糖、风味独特的牛肉干以及陈皮梅，在上海众多民众心中种下了很深刻的情结。回顾一下它的百年成长历史是颇有启发的。

20世纪初，广东南海人冼炳成幼年随母来沪谋生，在南京路开了一家叫“淘淘居”的著名茶馆，卖茶兼自制糖果、橄榄和陈皮梅等小零食。后来被排挤到老城厢九亩地(今南市大镜路一带)，继续出售自制广东风味牛肉干、陈皮梅。他制作的食品不但鲜美耐嚼，口感极佳，而且十分讲究卫生，因而生意兴隆，深受欢迎。一天他从报纸上看到香港冠生园倒闭的消息，觉得这个名字很好听，就在自己的食品包装纸上统统印上“冠生园”三个字，以吸引食客。到1915年，有了一定积蓄的冼炳成与人合资在现南市露香园一带开设了一家冠生园食品店，还将自己的名字也改成冼冠生。由于经营有方，开市后冠生园食品店的生意一直很好，名气一天比一天响。三年后，冼冠生将食品店扩大为冠生园股份有限公司，自任总经理，取“生”字为注册商标，增加了糖果、糕点、蜂蜜、月饼等品种，并在今南京路、河南路等热闹地段开设了多家分号。1928年在漕河泾购地40余亩，辟为冠生园农场。1930年又筹资50万元，将总店迁往今南京路555号，成为与梅林、老大房等齐名的沪上著名食品商号，不断推出陈皮梅、牛肉干、杏花奶糖、鱼皮花生等新产品。这时，他几乎每一二年就有一个分店开业。1937年八一三事变爆发，冠生园捐出大量食品慰劳浴血奋战的抗日将士。抗战时期，冼冠生将公司迁往内地继续生产，抗战胜利后又迁回上海。到新中国成立时，冠生园在全国设的分店、分厂和酒楼已有37家，执中国食品商业之牛耳。1956年实行公私合营，改名为“冠生园食品厂”；1976年，生产“大白兔奶糖”的时候爱民糖果厂并入，以后长征食品厂等也并入该厂。到1996年正式成立了改制的“冠生园(集团)有限公司”，成为上海闻名国内外的执龙头的食品企业。不久前它又与世界零售业巨头、排名500强之首的沃尔玛公司达成协议，加盟沃尔玛国际供应商队伍，正式签订了委托加工(OEM)合同书。集团将对照沃尔玛公司的标准进行全面自查，使集团早日成为国际性企业①。

上海天明糖果食品厂也是个名厂，五六十年代，我们曾在很长一段时期内一直吃天明厂生产的“天明桉叶糖”，因此这种糖在我的心里也意味深长。天明厂创建于1942年，在中国市场上创立了“天明”和“R. C. A”的糖果品牌，“天明桉叶糖”在解放前已经生产。如今该厂已经开拓了以“天明桉叶糖”为首的集休闲、保健、营养于一身的功能性糖果的消费市场。“天明”糖果也有近60年的生产史，到现在已形

① 参见《冠生园旧事》，2003—12—17；肖力：《冠生园》，载上海档案信息网。

成四大类产品，硬糖有水果味、咖啡味、果仁型等；奶糖有咪咪系列的各类奶糖；太妃糖有金鱼太妃、鸡蛋太妃等；休闲糖有薄荷糖、桉叶糖，安咳乐等①。

但是，不得不承认，如今海派糖果市场是衰落了，即便是糖纸头，也已经没有谁想到要像当年那样去用心设计了。我们现今看到的，不是名牌糖百年不变的糖纸图案，便是越来越简单难看的随意的新设计。市场上如今畅销的那些糖大多是港台海外来的牌子或合资生产的东西。就像上海的海派流行歌曲，想当年是何等的时尚繁荣，如今在上海流行的却只有港台日韩流行歌。上海电视上近年来群众文艺开始活跃起来，流行歌曲、戏曲的百姓舞台渐渐增多，然而糖纸头的艺术的昔日异彩似乎是一去不会复返了。

四、与糖纸结缘

五六十年代的家庭多数是多子女的家庭，孩子生活普遍贫穷，在零食上的花费是很节省的，喜欢买的零食也是一分、两分钱的廉价如盐金花菜、酸梅子、咸支卜、九制陈皮、桃板、五香豆、三北盐炒豆等，后来又有一粒粒的盐金枣做解馋用。母亲去食品店偶尔买点话梅、敲扁橄榄回来吃，已属难得的奢侈奖励了。孩子们最常吃的便是小糖，粽子糖啊、弹子糖啊、乌龟糖啊、拌砂糖啊，都是“赤膊”的，没有糖纸，很是便宜。待到亲友来家，才时兴赠送一些有糖纸的糖果。如果有的亲戚这次没有带糖果来，孩子会有一脸的失望。

当时父母给孩子的零用钱是很少很少的，女孩子们只好凑齐几天改乘车为步行而省下的零用钱，各人买二两有纸包裹的糖，互相换送，所谓“调来吃”。同时也向对方讨来了自己没有收集到的糖纸头。糖纸头就这样一点一点收集起来，像当年集邮的方法。

糖纸头是最容易收集的东西，它可以培养一种收藏兴趣。一方小小的糖纸，不像集邮集币，需要花费不少钱去买，只需在吃糖时随手留下。人家是吃糖前专心向往着糖的美味，一打开糖纸，只顾吃糖而将包糖纸一团后随即扔去，而有心者却是看准了好看的包糖纸，剥开糖纸，先欣赏了一会儿糖纸收起，然后才去品味糖的滋味。

糖纸的收集，既培养了孩子的静心收集拾掇的良好习惯，又在欣赏自己的小收藏中陶冶着幼小的艺术心灵。

家境比较好的女生，吃的糖种类多了，一边吃还要一边评比。有的说“益民太妃”最好吃，外加还有一张锡纸头可以派用场；有的说“胡桃鸟结”最好吃，糖纸头又漂亮；有的说“花生牛轧”的奶味最过瘾，而且花生松脆。对于“蹩脚”糖，往往是“一

① 参见上海天明糖果食品厂21世纪初年的“公司介绍”。

沺馋唾”,不屑一顾地嘲笑两句。她们的细心和鉴赏能力显然优于男生。但不少男生则有糖便吃,满不在乎其优劣。他们中有的人的注意力往往在于糖纸头,想集得种类越多越好。他们往往用五张一般性的糖纸去向女生调换来一张漂亮的糖纸头,不答应就再加两张!或者准备了一盒因重复而多余的糖纸头,任凭她来选,选得她满意了,便一定将她手里奇货可居的糖纸骗到手,再小心翼翼地夹进他的《小学生守则》或《学生手册》中去,这是男生在集邮商店门口学得的经验。这时他们已经不顾“男女有别”或“男女授受不亲”了,当然这是在男女生关系比较团结的高班中才能如此交易。有时候,在老师上课提问某个女生,并翻她的《学生手册》时,一张糖纸头或一枚月季花瓣会轻轻地从记分手册中飘落下来,惹来一点轻松的气氛,然后马上严肃起来。正当不少女生把糖纸头折成小人、小鹿,各色芭蕾舞裙子,还有蝴蝶结什么的时候,另有些人则沿用了集邮的方法,把整理好的糖纸头夹在一本本旧书里,有按糖的种类排列的,有按糖厂名称分类的,也有按先漂亮后一般而排的。一番精心选择和整理以后,他们也就认真了起来,便会有心像邮票簿一样一本一本地收藏保留下来,如笔者六本夹在初中硬封面的《自然地理》《植物学》《平面几何》等课本中的糖纸头居然闯过了“文革”中的搜查,因躺在课本中而得以避灾。那时除了课本以外的书,统统成了“四旧”没收了。

孩子们最向往的是过年。除了一年又有一次机会可以亲手放鞭炮和小烟花之外,最高兴的便是可以敞开吃糖。当然如果正好遇到下雪天,则三大喜俱全了。尤其是在20世纪60年代初副食品供应相当紧张的岁月里,连瓜子、花生都没有买处,过年的桌上就只是一碟碟的糖果了。书香门第或享受定息的家庭,光景要好一点。走进这些家庭,常常还感受得到点滴古色古香的遗风。如厅里挂着新写的春联或年画,主人递上一碗“盖碗茶”,瓷茶碗是有合盖的,顶部不是一个“滴滴头”,而是有一个小圆碟。上面放着一个檀香橄榄,与一壶清茶一样,是先苦后甜越吃越甜的。当然要想一吃马上就甜的,那便是糖了!在主人桌上,引人注目地放着一个很大的“果盘”,这种大圆形或六角形的果盘一揭开盖子,就是琳琅满目的一片眩目景象,在十几个分格里,分别整整齐齐地排放着各色糖果,任你挑选。笔者第一次遇到此种新鲜景象,顿觉大开眼界,因为那是与自己最爱吃的糖联成一气的,而且如此多样化。当我回家时,袋袋里已被塞满了糖。

人来客往,送斤什锦糖是最受欢迎的。所谓什锦糖,就是把各种各样相似价格的糖放在一起掺和了,论斤称卖。商店这样卖糖,总是受顾客欢迎的。尤其在过年时,糖果店中有好多质量不同、价钱不等的什锦糖。笔者每年春节只好去买最便宜的一种,一元二角八分一斤,这在同级的食品店中倒是统一定价。于是我总要一家一家走上多家,比较一下哪家的糖花色最多最漂亮,为的是收集新鲜的或凑齐成套的糖纸头。在称糖时，多么希望营业员的手在抓糖的时候撸进了我喜欢的糖纸头的糖。后来因酷爱糖纸，便等着我认识的、比较大方的营业员来上班时我才去买糖，目的是为了可以点明我要的那几颗糖。

三年“困难时期”，收集糖纸也遇到危机。一方面是生产糖果的品种和数量大为减少，而且糖上包裹的蜡纸变得相当粗糙，纸质发黑，图画也只好跟着成粗线条和浓色彩。那个时候，发生纸张危机，最早的造纸国在这时造出了大家过去从未见到过的如此低质的纸头，连我们的课本和练习本的用纸都是那种粗糙不堪的再生纸，我们都称之为“黄草纸”，有的竟黄到发黑而且充满了十分硬的大小细粒，在做作业时大家非常怕弄“伤”钢笔头上的铱金。所有民用的纸张都是那种样子，包糖纸也免不了那个命运，好在也收藏了非常时期的民用糖纸，看看另有回味。好的糖纸也是有的，那便是后来为了回笼货币而发行的“高级糖”上的包糖纸。那种糖的售价公开标明了要比一般的糖贵上几倍或十几倍，自然糖纸也很白，特地设计了很漂亮的图形。那是特殊年代的双重糖纸现象。那些“高级糖”，是供应有钱人的，既然要回笼货币，但是我们中学的团组织却动员团员艰苦朴素、发扬延安精神不要去买高级糖和高级糕饼，号召自愿上交布票、就餐券，响应号召坚决不吃一颗“高级糖”。现在想来还是弄不明白为什么当时同时有着“要你买”和“不要去买”两个互有抵牾的政策，也许是坚持区别不同“阶级”的“阶级立场”原则在起作用吧，要我们划清与富裕阶级的界线。于是笔者也是到了后来在急于收集各种糖纸的时候，才见到了“高级糖”的糖纸完整模样。记得有一天晚上，我到常去的弄堂斜对面的“秋海棠食品店”去，居然待在那里把与普通糖划清界限的高级糖一种种地看个够，当时店里的“无线电”又在播放令我入迷的徐丽仙的评弹“黛玉葬花”，我还细细地打量着该店在解放前遗留下来的那个笨重的机械收银机的运作，与现今超市中的收银机使用法是一样的，只是大一点，价钱数目是采用铁片翻牌式表示的。直到听完了“黛玉葬花”，我才不好意思地赶紧买了一小盒“天明桉叶糖”后离开。

“困难时期”以后，在淮海中路的茂名路口一带，一些食品店供应自制的质量比较高的糖果，往往都是改用透明薄型的我们称为“玻璃纸”包裹的粒糖，如有名的“哈尔滨”“海燕”“老大昌”厂等。开始时，由于难以印刷的原因，那些“玻璃糖纸头”的图案并不美，倒是女孩子手工制作“玻璃小人”和各种小动物的合适原料。而且那类糖纸通常一定要用水泡后洗去残糖，贴到玻璃窗上，待水分干后取下，便十分平整。那些新鲜的比较贵的糖类里，味美的不少。我太太在大学毕业后即去解放军农场劳动接受“再教育”，在“文革”中环境单调又食物贫乏的生活中，有一次母亲从上海寄来了一包玻璃纸的“牛肉汁太妃”糖。她把它分给了同排的同学，大家都吃得津津有味，实在是一种超级享受，可谓“馋唾水嗒嗒滴”，比现在走进了“哈根达斯”吃冰淇淋的味道还好，以后再也感受不到此种愉悦了！

在70年代初期，一般只有一两个小孩的小家庭依然很不宽裕。记得我们买给孩子吃的，常常是一把五颜六色的弹子糖，一分几粒、五分一个三角包的小圆粒。而自己为了在乡下解无聊，每周买一次一角十颗的“奶油咸味糖”，一天吃它两个，一周吃完。后来一角只能买到九颗了。

现在呢？大家都可以尽买糖果却又不吃糖了！真是阴差阳错。怕吃甜食，怕吃糖水，什么都怕吃，此谓保健，此谓防病……

但是，笔者分明记得那种小时候就形成的“糖纸头情结”。即使在谈恋爱的情书中也曾夹过“文革”邮票和糖纸头，年底还交换多彩的“年历片”等。那种对五颜六色味道各异的糖纸各成千秋的什锦糖情结的追求成了生活的一部分。后来我和我的太太许烨在日本，当时我已经是被日本福井某大学请去教学三年，走进日本卖糖果的地方，并不知道哪种糖好吃，我们就是拣糖纸漂亮的买。日本大部分地方不供应“什锦糖”，于是走到那些大商场的地下一层有转轮的自由选择糖果的地方，一颗一颗的选着不同的糖纸头，并把好看的糖纸寄回上海，给在80年代接着收集糖纸头的女儿。在生活中，我们的什锦糖纸头情结已经延伸了。买些小件东西要求五彩缤纷，五花八门，如我家的小菜碟子众多，买些日本产的小瓷盆小陶盆，重在各色花纹，没有一个花样是一样的；结婚时买的日常用品，如毛巾、脸盆、饭碗、窗帘、挂画、艺术品等，不求成对成双或成套的，连吃饭的饭碗花样也个性化，各不相同，这还不是因为从小时候起就染上了“什锦糖情结”吗？

啊，糖纸头！

五、从糖纸头看海派文化精神

糖纸头，作为一种小小的民间艺术，在上海特定的社会环境下形成和发展，成为壮观的上海海派文化中的一角风景，我们可以从一滴水中去看大千世界。

糖纸头是伴随着上海成熟的商业经济发展而产生的，渗透着商业竞争社会的种种痕迹，因此多姿多态和气象万千。在20世纪30年代讨论起“海派”和“京派”文化的时候，由于一些知识人士囿于在汪洋大海的小农经济中所形成的封闭意识，对上海社会发生深刻的社会转型认识不足，极力贬低趋时渐进的上海海派文化精神。当时，鲁迅先生就一针见血地指出海派的实质：“要而言之，不过‘京派’是官的帮闲，‘海派’则是商的帮忙而已。……而官之鄙商，固亦中国旧习，就更使‘海派’在‘京派’的眼中跌落了。”[①]在20世纪30年代，只有鲁迅能如此清醒地指出了海派

① 鲁迅：“京派”与“海派”，《申报·自由谈》1934—02—03。

文学的属性，并指出海派在中国大地上影响在扩大。海派文学是如此，其他的海派文化也当作如是观。自从1905年清朝废止了科举制度以后，为“官”帮闲的文化即开始走向下落，纳入市场和消费领域的真正职业化的自由知识阶层不断诞生出来。鲁迅便是靠稿费生存的独立知识分子，在充分独立和自由的商业化的20世纪30年代上海，他写出了像《且介亭杂文》那样大量的优秀的杂文。在充分“商业化”的社会，文化、艺术的高度发展和高质量是必然的，“京派”向“海派”的转移也是中国文化的必然趋势。海派文化的最主要的一个特征，便是它是一种伴随商业社会发展而形成的文化。糖纸文化更是如此，它是附丽于上海市民曾拥有的庞大的糖果需求而应运繁荣起来的。商业的繁荣和自动运转，充分市场化，带来了糖纸头的五光十色、争奇斗艳。如果一旦没有竞争了，就会变得粗糙和简单。

实际上，在上海开埠之前之时，江浙一带的江南社会里商品经济已有一定的发展规模。上海的商品经济在20世纪10年代以后的急速发展，促使众多的江南才子迁入上海谋生，在上海四马路及其周围，集中了大批的职业文人，上海糖纸头的设计画手来源也就在其中，是他们在江南文化的熏陶中积下了文化底气，进了上海后又迅速接受了西方文化，逐渐形成了前卫的优秀的艺术鉴赏力，在东方与西方艺术精华的交汇中，培养出那种处处精明和踏实做事的上海精神，创造出了那一张张各具特色的细笔精绘的糖纸头。我们从一小方糖纸可以看到海派文化的功力。从糖纸产生中，我们也体会到，海派文化当时是一种以上海为中心的汇集了长江三角洲、太湖钱塘江流域范围特色的区域文化。这种有区域特色的文化，是在明清以来打下来的根底。

在上海本土，开埠前最普及、最有权威的糖果是用面粉手工制出的饧糖、麦芽糖，出售的时候原来不需要包装纸。后来如此纷繁众多的水果糖、奶糖和软糖，从它们的音译糖名便知都是从西方休闲文化传来的玩意儿，它们在日本就被称为“洋菓子”。包糖纸设计艺术也是西洋传来的。从糖纸头的滥觞到以后发生的种种变化，本身是海派文化接受西方文明的结果，这说明海派文化是一种善于融合世界先进文化、积极选择吸收各种新时尚的文化。

西方的糖果种类，如“太妃”“牛轧”，移植到江南的土壤中来，由于上海人的智慧，交杂进了东方人的口味，就像有的西餐已经上海口味化一样，什么“金橘太妃”“葱香太妃”“姜汁太妃”“话梅糖”，在中西杂交中都产生出来。糖纸也就在西方绘画的几何画面和图案为底的基础上，加以变化糅进了海派中国画的风格神韵，如牛郎织女、龙凤呈祥、松鹤万寿等，实行了东西文化的交汇。所以说，海派文化又是与本土文化结合最好的一直具有江南民俗特色的文化。

糖纸头是面向市民的，是充分俗化的物什。它渗透在群众的普通生活和时令节庆民俗文化中。人们在购买糖果的时候，同时也在购买一种心情。欣赏糖纸头图画的同时也美化了人们的心灵，也使有些人产生了一种追求漂亮糖纸头的爱好。对孩子来说，糖纸艺术成为其最早感受到的一种艺术。后来在过年过节或赠送礼物的时候，糖纸头成为一种陶冶心情的娱乐，进而发展成为一种收藏，在一生中构成了甜蜜的回忆。可见糖纸头情结已经种在儿童和大量吃糖爱好者美好的心中，成为一种很随意的艺术享受。20 世纪五六十年代有那么个多的青少年喜欢玩赏糖纸头，就是一个明证。所以说，海派文化是一种亦雅亦俗、与民同乐、群众与精英都喜闻乐见的文化。

由于海派的艺术文化是现代都市中产生的以科学和民主为底蕴的开放文化，因此它是一种与时俱进、不断创新、勇于建设先进文化的文化。糖纸头的从单纯的广告性到设计的艺术化，开始于商业繁荣的 20 世纪三四十年代，它先是从西方糖果产品中延伸学来的。但是，它的艺术性到了 50 年代有了长足的进步，达到糖纸艺术发展顶峰。50 年代初外国糖果很快退出了上海市场，直到 1956 年为界，正是上海大大小小的各家私营糖果厂自己起来争相斗艳的年代，各厂家首先重视的是糖果本身质量的竞争，同时也开始看重糖纸的价值，聘请画手描绘糖纸。当时有不少质量较好的糖纸，大厂家的糖纸设计也以比较庄重的连续图案为主。这恐怕是那个年代的崇尚，当时中小学中图画课也多以画装饰意味的花纹图案为基础。到 1956 年工商业改造以后，各公私合营和国营的糖厂也许进行了一定的重组整顿，实力增强，那时的糖果业依然延续着竞争。在糖纸的设计上，绘画思想有了一定的解放，因此糖纸无论在绘画的题材、方式和风格上均有较大的突破。我们看到的最好看的糖纸头也就是在那以后的七八年中诞生的。那段时间里，糖纸头之多，种类之丰富，画面的不断创新，都是最好的时候。到以后一些高档糖果厂有了全透明的“玻璃糖纸头”，由于印刷的不方便，一段时间里这些糖纸色彩为单色，相当单调，不久即进入“文革”。再以后，糖纸头艺术便总体衰落了。

在一个物质相对匮乏的时代，人们倒有心想，有闲情逸致去整理糖纸头等，而今物质相当丰富，人们却有更多的机会忙碌着挣钱，带来的是许多人生活情调上的粗鄙化、生活追求上的浮躁化和文化追求上的简单化。电视和网络给人类带来极大的欢乐的同时，也影响了人们的生活节奏和生活内容，21 世纪如何建设与时俱进的海派文化，值得人们认真思考和探索。

原刊于《海派文化的十大经典流变》，上海书店出版社 2007 年。

上海话中所见的上海市民精神和风采

一、千姿百态的海派词汇

上海话语汇的丰富经历了一个相当完善的过程。老上海话是松江方言在黄浦江两岸的一个分支。松江地区有六千年人类居住的历史，语言的流传也历史悠久。上海话中系统的生活语汇最早是从历史悠久的松江方言传承而来的，丰富细致，为人们基本生活用词打下了基础。上海在1843年开埠以后，很快成为一个移民大都市，占80%以上的外来人口带来了各地方言和外国语言，五方杂处，中外交融，使上海话在老上海话的基础上发生了很快的变化。客居者和移民中江浙来沪的人最多，他们的方言使上海话发展了吴语公约数的词语，比如“日头”为“太阳”取代，“户荡、场化”为“地方”取代，“安(放)”为“摆”取代，“净(洗)”为“汏”取代，放弃了一些强地域性的词语，所以近代在融会各地方言的杂交优势中上海话又得到了一定程度的改造优化。许多打底的最基本的单音节词随着语音的简化变成了双音节词，双音节化的同时使词语的分工精细化，大大扩充了词语的信息含量。上海话的快速发达主要不是外来方言的影响，而是自身的创新和繁衍，它得益于商业社会繁荣后滋生的巨大活力，得益于社会的多元和文化民俗的多样化。首先是对大量新生的事物和行为的命名，晚清以来文人在上海的集聚，助推大上海的文化水准迅速飙升，一跃成为世界文化中心，上海话产生了大量的文化词，并实现了与书面语的交融，书面语词汇往往用字面意义明白标示事物行为的特征，如“周报、名片、洋房、自来水、电灯泡、博览会、的笃板、书报亭、露脐装”等，这类词语在上海话新词增长中所占比率大幅度提高，它们大都通过上海发达的报刊和文学传入国语普通话。

更进一步的发展，就是上海这个社会的大都市化，海纳百川，拿来主义，兼收并蓄，社会实现了多元文化造成的多样化生态，形成了强大的海派文化。折射海派奇思遐想的语词如雨后春笋般地产生出来，都市市民各阶层、各职业的人群都参与了新词语的创造。大量的包含着更多的语义蕴含量的更生动概括的市井流行语、习惯用语在市民口头产生传播开来，这种通过比喻、借代、比拟、通感、拈连、移就、双关、仿拟、夸张等语用修辞方法，和通过实义空心化扩用或文字缩略后定型的习惯用语大量涌现，用概括的形式表达了丰富和复杂的典型行为，富于表现力，这是词语构成的更高一个层次。

海派的奇思遐想、标新立异使上海话中用此种手法构成的词语比比皆是，比起其他方言来，突显优势。这类词语产生越多，也标志着这个城市的思想越活跃，多元文化越发达，都市化程度越高。

民间用语的赶时髦，崇尚新发挥，就是一种海派特色，它使生活用语不断吐故纳新且幽默化。如上海在世界上很早使用“电车”，当时的电车都是有轨的，接着上海人又把额上的皱纹喻称为“电车路”，后又把步行称作“十一路电车”，可见其造词之快和思想之活泼，这两个词语沿用至今。上海商业发展有了交易所，每天要“开盘”和“收盘”，这个“盘”字，原出于算账的“算盘”[①]，旧式小商店开了排门后店主摇摇算盘以示“开盘”，商店清点货物也常说“盘点”货色，于是定价格就成了定“盘子”，大减价就说“大放盘”，一下子“盘”的词族很快形成了。暗里高抬物价，就说“暗盘”；听到口音不同的“客边人（外地人）”，就放“客盘”；对付外国人，便开出“洋人加倍”的“洋盘”来了。有的人不知其诈，便有“洋盘末切勿要去买个”[②]之类的忠告，上当买了“洋盘”的人，不仅是外国人，便也就冠之以“洋盘”的雅称，“洋盘”就成了“外行不识货”（形容词）和“遇事上当又不察觉的人”（名词）的代称，与乡下来的“阿木林”“阿土生”义近。由“算盘”到“洋盘”的词义发展，可以看出上海人思路的开阔，造词的灵活性，他们常常不拘一格组词，随其新意比喻引申，约定俗成得快，传播也快。这种建筑在海派的“草根性”基础上的、不避俚俗的上海话惯用语独树一帜，轻松幽默，表现国际大都会的生活状态可为深刻。对于这些时髦的流行语出现，上海人一般不采取保守的抵制态度，而是由年轻人带头，以创造和附新为荣，跟着用新弃旧，不管别人怎么说怎么看，渐渐都成了上海话中的惯用语。

所谓惯用语，是指一种结构比较固定、意义有所引申的固定短语，以三字组合最为典型。这些十分形象的惯用语使得上海人一些有特色的思想和行为取得了语言形式上的习用性和定型性，人们通过这些语词可以窥见当时快速成长中的上海的社会风貌和雅俗并举的风土人情。如出风头（显耀自己；有光彩）、牵头皮（提起或数落人家一个旧过失或把柄）、收骨头（对人严加管束，不得松松垮垮）、避风头（避过人为灾祸或其最激烈的阶段）、起花头（耍花招，另出新点子）、软脚蟹（喻胆小、意志薄弱的人）、空心汤团（不能兑现的允诺）、卖野人头（哄骗）、勒杀吊死（吝啬）、牵丝扳藤（拖拖拉拉）、烧夹生饭（事情做得不上不下，搞糟了）、悬空八只脚（离得很远）、开年礼拜九（遥遥无期）、版版六十四（死板不知变通）等。到 21 世纪初这

① 汪仲贤：《上海俗语图说》，上海社会出版社 1935 年，第 6 页。

② Albert Bourgeois（蒲君南）：Grammaire du Dialecte de Changhai. Imprimerie de T'ou-sè-wè，1941，p. 91.

类语词产生依然十分活跃，如“调频道（换话题）”“拗造型（摆姿态，塑造形象）”“有腔调（潇洒有型有个性，样子好）”“跌停板（运气差到极点，不受异性青睐）”。

这种形式产生的固定短语具有很大的灵动性，含义宽泛，语义信息量大，一个词语往往表达了一个生动概括的含义，而且有的语义可以继续引申扩展，如“淘浆糊”在 20 世纪 30 年代的书上就已见到，1935 年汪仲贤写《上海俗语图说》时，在第 108 篇“一塌糊涂”中就提到了那个年代也有“浆糊”在“淘”。他说：“我们的一塌糊涂太多了，就是请了会计师公会里的全体会员来清理，也算不清这千万票的糊涂账，那时只得想个变通办法，把盈千累万淘过的‘浆糊竹罐’，一齐埋藏在坟墓里，这也有一句俗语，就叫做‘烂屙’。”方言口语词见于书面也不等于就是它的民间流传开头。此词在 50—70 年代消沉了一时，如今又广泛流行，把它比喻和形容那种不认真的态度，形象而传神。“我今朝淘了一日个浆糊！”是指做事马马虎虎、敷衍塞责，混了一天；“侬认真来死做啥？我看侬只要淘淘浆糊就可以对付过去了。”这是指遇事只求蒙混过关；“回答勿出，淘浆糊会哦？”这是叫人不分青红皂白、不懂装懂、搅和一气应付正事；“伊末，只会淘浆糊，侬可以相信伊个闲话个啊？”这是指有的人只会胡说一气、插科打诨，靠不住的；“大家侪辣排练，我也轧辣当中淘浆糊。”这是指凑热闹、滥竽充数。“淘浆糊”有时像北方话的“和稀泥”，有人说如南方话的“拆烂污”，不但用于贬义，有时还可用作褒义和中性义，如沟通关系、调和矛盾也是一种“淘浆糊”，可以说：“我辣伊拉两家头当中淘浆糊。”客气的时候表示谦虚、出力不多，也可说：“我是弄勿来个，只不过淘淘浆糊呀。”问人在何处高就，也可说：“侬辣啥地方淘浆糊啊？”大家在很高兴要去做某事时，就说：“淘浆糊去！”似乎很潇洒从容。如要表示宽容随意，对人说：“侬就去做好了，淘淘浆糊也可以个，勿必太认真。”“伊浆糊淘得好，路路通！”则是对善于处理人际关系的人的褒词。更有一种“淘浆糊”是在双方中求同存异，如说：“今朝订货会上，要看侬淘得来浆糊哦了！”“淘浆糊”居然还是一种本事，现代社会需要一种妥协合作，协调关系，才能前进。

从“淘浆糊”一词如今又派生出一些新的词语来，如“浆糊桶”，指那些处世圆滑、能说会道的人：“老张是只浆糊桶，侬帮伊讲啥伊侪讲对个对个有道理。”又指稀里糊涂的人，做事过日子惯于混混的人：“碰着搿只浆糊桶，侬倒一百辈子霉了！”还指会把气氛搞得热闹又混乱的人：“还勿是来了搿只浆糊桶，瞎讲一通，拿大家个心侪搞乱了。”还有“浆糊兄”，戏称糊里糊涂、只会混的老兄，糊涂虫：“喔哟，我托着个王伯伯，侬原来是个浆糊兄啊？”更有“尊称”为“浆糊师”，既指遇事善于搅和蒙混的人：“搿种事体，要啥争勿清爽个，请浆糊师来撸撸平算了！”又指有协调各种关系能力的人：“人家摆勿平个事体，只有伊去淘浆糊，大家侪叫伊浆糊师了！”“浆糊”一词又可代称糊涂和糊涂虫：“张老师绝对一个浆糊哦，居然自家也搞勿清爽啥辰光考试个。”

又如“帮帮忙”，表义也很宽泛，正说反说都可以。它从“帮一下忙”为起点，后来引申到“请人让一让”意思，如：“帮帮忙，开水来了！”再引申到“帮我个忙吧，别为难我了，别添麻烦了”和“多关照，给我点面子”的意思，如：“朋友帮帮忙，勿要拆我台脚了！”这就是叫你别帮倒忙，省点力气不要去帮忙、添乱。后来连“不要瞎说”和“对别人表示不满或提出异议”都可用“帮帮忙”说，如：“帮帮忙噢，侬勿要当仔我钞票交关！”“帮帮忙，侬再去学伊几年！”讥“对方不领行情，搞错了”也说：“帮帮忙，侬辩眼都无懂，还要趣轧啥个闹猛！”再虚化到表示不相信“算了吧”，如：“有侬讲得介好咪，帮帮忙噢！”下面还会提到的“套牢”也是。

由于上海商业化的程度之高，那些产生于商务活动中的惯用语还会蔓延到人们的日常生活中去。如用“卖相”称人的外表；用“卖样”指炫耀出示给人看；用“吃价”称赞人的有能耐、与众不同；用“一票里货色”称一丘之貉，把“不懂”“搞不清”或“没眼光”称作“勿识货”；对十分差劲不守信用的人，称作“垃圾货”；把过去的事情抖搂出来，说“翻老账”；不管，称“勿关账”；对人与事不服或不给面子；常说“勿买侬个账！”；把事情做糟了，理不清头绪，称“一笔糊涂账”；上海人把看不入眼不像话的行为都斥责为“勿是生意经”，表达坚决不答应或不妙了的意思，也叫“勿是生意经”；抢事干，现在叫“抢跑道”，过去叫“抢生意”，推介，也叫“兜生意”；“掂斤两”指试探估计对方人或事的力量或重要作用，“讲斤头”即一斤一斤死扣，现移用作日常生活中的各不相让地谈条件；“有还价”原指可以还价钱，现指有商量余地或有条件需议；以交易票据作引申的，如“打回票”，现用于一般的人或东西退回的意思，“打包票”原是写下保证成功的单据，现就指保证，包在自己身上的意思，“空头支票”“远期支票”都可指不能兑现的虚空允诺，谈判中互相扯皮，叫“讨价还价”；把某人思想不合时尚，就说他是“勿领市面”；用“放伊一码”表示饶他这一遭；用“肮三(on sale)”称令人不快、失望或不正派；用“耳朵打八折”怪罪对方没听清自己的话；用“闷声勿响大发财”说因沉默而得利。

这种用词方法一直传流到现今。上海人创造性思维如今又活跃起来，如许多股市上的专用词语很快都扩用到生活中来，如“垃圾股”“绩优股”“原始股”原来都指各种不同股票，现在已分别引申到不理想、拙劣的恋爱对象或爱人，成功男士、发展有潜力的恋爱对象或爱人，从未谈过恋爱的纯情男孩。“托盘”引申为“危急关头朋友相助”：“侬笃定去闯好咪，有我跟侬托盘！”“套牢”原用于股价下跌资金被困，现可活用作结婚后想离婚不成，或指感情陷入爱河，以至引申作被某事情牵绊，或用作“打住”的意思。“抛脱”原指股票抛掉，现进而用作甩掉男友或女友。“解套”扩指解除婚姻关系，再扩指摆脱困境。“踏空”原用于投资失败，现又用作婚后感情不和。

二、上海话表现这座大都市的精神气质

说起上海人的传统文化，一种是继承本地百姓古老流传下来的民俗传统，另一种是上海城市在近代都市化过程中形成的具有上海这个城市特色的传统。对于上海这个大都市来说，旧的传统相对影响较小，而160年中形成的城市传统是更为重要的体现城市魅力和内涵的一种民俗文化，一种市民精神。它积淀下来潜移默化成为上海市民的基本民风和处世态度，成为这个城市的味道，这个城市的文化品格和精神气质，而这些特色和味道都浸润和散布在都市市民生活的话语中，大多在上海话中形成了惯用语。

上海是移民城市，大量移民来到上海以后，多数人都是“脚碰脚(差不离)”，面对几乎相等的地位和机会，睡一个统铺，白手起家，积极谋生。上海自由竞争的经济行为培养了上海人的一种重实际、负责任的实干精神，有不少上海话惯用语就是反映这种品质的，如：“硬碰硬(实事求是，经得住考验)”“实打实(踏踏实实)”“明打明(光明正大的)”“乌龟掼石板”，崇尚“担肩胛(承担责任)”“吃辛吃苦(含辛茹苦)”一步一个脚印地苦干；反对“做黄牛(滑头，不负责任)”，“拆烂污”。他们讲究实际效应，嘲笑“空口说白话(信口开河)”的人是“夜壶里炖鸭——独出一张嘴”，指斥无边际的空谈为“飞机上吊大闸蟹——悬空八只脚”，“做大头梦(白日做梦)”。为的是寻觅到自己最合适最舒服的工作，“落门落槛(内行，恰到好处)”，再用自己的实力去“搏一记(拼一下)”。上海人从开埠以来在一个机会相对均等的社会里自然养成了各色人等自由发展、平等竞争和踏实从事、正大光明创业的社会风气。

竞争的商业社会磨砺陶冶了上海人善于精明估算和精干从事的精神。做事前会先“盘算”，“盘算”这个词便来自算账用的“算盘”，主张行事要“精打细算”。上海人强调直觉机遇，“轧苗头”“看山水”“看颜色”“讨口风(探口气)”“鉴貌辨色”，窥视方向，见机行事。他们善于“接翎子(很快领会别人暗示的意思)”，又会“掂斤两(估计、捉摸物的轻重、人的本领作用)”，做事情“晓得轻重”，“识货”。在上海人看来，上面这些常用词语都不是贬义的，而真要贬斥的只是坐着空想，是那种“睏扁头(异想天开)，热大头昏(想入非非)”的人。

上海人办事，讲究能力和技巧，灵活和精练，所谓“门槛要精”。开放的社会交际频繁，在各种交往和机会面前，养成了上海人的“精明”和“活络”的性格，讲究行为“懂经(在行)”，事事“来事”。“𠲎个人来事来死”就是“这人很能干”。“懂经”也包括“懂规矩”做事。上海人与交涉对方可以不厌其烦地“讲斤头(各不相让地讲条件)”“讨价还价”，追求最大的利益或利润。“老鬼勿脱手，脱手勿老鬼(精明的人到

手的东西不能轻易给人)”也是一种精明。把做事总要出错的人贬称为“烂人”,叫那种稀里糊涂、惯于混事的人为“浆糊桶”,或喻为“老油条”,他们的行为叫“混腔势”。上海人对精明内行的“老门槛(精于各种窍门或这样的人,老手)”不像外地有些人那样贬斥,往往反而赞赏:“办桩事体伊门槛老唻!嬖得牢!阿拉勿必担心。”因为“门槛精”会带来竞争中的成功。上海社会崇尚精明能干,“头子活,路道粗,花露水浓,有法道”,会算计,对于那种在某一方面富有精致的经验很有办法的精通者,上海人尊其为“老法师”;对有一点年纪、有地位、做事有分量的一套一套“老拿得出个”的人,称为“老家生”,都是佩服的,“老拿得出个”这句话可以一直表扬他到很有型有款有腔调的程度。上海人反对的只是那种专为私利着想又“门槛太精”的行为,认为这种人“小家败气”“勒杀吊死”“狗屄倒灶”“派头忒小”,没有开阔的视野和心胸,甚至指斥他为“老刮铲”,贬为“老屁眼(老谋深算,只想得私利丝毫不肯吃亏的人)”。

上海人做事“着实”“讲实惠”“看工夫”,为了办事成功,欲使无关系变为有关系,他还会主动找上门去“搭讪头(为与生人接近而找话拉)”。上海人讲速度,重效率,讲究手脚勤快,喜欢“快手脚(做事敏捷利索)”,“一脚落手(一口气,不停歇)”“限时限刻”地把事赶完,主张当面清账的“现开销(发生纠纷当场清账)”。不要那种“搭手脚(插进来增添麻烦)”“添手脚(凑上来添麻烦)”的人。为了成事,上海人会“一手一脚(一人包下,善始善终,中途不停)”、会“有心有想(精力集中,有耐心)”地做,“一点一划(认真不越轨)”“熟门熟路(得心应手,门路很熟)”认真对待,讲究质量第一,“勿怕勿识货,只怕货比货(有比较才有鉴别)”,反对“磨洋工(吊儿郎当地做事)”,反对“半吊子(说话不直爽,做事不上不下不彻底)”。他们还有“打碎沙锅问到底(究根寻底)”“敲钉转脚”的精神。上海人也讲究灵活机动,主张抓住现成机会的“有吃勿吃猪头三”;如果一时成功不了,也不屑“孵豆芽”作充分准备,卧待时机,有时可以“闷声勿响大发财(沉默而得利)”。但是上海百姓过着实实在在的民生,跨出每一步都要算一算,不能“野豁豁”,鄙视“侃”得“一天世界”而不收场。

上海人也讲究体面风光,“门面功夫”向来注重,现在叫做“包装”。做事要“上台面(体面)”,在人前要“扎面子(争面子,有面子)”,办事要“买面子(讲情面)”,他们懂得真假的界限,反对虚伪的“绷场面(勉强支撑场面)”“装门面(摆阔装样子)”。他们不贬“调枪花(善于玩弄言词变换手法)”“摆噱头(打花招,逗引人)”“扎台型(争面子,显示自己的优越)”“翻门槛(变换各种窍门)”以至“做花头(做小动作,玩花样)”“起蓬头(造声势)”,相当在意发挥聪明才智,不断变换“不夜城”霓虹灯上的五光十色。汪仲贤 1935 年就曾描写到:“一样开店铺做生意,会掉枪花的老板,三日二头大减价,常常叫一班乐队来吹吹毛毛雨,唱唱无锡景,生意自会兴隆发达。”

(《上海俗语图说》266 页)

上海人十分崇尚进取开拓精神,敢于冒险"拼死吃河豚","勿管三七廿一",不惜"掼铜钿银子(花钱下本)""横竖横,拆家棚(横字当头,豁出去拉倒)"来孤注一掷,去"钻天打洞"。因为上海是个"冒险家的乐园",所以上海话中敢于冒险、崇扬创造性的成语也特别多,如爱"碰碰额角头(碰运气)",他们不怕"出风头(显耀自己,有光彩,很神气)",不怕"顶山头(碰钉子,被顶住)",不怕"老虎头上拍苍蝇(胆大包天)","一蓬风"勇往直前,许多人有"闯市面""开码头(出外闯荡)"的勇气。他们深知"小钿勿去,大钿勿来(吃点小亏而占大便宜)""旧个勿去,新个勿来(除旧迎新)"的道理。会做生意的上海人还常常对常例"勿领盆(不买账)",认为可以各有千秋,企望"小鬼跌金刚(弱者战胜强者)","棉纱线扳倒石牌楼"。在竞争中,主张力争略胜一筹的"掐掐人家小辫子"。他们连孩子也褒扬从小"野得出(闯得开,做得出过分的举动)","出汤(闯得出,善于表现自己)",而对那种"脑子勿转弯个""寿头板气(呆头呆脑)"个,"戆答答(傻乎乎)"个"呆木头(呆愚迟钝者)""阿屈死(不识事、不识货、不内行的人)",十分揶揄;对于意志薄弱、胆小不敢作为者,什么"软脚蟹(喻胆小、意志薄弱的人)""缩头乌龟(喻遇事退缩在后、无能的人)""缩货"一类的称呼并不嫌少,是十分鄙夷不屑的。但在他们的闯劲和翻身中,也注意到中庸,都忌"豁边(过头,出错,栽跟斗)",怕"老鬼失撇(资格老、能耐大的人遇失策)",忌"豁边"的另一常用义是怕"超出预算",成为"空心大老官(貌阔实空)"。

处于开放型、进取型文化氛围中的上海,养成了上海人建立在个体自由基础上的宽容并存、和而不同的心理品性和人际关系。这些特征也同样反映到都市化进程中的上海话中通用的惯用语上来。如在办事中常常崇尚信誉,待对方宽容,"打包票(保证,包在身上)","一句闲话(没二话)"。上海人崇尚"派头",往往宽待对方,对人家"好白话(好商量)来死","小菜一碟";没有完人,"好人勿生肚脐眼",应待人宽容,遵守和推崇 Fair Play 的游戏规则,处事不"五斤吼六斤"的"猴极",贬斥那种气派小、干那些不起眼的事的人为"小儿科":"搿种事体小儿科来死,阿拉勿做个。"

上海人讲究识时务,他们深得"识相(知趣)"之道,即给自己选择一个最适宜的地位,常常敬告别人不要"勿识相","勿识相要吃辣货酱(警告对方如不知好歹,就要给颜色看)""贪心吃白粥(贪心没好下场)"。他们要做"识相朋友",像郑板桥"难得糊涂"一般"乐得识相"。这就涉及遇事讲究"拎得清"还是"拎勿清"。正如有人说的:"上海人对理性最集中的描绘是要'拎得清',这既是上海人群体性自我评价,也是对他人的要求。"[①]"'拎'是思维过程,也是操作成果。无论他'出身'怎么样,

① 李浩然:《上海人的市民精神》,中国电影出版社 2006 年。

都是对他个体生存质量的高度评价，是对他的精明的非常欣赏；如果用‘拎不清’来形容一个人，就是对他的素质彻底否定。”在大家的心目中等于被“揩脱”了。“拎得清”的人就是很“扎乖”，遵守规则，守规矩，甚至对潜规则也一清二楚，遇事“打开天窗说亮话”，“坦坦和和”。而“拎勿清”就是“戆”；“拎勿清”的人就要“丁三倒四”“出洋相”，被人鄙视，讥为“蜡烛（不知好歹）”“黄鱼脑袋”“戆大”“缺钙”“脑子拨枪打过了”。“上海人的才华还体现在天生的‘接翎子’上，只有‘拎得清’，才能‘接翎子’。”这是上海人的一种集体无意识，已经融化在血液中，落实在基因里。

上海人主张在商业上和生活中都崇尚“产权分明”，饭馆消费也很早行出“劈硬柴（AA制）”，以至“海派AA制（这次男的请，下次女的请）”。他们看不起“一笔糊涂账”，将凑热闹乱附和的“轧闹猛（凑热闹）”“瞎和调（乱附和）”斥为贬义，认为这种行为只能“骗骗野人头（骗那些没头脑的人）”；也不喜欢那种“百有份（对任何事情都有份、爱打听、去拉关系、插一手的人）”“百搭”爱管闲事的人。他们向往自由自主，喜欢自己来“唱重头戏（做主角）”，反对别人来“轧一脚（插一手）”，“捞外快”，“搞七廿三（乱搞一气，胡缠）”，或者“碍手碍脚（给人带来障碍）”“添手添脚（凑上来添麻烦）”。“各人头浪一爿天”，各做各的，“脱侬浑身勿搭界”，对于他人的干涉，说“帮帮忙，侬勿要来拆台脚！”“帮忙帮忙，越帮越忙”。同时也不占人便宜，主张“勿来勿去，大家清爽”，不相互牵涉。碰到别人要来干涉，或“听壁脚（偷听管闲事）”，或“戳壁脚（背后挑拨说坏话）”，回应的最常用词语，就是“关侬啥事体?!”以此保护私人的自由空间。不关我的事，不去介入，不去凑热闹，插一脚。别人有什么嗜好，“桥关桥，路关路（各管各，互不相关）”，任他“七荤八素（晕头转向，这样或那样）”，“关我啥事体！（不管我的事）”。

上海人已经在商业化社会中养成了可贵的遵守规则、重理性的契约精神和合同精神。上面说到的“懂经”这个词语，也包括做事要“规规矩矩”，按章办事，“关门落栓（把话说死）”，言行严谨无更改。他们也讲究协调、谈判和谦让、双赢精神，做事讲“摆平”和“搨鐾（互相抵消）”，办事最好“刀切豆腐两面光（两面都讨好摆平）”，不要弄得“七挢八裂”，“谈得拢就上，谈勿拢拉倒”，不要“敲橡皮图章（决议不算数）”；在交往谈判中，不排斥“面皮老老，肚皮饱饱”，主动争利。反对“空口说白话（信口开河）”，讨厌“闲话多，饭泡粥（形容多废话）”，叫人家“讲闲话，下巴托托牢”，要有分寸，不要“神志无主”；务实的上海人讲究信用，要守约，讲诚信，十分鄙夷“放空炮”“开大兴（说大话，不能兑现）”使人上当，或给人“吃空心汤团（答应而没有得到兑现）”，“放鸽子”给人“吃药”，爽约失信，讨厌“黄牛肩胳（靠不住）”“小滑头（不守信用、只会要嘴皮）”，或者“托着一个王伯伯（拜托给了健忘者）”。

上海这个社会商业气息重，最早通行“薪俸”制、“红包”制。大家合法赚钱，认为“有铟百事可安排”。在交往中，主张“一分行情一分货（化怎样的价钱就得到怎样质量的货色）”，“大家勿吃亏”。为了追求最大的利润，不惜充分利用寸金之地，“螺蛳壳里做道场”，把握机遇。上海城中有许多市民也养成了会消费的习惯，购买欲强，极端点说：“吃光用光，身体健康”，现在称之为“月光族”。“开销”一词跟随着“销场”（在开埠初的上海话中写为“开消”和“消场”）在上海话中首先随商业行为产生，现在已经普及到市民生活的日常行为，一天的支出和支出的费用都叫“开销”，而且延伸到“感情支出”“智力开销”等语。在办事中，“讨价还价”和“讨扳账”这类的事情时常发生，连各种谈判中也说要“讨价还价”，还需要有人出来“淘浆糊”甚至“烫平（彻底摆平，使无法作梗）”。

在上海话里，有些词语像英语中的一些词语那样，没有明确的褒贬，含义很宽容广泛，就看用在什么时候什么地方。比如：在什么时候“显山露水”，要看火候；“轧苗头”“有花头”“出风头”这类词也要看用在什么人什么事情上，褒贬可以不同。“铜钱眼里穿跟斗”一词，如果是一个人见钱眼开，唯钱是尊，那用这个熟语是对他的鄙视；但如果用在有的人在生钱上面会动脑筋精打细算、善于理财方面，就是褒义的了。这也说明在一个宽容的社会里用词上的自由度。

三、从上海话语词中看上海人

留在上海话语词中的各种上海人的特点已经成为上海人的生活习惯和优良传统，同时也构成了以商业为基础的、与农业文化不同的海派文化的底蕴。

上海话中有些词语也记下了上海男人的形象。上海男人在繁忙的处世办事中，除了上面说到的养成了“精明活络”的内质外，从外表来看还有“落落大方”的绅士风度的一面，讲究“派头”和“气质”，“坐得正，立得稳”，心胸开阔，襟怀坦白，不在小事上斤斤计较。遇到一些朋友或同事为难的事，常常一句很轻松的话：“小开司（case，小事一桩）！”“噢，小开司，交拨我办好了。”帮忙解决问题，看成是“毛毛雨，小意思”，“小菜一碟（小意思，很容易）”，不足挂齿。

上海的白领先生，过去有两种出身，一是从“学徒”磨起的“苦出身”，另一种是留洋回来的富家子弟，他们讲究“裤缝笔挺，皮鞋锃亮”，还有“头子活络，卖相登样”，过“风风光光”的“写字间”生涯。有许多的城市，也有工厂老板，也有的是劳苦大众，但是它们不能发展成为一度是世界商业金融中心的大都会，就是缺乏这样的一大群上海男人。

上海的大男人中，存在着这样一个重要的“白领”阶层，为上海商业化经济的支柱。他们讲究仪态，举止温文，一副知书达理的样子，多有个人业余爱好，充满好奇和憧憬，具有创造力和能耐力，过着明快炽热的生活，“有台型”，往往是一种细腻而富有风情的形象。尤其是那些见多识广倾情西方文化、有国际视野的人，给人的感觉温馨而又“洋派”，“交关克拉”。更有资深甚者，被称为“老克拉”。上海话“老克拉”一词，与海派经济和文化直接有关，探索其源，“克拉”来自英语“carat”，是宝石的重量单位，一克拉等于200毫克。在过去的珠宝店里，司务们遇到三克拉以上成色的钻石宝戒，常常会把大拇指一翘，称一声“老克拉”。后来用它主要喻指那些从国外归来见过世面的、有现代意识的、有西方文化学识背景、有绅士风范的“老白领”。再接着从他们的文化追求和生活方式着眼，又延伸了从英语“colour”（彩色）和“classics”（经典）来的特色含义。这个阶层收入高，消费也较前卫，讲究服饰和休闲的摩登，在休闲方式上也领潮流之先，精通上海中西融合的时尚和社会，追潮恰如其分。今又扩指到遇事在行、处世老练、有生活经验、有绅士风度的年长者，他们信口说来，都是典故。如：“我想告侬介绍，搿两位上海滩浪个老克拉，上海三四十年代个事体，可以问问伊拉。”在全民都穿中山装的年代，“老克拉”却穿出西装；在大家普唱革命歌的时候，他解不掉老习惯去“打落弹（桌球）”和“跳蓬拆拆（交谊舞）”，搞“资产阶级的香风臭气”。因为逆潮而动，一时“老克拉”便成为贬义词。不过“六十年风水轮流转”，上海又走在市场经济、知识经济的前哨了，如今“老克拉”又开始“吃香”了，上海精通中外时尚的白领又在壮大起来。他们和有些“老板（这也是原产于上海的词）”一样是成功男士，被有些人誉作是“绩优股”和“潜力股”。

即使在外是个“大户”，在家还是交关“做人家（节俭）”，“一块洋钿掰两半用”，这恰恰是上海男人理性理财的优点。他们主张“自靠自”的自力更生，“爷有娘有勿如自有，家主婆有还要房门口守”，他们不啃老，不仰人鼻息，也不盲目“掼派头”，装大自吹地“摆奎劲”，同时处事也实事求是，“勿摆丹老”使人上当。

到20世纪五六十年代，上海在每个大型的工厂车间里，还都有一些技艺精致、老练一流、会解决各种生产上疑难杂症的老工人老技师，他们的工作作风十分严谨踏实，上海话里称他们为“老法师”“老家生”，他们是上海工厂的宝贵财富，有力地支撑着上海的工业产品的高质品牌。上海的“老板”在解放前也是敢于与外国老板平起平坐“别苗头”苦“打世界”的一群。

上海更多的男人属于普通市民阶层。他们有个特点是十分“顾家”，大多人可以临时或长期担任“马大嫂（买汏烧，家务活）”，屋内小修小补，是样样“来三”的“三脚猫”，被戏称为“家庭妇男”。对老婆也是“一帖药（完全顺从）”，甚至怕老婆，把老婆供为“玉皇大帝”，言听计从。上海话中的“花头经透”“花露水足”往往不用在“资深美女”“熟女”上，而是“资深男人”的法宝，他们对老婆“有花功”，所谓“软硬功夫”都会，温柔体贴，乐于做“居家好男人”。有的人虽胸襟不够开阔，但多数不“拆烂污”，不夸夸其谈“牛屄吹来野豁豁”，“侃”这个词在上海话词典中没有同义词。但他们要面子，要“扎台型”，与别人“别苗头”，不能“退招势”，就是“吃泡饭”也要“着西装”，要“卖相”，“上台面”，注意自己的“身价”不能丢。过去有一个词叫“洋装瘪三”，说的就是即使“穷得溚溚渧”，外出一套“洋装”还是必备的。不管是谁，对“上只角”社区的情调和氛围是普遍认同的。

上海大男人的特点是心胸开阔，目光前卫，工作勤奋，守信用讲规则，这是与这个海派都市海纳百川的胸襟和“上海速度”相和谐的。与“上海大男人”相对的观念是“上海小男人”，往往指那些缺乏气概的、精于小事、目光短浅的上海男人。

由于有段时期经济收入偏低，居住和伸展空间狭小，使一些上海男人变成了缺少气概的、精于小事、又斤斤计较的“上海小男人”，过去乘公共汽车“吊车”“逃票”，做做“黄牛生意”，到现在请女朋友坐“差头”眼睛还在盯着计价器上上升中的数字。上海话贬之为“小儿科”“小气”“小手小脚”“小家败气（吝啬，没气派）”“勒杀吊死（吝啬、气派很小，拖拉不爽气）”，严重的叫他“一毛勿拔”的“铁公鸡”，为些小事争得“面红赤颈”。譬如在电车上某甲一不小心踩到了某乙，有的上海人很少说对不起，乙会说：“啊唷滑，出门不带眼乌珠的吗？”甲说：“你脚上生了眼睛，怎么看见我的脚踏上来不避开呢？”乙说：“踏痛了人的脚，还讲横浜理，真真碰得着！”（言下藏着“侬个出老！”）甲说：“碰得着那能？碰得着那能？我同侬碰碰看末哉！”（等待着对方“吃瘪”）这段对话选自汪仲贤的《上海俗语图说》（277 页），这种景象直到 20 世纪 80 年代初期还觉得如在目前，读来依然典型不乏韵味。不过上海男人一般有自制力和一定的文明素养，“动嘴勿动手”，以使人“吃瘪”为界，这种边吵架边调侃的詈语在一些外地人看来，不知是相骂还是相趣。

在改革开放年代里新成长起来的一代，大致现今在 35 岁以下的上海男青年，生存面貌则焕然一新。这一代从小学到大学多数从小受到系统的文明教育。他们之中有许多聪明的读书成功者，比较具有都市文明教养和中西素养的生活习惯，守规则，懂得斯文和风度。他们生活讲究优化细节，自感“活络灵光”，讲究“有品有型有派”，潇洒“有腔调”。说到“腔调”，其实也是有其深刻背景的。上海城原是个“腔调”十分发达的地方。有沪剧、滑稽、上海说唱、浦东说书、评弹、越剧、甬剧、锡剧、淮剧等 10 多种江南江北的地方戏曲，从 19 世纪末开始在上海草创、汇聚、改造到 20 世纪 40 年代成熟直到 60 年代初达到成熟顶峰，所以上海人耳濡目染的演戏腔调和演出姿态层出不穷，留在上海人的记忆中。到 30 年代就有一个惯用说法，把“看你这种鬼样（包括姿势）！”“看你这种态度！”称作“侬啥个腔调！”含有“模样真难看”的意思，有时直说“侬个腔调真难看！”含说话的样子、身体的姿势。从中也可见上海人说的腔调和姿态总是在一起的。现今说的“有腔调”，指的是人的行为举止时髦、潇洒、有个性，风度翩翩，有型，有内涵有气质。如：“跟有腔调个男小囡辣辣一道,真是一种享受!(跟有内涵有气质的男孩子在一起,真是一种享受!)”又指事情做得有章法,像样,样子好。如“侬做个事体老有腔调。(你做的事情样子真好。)”说这个人“腔调老足”,就是说此人很有个性,很有“风度”。于是各种人都有自己的“腔调”,记者有记者腔调,教授有教授腔调,英雄腔调、大佬腔调、学者腔调、情圣腔调、小人物腔调,各有腔调!其腔调之丰富多彩,也一直与姿态造型结合一气。腔调之不足,就需要“拗”出来,于是十年来从青年中流行一个新词叫“拗造型”,它是“扎台型”和“摆POSE(做出特别的姿态或造型)”的升级版。有意塑造自己的形象,这是新派做事的“做派”,与不吸烟、不乱穿马路有关,也与世博会、建成三个中心等大事有关,塑造上海人在全世界面前的良好形象。“拗”是要使出十足的力气“校路子”的,让人想起杂技演员抬头挺胸、向后弯腰将身体拉伸出一个“C”字来,需要能量与毅力,更需要激情。为的还是要“卖相”,提高生活质量。越来越多的人深谙“眼球经济”的重要,要使自己“秀”得“有feeling”“有sense”“有派”“有face(有面子)”“有档次”“有个性”“有情调”“有魄力”“有立升”“有力把”。“拗”得最有“腔调”的,姚明、刘翔是也。“80后”新人类的长大和崛起,推进了“拗造型”主义大行其道,从网络到现实,无处不是“拗造型”的舞台。它与上海的地表也是大张旗鼓地“拗造型”一脉相承,从外貌到素质大踏步向发达国家的先进性看齐,当然必有上海自己的特色。上海新男人大多数气量比较大,胸襟比较开阔。以“前卫”和“洋派”为荣,从身体到思想追赶时尚,要in,忌讳out。他们不会打人、不会骂人、不会抽烟,在公交车上不会发声更不会喧哗。听到逆言,最多说一声:“侬勿要白相我噢!”遇到不开心或很恨的事,温和地不失身份地回敬一句:“侬脑子进水了!”“侬死机啦?”他们更强调个性自由,主张私人空间和保护隐私,他们都是“独养儿子”,在生活中更有空间,做到新娘老娘丈母娘三娘都“摆平”。上海高而帅的男孩特多,他们中有的人文质彬彬,好像没有“火气”的,着意穿着,打扮中性化,温文尔雅,讨人欢喜,被女孩们爱称或戏称为“小白脸”“奶油小生”“淑男”“少女系男生”。

也有的“70后”“80后”,以拥有“常住户口”自居为“老上海人”,条件好了娇生惯养,缺乏拼搏精神,厌恶体力劳动,贪图安逸和“小资波波”生活,满足于“操操机”“孵孵网吧”,搞搞“同室蜜友”“同学会”等。再聪明再会读书也不愿(在国内)读博士,不想承担风险的创业如去做老板,只想做个守纪安分的公务员,或坐坐办公室,吃吃信息饭,有的人目光短浅,缺乏理想抱负和追求,只想眼前赶快多点money。

相反那些“新上海人”,是历尽艰辛闯入上海淘金的幸运者,他们有自豪感,有追求气概,有刻苦精神和智慧,同时也有孤独感、不被认同感,和带有异乡的生活习惯。上海重新成为“移民”“客居”的都市,上海又属于一个开拓人的天堂。

再说上海女人的风采。过去上海女人的形象有几类,多少与家庭出身有关。

一类是富实家庭的“大家闺秀”，她们的榜样是“出得厅堂，下得厨房”。她们都很崇尚礼仪，懂得传统，懂得夫妻相敬如宾，懂得与到厅堂来的各类人物怎样交际，是丈夫的贤内助，言语温和，举止淡雅，着装得体，常带微笑，彬彬有礼，那是上等教育和世代家风熏陶出来的。另一类住石库门房的、父亲一般是职员阶层的“小家小户”出身，谙熟和珍惜都市时尚的生活，崇尚“小资生活”，然清纯如玉，安分守己，聪明乖巧，与邻舍“姐妹道里”融洽“兜得转”。上海话称她们为“小家碧玉”，当遇到这样的好女人了，上海人就会说：“一看就是好人家出来！”“规矩人家！”而与钱财多少无关。她们温柔体贴，小鸟依人。

上海女人又被自由的西风吹醒，求学心切，敢于追求爱情，甚至搞得惊天动地。她们与男人处世赞成平等，“我又勿依靠男人”，主张经济上独立，感情上互不干涉。当丈夫或儿子遇到困难，会挺身而出，出场力挽狂澜。这又是一类“摩登小姐”。低档一点的赶潮者，被称为“时髦阿姐”。

现今上海的姑娘就是上面三种女人的遗传素质的融合，既要摩登新潮前卫，又讲温和淡雅得体。她们讲究个性气质，又倾向心灵层面和格调，把眼光投向纽约、巴黎、东京，追赶“拉风”的流行东东，出入“酷炫”的精品路店。RAP 听听，茶坊孵孵，善享受又尚情趣，轻松自若，休闲与工作并举。

如果说上海男人的特色是“精明”，那么上海女人的品位是“精致”。上海不乏“秀色可餐”的美女。上海女人的美，是清爽的，优雅的，是得体的，讲究韵味。豆蔻少女，穿一袭黑衣，可以是沉静；花甲老妪，着鲜艳的裙裾，可以是端庄。上海女人追求时尚，是世界公认的。头巾的花样，帽子的戴法，裙子的形形色色，在衣领的“花边”上翻花头，还有在上海发明并精致化的旗袍，月牙边的绣花绢头，就是在揩眼泪水的时候，都不失洒丽和高贵之气。即使在非常的“文革”岁月，她们也会做衣服上的“小手脚”，她们把“做头发”“梳只头”看得较重，头上不时绽出几色小花，在“玻璃丝”“蝴蝶结”上变花样，藏逸着个性的爱好。上海女人十分明白，气质比外貌要紧得多，所以最忌的是“鲜格格”“十三点兮兮”，或者打扮得给人感觉“乡里乡气”“洋勿洋腔勿腔”，总之“贼腔来死”的话，便把她的学历、专业、身材、外貌一笔勾销啦。

上海女人崇尚“家政”，在“买汏烧”方面做得十分精致，反复讨论研究实验，当一门学问来处理，“邻舍隔壁”“姊妹道里”互相切磋示范推介。许多叫“某家姆妈”的，都是“全职太太”，在内是“玉皇大帝”，对外是“公关部长”，是里外的“一把手”。最令人感动的是，在副食品和消费品供应很紧张，样样需要排长队的日子里，为了全家，为了“阿拉老头子”，为了“两个小出老”，她们人人是起早摸黑打冲锋的勇士。遇到“文革”患难时，连一向养尊处优的资本家太太，也会“独当一面”，挺身排除万难，不慌不忙渡难关。

上海最令人心动和愉悦的，就是“嗲妹妹”的形象。

“嗲”这个词，在上海至少已经流行一个甲子了。它原来的意思，有人说是“故作忸怩之态，娇滴滴”，也有人说是“形容撒娇时的声音或姿态”。如：“伊讲起言话来嗲声嗲气。”有的妹妹不撒娇也有天生的“嗲劲”的。是褒是贬，随你看了，而且不同的时代看出来也会不一样。60年代不少人对之嗤之以鼻，认为这至少是一种小资产阶级的情调，须批判的；到80年代以后虽坚持上述看法不变的人也有，然却有不少青年女子是欲求嗲而不得了。

据说它是天生的，它像明朝李渔在《闲情偶寄》里描写的女人的“态”。李渔说：“女子一有媚态，三四分姿色，便可抵过六七分，试以六七分姿色而无媚态之妇人，与三四分姿色而有媚态之妇人同立一处，则人止爱三四分而不爱六七分，是态度之于颜色，犹不止一倍当两倍也。”即使熟女，天性“嗲”的女子，虽年老而童心撩人，谈及和对待世上诸事，都有情脉脉。更有人说“嗲”是上海人对女性魅力的一种综合形容和评价，它包含了女性的娇媚、温柔、姿色、情趣、谈吐、出身、学历、技艺等复杂的内容，有先天的也有后天的。先天的大概就是李渔所说的“态”了，“服天地生人之巧，鬼神体物之工”，学也学不来的；后天的据说出生在淮海路陕西路的与生在“下只角”的，是否重点中学出来的，气质就是不一样。“嗲”反映了上海一些女子的追求目标和男子的兴趣指向。上海姑娘的“嗲”包含着“可爱、俏丽、伶俐、素养、台型、时髦、摩登、浪漫、迷人、小资”种种元素，从说话的声音、站立的姿态、交际的灵动都会散发出来，令人感动。后来，“嗲”字从相貌性情娇媚引申到做事漂亮、上佳精彩，表示“好、精彩、够味”，如：“伊两个字写得嗲是嗲得来！”

“嗲”这个词到底从何而来呢？它是从上海上岸登陆的，有人认为“嗲”来自洋泾浜英语“dear”，后经过上海人的改造，已经成为“的的刮刮”的上海话。“嗲”这个音节在老上海话以至普通话中原都是没有音韵地位的。它产生在19世纪末20世纪初，有100多年的历史了，它是伴随市民社会形成市民意识情趣兴起而娩出。上海人说食物的味道有个“鲜”字，这也是市民阶层中追求享乐细腻化而在吴语中产生作常用词流行的，原来在普通话里也没有相应的词。上海人惯于安富尊荣，不喜欢大打大杀，主张和谐乐惠，于是喜欢“发嗲”的人也就多了，进而把“嗲”字的“娇”引申到赞扬引申到“好”字上去，这是“嗲”字的民间立场。

遇到男孩子开玩笑的“过火”言行，淑女们会反弹地说一句温柔的话：“侬好好较！”再轻一点就说：“好好较好哦？”如果男孩继续与她“打朋”，或者说一句“侬今朝穿得老性感个末”的话，从前的女孩会轻轻回敬他一句：“十三点！”这虽仅是说明她对他印象不错，但多少有点点反感；现在的女孩是进一步了，回应一句：“侬去死——""侬好去死了——"虽然是说得比"十三点"严重，然听到她这么说，语调一定是很好听的很宽容的，别以为她要与你绝交了，而是说明你与她的恋爱或交情又上了一个新台阶！

这也是上海女孩的一种"嗲"法。

"嗲文化"是江南灵山秀水养成的，故与"土"和"巴"完全相对。"发嗲"又是一种柔美娇媚的阴性风景，所以一旦男性也来"发嗲"起来，便成了贬义，成了"搭臭架子"、故意摆姿态，装模作样、装腔作势的意思。如当他要推脱某件事时，便对他说："侬勿要发嗲了好哦！"对自我感觉太好的人挖苦一下，说："'嗲勿煞'咪！侬买根线粉吊杀算了！""发嗲"又有多种发法，如"发糯米嗲""发洋葱嗲"，但没有"发狮子嗲"的。

"嗲"和"作"是上海女人的两大特色。"嗲妹妹"的"反面"或许就是"作女"。"作"是女子折腾男人使男人颇为难的武器，看惯"发嗲"的上海男人又怎样来看上海女人"发作"呢？

"作"，也是一个典型的上海方言特征词。它的写法是代用的，并没有早期北方话书面语上的出典。哪个孩子不"乖"，整天要这要那，这也不称心，那也不称心，老是对你吵啊闹的，不能满足便是哭，难以对付，就摇摇头叹一声说："迭个小囡真会作！"由此可见，"作"也是一种性格，有会作的人，也有不会作的。有的"老人"像小孩一样会"作"。

当今有不少前卫女士，却已以会"作"为荣，因为"作"不是每位女性都"作"得像的，所以"作"也是一种特别的内质。她可以自豪地问："侬看我会作哦？"对面的男士便应声说："我就是欢喜作的女孩！""作"竟会成为择偶时接到的一张靓牌。一次在上海的东方电视台《相约星期六》节目中，主持人出题问到"你会作不会作？"时，六个女嘉宾即征婚姑娘有五个都说自己会"作"，只有一个说不会；而对方男嘉宾竟个个说喜欢"作"的姑娘。爱"作"，这也可谓沪上的一道风景线了。

"作"，大概可分它几类。一种是内向的，自己觉得老是万事不称心，这样做也不好，那样做也不好，今天去付定金买了房子，明天又去退掉，常常自作自受，可谓"作茧自缚"型；还有一种是十分外向的"吵闹折腾"型，人来即疯，有回音了她就来劲，缠着别人没完没了论理；最常见的当然是那种"和风细雨"型，毛毛雨下个不停，以时间来算，长作三六九，短作日日有。未知那些男孩子喜欢哪种类型？

但是，有一点已很明显，对于"作"的感受在今天的上海，大势已从"令人讨厌"发展到"为人接受""讨人欢喜"了，这真是180度的转变。

年轻人对"横不对竖不对"的"作"的观念为何有如此大的变化呢？笔者想来，"作"这个词词义的中心义素并没有变，有认识上的差异的是它的附项意义，或者说对那些表示色彩意义的义素看法上有了差异。与另外一些词语一样，在现代社会里不再是一边倒，在理解上一元的非好即坏，而是可以从原来的贬义深处窥见它的褒义，真正的一分为二了。上海人在生活上也变得更宽容了，上海人同时也变得更有活力了，他们细细体察到了“作”的可爱之处。过去的男子喜欢平平静静，生活不求波澜起伏，所谓平平淡淡才是真，所以他们需要的妻子是听话的，像个小绵羊，把家看成是一个避风港。而“作”的姑娘有想法有内容，跃跃欲试，想个不停，做个没完；“作”的姑娘有个性，有挑战性，也有嗲劲，带有童心的任性。男孩们或许也在跃跃欲试上得到默契，喜欢生活充满张力，对“小绵羊”反而“茄闷相”，他们或许认为女孩越是会作，越是可以展现出大丈夫的驾驭两人生活的能力，家庭生活就越有味道，在爱情中加点作料，生活过得更浪漫一些，这是他们的一种生活追求，这样他们的 GF 或 wife 就不能是百依百顺的“白开水”，而是“有个性”。“作”的对面就是“哄”，没有挑逗性，就不能“哄”出滋味，就享受不到“哄”的乐趣，也看不到对方得到满足后的嗲劲以及安抚过程中的曲折多致的情节，也得不到“摆平”或“烫平”以后的欣慰和满足感了。所以，从某种意义上说，“作”也是 BF 或 man 们“宠”出来的。当然，这些都是感情深处很微妙的秘诀，也许不是语言能表达清楚的。

于是，对于“作”的心理承受的变化，也带来了“作”这个词语的含义的微妙变异和扩展，“作”从带有浓浓的可憎味进化为带有朦胧的可爱味。由此也可见上海现代社会的兼容性和宽容度在语词上表现之一斑。

不过，社会取得这些宽容度，是有一些前提的。首先是知识女性阵营强大了，文明素质普遍提高了。一个女子有了一定的修养和内涵，不是一不称心，便掮地光，掼家生，甩鼻涕，一般不会到“作天作地”“作死作活”的地步。现代社会形成了现代意识，一个充满活力的社会，充满挑战性的竞争的世界，造就了青年男子的平等意识和争强征服心理，迎接挑战是现代男子汉的一种心理满足，推及小家庭生活，也要有点花头，不会撒娇不行，没有“摆平”的能耐也不行，你有你“作”的魅力，我有我的“依”的魄力，从满足“一潭静水”到享受“波澜不惊”，这或许是家庭质量的一种进步吧。

“作天作地”也不可畏吗？上海有一家吃粥连锁店，取名“粥天粥地”，与“作天作地”谐音，这倒也不乏是一种散发性思维，但从中可见他们也不把“作天作地”视作贬义。胸有浩气天地宽，作天作地也平常，那一定是遇上爱撑顶风船的人了！

现今的“嗲”与现今的“作”，都是上海女人的独特风情了。

“发糯米嗲”啊，“粥天粥地”啊，还有“老克拉”啊，“老法师”啊，“有腔调”啊，“拗造型”啊，此景只应上海有，人间哪得几处闻。

原刊于《海派文化的十大经典流变》，上海书店出版社 2007 年。

滑稽戏的腔调

上海滑稽戏，是上海开埠以后在都市化进程中应运而生扎根市民的一种通俗喜剧，是海派文化的一朵奇葩。

滑稽戏在西风吹拂下，几乎与20世纪初年“新剧”文明戏同时开演，当时称为“趣剧”。滑稽戏紧追近代城市发展和科技文明，上海一有剧场，它立刻活跃在剧场；一有电影，便上电影；一有游乐场，就成为其中的顶梁游艺；一有空中无线电，就在电台中广泛传播以至形成连播剧；如今电视文化成为最时尚的群众娱乐，它又以“海派情景喜剧”连播的崭新面貌呈现。

一、九腔十八调

滑稽戏与民同乐，轻松活泼，它的内容往往随手拈来。早在20年代上海诞生的第一个“游戏场”（南京路的楼外楼）开办时，就有一种含有时事而带滑稽的“文明宣卷”，用苏滩演唱。如当时颇有名气的郑少赓自叹苦境式地唱道：“一位郑少赓真可怜，两脚跑得生老茧，三餐常拿大饼替，四季衣衫勿连牵，五龙日升楼拿白茶吃，六亲无靠苦黄连，七日一个礼拜日脚真难过，八字生来颠倒颠，九九归原呒办法，只好十字街头去讨铜钿。” 喜怒哀乐，皆成文章。

从苏州杭州的小热昏、苏滩、文明宣卷开始，滑稽戏就博采荟萃流行在江南江北民谣山歌和现代戏曲各种流派特色腔调，形成“九腔十八调”，著名演员田丽丽甚至以外国苏珊娜小调旋律为基础变奏出《妈妈勿要哭》的新调。滑稽戏与本土原始的民俗民谣联系最密切，各种江南民间曲调如夜夜游、吴江调、五更相思、马灯调、节节高调、四季春、轮灯调、小鼓调、杨柳青调、银绞丝、对花调、苏武牧羊、醒世曲、梨膏糖调、金陵塔调、道情调等，集其大成，并可宽容变奏，附夹说白，说变就转，运用自如，叙事铺言，情景交融，神情具备，风趣横生，现今甚至可以随时拿来时尚流行曲调做说唱音乐。

这使滑稽戏中的说唱成为唱腔最为活泼自由的曲艺，如龚伯康的说唱《最欢喜》用一连串的排比，将平民百姓中各种性格习气人们“最欢喜”的事情快乐地唱出，如“老阿婆想抱孙子，最欢喜末自己新妇早点养个小把戏”；“吃蹄髈个朋友，最欢喜末就是上头一张皮”。事不在大而在以实在传神，以通俗贴近生活。杨华生的说唱《小菜场》，使丰富多彩的"小菜"均喜剧性的拟人化，互相争比高下，带有神话色彩。比如说"蔬菜是，浩浩荡荡进菜场"，"'芋艿头'是大队长"，"豆腐皮个旗帜迎风飘"，"（快板）小白菜挂了帅，一身打扮真雄壮，头浪戴仔韭菜花，手拿扁笋当长抢。（白）小白菜个爹爹叫大白菜，姆妈叫黄芽菜，娘舅是大头菜。菠菜油菜芥菜苋菜甜菜，侪是伊个阿姐，伊还有两个妹妹，大妹子生得又瘦又小，叫鸡毛菜，小妹子又矮又胖，叫塔棵菜。小白菜个老奶奶，今年八十六岁，一向住拉绍兴，大家叫伊绍兴霉干菜，还有雪里蕻咾（转唱）咸白菜，打听消息报情况……"。说唱中夹用京戏的韵白，真像是兵壮将威的大战场。

二、万宝全书

上海滑稽戏来自本土，生动展现上海方言中生命力强的、优秀的词语，成了一部上海闲话的万宝全书。上海在农业、工业、商业社会中积累了种种精细的词语，产生了大量生动的充满睿智的惯用俗语，如出风头、牵头皮、收骨头、戳壁脚、淘浆糊、七荤八素、死蟹一只、吃空心汤团、开年礼拜九、耳朵打八折、像煞有介事、闲话多饭泡粥，等等，滑稽演员信口拈来，使受众感受到了母语特有的亲切和魅力，对于在青年中传承上海话的精华语汇也具有积极意义。

举例说，上海话中的"头"字使用很有特色。在袁一灵的《浦东说书》中就一连用了许多带"头"的惯用语，缀合十分巧妙："大老倌，扳错头，装榫头，看人头，轧苗头，侬勿看人头，勿轧苗头，硬装榫头，瞎扳错头，当我好户头？我老早晓得侬眼睛骨溜溜，勿转好念头！"

又如在2006年大型滑稽剧《太太万岁》中，一个说"香咪！"另一个接着说："香得臭要死！"场下大笑，其时后者是追加极致赞美还是"反语"嘲讽或是"双关"，只有上海人在此时此处才能真正心领神会。

滑稽戏还自由引入来自江南民间的熟语、口技、绕口令、贯口、卖口、歇后语、掌故、杂腔俚谣、叫卖调子、民间故事、生活中的噱头笑料，加工说唱自如，因此是一种不折不扣的海派文艺，对挖掘和传承民间文艺也有贡献。如袁一灵的《金陵塔》连缀口技、绕口令和轻松的起兴小调，蔚为一体，展现了演出者高超的说与唱的艺术水平。又如把上海地区的"庙里一只猫""白袜和拔麦""麻雀擦过龙华塔""拎鬈掼鬈鬈掼鬈"等绕口令、急口令都可说得听众笑声阵阵。

三、七嘴八搭

上海都市的五方杂处也造就了滑稽内容及其语言的多样性。早期滑稽名家王无能是苏州人，他嗓子响亮，在他的拿手杰作《各地堂倌叫喊》中把各种点心店中的方言特色喊得悦耳动听。如苏州堂倌(饭店服务员)开口“呀来哉”,人家听成“爷来哉”;“一碗小两本包,汤包念额角”,就是“小馄饨一碗,两碗鱼面,廿只鬣脱五只,是十五只”。换个丹阳人喊“绿豆粥还是赤豆粥?”上海人听成“六点钟咾七点钟?”,回答:就“六点半”吧,就是“绿豆赤豆粥拌在一起”。把“皮蛋、咸蛋”听成“皮带、鞋带”,“吃羌饼”说成“吃枪毙”。把广东人说的“两盅白饭,一碟叉烧”听成“红中白板,一对七索”,“清炒牛肉丝”听成“今朝要侬死”。这都是把一个移民客居城市中各种方言的误会夸张地表演给你听。

上海的外来者中,有大量宁波人。利用宁波方言的特点,在内外两个结构层次的语义对立中构成笑料:“有个大大个小畏(娃儿),坐辣高高个矮凳上,手里一把厚厚个薄刀,勒切一块硬硬个软糕。”又有一个戏里说宁波话的形容词都是叠词拟态的:“我听有人‘笃笃’辣敲门,我扶梯高头‘狂狂’奔下去,门‘啊啊’开开,我阿伯‘络络’走进,其见了我‘咪咪’笑笑,我‘哒哒’跳跳。”

方言误解更是滑稽戏中的“噱头”,如独脚戏《广东上海话》(后改名《普通话与方言》)中说上海人到大马路四大公司中买东西,售货员操的是广东上海话,彼此说话不理解,闹出种种笑话。如称呼“先生”听成“猩猩”,把“买点物事”的“物事”听成“木梳”,又误听作“墨水”“米苋”,“东西”又听成“冬笋”,一连几次误解,把“四楼刚下来”听成“死了扛落来”,“七楼”听成“出老”,把“买袜子”当成“买镬子”,“味之素”当作“女厕所”,“热水瓶”当作“药水瓶”,“七搞八搞”当作“七块肥皂”,抱怨“喔唷”却听作“淴浴”,“喔唷姆妈”当作“淴浴拖鞋”,“触霉头”当作“吃馒头”,“勿识相”当作“拍照相”,“调一只颜色”听作“调一只牙刷”,“碰着七十二个大头鬼”听作“买七十二斤大头菜”等,一气呵成的误解引来一浪高一浪的笑声。

这种戏剧语言的包容性,表现了这个城市的开放性胸襟,表现了上海这个移民城市特有的个性。有人批评,让剧中有的人说起苏北话、山东话,是一种方言歧视,其实这是误会,调侃原本是喜剧的特征。滑稽名演员杨华生说:“上海本来就是五方杂处,尤其是江浙人数量最多,滑稽戏就是表现了这个社会中的各种人的真实面貌,各种方言的交叉,十分生动热闹,这样也使在沪的来自各地的百姓都喜欢滑稽戏,成为它的热心观众。”

不同方言中的同音禁忌也可拿来搞笑。如堂倌喊“来家生汤面两两碗”,就是说人家带来盛的东西来买的,要四碗,但是“四碗”不能喊出来,因为在有的人的方言里与“死完”同音。又如客栈服务员是无锡人,叫上海人“洗面”就“洗”吧,听者以为“年夜卅边死、死,触霉头哦!”。那无锡人却对他说:“先生,大年夜你勿洗(死)末,年初一也板要洗个;无锡末是洗,上海去也是要洗,你还是无锡洗洗落末好咧哇!”江南人听了这段都要哈哈大笑。到了北方,也许主要是方言的隔膜,比如“白袜和拔麦”绕口令用的是上海话入声韵，还有风俗的差异，难免打点折扣。

滑稽戏还流行“混搭”，很早就有。如20世纪20年代江笑笑的《前朝不搭后代》中唱道：“二月里杏花满树开，刀劈三关段祺瑞，曹锟要想把和尚做，黎元洪劝来劝去劝勿醒，只好去碰李陵碑。”又如《浦东说书》里：“方国珍关照小方卿到玄妙观去买沙角菱，齐巧碰着小青青。（唱）小青青，小方卿，两家头，谈爱情，到豆腐浆摊头浪吃葱油饼。（胃口倒好个）”

还有姚慕双、周柏春80年代的独脚戏《啥人嫁拨伊》，当父亲对原来做过扒手的毛脚女婿的才华渐渐有了好感后，执意要留他吃饭，女儿惊讶地问：“爸爸，侬刚刚勿是讲叫伊立刻滚蛋吗？”“啥人讲个？我是叫侬准备蛤蜊炖蛋！”“侬勿是讲叫伊马上出送？”“我是叫侬买太仓肉松！”每每讲到此处，台下阵阵大笑。

上海舞台上腔调之多之活泼，使上海话中的“腔调”和演出“姿态”一直连成一气，留在上海人的记忆中。这个词也被抽象出来延伸为带有点风趣意味的生活词语了。30年代就有一个惯用说法，把“看你这种鬼样（包括姿势）！”“看你这种态度！”称作“侬啥个腔调！”，有时直说“侬个腔调真难看！”。现今年轻人又把人的行为举止很潇洒、有个性，风度翩翩，有型有气质，称为“有腔调”。

原刊于《新民周刊》2008年2月1日。

评近年爱情创伤类流行歌曲

20世纪三四十年代的上海，是一个歌城，大量的流行歌曲从上海发源而流传全国。后来由于值得认真反思的种种原因，大众流行歌曲的创作陷于停顿。但是随着改革开放，流行歌曲在全国重又复苏，早在80年代，大众就可以直接通过传唱或创作自己喜欢的歌曲，间接直接歌唱自己心声了。谱唱自己的心声是流行歌曲的禀性，也是歌曲流传长久不衰的根源。

我这里评论的流行歌曲，大多是歌手们自己的创作，通过最现代的网络和其他媒体传播开来，有的歌流传甚广，有相当深厚的青年群众基础。因为是青年歌手的原创歌曲，打破了文化领域创作的寂寞，应该引起重视。大众文化娱乐的发达，是一个社会文化繁荣的重要标志，它与精英文化一样是生活五线谱里的不同高低的和音，我们要为大众文化的兴起摇旗呐喊。

到目前，有两类爱情流行歌曲最是热点，一类是歌颂纯真爱情的歌曲，另一类是咏叹爱情创伤的歌曲。这第二类的流行歌曲相当多，相比之下，更有成就。青年的自由恋爱在现今天地更为广阔，一方面是爱得死去活来，另一方面则是由爱情的失落而带来的无限伤痛悲哀。在现代社会中，年轻人表达自己的心情，不必像宋词元曲中表现的那样隐晦羞涩和迂回，完全可以直抒胸臆倾诉情感。因此本文所举的歌曲情感随着音符都表现得十分痛快深沉、酣畅淋漓。

关于描写爱情创伤的歌，过去多见于女性歌手演唱，如80年代后期，就有一盒周冰倩唱的音带，唱的都是女性抒发创伤情感的歌曲，有《我曾用心爱着你》《不要走不要走》《只要一丝温柔》《是你》等歌，但是多是潘美辰唱过的歌。当时流行歌曲刚传入大陆不久，大多数的歌手还处于模仿和演唱港台歌曲的阶段，尽管周冰倩唱得更加声情并茂。

然而时至今日，已经可以刮目相看，大陆的流行歌曲尤其歌手的原创水准、演唱水平在这些年来发展得相当迅猛。这不能不归功于歌手们的努力，也要归功网络、手机等的传播。

有人认为，网络的自由度使谬种也会流传。其实不然，网络使流行歌曲接受全国千百万群众的选择和考验，在自由竞争中优胜劣汰，总的来说，网络会加速优秀流行歌曲的诞生、涌现和成熟。

近年的创伤歌曲,却以男性歌手为胜,阵营壮大,佳曲多多。我这里要加以评论的歌曲,都是男青年演唱的流行歌曲。

一、感情难以自拔

我们来看歌手们是怎样用心来演唱这些歌曲的。郑源在《难道爱一个人有错吗?》中唱:"在一个落叶飘零的秋天,遇到我一生中最爱的人,从此以后她的样子把我整颗心灌醉。""让我爱得那么汹涌那么真,多么希望能给我一点真爱,多么希望她会过得快乐。"但是命运捉弄了他,他反复地追问:"究竟我怎么了? 怎么了!"探索着失恋的真因,这是一首追求真爱的歌。唐磊在《我哭你在乎不在乎》中唱道:"痴情唤不回你的让步,在风中呆望着你远去的背影,任泪水把视线模糊。"这是对即时情态的逼真描述,是无可奈何的倾诉。袁耀发在《你在哪里?》中高唤:"亲爱的你在哪里哦在哪里在哪里? 别轻言放弃! 早和你约定,不管哪里,不用怕,有我一直在陪你!"他唱出了那种上下求索的真心,还在按以前的约定试图挽回那"不吭一声就离开"的恋情。东来东往在那已广泛流传的《别说我的眼泪你无所谓》中面对冷酷的现实唱道:"看我流泪,你头也不回,哭过了泪干了心变成灰。""爱给了你,我不后悔,只希望你给我一次机会,让我去追,让我去飞,毕竟爱过的心需要安慰需要你来安慰!"歌中表达了失败了再要去追这种难以忘怀缠绵悱恻的深切情感。如果说郑源在发出"难道我有错吗"的轻言质问的话,那么杨培安在《爱上你是一个错》中就对负情进行婉谴:"为你我付出这么的多,因为我爱你就像飞蛾扑向火!""请你告诉我爱上你是一个错,别让我失魂落魄遭冷漠! 别让我漫漫长夜守寂寞!"夹行道的《死心塌地》则是一开头劈头而来的责问:"我爱你爱得死心塌地,奋不顾身为你献出自己!""早知道这是你导演的戏,为何不早点告诉我结局!""至少让我可以有回忆的剧情,至少我还有线索找回我自己!"表达了爱情受骗在"伤我伤透了心"后对负情的深深谴责。

感情陷入至深的人,都会产生失恋后的寂寞心情。许多歌曲唱到了这种寂寞孤独感。如张栋梁唱的《当你孤单你会想起谁》中表达了继续寻找心心相印再走一回的柔情:"你的快乐伤悲,只有我能体会,让我再陪你走一回。"在碰壁后感到孤单:"陪你最害怕每天的天黑,但是天总会黑,人总要离别……"善于白描的唐磊在《飘散》一歌中回忆了"晃若隔世一般"又"就好像昨天一样"的"那些随风飘散的往事"后,最后唱道:"只有窗外那棵高高的橡树,在风中陪我一起感伤!"歌中深切唱出了人生的落寞情怀。李健科在《一厢情愿》歌中唱道:"寂寞的时候难以抗拒你疯狂的蔓延,一遍又一遍呼唤你的名字,感慨万千! 别说我痴,别笑我颠,不知道深浅!"多么纯洁的爱情,多么深情的倾诉!

二、追悔和期盼

2007年的网络热曲《等一分钟》中，徐誉滕用紧凑的激动旋律细腻地唱出了主人公痛苦的回忆，多次重复着"等一分钟"的唱词，后悔没耐心再等一分钟过早地离走而铸成大错，他这样唱："我再等一分钟或许下一分钟能够感觉你也心痛，那一年我不会让离别成为永远！"在7分钟长的倾诉中，一开头就是追寻"如果"："如果时间，忘记了转，忘了带走什么，你会不会，至今停在说爱我的那天。然后在世界的一角，有了一个我们的家……"谢军在《那一夜》中深度地唱出了主人公的忏悔之情，渴望回到初恋那时。"我想呀想，盼呀盼，盼望回到我们的初恋。"他将这再一次的见面信作"这不是偶然，也不是祝愿，这是上天重逢的安排！不相信眼泪，不相信改变，可是坚信彼此的请柬"。他用一连串的排比句回忆一幕幕心酸的往事，再三唱出内心的后悔和痛苦："那一夜，你没有拒绝我；那一夜，我伤害了你！"又有："那一夜，我心儿已碎！""那一夜，我不堪回味！"谢军在另一首《做你的爱人》中也是如此追悔地表示不会爱可以学会爱："我生命中最爱的人哪，我醒来梦中还是你的样子，可不可以再爱我一次，让我学会做你的爱人！"刘嘉亮在《不要让我难过》中用像王杰那般的声喉追悔和责备自己："不要让我难过，这是我犯的错，我已不会再害怕什么，就让老天给我一个人寂寞！"他在《你到底爱谁?》中唱道："求求你给我个机会，不要再对爱说无所谓，如果相爱是完美，就让我们用真心去面对。"他又在《亲爱的不要离开我》中反复咏唱："亲爱的不要离开我！""心里回想的人全是你，离开伤心的地方，离不开爱你想你梦你的日子，亲爱的不要离开我！"抹不掉的爱永藏心头，殷切期待爱人不要离去。

徐靖博在《分手那天》中非常珍惜曾经拥有，盼望再有一次见面，他在歌中掀起的高潮旋律中悲痛地倾吐心声："如果真有再见那天，求求你不要泪流满面，你知道我会哭我会忍不住我会紧紧把你抱住；如果也有寂寞那天，就一起想想我们从前，不管再多天，不管再多年，回忆永远是我给你最真的礼物！"TANK的《千年泪》更是等女友要等待到来世："前世未了的眷恋在我血液里分裂沉睡中缠绵清醒又幻灭！""我眺望你的脸，紧记你的容颜，来世把你寻找，……不管要等待多少年！"

三、新的姿态

21世纪年轻人的爱情更宽容，胸襟更开阔。有些新的理念在表现极度创伤心灵的歌曲中也能展现出来。

面对爱情的转而失去，许多歌曲中认为只要珍惜着"曾经拥有"的那份情感，收退自如。如郑源在《我不后悔》中唱出了："如果还有什么值得我逗留，我想是你爱过我。""我不后悔，我曾爱过，只是天涯从此寂寞，远去的渡口彼岸的灯火，人在河流只许漂泊。""只是不能爱到最后，短暂的幸福拥有就足够，只要舍得，就会快乐。"这首歌唱出了在爱情急流中能舍能分的坦荡胸襟。王健的《冰吻》中面对女友要分手时唱："我累了，我痛了，我对你的爱已经疲惫了；我醉了，我哭了，我被你的爱彻底伤透了；爱过了，心碎了，你把我的爱终于放弃了；梦醒了，该结束了，再有最后一个冰吻你走了！"伤心地分手而去，冷静地好离好散。雨天的《我不想看见你哭》面对爱情的对手，这样体验到头地叹息咏唱："爱曾如此辛苦，有谁是真的幸福？"然后激情通达地呼唤："我不想看见你哭，看到你很无助，为了你的幸福，我自己退出；我不想看见你哭，看到你在孤独，就算是我错误，我宁愿认输认输！"超然地退出三角恋爱，这种为了友情在爱的选择上毅然退出相让，唱出了年轻人在爱情冲突中的高尚风格。

还有一些流行歌，仅是唱出了爱情历程中的淡淡的伤痕。如陈楚生的那首名曲《有没有人告诉你》，唱出的就是那种隐含在心中的淡淡忧伤："有没有人曾告诉你我很爱你？有没有曾在你日记里哭泣？有没有人曾告诉你我很在意，在意这座城市的距离？"旁敲侧击含蓄传达出难以忘怀的恋情和彼此由距离带来的丝丝感伤。

唐磊在《思念刻上你的名字》中更是温柔婉转地唱出了那份遥远的离情，他在音乐旋律转入高峰时唱道："无论我身在何方，不论你是否已经将我忘，不管岁月怎么改变，不管容颜是否苍老！我思念的名字，是那永不褪色的名字，在那坎坎坷坷的路里，给我坚持信念的名字，在纷纷扰扰的岁月里，给我安慰给我希望。"那诗一般的语言娓娓道来的心灵创伤，那种隐隐流出的人生沧桑感，却是刻骨铭心的记忆和伤痕，纵然也许并非个人因素所造成，但是已经铸成了人生中的永远难忘的一大遗憾。

四、情景交融，与音乐的契合

不少创伤歌曲声情并茂，情景交融。如果说"诗歌"理应是"诗"和"歌"的结合，那么下面几首歌曲，笔者以为已经达到了"诗歌"一气的境界。

被评选为 2006 年流行歌曲冠军的《秋天不回来》，在其下半阕中王强细腻激情地高唱出复杂迂回的心情："就让秋风带走我的思念带走我的泪，我还一直静静地守候在相约的地点；求求老天淋湿我的双眼冰冻我的心，让我不再苦苦奢求你回到我身边！"

浩瀚的《分手在那个秋天》不但旋律优美，而且情景交融，感叹万千地念念不忘地反复唱着那个歌名："留给我的是，最伤痛的纪念，忘不了曾经相恋！我想在那样萧瑟的秋天，你的爱随风飘远，流下的泪水，打湿你相片，分手在那个秋天！”“不能再回到从前，那个萧瑟的秋天，分手在那个秋天。”

易欣的《你的选择》是一支优美的语言和曲调融合一体的歌曲。歌词唱道：“看着你慢慢离开我的视线，才明白这份爱情已走远，而我，还相信有永恒的诺言！既然爱到痛的边缘，就算为我们留出时间，也换不回我们相爱的那一天！沧海桑天谁为谁而改变？心甘情愿却不解我们的永远……”再为对方想一想：“你的选择没有错，我欠你的太多！受伤的心找不到解压怎么愈合？”这种情殇中还怀有的平和心态，真是在爱情悲痛中仍又清醒，“留下的人满身伤痕”了，却还保持潇洒风貌的写照。

胡力本来就作过不少好的曲子，他在自己唱的《收回》一曲中也十分善于用自然的景色来衬托心情：“雨淋湿了街头也淋湿了我心，颤抖的双手收不回发出的信息，不知如何面对也不知如何去体会，那一瞬间的眼泪就这么轻易碎！”雨和泪在那一瞬激动中的描绘是如此契合。

谢军善于处理歌的韵律，如他的《相思》唱得格外从容自若，一句一顿，一板一眼，节奏感强：“依稀你就在眼前，我看着你的脸，你那可爱的容颜，一点都没改变，好像还在记忆中留恋，好像期待幸福的明天，我看出你思念的双眼，牵挂这段相思的约。”那是深爱中的人心中的形象，十分可蔼，与歌曲一开头的激昂：“多年前心中的创伤，我该向谁去讲？你现在过得怎样？”形成了对比。

汉语本是个有节奏的语言，韵律和句法共同构成了汉语语法，因此重视语言上的韵律，融入音乐的节奏，歌曲就会给人以天作之合的境界。

我们注意到，在我上面分析的那些歌曲中，有不少深情倾诉的歌曲，如《秋天不回来》(王)、《你要的只是幸福》(东来东往)、《我不想看见你哭》(雨天)、《亲爱的你在哪里》(袁)、《当你孤单你会想起谁》(张)、《别说我的眼泪你无所谓》(东)、《分手那天》(徐)、《一厢情愿》(李)、《千年泪》(T)、《就这样》(刘)、《飘散》(唐)等，都在演唱中形成低调酝酿的上半阕和激情高昂的下半阕，全曲都有两个部分组成，恰似过去宋词中的上下两阕。在下阙中，歌手把激情升高一步，使感情表达有上下两层，跌宕回旋，起伏有致，形成很好的音乐层次，相当打动人心。

汉语是有声调的语言。歌曲的曲调要十分注意和唱词的声调相和谐。由于流行歌曲演唱中歌手的原创特性，可以将唱词和自然语言的声调调整到很好的契合程度，否则就会因声调与曲调多处不合而听不懂词意，在戏曲中称为“倒字”。但是自编自唱的原创歌曲唱词犹如现实生活中的真情倾诉，也像戏曲中的“幕表制”(导演只给演员剧情让演员自编自唱)形成的唱腔，往往容易做到唱词和曲调融合得近于自然。比如：“思念刻上你的名字”用五度来记字的声调，是“55＋51、53＋51、

31＋13、35＋5”；又如“让秋风带走我的思念带走我的泪”是“51、55＋55、53＋35、21＋4、55＋51、53＋35、21＋4、51”，字调与曲调升降自然联系得相当和谐。

五、展望

本篇论文中我所引述的流行歌曲都是爱情创伤歌曲中的佼佼者，曲调相当优美，歌手也唱得如泣如诉，达到了一定的艺术水准。当然，我们要看到中国大陆流行歌曲的近年来成长还是一个苗头。在原创歌曲初成气候的今天，我们尤其要珍惜和助长这颗幼苗。本篇论文限于篇幅尚未分析它们的不足，并非我们没有看到存在的缺点。但是我们在更关注文化艺术大发展的今天，要关心和小心扶植这些受到大众追捧的民间流行音乐，为它们在社会主义的百花园中创造更好更宽松的生态环境，让它们在群众呵护和专家的评议下更健康地成长。

原刊于《上海文化》2008 年第 4 期。

一次成功之作的越剧创新

——评越歌剧《简・爱》

茫茫浊世存平等，贵又何崇，贫又何庸，纯爱尊严劫后弘。
而今改唱新编曲，越也能浓，歌也能融，击撞心灵调自雄。

——调寄“采桑子”

观赏第十届中国上海国际艺术节演出的越歌剧《简・爱》，有面目一新之感。我认为该剧不但在越剧的音乐、说白、戏剧元素等诸方面都站住了脚跟，同时融入了大量西洋歌剧的元素，为越剧的改革作了一次成功、坚实的探索。

“越歌剧”的定名，是个明智之举，它为越剧的革新定了一个新的框架，开辟了越剧发展的双轨途径，有利于越剧创新迈出较大的步子。这样一来，我们可以基本划分出传统的“老越剧”、创新的“新越剧”这两个领域，既让依然拥有大量观众的“老越剧”继续演下去小步前进，使热爱“老越剧”的人安心；又让越剧通过改革适应新时代年轻观众的需要、符合时代发展的要求。因此干脆另正名一种“越歌剧”，让新生的越剧获得一个新的剧域来表现和展示自己，这样便于它吸收西洋歌剧的许多元素来改造越剧，推陈出新。

20 世纪初，中国的传统戏曾受到“五四”先驱者们从内容到形式的批判、“算账”。但到了 20 至 40 年代，它却在海纳百川、中西融合的上海得到了革新换面的改造，“海派京剧”强势崛起，沪剧从田头山歌转变为最时髦的“西装旗袍戏”。女子越剧从 1938 年进入上海、站稳脚跟，在短短几年中，无论在演出内容到唱腔表演各方面都发生了巨大的变化，很快适应了商业社会、妇女解放的新环境。我们把施银花在 30 年代唱的《盘夫》来与金采风 50 年代唱的《盘夫》作一比较，就可看到越剧唱腔有了何等巨大的优化；越剧、沪剧从简单的两人对唱演进到融入西方话剧元素的多场戏剧，在短时期里发生了多大的现代化的转变。

努力适应时代的需求，是戏剧生存发展的灵魂。杭州剧院、杭州越剧院将传统的越剧与西洋歌剧进行杂交，创出新品种“越歌剧”，可谓新时期中国戏剧改革新前夜的一次创举。歌剧并非西洋独有，独领风骚，在中国，“歌剧”历来就有。我们知道，唐诗是文人书面之作，只有少数配乐而成歌诗；但宋词元曲是配乐歌唱的，且是配调配曲、依声填词。宋词元曲就是在北部和西部少数民族及周边外国的“胡乐蕃曲”的加入下，才渐渐演变和创制出来的新品种，元代的杂剧和明代的传奇，就是中国的“歌剧”，以后又发展为优美的昆曲，而昆曲又是近代江南戏曲的源头之一。如今，“越歌剧”又一次地大胆吸收西方歌剧的音乐和舞蹈元素，中西交融，走的正是以往我国歌舞戏曲发展成功之路。

当然，问题的关键在于将中西融合得好不好——是越剧院出品还是由歌剧院出品，在越剧基础上的改革做得成功不成功、越剧的味道浓不浓。我们还是希望江南沃土培育的文化具有充分的本土特色，表现出更细致、更浓郁的乡情民俗异彩，以此首先获得江南民众的肯定和欢迎，然后再以贴近本真的挖掘来表现其蕴含的世界文化的普世精神和永恒价值，从而更大程度地走向世界。在当前全球文化广泛交流的背景下，这种拥有文化的国际视野十分重要。而戏曲我们的改革必须顺应这样的潮流，才能达到有效的突破。

越歌剧《简・爱》虽是初试作品，但因编、导、演们既勇于突破而又小心翼翼的创作态度，它的演出是成功的。首先在题材上，《简・爱》是中国人比较熟悉和喜爱的世界名著，改编者忠于原著，比歌剧《蝶》将传统《梁祝》改造过多，显得步子更谨慎一点，利于观众接受。其次在戏剧音乐上作出了偏于西方歌剧的大胆改革，融入了西洋歌剧的曲调元素。全剧的唱腔是基于越剧原有调子的，且选取了越剧中接近于歌剧的部分，许多句子最后的字上扣住了越剧原有唱腔。在唱词的演唱中，基本上能与杭州话、绍兴话（也有上海话）的声调（连读变调）保持一致，越剧唱腔的发展本来就经历了从嵊县话到绍兴话、杭州话、上海话的杂交择优、吸收其连读调精华的过程，因此特别好听。

演唱与讲话的声调需要保持相近，这是戏曲唱腔设计和演唱中应十分注意的一点。因为汉语是一种有声调的语言，唱曲时若是唱出的字与原字声调多处不合，听众就会听不懂唱词词意，这种现象称为“倒字”，是唱戏中的一个犯忌，我们有时听到一些经外行过度设计的唱腔，其词义比较难懂，往往还不如演员在“幕表制”下自然形成的唱腔唱词与曲调融合更近于自然，就是这个原因。而印欧语系因其没有声调别义，所以西洋歌剧可以都唱成高调，与重音特征连词相配。越歌剧《简・爱》在吸收西洋歌剧元素时能注意到越剧语言的原有特点，使观众基本可以不看唱词幻灯就能听懂，这一点至关重要。相比起来，歌剧《蝶》也是一部颇佳的戏剧，但在处理唱词和音乐上基本没有照顾到音乐曲调与字的普通话声调音高的契合，而使人不看幻灯就听不懂唱词了。《简・爱》这部戏叙述的虽是外国故事，借鉴的虽是西方歌剧，却依然带有浓厚的江南水乡的越剧味道，首要的原因就是唱词的语言味道。该剧中的唱词不是像有人所说的是“绍兴方言念欧式长句”，而完全是中式句子，有诗化的语言特征，如："雪飘飘，记忆在思念里燃烧；风萧萧，生命在等待中煎熬；繁华落尽水东流，情到深处是寂寥。"我认为这种写法更多的是吸收了宋词元曲的元素，调动了汉语的节奏和对仗手法。在序曲和尾声唱腔上的处理上，堪称中西合璧，相得益彰，既吸收了西洋歌剧雄壮高昂的优势，又唱出了有明显越剧曲调的特征，十分妥帖优美。至于剧中的舞蹈穿插，均能随着剧情的进展和转移，表现相当自然，色彩绚丽，使这个戏剧显得更为出彩，成功表现了歌剧的特征。这些歌舞中汇融西洋舞特色的同时，也加入江南民族舞蹈的柔美。舞台设计，既表现出西式布景风格，又符合中国戏剧舞台美术简洁和重于传神的特点，并没有繁华的铺张浪费。

在此，我对这出戏剧也提出一些不成熟的意见。在肯定演员努力和成功的表演中，我觉得演员在唱词的咬字上要学习前辈，多下一点工夫。比如越剧的唱词原是综合嵊县话、杭州话等的长处发音的，越歌剧在创新过程中唱腔已对唱进行了很多的变化，正因其是在越剧基础上的"越歌剧"，所以在咬字上，我认为要咬准越剧的字音，语言是戏剧的基础，要避免不伦不类。相比起来，似乎扮演"格拉姆"的演员徐琴唱戏时，咬字较传统一点，主角简·爱的浊音声母许多都读成近普通话的送气清音，如"田"读作"舔"音，"情"读作"请"音，不知现今青年杭州话是不是都这样发音了？还有，既名"越歌剧"，还是保持"越"的方言特征为好，最好不要掺入普通话的歌曲。事实上老越剧中的合唱以及越歌《采茶歌》等，用杭州方言已经唱得水平很高。更不要在对话中混搭方言和普通话，如一场戏中牧师用普通话问，罗斯特用越语回答，突然出现的罗斯特妻弟用普通话揭发罗斯特已有妻子，惊呆了的简·爱又用越语说这不是真的。我认为应改为全部语言都用越语。另一个可惜之处是，一些比较抒情的原越剧优美的长拖腔，在该剧中基本没有运用，其实可以用它来表现戏剧的细腻抒情部分。全局腔调显得激昂有余、抒情不足，欠缺男女主角长段的咏叹唱段。其实，20 世纪 60 年代的中国式歌剧《江姐》也曾吸收过越剧的唱腔，包括它的甩腔，曲调与唱词声调契合自然，《江姐》在歌剧的中国化方面的经验值得借鉴。记得沪剧演员杨飞飞有一句改革唱腔的经验之谈，大意是：唱腔可以用新的曲折调子，但在句子的最后一个字上要落在原调上站稳。唱腔应该让演员根据自己的嗓音进行自然的发挥，而不要过多的别人"设计"。《简·爱》在落腔上更多地学西洋歌剧落在高音区上，我建议不妨可将其中一些落在越剧常用的甩腔低音上。该剧的唱词十分诗化和歌剧化，也有心理描写，但个别唱词有点抽象空洞，有的描写爱情的比喻流于俗套，可以更具体细腻一点，向《梁祝》《红楼梦》唱词学习。

我为越歌剧《简·爱》唱赞歌，是因为该剧在传统越剧的基础上跨出了创新而谨慎、既有越剧味又有歌剧味的成功一步。对于新生事物，我们要抱爱护的态度，缺点需要在不断的实践中改进、改善。创新总是在不规范中产生的，任何语言创新、文化变革，都是以人们暂时不习惯的变体代替已经习以为常的正体，总会有人不习惯。对此，我主张让戏剧形式和内容百花齐放，保护和扶植新品种新模式，让青年、让市场、让时间来检验。我在 2005 年《沪剧和海派文化》一文中曾说道："21 世纪是一个文化多元发展的世纪，上海这个大都市应该有自己本土的文化，上海特色的文化必须繁荣起来，沪剧完全可以改造成新上海歌剧。"沪剧中包含着更多的山歌小调，演起新戏来不论改编外国戏还是中国现代剧，更有历史传统，更少包袱，完全可以试验"沪歌剧"。我们希望大家关注旧戏的新改造，为戏剧的繁荣和新生，创出多条新的路子来！

原刊于《上海戏剧》2009 年第 1 期。

岁月流金

——上海老歌一百年不老的风采

高度发达的商业社会，为都市的文艺创造了良好的自由实现的生态环境和流行市场。鲁迅曾指出：海派文化姓"商"，上海老歌是商业化都市上海社会生活的生动写照，它表现的是上海的市民精神和海派风采。

从音乐家黎锦晖1927年发表《毛毛雨》起到1949年，前后20余年，有8000余首称之"时代曲"的流行歌曲在上海诞生，算起来可谓平均每天一首了。与这些上海老歌可媲美的，大概是老上海三百多种上万期的电影画报了。上海人凭她"奇异的智慧"(张爱玲语)，创造了如此奇迹，使上海成为名副其实的世界流行歌曲重要发源地。这些优美动人的歌声曾缭绕在车水马龙、万家灯火的申城上空，从小烟纸店那抹闪着蜜黄灯光的窗口到夜夜欢宵的舞厅歌坛，曾经喧闹地装饰过一个繁华时代，铸造了海派音乐文化的空前繁荣。歌声余韵袅袅，其中不少优秀之作传唱至今，成了华人世界中永恒的"怀旧金曲"。

一、上海老歌的遭遇

但是，这些家喻户晓的流行"时代曲"，在20世纪50年代到70年代三十年中，曾被扣上一顶"靡靡之音"的帽子而受到严厉的清算和消音。中国流行歌曲鼻祖黎锦晖在上海第一届文代会上被迫做检查："我做了很多黄色歌曲，是首恶必办，应该枪决。"后来他又写了《斩断毒根彻底消灭黄色歌曲》，严词自我批判。

1957年"反右"以后，和贺绿汀曾为同窗，一起从师萧友梅和黄自学作曲法和声学、曾创作过不少抗日爱国歌曲的作曲家刘雪庵，被划为中央音乐学院最大的右派，他的遭遇十分悲惨。由于他是曾风行一时的歌舞曲《何日君再来》的作曲者，历经20多年的反复批判和生活折磨，在"文革"中，他遭红卫兵毒打，他的夫人用身体保护了他而被打残，他被关入"牛棚"，押去农场劳改，不久双目失明。他一生就为这个歌背着沉重的黑锅，晚年孤独一人，无人照料他的生活。他过去的合作者潘孑农为他奔波辩护洗刷罪名，直到1985年刘雪庵去世。刘的名誉已在1979年得到恢复，然而《何日君再来》的罪名当时还未解脱。这个歌被谥以更为极端的罪名：

“为汉奸作黄色反动歌曲”“汉奸歌曲”“亡国之音”等。实际上这个舞曲是刘雪庵为他1936年的音专第四期毕业欢送茶话会上作的探戈舞曲，并没有唱词，后来成为影片《三星伴月》插曲，由黄嘉谟加作了词。

创作过二百多首时代曲的、被公认为“歌仙”的作曲家陈歌辛，一言未鸣也被划为右派，1958年被捕，1961年死于安徽白茅岭农场。在史无前例的“文革”中，除了语录歌和颂歌，所有歌曲，连同童谣儿歌等，全军覆没。流行歌曲就是这样在上海消失的。直到20世纪80年代还有人在《人民日报》上发表长文，把唱40年代黎锦光作的《夜来香》歌作为“精神污染”来批判，太平洋影音有限公司发行的歌唱家朱逢博的磁带专辑《雁南飞》因为收录了她演唱的《夜来香》，只得重版抽掉它换别的歌曲补上去。

二、重新认识上海老歌

然而，风流终未被风吹雨打去，好的歌曲是会一直流传的。上海人总是念念不忘上海流行歌曲的光辉历史，至今还有许多老年人时时会哼出当年普及率超高的《渔光曲》《秋水伊人》《苏州河边》《夜上海》等老歌。赵士荟老先生在20世纪90年代拜访老歌星路明，路明还背唱了刘雪庵作曲、潘孑农作词，曾经田汉修改过的《弹性女儿》，这是她一生中最喜欢的歌：“都会里燃着狂欢的火焰，热情飞跃在脚尖。生活变成固定的旋律，弹性女儿，永远旋转在迷梦之间。浪掷虚伪的情感，展露乔装的欢颜，在重重的压迫下，依旧要巧语花言。……”

上海老歌决不是“靡靡之音”“黄色歌曲”。高度发达的商业社会，为都市的文艺创造了良好的自由实现的生态环境和流行市场。鲁迅曾指出：海派文化姓“商”，上海老歌是商业化都市上海社会生活的生动写照，它表现的是上海的市民精神和海派风采。

上海老歌题材宽广。具有上海地域风味的、表现都市下层民众生活面貌的流行歌渗透到生活的每个角落，贴近上海平民生活的方方面面。如王人美唱过的《卖饼儿》《卖梨膏糖》，周璇唱过的《卖烧饼》《卖杂货》，还有《小面包司务》等。有大量的歌曲，表现劳苦大众辛劳生活，吐露了他们的心声。如王人美唱的《渔光曲》，盛家伦唱的《打铁歌》，袁美云唱的《塞外村女》，龚秋霞唱的《卖报歌》，陈娟娟唱的《月光光歌》等。周璇曾在1948年的《电影杂志》上对大家说她所唱歌曲中最喜欢唱的一首《难民歌》。上海各种市民身份的生活景况都反映在时代曲中。

中西音乐家的广泛交流，中西音乐元素的融合，培育出上海音乐的都市海派风格。一些流行歌曲改编自中国的山歌民谣，如“不要金，不要银，只要你的心”的爱情小调《毛毛雨》，还有《采槟榔》《五月的风》《四季歌》等都带上浓醇的民谣风；《千里送京娘》《拷红》等又是很成功的“戏歌”。美国在 20 世纪初产生了爵士乐，而黎锦晖 1927 年创作“新型的爱情歌曲”《特别快车》《桃花江》以及以前的《吹泡泡》等，就已经很圆熟地吸收了轻快热烈的爵士乐的节奏。黎锦光 1944 年创作的《夜来香》更是一首以轻快的伦巴曲为基调的作品，成为日籍歌星李香兰的成名曲，她唱的另一首名曲《苏州夜曲》则以中国旋律为基础，融入了美国甜美的情歌曲调；白光 1948 年的《墙》将民歌风和圆舞曲融合得天衣无缝。什么是中西融合海纳百川，我们听了这些曲调和歌词可有真切的体会。陈歌辛 1940 年创作的《玫瑰玫瑰我爱你》更是一首旋律奔放、节奏明快的爵士风歌舞曲，传到美国，被美国歌坛宿将 Frank Laine 唱红，于 1951 年荣登美国流行音乐排行榜榜首，历经 60 多年沧桑，收入《125 首老歌金曲》中。以后，英国的“King's Singer”六重唱团又将它改编成一首抒情的男声重唱，在全球流行。到 1947、1948 年时，大量的歌舞曲创作和演唱已达到很高的艺术水平。

流行曲中很多优秀作品的唱词十分优美，亦典雅，亦白话，其伴奏的乐器也可中可西。有的流行歌渗透古典词曲风味，如高天栖词曲、陈玉梅唱的《燕双飞》，贺绿汀词曲、龚秋霞的成名曲《秋水伊人》。陈歌辛词曲，姚莉、姚敏兄妹对唱著名的《苏州河边》，则是悠美的白话诗歌：“夜，留下一片寂寞，河边不见人影一个，我挽着你，你挽着我，暗的街上来往走着。我们走着迷失了方向，尽在暗的后边彷徨，不知是世界离弃了我们，还是我们把它遗忘……”此歌曲调清幽，梦一般的朦胧，十分含蓄地描写了一对热恋青年在夜上海苏州河畔的心迹情绪，被人们誉为“春申小夜曲”“东方托赛里的歌”。

经典和流行融和，是上海歌坛的演唱风格。专业歌手和流行群星打成一片，草根和庙堂并举，比如影星蝴蝶也唱《夜来香》也唱《十九路军》，学院派歌手郎毓秀既唱《天伦歌》又唱《早行乐》，接受正统声乐训练的花腔小姐云云，唱红的却是《三轮车上的小姐》。上海的流行歌坛集中体现出海派文化的全民性和雅俗共赏的品位。

积极人生和民族救亡，是上海老歌中最浓重的一笔。如对于那些迷途的社会最底层的孩子，郎毓秀唱起了黄自曲、钟石根词的《天伦歌》：“……奋起啊孤儿，惊醒吧，迷途的羔羊！收拾起痛苦的呻吟，献出你赤子的心情。老吾老以及人之老，幼吾幼以及人之幼。服务牺牲，服务牺牲，舍己为人无薄厚。浩浩江水，霭霭白云，庄严宇宙亘古存，大同博爱，共享天伦。”这种融和着中国传统优秀文化精神和西方人文主义光芒的歌词，是积极人生的哲理思考，指出了人类应有高昂远大的抱负和追求。“时代曲”还与时代脉搏切合，为贫民呐喊，为民族自救呼唤，如《告别南洋》《毕业歌》《热血》等。在大众文艺的自由竞争中，精品也自然会从中涌出，其中《义勇军进行曲》就唱出了时代最强音。

三、曲折之路

上海老歌传到了香港、台湾和东南亚，后来在香港、台湾等地由港台几代歌星奚秀兰、邓丽君、凤飞飞、费玉清、蔡琴、徐小凤等反复传唱，录制在很多歌星的热销唱片中，一直受听众欢迎至今。当中国改革开放后，这些流行曲又重新传回到上海。

1992年，日中友好的使者李香兰，重来上海——这个她的成名之埠拍摄电视纪录片，重寻旧梦，在花园饭店与黎锦光重逢。李香兰搀扶着垂垂老矣85岁的《夜来香》的词曲作者黎锦光，热泪盈眶，恍若隔世。黎锦光回忆起当年创作《夜来香》的过程:那灵感袭来的1944年初夏的一个晚上，他走出房间乘凉，骤然看到前面院里盛开的夜来香，南风送来阵阵香气，又听到远处夜莺的啼声。他提笔创作了这首历经沧桑的名歌。

就说晚年的黎锦光，他虽然不能再创作流行歌了，但是仍然在为中国的艺术而作贡献，不愧为一个忠于职守的知识精英。他在上海中国唱片公司默默无闻地工作，编辑过2000多首戏曲、歌曲的唱片和音带，如编辑过“走遍世界”的小提琴协奏曲《梁山伯与祝英台》唱片。

然而，时代给人带来的痕迹恐怕谁也难以抵挡，笔者也收集到1958年黎锦光作曲、吴震作词的《歌唱总路线》(中国唱片1958，甲面还有瞿希贤作曲的《赶上英国》)，他在中国唱片厂还编过一曲《送我一朵玫瑰花》，也是吴震作的词。“中国唱片”还在出过上海业余乐队演奏、黎锦光作曲并指挥的交谊舞曲《狐步舞》。听听他十几年前作词作曲、李香兰唱的《夜来香》(百代公司1944)，再放放他谱曲的《歌唱总路线》唱片，不禁感慨万千。

在李黎重逢之时，上海又是一派流行歌曲的汪洋了。这儿的青年几乎人人都爱听爱唱流行歌曲，但是，这儿大唱特唱的是港台日美流行歌，在这块曾是流行歌曲十分辉煌的上海土地上，独缺MADE IN SHANGHAI的流行新歌！我们的作曲家和歌手都到哪里去了呢?

四、继承遗产重建歌城

上海老歌是上海人民历史上留下的宝贵财富，从中我们可以深入了解当年上海各个社会阶层的喜怒哀乐、悲欢离合的生活面貌，社会的精神、民族的灵魂都渗透在那些朴实无华的唱词里，回响在婉转动听的音符中。上海人理应挖掘、整理和继承这份珍贵的遗产。好在理性的上海人在日寇入侵和“文革”肆虐之时，保全了34300多面老唱片的模版，其中有数千面就是这些流行歌曲。

21世纪的上海，大众依然对多元文化生活充满渴望，最有活力的青年仍是流行歌曲的忠实粉丝。问题是我们要开发上海特色的原创歌曲，激活文化市场是首要因素。我们应为建设“平民歌舞戏曲谷”创造自然的生态条件，大众化和全民性是海派文化的重要灵魂，让我们的文艺面向大众，面向生活，面向当下。在上海要有面对各个社会阶层的文艺舞台，像20世纪50年代那样，有高票价的舞台也要有低票价的场所，让各种爱好的群众各得其所流连忘返，要“阳春白雪”，更需要“下里巴人”，浓郁的有地方特色的草根文化氛围形成更为重要，应该给以充分的空间并创造条件来扶植。让艺术创作自由发展自然调整，和而不同，不要随意指责或拔高，不要把草根拔起离开土壤，要让时间来作有效检验。

雅从俗来是文艺发展的规律，有了发达的大众文化氛围和群众的选择，优秀的文化才会自然涌现。让青少年从小形成兴趣和欣赏习惯，形成文化繁荣的基础，这是从20世纪20年代到50年代上海海派文化发达的宝贵经验。愿当今的上海，以举办世博会为契机，在更宽松和谐的环境下，从大众喜爱、青年热衷的原创流行歌曲出发，再度建成一座有海派特色的繁华的歌城。

原刊于《新民周刊》2009年8月24日。

评王勇编著《海上留声》

从音乐家黎锦晖1927年发表《毛毛雨》起到1949年，前后20余年，有8000余首称之“时代曲”的流行歌曲在上海诞生，算起来平均日产一首了，上海人凭她“奇异的智慧”[①]，创造了世上的奇迹，使上海成为名副其实的世界流行歌曲重要发源地。这些优美动人的歌声曾缭绕在车水马龙、万家灯火的申城上空，“从小烟纸店那抹闪着蜜黄灯光的窗口到夜夜欢宵的舞厅歌坛”[②]，曾经喧闹地装饰过一个繁华的时代，上海人曾见证了这流行乐坛上一代海派文化的辉煌。她余韵袅袅，其中不少优秀之作传唱至今，成为华人世界中永恒的“怀旧金曲”。

然而在后来的30年间，除了其中的一些左翼歌曲之外，大量“上海老歌”被认为是“黄色歌曲”，在中国大陆上销声匿迹。好在上海人念念不忘自己的历史，不少人家里还珍藏着当时的唱片，不少老歌还深藏在老年人的脑中和口中，中国唱片上海公司躲过了“砸烂”的岁月，在版库中还庆幸保存着数千面“上海老歌”唱片的金属模版。新世纪伊始，笔者曾在一篇论文中说到：“如今，我们已经为她掸去了历史的尘埃，我们重新认识了这份遗产，我们重又想起老歌唱起了老歌。但是，我们现在要做些什么？到什么时候，我们能再次听到上海产的新歌，重新拾回海派流行歌的青春呢？”[③]

上海音乐学院艺术管理系王勇先生走出了亮丽的一步。2008年，一部由王勇先生担任执行主编的《上海老歌(1931—1949)》在上海流行歌曲诞生的80年际，由中国唱片上海公司出版发行[④]。包含了20张CD唱片，收录405首歌曲，一本252页的歌曲歌词、作词作曲家和歌手的说明书，堪称一部“上海老歌”的宏著大考。时隔一年，王勇先生再接再厉、精益求精，又有一套大作《海上留声》诞生，其中除了在

---

① 张爱玲：到底是上海人，《杂志》1943年第11卷第5期。

② 程乃珊：上海之音，《新民晚报》2004年2月。

③ 钱乃荣：上海流行歌曲的春秋，《上海文学》2004年10月号，收入钱乃荣：《海派文化的十大经典流变》，上海书店出版社2007年。

④ 在此之前，香港曾由“EMI百代公司”在1992年出版过《夜上海精选》四盒原声磁带，共55首上海老歌；在1997年和1998年北方文艺出版社出版了吴剑编著的《解语花——中国三四十年代流行歌曲》歌谱第一集和续集；2002年上海辞书出版社又出版了由陈钢编撰的《上海老歌名典》，其中有歌谱及作者、作品和歌手的简介。他们都为保护“上海老歌”这株海派的奇异花魁作出了贡献。

所附的CD唱片中包含50首经典歌曲，并汇集100首歌谱之外，还有一本《上海老歌纵横谈》的专著，对上海20余年的老歌，从诞生渊源、迅速繁荣过程、优秀名曲及其传载、词曲名家和歌手介绍、历史意义等，多角度地进行了详细的评说。这是两部海派文化一代风云才情、人文民俗的精华汇集。

在数量繁多的上海老歌中，如何选取精华的作品，王勇先生是作过精心的设计和安排的。黎锦晖先生是开创上海流行歌曲的鼻祖，他在1927年就创作的《毛毛雨》《特别快车》《桃花江》等“新型的爱情歌曲”，王先生都一网罗尽，这使我们有机会完整地窥见了上海流行曲在最初形成时的面貌，见证当时的流行曲就已经站在一个高水准上，适应了都市市民生活多样化的需求，因此它们一诞生，就很快为民间喜闻乐见，风靡于上海街头巷里。王先生小心汇总编排了《毛毛雨》《特别快车》《桃花江》等这些唱片，并对这些歌曲作了合情合理的解读，等于是对这些歌曲作了彻底平反，从中可以看到王勇先生在文化诠释上的宽阔胸襟。

《上海老歌(1931—1949)》和《海上留声》的一个值得注意的一个特色，是选出了相当数量的1946—1949年出版的上海老歌，从中我们可以看出，上海老歌到了20世纪40年代末，无论在词曲创作还是演唱、伴奏水平上都有跃进，上海的流行曲的艺术水准到此时已经达到很高的水平。而因年限的关系，这些歌的唱片发行在民间流传尚少，编入这些作品一方面表现了王先生的艺术敏感和赏析品位，另一方面也使大家能在今天更方便地了解到这些水平最高的上海老歌，欣赏到王先生所赞扬的“最终形成的”“高深精致的作曲手法”，和他所提倡的那些歌曲中的“民族化的音调”“却辅以外国舞曲的节奏型(如爵士、华尔兹、探戈等)”的创作模式①。

王勇先生通过他精心选编的上海老歌，为我们展示了上海多元博采的流行文化的各个侧面。这些20世纪三四十年代的老歌题材宽广，贴近上海平民生活的方方面面，再现了各阶层上海市民生活的真实面貌。有的歌曲表现劳苦大众辛劳生活，吐露他们心声，如家喻户晓、广为传唱的1934年电影《渔光曲》主题歌——任光曲、安娥词、王人美唱的《渔光曲》——有“腰已酸，手也肿，捕得了鱼儿腹内空”那样的哀叹；《铁蹄下的歌女》等歌曲，唱出了各种在上海谋生人群的辛劳和辛酸。

书中还编入了不少多样化地反映都市中新生活、新观念的歌曲。如嘲讽贪财的《三轮车上的小姐》等，种种城市生活生态留下了《王老五》《郊游》《思乡》等表现各种生活状态的歌曲。

从这些平凡的歌曲里，我们看到了海派文化的草根性、大众化，具有上海地域

① 王勇：上海三四十年代流行歌曲成因发展概述及其历史价值研究，《上海市社会科学界第六届学术年会文集(2008年度)》，上海人民出版社2008年。

风味的、表现都市下层民众生活面貌的流行歌已渗透到表现生活的每个角落。

上海流行曲中最多的歌曲是情歌，如《永远不分离》《一片痴情》《哪个不多情》《长相思》《恨不钟情在当年》《葡萄美酒》等，这类歌曲从多个角度表达了人类普遍的温馨情感和爱恋追求。舞厅中的歌舞曲也占较大的比例，如白光唱的歌舞曲《假正经》《如果没有你》，都唱得颇有魅力。

从这些流行歌中，我们看到了都市娱乐环境的和谐。那种健康活泼的感情、积极向上的曲谱旋律、欣欣向荣的演唱风格，在《上海小姐》《少年的我》《香格里拉》等中得以充分表达。而《夜上海》《苏河边州》等歌曲，无论在题材和曲调上，都展现出海派文化的江南底蕴和本土特色。

随着唱片的转动，"上海老歌"给我们释放出一片"中西交融"的炫丽美景。中西音乐家在沪上的广泛交流，促成了中西音乐元素的自然交融，培育出上海音乐"海纳百川"的都市海派风格。一批老歌首先采纳改编了中国的山歌民谣，如"不要金，不要银，只要你的心"的爱情小调《毛毛雨》，还有《采槟榔》《四季歌》等都带上浓醇的民谣风，《千里送京娘》等又是很成功的中华"戏歌"。美国在20世纪初产生了爵士乐，而黎锦晖1927年创作的最初作品中，就已经相当圆熟地吸收了轻快热烈的爵士乐的节奏，所以上海流行歌曲从起点就是相当好听。黎锦光1940年创作的《夜来香》是一首以轻快的伦巴曲为基调的作品，成为李香兰唱开的成名曲。陈歌辛1940年创作的《玫瑰玫瑰我爱你》更是一首旋律奔放、节奏明快、充满城市情怀的、美妙的爵士风歌舞曲，传到美国后被美国歌坛宿将Frank Laine唱红，于1951年荣登美国流行音乐排行榜榜首，历经60多年沧桑，收录《125首老歌金曲》中。以后，英国的"King's Singer"六重唱团又将它改编成一首抒情的男声重唱，在全球流行。到1947、1948年，伴奏着优美的圆舞曲节奏和如诗词一般柔和的唱词的大量歌舞曲，如《重逢》《相见不恨晚》《如果没有你》，其创作和歌唱的艺术水平都已到达了相当自由的境界。

这些流行歌曲当时之被称为"时代曲"，就是因为不仅唱出城市的时代风味，而且还与时代的脉搏相切合。上海这个城市在重重压迫和民族危亡中，歌唱者为贫民呐喊，为人道正义、民族自救而呼唤，表现了这个城市20世纪三四十年代的城市精神。面对着都市生活中的种种悲欢，那种积极人生的观念一直在歌中激励鼓舞着人们。在流行歌曲中，不乏带有哲理思考的歌曲，如黄自曲、钟石根词、郎毓秀唱的《天伦歌》："奋起啊孤儿，惊醒吧，迷途的羔羊！收拾起痛苦的呻吟，献出你赤子的心情。老吾老以及人之老，幼吾幼以及人之幼。服务牺牲，服务牺牲，舍己为人无厚薄。浩浩江水，蔼蔼白云，庄严宇宙亘古存，大同博爱共享天伦。"歌中阐发的理念，既吸取了古代中华民族传统精神，又表现了西方人文主义的光芒。

经典和流行相和谐，专业歌手和流行群星打成一片，草根和庙堂并举的时代特征在书中也有体现。比如影星蝴蝶唱《夜来香》也唱《十九路军》，学院派歌手郎毓秀既唱《天伦歌》又唱《早行乐》，接受正统声乐训练的花腔小姐云云，唱红的却是一首通俗的流行歌曲《三轮车上的小姐》。最流行的一首《何日君再来》，原来只是刘雪庵在1936年音专专业学习的同学联谊会上即兴创作的探戈舞曲，到1938年被影片《三星伴月》的编剧请人填上了词，成了后来海内外流行的通俗名歌。还有像刘半农词、赵元任曲的《教我如何不想她》，戴望舒词、陈歌辛曲的《初恋女》都在上海老歌中流行，上海的流行歌坛中充分体现出海派文化的全民性和雅俗共赏的品位。在大众文艺的自由竞争中，精品也自然从中涌出，其中《义勇军进行曲》就唱出了时代最强音，后来成为《中华人民共和国国歌》。

在“上海老歌”中，我们可以看到建立在商业大都会基础上的海派文化种种特色：中西结合、雅俗交融、海纳百川，市民精神，十分本土化、十分生活化、十分娱乐性，海派文化就是这样一种全民性的文化。欣赏这些老歌，我们还可听出一些上海当年女性和旗袍高跟鞋相配的、说国语时那种特别的拿腔拿调。上海流行歌的海派旋律不仅曾陶醉了在上海生活过的上海市民，而且一些外国歌手、乐手也在上海的音乐歌舞坛中脱颖而出，日本名歌手李香兰、菲律宾的乐队就是例子。

有些人站在学院派的立场上苛求流行音乐，他们并不了解通俗歌曲的流行特征和评价标准，由于用象牙塔里的“阳春白雪”标杆去衡量流行音乐，因此风马牛不相及，问题在于他们所坚持的批评标准也没有给他们在所谓“纯音乐”领域上带来多大成就。王勇通过编著“上海老歌”给我们展现和揭示了通俗音乐在中国都市社会中的独特意义，听这些“上海老歌”，我们可以体会王先生在《上海老歌(1931—1949)》前言中说的话：“一类文艺作品的流行，究其本质而言，是多种因素交叉作用的结果。通常认为，通俗音乐的长处，即其在投合大众音乐欣赏口味与习惯方面，能以多式样、多产量、多类型作品，造成‘快餐式’的优势，为相当数量的听众提供精神消费上的即兴满足。但时隔半个多世纪，当我们再度听到当年那些上海老歌的录音时，却依然被感动，这就不能不让我们在‘快餐学说’之外，去重新思考上海老歌的文化与历史意义——它所具有的独特的艺术价值；它所反映的人类普遍的情感需求；它为中西方音乐文化的交流所作出的贡献；它在音乐本体的艺术创造中所表现的创新……”①一个时代有一个时代的歌的风味，其中的精华元素是不朽的。王先生在分析评介“上海老歌”中，为我们解读了上海老歌的独特艺术价值。

---

① 王勇：上海老歌与上海的文化媒体，《上海老歌(1931—1949)》，策划/主编：周建潮，执行主编：王勇，中国唱片上海公司2008年。

当然由于篇幅关系以及资料保存关系，这两本集子中，也有一些好歌未曾收入，如渗透古典风味，高天栖词曲、陈玉梅唱的《燕双飞》，唱词平仄分明，歌曲温柔敦厚；描写孤儿生活苦难的，任光曲、蔡楚生词、陈娟娟领唱上海中学歌咏队合唱的电影《迷途的羔羊》的主题曲《月光光歌》，其中有“苦儿血泪已流干”的唱词，曲调十分婉转凄楚，荡漾着人道主义的深情关怀；如写出舞女对悲戚命运的反叛，刘雪庵曲、潘孑农词、路明唱的《弹性女儿》，曲调哀怨煽情，旋律层层迭起。这些都是当年影响颇广的佳作。

上海老歌是上海人民历史上留下的宝贵财富，从中我们可以深入了解当年上海各个社会阶层的喜怒哀乐、悲欢离合，社会的精神、民族的灵魂，都渗透在那些朴实无华的唱词里，回响在那些婉转动听的音符中。上海人理应挖掘、整理和继承这份珍贵的遗产，从内容到形式上进行理性解读，开发它的文化价值，研究它的经验教训。只有认真解读了老的，我们可以更好开创新的，王勇先生已经开始了这种解读，音乐学界责无旁贷理应正视研究这份遗产。

商业社会中人民群众对文艺迫切的需求，形成了 20 世纪三四十年代的音乐戏曲繁荣的基础。联想到今日的上海，我们出专集纪念它，理应从中受到鼓舞。如今人民大众依然对文化生活充满渴望，尤其是最有活力的青年仍是流行歌曲的忠实粉丝，问题是我们要开发上海特色的原创歌曲。而激活文化市场的首要因素，应该建起“平民歌舞戏曲谷”，如以前的“大世界”，创造文艺成活的生态环境，大众化、全民性依旧是海派文化的重要灵魂。让我们的文艺面向大众、面向生活、面向民众对生活的真实体验和真实情感。在上海，要有面对各种层次的文艺舞台面向各社会阶层，有高票价的舞台也要有低票价的场所，让各种爱好的群众各得其所流连忘返，要“阳春白雪”，更需要“下里巴人”，草根的文化氛围形成更为重要，应该给以充分的空间创造条件来慢慢形成。让艺术创作自由发展，自然调整，和而不同，不要随意加以指责和简单否定，让时间来有效检验。我们因懂得雅从俗来的道理，有了健康的大众文化氛围，优秀的文化才会自然涌现。上海的流行歌曲有过这么好的基础，上海人不能太慷慨，都给香港、台北等去传承发展，我们热望再次听到上海产的新歌，重新拾回海派流行歌的青春！愿当今的上海，以举办世博会为契机，在更宽松和谐的环境下，再度建成一座有海派特色的繁华的歌城。

原刊于上海音乐出版社《音乐爱好者》杂志 2009 年 9 月号；兼作王勇、鲍静编著，上海音乐出版社 2009 年出版的《海上留声——上海老歌纵横谈》序。

上海的方言戏剧与海派文化

——《上海戏剧专题》采访

对话人：钱乃荣，中国现代语言学家，现任上海语文学会副会长，上海语言研究中心副主任。

一、方言戏剧活在大众中

上海戏剧： 钱教授您好！作为研究上海方言的语言学专家，今天我们请你来谈谈上海方言和上海戏剧的关系。

钱乃荣： 方言是戏曲的灵魂。地方戏曲本来就是属于群众的娱乐，上海的海派文化过去很发达活跃，粉丝遍地，戏曲是全民性、本土性的大众文化。上海不但有上海话的沪剧、滑稽戏、浦东说书、方言话剧，还有评弹、甬剧、苏滩、锡剧、淮剧等，甚至昆曲、京戏，都是用方言唱的。

上海戏剧： 您能介绍下上海方言戏剧的起始发展情况么？

钱乃荣： 先讲讲沪剧。沪剧的前身是本地滩黄，后称申滩、申曲，原本只是一种乡村田头山歌，在19世纪80年代进入上海城区。后来的迅速发展繁荣完全是进入了文化金融中心的大上海后，在海派文化的宽容、自由、竞争的大氛围里打造出来的。

上海戏剧： 是不是可以这样说，今日“二人转”的发展和沪剧当年走入城市的发展道路有相似之处？

钱乃荣： 是的，开始时候，格调可能低一点，表演可能差一点，但到城市里演出就会自然适应城市观众的观念和文明程度的需要，除了保留反映农村生活的优秀剧作外，就要及时表现上海这样的大都会中的群众生活。到20世纪30年代后，通过中西融合又与西方话剧形式相结合，沪剧很快从最早的两人表演变成了采用大台布景、分幕分场演出西装旗袍戏。

现在有些人批评“小沈阳”或者“二人转”低俗，我并不认同，赵本山的刘老根大舞台受到观众真正欢迎，是因为“二人转”代表着通俗活泼的乡村文化。虽然有些自命精英的人不买他们的账，但是大众文化却真实地活在大众中。文化应该是多元的。什么叫高雅，什么叫低俗，没有细则可供划界和遵循，属于见智见仁的范畴。

有人说网络流行歌《老婆老婆我爱你》太低俗，那么弄得国家大乱的《长生殿》里的爱情就雅吗？今日的俗，可能即明日的雅。我们应懂得“雅从俗来”的道理。

二、沪剧唱词胜在口语化

上海戏剧： 当时上海方言戏剧作品都对时事新闻、民众生活非常敏感，因此作品大都受到了大众的欢迎。

钱乃荣： 沪剧活泼清新、长于叙事的曲调和节奏，很利于表现现代生活。这里我要讲到曲调与语音的问题，中国的戏曲与西洋的歌剧不同，因为汉语本身是有声调、有节奏的，所以戏曲在演唱时首先要考虑方言的连读声调，唱腔是建立在自然语音上的。如果某个字声调是升调，你硬“设计”成降调唱出来，就会不自然，这在戏曲中称为“倒字”，是很忌讳的，因为听众很难听出唱的什么词，也就丧失了美感。

上海戏剧： 就是说，唱的曲调最好是说话时音调，这样才更自然？

钱乃荣： 对，唱腔与声调越是接近，就越是听得懂而易为听众接受和传唱，那些著名演员都可以将唱词和自然语言的声调调整到很契合的程度。比如杨飞飞、赵春芳演唱的《卖红菱》整场唱段共用 190 个上海方言“根青韵”，其曲调和上海话连读变调的一致率达 100％。又如王盘声在《碧落黄泉》中“志超读信”一段，其乐曲唱腔与上海方言连读调的对应一致率达到 99.3％；孙徐春的《昨夜情》也是这样，唱腔就像倾诉一样娓娓道来，唱流行歌曲也需这样。当然这是个底子和基础，唱腔的优美还有曲调和拖腔等的发挥，戏曲“幕表制”就往往有利于唱腔与自然语言的吻合。但过分强调唱腔的“设计”，后来就少了，如《璇子》的“金丝鸟”一段，共唱 42 个语音词，只有 73.8％的契合；《野马》“琴声”一段与上海方言的连读调只有 64.7％的契合。因为先剧本再配唱腔和演员，唱腔就与唱词声调相游离，而演员有时照本宣唱，不参加再创作，更不用说自创特色的发挥。还有些剧目的唱词和说白有些过分追求文学语言，脱离上海生动的方言土语的倾向。而沪剧唱词就胜在口语化的表达，其中包含大量生动的上海方言俚语。目前上海方言和民俗特色的失落，使唱词难以听懂和在民间口中传唱。

三、“拿伊做脱”从切口到流行熟语

上海戏剧： 说到上海话的生动灵活，不得不首推上海的滑稽戏了。但很多“80后”有一种感觉，虽然从小就是听电台的《说说唱唱》《滑稽王小毛》长大的，但是对于很多演员在表演中惯用的词，在平时生活中我们却是根本不会使用的。

钱乃荣： 如果你只是听过，但不会去用，那就是说那些词语已经和你有距离感了，这与青年中上海话的衰退有关。上海滑稽戏很重要的一个特点和作用，就是展现当时上海方言中的生命力强的、优秀的词语，如拗造型、出风头、牵头皮、收骨头、淘浆糊、吃空心汤团、耳朵打八折等，这些词汇都是从上海这个商业社会基础下海派文化中自然形成的，你可以发现它们虽然处于所谓的“国家语言规范”的边缘，但是滑稽中说到它群众却笑得最开怀，有的还把它们的含义和使用范围更扩大了，所以特别有韵味，这正是方言的魅力。方言口语是一直在创造和引申新鲜灵动的词语的。就像是乖学生的语言有时虽然很规整，但是不如顽皮学生生动活泼。周立波现在最红的一个词是什么？

上海戏剧：“拿伊做脱”。

钱乃荣：社会上各阶层人都能创造新词，“拿伊做脱”原本是解放前流传于黑社会的切口，就是“把他杀掉”的意思。语言一旦大家用起来，就不由自主地由广大群众的社会需要和文明水平加以改造了。现在此词用的范围扩大了，原来的很具体的“黑”内容抽去了，这是熟语的一种形成法，也即外壳化或曰空心化，是一种修辞的形式。“拿伊做脱”因为它的基本义素是较生动的，我们亲眼看到这个词语很快外壳化，把看着不顺眼的东西想处理掉，就说“拿伊做脱”，这个词就成了广义的“把它干掉”的意思。这就像“腐蚀”原用于化学，后来可以说“腐蚀青少年”，“避风头”“出洋相”等也许也是这种方式形成的生动熟语。

上海戏剧：独脚戏似乎更多的是在语言文字上的“噱头”，所以如果没有新鲜的词汇补充，一些内容就无法表现？

钱乃荣：上海滑稽戏是随着城市的开埠应运而生的，当时与“新剧(即话剧)”一起演出，与传统戏曲有所不同，它演出的题材内容具有明显的都市性特征。最早的独脚戏也是幕表制演出，具体的每句台词，都是演员自己组织的。独脚戏演员特别要求能具备“活口”，要有在台上善于随机应变的才能，要在不同层次观众前即时引得大家笑起来。既要表现人物，同时又要集中并巧妙地设计与有上海方言特色紧密结合的语言“噱头”，如同音词的拈连，惯用语语义的移植双关，巧妙的发散性的比喻等。滑稽戏的传统就是表现市民生活中的喜怒哀乐。独脚戏《十三人搓麻将》是将13个不同地区的语言用上海话表演串联出来；滑稽戏《七十二家房客》讲的是解放前住房狭小、底层人民的艰苦生活。可目前的生活和那个年代观众欣赏、共鸣的东西已经不一样了，应该多创作与现今百姓生活联系更紧密的东西。

上海戏剧：你认为“海派清口”是滑稽戏本源的一种合理回归吗？

钱乃荣：是的。周立波为什么红？并不是说“海派清口”这种形式多新鲜，而是他用特有的幽默方式，讲股票、讲住房、讲上海人的生存状态和对国家的贡献，都是大众最关心、最想听的内容。由于他用生动的、有生命力的上海话词语确切地表现了上海人的生活场景，因此引起了观众强烈的共鸣。这一点与滑稽戏出生和迅速繁荣期的情况是一样的。

四、应该给方言足够空间

上海戏剧： 如果纵向比较的话，我觉得，相对于川剧、粤剧，沪剧面临的处境更艰难一些，这是不是也有地域的关系，因为自改革开放后，上海这个城市开放性更大了？

钱乃荣： 我觉得这并不是地域和方言本身局限的问题，你看粤语歌一路可以流行到哈尔滨，因为最好的艺术既是本土的又是世界的。但是我们的社会为了更好地生活和交流，大力推广了普通话，虽说上海推广普通话比较成功，却有些矫枉过正。文化是很脆弱的，好的文化应好好保护。方言如果不注意保护，可能会衰弱或消亡。校园语言环境政策有该检讨的地方，如课外不能禁止学生说方言。电台和电视台也该有上海话的足够空间，让大家都能听到上海话。

上海戏剧： 还是让我想到了周立波，他不但在中老年观众中非常受欢迎，而且有许多的“90 后”，甚至“00 后”都喜欢他的段子、他的词语，而您对于像周立波这样的走红是非常支持的吗？

钱乃荣： 我写了不少上海语言文字的词典和研究文章，但是不如周立波出一本《诙词典》这么流行这么影响大，为此我们应该欢迎和肯定他对上海方言和海派文化弘扬的功劳，是他使上海话中的精华语汇在青年中传承下去。

上海戏剧： 总结您上述的分析，您主要提到的解决之道还是在硬件和软件两个方面：一个是创建宽松的大环境和对方言戏剧的扶持，让大众文艺自由发展；另一个是在创作上要学习以前的传统，表演群众最喜欢的内容，包括对时事生活的敏感，主动发掘。

钱乃荣： 软件离不开硬件，最终还是要落到生态环境上。缺乏创新的机制后，形成流派后却造成喉咙的克隆和新流派的缺失，使沪剧唱腔在原地踏步。可以这样说，20 世纪 50 年代后，几乎就没有新的流派出现。没有积极的创作，最主要的后果是演出的内容与百姓的喜怒哀乐和票房收入可以游离，于是也开始与平民生活相脱离。后来，写剧的目的似乎就是为了写颂歌或表扬好人好事，重说教而不再“善写人情”。群众不感兴趣，留下的就只能是老戏的反复重演和再挖掘。然而毕竟时代不同了，由于离开民间社会的热点和亮点太远，大家不愿去吃你炒的冷饭，戏剧自然吸引不了观众。

上海戏剧： 就像您说的，要学习顽皮学生，使语汇更生动、更丰富？

钱乃荣： 顽皮学生容易出格创新，不过“学生说话”还是一种无意识行为，对戏剧来说，更渴望的是有意识的发掘。

上海戏剧：除了创作上的盘活，那您觉得其他有利的出路在哪里呢？

钱乃荣：周立波是上海人的主动创作，为上海人说话、正名，说出真实的上海人，所以周立波走红了，也证明剧场依然是能够走红的。但是，是不是我们应该好好总结一下走红的原因呢？院团有没有趁热主动推出海派剧目呢？剧场是否打算降低票价招回过去被赶走的大众呢？

另外是要依靠民间力量、民间组织。海派文化主要是大众文化，不是贵族文化。

原刊于《上海戏剧》2010 年第 4 期。

弘扬海派精神，振兴大众文艺

摘　要：海派文化是上海开埠以后伴随商品经济发展而形成的具有现代性的新文化，是善于融合世界先进文化并与本土文化成功结合的具有江南民俗特色的多元文化，它在上海曾经辉煌的历史十分值得当今借鉴。现在我们应重新认识和发扬海派精神，从重视草根文化开始，正确处理文艺的雅俗关系，让文艺回到民间，面对民生、面对当下、面对实际，重视本土文化的重建，养成文化多样化自由发展的都市文化生态，在宽松的文化环境下，在商业化自动良性运作中振兴大众文艺。

一、对海派文化的评议

1. 海派文化的由来

上海自 1843 年开埠以后，很快成为世界上为数不多的具有“现代性”发达文化的中心都市，其文学艺术的突飞猛进一直在国内遥遥领先。20 世纪 30 年代，有 20 多万文化人聚居上海[①]，与世界各地、中国各地源源不断而来的各种移民一起，共同开创了上海多元博采的海派文化，其繁荣的程度，引几个数据可见一斑：上海自 1912 年诞生第一部国产故事电影片以来，至 1949 年共有 2400 多部电影在上海生产出来[②]；有 300 多种上万期电影画报出版[③]。自 1929 年黎锦晖创作第一首流行歌曲《毛毛雨》在上海百代公司出版唱片后，到 1949 年有 2000 多首上海原创“时代曲”制成唱片[④]。上海人凭着自己“奇异的智慧”[⑤]创造了一个又一个文化奇迹。

海派文化中西合璧、海纳百川，十分辉煌。它有两个来源：一是中国古代的市井文化。最早的源头可以追溯到东晋以后中原强大的华夏文化南移，形成以金陵为中心的“江东文化”，从此社会稳定的淮河以南地域一直是文人文化荟萃之地。宋元以降，江南一带商品经济的发展和市民社会的形成，思想的解放，活字排版等技术的发明，小说、戏曲的流行，文学走向俗化的道路。尤其晚清以来，集聚着最有

① 杨金福：《上海电影百年史》，文汇出版社 2006 年。
② 杨金福：《上海电影百年史》序言，文汇出版社 2006 年。
③ 张伟：《老上海封面人物》，上海辞书出版社 2007 年。
④ 王勇：不要再把老歌铸成子弹，《新民周刊》2009 年第 33 期。
⑤ 张爱玲：到底是上海人，《杂志》1943 年第 11 卷第 5 期。

文脉人气的发达的江南文化中心转移到了上海，上海成了人文荟萃之地。

海派文学文化的第二个来源是西方自由民主的现代思潮快速传入上海，在租界畅通无阻，新文学、新文化运动的发动，"科学"和"民主"开启了思想解放的闸门，中外文化在上海的交融极为方便。多元的社会生活，思想和文化的空前活跃，必然形成了文化的繁荣，于是在上海出现了中国历史上少见的文化发达局面。

上海在近代发展成为一个高度发达的商业都市，商品经济的充分市场化，市场化所带来的艺术创作和艺术欣赏之间的联系得以充分自由实现，是海派文化形成和发达的坚实基础。

海派文化在群众的文化生活中的运作，实现了拼搏出彩和休闲宽容和谐共生，喜新求变和发扬传统和谐共生，开拓勇进和脚踏实地和谐共生，包容万象和创造个性和谐共生。在海派文化的氛围中，熏陶和造就了一大批国学精、西学好、世界眼、中国心、深知传统的价值和弱点、更了解"德先生"与"赛先生"为中国最稀缺元素的、勇于创新的知识精英和实践大师。

2. 海派文化的属性和特点

正是因为上海开埠以后自由发达的商业经济社会，使原来有深厚基础的江南文化文学从苏州、杭州等中心汇聚上海，在上海海纳百川的自由和竞争的氛围中，就很快发展成为以商业为其支撑基础的"海派文化"。最初人们冠以"海派"称呼的文化是"海派书画"和"海派京剧"，后来"海派"在上海的文化各领域中遍地开花结果。

关于海派文化属性，我认为可以归纳为以下几点：①海派文化是伴随商品经济发展而形成的新文化；②海派文化是现代都市中产生的以科学与民主为底蕴的开放文化；③海派文化是以上海为中心的长江三角洲、太湖钱塘江流域为其地域范围的地域文化；④海派文化是模式多元、题材多元、功能多元和受众多元的现代文化；⑤海派文化是亦雅亦俗、与民同乐、群众和精英都喜闻乐见的文化；⑥海派文化是善于融合世界先进文化、积极选择吸收各种最新文化思潮的大众文化；⑦海派文化是与本土文化结合最好、一直具有中国江南民俗特色的文化；⑧海派文化是与时俱进、不断创新，勇于建设先进文化的文化。

海派文化有几个显著的特征：

（1）草根性

海派文化起源和扎根于平民娱乐的草根文化之中，因此具有生气勃勃的原创动力。而且这种与民间保持着千丝万缕联系的特点一直贯穿于海派文化成长的始终，成为其发展优化的潜力。比如说沪剧是上海开埠以后随着上海都市化而迅速发展起来的一个名剧种，在此以前只是一种流行在上海郊区的乡村田头山歌。沪剧的前身在19世纪80年代进入上海城区，当时，"只有一把胡琴、一副鼓板，演员只分上下手，没有'行当'，是一种说唱歌舞形式。后来登上用木板搭成的小台，采用文明戏变成舞台演出的小戏"①。沪剧是在海派文化的宽容、自由、竞争的大氛围里打造成的大型现代戏剧，它一直注重广采博纳和加工优化江南民间小调，它表演上海这个不断变化的时代，所演出的剧目，多数是现代剧，与上海市民生活的原生状态紧密联系，百姓迫切需要或关注什么就演出什么。如有一次在剧场演出后台，演出班子人员在一小片包着两根油条的报纸上，看到一条社会新闻，他们可以马上编出一出精彩的戏来。上海出现了一件轰动的社会新闻：富家爱女黄慧如抗婚，跟随救她一命的车夫陆根荣私奔，父母以拐骗罪将陆告上法庭的事件。在法院还没有判决以前，一出风靡上海的沪剧《陆根荣和黄慧如》已以宣判陆根荣无罪释放终剧，伸张社会正义，充分表现了上海民众的情绪，后来正式的法院判决竟与之完全相同。

（2）全民性

直到20世纪50年代，上海戏曲的活跃和民间普及状况，依然是一种海派文化的全民性狂欢。在大剧场，在"大世界"，在工人文化宫、在街头、在居民社区、在学校，其民间化达到登峰造极。如戚雅仙的一曲越剧《婚姻曲》由当时一张还称为"人民唱片"的78转唱片传送出来，达到家喻户晓的地步。上海的街间巷间，人人都会哼上几句"小别重逢梁山伯""为了你，舍生忘死盗仙草"，连到弄堂里来推销"洋线团"的也会站上高凳先唱一段"戚雅仙"再做生意。当时越剧在上海的平民化程度，连小学生在同学家里也会穿上长袖衣，头上挂着珠子咿咿呀呀表演一段，居委会或中学生在节日的联欢会上也会有一场自排的化妆戏出演。钱亦蕉（2006）②写到20世纪50年代越剧团多、戏多、观众也多时说：合作越剧团当时每年不少于演出300场，戏曲改革开始后，连续排演了《梁山伯与祝英台》《白蛇传》《玉堂春》《祝福》《王老虎抢亲》《三笑姻缘》等十几部戏，每个戏都是客满两三个月，满座也换戏，先在电台里做订票广告，只要一个上午就可以卖出一个月的客满。电话局来提意见了，因为瑞金剧场的电话线都发热了。王安忆在长篇小说《富萍》中就写到过社区群众20世纪60年代为看戏争抢座位的盛景。

上海在1927年诞生的连环图画和流行歌曲也同样受到市民各个社会阶层的喜爱和热捧。经典和流行融和，也是"上海老歌"歌坛的演唱风格。专业歌手和流行群星打成一片，草根和庙堂并举，比如影星蝴蝶也唱《夜来香》也唱《十九路军》，学院派歌手郎毓秀既唱《天伦歌》又唱《早行乐》，接受正统声乐训练的花腔小姐云

① 祝肇年：《中国戏曲》，作家出版社1962年。

② 钱亦蕉：吴越轻声相送远，《新民周刊》2006年第20期。

云，唱红的却是《三轮车上的小姐》。上海的流行歌坛充分体现出海派文化的全民性和雅俗共赏的品位。上海诞生的连环画题材包罗万象，出版数量之多、艺术水准之高，影响了好几代人的文化素养和生活趣味。上海人在20世纪五六十年代，几乎人人都看过连环画。

（3）本土性

海派文化是滋生于江南风土中的特色文化，它扎根于方言和民俗之中。各个地域的语言文化都是自己一方水土独自的创造，都是对人类多元文化的一己贡献。如果一旦失去了自己的文化，就失去了本土的个性特征和民俗精神灵魂。

在上海，大众娱乐生活从来具有宽容、多元的传统，上海社会也汇集着全国各地的移民。上海的滑稽戏一直坚持它的本土化的特征。在演出中，滑稽戏以说上海话为主，配以广纳博采的上海和江南一带的民间俗语间谚，因此地方生活情趣浓郁。滑稽演员会说江南江北各有特色的方言，融苏州、常熟、宁波、绍兴等地方言于一炉，以至客串山东、广东等地方言。滑稽戏将这种上海多元语言的生态中的有特色部分，提炼为滑稽笑料，编成喜剧性的情节，具有独特的幽默趣味。

上海的滑稽戏的说唱部分，也具备了这个城市有容乃大的现代特点。从其起源的小热昏、苏滩文明宣卷开始，就博采荟萃流行在江南江北民谣山歌和现代戏曲各种流派中的特色唱腔曲调，所谓“九腔十八调”，甚至还将外国小调的旋律吸收为我所用。这使滑稽戏中的说唱成为唱腔最为活泼自由的曲艺，也使滑稽戏深深打上以上海为中心的江南地域本土文化的烙印。

本土性与世界性有什么联系呢？我们来看：许多到现在还站得住的作品，都生根于地方文化的深层土壤中，因此有较强的生命力。即使是以普通话为载体的大量电影文学作品，实际上也渗透着深层的地方文化的底蕴，像《白毛女》《洪湖赤卫队》《江姐》《冰山上的来客》《刘三姐》《阿诗玛》等。《白毛女》音乐以河北方言中形成的《小白菜》为基调，《洪湖赤卫队》中动听的歌来自湖楚民俗文化，《江姐》中融入了激越的川北号子和吴侬软语的越剧唱腔才如此优美。《刘三姐》等也是建立在不同的少数民族民歌语言和方言的基础上的。这些剧目传出的是中华民族各地不同的风情，因此强大。地域文化不一定要流传全国各地，只要得到本地民众的热爱就行，不过它会给中华文化不断带入新鲜的血液，过去的越剧《红楼梦》，如今的粤语流行歌，做得精致自然会突破语言的界限，红遍全国各地。

越是植根于本地沃土的文化，越能在世界上走得远。那是因为文化越是本土，就越是拥有细致入微的乡情民俗异彩，就越是贴近本真，其语言和文化形态中便蕴含着世界文化的普世精神和永恒价值，深藏着人类人性中共同部分的精髓。这种普遍价值和真切感受是谱在各地民俗符号深处的，不是依靠浮在表面的大道理说得出来的；是在母语方言中自然流露的，却往往不存在于公约数化的、流于肤浅空洞的上层文化中。

（4）博采性

上海人适应了历史发展的时势，很快学得了西方文化的真髓并化为自己的血肉，趋时渐进。开埠之初就在徐家汇由法国传教士和中国神父一起创立的“土山湾画馆”，成为近现代中西文化交融中心和艺术家培育的摇篮，如从中西合璧的“圣画”创作笔法，后来发展为上海独具一格的“月份牌”“商业招贴画”风格，20 世纪 50 年代以后又进化为上海“年画”“少儿画”，最后成为“宣传画”的经典画风而传向全国，并造就了大量的孤儿等后来成为一流的具有中西绘画修养的画家和工艺品创作高手。上海的沪剧在 20 世纪 30 年代成熟时，就很快吸收了西方话剧歌剧的特点和表演手法，上演“西装旗袍戏”，迅速表演当下市民生活；还大量改变外国名剧，改以上海场景和人物姓名，巧妙地实现“本土化”。

上海文化还融合了移民各地的文化，并使之在上海自由发展，如上海汇聚改造唱红了十多种江南江北的地方戏曲，从草台班子进来，在短短时间内摇身变为成熟的大戏剧。“女子越剧”就是 1938 年起一些摇船进沪的“的笃班”，然而到了 1940 年就有 36 个演出班子在沪荟萃，到 20 世纪 40 年代中期已经脱胎换骨成为流派纷呈唱腔最美、每天都有《越剧日报》出版的大牌戏剧，其委婉清柔的唱腔风靡上海滩。

其实，从来是异种文化的杂交，会使文化发展，博采才会创新和繁荣。我国发达的唐宋文化，前者是由于吸收鲜卑族等文化的结果，宋词也是在“胡夷之曲”的影响中促成。

（5）先进性

海派文化由于商业利益的驱动，在现代中国受传统政治、伦理的阻力最小，选择的自由度最大，所以它在外来文明和中国宋明以来的江南商业文明之间，在新旧文化、上下层文化，精英文化和通俗文化之间，少受拘束，急速流动，互相激荡。这样就容易破除旧有的文明，生成新质，具有很强的交替更新能力，在中国文化素质中对封建文化特征进行大颠覆。

海派人具有现代眼光，他们甚至是采取激进的立场，拿来就用，原装原配，不怕“西化”。外国一旦出现新的前卫的文化和学派，在上海很快就有介绍翻译，形成自己的新流派队伍。在有些传统人的保守思潮面前，以鲁迅为代表的精英人士反其道而行之，清醒地高扬“拿来主义”的大旗，旗帜鲜明地鼓吹中西融合，因此海派文化具有先进性、先锋性。

上海刚开埠，就出现了报刊、图画、小说的空前繁荣，上海的文化生活就迅速呈现了近代文化的先进性。市民阶层的形成使新的文体市民小说盛行，新文化运动又在上海显示了其辉煌的实绩，新的现代思潮和文化转瞬登陆上海，如话剧、电影，新感觉派的文学，杂文在上海创刊的《新青年》"随感录"上最早产生，到 20 世纪 30 年代中期，鲁迅的《且介亭杂文》展示出最成熟的先进文化水准。

生活在上海的知识分子，善于"转运"新的外来文化，站在都市工业文明和和近现代商业文明立场上去看待现实生活，因此文化具有全新性质。

3. 海派文化受到过的打压

在上海开埠后飞速发展的那些岁月里，中国大部分地域，还停留在农业社会中。在长期以来占据主位的农业文化和官场文化的笼罩下的中国，海派文化的出现无疑是一个"另类"，它的出现和迅速崛起，许多人看它为异端，十恶不赦。人们对海派文化的先进性长期以来没有充分认识，甚至在知识阶层，也不能有清醒正确的理解，许多人夸张并强调其中的负面因素，或是站在派别立场上党同伐异，对海派文学嗤之以鼻。20 世纪 30 年代在上海报刊上的关于"京派"和"海派"文学的争论就是在这样的背景下发生的。

沈从文就是这样的一个自述至老不能适应上海都市生活的人，在 1934 年以沈从文为代表的一些"京派"作家批评家，认为"海派"即是与"礼拜六派不能分开"的"重风雅"的"名人才情"与"重实利"的"商业竞卖"相结合的一群人，"妨碍新文学健康发展"，他们要"扫荡这种海派的坏影响"（沈从文，1934）[①]。曹聚仁（1934）[②]更认为说"一九三四式的海派文人，'才子'＋'流氓'还是不够的"。他们说"'上海气'是'都市气'的别称"。他们是从官场文化立场、乡土文化立场贬低评判"都市文化"的，对于上海这个高速变异的商业化社会在思想认识上缺乏准备。上海报刊上的文化批评一直是无所谓的，是自由的和十分尖锐的，那是上海自由宽松的舆论环境所造成，鲁迅先生曾对上海的种种文化弊病也多有原则性的批判，然而就在这次辩论中他却站在"海派"一边。鲁迅（1934）[③]以犀利的眼光，一针见血地指出："要而言之，不过'京派'是官的帮闲，'海派'则是商的帮忙而已。……而官之鄙商，固亦中国旧习，就更使'海派'在'京派'的眼中跌落了。"他还指出江南文学的发达和影响，事实上是："不过做文章的是南人多，北方却受了影响。"鲁迅在当时预见到了文学的必然趋势，他（1934）[④]又忠告那些"贫嘴"的北人说："昔人之所谓'贵'，不过是当时的成功，而现在，那就是做成有益的事业了。"后来他（1935）[⑤]又在《"京派"和

---

① 沈从文：论"海派"，《大公报》1933 年 1 月 10 日。
② 曹聚仁：续谈"海派"，《申报·自由谈》1934 年 1 月 26 日。
③ 鲁迅："京派"与"海派"，《申报·自由谈》1934 年 2 月 3 日。
④ 鲁迅：北人与南人，《申报·自由谈》1934 年 2 月 4 日。
⑤ 鲁迅："京派"和"海派"，《太白》1935 年第 2 卷第 4 期。

"海派"》一文中,写到了当时文学的变官为商的渐进:"目前的事实,是证明着京派已经自己贬损,或是把海派在自己眼里抬高……因为现在已经清清楚楚,到底搬出一碗不过黄鳝田鸡,炒在一起的苏式菜——'京海杂烩'来了。"在 20 世纪 30 年代,只有鲁迅能如此清醒地指出海派文学姓"商"的属性及其在中国大地上的影响在不断扩大。

20 世纪 30 年代海派处于京派的围攻之下,到 50 年代自由商业经济变成计划经济的时代,"海派文化"更是被统一的"革命文化"所改造。比如在全国和东南亚曾发生深远影响的"上海老歌",一解放就被扣以"黄色歌曲"强行禁止,海派戏曲也导以"歌德"和"说教"主题,逐渐失去观众。后来到 60 年代斗争哲学盛行的岁月,有些深受极"左"思潮影响的学者进而一言以蔽之,把"海派文化"彻底贬为"殖民地文化",或曰"资产阶级香风臭气"。"海派文化"的强劲余波最后在经受"文化大革命"的摧毁性打击后,奄奄一息。直到改革开放市场经济重新复活,海派文化再次被唤醒,受到广泛的重视。任何事物都有正反两面,到现今,有的人还过分着眼于过去海派文化的一些糟粕,其实它在别的文化中并非不存在。所以我们在重建海派文化时,必须首先充分认识海派文化的本质及其在中华多元文化建设中的深远影响,认识到海派文化在现代社会中的无可替代的先进作用,我们才能传承好上海曾经非常辉煌的海派文化的精华,发扬光大,再创新的文化业绩。

二、重铸海派大众文化的辉煌

1. 雅俗问题

海派文化的一大特色,就是它主要的是大众文化,而不是贵族文化。海派文化当然也包容各种阶层需求,但我们的文化主要是为平民大众服务的。它的先进性,就在于民众的立场。因为只有人民,才是历史前进、文化发达的真正动力。

在大众文艺中,艺术才华是重要的,但更重要的是贴近大众的痛痒。在海派文化中,"下里巴人"比"阳春白雪"更为需要。我们现在就是缺少这些民众中的俗文化,当今像赵本山、郭德纲、周立波就是代表着这些受民众欢迎的通俗文化。这种受人民大众欢迎的、大家争相买票观赏的、有粉丝追捧的文化是活的文化。

像赵本山、郭德纲、周立波演出的地方戏曲歌舞,本来就属于群众的娱乐。如果我们考察地方戏曲的发展过程,大约现在人们所推崇的老一辈艺术表演家,都有过草根演出在底层滚打的经历。我们最好的态度是形成一种宽松的环境,养成深厚的民间文艺的风气。民间社会应该具有一种包容性和自在性。开始时候,格调可能低一点,表演可能差一点,如果是敬业的民间艺术家就可能为群众所欢迎,大众喜爱的文化,其艺术的流派,唱腔的风格,都是在群众的选择中慢慢形成的。

这是一种活在民间的文艺，可能是下里巴人，但是今日的俗，可能就是明日的雅。我们应懂得"雅从俗来"的道理。

在大众的文艺欣赏中，就像周立波等表演的那样，不需要人物的拔高，不需要那么多的装模作样的好人好事和说教公式以及主题先行。当说唱磨光了棱角，不疼不痒，怕触痛处，尽在框框中找幽默，这样的文化，哪能博得群众会心的一笑？

从现实出发，从生活出发，从当下出发，一句话，说唱大众关心的话题，将大众的情绪表达出来，说直言真话，表现真实生活，这是周立波们得到接连不断笑声的真正源泉。

什么叫高雅，什么叫低俗，没有细则可供划界和遵循，人们则见智见仁，就像人们看《红楼梦》中种种描写。有人说网络流行歌"老婆老婆我爱你"太低俗，那么弄得国家大乱的《长生殿》里的爱情就雅吗？君子喜欢雅文化，尽可以自己去欣赏提倡，但是不要去抹杀俗文化。文化生于草莽，常常会死于庙堂，起源于草根的文艺自然生机勃勃，自然带有俗气，然为百姓喜闻乐见，这是小沈阳走红的缘由。赵本山的刘老根大舞台受到人们的欢迎，喜欢海派文化的人们不应去排斥农业文化，全国有着那么多的农民，"二人转"代表着通俗活泼的农民文化，它能够过黄河到长江走红，在粉丝和群众的欢呼声中不断成熟升华。有的自命精英的人不买他们的账，然大众文化却活在大众中。

现在的不少国营剧团，已从草根中拔起，由于长期以来依靠国家工资而不靠大众的票房养活，其表演的内容必然会与大众喜怒哀乐渐渐远离，从而丧失自谋生存的活力。

更有被"标语口号式"浸润得庶几无知觉者，认为文艺的表现形式唯其认可者是为正宗，他们不知在他们圈定的规范化的文艺理论体系及其设定的标准"文化"之外，其实天外还有天在，草根民众中还有着比你更灿烂鲜活的文化。

先进的雅文化是在成熟的蔚然成风的大众文化的基础上自然产生出来的，是从生活实际中来的，不是哪个专家头脑里突然凭空蹦出来的。我们现在纪念 1959 年小提琴协奏曲《梁山伯与祝英台》，这个广为传诵的中西交融的成功之作，也是奠定在深厚的群众基础上的，那是当年越剧和《梁山伯和祝英台》民间题材风靡流行的氛围，那是西洋音乐寻求创新的民族化的结果。如果 1958 年创作时，定了"大炼钢铁"的题目，这个传世之作，也就没有了。然而，那是上海海派文艺十分发达的时候，成批的优秀戏曲新作涌现，沪剧名家大会串的《雷雨》，越剧《红楼梦》，都是这些剧种的"一只鼎"，是创新，是突破，与音乐小提琴"梁祝"一起，都是 1959 年国庆十周年的献礼作品，其盛况可见。如果当年不是拿出这些创新的作品出来，而是拿一出 1909 年的戏来作上海之春的开场演出，人们心里会有什么感受呢？

建树文化不易，维护文化繁荣氛围更是不易，不要妄评或任意打击大众文化，文化是很易破碎的东西。找点茬容易，呵护它成长难。

2. 意念文化已经走到尽头，正视文化危机

其实有些人对什么是先进文化，怎样产生先进文化，并不是很明白的。他们以为"歌功颂德"文化、"说教示范文化"就是先进文化。我们与他们认识差异颇大，我们认为，像陈独秀的《新青年》文化是先进文化，鲁迅的《且介亭杂文》是先进文化。我们要使我们的文艺剧场重新复兴，不断紧跟时代的脉搏反映现实，针砭社会，这样的文化才会有热情的观众，尤其是年轻观众，才会使我们的剧场重兴。

有的人动辄要流芳百世，一心要造就里程碑作品，有多少？你现在有吗？他们有的是脱离群众的"工程文化"，排起来要大排场，票子得派发奉送，送了人家也不去看。这样的"大制作"需要抛下大量资金，需要专门组织人去观看，把文化当作大工程去实施，太吃力了，吃力又不讨好。那种当作工程来搞的"文化"，就需要出大钱"招标"，重在场面上花大力气，文本中使用的是主题直白和逻辑思维，与人情味远离，浪费了百姓的纳税钱。

陈建森先生(2003)[①]曾对这种"工程文化"的严重病症开过一张"诊断书"，他总结过当代戏曲面临困境的五大内在原因：一是否认戏剧的"戏乐"本性和俗文化的定位，破坏了观众的审美趣味；二是"参与粉饰升平，晋京拿奖"，做"配合政治、图解政治"的工具；三是浪费大钱大力打造工程式的"样板""献礼"文化，长期停留在"集体无风格"的状态；四是因不景气而流失了演出和创作人员，人员不流动，没有自由竞争；五是过分强调"文学性"去追求"文学语言"，而不从"演剧性"出发注重"戏剧语言"。

这种主题先行的意念文化、工程文化实际上已经走到尽头，应该觉醒，回过头来看看当今受民众真正欢迎、自己掏出钱买票子踊跃观赏的舞台演出、讽刺喜剧、话剧，想一想为什么他们的演出会受大众喜爱。其实，大众文艺正在引导精英们正视文艺观念必须转变，回到21世纪人民群众的真正需求中来。

不必高唱文化高潮的空调，我们现在上海的文化产品离群众迫切需求还相差很远，我们的文化水准也与经常鼓吹的要求距离太远，剧作家、作曲家的数量和质量，文艺作品的数量质量，能与20世纪80年代相比吗？能与上海海派文化发达时期相比吗？我们应该正视现实。

3. 不妨从模仿做起

我们要回过头来建设新文化，要摆脱僵化思维规范模式的禁锢，要到群众中去

---

① 陈建森：《戏曲与娱乐》，上海人民出版社2003年。

寻找新鲜空气，重新迈开大步，除了到草根中去汲取文艺创作的营养之外，我们还不妨到外国优秀文艺作品中寻找榜样。遥想当年“新文学”初生的年月，多有“模仿”之作，鲁迅的《狂人日记》、曹禺的《雷雨》，都接受过西方的名作的启发。当今，又有一批编剧者从“模仿”起始，创作“山寨剧”，如“模仿”美剧《丑女欠蒂》编演“山寨版”《丑女无敌》，“模仿”墨西哥剧《傻女孩上不了天堂》编出《加油！优雅》，“模仿”中国台湾的青春偶像剧《流星花园》编出《一起去看流星雨》，都成功地获得了电视台较高的收视率。梁启超[①]曾指出：“模仿是复性的创造。有模仿才有共业。”“凡有意识的模仿，都是经过自由意志选择发生的，所以他的本质，已经是和创造同类。”比如宋词模仿了印度中亚细亚传入的燕乐才有“句子长短，各随曲度”。我们可以甩去一些旧包袱，重在观察新世界，重新学起来，开创新生面。

4. 面对民生、面对当下、面对实际

面对民生、面对当下、面对实际，是大众文艺搞活的关键。我们也要演老戏唱老歌，但是我们更要现代剧，原创新歌。21 世纪的社会面貌和生活情趣离开我们告别的封建时代太远，《三国演义》《水浒传》也离开我们遥远了。现在我们需要大爱和和谐，少数服从多数和保护少数，应该告别帝王和流民意识，不要内斗及其斗术；不要尔虞我诈、勾心斗角和杀人放火，而需要法治社会和民主政治；我们也不太需要借东风、空城计之类的小概率，而需要科学地、踏踏实实地拥抱和创造新生活。

（1） 面对民生的大众文艺，必须回归娱乐第一。

在现代高节奏的工作环境下，大众来看文艺，主要是为了休闲和放松。因此文娱的第一目的是要强调开心。说说笑笑，劳乏顿消。在都市文明中，休闲需要加强了，强调身心宽松和艺术享受，以优化生活，同时也提高了工作效率。所以，上海和国外大都市一样，幽默的讽刺性的滑稽戏会脱颖而出，成为老少皆爱的市民娱乐剧目。

滑稽娱乐可以激活本已麻木的生命意识，使观众在发笑之时体验到生命激情，享受生命快乐，从而使观众从沉寂中兴奋起来。经常看滑稽的人可以使自己产生乐观的精神状态，面对现代生活中的种种烦扰郁闷。这比通过它接受一种具体教育更为重要。滑稽戏的形式还有利于娱乐对象的互动参与。我们要振兴滑稽戏，就要真正恢复和发扬其主要的娱乐功能，使那些捆绑观念使命、寓乐于教的本末倒置的表演回归到文艺的娱乐带动一切上来，使娱乐中的主要元素如快感、轻松、休闲作用充分展开。

（2） 面向实际的大众文艺，必须贴近民情，做到畅所欲言。

出自娱乐开心的小品、相声、滑稽，必然会议论时事，针砭时弊，喜剧的灵魂是

---

① 梁启超：什么是文化，《梁任公文存》，中国文化服务社 1936 年。

其幽默和讽刺精神。周立波的海派清口给人的感觉,是回到了滑稽戏初创时期的生龙活虎,拾回了喜剧幽默讽刺的灵魂。这是对于说教对于歌德习惯的冲击,是正视现实、面对生活的重新回归,是与观众平等一起思考一起评议,不是叫观众来受被动教育。

要讽刺,就要得罪人,讽刺就是讽刺,可以不留情面,讽刺一旦遇上求全责备,一定要四平八稳,照顾各种利益,便只得无处藏身,不能畅言。

讽刺喜剧,和轻松的小品,就是应该把丑恶撕给你看,让人们感受到大笑之下的沉重。嘲笑了丑陋,给丑行看一看自己面貌的同时,使人类自身的弊端得到改正,使自己在精神上超越,可以给观众以伦理的满足。文艺的打动人心应在高水准上。

(3) 面对现实的大众文艺,必须积极参与现实生活。

老调的重复,是滑稽戏小品戏的异化。如果老是上演名剧《七十二家房客》,而且永远是六七十年前的七十二家,而不是20年前或今天仍有的七十二家,老百姓为什么要来买你的票呢?《七十二家房客》在60年前诞生时,也是讽刺当时的现实。难道我们现实生活里中的弊病,不去及时地刺它一下,还要像看《七十二家房客》那样,过了几十年再来批评讽刺吗?

文艺需要广采民间新鲜的素材。取材当今生活,便会有用不完的题材,常演常新,便一定会演说当今时事,表现现实的各种矛盾,以至幽它一默,进而嘲讽,如周立波的清口中开涮磁悬浮,调侃2008年的股市及其救市,这样的讽刺才有振聋发聩的意义,才是创新。这样的不断创新,就自然带来台下的不停的呼应和阵阵笑声。

我们告别了"上纲上线"30年,我们应该正视现实,不怕批评,不怕有人将娱乐用上社论标准。我们要提倡海派的开阔胸襟。正像周立波所说的,一个人要有想象,大家没有想象,国家也就没有想象。有想象了,才有创新。没有批评现实的精神,哪来的创新?

(4) 面对当下,应该首先面对青少年。

一种扎根于民间的文艺,必须赢得青少年。在1956年9月,我进入向明中学读书,那年向明大礼堂里的国庆联欢晚会上,就有初中同学表演的滑稽戏《开无线电》和借来戏装上台表演的越剧"十八相送",那张油印的节目单至今我还保留着。当时不少青少年都是戏剧的追星族,剧场里各派粉丝追捧名角此起彼伏。现在,为什么电视节目有滑稽戏出演,还有"海派情景戏剧",观众依然是些中老年人,多数青年人并不喜欢看?细究其因,那是一个人的文艺兴趣,大多启自孩提时代。现今的年轻人从小失去了对戏曲的熏染,他们的老师也不会和不教了,相隔了两代的传承,现在要说恢复老戏曲便谈何容易。现今的青年人从小接触和爱上的是“港台流行歌曲”,因此现在流行歌曲舞台上的场景十分火爆。

由此可见,我们要顺其自然地重兴大众文艺,必须也从当前青年热爱的文艺品种先打开局面,重点扶植最有活力的青年所热衷的、富于新思潮新时尚的文艺,让粉丝们自己挑选的“新星”出场,把剧场搞热。每个时代都有自己的热点,我们看到过“超女”“好男儿”“我型我秀”场子上的欢腾雀跃,其实并不比当年沪剧越剧舞台上追捧明星的风头有所势弱。青年人热衷投入的文艺是最有生气的文艺,上海20世纪20—40年代的前卫成功之作大量是青年人写出来演出来的。没有青年人加入的文艺是走向没落的文艺,因此大众文艺首先是青年文艺。

上海在20世纪三四十年代是一座歌城,有许多经验教训值得我们借鉴。现在我们应该热情支持青年业余的和网络上的原创歌曲,几年的积累,那里已有不少质优的、流传很广的原创流行曲,质量是在流行和群众选择中渐渐提高的,不能一开头尽抓缺点一棒打死,不能因为自己不喜欢、看不懂而就随意加以排斥。从头做起,就是让文艺容许先有开始的粗糙,后经时间考验和群众选择,不断提高。

(5) 面对生活的大众文艺,要提倡多元多样化。

在上海这样个国际性的大都市中,要让各种人群把他们喜好的文艺样式进行到底。上海有新生的文化,也有老年人热衷的老文艺,应创造条件使各种兴趣爱好的人各得其所,各展其长,都有地方形成他们娱乐的圈子,流连忘返,创造“有容乃大”的宽松的艺术家园。

现代的国际大都市,一定要有自己的特色,浓郁的地方民俗风味是务必要建设起来的。以前“大统一”的思维模式配以“你死我活”的“斗争哲学”,对地方语言文化的打击已经够重,各地特色的方言戏剧衰落,打造千篇一律的“集体无风格”的“样板文化”的观念也起了重要的影响。但是,中华民族的文化的本质就是多元文化,博采文化。世界上大量的久经考验的伟大文化都是包含浓郁的地方语言文化特色的文化。没有本地的民俗风情在剧中自然散发出来,当地的百姓怎么对它更亲呢?上海的传统沪剧、滑稽戏、方言话剧以及青年中新生的上海话Rap和上海话歌曲都应该扶植,让上海有特色,保护和开发好曾有辉煌历史的上海方言和上海方言戏剧,同时也使外国的和外地的语言文化在上海有落脚生根之地,如过去“淮剧”就是在上海诞生的。

针对经济全球化的世界潮流,联合国教科文组织在2001年11月通过了中国也签字加入的《文化多样性宣言》,文中强调:“捍卫文化的多样性与尊重人的尊严是密切不可分的。每个人都有权利用自己选择的语言,特别是用自己的母语表达思想,进行创作和传播自己的作品。”21世纪是一个经济全球化与文化多元并存发展的新世纪，尊重和保护而不是统一个人或少数人的母语、风俗、习惯、文化是现代文明的标志之一。各国政府和民众现在都十分关注各种地域语言文化的保护和开发。

5. 文化市场的商业运作

正如鲁迅所指出的那样，海派文化姓“商”，现今世界上各大都市的前卫先进文艺都姓“商”。人类社会已经进入经济全球化的21世纪，不通过商业社会中的自动运转自由选择考验的“文艺”在商业社会的大都市中难以立足于先进文化之中。商业的繁荣和自动运转，充分市场化，带来的是社会和文化的五光十色、争奇斗艳。在充分“商业化”的社会里，文化的平庸和媚俗只是很小部分，文化、艺术的高度发展和高质量是必然的。上海的海派文化的历程就是明证，海派书画、全国第二大剧越剧、鲁迅最好的杂文、《义勇军进行曲》等，都在上海诞生。

海派文化是全民各阶层各得其所和而不同的文化，在世界的大都市里应该包容着各种人喜欢的各种样式的文化，雅的、俗的，分不清雅俗的……贵族文化、好莱坞文化、交响乐、芭蕾舞、西洋歌剧等也都要，搞得精致也还真不容易。适当扶植一下本土特色文化是必要的，它反映了这个城市的本色。但是任何文化都不要离开草根民众的认可太远，像当年连环画的繁荣离不开民众，当市场经济使大量的文化融入市场运转时，离不开群众的文化可以养活自己，而且还可以追求非常好的发展和非常高的收入，也必然有非常多的人去踊跃参与。但是国营的文化体制一旦僵化，便阻断了这条活链；稿酬和文化人收入的统一低标准，多种原因就会直接导致了都市文化的流失。我们要改变原创者和改编者的荒芜，在竞争中培养出一代新的剧作家、作曲家，让新的演出家和文化创新的新制作人在群众的欢呼声中赚到更多的钱。这一切，都在于营造好和谐宽松的都市文化的生态环境，从重兴浓厚的上海大众文化氛围做起，让文艺服务于民众，让优秀的传世之作频频从群众欢呼声中涌现。

6. 回到原生态，让大众自娱自乐

什么叫文艺繁荣？文艺繁荣，就是文艺多样化，互相竞争，大众沉浸在群众文艺的海洋中，观剧即观己，看到了前生今世自己的影子，作家亲身投入社会生活中创作，在大众和专家的选择和评议中精品频出。

从当前来看，首先要让文艺回到原生态，鼓励草根的、自己能在群众中生存的文艺自由发展，让群众踊跃进入剧场看戏，重兴剧场，建设平民娱乐谷。有人说，现在有了电视文化、网络文化，人们只要在家里收看文艺就行，因此剧场游乐场的时代过去了。但是事实并非如此，在商业社会的都市上海，早就养成了多样化文化修养的上海民众，只要看看大牌歌星个人演唱会上的欢腾和粉丝抢购剧场票子的场面就可明白，都市的文艺应是什么样子。我们对视觉听觉文化的认识应该加深，电视台电影院和网络中，当然各有其看表演的视觉听觉效应，然而最优美的视觉听觉感受却是临场直觉，最自由的赏析是自主观察人物的表演，剧场中的欢腾场面和台上台下的会心互动，与旁坐朋友的互动，均是观剧的特异愉悦。所以剧场文化不可替代。各人的欣赏要求不同，否则看周立波的以说为主的"海派清口"为什么不去买两张盗版光碟看，而必须买票到剧场里看呢？美国纽约每晚有几千人出入剧场看戏，人们并不因电视网络越来越发达而就都待在家里。

20世纪80年代初中期上海的戏曲舞台依然火热，那时，滑稽剧团要发展，一次招生有两千多人来报名争夺几个位置，周立波是从中胜出的。而今沪剧团招年轻人，大多来了外地的人应召，他们是为了要上海户口而来的。

我们曾经记忆犹新，80年代末，上海的剧场和电影院、文化宫演出，依然观众济济，是票价的突然飙升把平民大众挤出了剧场赶回了家的。剧场的票价与平民经济收入水平远远高出发达国家的比例，如此大众文艺很快就衰退了，剧场文艺的生态被扭曲破坏了。

呼吁回到原生态！商业化的大众文化生态，应该有一个自然形成的周转生存链。让剧团商业化演出的自由运转决定成本和收入的周转，不要像近来北京的话剧复兴中，除了演出成本和租借剧场费用外，一年来的辛辛苦苦只有很勉强的收入，那样的话，除了演出者一片热忱振兴新话剧外，文化市场只会有一时的活跃。

让文化政策面对文化实际，配合文化生态的自然流程，助文艺多样化和繁荣一臂之力；让大众会心地感受到，自己在享受和参与的是自己真心喜爱的娱乐吧。

原刊于《海派文化与城市创新——第八届海派文化学术研讨会论文集》，文汇出版社2010年。

响档“沈薛调”

沈俭安、薛筱卿搭档的“沈薛调”，珠联璧合，唱响在评弹转向繁荣关键的20世纪20—40年代，他们的连裆演出风靡了当时上海的弹词书坛，成为一组大响档，唱出了不少经典唱段，为后辈传唱仿效。他们的演出，不论是在流派唱腔或是在伴奏音乐上，都对评弹弹唱艺术的发展起到了承上启下的重要作用。

由于沈俭安自20世纪50年代起退出了评弹界，所以“沈薛调”拼档的唱段便显得云荒雨隔难以寻觅，好在从20年代到40年代许多唱片公司出版了不少78转唱片，尚保留了当时的“沈薛调”优秀唱段。

从“得胜唱片公司”1924年开始发行“沈薛调”唱片到30年代后期，唱片中的“沈薛调”有以下这些内容：

得胜唱片　珍珠塔：赠塔(2张)，叮嘱干点心(1张)，告禀三桩(3张)，婆媳相逢(2张)，方卿二次见姑娘唱道情(2张)，1924年；

美国胜利唱片　珍珠塔：方卿见娘(1张)，打三不孝(1张)，看灯(1张)，1930年；

高亭唱片　珍珠塔：方卿写信(1张)，方卿初到襄阳(1张)，老夫妻相争(1张)，1931年；

百代唱片　珍珠塔：小夫妻相会(3张)，方太太寻子(1张)，1932年；

蓓开唱片　啼笑因缘：旧地寻盟(1张)，绝交裂券(1张)，方卿哭诉陈翠娥(1张)，陈翠娥痛责方卿(1张)；

长城唱片　啼笑因缘：寻凤(1张)，赠照(1张)，惊病(1张)，话别(1张)。

录音出版年份只是大致情况。此外，沈俭安单独录音的还有“闻铃”“美人关”(1949)两段。经过中国唱片上海公司的努力，以上的珍贵唱段，除了长城公司的唱片4张、得胜公司的唱片“赠塔”“方卿二次见姑娘”4张尚未寻觅到，没有重版之外，其他的都已翻制重版了CD唱片，让我们可以洗耳倾听当年“沈薛调”的雅韵了。

沈薛拼裆主要唱的是《珍珠塔》和《啼笑因缘》两部书。《珍珠塔》是基础很好的传统曲目，前辈马如飞就已经唱得相当成熟；《啼笑因缘》是当时的现代新曲目，张恨水的小说《啼笑因缘》在上海1930年才出版，沈薛等人就随即在30年代改成书回搬上曲坛，在上海滩上唱红。

在清嘉庆年间，就有弹词艺人马春帆在说唱《珍珠塔》。参加整理《珍珠塔》脚本的演员很多，马春帆的儿子马如飞弹唱《珍珠塔》的“马调”就已独具一格，有一批继承者，其中有杨星槎、杨月槎、魏钰卿和朱兼庄等最为著名。薛筱卿12岁就师从魏钰卿学艺，沈俭安先师从朱兼庄后再拜魏钰卿，两人拼档后即成名，唱成当年的“塔王”。《珍珠塔》的脚本，唱到20世纪20年代后，文学性很高。如《方卿见娘》中方卿唱段从“悲则悲”到“恨则恨”一气呵成的16句排比句，依次勾勒了方太太的周折经历，写出方卿的悲愤心情；又如“二次见姑娘”中在唱道情前的一段唱词集中了许多古人之鉴的唱句，表现出脚本的深厚的古典基础，它使唱词多有联想回味：

学不得管夷吾行军伐楚上山调，我学不得伍子胥吹箫求乞向吴邦，学不得高渐离悲歌送别荆卿筑，学不得李龟年琵琶到处说明皇，学不得陈元和金砖未拍莲花落，学不得汉张良楚歌一曲韵悠扬。

《啼笑因缘》是作家陆澹安写的弹词，又经作家戚饭牛修改，唱词严谨隽永。如“绝交裂券”中的三个“为了你”后接着三个“一”的排比唱段，听着有一泻千里之势，淋漓尽致地谴责了金钱罪恶，表达了樊家树面对现实的悲愤和豁达心情。《啼笑因缘》善于在对唱中描绘场景，如《寻凤》唱段中樊家树到沈凤喜家，凤喜叙述的家景，聊聊数笔，十分传神：

想此地末，(唱)住的是陋巷门小狭，坐的是残缺不全断板凳，煤筐瓦钵乱纷纷。夹竹桃一盆充点缀，花间洒满是灰尘。晒衣裳没有栏杆绊，东绊西绊一条绳，十分寒碜不堪云。

《啼笑因缘》又常在夹叙夹议的唱词中细腻地描述人物的内心感情。如描写离别惆怅的，在《话别》最后，沈凤喜唱：

我是三月之中要盼君返，快回来三字记胸膛！我是别无长物充俎饯，一曲月琴反二黄，马鞍山故事供端详。(嗳哎，月琴哪！)想你弹得出高山流水调，为什么弹不出我今朝撼满腔，弹不出我万般无奈的别离肠。

沈俭安和薛筱卿都是光裕社弹词林家。沈俭安的唱腔十分沉稳，不紧不慢，委婉流畅，他唱时相当注意节奏，嗓音沙哑，苍劲而又柔和，韵味十足。尤其在他唱的《哭诉》《打三不孝》里，深沉的感情，娓娓道来，如怨如诉，真是百听不厌的经典之篇章。《打三不孝》中的沈调已达十分娴熟的境界，唱腔语调的起承转合也呼应自如，在一句“真所谓是三更魂梦往来频”中“魂梦”一词，在连续的苏州话语音中插入了一个老派上海话的有特色的“阳平”字起头的连读声调，因此听来竟别有一格。他的唱片在解放后几乎绝迹，但是笔者 1964 年 8 月某日清早刚跨进苏州拙政园，居然会听到远处从小亭子里传出他《哭诉》全曲，唱者弹唱得十分逼真，此景此情，顿觉清醒万分；笔者 80 年代在上海的大学里，还听到过老师的弹唱《哭诉》，可见沈俭安虽淡出书坛久远，沈调在民间的流传依然绵绵不断。

薛筱卿的唱腔清脆明快，咬字十分清晰，铿锵有力，可谓字字珠圆，唱腔中还常有起伏跌宕之声。他的琵琶开创衬托上手伴奏的新生面，盘落满珠。他在《初到襄阳》中唱到"磨穿铁砚桑维翰，我名不惊人心不灰"时，字字咬紧有力，斩钉截铁；他在《痛责》中将激情的唱段一气呵成又从容不迫；在《方卿写信》中，他唱得婉转惆怅，委屈、挂念的心情伴着特别回复的弹奏声细细唱来。薛筱卿在 20 世纪五六十年代也唱过许多名段，如"紫鹃夜叹""哭塔"等，但是我总觉得他的十分畅达的杰作还是与沈配合一起时形成的那些。沈薛两人的嗓子苍亮相配互补，珠联璧合，使整篇的弹唱音韵和谐优美，别有风味。所以弹词中的拼档是得十分讲究的，说唱相配和谐，可达事半功倍之效。沈薛两人对评弹伴唱音乐的发展丰富也有很大的贡献。沈俭安在"插入接唱"中自然迂回特别富有魅力。比如在《叮嘱干点心》中的最后一句。（陈翠娥唱）："想你回想全仗攻书本，科甲终需一点心——"还未唱出第三句时，（方卿表）：让我钝钝俚，（唱）："只怕干点心不可不留神。"沈俭安这最后一句在此场景里唱得十分圆转美妙。又如在《二次见姑娘》中方卿被迫无奈唱道情十分尴尬时：

> （生表）：马上退下来，简板渔筒，信子乱敲。（唱）：简板渔筒，次第敲——（老旦接唱）：说到此堂中前后静悄悄。如同做戏开场处，都要那侧耳细听侧目瞧。急坏了末贤淑端庄采苹婢，急坏了温良恭俭老年高。一个儿末长叹息，一个儿末锁眉毛，两个头颅都摇两摇。一个儿想女流的意思何其忍，一个儿想浪子的形容太觉刁！

沈俭安这段的接唱内容，不但语句十分优美得体，他唱得也十分从容端庄自如。尤其第一句是唱了一个收句，曲调的转折一泻如注。

这两处的接唱，实际上都是情节在关键处的抢唱，即抢过来唱下去。这时，书场上听众的反应一定是十分活跃，这反过来也推动沈俭安的接唱在调子上的活跃和舒畅。这时的沈俭安，不会像场子上可能出现的那般雀跃，弹唱处理得相当稳重，唱来从容，但是活跃的气氛却深嵌于语调中，他努力在唱词和唱腔的契合中见长。人们简直不知道他的感染力出自何处，却听得出神。

真正的艺术是不老的，半个多世纪前唱的调子，如今听来依然是那么入迷。陈云说过一句"批判人情势利，这是得人心的"，《珍珠塔》除在"文革"的十年停唱之外，一直没受到什么干扰。沈调和薛调后来有一大批的继承者——朱雪琴、陈希安、周云瑞等，《珍珠塔》《啼笑因缘》也一直在传唱。

“沈薛调”老唱段，据笔者所知，“赠塔”2张唱段中国唱片上海公司现已藏有，笔者已经觅到“方卿二次见姑娘唱道情”2张、“赠塔”2张和长城公司唱片“寻凤、赠照、惊病”3张唱段，本文前面所列的珍贵唱段，只缺1张“话别”了。我希望也能早日寻到，到那时，抑或现在也无妨，我建议中国唱片上海公司出个CD版《沈薛调专辑》。

原刊于《上海戏剧》2010年第1期。

越剧唱腔音韵的杂合优势

我们感到，听越剧的唱腔，仿佛闻聆天籁之声。越剧为什么如此优美？可以从各个角度去研究，比如说它的拖腔如曲曲弯弯的清溪细水，集中表现出江南吴越文化的悠柔。就唱腔的音韵层面来分析，我们可以暂不谈从的笃班起到成熟的越剧在咬字中声母韵母的变迁，而是随着几代演员走码头演唱踪迹（从嵊县出发，到绍兴、宁波、杭州直至进大上海），来考察唱腔与吴地的声调契合，是如何在自然演唱中汲取五方风水，集合各地发音的长处而获得杂交优势的。

戏曲在演员的自然演唱中，尤其在幕表制演出中，曲调与本土语音的声调是紧密联系着的，而吴方言的连读变调是方言声调在句子中的实际读音，因为汉语是有声调有节奏的语言。中国的戏曲与西洋的歌剧不同的是，婉转灵活发挥的唱腔，首先要依附在方言的连读声调自然语音上，就像强劲的肌肉是长在骨骼支撑上一样。如果某个字声调是升调，你硬“设计”成降调唱出来，就会不自然，听不出唱的什么字，也就丧失了美感，这在戏曲中被称为“倒字”。因此唱腔与声调越是接近，就越是让人听懂且易为听众接受和传唱，这也是很多著名演员都能将唱词和自然语言的声调调整到很契合程度的原因。越剧因为走得远，在演出中就将各地声调的长处杂合进去。举个例子说，中国唱片越剧《红楼梦》（1961 年录音），在“读《西厢》”中，演宝玉的徐玉兰说“香袋”，用的是上海话连读调（55＋21），接着演黛玉的王文娟说“香袋”用的是杭州话连读调（32＋23）。说白尚且如此，演唱更是多元交叉杂合。

从早期越剧的唱腔中，我们可以清楚看到嵊县方言连读变调的深刻烙印。筱丹桂是嵊县长乐镇人，我们把她的唱段与长乐方言连读变调相对照，可以看到早期的越剧唱腔与方言的连调的一致性。我曾到长乐当地调查过方言音系和连读变调，最近又得到长乐镇出生的语言学家钱曾怡教授写的《长乐话的变调》一文。然后将筱丹桂 1939 年录制的丽歌唱片《马寡妇开店》中的一段与长乐镇语音连读变调进行对照（汉字以语音词划分，下面用五度制声调数字来记录该词的连读调的曲折升降，数字 5 为声调最高，1 为声调最低）：

金玉　之言　相　劝　我，　如梦　方醒　后悔　长。
41＋2　55＋31　413　44　53，　21＋53　41＋53　23＋53　22。

自恨　做事　无哎　主啊意，　不该应　私自　下　楼房。
22＋22　44＋44　213　33＋55＋53，55＋22＋22　32＋23　44　22＋44。

望你　切不可　风声　露，臭事　外面　去传扬。
22＋22　5＋5＋44　41＋33　44，　33＋35　22＋44　44＋44＋53

完我　名节　深　感激，　愿你　福寿　永　无啊疆。
22＋53　21＋5　413　35＋55，　44＋44　4＋44　53　22＋22＋44。

在这段唱腔中，五度的连读变调下没加横线的，都是曲调的曲折高低与长乐方言连调调型相合的。下加横线的："私自"唱的是杭州方言的连调；"去传扬"唱的是上海方言的老派变调，"长"是上海方言老派阳平声调；"之言""楼房""外面"、"无啊疆"，唱的是上海方言新派连调。

施银花演唱的 1937 年录唱的《盘夫》中的一段，虽然她这段唱段比筱丹桂早录音两年，但是因为她在 30 年代中期有较多的在杭州、绍兴、宁波等地演出的经历，所以她的唱腔中包含较多绍兴话、杭州话的连读变调：

官人啊，　官人　好比　天上月，
32＋44＋53，　32＋33　55＋31　32＋44＋53，

为妻　正比得　月拉　边啊　星。
21＋22　43＋33＋3　2＋23　41＋22　412。

月若　明来　星　也　亮，月色　暗来　星也昏。
2＋5　21＋53　413　213　35，2＋5　33＋33　41＋35＋53。

官人　若有　千斤担，　为妻　分挑　五百斤。
32＋33　2＋53　41＋22＋44，　21＋22　41＋33　55＋33＋31。

问君　有否　疑啊难事，　快把　真情　说来　我啊听。
22＋22　35＋53　21＋34＋53，33＋33　32＋33　5＋22　22＋44＋53。

在这段唱词的文字下面未加横线的，唱腔都与嵊县方言的连调调型相合。下面加上横线的，"官人啊""天上月""正比得""官人""疑啊难事""真情""我啊听"用的是绍兴话连调调型；"好比""五百斤"用的是杭州方言的连调调型（绍兴、杭州、上海方言的连读变调我都记录发表过，在语言学书著中）。

后来，越剧的语调渐渐摆脱嵊县的一些连调调型，自然地采用了比较柔软的杭州话连调和上海话连调，又配上了一些优柔的拖腔，"四工调"改造得更为好听了。如 1954 年"中国唱片厂"录制的金采风演唱的《盘夫》同一段，已经把"四工调"唱到极为精致的地步：

官人啊，　官人　你　好比　天　上　月，
32＋23＋53，　32＋23　44　35＋53　323　113　12，

我　为妻　可　比　是　月边　星。

44　21＋23　51　44　113　1＋23　323。

那　月若　亮来　星也　明，月若　暗来　我　星也昏。

44　1＋23　23＋53　32＋23　212，1＋23　33＋33　33　32＋23＋53。

你　官人　若有　千斤担，　我　为妻　分挑　五百斤。

44　32＋23　1＋23　55＋33＋31。44　22＋44　32＋23　55＋33＋31。

我　问君　你　有何　疑难的事啊，

44　22＋44　44　35＋53　32＋22＋23＋53，

你　快　把　真情　说啊　我　听。

44　44　44　32＋23　5　113　323。

在这段中，五度制连调型下未加横线的，唱的都是杭州话连读变调调型。下加横线的，“好比”“有何”“暗来”、用的是嵊县调型，前两个都用来增强曲折的；“若有”“千斤担”和“问君”，都用的是抑扬显著的上海话连读调型。

“四工调”形成历史较早，与越剧早期在杭州、绍兴地区的演出流行有关。这一段唱腔是杭州方言连读变调打的基础。比较嵊县方言和杭州方言，嵊县的有些连调听来比较坚硬和平实，而杭州的有些连调听来比较婉转和跌宕。杭州话的介入，使越剧的声韵和吐字更上一楼。

到 20 世纪 50 年代后期，越剧转变为已经主要用上海话连调夹杂杭州话连调的形式演唱了。越剧在上海长期演出和繁荣发达起来，上海话的连读变调与嵊县话杭州话连调的转换叠加，交相辉映，大大促进了唱腔调优化，共同形成了优美曲调的内核，在此时越剧还发展了婉转跌宕的拖腔。

戚雅仙在 1951 年演唱的《婚姻曲》脍炙人口，其中她创造了新的唱腔，仅以下面这段为例，就可看出它是附丽在上海话新派连读变调的基础上的，而且把上海话新派语音的明快在越剧中发挥到了极致，给人焕然一新的感受。

几千　年，害人的　封建　和　礼教，

33＋44　113，22＋55＋31　55＋31　44　22＋44，

妇女们　受苦受难　受　煎熬。

22＋44＋53　22＋44＋55＋31　113　55＋31。

虽然是，　也有　姐妹　来　反抗，

33＋55＋31，　22＋44　55＋31　44　33＋44，

怎奈何，　铁链　枷锁　固　又　牢。

55＋33＋31，　3＋44　33＋44　334　33　113。

以上未下加横线的，都是使用上海话新派连调调型。下加横线的，“受苦受难”

用的是老派上海话连调，“妇女们”用的也是老派上海话连调调型，有点号召的口气。衬字“怎奈何”用的是杭州话的连调调型，这样的调形，有利于全句的一气呵成；“和”还“来”，未合调型，在这里调子提高了使之更有力，这两个字的次浊声母形式正好可以较自由地抬高声调。

然而，她在演唱继承传统的《玉堂春》时，戚雅仙将杭州方言、个别绍兴方言和上海方言的连读变调，穿插和互相交织一起，生动地表达了主人公委屈而又刚强的心情和性格。如“苏三起解”的一段：

我　这里，　双膝　　跪，　哀告　　神灵，

33　3＋44，　33＋44　113，　32＋33　22＋44，

禀　一声，　关王爷，　　细听奴言。

34　3＋44，　55＋33＋31，　33＋55＋33＋31。

想　当初，　与三郎，　　古庙　　一别，

34　32＋33，　22＋55＋31，　33＋44　4＋5，

订　下了，　白头约，　　各走天边。

34　33＋44，　22＋23＋5，　33＋55＋33＋31。

又　谁知，　玉堂春，　惨遭　　不测，

44　22＋44，　2＋44＋53　33＋44　4＋5，

只　恐怕，　命不保，　　身　首　难　全。

44　33＋44，　22＋55＋31，　323　51　113　113。

这段唱，未加横线的，都是上海话新派连调。“哀告”“当初”“一别”“白头约”“不测”都是用的杭州话连调；“身”“首”用的是杭州话声调；“玉堂春”三字用绍兴话连调调型的强硬以示其冤。

下面请看徐玉兰在《红楼梦・宝玉哭灵》中的一段，这里主要用了上海话的连调调型：

金玉　　良缘　　将我　　骗，害妹妹　　魂归　　离恨天。

55＋31　22＋44　55＋31　34，23＋44＋53　22＋44　22＋55＋31。

到　如今，　人面　　不知　　何处　　去，

44　22＋44，　22＋44　3＋44　22＋44　51，

空　留下　　素烛　　白帏　　伴　灵前。

53　22＋44　33＋44　1＋23　113　22＋44。

林妹妹啊，　林妹妹啊！

22＋33＋53，22＋33＋53，

如今是　　千呼　万唤　唤 不 归，上天　入地　难　寻　见。
22＋33＋53，55＋31　22＋44　44　44　53，22＋44　1＋23　113　113　334。
可叹　我，生不能　　临别　话　几句，
33＋44　113，33＋55＋31　22＋44　113　22＋44，
死不能　　扶一扶　　七尺棺。
33＋55＋31　22＋55＋31　3＋23＋53。

这段唱腔中，五度连调下不加横线的，都是上海话新派连调调型。下加横线的，“害妹妹”用的是上海话老派连调调型，“七尺棺”用的是杭州话连调调型，“林妹妹啊”和“如今是”用的是上海老派(22＋44＋53)和杭州话(21＋23＋53)两种连调型的杂合形式，“去”用的是普通话的去声声调。

成功的唱段首先是通俗的、草根的、琅琅上口的，传统越剧用“幕表制”唱出的唱腔是演员自己自然唱下来的，不是可以任意“设计”任意“移植”的，因为它最贴近原始的语音，也往往最容易形成演员的独自的风格，唱出流派。到 20 世纪 60 年代中期，各种流派的创始者又共同把越剧的唱腔锤炼得分外细腻传情、流利柔和，进入了出神入化的境界。

越剧唱腔能在 20 世纪 40 年代后很短时期里迅速优化，有幸融合积淀了嵊州，绍兴，杭州，上海新、老派等多种来自青山秀水的各具特色的江南方言的声调音韵精华，加之在传唱中不断杂合更新，因此而胜出了！在短短的 20 多年里，它已一跃成为全国的第二大剧种。可以这样说，她那种襟怀开阔、兼收并蓄和不断创新，走的正是海派文化的强盛之路。

原刊于《上海戏剧》2010 年第 5 期。

朱慧珍与徐丽仙

我从小酷爱评弹，这不仅是因为家里原有不少评弹唱片，在我初识时常聆弹词开篇的悦耳之声，也为苏州话的柔雅所感动，后来又被弹词中优美的辞藻、评话中惊心动魄的故事所陶醉。

20世纪50年代，评弹正值全盛时期，我们班上的许多同学都在课余和家人一起听评弹。各种流派的名家之中，男的我最喜欢沈俭安和张鉴庭的唱腔，女的就最喜欢朱慧珍和徐丽仙。

从长相到服饰，从台风到唱腔，朱慧珍处处给人以端庄、大方、清丽、朴实的感受。她嗓音圆润、宽厚，高而不躁，低而不沉；她演唱工整，字正腔圆；说表不温不火，表演角色恰到好处，显示不凡功力；她从不喧宾夺主，也不哗众张扬，事事彰显大家风范。朱慧珍被大家誉为弹词中的"梅派青衣"，大气而风度高雅。外行听热闹，内行看门道。如果有十几张弹唱俞调高手的唱片放在你面前让你品味，你会毫不犹豫地听出那个唱得最悦耳最令人回味的就是朱慧珍，因为她的音色之甜美，唱腔自然之中显示的华丽至今无人能比。

与其说这是朱慧珍与生俱来的天赋，不如说这是她勤奋刻苦修炼的结果。

朱慧珍(1921—1969)是通过收听电台的评弹节目，开始熟悉热爱评弹，最后跟师学艺的。"俞调"是传脉深远的流派唱腔，朱慧珍对俞调的传承是全面汲取其精华，她为俞调的发展开启了全面翻新的大门，她是第一位堪称俞调大家的弹词女艺人。她出身苏州唯亭苏滩艺人家庭，16岁从姐学唱苏滩，18岁起听电台广播学唱弹词，她私淑蒋如庭、朱介生专工俞调，后从周云端习弹琵琶，不久就在苏州电台唱开篇。1946年她与吴剑秋拼档弹唱《白蛇传》《玉蜻蜓》，1947年来沪在多家电台唱俞调开篇和马调、周调开篇，广受好评。1948年她与吴剑秋在"空中书场"播出长篇弹词《玉蜻蜓》。1950年编演长篇《井儿记》，参加中篇《刘巧团圆》《众星拱月》《林冲》等演出。1951年加入上海人民评弹工作团(今上海评弹团)，是首批进团的十八艺人之一。

朱慧珍进入上海评弹团后，1952年参加了中篇评弹《一定要把淮河修好》《罗汉钱》和短篇评弹《刘胡兰就义》等的演出，以纯朴气质和精湛表演很快赢得了良好口碑。1954年她开始与蒋月泉拼档弹唱，成为50年代中期到60年代初书坛最有影响的双档之一。

朱慧珍与蒋月泉拼档的“蒋朱档”在评弹听众心目中是完美无缺的黄金搭档，尤其是他们合作的长篇评弹《林冲》《白蛇》《玉蜻蜓》，唱到了珠联璧合的程度。如《玉蜻蜓·庵堂认母》一回书人物刻画细腻深刻，说表唱腔委婉清新，温文尔雅，却在唱腔的字里行间把主人公深藏着的、骨肉相认中又惊又喜、又怨又哀、汹涌翻腾的复杂心情，表达得淋漓尽致。两位名家的精心演绎，使这个折子成为百听不厌的名篇，广为流传。

朱慧珍无论唱俞调或是蒋调，都字正腔圆，端丽大方，极为正宗。她唱的俞调，高音激越清丽，低音厚实宽舒，显出扎实的功底。她唱的开篇《宫怨》《莺莺操琴》《思凡》和《赏荷》，唱腔安排严谨，细腻幽美，都是弹词开篇中的上乘之作。选曲《白蛇传·雷峰相会》，用的是牌子曲“迷魂调”，曲曲传出了被压在雷峰塔下的白娘子的爱子之心，也是选曲中的精品。她用女声真嗓唱蒋调，柔和甜美，但仍韵味醇厚。在演唱中，为了表现人物感情，她对唱腔时有创新和发展。如《林冲·长亭》中，在蒋调中唱到哀怨之处，插入两句俞调新腔，转换自然，凄楚动人。她与张鉴庭拼档唱的《秦香莲·寿堂唱曲》所唱蒋调，似泣如诉，悱恻委婉，并于行腔中吸收张调特色，以取上下手之间风格统一。

朱慧珍所唱的女俞调和女蒋调，音色清亮甜润，运腔圆融工整，大方自然，一派大家风范；她天赋佳嗓，有“金嗓子”的美名，尤其是真假嗓转换达到天衣无缝，快慢俞调、快慢蒋调变换自然对应剧情。朱慧珍的蒋调受到蒋月泉的熏陶，她在《新年锣鼓响连天》等现实题材的唱段中，创造了融入俞调唱法和韵味的女腔蒋调和快蒋调，为评弹艺术的发展作出了重要贡献。她在《白蛇·合钵》中，“我本深山上一白蛇”“闻儿何故哭啼啼”这两段以及与蒋月泉对唱的“本则我……，从今是……”四个排比唱段，一气呵成，都把蒋俞调的融合唱到天然契合十分娴熟的地步，与书情紧密结合，十分优美动人。如果说开篇《宫怨》是朱慧珍大气清丽、三回九转、腔多字少的慢俞调的成功之作的话，那么她在《白蛇传》《玉蜻蜓》中又发展出字腔平衡明快、适合表现激动激烈情绪的快俞调唱腔，《白蛇·端阳》便是成功一例。

朱慧珍加入后的俞调，发生了质的飞跃，后继者众多。她的蒋调十分流畅，抑扬分明，字正腔圆，细腻工稳，具有女声演唱蒋调的特殊风格，后来在众多女演员中也有很大影响。

“正、纯、真”，是蒋月泉对朱慧珍艺术特色的切实评价。朱慧珍在她的艺术生涯里，台风端庄，说表稳健、细腻、周正，角色表演真实、自然、生动。她有出众的天赋，又有坚实的功底、纯真的心态，因此她的弹唱艺术深受听众的热爱和赞美。

如果说，朱慧珍的评弹艺术是以严谨稳健、甜美圆润清新来发挥评弹艺术之长的话，那么，徐丽仙的演唱则是以不断创新、委婉柔哑深沉而取胜的。

“丽调”是解放后新出的流派。徐丽仙是将评弹唱腔不断推陈出新的实践家。

徐丽仙(1928—1984)，出生于苏州狮子山麓的一户贫苦人家，早年有着坎坷的经历。她出生不久便被父母送人，交由苏州一个专门收养女孩的钱姓夫妇教唱弹词，9岁开始卖艺。她学过《倭袍》《双珠凤》和《啼笑因缘》，20岁脱离钱家班。

1951年，她正在医院养病，从电台中得知评弹界的妇女组织要排演一个叫《众星拱月》的书戏，她随即赶到协会，恳请参加这次为抗美援朝捐献飞机大炮的义演。负责人很为难，因为名额已满，但最终为这位青年演员的热忱所感动，派给了她一个角色。那个角色是一名办公室人员，仅有“光荣妈妈真可敬”一句唱词，徐丽仙就在这一句唱词中唱出了一个新腔。就此蒋月泉先生竭力推荐她加入了上海评弹团。

进团以后，徐丽仙参加了长篇评弹《刘胡兰》和中篇评弹《罗汉钱》等的演出。在《罗汉钱》的唱段中，她用蒋调声情并茂地唱了“为来为去为了罗汉钱”后，还唱了一段“可恨卖婆话太凶”，这段唱腔中的每个拖腔都表现出各不相同的特征。就在这段里，她在唱蒋调的基础上，成功地加入了自己独特的调头，在唱有的句子倒数第二字如“打得我皮破肉烂血流红”“难道她也是天生的可怜虫”的“流”和“怜”字上，又在有的句子最后一字上如“当年痛苦我难忘记”和“今朝轮到女儿她身上”的“记”和“上”字上，唱了一个由充分降低后再升高的元宝形的婉转低回腔调。从此开创了委婉动听的“丽调”。

徐丽仙用丽调与朱慧珍对唱的《宝玉夜探》在不少演员对唱的版本中，别具一格，婉转缠绵的丽调也在此段开篇中一展风采。

徐丽仙很会领会书情和人物。1954年起，徐丽仙与刘天韵排说新改编的长篇《杜十娘》。她在谱唱著名作家平襟亚写词的“梳妆”一段中，又用唱散文诗一般的腔调，注力于人物内心和书情意境的刻画，“天昏昏，夜沉沉，虎狼辈，毒蛇心，无恩义，灭人伦，在中途抛弃卖奴身，形同禽兽没良心。……”字字如泣，声声低回，淋漓尽致地唱出了杜十娘在投江前的痛苦心情。她的唱腔也迈出了新的步子。

平襟亚和徐丽仙的合作还表现在《王魁负桂英》这出中篇评弹上。在1956年，徐丽仙在台上唱出了《王魁负桂英·情探》中的“李花落，杏花开，桃花谢，春已归，花谢春归郎不归……”的一段，她的创新步子成熟了，那悲情女子敫桂英的委婉深沉的咏叹，当年不仅震撼了评弹界，她还赴京参加全国音乐周演出，令戏曲界和音乐界为之感叹，评弹的音乐性能把人物的感情表演得如此细腻。直到50年后的今天，丽调传人每每在大型演出中摹唱此曲，只三四句，也会引得阵阵掌声。《情探》这段唱腔从音乐架构到旋律表述，乃至于唱法，都突破了以叙事为主连缀的演唱传统模式，在这里我们还要感谢评弹音乐家周云瑞先生在谱曲上对她的悉心帮助。

丽调善于抒情，再加上徐丽仙充分发挥她的微微沙哑富有磁性的嗓子，那委婉转折、情意绵绵的“丽调”特别能表现古代女子的哀怨柔情，在 1961 年录制的《黛玉葬花》和《黛玉焚稿》两个开篇中达到了顶峰。

然而徐丽仙并不故步自封，她的唱腔创新伴随着她的一生。20 世纪 50 年代后期开始，她为了谱唱各种历史题材和现代题材作品，对自己唱腔曲调又作了新一轮的创新。在 1958 年演唱的《新木兰辞》中，丽调唱腔中增添了明朗刚健和流利欢快的一面。时值上海市曲艺汇演，一曲方罢，听众要求她再唱一遍。1960 年的开篇《六十年代第一春》传流很广，徐丽仙继续发展了爽朗明快的调子，又吸取了快板唱法和口技，配合演唱的内容，全篇弹词展现了丽调唱腔的铿锵有力、一气呵成的魅力。从此后，丽调呈现出了柔和与刚劲，幽美与明丽，哀怨与欢快，缠绵与爽朗，轻快与凝重相结合的面貌。

徐丽仙对自己的唱腔还在进行改变。在 1964 年录制了《社员都是向阳花》《全靠党的好领导》，1980 年还录制了《小妈妈的烦恼》。这几个唱段在音乐性的追求上，徐丽仙试图跨出更为活跃和大胆的一步，可惜动乱和疾病造成了她无可挽回的遗憾。

徐丽仙的“丽调”和朱雪琴的“琴调”都是建国之后新诞生的评弹流派，“丽调”对弹词音乐和女声唱腔的发展有着卓越的贡献。

原刊于《上海风情》，上海辞书出版社 2011 年；其中朱慧珍段以《金嗓子朱慧珍》为题刊于上海市国家级非物质遗产名录项目丛书《评弹》，上海文化出版社 2011 年。

从苏滩到滑稽

自晚明以后，苏州一直是我国文化的繁华重地。昌盛长达200多年的昆曲，达到雅俗共赏的和谐境界。我们从乾隆时代编录的《缀白裘》中记下的昆曲脚本中，就可看到雅致的唱词和丑角类苏州方言俚俗念白的相契。士大夫风雅的苏昆后来走向俗化，是苏州不断壮大的市民阶层文化需求的必然，苏滩的应时诞生也是水到渠成的结果。

早期的苏滩称作"前滩"，前滩中沿袭大量的昆曲剧目。据赵景深考述，有《刀会》《琵琶记》《西厢记》《白兔记》《牡丹亭》《白罗衫》《秋江》《赐福》《教歌》《借茶》等，从名目便可见与昆曲的传承性，但那时多演"折子戏"了，而且增入了许多通俗的台本，包括从民间生活中涌现的《卖橄榄》《马浪荡》等歌本，乾隆时代的沈起凤所作《文星榜》中就已提到"唱滩王"和"《卖橄榄》"。有人说，对于前滩，现在只能看到剧目和一些唱词，究竟如何唱，已不甚了了。我曾收集到一张灌录于1903年美国"Victor"公司的前滩唱片，片面上印着"滩王　江苏"、"特请第一等真正名角戴松甫小旦"，片名《卖甘榄》"，B面是郑少赓（小丑）、戴松甫（小旦）说唱的《马浪荡》。与延续到"后滩"仍保留并不断翻唱更新的这两出著名滩黄戏不同的是：小旦的嗓子是用假嗓，相应丑角嗓子也高，从中完全可见昆曲对于前期苏滩的深刻影响。其实当年的弹词俞调等，以致后来上海早期的电影歌曲如杨耐梅的《乳娘曲》《寒夜曲》，都唱如昆曲的旦角调子。当然《卖橄榄》《马浪荡》两出演唱的内容已经是民间化的生活趣味，用独唱或对说对唱。这张唱片提供的信息还有当年"滩簧"的写法，还如沈起凤所记谓"滩王"，这也好解释，当时苏滩已平民化，在一个空滩上拉起一个"摊头"（国语叫"摊子"）就可以演出，在竞争中演得最牛的，便是"滩王"了。在江南民间，曾称登堂艺人为"天生王"，而围圈聚众演出为"地生王"。"王"和"黄"在吴语中又同音，后来写成了"黄"再衍化出"滩簧"名词来，都是可以解释的。苏滩也变化到可以坐唱，单说不做，类似评弹。

苏滩的蓬勃发展，最后成为"后滩"，并完全脱胎于苏昆，那是苏滩进入了开埠后的近代都市上海以后的事了。苏滩在都市化发达的市民社会中融入海派文化，促使了她的迅速俗化，成为上海民众喜闻乐见的曲艺。上海开埠以后相当长的时期里，曾受到高度发达的苏州文化的主导性的影响，苏州地区大量文人和艺人也到上海发展。上海近代化意识的消费群体的涌现，上海自由多元加上宏大规模的文化氛围，上海西式舞台和游乐场的诞生，各种地方戏曲的进沪竞争，使苏滩在上海迅速市民化，获得突飞猛进的发展。从20世纪30年代和40年代初上海出版的《大戏考》上看，苏滩剧目的唱片说明词的数量和长度在各种戏曲中仅次于京戏位居第二，远远超出申曲（沪剧）、绍兴戏（越剧）、弹词（评弹）等唱片出版数。苏滩和昆曲也已明确划界。我收集到4张1926年出版的、写明“昆山　昆曲”的红高亭唱片，它们是“著名昆曲大家”袁萝盦的《牡丹亭·游园》、高砚耘的《单刀会·刀会、训子》、翁端午的《义妖记·断桥》、项远村的《白罗衫·看状》，唱词均可在《缀白裘》上查到，可见现时大家常提到的“传”字辈等外，还别有洞天。

苏滩也是这样，当年大量在上海滩上的名角，现在在许多谈苏滩的论文以至考论滩黄著作中居然不见名姓，也不见他们的戏目成果。但是我们可从这些前前后后20多年在上海出版的200多张苏滩唱片中，看到苏滩的活跃和曾拥有的辉煌，还可以分明看出从苏滩转变为滑稽的过渡轨迹。

“大中华”“高亭”“蓓开”“胜利”“长城”“百代”等公司都出了大量苏滩唱片，其中出品较多的演员有范少山、王美玉、王爱玉、郑少赓、庄海泉、庄月娥、王卓琴、王宝玉、蒋婉贞、筱桂荪、赵佩英、春景楼、王彩云、朱国梁、蒋素贞、王宝庆等。

苏滩到了上海以后，在表现内容上发生了根本的革新。它不再主要是唱古代戏本和农村民间生活内容，而是面向都市市民，逐渐转变为演说上海城里发生的事情，都市民众生活中的新鲜事成为它的主要题材和反映的活泼内容。譬如录过19张苏滩唱片的王美玉唱的《上海景》（大中华）中的“电车替汽车呀，快得勒像腾云”等唱词，集中歌唱上海马路上的新生事物；朱国梁唱《新女界现形记》（大中华）讽刺“自今辰光，有一个一等妇女界”学外国却“头路勿摸着，事体侪做歪”，一件又一件；朱国梁和张凤云搭唱的《烂污三鲜汤》（大中华），描写“一品香里请请客，吃饱夜饭坐一部摩达卡，大马路浪兜一埭”的两个大少爷的言行，极尽讽刺针砭社会之能事。再如从唱前滩过渡过来的郑少赓，单口说唱《时髦阿姐》和《乡下大姐露马脚》（红高亭），批判嘲笑乡下来上海的帮佣的土气和洋相。滩黄中新鲜的社会时事也随口说来，“小热昏”调子也与卖梨膏糖等小吃广告相结合，加入苏滩。美玉班还合唱“老寿星请，众仙翁请，同享万寿快乐逍遥”的《上寿》，和“人人欢乐，福禄自造，愿普天下积德的享福直到老”的《大赐福》（蓓开），朱国梁唱了《预防霍乱歌》（胜利）等社会服务类节目。

噱头和笑话渐渐成为苏滩中最受欢迎的不可缺的调料和话锋，苏滩从体裁上发生了质变，由说唱故事发展为滑稽喜剧。单口或双口相声式的段子成为苏滩的一种活跃形式，以后与从“趣剧”演化而来的滑稽“独脚戏”合流，成为后来滑稽戏中的重要表演形式。

苏滩还开创了单人说唱和一主一和的双人搭档的说唱，大量的江南民间曲调融入了苏滩。如王爱玉演唱了题名为《四喜调》(高亭)、《四季相思》(高亭)和《蒋老五叹五更》(高亭)等，春景楼演唱了《孟姜女》(大中华)、《西湖十景》(大中华)；伴奏音乐采用了大量江南民谣曲调作为前奏或过门。王彩云、王美云合作了《十送郎》《杨柳青》(蓓开)，蒋素贞唱了《五更十送郎》《大九连环》和《小九连环》(大中华)。那"小九连环"的前奏曲成为许多苏滩说唱中常用的前奏，如郑少赓《时髦阿姐》《乡下大姐露马脚》两段中都用了它。民间绕口、贯口也被吸收进来演唱，如庄海泉的《数金陵塔》(红高亭)，就是后来袁一灵滑稽说唱名篇《金陵塔》的前身。此外，还有一些唱段也被不断传唱改造，像范醉春等人都唱过三四个谈情说爱的《知心客》，后来滑稽也沿用此题目唱起《滑稽知心客》。

苏滩的灵活性，表现在说唱音乐上的吸收和转换自由，善于翻新。借用寺院念佛和宣卷的调子演唱，模仿道士做道场的腔调，宣说一连串瞎七搭八引人发笑的语料，这些也为前期的滑稽戏所吸收。如庄海泉的《滑稽道场》(红高亭)和他与朱小娥合作的《滑稽宣卷》(红高亭)，王宝玉说唱过题名为《七勿搭八》的逗趣节目，叶小苏、戴筱新合作也唱过苏滩《滑稽宣卷》(蓓开)。后来宣卷调为滑稽名角江笑笑的名段《前朝不接后代》等传承，陆啸梧唱的《福气人》也把念经调门改良得很好听；蒋殿奎苏滩唱过《八仙上寿》，而陆啸梧滑稽的《改良八仙》甚至每句后还唱出很有韵味"南无喂——阿弥陀佛"来，曲调悠扬，节奏清晰。乡下送殡的"哭丧调"也被用来，做成王无能久唱不衰的名篇《哭妙根笃爷》和《改良哭妙根笃爷》基调。

随着苏滩内容和演唱风格在上海的脱胎换骨改造，连它的说唱语言也逐渐从苏州话为主变为苏州上海话，最终为偶有夹杂苏州词语的新派上海话所代替。比如有一张王彩云说唱的蓓开公司唱片，片面上边印着"著名苏滩"，旁边两面印着"上海小调"，唱题又是《杭州五更》，其内容说的完全是上海洋场夜生活上出的笑话，说着一口上海话，可见"苏滩"和杭州小调在向上海滑稽的过渡中已经没有界限，只是名称上的渐渐更换而已。上海滑稽从内容到形式，从苏滩中继承其种种元素，其过渡过程十分自然。滑稽兴而苏滩衰，可悲的却是至今没有人来为如此众多的苏滩名角写历史了。

后来，在上海会聚发展起来的申滩、甬滩等，都是从原苏滩的表演形式和曲调中吸取了不少精华加以发展而成熟起来的。比如有一张蒋婉贞和蒋孝贞搭档演唱的《卖橄榄》(胜利)，已经不用假嗓，A 面用"太平调"演唱相思，这种太平调后为申曲吸收，在《庵堂相会》中运用自如，终改造成沪剧的常用曲调；而 B 面用"杨柳青调"唱"倒十郎"，后来成为滑稽戏中的一直常用的曲调，如刚解放时广泛传播的《曹杨新村好风光》就是用杨柳青调来唱的。滑稽戏大大继承和发扬了苏滩的广采博纳传统，形成了它的“九腔十八调”。

再说“滑稽”这个名称，从20世纪初趣剧伴随新剧诞生起，有个漫长的使用历程，渐渐胜出。开始时它是作为一个修饰形容性的词语使用在另一个中心名词前面的，早期10年代上海百代钻针大唱片在出版7张半谭鑫培的京戏唱片时，就出版了王无能的第一张唱片，片面两旁印着“特请姑苏超等名角”，中间印着“新剧巨子王无能”，正中地位是《滑稽宁波空城计》唱片。可见在10年代，王无能的演唱还是归入新剧一档，不过已用上“滑稽”字眼，上海的新剧加上苏州名角唱宁波口音的滑稽空城计，可见上海喜剧的开初就是海纳百川。后来提倡新戏的郑正秋编了大量滑稽小品，如《滑稽问答》等，在20年代国产影片诞生时，“笑剧”(comedy)就已是单列的电影品种，有《滑稽大王游华记》《马浪荡》等影片诞生。1928年，从趣剧班子中来的徐卓呆和陆希希出的唱片已印上了“滑稽大家会串”的大字。到了1929年开明唱片公司出王无能和陆啸梧搭档的《郑元和教歌》唱片，就印上“上海滑稽大王”的头衔，陆啸梧也从“苏州滑稽”变成“上海滑稽”了。滑稽名家江笑笑在1929年蓓开唱片的《一言难尽》，印上了“上海笑话”的称呼，他也被称作“著名滑稽家”；B面《李陵碑》和另一张《刀劈三关》都写上了“滑稽京调”。直到后来刘春山在百代公司出的唱片，便明确地印上“潮流滑稽”的标识，“滑稽”一词完全到了中心名词位置上。随着40年代上海各种戏曲纷纷成熟都在正式命名，滑稽家在多次大会串以后，在西方话剧和上海多场沪剧、越剧的影响下，也集中力量排演多场大型滑稽戏，第一个整本滑稽大戏是1942年江笑笑、鲍乐乐、杨天笑等合演的《一碗饭》，就在这年，这种中西合璧、博采多元的都市喜剧正式定名为“滑稽戏”。

原刊于《上海戏剧》2011年第3期。

早期申滩戏中的草根生活气息

上海沪剧的前身是申滩，即上海滩黄。在1929年上海全球书局出版的石印本《最新申滩》中，就收有当时几出流行的申滩戏《拗木香》《女落庵》《求下山》《小孤孀粜米》《嫂告》《小朱天》《绣荷包》《卖红菱》等。由于当时沪剧从乡下进城不久，这些戏有的虽显粗陋，然含有浓郁的草根泥土气息，充满生气。

《拗木香》是出双人戏，唱的是青年男女结识私情，一个18岁女孩看到姐姐、姐夫抱儿喜乐，自念青春耽搁，"周身打扮多完备，……只为头上缺少鲜花戴"，才行来走到木香棚，"十指尖尖拗木香"的时候，正巧碰到在"园外抬头张"的"偷情男子"，于是他"拾块砖头甩进墙，搭搭讪头白相相"。剧内有大量为烘托剧情的细节铺张描写，演出的形式像电影《刘三姐》那样，用一问一答式的对唱山歌式，一个在墙内一个在墙外，女的提出的种种夸张的具有神奇色彩难关，如"三十六钜弹簧锁，当中还有铁横梢"，试考对方，而男的决心排除万难，一个一个想计巧应对破关，最终女子被男子诚意和决心打动，彼此一个唱道"妹妹方便良心好"，一个赞曰"情哥果然才学好，想出法子实在妙"，于是"今夜好比七夕巧，跳板好似喜鹊桥，二人双双赴夭桃"。剧中那个男子看来有点纨绔，然偏偏这样的男子自有点韧性；女子原有春思，巧遇多情男子，先有抵御之意，终不敌男子的一意追求，为男子深情打动。全剧赞颂的是青年男女的自由结合重在情意，更表达了明清以来江南乡土情歌中"男有心，女有情，铜墙铁壁钻得进"这样一个典型主题。

《女落庵》完全是一出暴露贫穷落后蒙昧的农村的单场戏，全剧只有哥嫂妹和母亲四个人，表面上写得风平浪静，没有当面的冲突。短短的一场戏里各人都有各人的性格，出自个人的真实地位行事，很自然地开展着故事的情节。全剧没有一点批判评议的文字，唯有戏名上的一个"落"字略露一隙演剧者的立场。但是看完这场戏，观众的心灵会受到极大震动，感觉到十分沉重。在一个封建愚昧陋习笼罩的世界里，在男性主导的社会中，一个无辜的18岁的姑娘心如死水地走入了悲惨命运的归宿。她哥哥娶亲生子，其老婆是个泼辣人，趁丈夫外出贩猪时请个算命先生算出其妹是个八败命，并说家事已经处处受灾，"一家人吵得络乱纷"，要赶快将"耽搁"在家的妹妹送进庵堂门。妹妹"冷言冷语听脱兴"后，自认"命薄""情愿入庵门"。我们从全剧高潮处的长段哥妹相送对唱中，可以充分看到阿哥这个主人公对妹妹出自内心的兄妹之情而又面对现实无奈送妹落庵的矛盾心理和分裂性格，到庵堂送出妹妹，他竟“看看伤心，还是就走”。他虚伪自私的一面在全剧最终的两句唱词中得到彻底的暴露：他送走妹妹回来，听到老婆高兴地唱“阿大拉爷转来哉，姊妹已经放勒拉庵里向，乃伲到里向去，再养个小儿十八斤”，先是感到“我看见侬能龌龊，隔夜饭要呕出来哉”，接着唱的却是：“讨着仔侬呒那能，罢罢罢，慢说伲二人往里行，要到里面干正经。”相像的兄妹复杂情感的对唱还见于早期申曲剧本《卖妹成亲》，不过后者版本以后有过改进，加强了兄妹之情的一面。

《小孤孀粜米》是类似锡剧《双推磨》的剧本，说的是一个新开米店的孤孀与前来籴米的破落户青年在一系列的对唱中互相了解，最终自由结合的故事，其中不乏戏谑之唱句。先因要买高头货米而被引进内厅堂，当青年王自走表明“一心要想帮店口，缺少朋友做荐头”，很快听到了“阿嫂代俤做荐头，荐末荐拉伲店里头”的回应，于是情节在“阿局头”和“勿局头”12 套问答的长篇对唱中推进。女方以问促成，男方以答婉拒，王自走先是“勿局头（不行），从小生来记性怵，上错进出小账头，代累阿嫂折本吃苦头”搭虚架子，其实是以退为进，接着是得寸进尺紧追；“阿嫂”从派他做“出店”到同意“夜里搭铺”“打拉店里头”，又步步退让，终于以“双双同床合被头”圆满。该青年自叹“分文全无”，“籴米娘子籴到手”，“便宜最算额角头”。在农村小镇生活中这也是一个颇为打动人心的题材，它既表现了下层平民生活中自然的两性相吸的民俗风情，又具有一定的反封建意义。这个剧本在表演上比《双推磨》更贴近男女不同的性心理，但显然没有像《双推磨》那样经过解放后的“整旧出新”处理，因此无论从心理的暴露和俚俗的直白来看，都带有一点纯自然色彩。剧中人物处境，像在小说《何典》中也见过面。

这些早期申滩，或许显得粗糙一点，其中也带有几句农村中常可听到的隐性粗口。和不少旧戏一样带有一些糟粕，是理应要剔除的，然而我们不能不看到剧中包含着自然流露的平民生活的真实气息，尤其是那种男女山歌对唱的风趣的田野风情，即使是现在去看这些戏，也颇有现实和浪漫相结合的艺术感染力。

原刊于《上海戏剧》2011 年第 9 期。

评弹在上海的落户和发达

近代弹词和评话发源于苏州。明清以来,苏州一直是发达的江南文化中心。苏州地区地灵物华,文脉深厚,名人辈出,有着深远的文化积淀。有冯梦龙开先河的白话小说,有前后两百年盛演不衰、家喻户晓的昆曲。江南水乡风平水静,气候宜人,土地肥沃,生活安宁,茶馆众多,城内市民阶层初步形成,文人加上市民,重视休闲又讲究雅致,大众文化自然滋生繁荣。评弹的特色与苏州人的温婉细腻、文质彬彬的性格相合,评弹这门曲艺集苏南民俗、市风之大成,依傍着江南青山绿水,菡集了天地灵气,以清晰悦耳的吴侬软语传播,成为吴文化中孕育出来的一枝曲坛奇葩。

评弹凝聚着代代艺人智慧,积累深厚,剧目繁多。我们现在能见到的说书刊本,有清嘉庆十四年(1809 年)出版的《绣像义妖全传》(28 卷 54 回),由清说书家陈遇乾撰;还有嘉庆十六年的《绣像风筝误》32 回本,嘉庆十七年的《绣像双珠凤》80 回本,就说著名的《珍珠塔》,乾隆四十六年已有周殊士原刻本,后来又有马如飞的演出本,这些都是传统的苏州评弹话本。

评弹内容情节曲折,注重描人画物和煽情,心理活动丰富;评弹唱词意蕴优美,唱腔婉转悠扬,说白又时常幽默滑稽、出人意表;而且一到两人只唱不演,无需行头舞美,演出形式轻简方便,票价也低廉,符合贩夫走卒和普通市民的娱乐需求与欣赏习惯,以至它曾在江南地区盛行不衰,流传久远。

评弹在进入上海之前,主要在江南城镇和乡下茶馆书场演出,艺人们拜师学唱,背行囊,走官塘,闯江湖,在前期相当长的一段时期里,往往以演长篇的“评话”形式出演。艺人上一码头,听客早已准备入座,一个长篇一天一回或数回连续说完,就“剪书”回程。所以俗曰“说书”。另有一种“弹词”,以弹唱为主。二者结合,便称“评弹”。

1843 年上海开埠以后,文化环境极为开放,大量苏州地区的文人来到上海租界办报创刊,卖文为生,在一个繁荣商业社会里很快形成了多元博采的商业文化。苏州评弹艺人纷纷闯入上海,沪上顿时书场密布。加上太平军之乱使苏州和江南商人、平民大批迁往上海租界避难,上海一时江浙移民大增,上海城内本地居民也热衷苏州文化,评弹便在上海遍地开花。据 1910 年《申报》记载:上海的书场业有一个疯狂发展时期,三马路、四马路、大兴街附近一带以及南市城隍庙等处,简直是五步一家,十步一处,到处悬挂着书场灯笼与招牌。同时,苏滩、申曲、绍兴戏……纷纷涌入上海,以至当时的京戏和昆曲,也必须在上海滩上唱红才算名角。到了20世纪二三十年代,上海海派文艺已趋十分强盛,评弹名家都聚集在上海竞相献艺,吴侬软语的声韵深深打动了听客的心。至此,不能到上海来站稳脚跟的响档,就不能称响档了。

那时候上海各种戏曲的演出环境也在不断变化,逐步走向融入西方元素的近代化。上海书场可以男女平坐书场听书,正当苏州地区还在大禁男女同台演唱之时,上海破例成立了男女同演的评弹社团。男女双档的演出丰富了评弹的表演力,使刚柔相济的评弹更加受到市民欢迎。上海租界的宽容和自由,加速了评弹中心向上海转移。互相的平等而激烈的竞争也快速地优胜劣汰,评弹的演唱水平得到快速提高,这自然使得在上海说书的评弹艺人成为业界精英。

上海的文化娱乐场所也在中西融合的背景下不断创新。一批新型专业书场在20世纪30年代中叶涌现了,顺从听客的需要,原来的每场一档书变成每场三四档书,还注重内容长短、文武悲喜的搭配,并且舞台也进行了革新,加入了灯光、音响等现代化设备。上海当时出现了一批容纳各种曲艺表演的“游乐场”,各游乐场纷纷与评弹名家响档高薪签约,培植自己的评弹艺人势力也是游乐场老板吸引游客观众的手段之一,与当代签约歌舞演出团体是一样的意思。大世界的茶厅书场,新世界的雅聚厅书场,云外楼的屋顶花园书场纷纷开张,连仙乐斯、米高美这样比较西式的夜总会,也是晚间做舞厅,下午做起了书场,可见书场在当时的流行。这些书场座位宽敞,一人一椅,还供应各种小吃,夏季装有电扇,闲适怡情。

评弹听众的社会阶层也发生了变化。除了原先的底层市民外,文人雅士、洋行买办、写字间先生、青年学生都成了评弹的“粉丝”。一些知识精英参与到评弹创作中来,把新出的时尚小说迅速转写成优美的评弹唱本,这与昆曲在明清的际遇是一样的。并且这些文人还成了最牢固的票友和最给力的曲评家,为评弹艺术和评弹名角大唱赞歌。

上海海派文化兼容并蓄的艺术氛围推动了评弹在表演艺术上的创新。评弹一方面受到其他剧种的启发,一方面也是与大都市文化融合的需要,变得更加新鲜活跃,从内容到唱腔到台风,都迎合了新观众的需求,得到了提升。在剧目上他们迅速吸收反映海派市民文化的内容,比如《秋海棠》《啼笑因缘》那样的长篇小说在上海刚刚发行,评弹艺人或约请文化人士立即将它改编成长篇评弹,精制“弹词开篇”,可谓领风气之先。而在艺术表现手法上,他们则吸收了电影、话剧等现代表演手法,紧跟潮流,用现在的说法就是超级 in。上海市民文化的空前活跃,促使说书先生情绪昂扬，听众轰动，说书便会临场发挥、噱头连连，观众则又如痴如醉，游乐场书场成为市民迷恋的流连忘返的笑舞台。

20 世纪 10 年代初，唱片在上海率先诞生，到了 20 年代，百代、高亭、胜利、蓓开等外国唱片公司都录制评弹唱片，唱片使评弹飞出书场，让更多的市民爱上评弹。上海各大唱片公司几乎请全了当年的评弹名家灌录唱片，如请魏钰卿在高亭公司录制了《珍珠塔·后哭塔》，在蓓开公司录制了《方卿二次进花园》，在开明公司录制了《哭塔》。又如"描(金凤)王"夏荷生的《描金凤·刁吃图》(胜利)、《点秋香》(高亭)、《三笑·周美人上堂楼》(高亭)、《描金凤·换监托三桩》(高亭)，朱介生的《落金扇·庆云自叹》(大中华)、唱腔优美动听(有钮州三环调、费家调、离魂调等)的《双珠凤·坟吊》(大中华)，蒋如庭的《三笑·载美回苏》(大中华)，蒋如庭、朱介生的《落金扇·卖身》(大中华)，张少蟾、赵家秋的《双珠凤·霍定金私吊》《双珠凤·来富唱山歌》(高亭)，蒋宾初的《三笑·上堂楼》(得胜)12 张唱片，杨仁麟的《白蛇传·哭塔》(大中华)、周玉泉的《玉蜻蜓·云房产子》(大中华)，杨星槎、杨月槎的《珍珠塔·婆媳相会》(蓓开)、《珍珠塔·白云庵》(高亭)，徐云志的《狸猫换太子开篇》(百代)、《三笑·唐寅兄妹相会》(百代)，都是当时精华名曲。而被称为"(珍珠)塔王"的沈俭安、薛筱卿，则出了最多 28 张唱片，对弹词的艺术水准的飞跃更起了承上启下的作用。在三四十年代书坛最有名被称为"三单档"的，是夏荷生、周玉泉和徐云志三人，"三双档"是"沈薛档"、"蒋朱档"(蒋如庭、朱介生)、"朱赵档"(朱耀祥、赵稼秋)，评弹表演家人才济济，响档还有王畹香、金菊庭、金耀笙、黄兆熊、陈瑞麟、黄兆麟、吴升泉等，包括被誉为"评弹皇后"的范雪君，都在当时录制了唱片。听唱片是学评弹最方便的方法，至今我往往还是早上边放评弹唱片边吃早饭。

上海又很快引进了无线电，各家广播电台的"空中书场"接连不断地邀请弹词名家现场直播，使评弹飞入寻常百姓家，对评弹传播平民化起了重要作用，有的评弹艺人和评弹爱好者就是从唱片和电台里学会评弹，反复琢磨唱腔的。

真所谓"一方醒木万人惊，一人说书万人听，一块手绢一把扇，盛德荣泽道古今"。评弹在上海迅速发展，大街小巷琵琶弦索之声处处有闻。有的响档，一天要赶六七家场子、三四家电台。评弹艺人的身份地位随之上升抬高，受到广大市民的尊重，说书也成为快速赚钱的行当、令人羡慕的职业。他们中的佼佼者出入高档场所，进入海上闻人杜月笙、黄金荣寓所唱长堂会，被富商达贵追捧。说书先生的衣装也会引起大众的效仿，成为服饰潮流。一些评弹名伶的穿着打扮、八卦秘闻，更成为人们茶余饭后的谈资，登上报纸杂志广为传播。很多戏迷追捧名家响档；一些富家小开、小姐，也纷纷成为"票友"，还在私人社交场合客串演出评弹，连大家闺秀也有弃学从艺的。苏白也跟着身价倍增，《申报》上有用苏州方言做广告的，社交场合说几句苏州话就好比欧洲文人圈里说法语一样，是显示身份的表现。

1938 年 11 月 29 日《申报》报道，上海播音界最脍炙人口的是弹词，每天共有 103 档节目，每档以 40 分钟计算，总数为 4120 分钟，即 68 小时又 40 分钟。评弹在当时是如此受到上海市民的欢迎，大量的市民是在与传媒的接触中喜欢上了评弹，其中包括了我和我的许多同学在 50 年代初就先在听唱片和听广播中爱上了评弹。

评弹在高度发达的声浪中跨进了 50 年代新社会。1951 年 11 月 20 日，在“改戏、改人、改制”的声浪中，18 个评弹艺人走上集体化道路，成立了上海人民评弹工作团，即后来的上海评弹团。他们成了新时代的“文艺工作者”，为国家的文化生活作出自己的贡献，并在评弹团里互相切磋学习，再不是互相争雄的“敌档”，评弹开出了一出四档的“中篇评弹”，时间唱段更合适工农群众的欣赏，评弹之声响遍上海和江南城乡。一些作家文人和“新文艺工作者”也投入了创作新书、整改旧书。大批优秀书目和弹词开篇，各个流派（薛、徐、蒋、杨、张、严、侯、尤、丽、琴等调）的代表作和精华，都收录在“广播书场”和中国唱片上海公司 60 年代前期的大量录音之中，80 年代也摄制了不少演出实况的音像资料，近年来都纷纷整理出版。

原刊于《上海风情》，上海辞书出版社 2011 年

苏滩名角郑少赓

台北世界书局1979年出版了一本《上海滩话旧录》，作者卢永芳回忆到在上海诞生的第一个游戏场——南京路的“楼外楼”开办时，就有一种含有时事而带滑稽的“文明宣卷”，用苏滩演唱。如当时颇有名气的郑少赓自叹苦经式地唱道：“一位郑少赓真可怜，两脚跑得生老茧，三餐常拿大饼替，四季衣衫勿连牵，五龙日升楼拿白茶吃，六亲无靠苦黄连，七日一个礼拜日脚真难过，八字生来颠倒颠，九九归原呒办法，只好十字街头去讨铜钿。”喜怒哀乐，皆成文章。

随着文化娱乐生活在上海的繁荣，在民国初年一种新型的娱乐场所，大家一致公认的高级娱乐场所“游戏场”应运而生。尤其在夏天晚上，开放在琼楼高处，称为“屋顶花园”，泡一杯清茶，和二三个知己，把茗清谈，听听戏，看看杂耍，实在也是一件赏心乐事。上海开辟最早的游戏场，就在浙江路新新舞台五层楼屋顶上，游戏场在上海最热闹的马路“大马路”高处，可以睥睨一切，所以取名“楼外楼”。“楼外楼”开设在1912年，是黄楚九向日本东京学来的，而且在上海第一个装了电梯，进门处还设置一个凹凸“哈哈镜”，轰动一时。1915年关闭，他开设了花样更多的“新世界”，又在1917年创建了大型游乐场“大世界”。当时还有“先施乐园”“天韵楼(永安公司附设)”也相继开出。

郑少赓在去“楼外楼”之前就唱苏滩唱出了名气。苏滩分“前滩”和“后滩”，“前滩”传自苏州昆曲，当时郑少赓还很年轻，就已是被公认为唱“前滩”的“第一等真正名角”，如与小旦戴松甫一起演出“前滩”名戏《马浪荡》，很早就灌成唱片。

郑少赓还有一段《滑稽焰口》，高亭公司把它也灌成唱片，里面有这样的随口自由发挥：“大家坐下来，你也坐下来，坐下来打扑克，观世音菩萨，还是叉麻雀……一块头，还是二块头……三勿来，三勿来，啥，啥个三勿来？巡捕房里收捐钿勿要来，房钿勿要来，米店里讨铜钿勿要来，勿要来，勿要来，勿要来！”这些平民言语，都可以随时拿起来说唱。

苏滩进入繁华的上海滩后，在20世纪20年代的上海的娱乐场所大出风头，而且很快就市民化，演出市民阶层喜闻乐见的都市社会杂闻新事，滑稽噱头也成为苏滩的常见的最活跃的表演形式。当年与王美玉一样最出名的苏滩演员林步青，早期上海老百代公司的钻针唱片就曾出了他的一张唱片《奶奶经》，唱片上印着“江南第一滑稽家林步青"，可见苏滩的许多演员，都在滑稽内容说唱上打了前锋。

郑少赓演出的节目也是这样，他用"小连环调"说唱的苏滩《时髦阿姐》是这样的：

> 我说一个阿姐，生得拉勿连经，打扮得好像末奶奶能，弄得上下都分勿清。叫嗲里里开出口来蛮斯文。叫的角四方方额角，两条眉毛弯弯能，个本色面孔勿消拍得粉，煞小一双俏眼睛。耳朵浪金刚钻圈耀眼睛。梳仔绢光的滑风凉头，一只珠花骑中心，一朵红花插拉笃个当头顶，雪白一个白头颈，个根金链条拿来称一称末，分量足够下五斤。俚倷走到街浪去，生得实头耀眼睛，叫店家个先生看见仔俚末，立起仔个身，眯牵眼末连忙戴眼镜，可惜哉看见一个背后影。走到广货店里去，叫挨头挨脑挨进仔个门，弄得一店先生失脱俚个魂，账房先生心勿定。赛过一块臭咸肉，倒引满几化金苍蝇。乃末阿姐末开言道，叫煞俏一条俏声音：我俚少奶奶末叫我买个三绞绒头绳，呃谢谢倷末阿好饶个六打白丝巾。各种花露水，一送实梗七八瓶！

这个说唱，活生生写出了一个到上海学时髦而打扮得过分的乡下姑娘，从各人对她的特别反应里夸张地描写她的土气和学得的歪道，形象生动。他在另一个说唱《乡下大姐露马脚》中也很幽默地讽刺了一个初到上海的女佣所出的洋相：

> 我说乡下场化出仔一个好大姐，叫面孔标致人扎乖，可惜赅着仔个穷夹里个爷，叫俚田横头哪哼好去过日脚？俚倷逃到上海来，郑家木桥字也勠来拆，碰着仔个白荐头笃老爸爸，一荐一家大人家，呃打点服侍一位老太太。俚倷刚到公馆里，样样事体勿明白，个马桶夜壶灶头浪向摆，汤罐里去汏脚带。看见黑胡苏饭司务，煞死叫俚老太爷。个日老太太末发节气，叫俚来末扚扚背罢，俚倷缲拳捋臂到斜肩胳，到背心浪向别别又跋跋，拿个老太太一顿生活打煞快。倒说老太太末喊救命，叫叫倷一声好大姐，我今朝要想适意点，故歇反而要去吃伤药。倷豪悛点个买个两张伤膏药。个做仔实梗半年把，全头勠个学写斋，叫胭脂点点粉拍拍，一样也会骚极怪儿瀨，看见小伙子，一心要想鬼搭搭。个大少爷末看中俚，煞口拿俚工钿加，一加加到四洋八百，倷总归勿要换人家。啊呀好大姐，倷个心里是阿明白？

都市的滑稽里，会有些讽刺乡下人的题材。处处露马脚，是人的素质问题，是低素质不能适应面临的新的社会。大都市里缺少不了滑稽戏那种幽默、讽刺的批判精神。好的滑稽剧，可以在嘲笑了丑陋，给丑行看一看自己的真面貌的同时，使人类自身的弊端得到改正，使大家在精神上得到超越。

郑少赓还从吴越民间的童谣中寻找语料，演化在他的说唱中，如：

(干板)月月亮亮，家家囡囡，出来白相相。拾只钉打管枪，触杀观音无肚肠，肚肠挂拉枪头浪，老鸦衔起做道场，东逛做道场，西逛做道场，乡下姑娘骑仔牛来看，城里姑娘骑仔马来看，道场勿好看，吹笛打鼓倒好看。(唱)张生跳粉墙，哀告小红娘，可怜我张生，跪在门旁，你若是不开，跪到东方白亮亮。

1924 年 3 月 2 日的《歌谣》报上，刊登了下面一个江苏儿歌："月亮亮，家家小囡出来白相相，拾着只钉，打管枪，戳杀老鸦烂肚肠，肚肠挂勒枪头浪，喜鹊衔去做道场。"小时候母亲晚上带我走在马路上，就说过这个民谣，郑少赓吸收在他唱的苏滩中，由此可见上海民间曲艺的草根性。

那些民间的绕口令，也编进了他的说唱，如：

天浪七簇星，半边七朵云，树浪七只鹰，墙浪七只钉，台浪七卷经，地浪七盏灯，河里七块冰。河里烊脱冰，地浪隐脱灯，台浪卷脱经，墙浪拔脱钉，树浪赶脱鹰，半边退脱云，天浪散脱星。散星，退云，赶鹰，拔钉，卷经，隐灯，烊冰。冰灯，经钉，鹰云，星；星云，鹰灯经，灯冰。

咦鞋咦鞋踏水车，水车沟里一条蛇，游来游去捉蟹蛙，蟹蛙伴拉青草里。青草开花结牡丹，牡丹阿姐要嫁人，石榴妹子做媒人，桃花园里馆杏街，梅花园里结成亲。爹爹喊我金环子，姆妈喊我水红裙，水红裙浪都结盖，盖盖浪向绣仙人，上绣仙人张果老，下绣仙人吕洞宾，一个住拉张家湾，一个住拉吕家村。(唱)青打亦草青，青打亦草青，清清早起失落一只针，有情人，还了我的针。

还有一个胡子，骑仔一只驴[lu]子，一个驼子，挑仔一担螺蛳。胡子个只驴子，碰翻驼子个担螺蛳，驼子拉牢胡子个只驴子，要叫胡子下驴子，拾还驼子个担螺蛳。胡子勿肯下驴子，拾螺蛳。驼子偏要胡子下仔驴子，拾还驼子个担螺蛳。胡子无法下驴子，拾螺蛳。驼子挑螺蛳，胡子上驴子。胡子，驴子，驼子，螺蛳；螺蛳，驼子，胡子，驼子；螺蛳，驴子，螺蛳，胡子，驼子，驴子。(唱)高高山浪有庙堂，姑嫂双双去烧香，大姑姑烧香为儿女，小姑娘个烧香为情郎。

这个绕口令，要用上海话来说，因其中的中心字在上海话中都押 u 韵，声母又极为相像。

还有一个矮子，矮子，子矮，矮，矮子大[du]，大子矮，子矮，矮子肚里，里肚子矮，肚子矮，字矮矮，矮，矮子肚里个，个里肚子矮，里肚子矮，肚子矮，子矮矮，矮子肚里个搭，搭个里肚子矮，个里肚子矮，里肚子矮，肚子矮，字矮，矮，矮子肚里个搭多，多搭个里肚子矮，搭个里肚子矮，里肚子矮，肚子矮，矮子，矮。

(唱)送郎送到尿坑棚,坑尿棚里尿花香,拿一个尿来投郎嘴里笃,吃尽那个尿来再思量。

以上这些民谣,因苏滩演出而长期在上海民间传流,多段为解放后的滑稽节目所传承,由此可见郑先生等苏滩艺人为开滑稽先河所作出贡献之一斑。

原刊于《上海风情》,上海辞书出版社 2011 年。

东方卓别林徐卓呆

说到滑稽戏的早期名角，大家都提到王无能、江笑笑和刘春山，但是往往遗忘了比他们更早活跃在舞台上的滑稽明星徐卓呆。人们在提到徐卓呆时，一般也多数说到他是一位“鸳鸯蝴蝶派”名作家。的确他写过大量的现代小说，我们还应该谈谈他在上海都市喜剧初创时期的重要贡献。

徐卓呆在清光绪年间东洋留学热之中去了日本，最早时就有写带强烈讽刺味的文章。如 1907 年他发表在《小说林》上的《温水浴》就写了这样一件事：“余”作箱根之行到“新玉之泉”，就寝时闻隔房有声，一人说：我未到日本时听说日本嫖娼，须留姓名以备警察查验。另一人说没有此事。一人又说：我在上海，曾嫖过日本妓院，所以趁此公干，很想也嫖他一嫖。另一人说：我们留学生哪一个不嫖？嫖得多，就算资格老哩！第二天一早，余浴温泉，见池中一人，乃某某改良会会长某某也！以前曾聆其高论。有顷，见日本女子二人来洗浴，某某现不可思议状，两脸深红，目不转睛，盯住女子雪白肉身上。待我和二女子都出浴，回顾那会长，仍坐水中，不敢稍动，不能起立，否则丑态毕露矣！其他一人，虽知其为留学生，想也是大教育家也。徐卓呆在此文中把唱高调的所谓“改良会会长”和“教育家”的内心丑恶的真实面目暴露无遗。

徐卓呆从 20 世纪 10 年代就开始，最早从事上海都市喜剧的开创建设。上海的滑稽戏几乎是与 20 世纪初年“新剧”文明戏(即话剧)同时开演，当时称为“趣剧”。在辛亥革命后的二三年间，“社会教育团”“自由剧团”是早期有影响的新话剧剧团。“自由剧团”人员大都是从日本回国的留学生，受到先接受西方话剧元素的日本新生话剧的影响，演出都市话剧。“社会教育团”就是徐卓呆在 1911 年创建的。他在 1906 年就开始演剧活动，擅长于滑稽表演和创作，1914 年在参加新民社期间，曾连续一个月，每天表演一出自己创作的“趣剧”。他善于从新时代市民社会生活中发掘题材，共积累了《遗嘱》《谁先死》《约法三章》《广告结婚》《嫉妒交换》《媒约公司》《父子同心》《蜡美人》《醉人之友》《临时公馆》《隐身衣》《爱情之肥料》《临时公馆》等 30 只剧目，其中《谁先死》《约法三章》《明盲目》等都为滑稽戏所传承。这 30 多出滑稽戏，也都被他的好友郑正秋要去演出，他自己往往在自编的喜剧中演一个角色，最成功的是在演《说话钟》中扮演一个傻子。徐卓呆又涉足电影，他和汪优游合办“开心影片公司”，自己参加演出的影片就有《神仙棒》《隐身衣》《爱情之肥料》《临时公馆》《怪医生》《活招牌》《活动银箱》等。后来他又主持过先施乐园的场务，1928 年应“大中华唱片公司”老板的邀请编了 11 个滑稽段子，灌录了他和陆希希的《看告示》《百弗得》《半夜敲门》《万宝全书》《吃大菜》《新吃看》《西洋景》《隔壁房间》，和沈冰血的《调查户口》，和张桂枝的《杀头生意》等 12 面唱片。上海的都市喜剧是在以上海为中心的江南城市走向商业化的背景下诞生的，是在中外融会、兼收并蓄的新环境之下创作演出的，其表演形式也具有一定的现代性。

徐卓呆在上海滑稽的初创期，贡献是大的。他说唱的滑稽品味较高，讽刺得体，人称“东方卓别林”。有的段子有较完整的故事情节，话剧的味道较浓；有的内容在令人大笑之后，发人深省，很有回味；还有段子具有生活逻辑上的典型性，所以会被后来的其他滑稽戏所套用。如《半夜敲门》《调查户口》后来被作为“套子”采用，改造成独脚戏《调查户口》，又在大场戏《七十二家房客》中套用。

《吃大菜》为“大中华唱片公司”灌录的他和陆希希合演的一张唱片 B 面，片面上印着“滑稽大家会串”。《吃大菜》中的一段因珈琲调换牛奶而生出的情节：

> (甲)顶便宜末，吃一杯珈琲。(乙)阿要几钿？(甲)一角半。(乙)个末拿一杯来让我尝尝。(甲)是哉。(乙)唷。台浪倒有一瓶鼻烟拉俚，让我偷盘闻闻看。阿妻阿妻。(甲)珈琲来哉。(乙)啊唷唷，个个鼻烟凶来！(甲)个个是胡椒。(乙)便隔佬，辣发辣发。喔唷，个个珈琲弗好吃。(甲)在是实梗个。(乙)苦得来！(甲)多加两块糖末就甜哉。(乙)我问倷，珈琲弗吃阿可以退个？(甲)退末弗能个，要末换别样。(乙)换点啥？(甲)换一杯牛奶。(乙)好个。价钿阿要几钿啊？(甲)价钿是一样一角半。(乙)亦是一角半，好个好个，格末倷替我换。(甲)个末牛奶来哉。(乙)让我吃吃看，好吃盖，拨我一口才哈光哉。(甲)别样阿要吃点啥哉？(乙)弗要哉，倷算帐罢。(甲)个末吃仔一杯牛奶茶，一共末一角半洋钿。(乙)瞎说，牛奶还要出啥铜钿？我是拿珈琲搭倷调个。(甲)唉，珈琲阿要铜钿？(乙)珈琲我弗吃拨仔倷个哉！(甲)啊咦，牛奶茶倷吃个滑？(乙)呵唷，牛奶拿珈琲塔倷调个。(甲)格末珈琲阿要铜钿拉？(乙)盖末珈琲老早还哉倷哉滑。(甲)啊唷，倷格人牛奶茶倷阿吃拉？(乙)牛奶我吃，珈琲塔倷调格滑？(甲)格末珈琲茶格铜钿呢？(乙)珈琲末拨仔倷格哉，那能算法铜钿？笨来！明朝会！(甲)滚倷格蛋！算我触霉头，那能格道理拉海？缠得来！(台词用字都按原说明书写。下同。)

这个戏的“套路”后来被滑稽戏《五颜六色》中一个“牛排换猪排”的情节所套用，旧瓶装新酒。再后来，滑稽名家姚慕双、周柏春又把这个貌似有理的错误逻辑套头改编成《黄鱼调带鱼》的小戏，成为自己精彩的保留剧目。故事从大饭店搬到小菜场，更为接近市民的生活和口味。他们把《五颜六色》中“上层社会”的“高级骗子”榨取富人油水，改为“下层社会”的“低级骗子”敲诈穷人。人物也有两人变成三人：大骗子、小骗子和小贩，后来又为了剧情的生动改为骗子、黄鱼小贩和他的父亲。写骗子浑水摸鱼，而那父亲年高糊涂、胆小怕事，不分皂白地夹在中间，反责怪儿子冤枉人，这样使骗子得寸进尺，情节变得越来越好看。

这张唱片的A面是《万宝全书》。下面照录唱片所附的“说明书”中的一段。

(乙)嗳！万宝全书呀，我要问傺，傺阿是才晓得个？(甲)我末才晓得个，万宝全书，缺一只角。(乙)傺格末，阿晓得马路浪向电车为啥会得行个？(甲)晓得个，格电车是有轮盘个，所以拉会得行个。(乙)哑！有轮盘格末会得行个，格末自鸣钟，亦有轮盘个，那哼弗看见俚天然几浪行到仔到茶几浪去啊？(甲)傺格人戆得，格自鸣钟是摆拉客堂里格，客堂里个末事末弗会行个。(乙)吓？摆拉客堂里个，勿会行个，格末伲客堂里向有一部小囡车子，那哼拉会得行个？(甲)咦！小囡车子是睏人拉海个，所以拉会得行个。(乙)嗄！睏人个末事末，会得行个，格末棺材，亦是睏人拉海个，那哼到弗会行来行去个？(甲)棺材是死个，死个末所以拉弗会行个。(乙)吓，死个，弗会行个，格末，汽车亦是死个末事，那哼到会行来行去？(甲)汽车里向事加油个，所以拉俚会得行个。(乙)吓，里向加油格末会行个，格末洋灯里向亦加油个，勿看见一盏洋灯到房间里向行到仔灶下间里向去？

(下面(甲)回答洋灯用火不会行，(乙)问洋枪里的用火的卫生丸怎会行？(甲)答是用药的。(乙)又问药材店的药怎不会行？(甲)答药用线缚牢的不会行。(乙)又问鹞子怎会行？(甲)答鹞子因有风会得行。(乙)又问扇子亦有风，可会行到我手里来？(甲)答扇子纸头做的，不会行的。)再接下段：

(乙)哑！纸头个，勿会行个，个末一封信，亦是纸头个，那哼外国才会得行得去个？(甲)信末，要到邮政局俚，摆拉箱子里向难末会得行个，(乙)摆拉箱子里仔末会得行个，个末，我个一件棉袄摆拉押头店里箱子里，那能勿行到我屋里向来呀？(甲)个是我勿晓得哉。(乙)傺万宝全书，哪能好勿晓得？(甲)我对傺说过格哉，我万宝全书缺只角，傺问到仔我格只角里来末，如然勿晓得哉。

这个滑稽戏集中在一个词上，利用事物的复杂性，组织正反例子制造噱头，其演说逻辑后来也被第二、第三代滑稽演员多次套用。

徐卓呆的小说下笔也滑稽诙谐，有时他写的内容并不好笑，但是处处体现着人生的哲理。

在《礼拜六》第111期中有他的一篇《二老人》的小说，写的是：在某街上住着一大富翁，他每天听到一个卖糖的孤老人叫卖歌声和锣声，觉得很快活。那富翁每天想问题，要到天一亮才可安心睡到午时，不料刚刚入睡总被卖糖老人吵醒。起初很恨他，后来倒羡慕他卖糖安乐自在了。有一天，他听到歌声把卖糖老人叫到家里，问他一年能获利多少，那老人回答说不知道。问他一月赚多少、一天赚多少，都答不知道。那富人问：你不爱钱么？孤老答：我也不想多，有了一百元一定很有趣了。富家老人取出十张新的十元钞来说：送给你吧。那孤老感到莫名其妙："老爷，这是什么意思？"富人含泪求他：我们都没几年好活了。但一样一个老年人，你每天高高兴兴打锣唱歌，到这里正好是我要睡觉的时候，睡觉是我一日中最快乐的时间。你拿了我的钱，就不要卖糖了，让我舒舒服服睡一个星期吧！我并非要妨碍你做生意，当是罚我的款收下吧。卖糖的就回家睡了一天，却觉得浑身发痛宛如重伤风一般。他好不容易熬到第八天照常去卖糖，来到富翁宅前，想早早还他钱，他就高声唱歌，平常日子那富翁在窗内总会探出头来瞧，今天竟然不见开窗，便走到门口问走出来的人：里面在忙什么事？那人答道：老主人死了！

还有一篇发表在《半月》杂志第1卷第18期中的《浴室里的哲学家》，写的是：有一位自命哲学家有个洁癖，最喜洗浴。他认为时尚随便什么地方没有浴堂那么神圣，可以瞧见人类原始的状态，天赋的真相。浴堂分盆汤和大汤，越是洋盆、官盆里越没好货，每天出入数百人不及一个拉包车的崇明阿二。浴堂里不能分阶级，成了贵族式了，浴堂应该是最平等的地方，一到浴堂中，个个相同，丝毫无装饰。在旁的美术家也附和，说中国的旧画师只画衣衫不画人，就是只重衣衫不重人。哲学家认为人家看着衣裳就定自己拍马的方针了；一律看待，就能发现良心，也实行平等主义。"万恶衣为首，百善裸为先"。哲学家既认定浴堂是个非贵族提倡平等的地方，便出钱催主人一律废除洋盆、官盆、客盆，统统改为大汤。有一天，主人对他说：生意倒还好，不过从前盆汤里的许多上等客人，一个也不来啦。哲学家想了想才道：原来爱平等的，只有一班下等人！

我们在徐卓呆小说中常常看到从故事中表现出的那种对问题的哲理性思考，而他观察现象的立场，总是站在穷人那边。

徐卓呆20世纪50年代还住在淮海中路淮海电影院旁边的飞龙大楼，1958年逝世。

原刊于《上海风情》，上海辞书出版社2011年。

老牌滑稽王无能

在知识阶层于民国初年开创上海的“新剧”(又称文明戏,即话剧)中的“趣剧”不久,从平民阶层也应时涌现出说唱滑稽的表演家来,王无能便是其中的佼佼者。

那时,苏滩名角已经开始表演为市民喜闻乐见的滑稽说唱题材。在20世纪10年代出品的老“百代”唱片公司的大唱片还是用钻针唱的,是最早的一批唱片。除了发行一大批京戏唱片外,也发行了王美玉的苏滩唱片,和原苏滩名家林步青的唱片,那张唱片片面上印的是“苏州超等名角,江南第一滑稽家林步青”,唱题为《奶奶经》,片号为32817。以后,还发行过一张唱片,上印“姑苏超等名角,新剧巨子王无能”,唱题为“滑稽宁波空城计”。这是王无能灌录的最早一张唱片。

王无能(1892—1933),苏州人。1905年随父来沪,自幼爱好戏曲,在上海公平洋行做杂役时就学会口技、各地方言和英语。1907年参加演出文明戏的二警社,1912年又参加民兴社,在笑舞台唱“趣剧”文明戏,先专演丑角,擅长演穿马甲的小人物,被称之“马甲滑稽”。他也与郑正秋、张冶儿等人联袂演出大型滑稽戏《上海一滑头》,与范哈哈等合拍滑稽电影《到上海去》。

1927年,王无能脱离新剧,以单人独立形式去堂会“唱滑稽”,受到极大欢迎。他一人单独可变换几个角色,正其名为“独脚戏”。当上海的游乐场出现时,1927年他应邀进入“新世界”游乐场,后来成为新生游艺场的滑稽名牌台柱。许多新剧演员也纷纷效尤,如陆啸梧、张冶儿、易方朔、陆希希、陆奇奇,都成为独脚戏的名演员。

王无能独脚戏的主要特色,是能把烂熟的多种方言,说得酷似酷肖,转换自如。只需略加点睛,就会引出种种“噱头”。他在《各种方言》中说:吃点心,过去老法跑进去,有京帮、扬帮、广帮、本帮、苏帮、徽州帮。王无能学各帮人的方言腔调叫喊,京帮喊起来精神交关足,胆小点朋友要吓:“先来三十水饺、四十锅贴、两碗炸酱面哪!”广帮:“一碗炒鱿鱼,一碗虾仁蛋,小洋两角。”要到徽州馆子吃起来,又是一样喊法:“先来两钱四炒虾腰,白玫瑰四两。”呆呆调个账房宁波人,上头个吃客吃六百三十铜钿,堂倌喊账:“下来六百三十(谐音拿把伞)。”宁波人听错,当仔拕把伞啥。一把洋伞拨伊拿去,两个人就打起来。

他适应上海开放社会五方杂处的民间生活环境,演说各种有特色的叫卖声。

他在《炒什锦》中说："上海做生意要广告性质，哪能要学三年，吊一年半嗓子，还要拍一年板眼：五香豆搭豆腐干，盐金花菜搭淡新菜，甘草梅子搭黄连豆，豆字勿能喊，喊仔黄连豆就勿好听。葛咾吃店家饭，也有开口饭个。""侪有调头，有规矩，有上下句，侪有韵脚。""宁波人赛过唱滩簧：哎呀诸位先生勿要走，个件背单杭宁绸，裁缝师傅会考究，特别会用盘香纽。三块大洋呒没到，只卖到两块九角九。倒蛮好听，拍得牢板眼。"

王无能后来又请钱无量出场，合作演出一主一和的独脚戏，也开创了独脚戏上下手七三分账的报酬形式。两人搭档，就能演因方言不通而引起种种夸张的误会，从而妙语横生。如《耳光滋味》一出中，苏州人到了南京，开栈房（旅馆），因为"拆污（大便）"和"茶壶"语音相同，问拆污（茶壶），茶房说拉在大厅台子上。茶房"吃了一惊"，苏州人又听成"吃仔一斤"。结果被茶房辣辣吃了两记耳光。王无能在《无锡人领盆》中说道：为一只无锡什景，从前大家冲突过。（甲）无锡人"我"叫"俺伲"。（乙）无锡人我叫烂泥。（甲）咳，无锡人叫烂泥末，常州人叫"水门汀"了。互相听不懂的方言混搭，成为一种特别的笑料。王无能开创的这一种方言混搅滑稽特色，后来成为滑稽戏剧目的一种常见的表演形式。而王无能学起各地的方言来，特别有天才，别人无出其右。

王无能还开创了滑稽京调演唱。在王无能的时代，京戏在民间十分流行。王无能把京戏里群众熟悉的唱段随意加油加酱，用某种方言唱出来，另加笑料发挥，越唱越离谱，造成了一种滑稽京调。比如，本来是按原词用宁波话唱京戏"二六"调"我正在城楼观山景，耳听得箇个人马乱纷纷"，后来就唱成"左右琴童人两个，箇向一个，荡向一个，又呒没埋伏，又呒没兵。唔休得要胡思乱想心勿定。来哪，来哪，唔请到阿拉城头上，司马懿，我喏搭唔两家头，吃吃老酒谈谈情"。这种京调滑稽后来为江笑笑等名演员传承，成为早期滑稽的一类演唱模式。

王无能不但一开始以《宁波空城计》唱红，后来进而再唱《苏州空城计》，用常熟话唱京剧"珠帘寨"，还用 ABCD 和英文句子唱起《外国朱砂痣》。

王无能还把江南江北山歌民谣的南腔北调带进滑稽独脚戏，使独脚戏变成说说唱唱的"上海说唱"。他在《各种滑稽小调》里说："小调有好几百种，苏州人苏州调，宁波人宁波调，扬州小调顶好听。名堂末也多，十杯酒，十送郎，打牙牌。"于是他就说"十把扇子"板要扬州人唱才好听，苏州人学也学不来的："一把扇子七寸长，依然扇风二人凉，杨啊杨柳青，这个那个碰，七个八个送。"教宁波人唱，就勿来，他一唱，就"喔唷，阿姆，我吃勿消！"本地人来唱也不行。说宁波人要唱"白牡丹"："宁波自有三月三，新江桥，唔末野勒浪，我末野勒浪，石头浪向冲一冲，脑子跌出两茶碗。"他在《南腔北调》中也将各种腔调进行比较，他说：现在个"春调"，板要无锡人常州人唱顶好听，苏州上海宁波就勿成功。……叫江北人唱起来，就一塌糊涂，这块拉块，这个拉个，七个八个，箇种土白，勿能摆进去。一摆进去啊就难听相。本地人板要东乡调，本地滩簧。苏州人要唱宣卷，两介头搭档板好听。他还说到“京韵大鼓”等。王无能对各种小调唱得相当娴熟，抓住了各地方言的各自特色。他还吸收“小热昏”的“百勿得”调，唱了一出《滑稽百勿得》。

王无能与陆啸梧合作的《郑元和教歌》，综合多种杂曲将底层瘪三教学讨饭生活本事表现得惟妙惟肖。这个小品的开头是瘪三郑元和睡到苏州阿大（陆演）、扬州阿二（王演）的公馆门口，阿二想劝阿大开门收个徒弟。二人教他讨饭本事。阿大先教他当家曲“善良里勒末相公佬”，跟学结果是教不会。阿二来教他北方当家曲如梆子调“娘娘太太，你老人家做个好事罢”，因唱起来要一班锣鼓家伙开销太大也不行。后来阿大教他黄牛叫，郑元和还是不会叫。阿大再教他“跑江湖”，阿二再教他“说因果”，《文武香球》的“龙宫保”、《珍珠塔》唱方卿，《何文秀》私察，依然都学不来。阿大又叫他“乌龟上街头”，郑元和说这个我会的。他却读起文章来。阿二又教“渔歌简板”，结果郑元和唱起了“劝世人”的道情。阿大说，他身上总算有一根讨饭的骨头！阿二接说“叫名师必出高徒”。

王无能的苏北话说得十分自然，他唱的《扬州五更调》，将“小妹妹”接纳“小才郎”的“结识私情”娓娓道来，腔调很浓，轻松自然。他用扬州话还唱过《扬州朱买臣》。

王无能善于从民间挖掘戏剧元素。他将乡下出殡的“哭丧调”吸收进来，演唱“各种哭调”，他在《哭哭哭》中说：“宁波人哭起来喉咙头呃呃呃，赛过自家勒拍板。”“上海人哭起来，哭是也哭亲人，字眼硬张勿过，啊呀我个亲人啦，有仔小囡，就要连小囡个名字一道哭进去：啊呀阿大拉个阿伯呀，实侬末掼仔实唔咾去哉虐！”这个独脚戏里他又学宁波人哭，江北人哭，还说苏州人哭起来有原版有快板。

王无能从苏州学来的“哭丧调”谱唱了有名的《哭妙根笃爷》和《改良哭妙根笃爷》。这两个节目内容十分具有生活气息，常唱不衰，甚至有的大人家办喜事时也一定要他唱无所谓。后来他还唱过一段《哭阿龙笃爷》。为啥这三段独脚戏这么吸引人？下面摘录《改良哭妙根笃爷》之中的三小节大家看一看：

> 啊哟妙根笃个好爷好亲人呀！亲人对奴好处说勿尽，只怪小妹是苦命。总想夫妻白头到老过光阴，落里晓得青天白日起乌云。天老爷有点混登登，一冷一热拿勿定，害伲亲人得毛病，郎中先生关照吃末嘴里要当心，亲人一句闲话勿肯听，勿吃素来要吃荤，外加吃一条小黄鱼，当夜嘴里就勿灵，半夜三更加毛病，拳头捏紧牙齿咬得紧钝钝，眼睛一白就动身。贪嘴勿留箇条穷性命，阎

罗王请倗吃点心。……阎罗王一点勿讲交情，坏人活得蛮太平。我个冤家是啥人，其实要怪一条小黄鱼呀！

啊哟妙根笃好爷好亲人呀！亲人拉里我几化好，亲人一死我勿得了，箇种苦头真难熬，阿公阿婆倒还好，阿哥阿嫂实在刁，横勿好来竖勿好，饭侪勿肯拨我来吃饱，倗笃早浪吃面吃汤包，拨我吃两根冷油条，还说我小囡勿领好，倒说我外头有路道虐，箇种冤枉哪哼吃得消！

为啥伲一对夫妻勿结局，死仔下来还要出笑话？亲人活拉箇辰光白白壮壮一身肉，死仔下来有点怕，瘦得来像只蛤士蟆，马上拿倷客堂搁，陪爷朋友笃笃化。小妹哭得喉咙哑，夹忙头里来仔一个叫老六，壮末壮得来像大阿福，二百多斤实实足，坐拉门板角浪相帮折锡箔，分量一重搁落笃，连得死人跌倒台底下，亲眷朋友和尚侪逃落，有个吓得盘拉床底下，有个吓得只会哭，老和尚逃出弄堂叫仔一部黄包车，叫到庙里闲话误会活虐，吓得魂灵才吓落！

王无能的表演贴近老百姓的生活，演唱内容细节化，善于在日常的琐事中自然地发现笑料加以发挥，用通俗生动且最贴切的方言语汇表达出来。

王无能还唱过《劝夫戒赌》那样的社会教育性的节目。在《滑稽毛毛雨》中，他唱道："麻花雨落得个小来死，常言道阿胡子拉打喷嚏，身浪勿必末着雨衣，着字鞋子走出去。"这句话赛过勿唱。他在这出滑稽中说了这样一个观点，滑稽要唱得似是而非，又要似非而是，这样就到达滑稽的境界，"勿然勿叫滑稽"。

为啥王无能的滑稽戏中有那么有趣的各地方言、南腔北调呢？那是因为当时的上海是一个移民杂居、语言多元、文化多样的典型的都市社会，王无能的滑稽真实地、艺术地表现了那个时代的都市生活风貌，吸引了五方杂处的上海人，所以他的表演也会受到大众如此热烈的欢迎。

原刊于《上海风情》，上海辞书出版社 2011 年。

王丹凤 50 年代拍摄的电影

1956 年，是上海电影制作的一个高潮期。随着《马路天使》《夜半歌声》等所谓“五四”以来优秀电影的开放重映，电影界开始有了新的活跃。集许多著名电影明星，在这年开拍了巴金的《家》改编的电影。从 1956 年至 1959 年四年里，上海电影制片厂特别活跃，一度还分成天马、海燕、江南三个摄制厂，拍摄了《护士日记》《女篮五号》《幸福》《情深谊长》《洞箫横吹曲》《乘风破浪》《球场风波》《海魂》《布谷鸟又叫了》《为了和平》《牧童投军》《李时珍》《母亲》《凤凰之歌》《铁道游击队》《红色的种子》《小伙伴》《今天我休息》《小白旗的风波》《好孩子》《不夜城》《阿福寻宝记》《万紫千红总是春》《红色的种子》《聂耳》《林则徐》《三个母亲》(上海话话剧)等一批很好的故事片，还有《罗汉钱》《庵堂认母》等近 10 部戏曲片。

我在那时，正从小学升入初中读书，课余看了上面所列的不少电影。看完电影，就要去买《上影画报》《电影故事》等电影期刊，还跟着隔壁邻居一起去连云路新城隍庙一家小照相店里去买电影明星照片。当时我最喜欢买的就是王丹凤和周璇两人的照片，尤其买王丹凤的照片更多，我觉得当时的电影演员中数她最漂亮，特别是看了电影《家》中她演的鸣凤角色，简直入了迷。

从 1941 年王丹凤 16 岁时参演她第一部影片《龙潭虎穴》后，到 1951 年从香港回到上海，一共参加了 42 部影片的拍摄；从 1956 年出演《家》到 1981 年拍完《玉色蝴蝶》后息影，共出演了 12 部影片。解放前她在《新渔光曲》《红楼梦》《民族的火花》《青青河边草》等影片中塑造了 42 个各具特色的女性形象，在年轻明星汇聚的电影《红楼梦》中，她演的是薛宝钗。当年她还正处在一个女演员最宝贵的黄金年华，就拥有了一大批固定的影迷，留给观众很深的印象。在解放后的影片中，在 1962 年的《女理发师》和 1963 年的《桃花扇》中，她的扮演也给人以深刻的印象。但给我印象最深的，还是她在 50 年代上演的几部影片：《家》(1956 年)、《护士日记》《海魂》(1957 年)、《你追我赶》(1958 年)、《春满人间》(1959 年)。

在《家》里，王丹凤出演鸣凤这个角色，鸣凤是一个善良、多情的丫头，王丹凤把一个纯洁美丽又矜持的鸣凤表演得十分到位，她的天真可爱，她对觉慧的理解和纯情。她与觉慧一起摘梅花的一段，是《家》这影片中最为青春阳光的场景，当觉慧把摘下来的梅花递给鸣凤，鸣凤感到说不出的喜欢和感激。觉慧凑近她问：“你在想什么?”鸣凤的脸刷地红了,她说:“我想呀,要是能这样,够多好!”但当觉慧急忙握着她的手说“怎么不能呀? 我一定告诉太太,说我要娶你”时,鸣凤带着凄婉的声调说:“不,我没有那个命,您是少爷。”王丹凤此时的表情和声调太动人了。鸣凤受了觉慧热情坚定的话语感染,在泪盈盈的眼睛里,放射出希望的亮光,没有成熟演技的人是绝不会演得如此自然真切的。最令人感动和难忘的是:鸣凤决心投湖自尽前替觉慧倒洗脸水拿脸盆的那一节,无论是着装、发型和凄惨的表情,都是王丹凤最投入最美的一刻,她沉痛地说:“我再伺候伺候您吧!”我们的泪水都止不住地流下。前后两场情景的对比,王丹凤的细腻演技展现得淋漓尽致。当年我问过一些人看电影《家》全剧,什么地方最悲痛最沉醉,都说在鸣凤投河之时流泪的人最多。当时我曾想方设法一定把鸣凤在梳妆台镜前端着脸盆的那张剧照买到,可惜竟在“文革”抄家时失去!

在影片《护士日记》中,王丹凤面目一新,主演了一个全新的蓬勃向上的青年形象。当年的青年,都相当单纯,志在四方,响应号召,去建设边疆。到艰苦的地方去创建新的事业,是先进青年的理想和愿望。那些有志向有冲劲的青年在我们的身边都遇到过,王丹凤就塑造了这样一个具有时代精神的形象——简素华。简素华在护士学校毕业了,她积极报名去祖国需要的地方,恰巧东北某工地主任高昌平到上海来招聘职工,欢迎她到建筑工地去工作。简素华的男朋友沈浩如是个实习医生,希望她留在上海组织一个小家庭,对她说:“要不了三个月,就会哭着回来。”但简素华依然离开上海到遥远边疆的钢铁工区医务站。这个医务站的主任是一个只顾谈恋爱对工作不负责任的人,简素华拒绝了他的骚扰,挽救了他与他爱人的关系。工区离医务站远,简素华深入工地给工人看病送药,甚至冒险爬到工地竹架的顶上,不怕狂风暴雨,工人们都很喜欢她。高昌平的妻子死了,简素华像慈母一样照顾他的女儿,那个广为流传的歌曲《小燕子》就是在那个时候唱的。影片中还有一个插曲,由芦芒词、王云阶曲的《时代的列车隆隆的响》,也是一支好听的朝气勃勃的歌曲。沈浩如因不想服从调配去新疆工作,匆忙赶来工地劝她回沪去结婚。小简看清了他是一个只为个人打算的自私的人,严词拒绝了他。小简在一次抢救中晕倒,她妈妈从上海来看她,告诉她沈浩如已与别人结婚。巨大的工程建筑完竣,高昌平们又率领工人到新的建筑工地去,临别时简素华交给高昌平一张纸,高上车后打开来看,上面写着:“我一定来!”这部影片的室内背景上,可以看到“把青春献给祖国”和“为了祖国的未来贡献出青春的力量”两幅宣传画。当年确实有许多青年被“壮丽的事业”和“沸腾的生活”所吸引,相信“房子是人盖起来的,路是人走出来的”,满怀豪情。王丹凤不愧为演出经验丰富的演员,在表现青年在“沸腾生活”中的激情,“出去多锻炼几年”“一到工地”后的兴奋,遇到恋爱问题和困难后的复杂心情，在大风雨中的坚持工作，脸部表情和动作上都表现得十分细腻达情。上海人民第一次看到解放后她的形象，确实与以前大相径庭。这部影片是艾明之编剧、陶金导演的。

王丹凤成功地塑造了一个全新的形象。她自己也曾以“我第一次扮演一个坚强的姑娘”为题目写过体会，她说：“《护士日记》组到包头的钢都拍摄外景，看到了那高入云霄无数的大烟囱和鳞次栉比的巨大的厂房建设；看到往来如梭的火车、推土机和运输汽车，交织成的一幅壮丽的社会主义伟大建设的图景，我更看到无数刚跨出学校的青年们那样欢欣、热情地参加祖国的工业建设，和工人同志们一起，在忘我的劳动，热情的工作，我见到了很多真实的简素华。”她也真正体会到“今天不是演员积压而是不能适应拍戏的需要，我们只有努力改造自己提高自己的思想水平艺术水平来适应祖国需要”。

当年王丹凤、王人美等一群从老上海过来的名演员要适应新文艺的要求，适应新社会的“思想改造”，是很难转过弯来的。我记得我当年看到一份《解放日报》上面，写到王丹凤在以前因为不能适应而哭了。后来我又看到她在“新桥三社”劳动，与农民一起踏水车、翻地的照片，“老社员把车水的技术交给了新社员”，晚上还要帮助“同房的嫂嫂”学文化。王丹凤在一篇《我是个新农民》文章中写道：“时间在飞跃的前进。记得刚下乡的时候青苗还是刚刚出土，现在已是水稻就要插秧。……我是个刚到农村四个月的新农民，在这种跃进的形势下也有着变化，不单是胳膊粗了，力气大了，思想上也真的在变了。”王丹凤还留下了当年与其他演员一起到工地上为工人演唱的照片。

1957 年，王丹凤又参加了《海魂》的拍摄，影片讲述了 1949 年停泊在黄浦江上的一艘国民党军舰“鼓浪号”开到台湾，又奉命到长江口执行封锁，由赵丹扮演的陈春官等人领导军舰水手，与刘琼扮演的反动舰长作斗争，起义回到祖国怀抱的故事。在这部片子里，王丹凤扮演了一名台湾姑娘，“好莱坞酒家”的“侍女”。美国水兵在咖啡馆里酗酒闹事侮辱她而受到陈春官的保护。她的父亲也是一个水手，在参加台湾民众反抗国民党的起义时去世，这位老水手的英勇行动，给予陈春官莫大的启示。这部电影由沈默君、黄宗江编剧，徐韬导演，许琦摄影，集中了一些名演员，如崔嵬、牛犇等。然而就是因为王丹凤的加入，使这部大都是由男人开展情节的故事片中融入了一些温馨的情调，我就是冲着她的表演去看这部电影的。

在这个时期，王丹凤还参加了上影剧团话剧《家》和《雷雨》的演出。赵丹运用斯坦尼斯拉夫斯基体系排演了舞台剧《雷雨》，王丹凤饰演四凤。她在分析身份同样的四凤与鸣凤的处境及性格区别的基础上，将四凤演得比鸣凤更深沉、含蓄、朴实，表现出她表演艺术的才华和造诣。

以后王丹凤一连参加拍摄了几部歌颂“大跃进”的电影。一部是《你追我赶》，讲的是：1958 年，浙江省海盐县的平川、海湾两个乡，展开生产竞赛。海湾乡的自然条件比不上平川乡，但海湾乡九社的副社长周耕香是生产能手，在全乡干部会议上，她建议把海湾乡的大河黄金港抽干，挖掘河泥积肥，个个干劲冲天。而平川乡的刘书记由于满足自身的成绩，没有订出更先进的措施，因此在比赛的第一个回合，海湾乡夺走了红旗。刘书记接受了教训，把原来不参加劳动的妇女都动员起来了，在比赛的第二个回合，夺回了红旗。不久发生了旱灾，平川乡刘书记搞电力灌溉。由于没买到发电机，没能搞成。但他仍坚持搞下去，在群众的大字报和县委的批评下，才停掉电力灌溉工程，全力投入抗旱。海湾乡发动群众，用土办法搞平原水库，战胜了干旱，粮食获得大丰收。最后，两乡合并，成立了人民公社。王丹凤主演演像了农民干部的形象，这跟她的做过“新农民”不无关系吧。

另一部《春满人间》，是表现 1958 年的“大炼钢铁”了：在生产高潮中，某钢铁厂炼钢车间突然发生重大生产事故。工人丁大刚为保护炼钢炉，不顾个人安危，在抢救中遭钢水烧成重伤，被送进医院急救。医院紧急动员，由外科主任范纪康主持会诊。白教授引证欧美国家医疗文献资料，强调病人烧伤面积过大过重，认为已无法治疗。范主任也流露畏难怕负责任的情绪。医院党委书记方群察觉出医务专家们存在崇洋保守思想，在坚持全力抢救的前提下，鼓励医务人员端正思想，不畏艰难救死扶伤。抢救过程中，医务人员在病人承受极度伤痛的配合下，战胜多次病情突变的危险。不料正当大家庆幸病人化险为夷的时候，病人的右腿突然遭受绿脓杆菌的严重感染，病情急剧恶化。范主任为保住病人生命，力主锯腿。方群支持另一些医务人员培养噬菌体、消灭绿脓杆菌新医疗法，终于使病人起死回生，保住了右腿，于治愈后重返炼钢岗位。

这部影片是有真人真事作为基础的。那年上海广慈医院（今瑞金医院）成功抢救了严重烧伤的炼钢工人邱财康，创造了烫伤救治的奇迹，事迹广为宣传，人人皆知，倒是没有虚假，直到现在医院的烫伤专科仍然是很领先的。

从上面两部电影来看，海派文艺的真实反映生活，现实主义精神还呈潜流之态顽强地支撑着上海的电影。无论在选材编剧和场景导演中，还是在演员的表演中，这时还没有完全被浮夸风、虚假风吹昏头脑，严重侵蚀。

王丹凤以后又拍摄了喜剧片《女理发师》，古典片《桃花扇》。改革开放后又主演了《玉色蝴蝶》，这几部也都是她主演的十分出彩的经典影片。她演《女理发师》，是天天到南京路的理发店去体验生活的。在《桃花扇》里，她演得特别认真。为了《桃花扇》这部影片，她在“文革”中吃足苦头。由于她一直小心翼翼，终于躲过了这场劫难。1981 年，她主演的《玉色蝴蝶》上演，我又迫不及待赶去观看。我看到她年过半百，依然不减 50 年代的昔日风采。她饰演从少女到老年的日本蝴蝶专家竹内君代，一点点老去，形象都很光彩，她表演主人公的性格变化，层次分明、鲜明动人。

原刊于《上海风情》，上海辞书出版社 2011 年。

不 夜 城

作家柯灵真是了不起，他长期生活在上海，对上海了解深刻，他在1957年写了一个《不夜城》的电影剧本。全市工商业在1956年才全部公私合营，编剧就这么快地反映现实，把这件大事搬上了银幕，这需要对社会变革中的错综矛盾具有清醒准确的洞察力，在当年那么复杂的环境下也需要勇气和胆量。

《不夜城》在1957年出品，无疑是当年电影中的一座高峰。它由上影厂刚分成三个厂时的江南电影厂拍摄，汤晓丹导演，周远明、马林发摄影。影片从1935年拍起，分别拍了1935年、1948年、1949年、1951年、1955—1956年的情景，跨越20年，但故事情节连贯性强，前后照应浑然一体。此剧直面重大题材，真正是在拍上海，表现了上海这个商业化的都市中民族资本家的命运，而且，那20年还是上海人面临的变化最错综复杂的年代，作家依照当时对社会矛盾的认识、工人和资本家的关系、政府和民族工商业的关系、日寇的侵略、政权变更时的复杂情况，各种矛盾错综交织，都反映在影片主人公张伯韩家族的身上，剧中都用合理的情节渐渐呈现出来，处理得相当成熟。这也是建国以后第一部表现资产阶级的电影，突破了禁区。

上海的历史，是一批创业的实业家、出版家、教育家等在当主角，正是他们创造了上海的繁荣，在书写上海光荣的历史，而不是像后来有些拍大上海的电影、电视剧中所表现的那样，是那些流氓黑帮在打斗和勾心斗角。

《不夜城》中的场景、道具、音乐、陪衬的细节等，都处理得精心独到，很有上海这个城市的真实气息。

故事从年轻的张伯韩1935年从国外归来，满怀踌躇接办祖业光明染织厂，生产爱国牌蓝布，艰难地与日本纱厂竞争开始，与日本人勾搭的宗贻春要出大钱买下他的爱国牌招牌，并威胁说“跟日本人硬你要吃亏的呀”，在此情形下，张伯韩与恶势力坚决斗争，他也记住了父亲的话：“这是在黑海洋里行船，随时要防着风浪。”但是，“我们中国人一定要有自己的厂”。他相信“中国人要用国货，这就是力量”。卖厂不甘心，他勇敢地盘下了岳父的厂，从此“大光明纺织厂”正式开张了。

1948年，工人罢工，要求加工资。女工代表沈银娣说：“工钱也发不出，还开什么厂！”瞿海生手指被压断，由于他是领头罢工的，被厂方开除。他对妻子银娣说：“这笔账总要算的！苏北有人带信来，我决定走了。”瞿海生的父亲是张伯韩家的管家佣人，他对东家苦苦为海生求情："我替你家干了20年了。"张伯韩抽出了三个月的"遣散费"，但他不收。

正当工人在与张伯韩谈判："工人们饿着肚子给你干活，你知道吗?"张回答："时局不稳，银根紧，调不出头寸，没有办法。"另一方面，警备司令部警察冲了进来，又罗织罪名勒索工厂，伯韩大声问："政府要不要我们做实业？政府给不给我们一条活路啊?"

1949年，因为合作者大年自打算盘上当，鼓动伯韩购买美国股票，而股票大跌，全部资金十几万美元都泡汤，工厂破产。女儿的生日派对被打散。大年举家逃去香港，二弟为劝大哥去香港在飞机匆促起飞时没赶上，伯韩女儿也不愿随伯伯去香港。

另一方面，当国民党的残兵赶到工厂门口企图破坏时，沈银娣已带领女工带枪保卫工厂，把残兵击退。

1949年，在民族资本家的面前，各种矛盾错综交杂，考验也常遇千钧一发局面，影片处理十分得体，情节组织又简洁，拍摄很成功。

1951年，在"太阳一出满天红"的欢快歌声中，在"大光明纺织厂"里，工人都是"翻了身"的笑容，二弟向伯韩提出："看工人的干劲，生产还可以上去!"伯韩从来小心翼翼，他说："现在是共产党领导，出了工伤事故我们要检讨的!"当他见到女儿的"大哥哥"从香港寄来的如阿飞模样的照片时，说："我要把这个厂大大的发展一下，让大年看看我们是怎样办厂的。"

在工商界聚会时，大家高兴互祝这段时期"一方面政府照顾，一方面也是大家同舟共济，才能一帆风顺""在轻工业方面，政府还是要依靠我们的"。

接踵而来的，是"五反"运动、"公私合营"，"上海进入社会主义"。

"五反"来了，银娣们就到张伯韩家里去："你们赚够了钱，可干的是什么事?""你们的交代和我们掌握的材料有很大的距离。""这些事是瞒不过我们工人的。"而二弟在他们走后却说："什么叫反'五毒'！还不是要我们的厂?"张伯韩也说："这些工人，往后更要爬到我们头上来了。"

伯韩的女儿铮铮，正在与同学高兴地跳集体舞：1 6 | 3—|，2 4| 3—|，沈银娣来找她谈话了，铮铮回家就与父亲争执起来："解放了，每个人都有自己的理想，想好好地干，可是，你心里就只有钱，为了钱，你什么都干!""我才不要你们剥削来的钱呢！你的钱不名誉!"父亲烦躁得打了铮铮一个耳光。"你会后悔的!"于是女儿失踪了。

当山区勘察队的团支部希望铮铮给父母写信时，铮铮拿出许多写好又没有发出去的信，深沉地说："你不知道剥削阶级这种包袱压在身上有多沉啊！你不会明白的!"所以铮铮自食其力了！

结果“增产节约委员会”发给张伯韩一份公函。“怎么只算我们 20 多亿了?”而张当时交代了 150 亿！沈银娣说:“从宽处理。厂里生产的有些问题还要我们来商量。”

到 1955 年,厂里的生产总是上不去了。伯韩认识到作为私营厂这个产量已到顶了,而合营厂有定期的检修制度等条件。就老二家里几个孩子连老三小不伶仃的东西也一套一套地教训他。当张伯韩试验加快运转造成银娣受重伤,大年一家破产从香港回来,并告诉他家骏花天酒地兜风翻车死亡,大年恳求重新加入工厂,老二回答他现在要看工人同意不同意了。外面又是锣鼓声声,张伯韩终于决定走上“公私合营”的道路了。在“全市进入社会主义”的灯光背景下,他们一家参加了中苏友好大厦的全市大联欢,铮铮也赶回合家团圆。

只有对上海的事充分熟悉的柯灵,才能编写出这些的故事细节来。

看了 1956 年出品的电影《家》以后,上海观众对当时正值年轻、风华正茂的孙道临扮演的觉新角色十分称颂,迷上孙道临的人很多。在接着的《不夜城》里,孙道临更上一楼,他扮演的主角张伯韩在各个时间段里的表演,无论是专注、坦然、紧张、发怒,对待工人时、对付警察时、表达亲情时,神态动作恰到好处,他能真实准确地表现人物的各种思想情绪,使张伯韩这个人物形象栩栩如生,俨然塑造了一个风度翩翩的民族资本家的独特形象,而这类形象,在建国后的电影里还是第一个。

以后这部《不夜城》倒足了霉,被批倒批臭！昔日的资产阶级也倒足了霉,全国人民也倒足了霉,柯灵、孙道临也吃尽苦头。我们可以在柯灵的一篇有名的散文《回看血泪相和流》中,略见三分。

华国锋主席逮捕了“四人帮”后不久,我重新回到了复旦大学读研究生。一天晚上,我们中文系的研究生一起在中文系办公室里观看这部将要解放出来的批判电影,心情较为轻松,边看影片边有议论。

最为精彩的是,大家刚刚看到 50 年代初,资本家们在工商联高兴地说:“最近又有一笔加工订货下来了。”“这几年真是我们的黄金时代,为黄金时代干杯!”

接下去银幕上跳出来的,就是一面红旗,上面写着“打退资产阶级的猖狂进攻!”我们这些人不由得发出一片笑声！有人说:“到底谁进攻谁也搞不清楚。”

当我们看到镜头转换到师伟扮演的铮铮爬在荒山上勘察矿藏时,大家又大笑起来。记得我第一次在 50 年代读书的时候,看到此时还是很感动的,对铮铮有佩服之心。然而这次和我在一起看这影片的研究生中,有不少是在插队落户中考出来的人,也有从新疆、东北外地考回来的上海人。

往事已然苍老。我们在叹息声中重新审视了这部拍摄十分认真的当代电影。

原刊于《上海风情》,上海辞书出版社 2011 年。

当年沪剧中的男女情爱

在上海灯红酒绿、爱意绵绵的"时代曲"的风情意韵吹拂中，在繁华都市中迅速走红的沪剧，却演出着一幕幕男女情爱的悲欢离合的心酸故事，将复杂社会里主要是下层群体中的情爱悲剧淋漓尽致地展现给都市平民看，赢得了一掬掬的伤心泪。尤其是那些难填恨海、哀叹薄命、倾诉怨尤、控诉受骗、为君憔悴、痛离惨别、鹃啼梅劫、叹月哀艳等，有不胜曲折的际遇，有无可奈何的抱恨经历……为热爱沪剧、喜欢掉泪的观众提供了看不完的恨史惨剧，和听不尽的绝命书、哭诉词、还魂曲、忏悔曲、离别曲、回首曲、厌世曲、悼亡曲。

其实沪剧的前身"申滩"，就已留给了我们善于表演青年男女恋爱戏这个主题的传统，现今还在演出的就有两出名剧《卖红菱》和《庵堂相会》，就是表演乡村青年男女爱情的曲折经历的感情戏，保留了旧戏剧悲哀曲折到大团圆结局的欣赏习惯。从农村开初带到上海来的一些花鼓戏、的笃板等，是都有一批此类剧情的小戏的，不只是申滩；但是像后来那么多的男女感情戏，以至穿起西装旗袍来大演特演男女情爱戏，有层出不穷 250 多部的演出剧本，则要数沪剧为第一了。

到解放以后，还有一些表演青年男女情爱的深得人心的戏，除了从著名的鸳鸯蝴蝶派小说移植过来的《啼笑因缘》《秋海棠》外，还有《碧落黄泉》《大雷雨》两部大戏。20 世纪 80 年代以后，又恢复演出了《黄慧如和陆根荣》和《石榴裙下》等几个 30 年代闻名的西装旗袍戏。这些男女情爱戏离不开这样几个模式：一种是从小青梅竹马或已订终身，后因一方家庭变故以致赖婚，或一方父母拼命反对，但男女坚持冲破阻碍得团聚的，如《庵堂相会》、《黄慧如和陆根荣》；反之软弱不敢反抗的，弄得鱼死网破的，如《大雷雨》。一种是自由恋爱一方受强迫逼婚，而使另一方受伤害，最终双方坚持私奔或团圆的，如《卖红菱》；反之有一方意志不坚，或云阻雨隔，以致镜破钗分悲剧结局的，如《碧落黄泉》。

解放初，演惯当代题材都市戏剧的沪剧率先推出现代戏《罗汉钱》《白毛女》《小二黑结婚》，选的也是男女情爱题材，只是大团圆结局成了必然。

然而，在 20 世纪三四十年代沪剧戏出产最多最快的那段时期，男女情爱戏却多是悲剧结尾。

1. 受骗出走引起的悲剧

沪剧名角丁是娥在《繁华梦》中演意志薄弱的乡村女慧珍，因爱虚荣进上海舞场赚钱贴补家用，遇到常来捧场的施镇华，施拆散夫妻，威胁与她同居，玩弄她骗钱。慧珍回想起当初的旧情人潘小安，一见倾心私奔卷逃。谁知潘有前妻，且是个拆白党，一心骗她钱用，且引来流氓行凶，慧珍为了自卫误打死潘而坐牢房。她一再受骗，做了一场繁华梦。末幕她深深忏悔，望爹爹自己保重，其兄夫妻白头偕老。

石良唱的《新叹钟点》，以敲钟点来过渡种种复杂经历的每段情节。敲第一记："我"回忆自己当初在乡下，与小妹情绵绵。可惜她黑夜私奔受人骗，我为她寻到上海二次相逢却在公寓里，她爱慕虚荣贪享富贵，竟然把良心变。敲第二记：诉说为小妹到上海后种种经历：做茶房，祖母死，刺杀流氓进监牢，身受重伤进医院，险些儿丧命。敲第三记："我"与小妹夫妻合，谁知中途风波起，偏有二姨太苦苦来追求我，虽几次要拒绝，然她为我损失金钱无其数，自己一生名誉付东流，她为我夫妻之间情义断，脱离银行行长吃苦头。只怪我意志太薄弱，不应该答应与她同居而失自由。敲第四记：她不改灯红酒绿寻欢乐，可怜我深宵独自守空房。敲第五记：万籁无声中又想起小妹现在好凄凉，她为我父母双亡，为我尝尽人间酸辣味，为我在囹圄之内受凄凉，前途茫茫无归宿，未知她何日返门墙，恩爱夫妻难聚商。

丁是娥在《换巢鸾凤》唱的也是受骗：侬问我搭伊啥关系，万般痛心说详细。我本是一个有夫妇，团聚天伦在家里。想不到伊用种种手法来引诱我，一时糊涂受欺骗。卷包逃走跟伊走，年老母亲亲生儿子也不顾。哪晓得半年辰光都不到，伊个狰狞面目现，把我现金首饰都弄光，用得赤手空空勿剩一钱。铜钱用光良心变，现在另有新欢后，狠心就将我抛弃。我还有啥个面目在人世？"我"被遗弃后，又见"伊"要害死"我"丈夫，即复仇将"伊"杀死，最后对着母亲哭诉拿自己热血洗刷自己羞耻的经过。

在《薄命花》一剧中，小筱月珍唱了一曲"母女离别曲"：那苦命的母亲，从小失怙恃，幸喜在豆蔻年华遇知己，但美满成泡影。佳人终归沙叱利，又受害铁窗十年，如今只为托人抚养爱女而残喘余生。

解洪元用"哭花调"在《恋爱的坟墓》一剧中唱道：回想前情追悔极，你绝无放荡态轻浮，我脑筋笨拙中奸谋，鸳鸯拆散，结果恩爱夫妻不聚头，人亡花落知音负，尘海茫茫万事休。

王盘声在《母爱》一剧的"铁窗回首曲"中唱道：叫声丽珠贤惠妻，我如梦初醒已觉悟，从此自新改前非，出监后断绝匪徒求自立，再不与你两分离。小筱月珍在"薄命自怜曲"中唱道：想当初爷娘养我多宝贝，指望嫁得如意金龟婿，哪晓得家道中落失恃亲娘死，后母虐待，我又盲目谈恋爱，入了圈套私奔离家，结下孽缘后悔来不及，饱受十年铁窗苦，不能再见双亲和女儿面。只希望恢复自由人来做，勿再失足走歧路。

杨飞飞在《金童玉女》的“厌情曲”中倾诉：蕙真苦衷长恨绵绵，叹自己意志太薄弱，明白是受佳森骗，欺骗手段真毒辣，绵绵之言都是假，是真是假不详细。夫妻从此成永别，早死一刻早安全。

2. 学坏另抱琵琶又后悔的悲剧

“月蒙蒙，风凄凄，又听见海关钟声敲一记，往事如尘肝肠断，不堪回首话当年。”解洪元唱的《镀金少爷叹钟点》，从一点钟到五点钟，有无限悲凉的内心独白：一个书香后裔，挥金如土，读书不用功，做生意不肯动脑筋。最初与雁红初相识，影形不离。后出国赴欧洲，在却丽蒙丹追求下，贪慕虚荣结婚，学成双双归国，家庭风波骤起。却氏交际太浪漫，时常无理瞎胡闹，自己好比妆台奴隶，她另有情人乔克乃，曾叫我与情敌斗，险些儿丧了性命。从此情义绝。当初雁红劝我归家转，我几次三番拒绝她，从此难见雁红面。我低头思念故乡，我为她穷途潦倒难度日，抛头露面做乞丐。只影孤单倍凄凉，更无面目见亲娘，倒不如纵身一跃赴汪洋。

凌爱珍唱的《落花诉怨词》中，主人公诉说自己失足受难，还要怪怨情哥：泣唤哥哥心渐痛，今朝我坐监牢中，当初惹得游蜂贪美色，一朝失足离家走，大错铸成，遇人不淑，典尽衣衫，沦落他乡，几遭磨难。负心男子，逼走章台，抗拒卖笑生涯，心头火起，犯了杀人罪，青山埋骨愁难葬，毁灭痴情万念空。当初你拒我缔婚约，此日心中还怨侬。

3. 先乱后弃造成的悲剧

筱文韵在《女单帮》一剧中有一段主人公舒丽娟对局长倾诉：舒丽娟母女两人，被环境逼迫做单帮生意。有一天舒贩货归家中途见有一青年沈子春喊救命，扶他一起回家请医生，糊里糊涂谈起爱情。后来身有孕，少爷在回家时表示决不会忘恩负义。赶到他家，才知少爷已娶新夫人，小囡已满月。管家将她赶出门。母亲急死，一路乞讨回家。求局长发善心救救母子两个，买口棺材葬送母亲，今世报答来不及，来生犬马来报恩。

王雅琴、王盘声唱名剧《私生子》是这样的情节：20 岁大龙进监判决枪毙，临死在监与母亲会见。往事重提，娘说：大龙这个不能怪阿德，不能怪侬，全是娘不好，害了侬一世。大龙说：是父亲态度不应当，一个不对打骂交加，他是不是我生身父？究竟恨我恨在啥地方？母亲揭开秘密：只怪为娘年少无见识，世态险恶不清爽，廿年前的伤心事抱恨终身。13 岁母亡，有个小姊妹介绍我到工厂勉强糊口。厂边有座洋房大学堂，一个大学生盯我身旁，贪度虚荣上他当，毕业之后他回家乡，说家长面前不能谈，要我打胎，为了母子俩生活起见，又嫁阿德换地方。廿年不知大学生生死。大龙听罢说：好姆妈，这种狠心爹爹拿伊忘记光，大龙一辈子孝顺在你身旁。

4. 烈女烈男为国保家的悲剧

王盘声在《春花秋月》一剧中，闻噩耗唱“哭妻曲”，唱道：吾妻亭亭玉立奇女子，耿耿不阿，不屑嫁汉奸，愤愤离家庭与我成伉俪共甘苦，分别日句句金玉言鼓励，指望我轰轰烈烈立大功业。后来娇娇烈女为国死，融融欢乐成空想，吾只得遥遥万里难凭吊。

解洪元唱的《悼亡曲》是这样的：我为侬风尘奔走，只望早日成名，拼身奋斗，图功业，枪林弹雨，立功国家。雪妹无故轻身先自死，难耐三年痛苦尝，生前受尽千般苦，知道侬人要求生无路走，饮恨重重，含冤九泉。现只得“麦饭一盂花一束，年年寒食祭娇娘”。

世良唱的《离别曲》则有光明的展望，有以下唱词：恨只恨日寇时常来侵略，哀鸿遍地太凄凉，命我立刻归队去，军人服从为第一，人生总得有别离，我与你重见光明再相见。

5. 旧脑筋拆散有情人的悲剧

筱爱琴唱《路柳墙花》，每句开头都用 ABB 式（如“夜深深”）的唱词唱了一首“哭母曲”。主人公眼看着照片上的生身母，如果还在世她的婚姻可以成功，“气愤愤姨娘脑筋交关旧，硬生生拆散鸳鸯手段凶”，姨娘不许她见小荣，不准与心爱人成婚，当夜逼她走。一个弱女子无力反抗，“路迢迢欲度蓝桥梦不通，一年年良好青春轻辜负”。

6. 无主张婚姻的悲剧

小筱月珍和杨飞飞都演过《碧海春痕》，其中的《投海曲》反复咏叹“只恨当初没主张”，造成主人公走向绝路。她哀叹道：当初轻信自由多错误，如今懊悔结鸳鸯好梦一场。为着自己生活无办法，只能跟他出门到船上。刚才我亲听见，他接头客人出卖我到异乡。真想不到姐夫他居然会以二千万洋钿出卖我，我情愿一死付无常，只是抛不下高堂老亲娘。姐夫如此无恩义，此番要骗我到牛庄去。今宵投海无他恨，只恨当初没主张！

石筱英唱《长恨天》一剧里“待郎归”的主人公显得柔弱无比，她还巴望变心的郎君转心回来：当初花好月圆多温柔，而今叹息终身错配浪荡子，无情无爱在一起，朝打夜骂苦难受。那年记恨离别我，一去四年将我丢。痴心待郎再会一面，死到黄泉心愿酬。

7. 寡妇面临的问题

石筱英唱的《孀怨曲》中，女主人公丧夫后，她认为富有前进新思想的丈夫，能原谅女性解放：“谁怜寡鹄凄凉苦，我为争取新生命，只能求得新对象。想侬时代青年辈，地下英灵肯原谅。”

石筱英唱《寒梅吐艳》的“鹃啼曲”中则是另一番景象，孤孀遇劫，以死明志：孤鹃啼血最悲伤。晴天幻变同苍狗，突地风波遇虎狼。遭逢恶霸逼孤孀，哪肯今宵再嫁郎？我愿今朝拼一死，不随恶霸赴洞房，投环自尽不彷徨！

8. 学虚荣堕落遭难，到绝处回心转意

王盘声、王雅琴演的《天下父母心》中有“忠言逆耳”一段。请看夫妻两人的对白：忠良：夫妻不合已长远，为啥近来看见我像冤家样？曼花：为啥自家气勿争？为啥有窜头的事情（不读法律政治军事）都不想？侬问我为啥赌钱跳舞，完全是侬造成我到外头滥白相。忠良：阿能求求侬为整个家庭想，这种害人鸦片侬不要吃。曼花：若说你多说多话多嘴争，莫怪我面孔一板火来光。后接“忏悔曲”：志良：啊，曼花是侬！曼花：想不到老天爷，偏偏叫我坍台坍到侬个手里向。饥饿线上苦难熬，绝处逢生遇丈夫。悔不该将侬丈夫女儿抛，结识匪人吃上白面饭来讨。想当初满身华丽时装着，到如今衣衫褴褛难遮体，麻叉袋来背一条。丈夫呀，念在夫妻情分上，将我收留回家转！

9. 欺贫爱富赖婚姻，棒打鸳鸯两处分

小筱月珍唱的《秦雪梅哭灵》：当初商府荣耀，与秦家结联姻。后商府家道贫，公子投亲到秦家，父亲欺贫爱富赖婚姻，暗中设计把诗书文章抛干净。秦雪梅为公子留诗相劝发奋读，但棒打鸳鸯两处分。到此时还望公子去邪归正衣锦回乡耀门庭，想不到一病竟归黄泉路，到最终只见灵牌不见君。

10. 委屈成全的离散结局

汪秀英、赵春芳在《委屈夫妻》一剧的“相会曲”中唱：只怪爹爹太糊涂，将女儿当押款，钱家福命徒绑金妹到上海逼成夫妇。金妹日思夜想常将土根挂胸怀：“请土根不要错怪我，当初情投意合海誓山盟同到底，无缘当面会错开。家乡境况如何样？土根何时到上海？哪能会得拉车子，种种情形请交代。”“金妹啊，我到上海单为侬，真心真意将侬爱。我爱侬克勤克俭天真活泼人人爱。为了你亲娘停了生意，母亲半路身亡故，到上海自己遭不测。想不到，今夜与侬重相见，一身穿着真华贵，从前辰光乡下女，今变上海少奶奶，我俩婚姻从此死，看破红尘去出家，下世与侬金妹夫妻配。”“土根啊，想你爷娘单养侬，陈家靠侬接后代。我劝侬不要再拉黄包车，另谋生意铜钿赚，金妹尽量补助侬，另讨妻房成双对。”土根听了金妹的劝，竟解开心结：“金妹真心补助我，另讨妻房成双对。今日有意讲明白，胸前怨恨已平淡。有朝一日侬金口，请侬到我屋里来，敬侬三杯媒人酒，日后还要请侬吃红蛋。”

小筱月珍唱的《乱世佳人》唱出这样的情节：听说思嘉过去说为我心酸为我哭，为我薄情数度嫁他人，为我不白遭委屈，暗中常在照应我。我俩幼年两小无猜甚知己，有情人不能成眷属，终身抱恨。眼前是罗妇有夫瑞德嫁，使君有妇生小孩。只能保守我俩初衷爱，这世里希礼勿将思嘉忘，希望思嘉莫忘希礼名。

周丽丽在《铁骨红梅》中的一段“良妻的呼唤”别具一格，“良妻”的内心独白，耐人寻味：“我死……死得须要无错误，我要成全两个人心愿。我要解除我丈夫痛苦。”“——不，我哪能可以这样死，死得未免太糊涂。我死虽是无足惜，更其要害我丈夫，使他经济受压迫，使他内心受痛苦，使他母亲要急煞，使他少个人帮助。”“——我既不能去死，眼前应当哪能做？我要跑去质问伊，为啥要夺我丈夫！”“——不对。我不能如此冤枉伊，伊没有占去我丈夫。”“——噢，我晓得伊个性蛮聪明，我晓得伊个性蛮柔和。我拿至诚至情去感动伊，以便解除丈夫痛苦。”“——这不是我个妒忌心，只因为我要爱护我丈夫。”“良妻”面对第三者的介入，沉着应对眼前的矛盾，求棋高一着取胜，只为深爱着她的丈夫。

从这些情节曲折的男女情爱故事中，折射出人间世态百相，沪剧也因此形成了擅长表现家庭悲欢离合、感情跌宕起伏的特色。许多作品用批判现实主义的精神，暴露社会生活真相的复杂性，这样的沪剧演出当然能紧紧抓住观众的心，难怪沪剧会在当年盛极一时。

最近我收集到 1951 年 5 月 20 日出版的《沪剧周刊》(第 263 期)报纸，头条新闻是：“沪剧学习委员会举行成立大会，一千多位沪剧工作者投入学习镇压反革命的大熔炉”，邵滨孙为主席团主席。从此条新闻，可见当年沪剧在上海的辉煌！

原刊于《上海风情》，上海辞书出版社 2011 年。

百听不厌的沪剧《雷雨》

著名剧作家曹禺在1934年7月发表的话剧《雷雨》，是我国现代话剧史上的一部宏著，问世直到如今反复上演，还被许多地方剧种改编演出。1938年沪剧（当时称申曲）已经首次演出此剧。1959年，由宗华改编、蓝流导演，上海人民沪剧团联合艺华、勤艺、爱华、长江、努力六大沪剧团的著名演员联袂上演《雷雨》，作为向国庆10周年献礼的名剧。参加演出的演员，几乎都是一流的流派演员，由解洪元饰周朴园，丁是娥饰繁漪，石筱英饰鲁侍萍，赵云鸣饰鲁贵，王盘声饰周萍，杨飞飞饰四凤，邵滨孙饰鲁大海，袁滨忠饰周冲，这些演员都正值表演最成熟期。我认为，这部沪剧明星大会串的《雷雨》是沪剧演出史的巅峰之作，也是各种剧种包括电影电视剧改编话剧《雷雨》中最为成功的一部作品。

事实上，那时海派文艺风头正健，各种戏曲演出在大众中十分普及，新戏频出，许多名演员都有大量粉丝。作为向1959年国庆献礼的，还有越剧的顶峰之作《红楼梦》，小提琴协奏曲《梁山伯与祝英台》等，都是脍炙人口的作品。以排演都市现代剧著称的沪剧曾改编演出过曹禺的四部剧本，这一部是最精彩的。

这部戏剧共四幕，每幕都有6组对唱，全剧对白不多，从头至尾一气唱完。最精彩的对唱，有第一幕的繁漪盘凤，第二幕的繁漪周萍花园会、侍萍扯支票，第三幕周冲展望、四凤罚咒，都已成为经典的对唱唱段被大家传唱。四凤独叹一段又为话剧中所无，是融入了戏剧特点而加出的一段绝唱，那是大暴风雨到来之前的静闷，一段深沉的内心独白。第四幕则处处是大家庭崩溃的集中爆发。

这部戏剧还有一个长处，是与话剧剧本相比台词变动很少，十分忠实原著，尽管如此，居然能唱得十分沪剧，而且有些地方语言显得更为精炼。

沪剧因为是要唱的，编写唱词必须精炼，下面我们看沪剧第三幕周冲和四凤的一段对白和对唱，是如何忠实于原著的。曹禺的话剧里是这样写的：

四　（不随意地）谁叫你送钱来了？

冲　你，你，你像是不愿意见我似的。为什么呢？我以后不再乱说话了。

四　（找话说）老爷吃过饭了么？

冲　刚刚吃过。老爷在发脾气，母亲没吃完饭就跑到楼上生气。我劝了她半天，要不我还不会这样晚来。

四　(故意不在心地)大少爷呢？

冲　我没有见着他，我知道他很难过，他又在自己房里喝酒，大概是醉了。

四　哦！——你为什么不叫底下人替你来？你何必自己跑到这穷人住的地方来？

冲　(诚恳地)你现在怨了我们吧！——(羞愧地)今天的事，我真觉得对不起你们，你千万不要以为哥哥是个坏人。他现在很后悔，你不知道他，他还很喜欢你。

四　二少爷，我现在已经不是周家的佣人了。

冲　然而我们永远不可以算是顶好的朋友么？

四　我预备跟我妈回济南去。

冲　不，你先不要走，早晚你同你父亲还可以回去的。我们搬了新房子，我的父亲也许回到矿上去，那时你就回来，那时候我该多么高兴！

四　你的心真好。

冲　四凤，你不要为这一点小事来烦忧。世界大得很，你应当读书，你就知道世界上有过许多人跟我们一样地忍受着痛苦，慢慢地苦干，以后又得到快乐。

四　唉，女人究竟是女人！(忽然)你听，(蛙鸣)蛤蟆怎么不睡觉，半夜三更的还叫呢？

冲　不，你不是个平常的女人，你有力量，你能吃苦，我们都还年青，我们将来一定在这世界为着人类谋幸福。我恨这不平等的社会，我恨只讲强权的人，我讨厌我的父亲，我们都是被压迫的人，我们是一样。——

四　二少爷，您渴了吧，我跟您倒一杯茶。(站起倒茶)

冲　不，不要。

四　不，让我再伺候伺候您。

冲　你不要这样说话，现在的世界是不该存在的。我从来没有把你当做我的底下人，你是我的凤姐姐，你是我引路的人，我们的真世界不在这儿。

四　哦，你真会说话。

冲　有时我就忘了现在，(梦幻地)忘了家，忘了你，忘了母亲，并且忘了我自己。我想，我像是在一个冬天的早晨，非常明亮的天空，……在无边的海上……哦，有一条轻得像海燕似的小帆船，在海风吹得紧，海上的空气闻得出有点腥，有点咸的时候，白色的帆张得满满地，像一只鹰的翅膀斜贴在海面上飞，飞，向着天边飞。那时天边上只淡淡地浮着两三片白云，我们坐在船头，望着前面，前面就是我们的世界。

四　我们？

冲　对了，我同你，我们可以飞，飞到一个真真干净，快乐的地方，那里没有争执，没有虚伪，没有不平等，没有……（头微仰，好像眼前就是那么一个所在，忽然）你说好么？

四　你想得真好。

冲　（亲切地）你愿意同我一块儿去么？就是带着他也可以的。

四　谁？

冲　你昨天告诉我的，你说你的心已经许给了他，那个人他一定也像你，他一定是个可爱的人。

沪剧中是这样改编的：

四凤：（白）唉，二少爷，侬到此地来做啥？

周冲：（白）四凤，侬好像勿愿意看见我嘛？

四凤：（白）呃，老爷吃过饭伐没？

周冲：（白）刚刚吃过。爹爹辣辣发脾气，姆妈伐没吃完，就跑到楼浪向光火。我劝了伊半日天，要勿然我就勿会得介晏来啊。

四凤：（白）葛末大少爷呢？

周冲：（白）我伐没看见伊。哥哥心里向蛮难过，一定辣书房里向吃老酒，哥哥快要吃醉了吧。

四凤：（白）二少爷，侬为啥勿叫佣人来，要亲自到迭个一种穷地方来啊？

周冲：（白）四凤（唱）大概你心中将我恨，怪我们不该叫你回家里。其实今朝此桩事，我想想实在对不起，只怪爹爹半夜该应，我恨他只讲强权不讲理。不过你心里莫担忧，事情慢慢会改变。但等我父亲会矿上，我一定帮助侬读书去。

四凤：（唱）女人究竟是女人，何况我是一个底下人。

周冲：（白）勿，四凤啊（唱）我从来不当侬佣人看，我恨这个世界不平等。我们一样都是被压迫，我心里向最恨我父亲。四凤啊，这世界不应该再存在，我和你还都年纪轻，我们的世界不在此，我和你一同去找寻。

四凤：（白）二少爷，侬真会得讲闲话。

周冲：（白）四凤，是真个呀，我有时候就忘记了现在，忘记了家，忘记了我个姆妈，也忘记了侬，并且还忘记了我自己。（唱）像在一个冬天清早晨，明亮的天空万里晴。在那广阔无边的大海上，有一只小船驶得像海燕轻，白色的风帆张得满，海风阵阵吹得紧，像海燕张开翅膀海上飞，飞向天空追白云。四凤，那时候我和你同坐在船头上，乘风破浪向前进，我和你飞向我们的新世界，那里有真正的快乐和清净，没有虚伪和争吵，没有强权不平等。（白）四凤，侬说好吗？

亏得1959年演出时，留下了这么完美的唯一版的全剧录音，使此绝版如今能反复播听。《雷雨》的剧情早已有清晰的了解，况且以后的反复演出也都赶不上当年的水平，所以可以只听录音，时时听之，我是百听不厌。石筱英和杨飞飞的“罚咒”对唱，是全剧中我最喜欢的一段，其次是丁是娥和王盘声对唱的“花园会”和解洪元和石筱英对唱的“扯支票”两段。

记得我小时候，为什么要去看《雷雨》，是听人说天雷打死了乱伦人，这当然很吸引人。接着又听说是有反封建的意义，后来又见评论说表现阶级斗争，控诉旧社会，曹禺也认同了这些。

再后来，才知道《雷雨》原本还有序幕和尾声，在20世纪五六十年代被修改删除了。而从这两段文字中我看出了当初曹禺写作此剧的初衷和真正用意。

一场天崩地裂的激烈震荡之后，豪宅变成了教堂的附属医院，里面还住着一痴一呆的两个老人，繁漪和侍萍。原屋主人周朴园在大雪天里还来探望，他却先走进了旧情人侍萍而非妻子繁漪的房间。这是人性异化后的一次回归，他叫了侍萍多次名字，她却毫无一丝表情。

在大年三十的大弥撒声中，倒叙将10多年前发生的惨剧场景展开，全剧又在读圣经中结尾。在宗教声响的包围中，闹剧开场又终归寂静，在这个活地狱中，真情和虚伪的冲突，人性与社会关系的对立，只落得三人暴死和一疯一呆，没有一个人能逃脱悲剧的命运。在四幕戏里，大家生活在那个压抑人性的密布网里，欲与情的交织，社会的现实罪恶扭曲了人原本善良的本性，人人都受到压迫和不平等，任凭青春凋零，无法掌握自己的命运。

其实，周朴园是那部戏中人性异化陷入最深走得最远的一个人，他始乱终弃，但终究还会有真心的流露，如家里客厅的布置、关窗的习惯，他永远忘不了他初恋的一段情。当四凤、周冲、周萍纷纷死去，大海出走，鲁妈、繁漪发痴发疯之后，经历了人性异化后酿成的如此可骇的惨剧，周朴园的人性才复归，在“序幕”和“尾声”中表现出一个垂暮老人对自己一生的忏悔。这个剧本揭示了人性被异化的悲剧命运，质疑了现实社会中权力和阶级对立对人性的摧残，呼唤人性的回归，写阶级斗争并不是此剧的终极宗旨。

在这样一个罪恶的社会里，等级森严，真情受摧毁，家庭成地狱。虚伪的名誉，钻营的地位，罪恶的金钱，成了人的套索，人们在挣扎，但最终逃脱不了悲剧的命运，那阵阵响雷，振聋发聩。

只有周冲喊出了彻底否定这个社会的心声：“我们的世界不在此，我和你一起去找寻！”

《雷雨》因表现人的本性而使剧中的人物特别耐人寻味。

也许是这部戏比其他戏剧太高一筹，以至在过去“千万不要忘记阶级斗争”的年代，大家还不愿对它太“阶级斗争”，比如当时的评论没有简单化地批判繁漪，反而从女性解放的视角给予繁漪正面的评介。要知道，当年即使是对兄已死去的叔嫂情都要争议批判甚至禁演的。

《雷雨》是一部以两性关系为主线的话剧，感情行为是故事的主要冲突。《雷雨》中的八个人物几乎都能用三角关系串联起来，见下图：

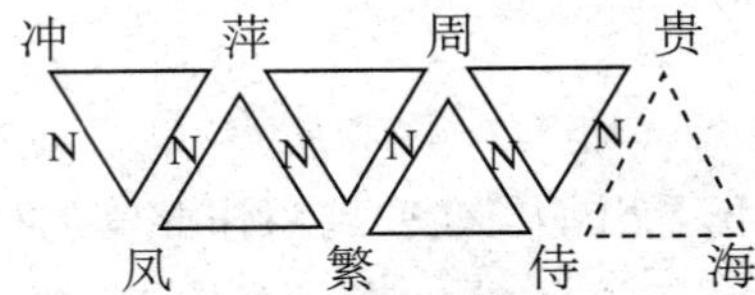

从上图可以得出剧中的核心认为是周萍、周朴园和繁漪，其次是四凤和侍萍，周冲和鲁贵是叫边缘人物，因此冲突也较少。鲁大海是一个比较特殊的人物，由于他与剧中人都无感情纠葛，所以似乎游离在外，没有他剧情也能发展，有了他结果也不会改变，但他又时不时和每个人发生冲突，可以怀疑作者是为了塑造一个工人形象而写鲁大海的，这也是这个形象不够完善的原因，所以这里用虚线表示贵、侍、海关系。

从上图可以看到全剧共有六对两性关系（情敌关系不算），然而这六对关系（用N表示）的最终结果都是不幸的，但不幸的缘由却各不相同。

再用格雷马斯结构主义来解构这场悲剧的结构，全剧共有8个人，其中7个人都构成两组四角关系，结构严整。第一组是封建与反封建的对立，第二组是新思想与旧思想的对立；第一组是老一代的关系，第二组是新一代的关系。

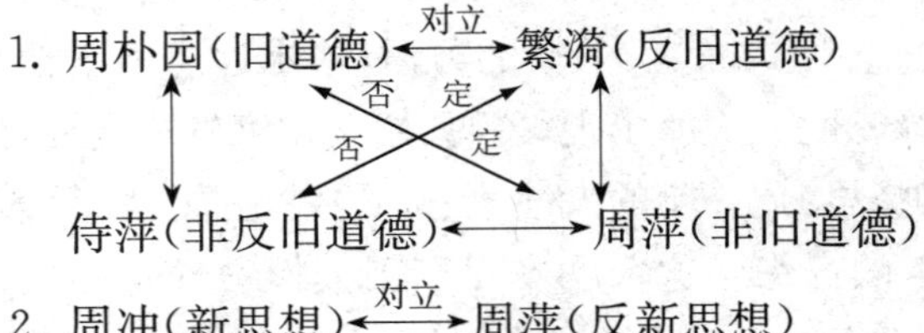

2. 周冲（新思想）←对立→周萍（反新思想）

否定　否定

繁漪（非反新思想）←→四凤（非新思想）

其中，上横行两人构成主格的对立关系，左和右两竖行的人各构成两组涵盖关系，两个对角的人各构成两组否定关系。这样分析，鲁大海似也属多余，他在戏中是个加进来的塑造得平面化的人物，但他也不可或缺，因为有了他《雷雨》才会一开始就被新文学的倡导者们接受和关注，如果没有他，《雷雨》大概只是一出张爱玲式或张恨水式的感情戏了。现今有几次《雷雨》的演出竟删除了这个人物，而过去却一度认为他是该剧中最重要的人物，完全的正面人物。

1963 年后戏剧步入盛演革命剧的时代了。直到现在，我们还会有像《雷雨》那样档次的戏剧写出来演出来吗？我们还能再听到看到 1959 年那样精彩的沪剧唱腔和沪剧剧本吗？

原刊于《上海风情》，上海辞书出版社 2011 年。

月份牌的前世今生

"月份牌"自19世纪末诞生，曾在上海的商业广告历史上热闹辉煌过半个多世纪。"月份牌"的绘画风格是典型的中西合璧。

在清光绪九年十二月二十八日(1883年1月25日)，《申报》在头版二条位置，由"申报馆主人谨启"刊出一段短文："本馆托点石斋精制华洋月份牌，准于明正初六日随报分送，不取分文。此牌格外加工，字分红绿二色，华历红字，西历绿字，相间成文。华历二十四节气分列于每月之下，西人礼拜日亦挨准注于行间，最宜查验。印以厚实洁白之外国纸，而牌之四周加印巧样花边，殊堪悦目。诸君或悬诸画壁，或夹入书毡，无不相宜。"这是目前能找到的关于"月份牌"的最早记载，也是"月份牌"最初因功用而得名的最明白的解释。

后来，"月份牌"渐渐地多数不再印有月历，成为以绘画美女为主的、加上商业产品图像和产品公司商标的广告画片，广告内容多数是写在精致的边框上，精美图像总是喧宾夺主，这倒是与月份牌的制作精神一致的，目的是让顾客将图片带回去长时间张贴着供大家观看，起到很长久的广告效用，有的还写明某某公司"敬奉"赠送。

到了1914年月份牌画家郑曼陀采用擦笔水彩画法创作了月份牌画《晚妆图》等之后，"擦笔水彩"的画法便成为月份牌的通用画法。这种擦笔水彩画的风格，写实细腻，色彩明净鲜丽，月份牌也获得商家和市民的青睐，迅速在上海兴盛起来，尤其在20—40年代，风靡上海。

擦笔水彩的画风形成于19世纪后期的徐家汇土山湾孤儿院画馆。它不同于油画，也不同于通常所见的西洋水彩画和国画。法国天主教传教士在土山湾的图画馆中教授孤儿画圣像，推行并教授了这种擦笔水彩画法。因为圣像画庄严且精美，须很认真地勾勒和填色，不能用写意笔法。西洋的艺术作品引入中国，在土山湾首先是圣像画和圣像雕塑，圣像画以圣母与耶稣像为主，大致上都是些欧洲名画的翻版，生动优美，栩栩如生。教师也是艺术水平很高的艺术家，他们用先擦笔后加水彩描绘圣像，面部和服饰的深浅光亮，逼真如立体油画。土山湾图画馆成立后，从西班牙请来了一位西班牙皇家美术院出身的雕刻家Ferrer，中文名字为范廷佐任教师，他是个艺术才华横溢的艺术家，后来他的学生常熟人刘德斋于1880—1912年续办土山湾图画馆，其学生中有一位上海人徐咏青，是中国第一个著名水彩画家。徐咏青画水彩画的水平与当时世界上所达到的水平不相上下，他还与前往土山湾的国画家任伯年、吴昌硕等过往甚密，而徐咏青就是与郑曼陀一起合作画擦笔水彩月份牌的创始画家，他们俩的画被世人称为“合璧”。

徐咏青于1913年起在上海商务印书馆主持图画部，杭穉英，何逸梅、金梅生、金雪尘、戈湘岚等都是图画部中他的学生，后来都成为“月份牌”画的名画家。其中杭穉英18岁开始便出版“月份牌”画，1923年创立“穉英画室”，并邀何逸梅、金雪尘、李慕白等参加，团结友爱、分工创作，画画已成流水作业，面向全市承接“月份牌”画稿。画稿质量地道，风格新颖入时，交稿及时，受到中外厂商欢迎。我搜集到了1883年出版于徐家汇土山湾印刷厂的、给土山湾孤儿们学习用的《松江话练习课本》，其中第40课“画馆问答”的课文，详细地向学生教授这种中西合璧的擦笔水彩画的作画过程，文字用的是徐家汇地区的上海话，当时徐家汇地区尚未归属上海法租界。现择要引录几段(在学好钩稿子后，就学擦笔)：

稿子临来实盖模样者，乃末好划进法做出轻重来。

进法要进得匀净。

做进法个前头，要用第一号顶重个铅条，泥拉纸头上，乃末拿皮卷来细细能泥，要泥出轻重来，泥来真正要和，如同用水笔来染个能，一无细丝。

泥好之，望上去已经蛮像者，再用两号铅笔做进法，就是要画梭子块，再分一分轻重，画拉个物事，就神气足者。

譬方划稿子起来，或者划差，或是先生改笔，稿子上有点铅笔影子，要揩脱，容易杀，只要拿馒头粉，轻轻之一揩，就揩得脱，若然揩来忒重，揩伤之纸头，用铅笔划起来，就勿好划者。

学稿子勿许拿尺来量，量之学勿会个，勿量末操练得好眼睛光。

学画画用心末，瞻礼七上，写起工课单来，好写上上咾上中，主日上有奖票。

…………

先生，今朝某某要开手学着颜色，拨三十只画碟拉伊，还要一只七盆，两只水杯，一只笔筒。

笔末拨大着色，中着色，小着色，每样两枝，四狼毫也是两枝，各样颜色，齐拨拉伊。开手拿云青咾洋绿，教伊放拉盂钵里，研细起来，研得越细越好，还要教伊学漂颜色。

…………

这篇长课文，甚至还具体讲授了如何放稿子用炭条及烧柳条炭、研细颜色、生纸和矾纸的差异、裱画方法等。

从这篇课文上看来，在土山湾里学画，并非有些人想象中的跟洋人学西洋画油画，画馆里的孩子从小先学会的，是在土山湾画馆中用中西结合的方法创造一种新画法，来画圣像画的。

月份牌的绘画风格，完全是从土山湾圣像水彩画画法一脉相承而来的。这种画法，是为近代上海所独创，人物形象不仅柔和逼真，富有立体感，而且人物肤色白里透红，圆润细腻，它用来表现城市女性效果极佳。后来这种以古装仕女渐渐转到时装旗袍美女为主的创作，不断适应时代变革，创造出新型视觉形象，在延称"月份牌"美女广告画上，表现了一代新型女子的摩登生活，如读书、写信、弹琴、打牌、画眉、拖犬、射箭、打球、游泳、泛舟、赴宴、运动、骑车、飞行……不但做了成功的广告，其画也成为民国时代海上社会风俗的靓丽画卷。

月份牌除了美女广告之外，还有表现古代题材的年画，有戏曲人物、民间传说、历史掌故等，如《木兰荣归》《薛平贵出征》《郑成功》《吕布戏貂蝉》《园中会晤》《七情不惑》《八仙图》等，更有画穿时装旗袍美女春夏秋冬四条屏的，这也是从国画中学来，可作为家庭闺房或客堂中的挂画。

月份牌是20世纪三四十年代上海海派商业文化的代表，商业的有力推动，成就了一大批月份牌画风的画家群体：徐咏青、郑曼陀、周柏生、谢之光、倪耕野、杭穉英、金雪尘、李慕白、金肇芳、杨俊生、张碧梧等。尤其是杭穉英画室中的李慕白和金雪尘量多质高，当时"英美烟草公司"曾有一半的月份牌由他们包揽。盛时每年可画出80余幅作品来，这是了不得的数字。

月份牌广告后来形成上海特色精致的"海派年画"，这是与"桃花坞""杨柳青"等传统年画完全不一样的年画。这种海派年画在解放初的上海特别流行。由于不能画美女广告了，这些月份牌的画家就画整张的《梁山伯与祝英台》《许仙和白娘娘》《牛郎织女》《林冲山神庙》《春江花月夜》以及《万象更新》《年年有余》《春牛图》等年画，用的就是精致的擦笔水彩画法。而且越画越美，如原月份牌画家张碧梧的《秋翁遇仙记》已画成了色彩优美的连环画。

月份牌画家还画起了面目一新的少年画。来自解放前杭穉英画室的李慕白画了《升旗》《献花》《我们要爱护公共财物》《我们的丰收》《摘果子采标本》《经常运动，使身体强壮起来》《快乐大游行》，张雪父、李慕白合作画了《佛子岭的虹》，何逸梅画了《小白兔》《种植花木》。此外，徐寄萍的《又是五分》，吴哲夫的《叔叔我们的兵舰下水了》，王柳影、黄子希、华西岳的《朱德副主席和少先队员们》等，红极一时，这些画张中的擦笔水彩都已达到成功顶峰，当时都曾在许多小学的教室里张贴。

这种画风又为50年代盛极一时的"宣传画"所继承。如李慕白画的《穿上花衣》非常出彩，还有《不浪费一粒饭》，陈飞画的《上海市第一百货商店》《五一节的上海外滩》，黄善养画的《上海人民游乐场》，章育青的《少年宫》，都是 1957 年前的作品。

到 60 年代中期，“革命”需要的夸张形象和浓重色调渐渐淡化了擦笔水彩的风格，热闹辉煌了半个世纪的擦笔水彩的崇实画风于是走到了尽头。不过，我们在 1982 年还看到李慕白和金雪尘合作的《女排夺冠》等，依然坚持着一贯认真的画风，人物不减当年神采。

原刊于《上海风情》，上海辞书出版社 2011 年。

天主教用中国戏剧形式传教

上海在 1843 年开埠以后，西方传教士在上海出版了上海话圣经约有 54 部，记录和研究上海方言的著作（包括语音、词典、语法等）约有 23 部，上海话课本约有 25 部。他们用近代先进的语言学理论和方法，给上海话在近代 100 年的变化历史，留下了真实的资料。这 100 年正好是上海话发展变化最大的一段时期，这些书籍又是连续不断编写和出版的，我们能从中看到上海话在这段时期中是如何一步步地连续有序地发展的，快速变化又万变不离其宗。

传教士为了悉心传教，还出版了大量的通俗宣教的读本和报纸，使用上海土白。如我收集到在徐家汇土山湾 1876 年出版的《上海土白奉教原由俚言》和土山湾慈母堂 1907 年排印的《方言备终录》上下册，都是用通俗的上海话口语讲述信教的种种道理，解答疑难。如《方言备终录》中有这样一段：

> 圣伯尔纳多看见教友勿着急救灵魂，气得来哭，可怜伊拉拿灵魂个大事体，当一个孛相东西，单管肉身个事体，打算发财，想活好性命，好像勿晓得世界上个福气，齐是空虚个。吾主耶稣话：人若是得着普天下一总个国度，失脱之自家个灵魂，有啥好处！教友，侬拿吾主耶稣第句说活，细细能想一想，若使侬救着之灵魂，拉世界上虽然穷苦，受别人凌辱，也是有福气个；若使侬救着之灵魂，侬拉世界上虽然体面，有铜钿，有福气，到底死之后来落地狱，什介能个福气，为侬有啥好处呢？（按原书文字抄出）

我从研究上海方言的变迁始，也收集了传教士出版的宗教宣教书刊和上海话报纸。

最有意思的是在土山湾的天主教士们用中国传统的戏剧形式，演戏给老百姓看，宣传天主教，这正是在上海出现的中西融合的文化现象。

我搜集到两本天主教排演戏剧的手抄本原件，用毛笔直行书写，所有的对话说白都使用上海话，每出戏，都像昆曲唱本那样有地点场面描写，有“脚色”人物说明，有“陈设”布置说明，还有“垂幔卷起”后谁坐谁进的描写。在对话正文中也有小字说明人物的动作安排和表情态貌。正本戏用对话形式，但有的一出演完或开幕时还有唱曲。

一部戏的稿子已失去封面，所以已不知戏名。这个戏一共是四出戏。第一出在“讲道厅一座”，演一位吴先生接待两名崇明来的百姓，解答他们的种种问题，并解答了其中一位看了借去的几本书后提出的疑惑。第二出是一名受大鬼控制的小黑鬼怒气冲天要拆光天主教堂灭教，又被大鬼杖责他做得不狠，但小鬼回说弄不过耶稣玛利亚，大鬼又教授他种种劣行。第三出写一洁白美丽天神入内，众人歌颂天主救人灵魂上天堂充满布满天堂，使崇明这小地方天天有许多野米郎的灵魂升天享福。第二天神白我是“法额尔”，天神的娘童贞圣母降下来望望崇明教友。圣母说天天念经求天主，早夜课玫瑰经总不要缺失，打胜鬼魔。第四出是在教先生请进外教先生，外教先生看过书后认为天主教道理原原本本正大光明，但又写疑问，如为什么天主是一个又是三位，他用许多自然界生活中的比喻来回答他们三位一体的奥妙道理。又用乾隆皇帝时代的故事说明天主的独养儿子第二位费略为爱慕我们大家，亲自降下做人，亲自吃尽苦头。四出戏后，有 8 个有关天主降福崇明的歌曲由独唱和众唱完成。

这里摘录一段第一出中的戏文：

> 乙：前日我兄弟借先生几本书，自家看看念念，看见道理果然好极，然而心里终有点疑惑，天主有呢不有个，有啥凭据？有啥作证？甲：先生明白人。先生进到第只讲道厅里，心里想过歇否，话咾第只厅，不要经木匠，不要经泥水匠造个，是自家撑起来个。先生要话啥，走走路，看见一顶石桥、木桥，想总有前头石匠木匠造拉个。宅子门前，几坎几棵树，想总有人种拉个，看见第只钟表，想总有钟匠表匠做拉个，看见有烟，就晓得下头有火，听见廊檐水滴滴得得，就晓得外头拉落雨，听见机架机架，及粒共鹿，想总有车子推过。人有明悟，可以推想个，难道天什概能高，地什概能厚，日月星辰什概能亮咾多，山川草木，飞禽走兽，五谷百果，什概能奇奇妙妙，倒无啥一个大匠人造咾做个否？乙：先生说得有理，但是大概不认得天主不恭敬天主个多，我想天主有不有，大概人不晓得，不晓得咾不恭敬天主，不好算得错。甲：我还要问侬一样：此地有一个七八岁个小囡，趁爷娘不看见，去偷别人家个物事，第个时候，真正呒啥人看见，无啥人晓得个，倒底自家良心里，就吓咾怕，请问第个吓咾怕，从那里来个？不是心里自家晓得，有一个啥人，或者一个神道，伊总看见拉个否？从此看来，良心里告诉伊，有一个天主，管掌赏善罚恶个。（按原文抄）

不断地问，耐心地说理，讲道就此变得通俗化了。

第二部戏的剧名叫《真福吴国盛致命演义》，共十七出。脚本上有法文的“1920年 10 月”“徐家汇”抄写字样。第一页列出主要取了名字的脚色有 9 人，还有狱吏等无名的人。全剧塑造了一个性格直率又有点霸气的吴国盛，从不信圣教到受启蒙入教，从强令地方百姓入教，到真诚感化百姓传教。在皇帝开始禁教后，坚信教义宁可进监离别妻儿，在牢中又不屈不挠，在受刑架上被绞死。他临死快活自在乐见天堂，“谢谢天主的大恩！”落幕后又开幕，装天堂景。吴说：“我已经看见我救世主耶稣了。”又问众人：“俤看见啥否？”众曰：“伲勿看见啥。”吴大声：“为啥俤勿看见啥？歇之一显，我要享天堂永福哉！（忽然默静又曰）我看见圣母，还有我个护守天神，伊拉来迎接我哉（向刑役）我拨俤二两银子，请俤拿绞棒绞绳，快点绞，快点拉，送我快点到天堂上，费心费心。”“忽闻一声炮响，地为之震，众人失色，惊骇不止。”闭幕又开幕。一人出述：“上绞时候，忽然无缘无故，青天白日到辣辣一响，响得来比之开炮，还要响点！”“一众人个个赞美咾个个稀奇交关。”这样一个剧情高潮，真有一点浪漫主义的色彩。后来天主教解禁，吴国盛获平反，“到 1908 年列吴国盛入真福品以后，圣迹更加多哉。”

演剧后有一人出白：吴国盛致命是在 1814 年 11 月 7 日，到现在总共有 106 年哉。

该剧每出的戏目都如同古代章回小说一样写成对偶句，如“第一出：霸一方英雄自命，遇一友真道得闻”，“第十七出：解法场一路伤心，受绞刑千人瞩目”。全剧用通俗的、百姓都听得懂的上海话，将很有性格的主角吴国盛刻画得有声有色，剧目的演出一定会感动许多人。

我们且看其中的两段。

第一段：第六出第四次开幕，描写吴国盛强迫别人入教一段。

开幕　见有多人聚集跪祷。远有石子瓦砾射下，吴国盛跪最后之处，复有人抛射瓦石，国盛怒，出而拘之，捕至堂中，命其端跪于地。呼曰：

朋友，侬倒不信天主，还要阻挡伲信天主，乃我偏帐要侬一定信天主，不要也要要，不肯也要肯，不管侬要不要，肯不肯，定见要侬拜天主，信天主。喏，拜天主末，是什介能做法了。（乃左手按其首，右手执其手，教其画十字。呼曰）因罢德肋，快快念。（其人不念又呼曰）因罢德肋。（其人仍不念，三次呼后仍不念，乃掌其面，呼曰）若再不念，我还要打哩。（其人无法，只得随之画十字，画毕。斥之曰）跪好拉，不准侬出去，让伲经念完全之咾出去，再有说话拉哩。（念经毕，吴起谓众人曰）今朝又添一位新教友哩。（又向之曰）恭喜侬，今朝侬恭敬之天主，不可以再拜菩萨个哉。今夜归去，家堂菩萨、灶君香火，一起要拆光弄光。明朝我来替侬贴一张天主圣像，日日同伲念经拜天主，来学习道理，不好有啥退班。不然末，我定见不放侬过去。　闭幕第二段：第九出"遵义县出差捉人，吴国盛显勇投身"第二次开幕一段。

开幕　差人二至隆平场　吴国盛在家等候。（二差到）问先生尊姓吴的是么？（吴：）不错，我是吴国盛，侬两家头是县官差人，来做啥事体，我也晓得拉者。（差人说）无啥事体，不过请先生到茶馆里吃茶，伲要白话一声。（吴：）白话末，啥地方不好白话，青天白日不好鬼说鬼话，做出一种偷形迸状个，鬼头鬼脑，我是吴国盛，拳头大臂膊粗，遵义县隆平场地方，啥人不晓得我个名头呢。我信之天主，个我愿意，此地阖镇个人，个个认得天主，恭敬天主。我假使同侬两位比比英雄好汉，我想一干子一定也吃得住侬两个人个哩。我现在不脱侬计较，侬要我那里去，就到那里去末者。侬话咾要我到茶馆里去，就到茶馆里去末哉。（二差人：）请快快跟伲来。（吴随二人去）　闭幕

开幕（差人与吴在茶馆内吃茶，差人说）朋友，今朝伲奉宪命，是为捉吴国盛咾来个，不瞒侬哉，伲要不客气动手哉。（吴：）两位要办衙门公事，请侬尽管办，侬个公事，不必拘拘束束，多说多话，我晓得吾主耶稣前头为我罪人，拨拉恶人拉山园里捉去，牵来拽去，穿城游街，受人咒骂讥笑，齐为我立过好表样拉个。请侬两位动手末哉，我吴国盛决无半点倔强。（言毕伸手受缚，差人拽吴而去）　闭幕

这个上海话剧本，相当好看。法国传教士来土山湾传教，真是不遗余力。演戏，注意融入中国形式，演出圣教内容。他们在与上海人一起，共同创造海派宗教文化。

原刊于《上海风情》，上海辞书出版社 2011 年。

人生，竟如此有戏有诗

——读胡晓军新著《有戏人生》

长年以来，每当打开《上海戏剧》杂志第一页，在一幅美丽的戏剧画作之下，总有一首勾画出该出戏剧灵魂的高雅诗词，它成为这本核心刊物与众不同的一个亮点，使我总是感染到“开卷有益”的快乐。这些像春蚕吐丝连续不断地创作出来的精美诗词，如今已由诗人、现任《上海戏剧》主编的胡晓军先生合集出版，取名《有戏人生》。这部诗集的内容及其达到的艺术境界，正如书的封面上所概括的宗旨：描摹经典戏剧，抒发现代情怀，营造美妙意境，感悟人生哲理。我是戏曲爱好者，却从未见到过有如此一本宏著，风格一体，汇集了作者100余首、包容各出古今戏曲内容的、以戏曲为题材的诗词集子，如今却煌煌问世了。

近年来，全国已有的民间诗词社团有两千多个，诗词作者超过百万人，公开出版或内部发行的诗词期刊达上千种，古典形式的诗词创作正在神州大地重新觉醒和盎然崛起，胡晓军先生的《有戏人生》就是在这样的大背景下自然涌现的精品佳作，足以传世。

一

晓军的戏曲诗词，构思活跃，主题多样，内容丰富，字里行间表现出作者渊博的戏剧知识，对各类剧目戏曲表演形式的深透了解，以及观看戏剧的陶醉心情。没有对戏剧作品发自内心的喜爱，这些内涵在诗词中是表现不出来的。

书中有的诗词阐明了戏曲的特性，如《木兰花》：

> 勾红描黛蛾眉秀，妙舞长歌舒广袖。高台谁个主春秋？无外旦生同净丑。
> 喻今托古从来有，似实却虚藏尾首。详参喜怒与哀愁，物理人情终不朽。

这首词上阕写出戏曲的化妆脸谱，载歌载舞，高台教化，生旦净丑等外部特征；下阕写出了该戏的借古喻今、写意虚拟、人生情理等内部涵义。

有的诗词表达自己的观剧乐趣，如《鹧鸪天》：

> 水袖双分现玉容，青梅歌罢唱桃红。人情冷暖声声里，世事阴晴句句中。
> 听急雨，叹轻风，归来时节月当空。唇间漫咏三千遍，心下游思九万重。

上阕写出观剧内容和观剧过程，下阕写出观剧以后的回味乐趣。

全书可以从众多角度去观察研究，本文仅从艺术表现特色一个角度来进行评述。

(1) 有的诗词将传统诗词意境和传统戏曲的情境结合起来，呈现别样的审美感受，令人在诗词和戏曲中得到通感。

作者如果没有娴熟的学问功底和对古代诗词的深刻理解，是联想不起来的。如《少年游　琴挑》化用了周邦彦《少年游》意境：

> 重帷慵闭，诗笺懒展，纤指挑琴思。宝篆成书，恰生恋字，非是诵经时。
> 低声问、怎捱孤寂？单屈了青丝。佛岂知情，不如追梦，效倦鸟偎依。

又如《柳梢青　空城计》反用杜牧《赤壁怀古》意境：

> 战马骎骎，城门怯步，举项沉吟。一炷清香，两名童子，三尺瑶琴。
> 六军暗伏于心。看诸葛、安排九音。铁戟千千，欲将磨洗，何处追寻。

再如《贺新郎　刺虎》用了宋徽宗《宴山亭　北行见杏花》意境，用杏花指代费贞娥：

> 国破禁城陷。正惊魂、龙觞酒溢，凤帷香滟。解甲男儿凄惶去，抛落胭脂惨淡。泪眼向，狼驱虎揽。却见殷勤红袖舞，忽翻成碧血层层染。忠烈女，死无憾。
>
> 有心杀贼无长剑。只凭依、金枝名贵，玉容娇憨。宫内杏花知何事，横遇西风劫犯。三月里，凋零数点。更看普天皆伤乱，遍河山万里哀鸿渐。兴废恨，最难减。

再如《黄莺儿　春闺梦》用冯延巳句加以虚化：

> 忽如今夜春风与，拂暖孤枝，吹皱冰池。良人归来，征衣褴褛。端正酒饭杯盘，狂喜还惶遽。别来长未梳妆，但把牵肠愁绪倾诉。　　何故。憔悴不开颜，直是寡言语。烽烟兵燹，遭损含伤，依然此心难主。才待鸳枕重排，回首自贪睡。迫晓惊响寒鸡，梦已萧然去。

有的词牌为步韵，与古诗的格调相似然意趣有别。如《八六子　女起解》步秦观：

> 跪长亭，影单枷重，凄凄欲告平生。甚已是深缠薄命，又遭难解奇冤，说来恁惊。　　无端天与娉婷，素面苦熬饥馁，浓妆笑卖风情。幸遇得、良人秀欺金玉，见时香酒，别时红豆，应怜往昔诸般痛惜，迩来如许阴晴。正销凝，差公

又催数声。

又如《钗头凤　藜斋残梦》步陆游：

牵酥手，伤离酒，雾迷津渡沙村柳。牢窗恶，婚纱薄。三年叮嘱，十年萧索。错、错、错！　　乡音旧，斯人瘦，笛声寒彻秋衫透。香巾落，空斋阁。痴情奇画，问谁堪托。莫、莫、莫！

(2) 作者将意象、色彩与观察视线结合表现舞台人物，使形象鲜明醒目，有画面感和视觉动感。

在意象上又加色彩方面，如《临江仙　刺汤》一首，呈现想象中的血染玉杯：

彩袖洞房施万福，今宵夙愿成真。皆为谋夺意中人，借刀害主，假虎作狐奔。

忠仆从容替死去，依然大祸难泯。除非短剑出红裙。雪杯无恙，只是血浑身。

《人月圆　思凡》中的意象加色彩，形成了对比：

木神泥像百千态，独是欠妖娆。年年昼夜，单蒲做伴，孤枕相邀。　　黄墙高厚，亦难关掩，若柳初桃。女儿梦里，袈裟褪尽，红粉香袍。

《三字令　盗御马》的下半阕，在连串意象形成视线方面，似一组长镜头：

寻小路，越重岗，趁星光。如有失，命来偿。陷仇家，图嫁祸，计周详。

心滚烫，体清凉，步张狂。刀滴血，手牵缰。玉镶鞍，金作镫，鬣飞扬。

(3) 细心注重意象、动作的含蓄。如《八声甘州　西厢记》里，最后不露莺莺，突出红娘作用，令人联想：

恨平生无计逐斜阳，催月到西厢。正多愁多病，乍忧乍喜，坐立无常。唯有倾城倾国，方可止神伤。云寂花遮影，漏滴风凉。　　那日寺中初见，算前生已定，今世成双。奈秋波缱绻，一墙阻苍茫。寄幽情、诗联琴递，慰相思、束约岂相忘。低低叩，启门环处，却是红娘。

又如《高阳台　贵妃醉酒》中，用荔枝失味表示人物落寞，用醉话表示人物心情：

花满幽亭，池吹细浪，夕霞倦漫龙檐。新浴初凉，已凭粉汗侵黏。忽传春水寻芳去，失意间、低落金簪。纵银盘、南荔鲜莹，亦失娇甜。　　霓裳奏鼓声何在，只当头月色，对影成三。怕望长门，玉阶湿却罗衫。君恩怎及琼浆好，尚能留、一抹红昙。莫相扶，无力归时，且倚珠帘。

意象在表明人物身份方面，如《八六子　女起解》前三句。

又如《一剪梅　杨排风》用“只把狼烟作炊烟”表明人物身份、本领和性格：

上阵不消学木兰。腰扎粗裙，头挽鸦鬟。莽夫何处匿羞惭，污了戎袍，丢却缨冠。　只把狼烟作炊烟。马踏胡营，棍扫群番。欢容而去凯歌还。女出杨门，皆莫轻看。

(4) 作者在形象思维上充分发挥了想象，运用张弛、动静相结合的手法，和对比、排比、谐音、双关等修辞手段加强了语言的张力和感染力，展现了特定的形式美。

如《鹧鸪天　借东风》：

天助周郎保爱妻，借来诸葛戏为之。祭台高筑香烟袅，仗剑援风东向西。催烈焰，葬雄师，千樯万橹俱灰飞。华容数骑疲奔夜，建业二乔细语时。

又如在《破阵子　长坂坡》中，一动一静，将鏖战沙场与刘阿斗的睡态形成对比：

马是追风白影，剑为削铁青钉。沙场孤身寻幼主，敌阵单枪挑八方，子龙孰敢当。　百战衣袍尽染，万夫肝胆皆伤。重甲微微开半掩，阿斗憨憨梦正香，粉腮偎夕阳。

又如《酷相思　李慧娘》前后两阕，运用反复和排比，一问一叹，渲染了主人公的激昂情绪：

叶落空庭寒气坠，院门动，悲风起。哭含屈无端成鬼魅。丧相府，奴何罪。入地府，奴何罪？　隔世前生如逝水，咽不下，伤心泪。只魂魄伶仃难自弃。救士子，奴何畏。叱贼子，奴何畏！

再如《西江月　跪池》一词，运用了谐音和双关手法，突出了诙谐气氛：

昨夜樽前行乐，今晨池畔怀愁。莺啼燕唼霎时休，换了河东狮吼。居士何曾居适(谐音)，寻花焉敢寻柳(双关柳氏)。老苏来劝杖兜头，任尔文章魁首。

用排比和顶针，以加强效果。如《洞仙歌　牡丹亭》的五阕均为如此运用，这里举例收尾两阕：

春光如许。算春光如许，心下春光应如许。恰花前、半刻顷晌缠绵，斜钗钿，羞问檀郎何处。　怕相思似水，欲断还流，流却韶华向谁语。但对镜梳妆，玉骨冰容，都托付、丹青记取。盼能有阴阳感通时，剩一缕幽魂，柳边梅树。

清容如许。觑清容如许，梦里清容也如许。料曾经、姹紫嫣红流连，忽消折，冷雨残垣深处。　　记香肌胜雪，欲拒还迎，迎（顶针十谐音双关）得温存共私语。念影幻情真，瑞脑银釭，初漏起、幽窗听取。待今夜重将玉人呼，有一抹冰轮，正倾芳树。

（5）作者刻画人物（尤其是女性）心理惟妙惟肖。

如《金人捧露盘　四郎探母》里的铁镜公主心理活动，已经越过戏剧表演的界限，进入心理层面：

野沙扬，风渐紧，漏声长。烛帐里，苦待东床。飞梭快箭，自此番难信比时光。揾腮犹烫，盗金批、未脱心慌。　　刀兵事，他乡陷，家国念，自神伤。助往敌阵探亲娘。一宵约定，十五年恩爱作承当。马蹄声近，莫不成，是我夫郎。

再如《拜星月慢　十八相送》，通篇均为祝英台心理描写：

鹊闹梅枝，鸳依荷叶，曲径村烟笼翠。眉下谈间，暗香芬迢递。忆初识，倏忽、三年埋首勤读，不辨同窗姝丽。且喜还嗔，甚愚兄贤弟。　　怨余程，屈指二三里。正思忖，莫若明心字。毕竟慌怯还羞，欲开言何易。问梁兄、曾摘牡丹未？关情处，此语非相戏。此别后，盼早重逢，莫空耽小妹。

（6）作者还直接运用人物语言刻画人物，展开情节。

如《翠楼吟　断桥》，通篇均为白娘子口吻：

实告郎君，休惊莫惧，为妻确是蛇女。厌清修寂寥，愿当世间凡人妇。西湖佳处。爱翠笼春堤，红薰秋户。初相遇，眼前消抹，几重烟雨。　　记否，怜你家贫，助药材银两，减劳祛苦。救端阳失魄，舍身盗来灵芝哺。恩情如许。纵不念恩情，还看雏孺。今重聚，尽将心曲，和盘倾吐。

在《最高楼　秦香莲》里，则通篇均为包拯口吻，上阕对秦香莲说，下阕对陈世美说：

休惊惧，先实告因由，再尽诉冤仇。为官情似双亲重，忍看弱女泪双流。大堂中，教免礼，唤扬头。　　且勿仰、夺魁金殿上，亦莫仗、至尊公主傍。唯作恶，必成囚。人凭恩义存天地，欺天负地律知否。铡刀开，千种罪，血来酬。

（7）词中道出警句，或用诙谐和幽默手法，阐释人生道理。

用警句的，如《蝶恋花　倩女离魂》：

长睫低垂如渴睡。粉颊含春，又似憨憨醉。窗锁重帘深院闭，奈何心有双飞翼。　　可叹相思能至此，离窍芳魂，山水行千里。若得两情永不弃，花容生死不憔悴。

如《相见欢　赵氏孤儿》：

孤儿无计留藏，倍思量。忍痛换将亲子献豺狼。　　万人唾，胜刀剁，俱承当。岂有不遭冤屈是忠良。

如《夜飞鹊　立秋》：

百年好光景，惯了温柔。乍冷好没来由。西风从此摧高树，未知几叶能留。袍联结生死，腹姻盟山海，一刻轻勾。堪怜弱女，正青春、长锁危楼。
金匾顿成焦土，无力续荣华，唯叹休休。家国动摇纷乱，天时不予，空费筹谋。落英趁水，太匆匆、弥望东流。问阳春何远，阳春尚远，总有回头。

诙谐幽默的，如《风入松　甘露寺》：

霸王着意定烟尘，借酒摆鸿门。周郎妙计安天下，舍杯盘、独仗钗裙。岂料邀龙虚意，羸来假凤成真。　　从来岳母最殷勤，一见缔姻亲。新磨刀斧俱消隐，帐中剑，亦作温存。一盖红绡掀起，尽皆玉帛金银。

如《虞美人　惊丑》：

知心知愿未知貌，急把银缸照。真容乍现骤惊魂，未必俊才天定会佳人。
诗筝有意身无据，吹过邻墙去。原来情不问妍媸，一样怀春都在妙龄时。

(8) 整部戏曲诗词，总体呈现婉约的风格。

总体呈现婉约风格的代表篇有《洞仙歌　牡丹亭》诸阕，另如《墙头马上》《西厢记》《玉卿嫂》《贵妃醉酒》《春闺梦》。但由剧情而生，诗词风格也有所变化。
雄浑豪放的，如《太常引 闹天宫》：

傲来异石诞妖猴，毛脸又金眸。神力世无俦。棒起处、灵霄也愁。　　蟠桃零落，丹壶空寂，高会失觥筹。战退众貔貅。指天笑、今知俺否？

又如《念奴娇　单刀会》：

江深水阔，正滔滔东去，浪翻波叠。隔岸摆筵犹列阵，乱刃新磨如雪。密网三匝，杀机四伏，激沸英雄血。跨江而往，只劳舟楫一叶。　　谈笑斩将穿关，虎牢白马，温酒从头说。凤目蚕眉扬挹处，猛士良弓虚设。赤兔无鞍，青龙在鞘，未战先称捷。丈夫神勇，气吞千古心烈。

压抑凄清的，如《渡江云　击鼓骂曹》：

森森曹相府，省厅宴侧，有鼓吏扬眉。起渔阳浩荡，奋臂掺挝，四座尽嘘唏。名儒猛将，睥睨处、顿作顽泥。嗤汉贼、谁清谁浊，惟道破方知。　悲兮，如刀利舌，似玉天肌，竟飘零如纸。江夏口、凄凉一叶，跌落丹墀。当春又发萋萋草，只见得、鹦鹉飞回。遗恨处，狂生问为谁啼？

又如《寿楼春　玉卿嫂》：

都为天涯人。记风凌雪辱，桥短河深。自此相依为命，共扶晨昏。虽陌路，堪同亲，爱与慈、均倾于君。任冷透全身，心尖尚暖，念念总当春。

斯情误，终沉沦。有氍毹婉唱，红粉修匀。只怕迁巢移燕，怕仍成真。人欲去，心如焚，怎接承，匆离长分。剩头上银簪，竟教碧血替泪痕。

慷慨激越的，如《声声慢　徐策跑城》写照麒派特征：

颠颠仆仆，颤颤摇摇，匆匆急急促促。城外雄兵成阵，义旗翻覆。悲欢伤恨俱集，白发冲、峨冠朝服。十八载，盼今朝，慷慨痛伸冤曲。　犹记西郊屠戮。争忍对、忠良后人哀哭。刀下施援，割舍自家血肉。苍天早迟有报，正朝纲、讨贼惩恶。怎惜得、此一副衰骨朽足。

沉郁顿挫的，如《扬州慢　酒楼》《钗头凤 哭像》：

裁锦缠花，砌祥堆瑞，无言独上高楼。过佳人漫唱，尽响醉觥筹。五花马，装金载玉，朱门豪客，香暖貂裘。算而今、盛世穷奢，催火烹油。　鞘中宝剑，正低吟、怀志难酬。恨酒肉豺狼，衣冠魍魉，驱策骅骝。鼓乐霓裳难久，渔阳动，一霎皆休。渐黄昏、风卷长街，暮色来投。

绫抛处，梨花树，寡人遮面吞声去。香檀供，究何用。好寻钗钿，难觅孤冢。痛、痛、痛！　长安误，开元故，望穿碧落黄泉路。寒宵永，伤无梦。残生长恨，有谁能共。重、重、重！

值得一提的是：对这部诗集中的每首诗词，作者还加上了“译文”，事实上，这又是作者重新创作的100多首优美的新散文诗。有了古典诗词的修养底蕴，我们又看到了作者创作新诗上的非凡功力。这些译文真是锦上添花，作者用词精细，对应全面，结构严整，风格上似更欢快一点，更合现代情味，如《解佩令　佳期》：原文上阕：

茱萸弄巧，夭桃含俏。暗幽庭、琼枝缠绕。帐暖西厢，正梦中，冰轮斜照。叹无聊，桂边月老。

译文：一双巧手纤细温柔，一张桃颜美丽娇俏。昏暗的庭院中，皎洁的树枝互相缠绕。西厢的帐帘暖意融融，欢欣的梦境明月斜照。桂花树下，有一位百般无聊的月老。

这些散文诗，也值得细细体味，其中有不少传神之笔。

二

上海曾是一座歌城，又是一个戏曲之都，有着深厚的文化底蕴。其频繁演出的“腔调”和演出的“姿态”，浑成一体，饱贮于上海人的脑海中，以至在上海话中形成一个颇有特色的词语曰“腔调”。“侬啥个腔调”，就是“你这是什么模样”的意思，这“模样”中包含着言语，也联及姿态。传到如今，在青年中，又衍生出一个新词语叫“有腔调”。“有腔调”，乃是对有品有派有型有风度有个性之人的赞美之词。晓军兄就是一个特别“有腔调”的上海男人，他有一个爱好，就是陶醉在中华艺术的瑰宝——传统戏曲之中，并把在良辰美景之下连连创作诗词，作为一件赏心乐事。

胡晓军是上海大学中文系85级的学生。当时我在中文系开了一门“古体诗词创作”（初名为“汉语诗律学”）的课程，他和张震（《有戏人生》序作者）两人是跳级前来听课的学生。晓军初作第一首七律作业就名列前茅，使得我将他该课所有的课上课外作业原纸都保留收藏至今。我的课上不但有文科学生，也有不少理工科的学生前来选修，在当年，我已经感染到了后生的诗词热情，预料到古典诗词将会重新苏醒。学生所交作业，我严格要求合律。在期终考卷上，我出的对联中有一个，下联是“夕阳虽好近黄昏”，要求学生对出上联。晓军对出了一句最好的联句：“残月纵寒临白旦”。在我教过20多届“古体诗词创作”课的学生中，他对出的那个上联，以后再也没有一个人达到或超过他的水平。在每届听课的学生中，总有二三个学生诗词写得有声有色，然而大多数同学时间一长，在繁忙尘世中辗转，就把写作诗词的爱好丢了，唯独胡晓军同学将诗词和戏曲的爱好伴随一生，融化为“有戏人生”。

在此我来公布学生晓军写的习作第一首诗和第二首词如下：

七律　秋夜落英满院

廉纤细雨湿东轩，满院残英泣血痕。
本是金秋花益艳，焉知漏夜雨尤昏。
朝朝怨艾轻离树，暮暮思期再合盆。
四顾茫茫凭极处，天涯叵路觅芳魂。

满江红　江夏

菡萏嫣红，纤丝住，凝珠乍养。熏风动，又浓香草，山荫如障。画舫凭栏听远笛，神思飘渺相飞降。谅天仙，乐极也如斯，应无枉。　天鹰翥，水波漾；鹅石历，游鱼攘。一览山间村，竹桥花港。川隐江深浑不觉，渔灯点点黉如帐。忘归程，游宦太荒唐，毋思量。

晓军从做第一首诗始，就严格合律，以后所作的每首诗词，在结构和平仄押韵上，一丝不苟。这是他的人生习性，并在以后的生活和工作中一以贯之。从晓军未到20岁时的处女作中，我们可以窥见他最早表现出的天才，从诗词中流露出的真性情。

没有几番寒彻骨，哪有梅香扑鼻来！最近晓军兄又传来了他新作的两首咏花词，如下：

疏影　梦荷

银塘碧月。渐雾迷敛艳，弥望遮绝。巧剪微光，稍漫幽香，泠泠几朵清越。佳人自是初相见，怎错认，曾逢依别。料已经，聚散千回，不是此生容说。
知我何从以谢，只怜我冷落，来慰消折。万里无踪，半晌倾情，教看仙肌冰骨。天涯咫尺原厮守，又缀起，断词残阕。梦觉时，眉上心头，拂尽雨丝风屑。

疏影　樱花

连宵倦寂。霎暗香一吻，唇印犹湿。目眩彤云，身染嫣霞，风旋万片千粒。迷茫试挽凋零住，指隙透，翩然无觅。算有心，底事无情，惹落泪沾身只。
闻道超凡绝代，俱生艳死丽，哪有朝夕。爱煞人间，恨煞红尘，且作青春狂客。清容洁质凭人羡，却半点，不教人惜。又暖晴，山水连天，带笑望穿芳迹。

我也和了他两首，顺便也记在下面：

疏影　梦荷　步晓军兄韵作

长天皓月。有凌波素萼，仙子清绝。摇曳风来，玉液香传，顾盼神飞灵越。莫非当昔登临处，心容动，奈何轻别。梦杳杳，尘世沉浮，千种柔情谁说。
今此霓裳舞罢，欲寻思细语，魂断心折。一往晶莹，不倦青云，芳心泣露铭骨。叶笼花罩兴怀乐，擎蓬唱，旧牌新阕。恐夜深，吹醒痴迷，犹剩凤毛犀屑。

疏影　樱花　步晓军兄韵作

眠听雨寂。梦芳菲映目，嫣粉云湿。兴勃寻春，路折潜源，瑶林连缀琼粒。好花新满胭腮媚，纵玉立，怡神难觅。少兰交，红烛青丝，犹怕茕单形只。
祇为追幽慕醉，况灯阑夜半，携话终夕。绝地销魂，尘世遗香，天涯净是狂客。飘红坠白烟空舞，削素肌，妆殒嗟惜。去匆匆，遍洒风情，鬟影悄然无迹。

虽然我的和作亦有些许婉约之语，却总不及晓军原词之细腻。可见晓军一贯的婉约细腻词风，实是他天性的自然流露，人家是学不来的。只有将自己的情性意趣融入于诗词之中，诗词中的文字就都有腔调，即使在幻梦疏影间也活了起来，我们也从中看到了作者的有戏人生！

原刊于《文汇报》(2012 年 2 月 6 日)和上海诗词学会编《上海诗词》2012 年第 2 卷，这次补全各删除部分。

重读鲁迅论海派

最近新华社播发了《大潮起东方——科学发展的上海篇章》长篇通讯，在其“明日之上海”一节里，肯定了当今上海五个方面飞速发展，其中之一是：一座“包容之城——海纳百川、中西融合的海派文化在承继中弘扬”。这不由得使人感到，对“海派文化”的由来发展作一历史回顾，对海派文化性质的认识再作一厘清，对我们认准方向继续弘扬大有好处。

“海派文化”是上海1843年开埠后形成的一种新文化形态。其影响日益扩大之时，在20世纪的1934年，文学界发生过一场“京派”和“海派”的争论。对于什么是海派文化，今天我们有必要以现代的眼光，重新仔细审视那场争议，有利于端正对“海派文化”之视听。

当全国尚处于小农业经济的汪洋大海之中时，上海开埠后远远领先的社会进程一直处境尴尬，对于这座城市发生的社会转型及经济体制变化的性质，中国的学界在20世纪30年代未能有很清醒的认识，连知识精英都未能例外。鉴于当时普遍的认识局限，趋时渐进的上海海派文化，也没有得到充分认识肯定，在一个时期里还受过挫折。直到如今，还依然有人带着过去形成的偏见或误会来评说海派文化，以致有的人道听途说，怕明确提出海派文化的概念会使上海文化带上了污点，就提议干脆以定“上海文化”说事，不必提“海派文化”这个名称。殊不知，“上海文化”，只是一个地区的文化概念，我们可以把各个大小地区的文化都冠以地名来称呼，如“静安区文化”“浦东文化”。在上海地域上，无论好坏文化全部都是上海文化，因此它是以“地域”来划分的定名，而“海派文化”却是从文化性质上来给文化定的名。

上海开埠以后，商业渐趋发达繁荣，市民的文化需求也快速发展。当上海成了人才荟萃之地，文人从科举入仕转为职业卖文为生以后，其创作题材和创作手法都与上海这个商业大都市的社会生活大环境息息相关。早在1917年，姚公鹤在他的《上海闲话》中就说到了“海”“京”指别：“上海与北京，一为社会中心点，一为政治中心点”[①]作为一个社会中心，一个新生活和新观念的发源地，一种新型的文化形态

---

① 姚公鹤：《上海闲话》，上海商务印书馆1917年。

就在商业社会中形成。上海与纽约、巴黎等世界大都会当时同步并行，上海的海派文化即是都会的市民文化，最早产生辉煌成就的有"海派书画""海派京戏"和"海派文学"。

就在"海派文化"繁盛期里，1934 年发生了一场"海派"与"京派"的争论。苏汶是第一个写文向他所谓的"海派文人"发起贬斥的。他在发表的《文人在上海》[①]一文中写道："例如居留在上海的文人，便时常被不居留在上海的文人带着某种恶意的称为'海派'。"他对"海派文人"的评议是："新文学界中的'海派文人'这个名词，……他的涵义方面极多，大概地讲，是有着爱钱，商业化，以至于作品的低劣，人格的卑下这种种意味。"他的矛头是指向"新文学界中"的。他进而说："有些人……都还因为居留的地点不对劲而使人轻描淡写地说一句'不脱上海气'……"，"也许有人意味所谓'上海气'也者，仅仅是'都市气'的别称，那么我相信，机械文人的迅速的传布，是不久就会把这种气息带到最讨厌它的人们所居留的地方去的，正像海派的平剧直接或间接的影响着正统的平剧一样。"从他在此的最后一句话中，可以看出苏汶十分惧怕海派文风影响的扩大会改变他心目中的"正统"。他把上海的海派"新书市场"贬斥为"低级趣味""卑劣的 Journalism""机械文化"。

但是我们知道，事实上，一部《中国现代文学史》的 80%以上作品都诞生于上海，而 1934 年前后，正是海派文学发展的最高峰期。

以沈从文为代表的一些"京派"作家批评"海派"更为严厉，沈从文在《论"海派"》中认为海派文人是与"礼拜六派不能分开"的"重风雅"的"名人才情"与"重实利"的"商业竞卖"相结合的一群人，"妨碍新文学健康发展"，他要"扫荡这种海派的坏影响"[②]。曹聚仁则认为"京派""海派"是"天下乌鸦一般黑"[③]，他又认为要说"一九三四式的海派文人，'才子'+'流氓'还是不够的"[④]。

当年，批判"海派"几乎一边倒，他们实际上是站在旧官场文化和农业文化的立场出发来评判贬低"都市文化"的，有一名"毅君"的文章还提出"怎样清除'海派'"的话题[⑤]。只有徐懋庸当时说了几句较为公正一点的话："商人和名士都要钱用。但商人用的钱，是直接地用手段赚来的，名士（京派文人，则为大学教授，或兼政府官职，凭借官僚机关而生活，基础巩固，薪金丰厚）用的钱，则可来得曲折，从小百姓手中出发，经过无数机关而到名士手中的时候，腥气已外圈消失，好像厨房离较远

① 苏汶：文人在上海，《现代》1933 年第 4 卷 2 期。
② 沈从文：论海派，《大公报》1934 年 1 月 10 日。
③ 曹聚仁：京派与海派，《申报·自由谈》1934 年 1 月 17 日。
④ 曹聚仁：续谈"海派"，《申报·自由谈》1934 年 1 月 29 日。
⑤ 毅君：怎样清除"海派"，《申报·自由谈》1934 年 2 月 10 日。

的人吃羊肉一样。名士的清高就在此。他们的所以能够大骂商人也在此。”他接着说：“但说话到底是一个复杂的地方，‘商业竞卖’的海派文人，固多如过江之鱼，而‘名士才情’的京派文人，也不是没有，不过两者实未尝‘结合’，成为‘海京伯’大马戏班而已。”[①]

在上海报刊上自由的文艺批评之风盛行时，鲁迅对当年上海文坛上不良风气时有尖锐批评，如《上海文艺之一瞥》一文便是。但是，对上海这一新型的高速发达的商业社会中，上海文人身上发生的根本转变，鲁迅有着深刻的认识。针对当时一些京派文人对海派文化的误解和攻击，鲁迅写了一篇《“京派”与“海派”》[②]予以回击，他以犀利的眼光分析道：“孟子曰‘居移气，养移体’，此之谓也。北京是明清的帝都，上海乃各国之租界，帝都多官，租界多商，所以文人之在京者近官，没海者近商。近官者在使官得名，近商者在使商获利，而自己也赖以糊口。”鲁迅在分析了文人赖以生存的社会基础之后，便一针见血地指出：“要而言之，不过‘京派’是官的帮闲，‘海派’则是商的帮忙而已。”即“京派”姓“官”，“海派”姓“商”，他指出了两者不同的文化属性。我们知道，“帮闲”是鲁迅早有特指的贬义词，而“帮忙”是个褒义词。

鲁迅还说明了京派所攻击海派作家的一些弊病，并非他们自己没有，只不过是“显”和“隐”之差异。他又进一步提醒一点，重官而鄙商，乃农业社会的弊病。鲁迅认为：“但从官得食者其情状隐，对外尚能傲然，从商得食者其情状显，到处难于掩饰，于是忘其所以者，遂据以有清浊之分。而官之鄙商，固亦中国旧习，就更使‘海派’在‘京派’的眼中跌落了。”

接着第二天，鲁迅又写了《北人与南人》[③]一文，文中说：“不过做文章的是南人多，北方却受了影响。”鲁迅在当时预见到了文学界变化的必然趋势。

到1935年5月，鲁迅又写了一篇《“京派”和“海派”》[④]，这又是一篇深刻的文论。文中写到了现代文学的那种变官为商的渐进：“目前的事实，是证明着京派已经自己贬损，或是把海派在自己眼里抬高，不但现身说法，演述了派别并不专与地域相关，而且实践了‘因为爱他，所以恨他’的妙语。……因为现在已经清清楚楚，到底搬出一碗不过黄鳝田鸡，炒在一起的苏式菜——‘京海杂烩’来了。”他还说：“要而言之：今儿和前儿已不一样，京海两派中的一路，做成一碗了。”

在“海派”与“京派”的争论中，鲁迅立场鲜明。他在该文中还进一步揭穿真相：

---

① 徐懋庸：“商业竞卖”与“名士才情”，《申报·自由谈》1934年1月20日。

② 鲁迅：“京派”与“海派”，《申报·自由谈》1934年2月4日。

③ 鲁迅：北人与南人，《申报·自由谈》1934年2月5日。

④ 鲁迅：“京派”和“海派”，《太白》1935年第2卷第4期。

“言归正传。我要说的是直到现在，由事实证明，我才明白了去年京派的奚落海派，原来根底上并不是奚落，倒是路远迢迢的送来的秋波。”

鲁迅是一个目光前卫的文艺批评家，在20世纪30年代，他也曾经批评过上海文化界种种弊病，尤其是那种“帮闲文人”，但是在“京派”向“海派”进攻之际，一连写了两篇为海派辩护的重磅文章，在当年只有鲁迅能如此清醒地指出海派文学的属性及其在中国大地上影响的不断扩大。

由于中国长期古代社会形成的对“商业”的排斥，直到今天，一些学者还因循20世纪80年代以前的陈腐观念，一任重农轻商，甚至认为“商”即是“资本主义”，以至在20世纪80年代以后的争议中，还有人认为鲁迅当年是对“京派”“海派”各打50大板，实际并非如此，他们把鲁迅说的“‘商’的帮忙”误认为是他对海派的批评，没有认识到鲁迅当年指出海派姓“商”的深刻意义。文化从为官走向为民，从官场走向民间，从农业文化转为商业文化，这是中国大地上文化的一次最深刻的转型。

只有姓“商”的海派文化，才能做到中西融合海纳百川，其实现今世界上各大都市最先进的文化都是以商业为其基础的文化。任何文化都是有其社会基础的，都是依附于某种经济基础发展繁荣起来的上层建筑。鲁迅在20世纪30年代就论述清楚了上海海派文化与繁荣的商业经济的依存关系，可见其文艺批评的洞察力。

在那篇《“京派”和“海派”》中，鲁迅说“去年北京送秋波，今年上海叫‘来嘘’”，无条件地请他加入海派，坦荡得很，派头着实很大，可见当年上海海派文化的十分宽松景象。但是鲁迅眼光的超前，还在于他特地在这篇再论的文章中着重谈到另一个问题，并发出了警示。鲁迅引用了法郎士的一本书《泰绮思》上一个故事：有一个高僧在沙漠中修行，忽然想到亚历山大府的名妓泰绮思，是一个贻害世道人心的人物，他要感化她出家，救她本身，救被惑的青年们，也给自己积无量功德。事情还算顺手，泰绮思竟出家了，他恨恨地毁坏了她在俗时候的衣饰。但是，奇怪得很，这位高僧回到自己的独房里继续修行时，却再也静不下来了，见妖怪，见裸体的女人。他急遁，远行，然而仍然没有效。他自己是知道因为其实爱上了泰绮思，所以神魂颠倒了，但一群愚民，却还是硬要当他圣僧，到处跟着他祈求，礼拜，拜得他“哑子吃黄莲”——有苦说不出。他终于决计自白，跑到泰绮思那里去，叫道“我爱你！”然而泰绮思这时已经离死期不远，自说看见了天国，不久就断气了。

鲁迅在引述这段故事之前，对法郎士先作了一个评价：“文豪，究竟是有真实本事的。”

鲁迅说：“不过京海之争的目前的结局，却和这一本书的不同，上海的泰绮思并没有死，她也张开两条臂膊，叫道：‘来嘘！’于是——团圆了。”

鲁迅引用的故事十分具有哲理性，在海派文化还是一片繁荣、文化环境还是十分宽松之时，他就警觉到戕害文化的另一面，看到了当时一类帮闲文人死样活气地为官帮闲的危害性。事实上，后来我们屡屡看到这个故事在上海的上演，举例说，上海曾盛极 20 年、产生过几千首的"上海老歌"后来的命运便是典型一例。

从鲁迅在二论"京派、海派"的文章中用较大的篇幅特地引用《泰绮思》的故事，可以看到鲁迅对文化现象的深刻洞察力及远见性。鲁迅要的是正确的文艺批评，坚决反对危害文化健康成长的那种"死样活气"。他的立场异常分明，他说："我也可以自白一句：我宁可向泼剌的妓女立正，却不愿意和死样活气的文人打棚。"

"文豪，究竟是有真实本事的。"鲁迅所以当得起"文豪"。

但愿我们不要再去充当那故事里的"愚民"。

原刊于《东方早报》文化"海上心影"专栏，2012 年 10 月 24 日；后稍作增补刊于李伦新、忻平主编《第 12 届海派文化学术研讨会——中西汇通：海派文化的传承与创新》论文集，上海大学出版社 2013 年。

评弹理论家吴宗锡

吴宗锡先生今年88岁了，但是侃侃论述起他的评弹研究来，依然精神矍铄谈笑风生。

吴先生当年是圣约翰大学毕业的文学青年，当地下党联系人要他到解放后去担任戏曲干部时，他只是一个会说苏州话的评弹外行，曾误认为评弹是未入流的低级文艺而不屑一顾。然而吴先生从20世纪50年代初起走进评弹，长期担任了上海人民评弹团团长和党委书记，从此吴先生便是全身心地投入弘扬海派文化评弹的事业中去了。

吴先生从1951年组织18位单干评弹艺人成立"上海市人民评弹工作团"起始，领导了新中国评弹的"整旧"和"创新"。在1959年出版的《评弹丛刊》第一集中，就可看到吴先生在整理旧戏剧本中亲自做的努力，在整理《描金凤》的《求雨》和《老地保》后他写的"前言"中，对原剧本的长处和缺陷加以分析，对删略和添补的内容说明原因，还谈到了改编后的演唱效果。以后他的文章一贯如此，紧要处写得十分具体清楚。吴先生又带头亲自动手创新，他把北朝诗歌《木兰辞》改写成适合评弹演唱的《新木兰辞》，在1958年上海市第一届曲艺会演中，徐丽仙首唱这个开篇以明朗刚健流利的格调引起轰动，听众要她再唱一遍，此曲促成了"丽调"新一轮的创新。当年我在读高中，带班上同学一起唱起这支《新木兰辞》来，直到50年后的今天向明中学110周年校庆同学聚会上，大家还都没忘记曲词大合唱起来。"一片花飞减却春，风飘万点正愁人""痴心总如我，人远天涯近，故乡烟水阔，满怀愁绪深，俯仰添惆怅，日落正黄昏，荷锄归去掩重门"，当年听到吴先生所作的如此优美的《黛玉葬花》唱词，每听一次都很陶醉，认为它是弹词开篇中的一只顶，直到如今还百听不厌。

为了让上海工人大众在工作之余多多欣赏评弹，评弹剧目开创了二三个小时把书说完的"中篇评弹"新形式；为了使评弹双档的说唱音色契合得更为和谐，让朱慧珍和蒋月泉一起拼档，结果诞生了评弹史上为人称道的最优美的一对双档，留下了像《长篇白蛇》《玉蜻蜓·庵堂认母》那样脍炙人口的佳书。这样音色两相匹配的搭档后来就成为评弹双档的一种主要模式延续至今。这些都是吴团长亲自指导下的对评弹曲艺创新的成果。

前年，承今评弹团长秦建国先生的邀请，我参加了非物质文化遗产项目丛书《评弹》的撰稿。当大家将各流派首创者每人一篇的稿子送到吴先生那儿去时，吴先生说要补写朱慧珍的一篇，于是我说我来写吧。我把有关朱慧珍的资料找到翻了一遍，写得最确切具体的，对朱慧珍唱腔描绘得最逼真和抓住要领的，便是吴先生过去多次写的文章。我还发现了，即使是出版一盒只有 6 段开篇、选段的《朱慧珍唱腔专辑》磁带，内附的小小的一张说明书上，也有具名吴宗锡亲写的"前言"分析文章。而我对朱慧珍一出戏最需要的确切评价，竟见之于这张说明书上。吴先生大事小事事必躬亲，甘于为剧团一名演员逐段唱词做分析写说明书的作风，使我深受感动。吴先生对演员的唱腔特色十分熟悉，在他的书著中撰写了七篇品评评弹名演员才艺的文章，他写的评论都有血肉、有感情，这些都体现了一个海派专家的特色。

吴先生很快成了的的刮刮的评弹内行。在他的领导和大家的努力下，上海的评弹这门曲艺取得了辉煌的成就。就在评弹最繁盛、各个流派唱得最好的 20 世纪 60 年代初期和 80 年代，吴先生发表了大量对评弹的研究论文。他为普及评弹，编写过《怎样欣赏评弹》和第一本的《弹词开篇集》，后来他出版了《评弹艺术浅谈》《评弹散记》《听书谈艺录》等专著。不久前吴先生又有一本新著《走进评弹》和一本主编的《评弹小辞典》问世。

想当年，闾里巷间处处传出评弹声，评弹是多么深入人心，可惜的是，对于评弹的理论研究一直被人忽视。长期以来孜孜不倦在评弹理论领域耕耘，探讨和总结评弹艺术规律，进而形成自己的评弹观的，唯有吴宗锡先生。他以一丝不苟的治学态度和思考不止、笔耕不辍的精神，论结构、论叙事、论语言、论表演、论趣味、论曲调、论唱篇、论弹唱、论风格、论美术、论关子、论噱头、论口技、论书品、论书场、论听众……从审美角度细论评弹的"理、细、趣、奇、味"，从而总结出整套的评弹理论来，最终成为一位为评弹艺术作出杰出贡献的、有成熟的评弹观的文艺理论家。

原刊于《东方早报》文化"海上心影"专栏，2012 年 11 月 2 日。

沪剧的前身——本地滩簧

回顾上海沪剧曾经拥有的辉煌历史，不由得使我们忆起其草根初创时期的勃勃生机。沪剧是上海开埠以后随着上海都市化而迅速发展起来的一个本地剧种。在此以前，只是一种乡村田头山歌，流行在浦东的川沙、南汇一带，称为东乡调。在上海有了苏州滩簧以后，这种“本地滩簧”也开始进城，从民国初年灌录的第一批百代唱片和以后本滩唱片的唱腔和说白中，可从语言学来辨析作出其东乡上海话的确切判断。

清光绪二十四年(1898 年)，艺人许阿方、顾掌生等以出售茶筹子形式为生，进入四马路石路口升平楼，就最初演出这种上海方言的“东乡调”。到清宣统三年(1911 年)，因禁止男女同演，本地滩簧的第一批由男演员扮演男女角色的唱片，由法商百代唱片公司灌制发行，有何兰卿、施兰亭和陆金龙唱的《倒十郎》《庵堂相会》《拔兰花》，陆金龙唱的《王长生》，何兰卿、陆金龙唱的《卖红菱》，陈少卿、陈锡卿唱的《男落庵》，赛金龙、王小新唱的《赠花鞋》《小分离》等。其中像《庵堂相会》《拔兰花》《卖红菱》《小分离》等是常唱常新的沪剧传统戏，均已在第一代演员中唱起。

1916 年，上海第一个游艺中心“天外天”游乐场开业，丁少兰与师兄陈阿东(施兰亭弟子)即进入演出，这是本滩第一个进入游艺场的班社。进入游戏场后，本滩始努力与苏滩竞争，渐渐走红，多数是一男一女的对唱戏，也有多角色出演的同场戏。

在 1929 年出版的上海全球书局石印本《最新申滩》里，有《赠金钗》《女落庵》《求下山》《嫂告》《小朱天》《卖红菱》《绣荷包》《周老龙叹穷》《拗木香》《女落庵》《小孤孀粜米》十一种戏，这些老戏可代表进城不久的草根沪剧。

孙是娥、刘子云，王筱新、王雅琴，丁少兰、丁婉娥，是早期上海滩簧时期灌录唱片最多的三对演唱班子。高亭公司出版的唱片片心上总印着“著名本滩大家”唱“上海东乡调”的字样。其中丁少兰灌录的唱片出得最多，中国唱片上海公司现今还保存着丁少兰灌录的 48 张唱片模板，这还不包括他在大中华、开明唱片公司和早期百代公司录制的唱片。

早期本滩多角度地真实展现了农村平民生活面貌，描写了纷繁的生活景象和情趣。如孙是娥、刘子云演出的《卖馄饨》，是描写行贩挑担进村卖早点营生激起的生活波澜。丁少兰、丁婉娥唱的《卖冬菜》《卖花球》，王筱新、张月珍、王雅琴唱的《双卖花》等也都描绘了小生意人和买客交际中的快乐心态。

单调平静的村间生活，因来了挑卖者而带入生气，有的挑担买卖实际是为了探望已结识的有情人，这种情节在苏滩、本滩小戏中常有，如另一出对子戏《卖红菱》，“忘记篮头忘记秤”，只是赶来望望心里人。

孙是娥、刘子云擅长演唱的《怕家婆》《逼蓝衫》《捉牙虫》等，都表现农村小镇上的各种生态和习俗。

马媛媛、马金生在“大中华”录制过本滩《拗木香》和《女落庵》。《拗木香》唱的是青年男女结织私情，一个18岁女孩看到姐姐、姐夫抱儿喜乐，自念青春耽搁，行来走到木香棚，“十指尖尖拗木香”的时候，正巧碰到在“园外抬头张望”的多情男子。那个男子“搭搭讪头白相相”看来有点纨绔，然偏偏这样的男子自有点韧性；女子原有春思，提出种种夸张的具有神奇色彩的难关，先有抵御男子之意，终不敌男子的一意追求，为深情打动。全剧赞颂的是青年男女的自由结合重在情意，表达了明清以来江南乡土情歌中“男有心，女有情，铜墙铁壁钻得进”这样一个典型主题。演剧的形式像电影《刘三姐》那样的，墙内墙外用一问一答的山歌对唱式。

表现男女青年的情爱生活，在封建社会反潮流追求自由结合，是早期沪剧的鲜明主题。本滩中曾有丰富的“九计十三卖”的各种唱段，大都是男女情爱生活戏。

典型的如丁少兰、丁婉娥唱的《拾打谱》，出了五张大中华公司唱片共10段。一对自由恋爱的守法好情人，为了反抗封建包办婚姻，穷思极想，设计了十种对抗的谱子，竟条条死路，上天无路入地无门，终冲不破罪恶社会的天罗地网，最后只能削发为僧尼，要苦等到那个“小丈夫”死去或另讨家婆，天网哪日突开一隙地步，由此可见婚姻自由的艰难！

《女落庵》完全是一出暴露贫穷落后蒙昧的农村的同场戏，全剧只有哥嫂妹和母亲四个人，表面上是风平浪静，没有当面的冲突。短短的一场戏里各人都有各人的性格，出自个人的真实地位行事，自然地开展着故事的情节。全剧没有一点批判评议的文字，唯有戏名上的一个“落”字略露一隙演剧者的立场。但是看完这场戏，观众的心灵会受到极大震动，感觉十分沉重。在一个封建愚昧陋习笼罩的世界里，在男性主导的社会中，一个无辜的18岁的姑娘心如死水地走入了悲惨命运的归宿。她哥哥娶亲生子，其老婆是个泼辣人，趁丈夫外出贩猪时请个算命先生算出其妹是个八败命，要赶快将“耽搁”在家的妹妹送进庵堂门。妹妹终自认“命薄”“情愿入庵门”。我们从全剧高潮处的长段哥妹相送对唱中，可以充分看到阿哥这个主人公的对妹妹出自内心的兄妹之情而又面对现实无奈送妹落庵的矛盾心理和分裂性格，到庵堂送出妹妹，他竟“看看伤心，还是就走”。相像的兄妹复杂情感的对唱还见于早期本滩《卖妹成亲》。

在沪上的多种最初来自草根的地方戏曲中，没有哪个剧种有像本滩那样，对农村中普遍存在着的青年男女为了追求婚姻自主，而面临着无可奈何的命运，遭受到无情迫害，进行了如此深刻的表现和具体揭露，如《拾打谱》如《卖红菱》《卖妹成亲》《女落庵》《赠花鞋》等，这是早期沪剧——申滩最有光辉的一笔。

年节文化和民俗游艺主题，也在本地滩簧中唱得有声有色。如二丁的《花园会》，二王的《出灯》《张凤山看灯》等。

直到20世纪80年代，"中国唱片厂（上海）"还出品了当时初出茅庐的王惠钧、苏维娜演唱的33转唱片《女看灯》。《女看灯》唱词的最初版本就出自丁少兰、丁婉娥两人20年代最早出版的《阿嫂告偷情》（红高亭）及后来出版的《嫂告》（大中华）两张唱片。

王筱新是沪剧前期最早成名和久负盛名的演员，18岁就拜施兰亭为师演唱本滩，20世纪10年代曾以旦角身份配合赛金龙唱过《游码头》。他的一曲《改良游码头》（王雅琴当配角），口齿清晰，不落腔，不见吸气，中气十足，连缀说出，一泻千里，录制在两张蓝高亭唱片里，除了头段32句引头的唱句外，从下半张唱片开唱游码头，只一张半唱片唱游码头用9分钟时间，一共唱了265句。唱过天南地北各地特色风光后，详述上海风光，把五光十色的新奇市容和饱满的游兴有条不紊地细细道来，从他唱游码头受欢迎的狂热程度，也可以看到上海人对生活在上海的那种满足和自豪感以及听本滩的浓厚兴趣。

原刊于《东方早报》文化"海上心影"专栏，2013年7月3日。

从老唱片中看上海老歌的辉煌

中国的现代歌曲是上海开埠以后西风东渐的背景下发端的。1850 年英国人在上海就成立了业余剧团进行演出，1879 年上海公共乐队成立。在上海发端的流行交际舞，总是有乐队现场伴奏。1896 年以后，中国人自己也创办乐队。1905 年废科举立学堂后，留日人士引入了日本明治维新后的“学堂乐歌”，开始填词编写最初的小学堂歌曲，沈心工、李叔同创办的《音乐小杂志》便是中国人创办的最早的通俗音乐杂志。五四新文化运动中，蔡元培十分重视美育，1919 年 1 月，北京大学乐理研究会改名为北京大学音乐研究会，1920 年 3 月《音乐杂志》创刊。现代音乐创始人之一萧友梅自日本和莱比锡音乐学院学习回国，成为中国最早的音乐教育机构——北京大学附属音乐传习所的骨干。

中国第一所国立音乐学校——国立音乐院 1927 年 11 月在上海法租界成立，萧友梅是创建人之一，1928 年 9 月任院长。冼星海曾是该院学生。国立音乐院后来改名为上海国立音乐专科学校，萧友梅、赵元任、青主、黄自是音专的四位著名作曲家，他们开始了创作歌曲，并担任音乐教师，贺绿汀、刘雪庵便是黄自的作曲科中的优秀学生。

中西音乐家的广泛交流，培育出上海音乐的海派风格。缤纷的爵士乐，结合着江南丝竹，洋腔洋调，加上古色古香，词文又进而通俗，使音乐在民间走向普及，同时也很快走上商业化之路。音乐会在工部局乐队演出带动下，与上海的夜生活很快结合起来了。黎锦晖曾在北京大学音乐团学习过西洋音乐，他在 1927 年开始由百代公司出版了《毛毛雨》《妹妹我爱你》两首通俗歌曲，后来被称为“新型的爱情歌曲”。这是在都市歌舞升平的发达商业文化大背景下应运新生的流行歌曲。这些歌曲迎合市民多样化的文化趣味和要求，越来越多，风靡于大街小巷，当时被称为“时代曲”。

这些“时代曲”以后在上海的十里洋场，车水马龙、灯红酒绿、艺人如云之中，前后 20 年间，成为名副其实的“上海之音”，上海成为一座歌舞之城，上海也成了世界流行曲的主要发源地之一。

1. 中西融合的“时代曲”的初创

在上海诞生的制成唱片的市民娱乐歌曲，最早的大概可以算是杨耐梅唱的《乳娘曲》和《寒夜曲》了，这两首歌曲灌制在 1927 年出版的上海百代公司的钻针唱片上。《乳娘曲》是“明星影片公司”1926 年出品的故事片《良心复活》的插曲。后来“联华影业公司”出品的故事片《野草闲花》中有一首插曲《寻兄词》(大中华)是阮玲玉、金焰在 1930 年出版的唱片。电影放映时，是用蜡盘配音播放的。影片编导孙瑜，作词孙瑜，作曲孙成璧，主演阮玲玉、金焰、刘继群。1930 年 12 月 3 日首映于上海中央大戏院。孤女丽莲在街上险遇车祸，经青年黄云相救。黄云原为富家子弟，酷爱音乐，他发现丽莲有唱歌天赋，亲编《万里寻兄》教其演唱，丽莲一举成名。两人相恋，终因贫富悬殊，被活活拆散，丽莲终变得像路边的一棵野草闲花。

唱词有：“从军伍，少小离家乡。念双亲，重返空凄凉。家成灰，亲墓生春草，我的妹妹流落何方?”“风凄凄，雪花又纷飞；夜朦胧，寒鸦觅巢回。歌声声，我兄能听否？奔天涯无家可归。”兄嘉利，妹名丽芳。十年前，同住玉藕塘。妹孤零，家又破败，寻我兄流转他乡。“雪花飞，梅花片片。妹寻兄，千山万水间。别十年，兄妹重相见，喜泪流共谢苍天。”

这首歌是写兄妹亲情，妹妹辗转找寻其兄，总算团圆。这是电影红星阮玲玉录制的唯一一张唱片，唱片留下了她的歌声。

黎锦晖(1891—1967)是一位伴随着“学堂乐歌”成长起来的作曲家，他是中国儿童歌舞音乐的鼻祖。他的儿童表演曲和儿童歌舞剧就是他“平民音乐”第一个丰硕的成功实践。

黎锦晖 1920 年在上海创办了我国第一个现代歌舞团体——明月歌舞社，先是演出儿童歌剧。1927 年，在上海走向繁荣成熟的商业社会之际，黎锦晖应时应运探索新创具有东方特色的“大众音乐”歌曲，既汲取了西方爱情歌曲元素精华，又结合中国古代和民间的爱情诗词风格，尝试创作了《毛毛雨》、《妹妹我爱你》，后来又创作了《桃花江》、《特别快车》等，极其受到市民欢迎，销路极好。从此开创了上海流行歌曲的崭新领域，后来被称为“时代曲”。

黎锦晖创作的第一首有名的、长期被冠名以“靡靡之音”的爱情歌曲《毛毛雨》(百代)，由 19 岁的黎明晖用几乎不加修饰的嗓喉直白而真切地演唱灌录。这是一首带有浓厚民谣风味的表现真朴爱情的情歌，它开创了“时代曲”中的民谣风一角风景。

其歌词是：“毛毛雨下个不停，微微风吹个不停。微风细雨柳青青，哎哟哟！柳青青。小亲亲不要你的金，不要你的银。奴奴呀只要你的心，哎哟哟！你的心。”“毛毛雨，不要尽为难，微微风，不要尽麻烦。雨打风吹行路难，哎哟哟！行路难。年轻的郎太阳刚出山，年轻的姐荷花刚展瓣。莫等花残日落山，哎哟哟，日落山。”“毛毛雨，打得我泪满腮，微微风，吹得我不敢把头抬。狂风暴雨怎么安排，哎哟哟！

怎么安排？莫不是有事走不开？莫不是生了病和灾？猛抬头走进我的好人来，哎哟哟！好人哪来！”

《特别快车》(胜利)在1931年发行，由王人美、黎莉莉演唱，黎锦晖词曲。黎锦晖原来从事白话运动，所以他的唱词当年在古典诗词基础上穿插好多通俗白话词语和句式，这也增加了唱词的活泼喜色。这首歌带有幽默讽刺色彩，也颇有搞笑味。

这支歌的音乐颇有特色，它开始有当年火车开车时的鸣叫和启动，渐渐开快，中间是火车飞奔的节奏，歌末是火车渐停刹车的声音，整个伴奏音乐模仿一列“特别快车”的开动，使歌曲十分轻松活泼，与恋爱、结婚、生子如开“特别快车”的比喻取得双关的效果。在西方爵士音乐诞生不久，黎锦晖就能如此娴熟地创作出十分好听的爵士风格作品，真是了不起！这首歌的胜利公司第二版由周璇演唱，歌词只唱第一段，但前边有一个完整的管弦乐全曲演奏。

第一段是唱新派男女订婚特别快：“盛会绮宴开，宾客齐来，红男绿女，好不开怀！听人们殷殷绍介，这位是某先生，英豪慷慨；这位是某女士，博学多才。两人一见多亲爱，就坐在一排，情话早经念熟，背书一样地背了出来。不出五分钟外，大有可观，当场出彩。订婚戒指无须买，交换着，就向指尖上戴。乖乖，特别快。哈……”

2. 平民生活的多方位真实写照

“时代曲”真实地表现了上海社会和时代的真实面貌。

流行曲中制成唱片的有不少反映小本买卖生意甚至是摊贩生活面貌的歌曲，从中我们可以看到底层上海市民工作劳动营生的辛劳。如周璇唱的《卖烧饼》《卖杂货》(百代)，袁美云唱《油条花生米》(胜利)，王人美还唱过《卖梨膏糖》(百代)，江曼莉唱的《卖油条》(丽歌)、《大饼油条》(丽歌)、《缝穷婆》(丽歌)，李丽莲唱的《小面包司务》(丽歌)等。以及盛家伦唱的《打铁歌》(百代)，沙梅唱的《打柴歌》(百代)，冯凤、大凤唱的《挑夫曲》(百代)、《打夯歌》(百代)等。

在电影《鸾凤和鸣》中，著名的词作家李隽青和作曲家陈歌辛、李七牛合作作了《可爱的早晨》和《讨厌的早晨》两首歌，分别描写了上海生活中的两种早晨。其中一个《讨厌的早晨》(胜利)：“粪车是我们的报晓鸡，多少的声音，都跟着它起；前门叫卖糖，后门叫卖米，哭声震天是二房东的小弟弟，双脚乱跳是三层楼的小东西。只有卖报的呼声，比较有书卷气。煤球烟熏得眼昏迷，这是厨房里的开锣戏。旧被面飘扬像国旗，这是晒台上的开幕礼。自从那年头儿到年底，天天早晨都打不破这例。这样的生活，我过得真有点儿腻。”这首歌把一个平民的实在的早晨，小百姓城市的生活面貌表现得入木三分。

也有的歌曲反映有严重缺点的百姓的生活和命运。华安影片公司电影《王老五》1938年于上海新光大戏院首映，编导蔡楚生，王次龙、蓝苹、韩兰根主演。主题曲《王老五》(百代)在1937年录制，安娥词，任光曲，由韩兰根、殷秀芩、蓝苹、王次龙等演唱。影片描写了流浪汉王老五一生受尽人间疾苦，最后被敌机炸死的故事。歌曲一人轮唱一段，具体描写了王老五贫困潦倒从娶不起老婆到养不活孩子的穷境：

"王老五呀王老五，说你命苦真命苦，白白活了三十五，衣裳破了没人补，哎呀呀王老五。衣裳破了没人补，咿呀呀得儿喂，锅里有水没米煮呀，咿呀呀得儿喂，可怜可怜王老五啊，天天害得相思苦。你呀，想米呀，想面呀，想大洋钱呀，还想讨媳妇，哎呀呀王老五！""王老五呀王老五，说你命苦真命苦，人家太太生贵子，你家老婆生小猪，哎呀呀王老五！生了四个小坏猪呀，咿呀呀得儿喂，要吃要穿还要哭呀，咿呀呀得儿喂，可怜可怜王老五啊，捏着拳头干叫苦。你呀，叫天呀，叫地呀，叫怨命运呀，还叫不心服，哎呀呀王老五！"

王妻唱："王老五呀王老五，说你糊涂真糊涂，白白做了一家主，儿女无衣妻饿肚，哎呀呀真糊涂！儿女无衣妻饿肚，咿呀呀得儿喂，没衣没米难为母，咿呀呀得儿喂，可恨可恨王老五啊，要是猫儿还会捕鼠。(女白：你真饭桶。男白：你……你这怨得我了吗？)你呀，好吃呀，懒做呀，爱抽烟卷呀，还要加上赌，哎呀呀，真糊涂！"

最后他们决定互不埋怨，并肩奋斗："咱们呀，并肩呀，携手呀，向前去呀，找条好出路，哎呀呀，王老五！"

3. 人间苦难的深刻表现

"时代曲"中的不少歌曲表现劳苦大众辛劳生活和所遭受的苦难，吐露他们的心声。如家喻户晓、广为传唱的1934年联华影业公司拍摄的电影《渔光曲》中的主题歌《渔光曲》(百代)，安娥词，任光曲，王人美唱，抒发渔民过日子的心酸，有"腰已酸，手也肿，捕得了鱼儿腹内空"那样的唱词。

影片描写了东海某渔村，渔民深受渔霸的残酷剥削，挣扎在自然风浪里的故事。该片在金城大戏院连续放映了84天，轰动了上海滩，在1935年莫斯科国际电影展中获影展荣誉奖。后来，造成了影片必须配上歌曲才能卖座的潮流。王人美在这个歌里，唱得很朴实很感叹，她凄美的声线营造出的效果很容易打动听众的心。

歌声唱道："云儿飘在海空，鱼儿藏在水中，早晨太阳里晒渔网，迎面吹过来大海风。潮水升，浪花涌，渔船儿飘飘各西东。轻撒网，紧拉绳，烟雾里辛苦等鱼踪！""鱼儿难捕租税重，捕鱼人儿世世穷，爷爷留下的破渔网，小心再靠它过一冬。"有一片渔船启航的景象，也有表达渔民生活的艰辛。

描写城市孤儿生活苦难的，有任光曲、蔡楚生词、陈娟娟唱的电影《迷途的羔羊》的主题曲《月光光歌》，其中有“苦儿血泪已流干”的唱词，曲调十分哀婉伤叹。

《月光光歌》(百代)是联华影业公司1935年出品的影片《迷途的羔羊》的插曲，蔡楚生编导。讲述一群穷苦的农村孤儿小三子，在上海过着流浪生活。影片主题歌《月光光歌》，由陈娟娟领唱，上海中学学生歌咏队合唱，是我国早期电影中最著名的儿童歌曲之一。歌词感情真挚，词句朴实，具有浓郁的童谣色彩，曲调采用近似江南地区儿歌的旋律，音乐语言简洁凝练，表达了对流浪儿童不幸遭遇的深切同情。

歌声唱道：“月光光，照村庄，村庄破落炊无粮，租税重重稻麦荒。月圆圆，照篱边，篱边狗吠不能眠，饥寒交迫泪涟涟。月朗朗，照池塘，池塘水干种田难，他乡流落哭道旁。月亮亮，照他乡，他乡儿郎望断肠，何时归去插新秧。月依依，照河堤，河堤水决如山移，家家冲散死别离。月黯黯，照荒场，荒场尸骨白如霜，又听战鼓起四方。月凉凉，照羔羊，羔羊迷途受灾殃，天涯何处觅爹娘。月明明，照天心，天心不知儿飘零，风吹雨打任欺凌。月微微，照海水，海水奔流永不回，苦儿无家不得归。月凄凄，照破衣，破衣单薄碎离离，冻死路旁无人理。月茫茫，照高房，高房欢笑如癫狂，苦儿饥饿正彷徨。月惨惨，照海滩，海滩无人夜漫漫，苦儿血泪已经流干。”

4. 博爱、平等、自由的热烈追求

面对着都市生活的种种悲欢离合，那种积极人生的观念一直激励着鼓舞着人们。在流行歌曲中，不乏有带有哲理思考的歌曲，如黄自曲、钟石根词、郎毓秀唱、1935年联华影业司摄制的电影《天伦》的主题歌《天伦歌》中阐发的理念，既汲取了古代中华民族传统精神，又展现了西方人文主义的光芒。

电影《天伦》的主题歌《天伦歌》(百代)在1937年录制。全曲音乐自然地分成三段，一层激昂一层。第一段描写孤儿的遭遇及迷途：“人皆有父，翳我独无？人皆有母，翳我独无？白云悠悠，江水东流，小鸟归去已无巢，儿欲归去已无舟。何处觅源头？何处觅源头？”

第二段否定孤儿被弃的命运，号召孤儿奋起：“莫道儿是被弃的羔羊！莫道儿已哭断了肝肠！人世的惨痛，岂仅是失了爹娘。奋起啊孤儿，惊醒吧！迷途的羔羊。”

第三段直接点出献出赤子之情，服务牺牲，迎接大同博爱世界的前程：“收拾起痛苦的呻吟；献出你赤子的心情。‘老吾老以及人之老，幼吾幼以及人之幼。’收拾起痛苦的呻吟；献出你赤子的心情。服务牺牲，服务牺牲。舍己为人无厚薄。浩浩江水，霭霭白云，庄严宇宙亘古存，大同博爱共享天伦！”全曲感情严肃深沉，曲调激昂动人。

《天伦》是费穆导演的中国电影中极少的一部伦理片，曾被当时评论为"中国影坛一部稀有的作品"，"达到了中国影片的最高峰"，该片还是由美国商人主动购买放映的第一部中国影片，1936 年 6 月在洛杉矶等地公映。

5. 民族救亡的强烈呼声

1931 年九一八事变后，日军占领我国东北；1932 年又爆发了一・二八淞沪战争，上海民众奋起民族救亡的呐喊，大量歌曲表达了上海人民抗日的激昂吼声。

1933 年出版的《十九路军》(百代)，任光词曲，胡蝶演唱，直接歌颂淞沪抗战中的英雄"十九路军"。

1934 年由电通影片公司拍摄的《桃李劫》在金城大戏院首映，编导应云卫，主题歌《毕业歌》，田汉词，聂耳曲，由主演袁牧之、陈波儿等演唱。影片反映的是年轻的大学毕业生走向社会后的不幸遭遇。整个故事是对富人垄断社会资源的控诉。影片上映后，影片收尾都唱的《毕业歌》成为当时广泛流传的歌曲之一。进行曲的格调，朝气蓬勃，热情洋溢的歌词，表达了在国土不断沦丧的情况下，青年学生日益高涨的爱国热情和担负起天下兴亡重任的决心，具有极强的鼓舞人心的力量。在群众中，特别是在青年学生当中激起共鸣，当时进步青年曾唱着这首歌奔赴抗日救亡的战场。

"同学们，大家起来，担负起天下的兴亡！听吧！满耳是大众的嗟伤；看吧！一年年国土的沦丧。我们是要选择战，还是降？我们要做主人去拼死在疆场！我们不愿做奴隶而青云直上。我们今天是桃李芬芳，明天是社会的栋梁；我们今天是弦歌在一堂，明天要掀起民族自救的巨浪！巨浪，巨浪，不断地增涨！同学们，同学们，快拿出力量，担负起天下的兴亡！"

6. 民间小调的采集和延伸

对乡下山歌和江南民间情歌的采集和翻新一直是上海流行歌曲曲调的一个渊源。如周璇唱的《凤阳花鼓》《采槟榔》，龚秋霞唱的《白莲花》到 60 年代改成了《好一朵茉莉花》，曲调如旧。《百鸟朝凤》(百代)一曲，是一则童话式的对唱，小快板，诙谐地，十分风趣。志超词，严华曲，李丽华、严华对唱，1943 年出版。

歌起首的对白，十分自然，如同民歌对白："(女白)：喂，有什么可说的？(男白)有什么可唱的？(女白)有说有唱。(男白)那么就唱吧！(女白)说吧！"

"(女唱)凤凰得病在山中，百鸟前来问吉凶，十姊妹双双来看病，八哥儿忙着请郎中。(男唱)请了天鹅来诊脉，气坏了鹞子向天冲。画眉在笼中干着急，鹦哥在架上不宽松。""(男唱)孔雀弹琴在山中，(女唱)乌鸦前来报病凶，(男唱)杜鹃鸟哀哀来哭叫，(女唱)黄莺儿报告驾已崩。(男唱)鹭鸶急忙来穿孝，(女唱)哭坏了年老白头翁，（合唱）请来念经的沙和尚，尽念着鸳鸯再难逢。”

上面两段，唱前都有一段快板式的朗诵。这是一支很有特色的小曲，无论唱词的色彩和歌谱都有民谣风，一直在海外传唱。此歌在灌录唱片前曾先由严俊和白燕首唱。相隔近 40 年的 1980 年，严俊逝世后，其妻李丽华来沪探亲访友，应邀到上海唱片厂，严华和李丽华重新将此歌录成磁带和唱片。严华将此歌末句改为“孤雁从此不相逢”。

7. 古典题材的现代表达

“时代曲”也翻唱中国古典文学和历史故事的内容，如《苏武牧羊》《满江红》《红楼梦》等。谱曲唱古诗词也是上海老歌的一个方面。

有的流行歌曲，新作的词曲渗透着古典风味。如 1933 年影星陈玉梅演唱的《燕双飞》（百代），唱词写得诗情画意，平仄分明，歌曲也唱得温柔敦厚。（平声下标—，仄声下标｜）

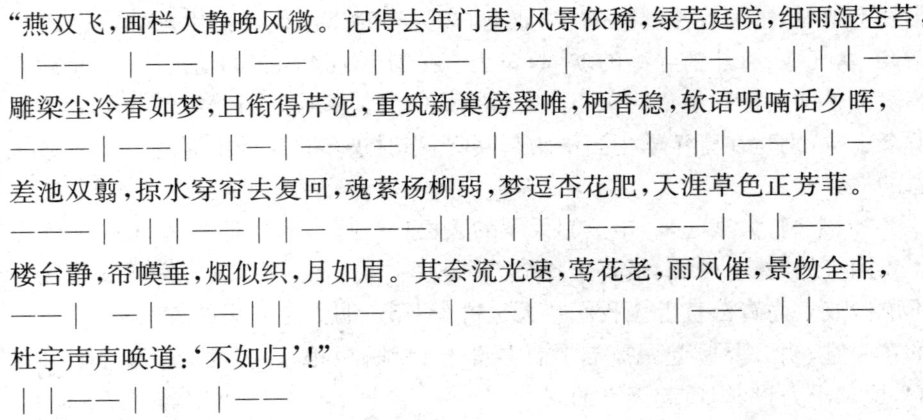

“燕双飞，画栏人静晚风微。记得去年门巷，风景依稀，绿芜庭院，细雨湿苍苔，
｜—— ｜——｜｜—— ｜｜｜——｜ —｜—— ｜——｜ ｜｜｜——
雕梁尘冷春如梦，且衔得芹泥，重筑新巢傍翠帷，栖香稳，软语呢喃话夕晖，
———｜——｜ ｜—｜—— —｜——｜｜— ——｜｜｜——｜｜—
差池双翦，掠水穿帘去复回，魂萦杨柳弱，梦逗杏花肥，天涯草色正芳菲。
———｜ ｜｜——｜｜— ———｜｜ ｜｜｜—— ——｜｜｜——
楼台静，帘幙垂，烟似织，月如眉。其奈流光速，莺花老，雨风催，景物全非，
——｜ —｜— —｜｜ ｜—— —｜——｜ ——｜ ｜——｜｜——
杜宇声声唤道：‘不如归’！”
｜｜——｜｜ ｜——

8. 天然景物的倾心赞美，情景交融

与世界各地的流行歌曲一样，都市男女在春夏秋冬各个季节尽情观赏游览各处自然风光，留下了各地各有特色的景物描写，漫游的心情和秀丽的景色在轻歌曼曲和优美辞藻中情景交融。

《五月的风》（百代），陈歌辛词，黎锦光曲，这是两位被尊称为“歌仙”和“歌王”联袂之作，又由金嗓子周璇演唱，成为一首优美的抒发兴亡之感的佳曲，出版于 1942 年。这是一首悠扬的“慢歌”，表达的是“感时花溅泪”的心酸，带有湖南民歌的音调，幽幽唱出了人世的兴亡和沧桑。

“五月的风，吹在花上，朵朵的花儿，吐露芬芳，假如呀花儿确有知，懂得人海的沧桑，它就该低下头来哭断了肝肠。……五月的风吹在天上，朵朵的云儿颜色金黄。假如呀云儿确有知，懂得人间的兴亡，它就该调过头去离开这地方。”

9. 城市的旋律和赞歌，对上海等城市、异国风光的赞美

在流行的时代曲中，有些是歌咏和解读上海、杭州等城市的歌曲。著名的有1947年电影《长相思》中的插曲《夜上海》(百代)。《长相思》，1947年由香港华星影片公司、大中华电影企业有限公司出品，何兆璋导演，是一部有多首插曲的音乐影片，讲的是抗日战争期间，一位歌女痛苦的生活遭遇和曲折的爱情故事，周璇、舒适、黄宛苏、白沉等人主演。这首《夜上海》就是影片中多首插曲之一，范烟桥词，陈歌辛曲，周璇演唱。《夜上海》以轻盈迷梦的旋律勾勒出上海这座灯红酒绿的不夜城的面貌，又描写了在笑脸遮掩之下舞女们为生活所付出的心酸，无奈，苦闷，蹉跎青春。全曲真实概括地唱出了上海"夜生活"歌舞升平下的另一面。最后一段呼唤创造一个新环境，换来一个新天地，具有积极意义。

"夜上海，夜上海，你是个不夜城。华灯起，乐声响，歌舞升平。只见她，笑脸迎，谁知她，内心苦闷？夜生活，都为了，衣食住行。""酒不相醉人自醉，胡天胡地蹉跎了青春！晓色朦胧，倦眼惺忪，大家归去，心灵儿随着转动的车轮。换一换，新天地，别有一个新环境。回味着，夜生活，如梦初醒。"

另一首《苏州河边》也是十分抒情的情歌。歌词写道："在暗的河边彷徨，不知是世界离弃了我们，还是我们把它遗忘。"一对情人最终进入到相望而无语的境界，浑然沉醉在幸福中："夜，留下一片寂寞，世上只有我们两个，啊，我望着你，你望着我，千言万语变作沉默。……"

此歌曲调清幽，梦一般的朦胧，十分含蓄地描写了一对热恋青年在夜上海苏州河畔的心迹情绪，余音袅袅，后来被人们誉为"春申小夜曲""东方托赛里的歌"。

80多岁高龄的姚莉在回忆与陈歌辛一起的岁月时，深情地说："那时的他弹着琴，我唱着歌。他那双令人难忘的眼睛，倾诉着歌曲中深藏着的含义。"

《苏州河边》和《夜上海》，常常被人们誉为标志性的上海"市曲"，直到如今还在人们口中传唱，绵绵难忘。

10. 人间温情、爱情的细腻表达和尽情颂扬

流行歌曲之中，数量最多的是言情歌曲。这些歌曲曲调优美动听，留下了大量的陶人心醉的激情唱词，代表着20世纪三四十年代堪与宋词元曲媲美的上海都市诗歌文艺，与万家灯火的夜上海一起，深深常驻在人们的记忆中。

《蔷薇处处开》(胜利)是一首可与《玫瑰玫瑰我爱你》媲美的爱情绝唱，40年代初的"时代曲"佳作。它是中华联合制片股份有限公司同名电影的主题曲，这是一部歌唱片，龚秋霞、李红、顾也鲁主演，1942年9月在大上海戏院首映。陈歌辛词曲，龚秋霞唱，曲中融入了外国轻音乐的调子，曲风活泼轻快，节奏和谐且分明，四句一组起承转合十分自然，伴奏在配器方面，用小提琴、木鱼、吉他分别作为各段的

主要伴奏乐器。

“蔷薇蔷薇处处开，青春青春处处在，挡不住的春风吹进胸怀，蔷薇蔷薇处处开。天公要蔷薇处处开，也叫人们尽量地爱，春风拂去我们心的创痛，蔷薇蔷薇处处开。春天是一个美丽的新娘，满地蔷薇是她的嫁妆，只要是谁有少年的心，就配做她的新郎。”春风轻拂，爱情花卉蔷薇处处在开，在此番情景下少年之心一定是无限喜悦。在40年代，此歌家喻户晓，广为传播。

11. 都市生活中相逢离别之情中的缠绵

商业社会，大都市的生活，有太多的相逢、离别、思念和重逢，飘泊之感也常常缭绕着人们，尤其感慨良多的是情人们送别和远离思念，因此听这类歌曲也就特别地令人惆怅和销魂，这类歌曲也特别多。

《人隔万重山》(百代)由陈栋荪词，严折西曲，姚莉唱，1947年5月出版，“是一首4/4拍布鲁斯节奏的抒情歌曲，歌曲用老式夏威夷吉他伴奏，特有的音响效果充满了热带情调”。歌中唱道：“相见难，泪偷弹，长依画栏终日盼，望穿秋水空等待，人隔万重山。怨东风，阵阵吹，一腔秋思吹不散，只因情深恨也深，人隔万重山。记否当年事，月下起誓人相爱，因何把盟背？难道你已忘怀？音讯断，心也碎，旧时欢笑成梦幻，一去欢笑成梦幻，一去犹如石沉海，人隔万重山。”诉说离愁别绪，却用轻松优美的旋律伴奏。

12. 中西融合的都市旋律的舞曲

在舞厅歌坛中最风行的歌舞曲，堪称周璇唱、百代唱片公司1937年发行的《何日君再来》。这个舞曲系刘雪庵创作，最先是为他1936年的音专第四期毕业欢送典礼上作的探戈曲，并没有唱词。后来歌舞影片《三星伴月》以此曲为插曲，由黄嘉谟加作了词：

“好花不常开，好景不常再，愁堆解笑眉，泪洒相思带。今宵离别后，何日君再来？喝完了这杯，请进点小菜，人生难得几回醉，不欢更何待！来来来，喝完了这杯再说吧！今宵离别后，何日君再来?”第二、三、四段的前半阕分别是：“逍遥时中有，春宵飘吾裁；寒鸦依树尖，明月照高台。”“玉漏频相催，良辰去不回，一刻千金价，痛饮莫徘徊。”“停唱阳关叠，重擎白玉杯，殷勤频致语，牢牢抚君怀。”

后来在1939年蔡楚生拍摄的抗日影片《孤岛天堂》中，扮演女主角的黎莉莉也演唱了这首歌。这首舞曲中表达的那种“人生短促、及时行乐”和“离别惆怅”当然不是一种积极的人生，但并不“黄色”，也不反动，实际上是夜生活欢乐场中发散出来的一种人之常情，其意境在古人今人的诗词中也多有表现，如唐李白的“君不见高堂明镜悲白发，朝如青丝暮成雪，人生得意须尽欢，莫使金樽空对月”，宋柳永的“多情自古伤离别”。以前对此歌加上的许多罪名均系无稽之谈。

在大量的舞曲中，有倾诉舞女悲戚命运之作。如1937年摄制的电影《弹性女儿》主题曲《弹性女儿》（百代），刘雪庵作曲，潘孑农作词，路明唱。

这是一曲4/4的小快板舞曲，曲调哀怨煽情，旋律层层迭起，极写出欢场中舞女内心的悲哀，是对颓废的反叛，对不平的控诉。尤其是"在重重的压迫下，依旧要巧语花言"一句，乐谱和歌词内容、情感配合得十分契合，由高处一泻而下，自然引出了下半段歌词。赵士荟在20世纪90年代拜访路明，路明还背唱了这首她一生中最喜欢的歌。歌词曾经田汉的修改。影片讲述三个舞女的伴舞生涯。当年在新光大戏院上映时，场场爆满，不少舞女也前往观看，歌声赢得了她们的不少眼泪。

"都会里燃着狂欢的火焰，热情飞跃在脚尖。生活变成固定的旋律，弹性女儿，永远旋转在迷梦之间。浪掷虚伪的情感，展露乔装的欢颜，在重重的压迫下，依旧要巧语花言。看，每张笑脸都含着哀怨；看，每张笑脸都含着心酸。何处去找寻真情热爱，何处去掘发光明的源泉？时光如矢催人老，年年复年年，弹性女儿永远旋转在迷梦之间。""都会里燃着罪恶的火焰，泪珠闪烁在襟前。欢笑转成无限的忧郁，弹性女儿，永远彷徨在苦海之边。尝尽恋情的欺骗，饱受贫穷的熬煎，在重重压迫下，失去了美丽康健。看，每张笑脸都含着哀怨，看，每张笑脸都含着心酸。何处去找寻真情热爱，何处去掘发光明的源泉？青春似水易流逝，年年复年年，弹性女儿，永远彷徨在苦海之边。"

13. 40年代后期"时代曲"的高度成熟

上海的时代曲经过了10年的积累，到20世纪40年代，已经出现了一些前卫的名曲，涌现出像陈歌辛、黎锦光等很成熟的作曲家，最优秀的作品在40年代初期已经传向世界。

《玫瑰玫瑰我爱你》（百代、胜利）是1940年摄制、1941年1月在上海金城大戏院首映的国泰影业公司电影《天涯歌女》的插曲。影片描写了歌女小兰与盲母相依为命，卖唱度日，过着悲惨流浪生活的故事，由吴村编导，周璇、白云、慕容婉儿主演。影片中有9支插曲，周璇唱了7首；姚莉在片中客串扮演一名歌星，由她首唱的那首歌，以后成为中国第一首被译成英语而传播全球的经典名曲，歌曲由吴村作词、陈歌辛作曲。

"玫瑰玫瑰最娇美，玫瑰玫瑰最艳丽。长夏开在枝头上，玫瑰玫瑰我爱你。玫瑰玫瑰情意重，玫瑰玫瑰情意浓，长夏开在荆棘里，玫瑰玫瑰我爱你。心的誓约，心的情意，圣洁的光辉照大地，心的誓约，心的情意，圣洁的光辉照大地。玫瑰玫瑰枝儿细，玫瑰玫瑰刺儿锐，今朝风雨来摧残，伤了嫩枝和娇蕊。玫瑰玫瑰心儿坚，玫瑰玫瑰刺儿尖，来日风雨来摧残，毁不了并蒂枝连理。"

玫瑰本是爱情的信物，歌中的咏唱玫瑰的尖刺心坚，象征誓约、情意和圣洁的光辉无畏摧残，是一首朝气勃勃激励人生的歌舞曲，旋律奔放、节奏明快，带有灵活多变的爵士风格。

这首歌被译成英语流传到美国，被美国歌坛宿将 Frank Laine 唱红，曾因翻唱这首歌的英文版《*Rose Rose I Love You*》而创下唱片的高销售记录，此歌于 1951 年荣登美国流行音乐排行榜榜首，历经 60 多年沧桑，收入《125 首老歌金曲》中。以后，英国的“King's Singer”六重唱团又将它改编成一首抒情的男声重唱，在全球流行。

在上海流行歌曲空前繁荣的 20 年里，“歌仙”陈歌辛一共谱了 200 多首歌。

《夜来香》(百代)，黎锦光词曲，李香兰演唱和首录，在 1944 年写成，6 月 16 日录音，7 月出版唱片，是在沪的日本名歌手李香兰的成名作，后来风行于海内外竟有 80 来种版本之多。

《夜来香》的唱词是：“那南风吹来清凉，那夜莺啼声凄怆，月下的花儿都入梦，只有那夜来香，吐露着芬芳。我爱这夜色茫茫，也爱这夜莺歌唱，更爱那花一般的梦，拥抱着夜来香，吻着夜来香。夜来香，我为你歌唱，夜来香，我为你思量。啊啊啊，我为你歌唱，我为你思量。”

李香兰音域较宽，声音柔和，正好与此歌的潇洒自若的旋律相符。黎锦光曲子谱好后，曾有几个歌星试唱，但因此歌音域较宽难以把握而放弃，歌谱也搁置于办公室的稿纸篓里。李香兰看到了《夜来香》的曲谱，哼了几遍，越唱越喜欢。录制后唱片大受欢迎，此歌成为李香兰的成名曲。

1992 年，日中友好使者李香兰，重来上海——这个她的成名之埠拍摄电视纪录片，重寻旧梦，在花园饭店与黎锦光重逢。此时上海已经再次唱起了《夜来香》。

李香兰搀扶着 85 岁垂垂老矣的《夜来香》的词曲作者黎锦光，热泪盈眶，恍若隔世。黎锦光回忆起当年创作《夜来香》的过程。那灵感袭来的 1944 年初夏的一个晚上，他刚录制完京剧名旦黄桂秋的节目，天气炎热，刚打开录音间的后门透透气，正好有南风吹来，他看到前面院里盛开的夜来香，南风送来阵阵香气，又听到远处夜莺的啼声。他提笔创作了这首历经沧桑的名歌。黎锦光后来虽然不能再创作流行歌了，但是仍然在为中国的艺术而作贡献，他不愧为一个忠于职守的知识精英，“晚年的黎锦光在上海中国唱片公司工作，编辑过 2000 多首戏曲、歌曲的唱片和音带”。

《魂萦旧梦》(百代)，水戏村词，侯湘曲，白光唱，录音时间 1948 年 3 月。

“花落水流，春去无踪，只剩下遍地醉人东风。桃花时节，露滴梧桐，那正是深闺话长情浓。青春一曲永不重逢，海角天涯无影无踪。燕飞蝶舞，各分西东，满眼是春色，酥人心胸。(白：花落水流，春去无踪，只剩下遍地醉人的东风。玫瑰般的美丽，夜莺似的歌声，都随着无情的年华消逝。呵，我到哪儿去寻找我往日的旧梦？

只剩下满腹的心酸，无限的苦痛。）青春一去永不重逢，海角天涯无影无踪。断无消息，石榴殷红，却偏是昨夜，魂梦旧梦。”

白光慵懒随意的女中音风格在这首歌表现充分，因此韵味十足，歌声与“醉人春风、酥人心胸”情景交融。歌曲中后半段里插入了一节令人心醉的说白，是以前的歌曲中从未有过的创新。唱段重复演唱和内插白话，都是加重达情的手段，在当年都已经开始使用。

笔者各处搜集，共汇集到从1931年1月6日胜利公司灌录第一、二张《特别快车》，《桃花江》开始，至1949年4月百代公司出完最后一张歌曲唱片为止，上海百代、胜利、高亭、大中华、蓓开等唱片公司在上海出版发行了2256首流行歌曲。发行唱片时间延续18年零4个月。这里如果除去40首与“时代曲”内容不太合流的歌之外，计算一下，平均3天时间就有一首歌曲做成唱片出版。这个数据足以惊世，这里还不包括只是流行但没有选出做成唱片的大量时代流行曲，不包括50年代后上海百代公司转移至香港后在印度等地继续出版的过去没在上海发行的那些明星的歌，可见当年上海流行歌曲产出的数量非同寻常。其中，周璇灌录出版了198首歌，姚莉在上海灌录出版了168首歌，白虹灌录出版了158首歌，王人美灌录出版了130首歌。这就是笔者一定要尽力查清和记录下来的举世瞩目的上海海派文化历史之一斑。

这样的奇迹在上海并非独此一举，民国期间“上海出版发行的电影报刊，其数量达到了令人惊讶的近三百种”，“上万期”。从中国第一部故事片《难夫难妻》于民国二年（1913年）在上海拍摄完成起，到1949年，有36年共13000多天，即平均一天半不到，就有一期电影报刊在上海发行。上海人凭她“奇异的智慧”（张爱玲语），创造了如此辉煌奇迹，上海当然成为东方歌都和世界流行歌曲重要发源地。这些优美动人的歌声曾缭绕在车水马龙、万家灯火的申城上空，从小烟纸店那抹闪着蜜黄灯光的窗口到夜夜欢宵的舞厅歌坛，曾经喧闹地装饰过一个繁华时代，铸造了海派音乐文化的空前繁荣。歌声余韵袅袅，其中不少优秀之作，传唱至今，成了华人世界中永远的“怀旧金曲”。

上海史专家熊月之说：“在古今中外城市史上，没有一个城市像近代上海那么内蕴丰富，情况复杂。”这里人口多元，货币多元，教育多元，宗教多元，语言多元，报刊多元，饮食多元，服饰多元，建筑样式多元，娱乐方式多元。多元博采的海派文化就是在这样的多元环境下丰富起来的。

原为在中国唱片上海公司举行的上海老唱片，上海老歌学术讲座上的报告，2013年9月。

上海滩上苏滩的盛衰

自晚明以后，苏州一直是我国文化的繁华重地。昌盛长达二百多年的昆曲，达到雅俗共赏的和谐境界。我们从乾隆三十九年成书的《缀白裘》中记下的昆曲脚本中，就可看到士大夫雅致的唱词和丑角类苏州方言俚俗念白的相契。风雅的苏昆后来走向俗化，是苏州不断壮大了的市民阶层文化需求的必然，苏滩的应时诞生也是水到渠成的结果。

早期的苏滩有称“前滩”的，前滩中沿袭大量的昆曲剧目，据赵景深考述，有《刀会》《琵琶记》《西厢记》《白兔记》《牡丹亭》《白罗衫》《果报录》《荆钗记》《珍珠塔》《扫松》《看灯》《教歌》《借茶》《戏叔》等，从名目上便可见与昆曲的传承性。苏滩里增入了许多通俗的台本，包括从民间生活中涌现的《卖橄榄》《马浪荡》等歌本。乾隆时代沈起凤所作的《文星榜》第四出中，就有科诨道士云：“唱滩王是我起首。”又云：“‘卖橄榄’粗话直喷，‘打斋饭’嚼蛆一泡。”《缀白裘》中有《算命》一出戏，内有云：“慢点，还要饶一只滩头来！”连道士和算命人也要唱滩簧（滩簧即滩王），可见当年唱浅俗白话的滩簧的普遍。

苏滩的蓬勃发展，最后成为“后滩”，并完全脱胎于苏昆，那是进入了开埠后的近代都市上海以后的事了。苏滩在都市化发达的市民社会中融入海派文化，促使它成为上海民众喜闻乐见的曲艺。上海开埠以后相当长的时期里，曾受到高度发达的苏州文化的主导性影响，苏州地区大量文人和艺人到上海发展。上海近代化意识的消费群体的涌现，自由多元加上宏大规模的文化氛围，西式舞台和游乐场的诞生，使苏滩在上海迅速市民化，获得突飞猛进的发展。如上海第一个游乐场“楼外楼”在1912年开办时，郑少赓等人最先登上舞台说唱苏滩，普受欢迎。从20世纪30年代初上海出版的《大戏考》上看，苏滩剧目的唱片说明词的数量和长度在各种戏曲中仅次于京戏位居第二，远远超出申滩（沪剧）、绍兴戏（越剧）、弹词（评弹）等唱片出版数。

1903年上海最初发行的一批“小天使”唱片和1908年“百代”首批发行的唱片中，都没有沪剧（本地滩簧）、宁波滩簧、评弹、越剧等唱片，但是都有苏滩唱片。最早登上苏滩唱片的演员是林步青，他在“小天使”唱片上就留下《打斋饭》唱段等，在后来百代钻针唱片片心上被称为“江南第一滑稽家”。百代唱片还留下苏滩名家王美玉最初的《蚊子山歌》、郑少赓《文明宣卷》等唱片，其影响深远；百代公司在1908年最早出版的自内转唱到外的林步青改编自民谣的《奶奶经》，至今在上海郊区乡村还有流传。

上海大众文艺起步时，苏滩和评弹最早吸引住上海市民。在20世纪20年代初，苏滩非常时髦，《申报》上的《苏滩小评》是这样描写苏滩的："年来海上各游戏场之苏滩，竞妍炫异，钩心斗角，盛极一时。昔日只有男子苏滩，今则有男女苏滩、女子苏滩矣，化装苏滩、古装苏滩矣，其竞争改良，可谓不遗余力也。新世界叶如玉本演新剧，后改习苏滩，故表情有独到处，且体态轻盈，笑窝深晕。大世界王美玉之女子苏滩，用林步青之脚本，而益以美玉之慧心丽质，故成绩颇好，尝谓美玉如玉环，如玉如飞燕，燕瘦环肥，一时瑜亮，非海上女子苏滩中之二尤物哉。若施小云、张素兰、王彩云、蒋婉贞诸人，亦各有长处。法国民主纪念之前一夕，法租界举行提灯庆贺之会……少赓起老皮匠，满口浦东话，言语诙谐，表演老练，自是斫轮老手。《打斋饭》只初登场，适法国民主纪念之提灯会行经楼下，一时游客麇集楼头观看，人山人海，万头攒动，倚栏重心既失……郑少赓之化装苏滩既成尾声，弦管数弄范少山苏滩开场矣。范少山为苏滩老前辈……今与其妻范醉春、其女盈盈珍珍，同奏技于大世界，醉春半老徐娘，风韵犹存，盈盈珍珍娇小玲珑，所唱各折，如黄鹂出谷，绕梁三日……予颇佩其有功于世道人心也。"[①]苏滩之兴盛由此可见一斑。在20世纪20年代，苏滩非常时髦，有80多位苏滩演员在唱片上留下了260多个唱段。

苏滩开创了丰富的小唱腔调，吸收了大量流传于江南民间优美的民歌曲调，如"荡河船"是活跃于江南的一种节庆的民俗歌舞，原来是写游子上船回家与船娘的戏耍交往，苏滩艺人将此种游艺模式引入他们的表演中加以改编，王美玉、王爱玉唱的《新荡河船》上，船娘妹子唱了一只"紫竹调"，这"紫竹调"就是后来沪剧《罗汉钱》里用的"紫竹调"的前身。这张唱片A面唱的是"太平调"，后来也被本地滩簧吸收，在《庵堂相会》中运用自如，最终改造成沪剧的一种基本曲调。

苏滩早期作者颇多，融入苏滩的许多民谣与明末以来就一直流传于富庶江南农村和城镇上的山歌尤其是情歌是一脉相承的。如《四喜调》《四季相思》《叹五更》《五更十送郎》《孟姜女》《无锡景》《杨柳青》《小热昏调》等，充满诗情画意。王彩云、王美云合唱的《手扶栏杆》是属于"结织私情"一类青年男女的情爱戏，用的是民谣中优美的"苏州小曲"来唱；她俩又用"上海小调"来唱《十送郎》。苏滩将流传于乡下的民间山歌带进了上海城，为民歌的传播和发扬作出了重要贡献。电影《马路天使》里周璇唱的两个插曲，《天涯歌女》一曲的音乐就完全采自范醉春唱的苏滩《知

① 寂寞徐生：苏滩小评，《申报》1924年7月18日本埠增刊第二版。

心客》曲调；而《四季歌》用的完全是苏滩《哭七七》的曲调，在《哭七七》唱片片头报告所唱节目时说："王美玉、王爱玉用'乡下山歌'唱'哭七七'"。"卖草囤"也是苏滩中的一出像"曲牌"那样的唱题，其中用得很轻松滑稽的民间小调，后为沪剧《罗汉钱》中媒婆所沿唱，称为"汪汪调"。蒋婉贞和蒋素贞唱的《卖橄榄》唱片，A 面用"太平调"演唱相思，B 面用"杨柳青调"唱"倒十郎"，后来这个采自苏北的"杨柳青调"成为滑稽戏中的常用曲调，如刚解放时广泛传播的《曹阳新村好风光》就是用杨柳青调来唱的。蒋素贞的《小九连环》和《大九连环》唱段后来还被编进了《电台沪剧》的小戏考。苏滩名家庄海泉唱的《打斋饭》中有一段"热得里个来"的排比唱腔，后来在上海滑稽戏里改成"急得里个来""电话里个来"等，一直传唱到 80 年代。

苏滩的灵活性，表现在说唱音乐方面积极向社会吸收和转换自由，又善于翻新。它最早采纳了庙宇道观音乐，如本是宣扬佛法的通俗曲子"宣卷"，还有"道场"以至"焰口"调子，后来这些腔调又为滑稽独脚戏接受，越唱越有风味。在上海起唱和发展起来的申滩、甬滩等，都从原苏滩的表演形式和曲调中吸取了不少精华加以发展，而成熟起来。上海的滑稽戏更是大大继承和发扬了苏滩的广采博纳传统，形成了它的"九腔十八调"。

噱头和笑话渐渐成为苏滩中最受欢迎的不可缺的调料和话锋，苏滩也由原来的说唱故事发展为滑稽喜剧。单口或双口相声式的段子成为苏滩中最活跃的形式，这种演出形式以后与从"趣剧"演化而来的滑稽"独脚戏"合流，成为后来滑稽戏中的重要表演形式。

苏滩选择民间传说、儿歌民谣、贯口、绕口、连缀口技、绕口令和轻松的起兴小调、杂腔俚谣，进行说唱，演说现代故事。如郑少赓的说唱中，有"天浪七簇星，半边七朵云，树浪七只鹰，墙浪七只钉，台浪七卷经，地浪七盏灯，河里七块冰。……冰灯，经钉，鹰云，星；星云，鹰灯，经，灯冰。"这个贯口，为后来的上海滑稽传承。他说的绕口令"一个胡子，骑仔一只驴子，一个驼子，挑仔一担螺蛳……"，后来也在滑稽戏说唱中流传至今。庄海泉唱的《数金陵塔》，就是后来袁一灵滑稽说唱名篇《金陵塔》的前身。范醉春等人都唱过三四个谈情说爱的《知心客》，后来滑稽也唱起《滑稽知心客》，后滩的《教歌》《吃看》《逼杀》等戏目，都被搬演到趣剧、独脚戏，成为它们的共同剧目。

古今名人颠倒杂合，顺手拈来，东搬西搭，引人发笑，是一种发散性的搞笑。这种混搭噱头戏的风格也是在苏滩中先用起来，后来到滑稽独脚戏里经常使用。如王美玉、王爱玉在《最新时调十稀奇》中唱："我来唱到六稀奇，轮船开到大世界里，堂倌看见吓煞快，连忙盘到铜吊里。"又如王爱玉《新马浪荡玉堂春时调》里学讲起外国话来，其中有这样一段搞笑段子："（女）外国言话香蕉勿叫香蕉，叫啥？（男）叫剥勒皮吃。”此噱头形式后在姚慕双、周柏春的滑稽《英文翻译》中被模仿延用。

苏滩演唱的许多民谣新编唱词，如《五更写字台》《哭七七》《手扶栏杆》《十送郎》《四季相思》等在民间称为“时调”，在上海广为流传，推动了民间文化的繁荣，直到在20世纪80年代发起的各区县普查民谣时，从上海市民中还多处收集到传唱的这些唱段，连唱词都几乎相同。

当上海滑稽戏尚未完全独立，申滩还初创刚成气候之时，苏滩曾在上海滩上尽领风骚，滑稽、申曲艺人也纷纷接受苏滩的内容形式风格影响。但苏滩在上海自20世纪40年代开始衰落了。“一·二八”日寇的战火使整个上海舞台表演中断了两个月，元气大伤，以后苏滩演出就不如20年代中后期了。1941年日寇闯入租界，一度控制和禁止游乐场所的演唱，滑稽界很快转变，以剧场为基地联合排演大型滑稽戏，申曲也走进剧场演起西装旗袍戏，苏滩虽后来也有化妆苏滩，然往往墨守旧法，仍以双人演出“独脚戏”形式为主。受到打击后的苏滩，“从业人员纷纷改行，班子也大多解散”，王美玉等多数人投入文明戏的怀抱，“朱国梁学唱开篇，有一时期曾充弹词家副手”[①]。戏剧观众又转向初出茅庐行情走俏的越剧新秀，上海人更钟情于上海方言演唱的沪剧和滑稽戏了，上海滩上深受苏滩营养的滑稽兴而苏滩衰，可悲的是至今没有人来为如此众多的苏滩名角写历史了。

原刊于《上海演艺》2014年第1期。

① 参见锦涛：苏滩的衰败，1941年8月10日《申报》，8月13日；漫谈地方戏·衰落的苏滩，《申报》1947年1月6日。

让沪剧缀起传统与时代之链

沪剧是伴随上海都市化进程而生长、成熟、繁荣起来的唯一的本地剧种。上海开埠前，它只是一种乡村田头的山歌；上海开埠后，沪剧开始了一段海纳百川、中西融合的辉煌历程，从创始到成熟，最终成了上海国际大都市的一张文化艺术名片。

一

早期的沪剧，由于没有许多的积淀，也就没有太多的负担，于是非常乐于、勇于和善于借鉴和采用其他剧种的演出手法。上海的开埠、移民和各地方剧种的进入，使沪剧获得了吸收营养、壮大自身的最好机会——比如大量演出苏滩的剧目，比如大量借用江浙等地的民谣，一举成为吸收江南民间曲调并加以改造最多的剧种。从20世纪20年代后期始，沪剧大量改编中外名作，如《家》《雷雨》《日出》《秋海棠》《为奴隶的母亲》《石榴裙下》《蝴蝶夫人》《茶花女》《断线风筝》等，在提升剧种文化品位的同时，也起到了文化普及的效用。其中有的改编十分成功，如《魂断蓝桥》《少奶奶的扇子》《铁汉娇娃》等，可谓真正做到了中外名著的地域化和时尚化。沪剧又成功地采用了西方话剧形式表演，特别是在30年代后采用了大台布景和分幕分场演出，开创性地推出中西融合的“西装旗袍戏”，打造出一种属于上海的都市歌剧。

早期的沪剧，由于诞生于沪郊田间，能具体生动地表现农村生活百态，具有质朴、亲和、自然的特征。其中，反映清末民初农村青年男女爱情自由的戏，是早期沪剧最有神采的地方。从20世纪20年代后期开始，进入市区的沪剧大量且迅速地反映城市生活，产生了大量佳作，如《杨乃武与小白菜》《陆根荣与黄慧如》《恨海难填》《叛逆的女性》《女单帮》《妓女泪》《镀金少爷》《碧落黄泉》等，生动而及时地再现了近现代城市民众的生活及喜怒哀乐，可谓真正做到了现实生活的艺术化。新中国成立后，沪剧贴近生活、讴歌时代的特点发挥得淋漓尽致，率先排演了根据赵树理小说《登记》改编的现代剧《罗汉钱》。此后无论在现代戏还是新编历史剧中，沪剧走在了先行之列，如《白毛女》《黄浦怒潮》《母亲》《鸡毛飞上天》《星星之火》《甲午海战》《红灯记》《芦荡火种》《第二次握手》《小巷之花》《昨夜情》等，创作演出都很成功。沪剧的唱腔也长于叙事，灵活而又清新，同样非常利于现实生活的表现。沪剧的语言总是那么朴实大方,沪剧的曲调总能与情节紧密结合,将上海话的细腻、软熟、婉转准确无误地表达出来。因此,上海大街小巷到处传诵著名沪剧唱段的情形,也就不足为奇了。

在海派文化宽容、自由、竞争的大氛围里,沪剧白手起家、抓住机遇,实现了突飞猛进的壮大和发展。从其思想、艺术和市场看,沪剧成功地把握了上海都市社会思想活跃、社会前卫、商业发达的特点和潮流,实现了与上海发展的基本同步。到20世纪40年代,沪剧达到成熟的顶峰,能够通过编演中华名著、反映社会现实,特别是通过一幕幕曲折情爱、悲欢离合的故事,将人间世态尤其是下层群体的思想情感充分地展现出来,显现独特的美感与鲜明的批判现实主义精神。

二

沪剧不但演员阵营庞大,流派纷呈,而且传承有序、常葆活力青春。沪剧的第一代演员直到20世纪40年代仍在舞台演唱,而在20世纪40年代成名的演员在建国后、改革开放后还在挑大梁,几代人都留下了众多经典剧目和精彩唱段,并在民间广为流传。笔者手中一份1951年5月20日出版的《沪剧周刊》(第263期),头条新闻是“沪剧学习委员会举行成立大会,一千多位沪剧工作者投入……学习”。大量人才从事沪剧,喻示着地域文化、海派文化的兴旺发达,意味着艺术的提高、观众的需要、市场的繁荣。

沪剧使上海有了代表自己独特形象的戏剧剧种。与其他外来的剧种不同,沪剧作出了大量特色鲜明、功效卓著的创新,表现了上海这座城市各方面的特点及精气神,参与了上海都市文化的构建。在翻天覆地的上海社会大变迁中,沪剧找准了定位,吸收了养料,迅速成长为一个重当代轻古代、重兼容不封闭、重创新勇放弃、重民俗轻高雅、重民间轻贵族、重方言轻规范、重借鉴轻固守、重融和不自闭、重经济轻繁琐、重现实少修饰的剧种。这是符合上海城市与上海市民特性的。20世纪初曾有文化先驱者批判旧剧,主张“旧戏改良”“新戏创造”。后来他们应该高兴地看到,沪剧不但成功实现了他们的理想,而且跨过了中西文化的鸿沟,向现代都市文化大步迈进,其中蕴含的海纳百川、有容乃大的精神,为都市文化的繁荣提供了样本。因此,沪剧折射着上海都市化的进程,伴随着海派文化从成型走向成熟。沪剧是属于上海文化、也是属于世界文化的一笔宝贵财富,从这笔财富中可以看到上海人见多识广的视野,拿来主义的智慧。沪剧将各种有用的多元的文化艺术基因,灌注到中华民族传统道德的弘扬里,包括人生理想、幸福追求,成为大都市人群的艺术享受和精神滋养。

三

从20世纪90年代初开始，沪剧在经济社会转型、都市文化生态环境的巨大变化中急剧衰落，遭遇了全面的危机。

首先是演出票价高涨，将大批爱看戏、低收入的市民拒之门外。在剧场方面，上海从20世纪初开始就自然形成了多元化、多层次的剧场分布环境，市中心剧场密布，其中南京西路跑马厅周围属于高档文化消费区域，南京东路居于其次；平头百姓则可去"大世界"游乐场娱乐，那里的门票很便宜；若想少花钱甚至不花钱，可去城隍庙及其周边星罗棋布的演艺场所。新中国成立后，政府强调文艺为工农群众服务，除保持剧场的低收费外，还在劳动人民聚居区建起大量文化场所供戏曲剧团演出。根据记录，当年的一张戏票大约只要2角钱，只占工薪阶层月收入(27元)的0.74%。此外，在制作方面，票价的高涨与演出的"大制作"有必然的关系。过去沪剧演出虽也有较高的成本和较大的制作，但那都是以演出数量、市场票房为保障的，与现在只能演几场、送票都不会有人去看的"献礼作品""评奖作品"不可同日而语，后者是丧失群众欣赏基础的"贵族文化""庙堂文化"，并非海派大众文化。

其次是文艺体制僵化，使沪剧原有的创作演出活力逐渐降低。沪剧自从登入国营"大雅之堂"后，其快速、灵活、多样的特点逐渐消逝，逐渐显得木讷、迟钝起来，其背后成因是体制的弊端。演员工资旱涝保收，缺乏更大的积极性去挣钱，创作演出的内容与百姓的现实生活、思想情感发生脱离。同时，对艺术教育作用的片面理解，使剧作不接地气、缺少人气，许多唱词空洞、说教，不再"善解人情""善表人意"。更令人失望的情形是回避了当代的现实矛盾，远离了社会关注的焦点，也就不能呈现出应有的思想深度、表达足够的人文关怀。创作环境不宽容，写这个太敏感，演那个也不安全，于是造成时代精神和人文关怀的缺失，这样的演出自然吸引不了观众。另外，沪剧原本的"幕表戏"表演形式被彻底取消，代之以事先写好剧本，再配唱腔和演员的做法。这对演出的规范性确有好处，但原有的将唱腔与方言自然结合的优势不再，经常发生唱腔与唱词声调游离的情况，使人听不懂；更重要的是削弱了演员的创作表演能力，导致流派克隆盛行、缺乏个性创造，艺术裹足不前。

其三是观演后继乏人，使沪剧的创演人才和观众基础消减。从20世纪90年代初始，上海的幼儿园、中小学校被规定，即使在下课后也不准说上海话。要知道童年与少年是学习语言的最佳阶段，学生不能在交际中学会上海话，不能养成说上海话的习惯，自然不会关注说唱上海话的沪剧了。沪剧吸引不了观众，也就失去了从业人员的后继。业内人员趋于老化，而有才华的人才不愿进来受苦。好剧本难觅，好演员难觅，好编曲难觅……于是，以往一年中出现十几个新戏、一台戏中出现好几个新人的沪剧文化生态，再无踪影。

可以认为，沪剧无法成功完成当代转型，与历史未能接续其语言文脉、人才文脉、剧目文脉，特别是其多元化文脉有关。

四

作为上海从农耕社会向近现代工商业社会转型的艺术产物，沪剧的身上同时镌有传统与时代两个印记，它实现了辉煌。当上海从现代工商业社会向后工商业社会、信息社会再度转型时，它遇到了瓶颈。沪剧遇到的问题，本质上是中华传统道德、文化精神和与时俱进的市民智慧难以得到延续和弘扬的问题，而绝不是简单的技艺难以传承的问题。我们必须深刻认识到当前"非遗"保护理念与措施的局限性。

就沪剧而言，需要做的是改变其贵族化、庙堂化的倾向，回归民间性、草根性的特质，包括情节的生动、舞姿的美妙、歌声的动人、本土基因的浓郁、舞台美术的简洁……从内容到形式都回归到"人民的真情感"上来。胡适曾说："戏剧在文学各类之中，最不可不讲经济。"这个"经济"，涵盖"时间的经济""人力的经济""设备的经济""事实的经济"等。此话是基于中国戏曲长处而言、基于人民欣赏能力而言的，在沪剧身上至为重要，应得到我们的重视。

就文化而言，需要做的是追求上海整体文化环境的培育，通过体制机制的改革谋求沪剧在题材、内容、环境的突破，并以充分的市场化来赢得创作与欣赏间联系的完全自由。如果沪剧能够真正做到职业化，又形成好面向大众的"平民剧场谷"，那就一定会出好剧作、好演员、好唱腔，一定会获得更多的观众、获得更多的民间的支持。思想的活跃和市场的活跃，是沪剧繁荣发展的两大根本。

原刊于《上海戏剧》2014 年第 4 期，《解放日报》2014 年 4 月 10 日同时特约刊登。

吴中女儿的秀美和软语征服了全国的少年心

——就金宇澄《繁花》探讨方言小说写作

一、语言、文学是多元的

我这个题目的这个句子不是我发明的，源自于“五四”国语运动的旗手1925年时说的话。“吴中女儿最系人心的软语”，“江南女儿的秀美久已征服了全国的少年心”。胡适当年在为顾颉刚编《吴歌甲集》做的序中说：“中国各地的方言之中，有三种方言已产生了不少的文学。第一是北京话，第二是苏州话（吴语），第三是广州话（粤语），京话产生的文学最多，传播也最远。……介于京语文学与粤语文学之间的，有吴语的文学，论地域则苏松常太杭嘉湖都可算是吴语区域，论历史则已有了三百年之久，三百年来凡学昆曲的无不受吴音的训练；近百年中上海成为全国商业的中心，吴语也因此而占特殊的重要地位，加之江南女儿的秀美久已征服了全国的少年心；向日思维南蛮鴃舌之音久已成了吴中女儿最系人心的软语了。故除了京语文学之外，吴语文学要算有势力又最有希望的方言文学了。”

胡适讲这些话到现在已经过了90年。胡适、刘半农、钱玄同这些“五四”旗手、思想家、文学家、语言学家在当年大力倡导国语的同时，仿佛预知今后会发生重大偏差，所以早就明确留下谆谆诤言，留下了这些谶语箴言。可悲的是今天我们过了近百年一个世纪，还要从头讲起。

胡适还说：“国语统一，谈何容易，我说，一万年也做不到的！无论交通便利了，政治发展了，教育也普及了，像偌大的中国，过了一万年，终是做不到国语统一的。这并不是我一味武断；用历史的眼光看来言语不只是人造的，还要根据生理的组织，天然的趋势，以及地理的关系，而有种种差异，谁也不能专凭一己的理想，来划一语言的。教育，固然有统一语言的能力，但这方面使得统一，那方面却又自由变迁了。”

“国语统一，在我国及时能够做到，也未必一定是好。国语文学之外，我看，将来还有两种方言文学，很值得而且一定要发展的。一，是吴语文学（包括苏州，无锡，常熟，常州一带）；现在所有的苏白苏文学作品，已有很好的了；将来发展起来，在我国文学上有贡献的，并且能代表这一部分民族的精神的。二，是粤语文学；几百年来，广东话的诗，曲，散文，戏剧等，有文学价值的也很多；能够去发展它，有可以表现西南一部分民族的精神出来的。苏州的广东的文学家，能够做他们苏广的优美的文学，偏是不做，使他们来强从划一的国语，岂不是损失了一部分文学的精神吗？岂不是淹没了一部分民族的精神吗？如果任他们自由发展，看似和国语有些妨碍，其实很有帮助的益处。”（胡适：1921 年 11 月 31 日《国语运动与文学》）

胡适说老实话，他说：“老实说罢，国语不过是最优胜的一种方言；今日的国语文学在多少年前都不过是方言的文学，正因为当时的人肯用方言做文学，敢用方言做文学，所以一千多年之中积下了不少的活文学，其中那最有普遍性的部分遂逐渐被公认为国语文学的基础。我们自然不应该仅仅抱着这一点历史上遗传下来的基础就自己满足了，国语的文学从方言的文学里来，仍须要向方言的文学里去寻他的新材料，新血液，新生命。”

“所以我常常想，假如鲁迅先生的《阿 Q 正传》是用绍兴土话做的，那篇小说要增添多少生气啊！可惜近年来的作者都还不敢向这条大路上走，连苏州的文人叶圣陶先生也只肯学欧化的白话而不肯用他本乡的方言。最近徐志摩先生的诗集里有一篇《一条金色的光痕》，是用硖石的土话作的，在今日的活文学中，要算是最成功的尝试。其中最精彩的几行：

昨日子我一早走到伊屋里，真是罪过！老阿太已经去哩，冷冰冰欧滚在稻草里，野勿晓得几时脱气欧，野呒不人晓得！我野呒不法子，只好去喊拢几个人来，有人话饿煞欧，有人话是冻煞欧，我看一半是老病，西北风野作兴有点欧。

这是吴语的一种分支；凡懂得吴语的，都可以领略这诗里的神气。这是真正白话，这是真正活的语言。”

胡适总结说：“方言的文学所以可贵，正因为方言最能表现人的神理。通俗的白话固然远胜于古文，但终不如方言的能表现说话的人的神情口气。古文里的人物是死人，通俗官话里的人物是做作不自然的活人，方言土语里的人物是自然流露的人。”（胡适：1925 年《〈海上花列传〉序》。）

读了这些文字，我也不用多说了。

直到如今，我们终于又一次开始认识到了，全国都要像一百年前的上海一样，语言多样化，文化多样化，思维多样化。近年来的科学研究证明，思维与语言的关系最密切，语言的多样化，即使工业生产出来的成品也会多样化。语言多元及其表达的多样化，现今已成为语言学界的共识。去年，在上海举行的全国第 17 次现代汉语语法学术研讨会上，语言学专家几乎一致的意见是：“不同的地区、不同的人群有不同的语言风格，要像保护生物多样性那样，保护汉语表达方式的多样性。”

二、都市文学重新崛起并且面目一新

许多人问我金宇澄先生的《繁华》为什么会频频得奖，引起全民狂欢？我的回答主要有两点：一是中国都市文学重新又崛起的时候到了；二是用大上海的本土语言最能深刻入微地表现大上海的生活，这样的文本不但在全国都通得过，而且全国都喜欢看。

又要用先贤的话来论证了。刘半农在对方言在文学中的作用曾说得很明白。他说：

"大约语言在文艺上，永远带着些神秘作用。我们作文作诗，我们所摆脱不了，而且使能于运用到最高等最真挚的一步的，便是我们抱在我们母亲膝下时所学的语言；同时能使我们受最深切的感动，觉得比一切别种语言分外的亲密有味的，也就是这种我们的母亲说过的语言。这种语言，因为传布的区域很小(可以严格地收缩在一个最小的地域以内)，我们叫做方言，从这上面看，可见一种语言传布的区域的大小，和他感动力的大小，恰恰成了一个反比例。这是文艺上无可奈何的故事。"

"方言是永远不能消灭的。"

刘半农又说："假如我们做一篇小说，把中间的北京人的口白，全用普通的白话写，北京人看了一定要不满意。但是南方人写白话文却习以为常了。若用普通白话或京话来记述南方人的声口，可就连南方人也不见得说什么。这是什么缘故呢？这是被习惯迷混了。我们以为习惯上可以用普通白话或京话来做一切文章，所以做了之后，即使把地域的神味牺牲了，自己还并不觉得。"

"如用乙种语言去翻译甲种语言，则地域神味完全错乱，语言的功能，就至少也损失了十分之三四了。"(刘半农：读《海上花列传》，《半农杂文》1925 年第 1 册)

金宇澄先生做的，他实践的语言风格，就是想谨慎地恢复出那十分之三四来。

鲁迅也说过："现在能够实行的，我以为是(一)制定罗马字拼音(赵元任的太繁，用不来的)；(二)做更浅显的白话文，采用较普遍的方言，姑且算是向大众语去的作品，至于思想，那不消说，该是'进步'的；(三)仍要支持欧化文法，当做一种后备。"(鲁迅：答曹聚仁先生信，《且介亭杂文》1934 年 8 月 2 日)

金先生是如何"采用较普遍的方言"来体现上海味道和上海腔调的呢？他一定是在此处颇费心思的。

首先是用上海人的语言习惯说话。虽然北京人也认得某个词，《现代汉语词典》上也有此词，但北方人习惯说彼而南方人却惯用此，他便采用一种上海人的语言表达方式，如不写"往西移"，而写"朝西面移动"；不写"不准逃走"，而写"不许逃"；不写"女人不发声，把手摁住头发"，而写"女人不响，用手捂紧头发"；不写"掏钱做的”，而写“摸钞票做的”：表现了上海人的腔调、上海人的说话特点。别以为只是一两字的差异，味道大不一样。

他也在他的小说语言中加入了上海话中可以被北方人阅读接受的那部分，如用“立”“事体”“吃茶”“泼龌龊水”“皮尺”“发急”“背带裤”“笔笔尖”等非吴语区也大致能看懂的词语，虽用上海话语词不很多，然他的作品却别具上海风味。

这可以说开创了吴语地方小说的一种新格局。尤其是在如今上海话文字刚刚重现于人们的眼前之刻，这种创新是有远见的，它适应了现阶段上海话小说的广大受众。

这本书的更大的成就，是用上海人听惯的口语顺序说话。不但上海人习惯的用词和短语与普通话有差异，上海话句群中的句子短语排列与书面语色彩的普通话也是不一样的，上海人说话都是短句子，《繁花》上的句式大都是短句，就是我们生活中的自然说话方式，不是跟随翻译外国文献而学来的长句。汉语句子语法的修饰语（定语、状语）都是前置于中心语的，受短时记忆 7±2 板块的限制，中心语前边的修饰语不能太长太多，所以都是短句，许多修饰语是后置的。我们的普通话书面语渐渐离开了生动简短的口语，受了修饰语后置的英语影响，句子越绕越长。金先生的努力是使小说从浓重的书面语形式中解放出来，重新回到生动活泼的口语上去，这对北方话作家也有重要借鉴意义。使书面语与民众的口语接近，不避俗语俗字，本来就是当年胡适、陈独秀等发动新文化运动的宗旨。再不回到口语中来，我文写我口，普通话书面语离百姓口语越来越远，又会成为新的文言。

因此我们看到的好的普通话小说，许多北方话地区的作家的优秀小说，总要加入些当地生动的方言口语，如《白鹿原》《丰乳肥臀》《马桥词典》《秦腔》《到黑夜想你没办法》，王朔的小说，或少或多，否则不能表达出民间动静来，因此北方话小说频频获奖。而我们的吴语文学，一反《何典》《海上花列传》带来的新鲜活泼形式，皆用规范化的、《现代汉语词典》上都有的、标准普通话来“创作”，用词公式化普通化，所以号称文化强盛的江南，获奖小说寥寥无几。那是因为吴语地区作家提笔来写起小说来，十之三四的地域神味都先氽脱了！

但是，群众并不买你规范化的账，只消看《繁花》的热销，纯上海话话剧的热演，纯用上海话写的散文集《浓浓沪语海上情——〈新民晚报〉“上海闲话”精编》的市场畅销，就可以见到市民的用脚用钱投票之一斑。

说到南方作家怎样来写方言味重的小说散文呢？从明末到 20 世纪 40 年代，吴语、沪语文学历来就有多样化的几种：第一种如《海上花列传》《九尾龟》，故事叙述语言是官话，其中人物的对白，用完全的苏州话；第二种是地方通俗官话叙述中自然地加入大量方言词汇俗语，浑然一体，如《何典》和小报上的许多散文；第三种如《海上繁华梦》《亭子间嫂嫂》是白话文中自然杂入少量方言生动词语，茅盾的 20 世纪 30 年代在上海写的一篇不满两千字的《上海大年夜》内就有 24 个上海话词语，大量上海话里产生的词语如马路、洋房、自来水、电灯泡、沙发、麦克风等就是他们用进了普通话；第四种如明末的《山歌》，晚清曲艺话本《三笑》，在 20 世纪 40 年代出现较多，是几乎完全的方言小说散文诗歌。

从使用上海话词语上看，《繁花》近于第二种，胡宝谈出版的《弄堂》和本人担任主编之一的《浓浓沪语海上情》是第四种。依笔者看，从这次《繁花》写作的成功来看，其实还可多加入些字面意思很明白词语如上海话熟语也不妨，方言词越用就可以用得越多，多见不怪就是约定俗成之一种，今后的创作还可慢慢地加入更多的上海话词语，使之更像《何典》模式，让地域风情更浓。

而那种上海海派地域的神味，没有这些经历过近现代"现代性"洗礼的上海母语词汇的闪光，没有上海渡过都市生活经验的民间的表达方式，是难以显现的。

为什么《繁花》一书会受到这么巨大的社会关注和赞扬共识，不只是在文学界语言学界？不仅是情节的精彩，叙写的细腻，一个最深层的原因，是因为我们全国各地就像《海上花列传》问世那时的上海一样，都正在大踏步地进入商业社会，全国城市化的高潮已经来临，建设国际大都市社会的步伐也在加快，越来越多的市民热切欢迎都市文学。中国的都市文学又处在新的较高的台阶上重新起步和繁荣的新的历史阶段。这是不可阻挡的历史潮流，上海理应第二次成为都市文学的带头羊，这才与我们自由贸易试验区相适应。我们可以并应该用当代更理性的眼光重读鲁迅的论"海派文学"。过去，上海已经具有为数不多的都市小说，如王安忆的《长恨歌》《富萍》等，程乃珊的《金融家》《穷街》等。现今金宇澄先生的《繁花》是在新的台阶上吹响了全国都市文学重新繁荣的号角，也是做出了一个有口皆碑的样板。

原刊于华东师范大学、北京大学、纽约大学、上海文艺出版社等联合召开的"《繁花》与上海研究学术研讨会"网，2014 年 7 月 12 日。

刚毅的沪商形象，恢弘的海派话剧

——评《大商海》

开埠后的上海，并非像有的电视剧里所表现的那样黑帮横行勾心斗角乌烟瘴气，而是一个实业家、金融家、出版家、文艺家等艰辛建业、开拓创新、竞智献勇的大舞台。最近由上海恒源祥戏剧发展有限公司出品，曹路生、徐俊编剧，徐俊导演的原创话剧《大商海》通过一个现实传奇，为我们塑造了以“源鸿昌公记号绒线店”创办人申霁航为代表的海派商人，在上海20世纪三四十年代风云变幻的艰难时局里，顽强创业、勇闯难关的刚毅形象，展现了沪商的为商之道、为人之道真实面貌和恢弘气派。

苏州洞庭东山14岁的申霁航乘着乌篷小船，带着母亲给他的9块银元来到充满机缘的上海闯荡，后与吴慕用、席耀宗两人结为三兄弟。在1934年元旦起关税突涨两倍的前一天，他们的货船须力争入关的泊位却被高官货船霸占，千钧一发之际绝处逢生，原因是新任的海关关长与申霁航过去有一段戏剧性的缘分，申霁航在当学徒时以友善之心，救人之危，曾用自己9块保命银元从监狱中保出过他，不料在此危急关头，善举得好报，终于货舟在江心补救，来自意大利的人造丝成了他们创业的第一桶金，整个话剧的剧情从一开头起就这样不断地在跌宕起伏的情节中展开。

上海商海一直是中西融合吸收国外先进科学技术最迅速的地方，但是在急于引进先进技术谋求自己开绒线厂时又遭遇了意想不到的风险陷阱。当申霁航请到英国机械专业出身精通设备技术的汤秋稻，并以双倍薪水诚邀他来当经理后，汤秋稻却在外另立山头，出卖绒线厂的商标卷走绒线私吞厂里钱财还谎称自己是杜先生的门生，在事情败露受开除之时，申霁航却还是送盘缠给他回英国，从这一细节上可以见到申霁航少有的和善与宅心仁厚的素质、豁达大度的气概。

申霁航的绒线厂正准备大干一场的时候，1937年，日寇打进上海。对抗日寇这场戏是全剧的高潮。爱国、正义和卑鄙、邪恶有了考验的试金石。先是三兄弟之一席耀宗认为天赐良机，趁越来越多的人逃进租界绒线抢手之际，他经营的八大商号想联络申霁航一起涨价发国难财，当即受到申霁航的严词拒绝；相反，在涨价潮中，申霁航用高价买来原料，将自己制成的绒线赔了钱以原价卖给受难中的百姓，表现出高度的诚信品格。有了爱国爱民，才会有真正的诚信的经商风骨。

惯于灵活处事的吴慕用想回避艰难的经商环境，要约申霁航一起去重庆救济机构避风头，申霁航的敬业精神使他不但放不下“源鸿昌”这块一生为之奋斗的招牌，而且委托了吴捐一万件绒线衫给前线将士以表心愿。日寇统霸绒线经营，已成绒线大王的申霁航忍辱负重，准备回到起家时候重新卖杂货。一天，兄弟席耀宗来说明日本人要他出任全国商业毛统会会长，希望他还要顾及嫂夫人、孩子、厂里职员的利害，人在屋檐下，不能不低头。面对生死关头，霁航大义凛然地说：人要知廉耻，要有血气！断然回绝这个伪职。

在绒线厂受到汤秋稻的打击、员工纷纷离去之时，坚持跟随着申先生的学徒翁承志深知师傅的坚毅秉性，在此时当机立断，用算盘击伤申霁航，让账房申德荣等扶住申先生去华懋饭店赶忙躲藏。翁承志挺身而出，毅然穿起申霁航长衫，顶冒申霁航壮烈牺牲！这段重头戏并未做过多的渲染，但十分震撼人心！既充分表现了老板面对生死之险正义凛然的真诚人格，又展现了忠心员工的毅然决断、视死如归的浩然正气。面对强敌，师徒同心，惊天地，泣鬼神，沪商的为商之道、为人之道得以充分呈现，后继有人。

在这个话剧中，三兄弟都有鲜明的性格和人格，一个是大气谦和，正气凛然，且有海派商人的锐利眼光和谦恭作风；一个灵通善变，路路皆通兜得转；一个利己并现实，终因接受日寇伪职而入狱。三人在复杂的商海中临事表现各不相同，辗转沉浮，剧情也从对比中展示出层次，从而深化了主题。

如何表现一个繁华的大上海？仅用大世界的霓虹灯、黄包车？这部话剧不是浮表性的。编者精心调动了江南文明、海派文化的种种元素，构建了宽宏而精致的叙事风格和清馨环境，来表现大商海的史诗。剧中渗透着海派文化风情，江南的琵琶声，评弹弹唱《赵子龙》，上海的交响乐，市井叫卖，蹦蹦跳跳穿着民俗风采小服装的儿童用上海童谣来表现抗战胜利的欢乐气氛，以虚拟搓麻将抓打牌的程式表现惊心动魄的人物内心活动，说书人既任旁白有时又进入剧中表演……这些海派色彩，传递给观众更多的文化韵味，增强了话剧的文化含量。又如用苏北时调衬托的那场“阿根馄饨摊”上的戏，摊主手握“杜先生”教训汤秋稻的信大声叱责又挨近汤秋稻，用带有凌逼性的深沉口吻，低声说出两句充满潜台词的上海话“侬倒蛮狠个嘛！”“侬蛮结棍个嘛!”，说得汤秋稻惊慌失措，引起了观众会意的笑声。成功的戏剧总是要迅捷地开发出观众的自觉心理过程，创造出一些足以容纳观众主动性的空间，让观众对审美对象自动填补。上面举例的那些，都是用大众熟知的意象和艺术密码拼凑发掘出当年真实可靠的城市风格和语言，上海滩底层浓厚的民俗气息自然发散出来。因此这不愧是一部海派情调十分浓郁的戏。全剧结构凝练，恢弘的叙事风格就是上海城市派头的再现。舞台的布景并不繁缛华丽，继承了古代戏剧的写意为主的传统风格，舞台场景的写意空灵，反而更利于演员的自由发挥，表现人物的内心世界。剧中的人物形象注重外形和气质，如主人公的一身白长衫高大挺拔，衬托出气宇轩昂、高亢不凡的神情风度，符合当年沪商的形象。这个话剧的人物中，只有一个女性，即申霁航太太，但这丝毫不影响整个戏剧表演的光彩。全剧着力刻画了上海男人的立体群像，他们在历史的机遇和艰难的选择中奋斗沉浮，使得这部话剧贯穿了铮铮刚毅，也表现了海派话剧的大气谦和。

《大商海》这个话剧用当代的眼光，重新整理出过去上海商场的真实画面，在上海城市更上新台阶的当今，上海都市文艺重振旗鼓之际，恰当其时地为我们展示出沪商传统、沪商风范、沪商的辉煌历史和战绩；还要感谢《大商海》为上海的文艺界带来了上海话剧的恢弘气度和典雅风格，成功弘扬了上海实业家们的爱国、敬业、诚信、友善浩然之气。为商之道、为人之道是一个永恒的话题，民族精神，爱国情怀，实业救国，为商为民之道，弘扬沪商文化，追求严肃话题高雅艺术，都是当今重要议题。通过对上海题材的挖掘，加深对以往历史的了解，从而提供对当代社会的启示，恒源祥戏剧作品的创作理念、探索方向是清醒的。

原刊于《解放日报》2015 年 1 月 17 日。

土山湾出版的传教士编写的上海方言著作

1843年上海开埠后，英、美、法传教士在上海出版了大量的记录、研究上海方言的著作，现在能见到的西方传教士写的上海话文本，最早的《祷告文式》31页，是1844年留下的。1847年，第一部西方传教士著作——麦都思(W. H. Medhurst)的《约翰传福音书(上海土音)》，由英经会在上海出版，今有江苏省松江府上海县墨海书馆藏版印刷本；直到1950年，上海土山湾出版了最后一本著作——蒲君南(Albert Bourgeois)的《华法新字典(上海方言)》。笔者自1978年读硕士时开始，通过种种办法搜集到42本上海方言著作，其中有上海方言语音、语法、习惯用语、字典、词典、故事、戏剧、圣经、讲义等。这42本书中，有15本是在徐家汇土山湾出版的。

在世界上，语言学是一门比较年轻的学科，19世纪20年代才诞生于欧洲。一些来沪的传教士具有这门学科的理论方法修养，对上海方言悉心虔诚研究记录，辨音记字释义准确，有高超的成就。他们在19世纪中叶进入上海后就开始了上海方言记录和研究，在上海出版的上海方言著作数量远远超过对汉语的其他方言著作，整整一百年中，为我们留下了对上海方言在时间上连续不间断的描写记录，而这一百年恰好是上海话从农业社会的老上海话向现代都市新上海话转变最迅速的时期，所以以此大量密实语料，可以"无一字无来历"地观察分析上海话的发展变化历史，而汉语其他方言几乎都没有这段时期的大量书面语料。

今年(2015)笔者整理出版了其中的5本著作，取名为:《开埠初期的上海话》《19世纪晚期的上海话》《清代末期的上海话》《民国初期的上海话》《1930年代的上海话》。这5本书都是上海方言教材，其中4本是在土山湾出版。这5本书照顾到年代前后及其连续性，可以具体细致比较上海话语音和语汇的连续变化发展，基督教系2本，天主教系3本，皆为其代表性著作，在当年都曾产生过较大影响，可从中探索宗教和上海语言文化的历史。纪实或编写的故事情节生动有趣，有丰富时代特征的内容，用一方水土的方言记写下了一方的水土、民俗、社会风貌，对大上海的逐步繁荣轨迹、海派文化素养的形成具有认识和钩沉作用，让我们翻开长年被尘土覆盖的大街小巷的历史积淀来探明原貌，对这些自然流露在方言活语中的岁月印痕细细品味，从而勾起闪烁在自己脑中的对历史陈迹的斑驳记忆，一定会对上海这个奇特的城市的文化底蕴增加更为感性和深切的了解。

第一本《开埠初期的上海话》，其底本是 1883 年的《松江方言练习课本》，作者佚名，由法国天主教会在上海出版，封面上标明地点“ZI－KA－WEI（徐家汇）”，出版于“土山湾”。其时，地处松江府的徐家汇教区并不在上海县城和法租界地区范围内。在清朝，松江府行政区内，松江话的地位高于上海话，故这本书称名为“松江话”课本。从此书所记的人称代词“我、侬、伊”及其复数和指示词“第個、箇個”等可以鉴别，本书所记的方言是土山湾徐家汇地区的上海方言，课文内容也多是讲述徐家汇教区内外的事情。当年徐家汇天主教区周边均为乡村，在上海县地域内的上海方言和松江方言差异不大。另有 1894 年传教士 Rabouin 在土山湾出版过一部很完整精致的《法华上海方言松江方言词典》，上下两册共 1299 页，从所记的词语中可以看出开埠初期上海话和松江话之相近。

全书共有 42 课课文。课文前 10 课，概括了最基础的词语和俗语短句；第 11 课起到第 29 课，分别以身体、住房、家具用品、时日、买卖、杂役、衣饰、裁缝、匠作、洗理、称谓、医疗、圣事为各个中心组织有关句子提供学习。第 30 课起，学习更为深入，具体记录“中国食物”“厨房器具”；详谈烹调厨事，与厨师话食事、话食间打扫等。从第 36 课至尾，重点记述土山湾教区内孤儿院内的管园地和画图。课文编写由浅入深，如叙家常，叙事具体，有条不紊，后半部的课文相当生活化，可以从中了解到许多当年土山湾圣地的生活和劳作情况，如去法华镇买农具、园地种花种菜知识、土山湾画馆收学生进馆问答、学画裱画具体方法等。描述得最为细致的是中国普通食物的品质及其烹调方法，还专辟中西菜肴的具体制作过程，从中我们可以考察开埠不久的上海的中西食谱。

如第 41 课“画馆问答”部分：

开首、先学钩稿子、钩拉一本簿子上、笔要当得直、簿子要摆得正、看好之里向个格、小小心心钩、勿要出格、钩来一样粗细。

砚台上墨勿要忒浓、浓之搨勿开、也勿要忒淡、淡之要化。

起头学钩笔、笔要照稿子、勿好想心适意、随便自家瞎划、钩起来心要摆拉上、勿然总钩勿好。

先生、我要一枝钩稿子笔、还要几张纸来钉簿子、还要一个砚台、一块墨、一只水盂、水盂抄、有否？

揞笔要轻轻之揞、勿要像用啥扫帚能、笔容易坏。簿子上勿要累墨。

台上要齐齐整整、样样物事、要干干净净、自家坐个户荡、越清水越好。

钩起花来、笔里要分出阴阳面、阴面钩得粗、阳面要钩得细。

钩起人物来、开相最要小心、要钩得活相、故末钩出来有神气。

总要笔里分出轻重来、深浅得宜、自然好看个。

衣褶要钩得软串、笔里要硬气。画起来勿要拘执、盖末画拉个像、自然勿死板者。

学打稿子、开首先要学用铅笔、划横线咾竖线、横线要划得平、竖线要划得直、手里要松松能、盖末铅笔画出来匀净者。

学稿子个时候、各人要用心、手里捏之铅笔、身体要坐得正、纸头勿要摆歪、看好之样子、一门心思做。

稿子临好之、请先生来看、勿照样式、请先生改。

稿子临来实盖模样者、乃末好划进法做出轻重出来。

进法要进得匀净。

做进法个前头、要用第一号钉重个铅条、泥拉纸头上、乃末拿皮卷来细细能泥、要泥出轻重来、泥来真正要和、如同用之水笔来染个能、一无细丝。

泥好之、望上去已经蛮像样者、再用两号笔做进法、就是要划梭子块、再分一分轻重、画拉个物事、就神气足者。

譬方划稿子起来、或者划差、或是先生改笔、稿子上有点铅笔影子、要揩脱、容易杀、只要拿点馒头粉、轻轻之一揩、就揩得脱、若然揩来忒重、揩伤之纸头、用铅笔划起来、就勿好划者。

学稿子勿许拿尺来量、量之学勿会个、勿量末操练得好眼睛光。

学画画用心末、瞻礼七上、写起工课单来、好写上上咾上中、主日上有奖票。

奖票铜钱、勿要瞎用脱、铜钱放拉身边、随手要用脱之个、勿如存拉帐上罢、要紧用末来拿。

……

在这课课文中,作者详细地了解到土山湾画馆19世纪晚期是如何招收学生,如何管理评论学生的,还详细记录了教育学生学习在上海创新的中西融合的擦笔画和裱画等具体方法的全过程,对今天我们追解当年真实情形很有价值。

第二本《19世纪晚期的上海话》,其底本为《土话指南》,1889年初版,1908年法国天主教上海土山湾慈母堂第二次印,全文自吴启太、郑永邦1881年著《官话指南》译出,译者佚名。其上卷有"应对须知""官商吐属"两部分,下卷为"使令通话"。

"应对须知"部分用两人对话形式,互致问候,或对讲生活杂事、对周边所见所闻议论褒贬等。"官商吐属"共40章,占全书篇幅最多。每章都是一件新闻或一个事件，内容曲折有趣，均述地方上发生的新鲜事件，所以本书是一本纪实读本。“使命通话”共20章，是家居生活杂事和对外联络办事中老爷吩咐家仆操作的对话，一事一章，分门别类，记写诸类琐事，十分具体细致自然。这本书是了解近代社会风貌和各种民风俗事的范本。语言本土化翻译得十分流畅成功，是考察和研究前期上海方言词汇语法的佳作。

例如“官商吐属”第三十七章全文：

> 阁下提起之个拐子末。我亦讲一个拨阁下听。几年前头。伲本地方有个出名个郎中。姓方。伊有功名个。屋里财主得极。日逐早辰头。门上看病个。总有几十号。有一日早起里。来一个人。打扮之大人家。跟班个神气。来见箇个郎中方先生咾话。我是某宅里个。因为现在屋里。伲个老爷太太。侪生病拉。打算荡搭来看病。请先生明朝造辰头。等拉屋里。方先生话。是者。到明朝早上。箇个相帮人又来者。还同之一个别个人。手里担之包袱。箇个相帮人。进来问方先生咾话。老爷先看呢。还是太太先看。方先生话。生拉太太先看。乃味第个相帮人。就担箇个人手里个包裹受过来。担之咾出去者。箇个人末。坐拉凳上等拉。后来多化人。看完之病咾走者。方先生问箇个人咾话。侬亦要看病呢啥。伊话我勿是看病个。我是衣庄上个人。拉搭等先生个相帮人。担衣裳出来。担衣裳出来。方先生听见之。诧异得极。问咾话。等那里一个我个相帮人耶。担啥个衣裳耶。伊话咾。就是刻刻。同我一淘进来个相帮人。先生对伊话。太太先看。伊乃末担之衣裳咾。就到里向去个。方先生又问咾话。箇个人那能对侬话。伊是我个相帮人呢。担过歇啥个衣裳来耶。衣庄上个人话。箇个人。今朝早上。到伲店里来。话自家末是先生个相帮人。话先生要买一件女皮袄。先担来看看看。对个末放拉。教伲跟一个人来。格咾我跟来拉个。方先生话。箇个人。勿是伲个相帮人。我亦勿认得伊是啥人。昨日伊来对我话。伊拉宅里。因为老爷太太。侪生病拉。要到箇搭来看病。教我今朝早辰等拉屋里。刻刻进来问我。老爷先看呢。太太先看。我度是伊拉老爷太太到拉者。所以我话。自然太太先看。我是话先看病。并勿晓得衣裳咾啥个事体。侬现在快点去。寻箇个人罢。衣庄上人听见之。晓得箇个人是拐子。担衣裳骗之去者。

这篇文章是介绍了当年发生在民间的一个拐骗案，记写得曲折具体，绘声绘色。

第三本《清代末期的上海话》，底本是1910年由基督教上海教会中文研究所长戴维斯(D. H. Davis, D. D.)编著的《上海方言练习》，上海徐家汇土山湾印书馆印行。

书的前言中说明了该书是为需要学习上海话的在上海租界当局供职的工作人员月考而编写的一本练习课本，有155课。这本教材设计了大量贴近生活的题材，采用谈话形式编写。这是一本了解20世纪10年代时期上海话面貌的好书，从本书通俗自然的白话记述里，我们可以看到，其实在10年代老上海话已经在向新上海话进化中了。

这些短篇口语纪实文章，大致有以下几类内容：①说道德修养；②劝勉；③说上海景貌；④旅游风光；⑤说气候天象；⑥说坐车出行；⑦说民俗习气；⑧说各种特性的人；⑨说人事；⑩谈新鲜事物；⑪记传说故事；⑫谈遇祸事；⑬论医卫；⑭谈动物。

举例：第一百零四课"论徐家汇咾梵王渡"。

拉上海西边有两个蛮闹猛个地方，就是徐家汇咾梵王渡。徐家汇末有一个高大个天文台是看天时咾用个。拉伊头也有天主教里开拉个学堂，就是大咾有几百个学生子拉。拉伊头也有小菜场咾几爿湖丝厂，每爿里有几百个工人拉化做生活。靠近湖丝厂个北面有一个极好看个祠堂，就是打平长毛咾搭日本立和约个李鸿章。拉祠堂前头，有一个蛮好个铜人，就是李鸿章个形象。拉祠堂个四周围末，有各式各样个花草咾树木，还有假山、亭子咾啥，比之黄浦滩个外国花园到勿推板啥。现在电车也有，所以要到伊头去，见识见识末也蛮便当个。

讲到梵王渡末，勿像徐家汇个好看。然而伊头也有一个大学堂，是上海顶有名气个，就是圣约翰书院，学生子有三四百个；地方也大，景致也蛮好看。拉梵王渡个失眠上也闹猛，有各式个店像客栈咾外国酒店咾啥，全有个。虽然地方落乡，做事体也蛮好。因为勿像拉北墙，常庄有马车、东洋车、电气车、机器车咾啥，一日到夜有个，盖咾学堂造拉伊头是蛮合宜个。现在电车勿曾装到伊头，恐怕就要装快哉，以致走路个人便当点。我想欢喜静个人，房子造拉伊块个好。

第四本《民国前期的上海话》，原书为1923年派克(R. A. Parker)编写的《上海方言课本》。作者派克是上海租界当局的官方译员。这本书为上海租界采纳作为公务员学习本地方言的教科书，由广协书局总发行所发行，是一本引人入胜的好教材。书中设计了大量贴近生活的题材，采用谈话口气编写。

举例，第五十七课"论大少爷拉东洋车"。

前日上午十点多钟有一个妓女叫小翠花，坐之包车从屋里出来到小沙渡去，走到半路上一个车头忽然受之暑热咾晕倒者，小翠花因为之想到伊个车夫是一个苦恼个人，就发爱怜心叫伊推之空车子转去罢，伊自家末另外叫之一部黄包车咾，朝西去者。

碰得真巧，伊叫拉个一部黄包车个车夫就是从前到伊地方去勃相个一个大少爷，拉几年前头伊是一个财主人，伊个绰号叫财百万，为之伊嫖赌吃着，所以伊弄得现在成功一个黄包车夫者。

为之伊个面孔已经大改变，所以小翠花勿认得伊，伊倒认得小翠花个，等小翠花一上之车子伊就叫伊小名“三妮子，侬阿是仍旧住拉老地方呀，”一头走一头讲出伊拉几年前头个事体来，难末小翠花晓得就是伊个前头个大少爷，今朝会穷得实盖咾拉东洋车哉。伊吓咾勿要坐伊个车子，情愿付之车钿咾坐别部车子，但是车夫勿肯，一定要拉到讲定个地方。吪没法则，小翠花只好一路大诟，实盖噪之半日引之一街个看客，后来末有一个巡捕来者咾，叫车夫拿之铜钱快点走。

第五本《1930年代的上海话》，底本为1939年 Albert Bourgeois，S. J.（中文名字蒲君南）撰写的《上海方言课本》。作者为罗马天主教耶稣会修士，曾任吕班路震旦博物院院长，研究上海方言专家，有法语版的《上海方言课本》《上海方言语法》《法华上海方言词典》三部有影响的上海话著作，均在上海土山湾印刷所出版。蒲君南的《上海方言课本》课文原有376页，是西方传教士撰写的最大的一本上海话教材，也是在上海社会进入较快发展时期，上海方言变化最快时期出版的方言教材。

举例：第21课课文部分。

阿妈，现在拉春天光，太阳交关好。我个小囝多日天勿曾领伊出去孛相哉。今朝趁天气好，吃好之中饭后来，就要放伊拉小车子里向，慢慢叫推伊到公园里去孛相；不过侬所走个路，要拣清爽点咾幽静点个。

热天光，最要紧个，就是灶头间里弄得交关干净，再要叫烧饭司务烧物事个辰光，要当心，因为热天光生病个缘故，惯常是吃物事吃来勿干净咾。既然吃个物事侪从饭司务烧出来个，厨房间里拿出来个，乃末只要厨房间里弄得干净，烧饭司务小心，格末毛病就会得少哉。

大司务，我后日天夜头，要请人来吃冬至夜饭；要用三道酒；一只果盘里向末要样色多点，汤末要用清汤，一条桂鱼，非利牛排，一只随便啥野伙。牛利全利，末脚末一只火鸡。每一道菜末，要有每一样素菜，配来好点。点心末我拉点心店家定做拉哉。小菜末要烧来顶真点，因为第个几个位客侪是吃客。

烧饭司务，我明朝天要请朋友吃夜饭；替我预备一桌小菜为十个人吃个：

四只冷盆，六只炒，四只大菜。侬要用个菜搭之那能烧法末，侬去预备好之，今朝夜头要拨我看。

现在，拉夏天光，天色热，事体多：比方早晨头要汏个衣裳多，下半日末要烧水淴浴咾啥。所以我个娘姨一干子来勿及做；我再怕衰瘏之咾生病，更加不得了哉。因此缘故我想叫个短工，拉热天色帮帮伊汏汏咾啥。

我个烧饭司务常庄勿当心咾打碎脱物事，侬去替我关照伊：倘使下一个月，再有啥物事打碎脱末，我要拉伊工钱上扣脱一块洋钱。

第爿店里向老板，邪气无没道理。常庄要赖脱伊伙计个工钱。有常时拉月底上要付工钱个辰光，伊末故意勿到店里来。再有常时末，扳着伊伙计个小错头咾赖脱一个月个工钱。

第爿公司里向，因得近年来生意勿好，本钱折脱之已经交关拉哉。所以今年年底，老板已经出通告话：开年底拉一总执员工钱上要礬脱百分之廿。

这本书的词汇表里分细类详细记录了20世纪二三十年代上海话的基本词语和新生词语，课文中所记的句子都是十分自然的生活语言。此书是研究20世纪30年代上海话的好教材，也是一本不可多得的描写上海市民生活习俗、社会活动的范本，从中可以看到有派头、重实干、守契约、尚开拓、讲识相、善节俭、会生活等上海这个大城市特有的城市精神气质。这里记下的20世纪30年代的上海话，已经发展得与我们20世纪五六十年代说的上海话大致相同。

原刊于《徐汇文脉》，上海锦绣文章出版社2015年。

大上海的精致优雅与大气雍和

——评徐俊导演的原创剧《永远的尹雪艳》《大商海》《犹太人在上海》

1843年上海开埠以后，快速发展成一个全面开放的社会，大片的农田转瞬高楼大厂林立，成为一个世界性的移民大都市、经济金融中心，高度的商业化又带来了繁荣多元发达的文化。近年来，由上海恒源祥戏剧发展有限公司出品、徐俊导演的原创话剧《永远的尹雪艳》、《大商海》和原创音乐剧《犹太人在上海》，都是立足上海，宏大叙事，接连不断地为我们还原再现云蒸霞蔚、气象万千的大上海，她的恢弘历史，她的海纳百川、大气雍和，她的繁华喧腾、生生不息……

一、精致优雅、风姿翩然

徐俊先生曾成功导演了一台《上海，爱侬》沪语童谣合唱音乐会，出现了一票难求的盛况，之后就另开生面，推出沪语话剧新品种，上演白先勇的《永远的尹雪艳》。《永远的尹雪艳》的时代背景是20世纪40年代后期，当时上海已是一个戏曲之都，又是一个中西融合的歌舞之城。白先勇曾说："1945年，我当时还是个孩子，有次路过百乐门，之间一群舞小姐婀娜地款步踏入，那种无可伦比的翩然风姿，踏遍全世界都再找不到了，只有在大上海，百年来浸润中西文化的灵气之地，才能培育出这样精致的美人儿。"而当导演徐俊把这些精致优雅的美人儿在舞台上表演出来时，观众就要去看看如何神态栩栩。不过对于现今时行的那些热衷于"重口味"喜欢不断高峰迭起的观众来说，这原是一篇很素淡的短篇小说，搬上话剧舞台十分不易，导演的魄力和功底，编剧精到的再创作，就凸显珍贵。它的成功，正是没有像有的改编剧那般刻意去任意增添情节，舞台上的细节描写均忠实遵循于原著，恰恰是延伸了原作的素淡和精致，拓展得合情合理，从优雅、精致中发掘了上海这个大都市的真实底蕴。改编成功不仅是在西装、旗袍、金丝边眼镜、玻璃丝袜的种种细节的真实，百乐门的金碧辉煌，搓麻将中嫁接的优美舞蹈艺术，都艺术地展现了上海的时代和城市特征。更下了大工夫的，是在语言上体现出话剧的固有特征。导演选准了各位演员，与城市气质上的传承相一致，尤其是大胆选准了并非名角的黄丽娅担任主角，不但在体态风度、服装台风上塑造了很逼真的尹雪艳，主要是那一口自然的上海话，听来十分纯熟软糯，活像沪剧名家丁是娥说白的口气。这样的作品是经得起两遍三遍去细细品味的。

一地的文艺作品是应该直通当地人的性情的。编剧曹路生是用上海话精心直接写出剧本的，直接写和从别的语言翻过来是大不一样的。胡适说过："通俗官话里的人物是做作不自然的活人，方言土语中的人物是自然流露的人。"刘半农说过："我们应当知道各人的口白，必须用他自己所用的语言来直写下来，方能传达得真确，若要用乙种方言去翻译甲种方言，则地域神味完全错乱，语言的功能，就至少也损失了十分之三四了。"梁启超在《什么是文化》一文中写到，语言本身就是文化之一且排名第一。在世界万物中，语言与人类的思维的联系又最为密切。国外现今的研究成果证明，一种语言，构成了一个地域的人的独特的思维，它会自然落实到人的生活、工作的每个方面，哪怕设计制造出来的产品也因此有差异，更何况在文艺和情感、习俗上的差异了。用沪语表现得好的话剧，当然会自然展现上海文化的风味。语言要翻译就是思维换了一种，就会成了洋泾浜，这是许多人喜欢看有字幕参考的原版片而不要看翻译片的根本原因，古诗如译成现代诗，韵味全失，那其中人生体悟到的奥妙，是"语言统一派"绝对不能体味出来的。何况上海的语言多元、文化多元、艺术多元历来就是这个国际大都会的主要特色，多元文化自有其创作和欣赏的根基。多元才能借鉴和创新发展，上海以前轻工业产品的丰富性和前卫性也是一个明证。

发掘方言的语言资源的软实力，可以大大增强中华文化的魅力。地方口语活话哪怕带上一点，作品就会生动，或再稍加客地典型口语，就更加活泼，这是都得到证明的。上海话散文、小说、话剧，当前在初创和恢复中就已经很有市场效应。方言文艺搞得精致，一定会走得更远，如粤语歌曲走向全国，上海和浙江的越剧一度成为全国第二大剧。

《永远的尹雪艳》的背景音乐，它也非常得体地散发出了上海 20 世纪 40 年代的风韵，尤其是 40 年代后期最优秀的歌手白光的《莫忘今宵》《魂萦旧梦》《You belong to heat》等几支"时代曲"唱响，融入了繁星点点的夜上海的天际，表现出骨子里的其他城市所没有的精神风味。白先勇小说的第一句话说："尹雪艳总也不老。"我们可说，上海文化总也不老。我们从这个沪语话剧演出中，可以展望上海海派文化的明天。

二、为商为人的刚毅气派

上海人讲究"派头"，"派头"一词在上海借自英语"pattern"而又有引申。上海人见过大场面，派头大是上海人制造产品、待人处事有格调，品格、风范高雅有魅力的行为宗旨。开埠后的上海，并非像有的电视剧里所表现的那样黑帮横行勾心斗角乌烟瘴气，而是一个实业家、金融家、出版家、文艺家等艰辛建业、开拓创新、竞智献勇的大舞台。《大商海》通过一个现实传奇，为我们塑造了以“源鸿昌公记号绒线店”创办人申霁航为代表的海派商人，在20世纪三四十年代上海风云变幻的艰难时局里，顽强创业、勇闯难关的刚毅形象，展现了沪商的为商之道、为人之道真实面貌和恢弘气派。

苏州洞庭东山14岁的申霁航乘着乌篷小船，带着母亲给他的9块银元，来到充满机缘的上海闯荡，后与吴慕用、席耀宗两人结为三兄弟。在1934年元旦起关税突涨两倍的前一天，他们的货船须力争入关的泊位却被高官货船霸占，千钧一发之际绝处逢生，原因是新任的海关关长与申霁航过去有一段戏剧性的缘分，申霁航在当学徒时以友善之心，救人之危，曾用自己9块保命银元从监狱中保出过他。不料在此危急关头，善举得好报，终于货舟在江心补救，来自意大利的人造丝成了他们创业的第一桶金，整个话剧的剧情从一开头起就这样不断地在跌宕传奇的情节中展开。

申霁航的绒线厂正准备大干一场的时候，1937年，日寇打进上海。对抗日寇这场戏是全剧的高潮。爱国、正义和卑鄙、邪恶有了考验的试金石。先是三兄弟之一席耀宗认为天赐良机，趁越来越多的人逃进租界绒线抢手之际，代表八大商号想联络申霁航一起涨价发国难财，当即受到严词拒绝；相反，在涨价潮中，申霁航用高价买来原料，将自己制成的绒线赔了钱以原价卖给受难中的百姓，表现出高度的诚信品格。有了爱国爱民基底，才会有真正的诚信的经商风骨。

日寇统霸绒线经营，已成绒线大王的申霁航忍辱负重，准备像起家时那样重新卖杂货。兄弟席耀宗则来充当日本人的说客，要申霁航出任商业毛统会会长，遭申霁航凛然回绝：人要知廉耻，要有血气！眼看师父危在旦夕，他的爱徒翁承志当机立断，用算盘击伤申霁航，迫使他离店。翁承志则毅然穿起申霁航长衫，顶冒他挺身而出，壮烈牺牲。这段重头戏并未做过多的煽情，但十分震撼人心。既充分表现了老板面对生死之险正义凛然的真诚人格，又展现了忠心员工的毅然决断、视死如归的浩然正气。面对强敌，师徒同心，惊天地，泣鬼神，沪商的为商之道、为人之道得以充分呈现，后继有人。

如何表现一个繁华的大上海？仅用大世界的霓虹灯、黄包车？这部话剧不是浮表性的。编者精心调动了江南文明、海派文化的种种元素，构建了宽宏而精致的叙事风格和清馨环境，来表现大商海的史诗。剧中渗透着海派文化风情，江南的琵琶声，评弹弹唱《赵子龙》，上海的交响乐，市井叫卖，蹦蹦跳跳穿着民俗风采小服装的儿童用上海童谣来表现抗战胜利的欢乐气氛，以虚拟搓麻将抓打牌的程式表现惊心动魄的人物内心活动，说书人既任旁白有时又进入剧中表演……这些海派色彩，传递给观众更多的文化韵味，增强话剧的文化含量。成功的戏剧总是要迅捷地开发出观众的自觉心理过程，创造出一些足以容纳观众主动性的空间，让观众对审美对象自动填补。

这个话剧用当代的眼光，重新整理出过去上海商场的真实画面，在上海城市更上新台阶的当今，上海都市文艺重振旗鼓之际，恰当其时地为我们展示出沪商传统、沪商风范、沪商的辉煌历史和战绩；《大商海》还为上海的文艺界带来了上海话剧的恢弘气度和典雅风格，成功弘扬了上海实业家们的爱国、敬业、诚信、友善浩然之气。为商之道、为人之道是一个永恒的话题，民族精神，爱国情怀，实业救国，为商为民之道，弘扬沪商文化，追求严肃话题高雅艺术，都是当今重要议题。通过对上海题材的挖掘，加深对以往历史的了解，从而提供对当代社会的启示，恒源祥戏剧作品的创作理念、探索方向是清醒的。

三、尊重历史，国际视野

真是一浪更比一浪高，由上海戏剧学院原院长荣广润和徐俊策划创作的音乐剧《犹太人在中国》，更是把大上海这座城市的国际视野和大气谦和的风骨气质充分展现到观众的面前。

"上海上海上海，那个神秘的东方，那唯一能去的地方，那个陌生的方向，唯一的避难所，我们的命运就连接在——上海！上苍已恩赐，这岸还在摇晃，这心仍在飘荡，苦难是否结束，是否还有生的希望？颠簸的船游到海港满身都是伤，充满前途未卜的焦虑彷徨，只有最后一扇门打开，上海！"全剧就在海涛汹涌、电闪雷鸣和这首痛苦忧伤而优美激荡的合唱声、奋力挣扎的舞蹈动作中开场。《犹太人在上海》是一部里里外外都是爱的歌剧，他用真实的故事和语言歌颂了人类史上最危难时候人民展现出来最神圣的民族大爱。上海这座城市，曾庇护了两万余的犹太难民，这段历史承载了上海这座城市的光荣，音乐剧《犹太人在上海》经过反复打磨，向世界讲述了中以友谊和中国人民的大气，此剧将中国人民的真善美和大爱无边展示得淋漓尽致。让世界铭记这段历史，这是中国艺术工作者当仁不让的使命。

这部中外合作音乐剧，许多情节，都来自中国创作团队穿行于上海和以色列两地考察的收获。该剧特邀了音乐教育家周小燕教授担任艺术顾问，以色列驻沪总领事馆总领事柏安伦夫人忆莲娜担任文化顾问，由中国、以色列艺术家合演，曾获金像奖和金马奖的作曲家金培达创作了融合东西方元素的音乐，全剧由中英文双语演唱，成功地展现了上海近年演剧史上少见的中西融合的多元风貌。

在"太阳旗下无阳光"的上海最黑暗年代，剧中犹太人艾扎克说："是的，一扇扇门都对犹太人关闭了，只有中国上海向我们敞开大门。"上海的微光照亮了世界，上海人民和犹太人民结下了深厚的友谊，他们肩并肩与法西斯展开了殊死抗争。犹太青年弗兰克与上海姑娘林亦兰也由此相遇，开启并演绎了一段战火纷飞下的生死爱情。亦兰用难以割舍的传家宝钻石戒指去替重病的弗兰克换来了比黄金还贵的盘尼西林，她唱道："生命无法等候，付出没有理由。"人都有生存的权利，"你泪水有几滴我就有几滴"。他们在几近绝望的环境下却坚信："每一天都是新的希望。"弗兰克将父母留给他的遗物怀表赠给了林亦兰，作为新生活的开始，爱的权利和力量让他们两人紧密相连。后来在他们一起与日本人作生死搏斗中，林亦兰不幸中弹，但是，他们的爱"永不破碎"！

与《大商海》中出现的一些小人物一样，此剧也有市民顾阿姨、李老师、鞋匠小苏北、爆炒米花人、小宁波等很有性格特色的小人物形象，教犹太人拎马桶、生煤炉、洗衣，表现苦难中在夹缝中的真实生活，往往带有神来之笔，他们一起点燃了心灵的微光。犹太人被隔离，上海的老百姓冒雨送大饼油条，又把自己口中的食物省下，送给一日只能一餐的异乡人。还有剧中的亚伯拉汗，也完全写活了。

这是一部和平与战争，光明与黑暗，爱情与死亡的诗史式的音乐剧。在一个音乐剧的空间，能够把引人入胜的曲折的故事情节表现到位，点点滴滴的温馨细节十分动人，这便是剧作家们的空前成功了。在剧中林亦兰和弗兰克生死离别的时候，表达主题的颂歌庄严地升起："无论夜有多长，这无数微弱的光，积少成多，波澜壮阔，你看那一条耀眼的银河……只要有人的地方，就永远不会凄凉，永远不放弃，对自由的歌唱。"

怎样写历史戏剧？我们拿什么优质文艺贡献给人类？是老是着眼于勾心斗角和阴谋权术的帝党内斗，还是以庄严大气的品相，多写我们的人民在生活中绽现的人性和关爱，向世界讲述中国人民热爱和平和为博爱付出的代价？与《辛德勒名单》一样，我们在《犹太人在上海》里看到了在彼此处于患难之中的人民，坚强的、真诚的、跨越国界的人与人之间的相濡以沫的无边大爱。

纵观徐俊先生近年来导演连续出彩的三部原创新剧，在上海戏剧舞台上，这些成果继承了上海话剧、音乐剧的正宗传统，弘扬了多元博采、追求卓越的海派文化的风格特色，表现了上海这个城市永远精致优雅、大气雍和的城市精神。

原刊于《光明日报》2016年7月8日，在此补全因篇幅所限而删节部分。

弘扬上海老唱片忠实记录的繁华多元的海派文化

第一次将人类语音复制下来的“留声机(phonograph)”,由爱迪生在1877年11月6日发明于巴黎。1889年哥伦比亚留声机公司在华盛顿成立。1891年,美国人埃米利·伯利纳(Emile Berliner)制成了世界上第一张“唱片”;1896年,查尔斯·百代与爱米尔·百代兄弟在法国创办百代公司;1898年11月,约翰森在美国成立“胜利留声机公司”。

20世纪初,唱片就很快首见于上海。第一批唱片是由英国留声机公司(The Gramophone & Typewriter Co,Ltd.)在上海和香港灌录出版的7吋(17.5厘米)、10吋(25厘米)两种规格单面唱片共有476面,1903年由英商“谋得利洋行”开始在上海发行,唱片的商标是一位坐着的“小天使”。“小天使”唱片是在国外制造的、在上海最早发行的中国戏曲内容如京戏、地方小曲的唱片。

美国“胜利”公司在“小天使”唱片稍后,也开始在上海发行中国戏曲内容的唱片。唱片最先发行时,片心除了印有狗听大喇叭留声机器商标之外,中央只印“Victor”商标名。以后“胜利”公司又出版了大量片面加上中文大字“物克多唱盘”的唱片。

1908年,法国人乐浜生(E. Labansat)在上海南阳桥(近西藏路)附近租房,成立了上海最早的唱片公司——东方百代(Pathé Orient),挂靠在法国百代旗下。“柏德Pathé洋行”是法国百代公司(Pathé Frères)在华代理商的初名。乐浜生特意从法国购来录音设备,并聘请技师一人来沪。当时灌录的唱片大部分为京剧,也有一些地方戏曲如苏滩、梆子等。灌音后交由法国百代公司制成唱片,再返回上海销售。片心上有“百代公司”“巴黎百代寰球第一唱片公司”等字样,均为铸刻的手写汉字。百代第二次灌片在1912年前,在巴黎成片后,分批返回国内销售。

1915年初,百代公司决定在上海购地建厂,厂址选在徐家汇谨记桥徐家汇路1434号(今徐家汇公园所在地)。1917年内建成后正式投产,这是中国首家唱片制造厂,从此上海本地有了自己制作唱片的场地,初始时的商标有一只昂首的红公鸡站在唱片上。

1917年,中日合资的“大中华唱片厂”,注册商标图为一对鹦鹉拥着一张唱片。1927年12位中国资本家联手,将日股购回,由中国人自己经营,1929年4月正式营业。从此,“大中华留声唱片公司”成为唯一国人所办的唱片厂,与“百代”和“胜利”呈三足鼎立之势。

1925年在德国制片的“高亭公司”成立,1927年在德国制片的“蓓开公司”成立。1929年在美国制片的“开明公司”成立,1930年“长城公司”成立。其他出品唱片的小公司还有“得胜(1923)”“歌林(1934)”“新乐(1920)”“宝塔(1936)”“国乐(1938)”等30余家纷纷在上海开张。

1926年至1937年,是上海唱片公司最多,发行唱片种类最多,生产量迅速高涨的繁盛时期。其中最稳定发展的时期从1926年末至1932年“一·二八事变”之前。在全盛时期百代每年能产270万张唱片,胜利年产180万张[①]。

中日爆发战争以后,1937年8月至1941年12月,高亭、蓓开、开明、大中华公司陷入停产或半停产状态。但英国哥伦比亚唱片公司收购法商东方百代唱片公司后,把主要精力投入出版黎锦晖明月歌舞团开创的“时代曲”和电影歌曲,直到1949年;又另取名“丽歌”,主要录制了大量的越剧唱片。胜利唱片也灌录出版了不少歌曲戏曲唱片。在1945年抗战胜利后,新生的大中华唱片出版了大量改良后的越剧和沪剧唱片。

1843年开埠之后,上海很快成为一个商业高度发达繁荣的移民城市,在自由开放的宽松环境里,以强大的商业为基础,形成了海纳百川、中西融合的海派文化,大批优秀的文化人士汇聚上海,大量的优秀文学艺术作品在上海诞生,大量的作曲家、演艺明星在上海孕育成长,江浙地区以至全国的地方戏剧曲艺荟萃上海,上海自然快速地成为一座歌舞之城,又是一个戏曲之都。

上海唱片业在1926年后进入飞速增长期后直到1949年,居然有64个大小国内地方戏曲在上海都出了唱片,加上歌曲、音乐、经诵等,共有94类唱片。一部唱片发行史,就是一部文艺发展史的缩影。这些唱片,最忠实地记录下了各类艺术内容及其艺术风格,反映了上海文艺逐渐起步到高度成熟繁华的真实情形。

在当年发行的唱片,发行量最大的是京剧、苏滩、沪剧、滑稽、评弹、越剧、歌曲、宁波滩簧的唱片。京剧的唱片最为丰富,不但记录了以谭鑫培、孙菊仙、陈德林、王瑶卿等为代表的京剧第二代起的京剧名家的精彩唱段,而且全面灌录了下一代余叔岩、言菊朋、马连良、谭富英、梅兰芳、尚小云、荀慧生、程砚秋和小生、武生、净丑、老旦等各名家的经典唱段,也囊括了蜚声上海剧坛的王鸿寿、汪笑侬、周信芳、陈鹤峰、林树森、高百岁、小兰英、露兰春、筱月红、金小楼、李桂春、孟小冬、小杨月楼、赵君玉、刘筱衡、绿牡丹、童芷苓等南派京戏名角的唱段。

---

① 王勇:上海老歌与老上海的文化媒体,《上海老歌》(1931—1949),中国唱片上海公司2008年。

"苏滩"发源于清朝乾隆时代,是苏州地区市民文化掀起昆曲世俗化的产物。苏滩进入上海以后,得到了全面的发展,其轻松活泼,幽默滑稽,吸收了大量的民间小调,演唱平民生活,为市民阶层百姓所欢迎。苏滩留下的唱片甚多,从唱片中所见,苏滩演唱青年男女"结识私情"的情爱生活,不时闪现亮色;伴唱音乐多是民间小调,婉转抒情;吸收佛教念佛音乐、道教道场音乐,进行滑稽说唱;选择民间传说、儿歌民谣、贯口、绕口、连缀口技、绕口令和轻松的起兴小调、杂腔俚谣,演说现代故事;对市民生活中的各类人物,进行具体细腻描绘,引出笑话,对洋场生活和游乐中的各种丑陋,进行嘲讽和针砭。苏滩带动了江南江北地方民间山歌、花鼓戏、说唱进上海城发展,后来形成的滑稽、申曲、甬滩都吸收了苏滩大量营养。

苏州地区文脉深厚,名人辈出。苏州评弹艺人纷纷闯入上海,评弹便在上海遍地开花,沪上顿时书场密布,到 20 世纪 30 年代后流派纷呈。上海的唱片全面灌录下了弹词名家的名篇,有魏钰卿、杨月槎、杨星槎的《珍珠塔》;有三单档夏荷生、周玉泉和徐云志;三双档蒋如庭、朱介生,朱耀祥、赵稼秋,沈俭安、薛筱卿;还有其他名家陈瑞麟、杨仁麟、蒋宾初、黄兆麟、张少蟾、李伯康、范雪君等都出过唱片。其中珠联璧合、对评弹的发展起承上启下影响的沈薛大响档,各唱片公司出版了他们的《珍珠塔》《啼笑因缘》中的精彩唱段有 28 张。

40 年代新生代评弹名家蒋月泉十分喜听朱介生的唱片《双珠凤・坟吊》,当时有家电台每天清晨六时播放朱介生唱片。蒋的家境不好,一早赶到八仙桥黄金大戏院隔壁中汇内衣商店门口,伫立凝神细听①。都会上海里的名艺人又可这样通过唱片来学艺。

在上海有了苏州滩簧以后,上海东郊的东乡调也开始进城,沪剧的第一批标明"申江名角"演唱的"本地滩簧"唱片《庵堂相会》《卖红菱》《游码头》等,在 1911 年就已由法商百代唱片公司灌制并稍后发行了。沪剧开始进城时,伴奏乐器只有小锣、击板和胡琴三种乐器,十分简单,也可从老唱片中听出来。后来在 20 年代中后期高亭、胜利、大中华等公司发行了大量沪剧唱片,王筱新、王雅琴,孙是娥、刘子云,丁少兰、丁婉娥,是当年灌录唱片最多的三对搭档。早期的申曲多角度地真实展现农村平民生活面貌,特别是对青年男女为了追求婚姻自主,遭受无情迫害,进行了极其深刻的表现和具体揭露,如《拾打谱》《卖红菱》《卖妹成亲》《女落庵》《赠花鞋》,都由老唱片灌录了下来。沪剧又主要表现现代,深刻揭露家庭社会矛盾,扬善惩恶。三四十年代又在海派文化的宽容、竞争的大氛围里迅速发展繁荣,开创性地成功演出了中西融合的多场话剧式的"西装旗袍戏",并对不少外国戏剧电影的改编

① 上海曲艺家协会编:《评弹艺术家评传录》上海文艺出版社 1991 年,第 254 页。

十分成功，真正做到中西合璧地方化和沪剧化。沪剧走向辉煌的历史，完全保藏在这些珍贵的老唱片中。

上海滑稽戏，是扎根于市民生活的通俗喜剧。从徐卓呆、王无能唱“趣剧”开始，到一批演新剧艺人王无能、陆啸梧、张冶儿、陆希希等纷纷自立门户，在新生的游艺场等处演出滑稽独脚戏，他们汇集了以上海方言为主的江南江北方言、口技、绕口令、贯口、山歌民谣、南腔北调，很快成为游戏场里最为注目的台柱。以王无能为代表的各种方言、戏曲、市声杂唱汇合的“老牌滑稽”，和江笑笑、鲍乐乐等的具有社会意义曲目的“社会滑稽”，刘春山的迅速反映时尚新闻的“潮流滑稽”，各具个性，灌录了大量唱片。

越剧 1938 年进沪发展，从“的笃班”开始在上海不断地改良优化，终成天籁之声，其迅速的变化过程，全部收录在上海唱片中。百代、胜利公司录制了前期男班越剧和施银花、屠杏花、王杏花、筱丹桂、马樟花、姚水娟、支兰芳等“三花一娟”时期四工调唱腔经典，大中华唱片公司等在 1946 年以后出版的唱片又为我们留下了经袁雪芬、尹桂芳、范瑞娟等越剧名家改革后的“尺调腔”“弦下腔”等新创曲调，以及一大批新人如“越剧十姐妹”和王文娟等的早期唱段，像 1948 年出版的《风流王孙·生离》唱片留下了戚雅仙仅 20 岁时的唱腔。

中国的现代歌曲是上海开埠以后在西风东渐的背景下发端的。上海唱片记载了我国第一代现代歌曲音乐人的作品，如赵元任的《教我如何不想他》。著名音乐家黎锦晖 1920 年在上海创办了我国第一个现代歌舞团体——明月歌舞社，1927 年开始由百代公司出版了《毛毛雨》《妹妹我爱你》两首通俗歌曲，后来胜利公司又出版了《特别快车》和《桃花江》等。这些歌曲适应了上海市民多样化的文化趣味和要求，越来越多，风靡于大街小巷，当时被称为“时代曲”。中西融合旋律的“时代曲”，如实表现了上海社会和时代面貌，是平民生活的多方位真实写照。其中有人间苦难的深刻表现，对博爱、平等、自由的热烈追求；歌曲中有民间小调的采集和延伸，有古典题材的现代表达，有天然景物的倾心赞美和情景交融的陶醉，有城市的旋律和赞歌，对上海等城市、异国风光的歌颂；最多的是人间温情、爱情的细腻表达和尽情颂扬，有都市生活中相逢离别之情中的缠绵，有中西融合的都市旋律的舞曲。九一八事变后，大量雄壮的时代曲又充分表达了上海人民民族救亡的强烈呼声。这些流行歌随唱片而家喻户晓、广为传唱，演唱伴奏水准也迅速提高，到 20 世纪 40 年代后期“时代曲”达到高度成熟，如《蔷薇处处开》《夜来香》《夜上海》《苏州河边》《人隔万重山》等，其中《玫瑰玫瑰我爱你》曾荣获美国流行歌曲排行榜第一。上海的唱片培育了一大批誉享中外的中国第一代流行曲歌手群星，如周璇、王人美、白虹、龚秋霞、姚莉、白光、李丽华、吴莺音等。

上海唱片的发行，对上海文化中心的形成、推动文艺的全民化起到了重大作用。唱片将最红最热点的戏曲、音乐等直接传送普及到社会，使大众能反复播放陶醉其中、模仿学唱。广播电台诞生后，唱片又在电台里播出，影响了更广泛的听众，有力地推动了全民性的热闹非凡的海派文化生活。许多 20 世纪二三十年代唱片里的内容在 80 年代搜集上海民谣时发现民间老年人口中依然在唱，即是明证。唱片使我们可以回顾声音记录下的近代中国城市社会变迁的真实面貌。从 20 世纪 50 年代起，这种每分钟 78 转唱片的生产依然在百代小红楼的原址成立的“中国唱片上海公司”延续，唱片事业在新中国继续迅猛发展深入人心，到 60 年代初期才为每张唱片播放时间可以较长 16 转、45 转和大量的 33 转密纹唱片取代。

唱片忠实记录了上海空前辉煌的文艺史，这是上海的一笔重要的非物质遗产。我们应有使命感，积极行动起来建好上海老唱片的博物馆，让全国和世界人民亲临现场目睹上海辉煌的海派文化；而且要把这笔精神遗产整理出来集中出版，这对我们及其后代了解和研究当年的社会、文化、语言、民俗、人类行为有着极大的、准确的认识作用。让我们以实际行动保护传承好这笔重大文化遗产，弘扬从上海老唱片延续下去的多元博采的海派文化。

原刊于《徐汇文脉》，上海锦绣文章出版社 2016 年。

从老唱片看多元海派戏曲的繁荣

一部唱片发行史，就是一部文艺发展史的缩影。上海 1843 年开埠后，天时地利人和，以强盛的商业为基础，形成了中西融合、海纳百川的海派文化，到 20 世纪 20 年代，已经快速成为一座歌舞之城，又是一个戏曲之都。

1891 年，美国人埃米利·伯利纳（Emile Berliner）制成了世界上第一张“唱片”。1903 年由英国留声机公司录制的中国戏曲内容的“小天使”单面唱片共有 476 面首次在上海发行，其中就有京戏和苏州滩簧唱片。不久美国“胜利”公司的第一批唱片中也有苏滩唱片。

苏滩和评弹是上海开埠后最早进入上海的两种戏曲。“苏滩”发源于清朝中期，早期的苏滩沿袭《琵琶记》《白兔记》《牡丹亭》等昆曲剧目，但多演折子戏，乾隆时代沈起凤所作《文星榜》中就已出现“唱滩王”和“《卖橄榄》”之词，在第四出中，有科诨道士云：“唱滩王是我起首。”又云：“‘卖橄榄’粗话直喷，‘打斋饭’嚼蛆一泡。”[①]英国首发“小天使”唱片中就有在上海灌录的林步青唱的苏滩《打斋饭》[②]。苏滩来到上海，在发达的都市社会极为开放的文化氛围中迅速走向俗化，演唱平民生活，轻松活泼，幽默滑稽，吸收了大量的民间小调，成为上海民众喜闻乐见的曲艺。在 20 世纪二三十年代，苏滩非常时髦，以其活泼的单人或双人搭档形式，最快登上上海第一个游戏场“楼外楼”演唱，80 多名名角在上海留下了 260 多张唱片[③]。

苏滩用源自江南地区的民间小调，演说乡土情味浓郁的民间生活片段，充满活泼的草根气息，最有名的《卖橄榄》《马浪荡》两出便是。苏滩演唱青年男女的情爱生活，不时闪现亮色，由婉转抒情的民间小调伴唱。

王彩云、王美云合唱的《手扶栏杆》是属于“结织私情”一类青年男女的情爱戏，用优美的“苏州小曲”来唱。从“手扶栏杆可叹第一声”一直对唱到“手扶栏杆可叹第十声”。男青年对女青年的专一有点疑心，故要动身。远离是爱情的杀手，先是女方劝郎一路要当心，依依不舍，最后是男方要女方罚一个咒，否则“总归不放心”。

① 沈起凤：《文星榜传奇》第四出，乾隆年间。

② 林步青唱的《打斋饭》唱片片心和录音收入钱乃荣《上海老唱片（1903—1949）》，上海人民出版社 2014 年。

③ 苏滩唱片 260 多张唱片目录收于钱乃荣《上海老唱片（1903—1949）》，上海人民出版社 2014 年，第 414—417 页。

唱片一开头，女方是这样唱的："手扶栏杆可叹第一声，鸳鸯哪枕浪劝劝我郎君，路上鲜花少要去采，上船哪下车末自己倷当心。咿呀呀得而哙，说拨拉郎来听，贤妹妹叮嘱倷句句记在心。"男接唱："手扶栏杆可叹第二声，贤妹妹你不必常常挂在心，路上闲花哪有工夫采，上船哪下车末我自己会当心，咿呀呀得而哙，说拨拉贤妹妹听，轧姘头吊膀子本来勿相信。"

这张唱片唱到末尾，女唱："手扶栏杆可叹第九声，情哥哥要动身末万万亦不能，几年恩情到如今，为什么此刻末你变了心，咿呀呀得而哙，说拨拉郎来听，倘然你讨饭末小妹妹后头跟。"男接唱："手扶栏杆可叹第十声，贤妹妹你个说闲话末句句是真心，不看三男并四女，看只看鸳鸯末枕浪一段情。咿呀呀得而哙，总归勿相信，若要我相信倷罚一个咒拨我听。"两个情人既有情义又有疑猜，在一来末以银钱迎娶，二来不是爹娘配婚下，男方叹息"露水夫妻末当不得什么真"，女方劝慰"一夜那夫妻末有了百夜恩"。在远行临别之际，彼此心中的依恋和真实的想法在对唱中直率倾吐，尤其男方的思来想去，既感动又担心之心情，表现得淋漓尽致。二王又有一张用"上海小调"唱的《十送郎》，其中帮穿衣，扣纽头，赠太平钱，丢橄榄，烧香，撑伞，塞衣，送盘缠，这一系列温馨的行为细节真切地表现了女主人公对郎的一片深情，意真语挚，表达十分细腻。

苏滩对市民生活中的各类人物，进行具体细腻描绘，引出笑话；对洋场生活和娱乐中的各种丑陋，进行讽刺嘲笑。郑少赓在一张唱片里有两段说唱《时髦阿姐》和《乡下大姐露马脚》，后者很幽默地描画了一个初到上海的女佣所出的洋相：

"我说乡下场化出仔一个好大姐，叫面孔标致人扎乖，可惜赅着仔个穷夹里个爷，叫俚田横头哪哼好去过日脚？俚倷逃到上海来，郑家木桥字也勠来拆，碰着仔个白荐头笃老伯伯，一荐一家大人家，打点服侍一位老太太。俚倷刚到公馆里，样样事体勿明白，个马桶夜壶灶头浪向摆，汤罐里去汏脚带。看见黑胡苏饭司务，煞死叫俚老太爷。个日老太太末发节气，叫俚来末抈抈背罢，俚倷操拳捋臂到斜肩胳，到背心浪向别别又踫踫，拿个老太太一顿生活打煞快。倒说老太太末喊救命，叫倷一声好大姐，我今朝要想适意点，故歇反而要去吃伤药，倷豪燥点买个两张伤膏药。个做仔实梗半年把，全头勠个学写斋，叫胭脂点点粉拍拍，一样也会骚极怪儿濑，看见小伙子，一心要想鬼搭搭。个大少爷末看中俚，煞口拿俚工钿加，一加加到四洋八百，倷总归勿要换人家。啊呀好大姐，倷个心里是阿明白？"

苏滩还吸收佛教念佛音乐、道教道场音乐，进行滑稽说唱；选择民间传说、儿歌、贯口、绕口、杂腔俚谣，演说现代故事。如"有一个胡子，骑仔一只驴子"的绕口令，"天浪七簇星，树浪七只莺"之类贯口；如"外国言话香蕉那能讲？答：剥了皮吃。""轮船开到大世界里，堂倌吓得盘到铜吊里"等的混搭。

苏滩的演唱内容及其音乐、演唱形式对后来在上海形成的本地滩簧、滑稽戏和宁波滩簧等曾产生过深远影响。

近代弹词和评话乃发源于苏州。苏州地区地灵物华，文脉深厚，名人辈出，有着深远的文化积淀。苏州评弹艺人纷纷闯入上海，沪上顿时书场密布，评弹便在上海遍地开花。据 1910 年《申报》记载："上海的书场业有一个疯狂发展时期，三、四马路、大兴街附近一带以及南市城隍庙等处，简直是五步一家，十步一处，到处悬挂着书场灯笼与招牌。"①

在 1949 年以前老唱片中灌录的有魏钰卿、杨月槎、杨星槎的《珍珠塔》；有三单档夏荷生、周玉泉和徐云志；三双档蒋如庭、朱介生，朱耀祥、赵稼秋，沈俭安、薛筱卿；还有其他名家。其中珠联璧合、对评弹的发展起承上启下影响的，是沈薛大响档。

沈薛除唱《珍珠塔》风靡 20 世纪二三十年代外，还唱新小说《啼笑因缘》。《旧地寻盟》和《绝交裂券》两张唱片恰如上下两联，唱主人公两人小别后约在原地花园中重逢，以"虫唧唧，草青青，他是不堪回首旧时情"开头，即把场景处于一个尴尬沉重的气氛里。樊家树欲挽回旧情，惜女友沈凤喜已投入刘将军怀抱，以"残花败柳"为借口，以感恩送上一张加倍奉还的四千银支票，了断与樊家树的前情。樊怒发冲冠撕碎支票，以此决断。憾深愤极之下，有一个三个"为了你"后紧接着三个"一"的唱段："我本是，那穷书生，何曾见支票一纸有四千银。支票，支票啦！想你是无上威权大，真所谓是金钱的魔力世间闻。为了你末逐亲儿，贩劣品，纵然父子有恩情，为君减却了两三分；为了你末分遗产，上法庭，纵然弟兄有恩情，为君减却两三分；为了你末拉台子，讲交情，纵然朋友有恩情，为君减却两三分。今日里末凭君一纸把旧情割，海誓山盟一旦倾，把我是视同市侩一般人！"调子一转："支票，支票，莫道世人都钦佩你，我把你末碎骨粉身施极刑，看你横行到几多春！"这段唱词，一气呵成，听来有一吐而快之势，淋漓尽致地谴责了金钱的罪恶，表达了樊家树面对现实的悲愤和"富贵两字等浮云"的超然豁达心境。

1938 年 11 月 29 日《申报》报道："上海播音界最脍炙人口的是弹词，每天共有 103 档节目，每档以 40 分钟计算，总数为 4120 分钟，即 68 小时又 40 分钟。"评弹占据了电台 90％的播出时间。琵琶弦子声曾经缭绕在马路弄堂、夜上海上空，大量的市民是在与唱片和电台接触中喜欢上了评弹②。

在上海多元的海派文化浸润下，从初创到成熟，发展得最为成功的戏曲，是沪

---

① 秦建国主编：《评弹》，上海文化出版社 2011 年，第 34 页。

② 秦建国主编：《评弹》，上海文化出版社 2011 年，第 33 页。

剧和滑稽。

沪剧起始，取名“本地滩簧”，是上海开埠以后随着上海都市化而迅速发展起来的一个本地剧种。在此以前，它只是一种乡村田头山歌，流行浦东，称为东乡调。这从民国初年灌录在百代和物克多唱片里的唱腔和说白中便可辨听出来，如“油煠桧、难为情”的阳平连读变调，旧上海县包括浦东南汇地区的上海方言有别于当年归属江苏的宝山、松江等地区。

好在百代公司在1911年就录制了本滩初进城时的第一批唱片，首张录音的唱片《王长生》由陆金龙用女声演唱，此外还有何兰卿、施兰亭、赛金龙、王筱新、陈少卿等人唱的《庵堂相会》《拔兰花》《卖红菱》《男落庵》《赠花鞋》《小分离》等[①]。

王筱新、王雅琴，孙是娥、刘子云，丁少兰、丁婉娥，是早期上海滩簧时期（唱片片心上又称东乡调或申曲）灌录唱片最多的三对搭档。

早期的申曲多角度地真实展现农村平民生活面貌。特别是表现男女青年情爱生活，在沪上的多种最初来自草根的地方戏曲中，没有哪个剧种有像沪剧那样，对农村中普遍存在着的青年男女为了追求婚姻自主，而面临着的无可奈何的命运，遭受到的无情迫害，进行了极其深刻的表现和具体揭露，如《拾打谱》《卖红菱》《卖妹成亲》《女落庵》《赠花鞋》，那是早期沪剧——申滩最有光辉的一笔。如百代公司出片的丁少兰、赵秀英的《出狱会情》，是《卖红菱》中的一段，唱金春失手打死爷叔后在监狱里受的苦刑：“拿我捉到上海城，二百记藤条抽背心，三记榔头两夹棍，吃勿住刑罚就招认，拿我脚镣手铐用挺棍，连夜推进监牢门。”凤英接：“阿要作孽！”金春继续诉说：“手拿无情棍，棒打恶犯人，呒没铜钿用，拨拉上身打来排下身，上身打来青髈肿，下身团团青。白虱里个咬，虱蚤叮，顶伤心臭虱大来像只蟑螂能。”监狱的残暴酷行、丑秽景象暴露无遗。女方也倾诉了自己在家遭遇：“大娘凶来好像老虎能，日里向呒没同台同凳饭来吃，夜里向同床合被呒没睏，哪里来亲生大细叫大人？”诉说了自己的屈辱生涯。再问情人金春“阿有小囡领出来，我小囡鞋子也有份”时，金春最后道出自己的悲惨境遇：“为是侬天大家当铲干净，为是侬伲个爷娘早早命归阴，眼前手捏两把黄皮筋，阿里有啥卖命铜钿讨女人？”听到这里，不禁黯然神伤！罪恶的社会扼杀平民恋爱自由，逼得穷人生命倒悬无限凄凉。

沪剧在表演年节文化和民俗游艺主题方面，唱得有声有色。如丁少兰、丁婉娥的《游花园》《嫂告》，王筱新的《绣荷包》《出灯》《张凤山看灯》等。上海到20世纪20年代，新鲜景象层出不穷，令人耳目一新，王筱新编唱一曲《改良游码头》，口齿清

① 茅善玉主编：《沪剧》，上海文化出版社2010年，第30页。笔者对此有所订正，参见《上海老唱片（1903—1949）》老唱片目录表，第417页。

晰，不落腔，不见吸气，中气十足，连缀说出，一泻千里，除了头段 32 句引头外，在一张半唱片里用 9 分钟时间，一共唱了 265 句的上海城市见闻。从《游码头》演出受欢迎的狂热程度，可见上海人对生活在上海的那种满足和自豪感。

沪剧剧目主要表现现代，深刻揭露家庭社会矛盾，扬善惩恶。如《陆雅臣》就是一出重头骨子戏，是以青浦实事衍化而成的剧本，自 20 世纪初唱起不断提升到 40 年代，人物性格表现越来越得深入，留下了“卖娘子”“回娘家”“叹五更”“求娘子”“求岳母”等多场情感戏的唱片。1946 年，施家剧团施春轩、施文韵灌录的“求娘子”“求岳母”唱片情节展开自如、唱词幽默，如：“啊，丈母娘！我俚亲姆妈，好姆妈！我女婿看见侬丈母娘像刮辣辣辣辣辣辣撑开乌云重见青天面。侬大人莫作小人真，宰相肚中可以行。”“求拉呒结果霉头触到哈尔滨，我俚丈母娘乃是面孔板得拉铁乌青。左思右想无办法，让我忙朝里，求求一只床浪人。（白）让我打个只电话进去。哈罗，大令！（唱）喔唷眼睛对我白钝炖，我今日里个面子失干净，我只得老是只面皮先叫应，长人勿做做矮人。”其妻嘲讽他：“昨日拿着迭点铜钿一定偷鸡猫儿性勿改，双脚踏进赌场门，除脱赢点金咾赢点银，银子阿曾撑穿屋头顶？洋房造拉啥地名？保膘要用罗宋人，红头阿三看大门，莫非侬汽车要买奥斯丁？”后来岳母想穿了，唱：“男是冤家女是债，无男无女像活仙人。我辣当中做难人……我也乐得做个圆活人。”最后陆雅臣谢谢姆妈个金佛恩。演唱语言表现得生活气息浓厚。

沪剧开始进城时，从唱片里听，伴奏乐器只有小锣、击板和胡琴三种乐器，十分简单。沪剧后来的迅速发展繁荣，完全是进入了文化金融中心的大都市后，在海派文化的宽容、自由、竞争的大氛围里，得天独厚而打造出来的。沪剧与西方话剧形式相结合，开创性地成功演出了中西融合的多场话剧式的“西装旗袍戏”250 多部，实际上打造了一种上海的都市歌剧。沪剧对不少外国戏剧电影的改编十分成功，真正做到中西合璧地方化和沪剧化了。

沪剧在上海社会上的活跃，有段时期在上海有《申曲日报》的发行。在 1951 年 5 月 20 日的《沪剧周报》上有条头条新闻：“沪剧学习委员会举行成立大会，一千多位沪剧工作者投入镇压反革命学习”。那么多人才从事沪剧，喻示着地域文化的兴旺发达，意味着艺术的提高和观众的需要。沪剧和滑稽的强盛，标志着多元的海派文艺在沪空前辉煌。

上海滑稽戏，是上海开埠以后在都市化进程中应运而生、扎根市民生活的一种通俗喜剧。上海的滑稽戏先是在从留洋回国学生等在演出新剧（又称文明戏，即话剧）中插入的“趣剧”，演出在西式剧场中。随着上海商业繁荣、民众的娱乐文化发达，一批演新剧艺人王无能、陆啸梧、张冶儿、陆希希等纷纷自立门户，在新生的游艺场等处演出滑稽独脚戏，他们汇集了以上海方言为主的江南江北方言、口技、绕口令、贯口、山歌民谣、南腔北调，很快成为游戏场里最为注目的台柱。王无能、钱无量的各种方言、戏曲、市声杂唱汇合的“老牌滑稽”，江笑笑的具有社会意义曲目的“社会滑稽”，和刘春山的迅速反映时尚新闻的“潮流滑稽”，各具个性，三足鼎立，灌录了大量唱片，20 世纪 40 年代起又开始组织剧团演出整本滑稽大戏。

独脚戏有一种常见的表演形式是玩转语言和逻辑，利用语词误听、逻辑推理的偷换引出笑话。徐卓呆、陆希希的《吃大菜》唱片就说了一个因咖啡调换牛奶生出的逻辑偷换情节：

> (甲)顶便宜末，吃一杯咖啡。(乙)阿要几钿？(甲)一角半。(乙)个末拿一杯来让我尝尝。(甲)是哉。……咖啡来哉。(乙)喔唷，个个咖啡勿好吃，阿可以退个？(甲)退末勿能个，要末换别样。(乙)换点啥？(甲)换一杯牛奶。价钿是一样一角半。(乙)个末倷替我换。(甲)个末牛奶来哉。(乙)让我吃吃看，好吃盖。(甲)别样阿要吃点啥哉？(乙)弗要哉，倷算帐罢。(甲)吃仔一杯牛奶茶，一共末一角半洋钿。(乙)瞎说，牛奶还要出啥铜钿？我是拿咖啡搭倷调个。(甲)唉，咖啡阿要铜钿？(乙)咖啡我勿吃拨仔倷个哉。(甲)啊咦，牛奶茶倷吃个滑？(乙)呵唷，牛奶拿咖啡塔倷调个。(甲)个末咖啡阿要铜钿拉？(乙)咖啡末老早还倷哉滑。哪能算法铜钿？笨来！明朝会！(甲)算我触霉头，哪能个道理拉海？缠得来！

这个戏的“套路”后来被 20 世纪 50 年代滑稽戏《五颜六色》中一个“牛排换猪排”的情节所套用，滑稽名家姚慕双、周柏春又把它翻新为《黄鱼调带鱼》演出成为经典。

滑稽戏的开山鼻祖之一陆啸梧的《改良八仙》，别出心裁混搭歪讲，让古代民间传说中很世俗化的“八洞神仙”穿上了新时代服装，享受大上海的繁荣。他用出自寺院的“宣卷调”唱：“吕纯阳拿胡须末侪剃光，身浪向末着之一身中山装。背心浪格宝剑末用勿着，手里向末拿仔一根司的克个文明棒。铁拐李格走路是蛮稳当，个拐杖个葫芦叫侪甩光。别人问俚跷脚哪哼好，俚到红十字会装仔一双假大髈。蓝采和来叫真文明，葡萄仙子末唱得来那摩温，手里只花篮呒用场，侪去送拨两个女明星。张果老来末顶开心，个驴子勿骑末欢喜去坐飞艇，渔鼓简板末弄得敲勿来，手里向末拿仔一只繁华林。南无阿弥陀佛！汉钟离来真改良，俚倷大仔个肚皮去膨咾膨。想来想去叫呒啥做，替张仙送子一淘去开仔跑狗场。曹国舅末改良是俚勿来，勿肯甩脱手里块阴阳板，看见仔朋友末荐生意，荐到交易所里日日末去拍板。何仙姑来叫顶写意，搿两条个眉毛画得来绝绝细，现在个仙人末亦要勒浪学时路，拿个头发亦去剪得一斩齐。韩湘子替俚一淘来来一淘去，一日到夜忙来些。王母娘娘问俚倷忙点啥？说咾来个南天门个外势去拍影戏。灵宵宝殿新开一爿酒吧间，福禄寿个三星末佮仔股份个去做老板，王母娘娘末去跳舞，佮老寿星一淘去吃大菜。南无南无延寿王菩萨！”

越剧，旧名绍兴戏。发源地在浙江原属绍兴府的嵊县，从田间乡俚说唱发展为全国第二大剧种。在上海开埠后较先进入上海唱绍兴戏的有男班和男女合演的班子。他们也留下了唱片。1938 年 1 月起，女班蜂拥至沪，赶上了上海文艺繁华的好时辰，到 1941 年已有 36 个小班在沪荟萃，一时“女子越剧”及其委婉清柔的唱腔便风靡上海了。越剧从“的笃班”开始在上海不断地改良优化，终成天籁之声，其迅速的变化过程，全部收录在上海唱片中。

百代、胜利公司录制了前期男班越剧和施银花、屠杏花、王杏花、筱丹桂、马樟花、姚水娟、支兰芳等“三花一娟”时期四工调唱腔经典。这是越剧发展史上的第一个高峰。

胜利公司在 1941 年出品的《恩爱村・叹五更》是支兰芳来沪的打炮戏，它是一出新编的家庭伦理戏，在当年的上海舞台上尤受观众欢迎。支兰芳饰村姑，这段“叹五更”便是支兰芳的名作，一口圆熟的“四工调”，从中足见“她嗓音甜润流畅、唱腔清新脱俗，善用‘海底翻’技巧（即上句唱玩后托音不绝如缕，紧接第二句，中气游刃有余），被誉为‘支腔兰调’”①。

从中秋月圆唱起，恨叹人际婚姻错缘连月老也无奈，颠倒起来连月老的姻缘簿也来不及更改，伤心至极。支兰芳饰村姑唱：“呀！【四工腔中板】中秋佳节已到来，圆圆月儿真可爱，碧云空中来出现，看那月儿多皎洁，月儿好像对人笑，他笑天下夫妻少恩爱。月儿虽缺会重圆，恩爱夫妻倒分开，既要分开何必配，配成姻缘何必要分开！月下老人也太忙，姻缘簿上要更改，姻缘簿改得看不清，【清板】应配李四反而嫁张三，颠颠倒，倒倒颠，夫妻怎样会恩爱？吵吵闹，闹吵吵，夫妻怎么会不分开？今天同你来分开，明天又同别人配，他把姻缘当儿戏，随意小酌家常饭，姻缘簿变成了流水账，这种姻缘是真可悔！”

一段渲染之后，转入“中板”开始敲更了：“【中板】谯楼又（评：这个‘又’字，可见她度日如年，日日凄凉）听打初更，不由我两泪洒下来，想起婆婆年迈人，年迈之人精力衰。望神圣，保佑婆婆康康健，望神圣，使得婆婆无病灾。作媳妇不在身边侍奉你，苍天得知是要打雷。并不是媳妇不孝顺，无法可想到这里来。（评：如此尊老从德规矩之人。）”“谯楼又听得二更鼓，离开敏儿已七载，秋夜长，秋风寒，秋虫墙下声唧唧，不知道我儿衣服谁来做，不知道我儿饱暖谁关怀。人生痛苦虽然多，最痛

---

① 越剧唱腔会珍系列：《越剧华章・坤伶鼻祖之小旦篇・下》“演员简介・支兰芳”。

苦要算骨肉活离开。(评:又是骨肉久离之哀。)”“谯楼又听得三更鼓,我们夫妻本恩爱,只恨堂弟他不该,要想与我来私会,这种丑事我岂肯做,他造出是非将我害。只怪丈夫太糊涂,不问青红与皂白,打是打,骂是骂,棒打鸳鸯两分开,若要破镜再重圆,看起来要比登天是还要难。(评:道出事由,这种误会,竟害人至深,《碧玉簪》之李秀英亦是。)”“谯楼又听得四更鼓,【清板】丈夫抛却旧情迎新爱,你娶了一位白夫人,想必你们很恩爱,你们恩爱当然好,望你们把我孩儿好看待,虽然他亲生母亲不在旁,要知道孩儿替你们传后代。(评:又无可奈何原谅丈夫,从传代出发巴望对方善待后代。妇德已经到舍身求全充分发挥了。)”一更一个层次,一步深入一步,人生际遇,娓娓道来,语句通俗,情景交融。“【中板】谯楼又听五更鼓,香莲义气使我真钦佩,她情愿吃尽了千般苦,将我送到这里来,但是来到甜蜜庄,见他们老老小小真甜美,只因我是失意人,见了此情是心更碎。香莲对我愈是好,我的心碎更厉害,爱情网里不容我,心碎肠断也应该。(评:一句也应该,勾销一世恩怨。)东方发白雄鸡啼,黑暗过去光明来,用不到孤灯再照失意人,照得她泪流相思台。(评:叹到天亮居然看穿人生!)”如此贤德的媳妇,有如此悲惨的际遇,怪不得沪上男女为她落尽了清泪。

这出戏与姚水娟的《泪洒相思地》有异曲同工之妙,在20世纪40年代的上海,由这些戏开了头,沪剧、越剧就这样在市民的狂热推动之下,唱尽人间苦难,写彻风月变幻,死别生离,离奇曲折,成为盛极一时的、市民沉醉其中洒泪、抢票不疲百看不厌的夜生活摇篮。

1942年以后,越剧演出在上海出现了暴热,在越剧戏迷的大力推动下,越剧的剧目和唱腔有了一个新的飞跃,编出和上演了不少新的好戏,曲调也出现了为上海人民特别喜听的、吸取京剧二黄和反二黄之长的“尺调”和“弦下腔”,柔美哀婉、深沉舒展。大中华唱片公司、百代公司在1946年以后出版的唱片又为我们留下了经袁雪芬、尹桂芳、范瑞娟等改革后的“尺调腔”“弦下腔”等新创曲调,以及一大批新人如“越剧十姐妹”和王文娟、戚雅仙的早期唱段,像1948年出版的《风流王孙·生离》唱片留下了戚雅仙仅20岁时的唱腔。女班越剧留下的唱片竟有190多张。

尹桂芳、袁雪芬对唱的“送信”一段,流畅委婉,富有喜剧色彩,百代公司1947年录成《山河恋·送信》唱片,其中尹桂芳饰申息(生),袁雪芬饰季娣(旦)。第二面唱段如下:

(季唱)那黎贼想把皇后害,逼她的口供她不肯。故所以,暗中写好书一封,她叫我,送与吴寿便详情。(申唱)你把书信来交与我,我替你去读与吴寿听。(季白)噢!(申唱)只是我,也想托你带封信,不知小姐肯不肯?(季唱)你也把书信来交与我，我替你去送与收书人。（申唱）我不是书信是口信，（季唱）口信说来我记在心。（申唱）这个口信你要当心，不可说与那旁人听。出我的口入你的心，你答应了去送要守信。（季唱）既然答应，焉有反悔，请讲就是！（申唱）嗯！（唱）啊，妹妹啊！（季白）你在叫什么？（申唱）我在念信给你听呀！（季白）噢！噢噢！（申唱）现在我和你口信念，就如同和你见了面。你的美貌像天仙，我无限爱恋入心田。贤妹啊，我唤你你不知，我想你你不见。我与你说话你不回答，我和你，说的全是肺腑言。啊贤妹啊，我是一见就钟情你，未知你可否把我恋？（季唱）我是一见就钟情你，（申唱）对呀！（唱）你我正好相爱恋！

"出我的口入你的心！""我和你，说的全是肺腑言！"都唱得富有诗意。"我是一见就钟情你！"两人一起唱出。不出下段，一段送信浪漫圆满成全。

唱片的发行，对上海文化中心的形成、推动文艺的全民化起到了重大作用。唱片将最红最热点的戏曲音乐的精华部分直接传送普及到社会，使大众能在反复播放陶醉其中、模仿学唱。后来有了广播电台，唱片又在电台里播出，影响了更广泛的听众，有力地推动了全民性的文化生活。许多20世纪二三十年代唱片的演唱内容在80年代的上海老年人的口中依然会搜集到，即是明证。

在20世纪前半叶的历史条件下，没有电视，没有网络，没有普及的录音机，唯有唱片记录下来的声音能到处流传，唱片最忠实地承载了我们先辈空前辉煌的文艺史，因此弥足珍贵，我们应好好珍视这些第一手的文艺资料宝库。从细心整理无数的唱片中，我们可以发掘近代的戏剧曲艺史、歌曲音乐史的种种资料，要写好一本海派文化史、戏曲史、音乐史以至电影史，绝对不能绕过这些丰富的音响资料。

从唱片中，我们还可以脚踏实地地研究语言、音韵、文化、社会、民俗、人类行为，从中感受到当年人们的生活面貌、艺术成就、时代精神、民俗特色和文化趣味。我们把老唱片重新发掘展现出来并整理出版，细细研究文化发展的条件和规律，看海派文化的特点，我们上海的戏曲史、音乐史有些地方可以大幅修改或者重写。

原是2016年12月在"历史与未来：戏曲唱片国际学术研讨会"上的报告，刊于《中华艺术论丛》第17辑"戏曲唱片与戏曲电影研究专辑"，上海大学出版社2016年。

附录一　钱乃荣出版的书著

1　《上海语苏州语学习和研究》(与宫田一郎、许宝华合作),日本光生馆 1984 年
2　《上海市区方言志·第二章语音、第六章分类词表》,上海教育出版社 1988 年
3　《上海方言俚语》,上海社会科学院出版社 1989 年
4　《现代汉语》(主编),高等教育出版社 1990 年(修订本 2001 年,重订本 2008 年,江苏教育出版社)
5　《当代吴语研究》,上海教育出版社 1992 年
6　《杭州方言志》,东京好文出版公司 1992 年
7　《汉语语言学》(主编),北京语言学院出版社 1995 年
8　《上海话语法》,上海人民出版社 1997 年
9　《20 世纪中国短篇小说选集》(共六卷,主编),上海大学出版社 1999 年
10　《上海文化通史·语言编》,上海文艺出版社 2001 年
11　《酷语 2000》(主编),上海教育出版社 2001 年
12　《中国语言文学导论》(主编),上海大学出版社 2001 年
13　《跟我学 21 世纪新上海话》,上海教育出版社 2002 年
14　《沪语盘点——上海话文化》,上海文化出版社 2002 年
15　《现代汉语概论》,台北师大书苑有限公司 2002 年
16　《北部吴语研究》,上海大学出版社 2003 年
17　《上海语言发展史》,上海人民出版社 2003 年
18　《上海话 900 句》,浦东电子出版社 2004 年
19　《新世纪上海话新流行语 2 500 条》,汉语大词典出版社 2006 年
20　《中英对照上海话 600 句》,汉语大词典出版社 2006 年
21　《现代汉语研究论稿》,学林出版社 2006 年
22　《上海方言》,文汇出版社 2007 年
23　《上海话大词典》(辞海版,与许宝华、汤珍珠合作),上海辞书出版社 2007 年
24　《海派文化的十大经典流变》,上海书店出版社 2007 年
25　《上海话大词典》(拼音输入版),上海辞书出版社 2008 年
26　《上海俗语》,上海文化出版社 2009 年
27　《跟我说上海话——上海话、普通话、英语对照读本》,上海文化出版社 2010 年
28　《上海风情》,上海辞书出版社 2011 年

29 《艾约瑟1846年上海方言口语语法》(与田佳佳合译),外语教育和研究出版社2011年
30 《糖纸头——海派文化的童年情结》,上海大学出版社2011年
31 《实用上海话词语手册》,上海文化出版社2011年
32 《小学生学说上海话》,上海大学出版社2012年
33 《浓浓沪语海上情》(与吕争同主编),上海辞书出版社2012年
34 《新上海人学说上海话》,上海大学出版社2013年
35 《妙趣横生上海话》(与丁迪蒙、朱贞森合作),上海大学出版社2013年
36 《上海话流行语新编》,上海大学出版社2013年
37 《上海老唱片(1903—1949)》,上海人民出版社2013年
38 《上海老唱片(1903—1949)》(修订精装本),上海人民出版社2014年
39 《西方传教士上海方言著作研究》,上海大学出版社2014年
40 "那些年的上海话"(共五本,主编):《开埠初期的上海话》《19世纪晚期的上海话》《清代末期的上海话》《民国前期的上海话》《1930年代的上海话》,上海书店出版社2015年
41 "上海话俗语系列"(共五本,与黄晓彦同主编):《上海俗语图说》《上海俗语图说续集》《洋泾浜图说》《上海话俗语新编》《海派俗语图解》,上海大学出版社2015年
42 《上海方言与文化》,中国国际广播出版社2015年
43 《钱乃荣语言学论文集》,上海大学出版社2016年
44 《上海方言学习教程》,上海语言文字水平测试中心编,与蒋冰冰一起执笔,立信会计出版社2016年
45 《钱乃荣文学论文集》,上海大学出版社2017年
46 《上海话小词典》,上海大学出版社2017年
47 《上海话的前世今生》("钱乃荣细说上海话"系列之一),上海书店出版社2017年
48 《上海话的文化积淀》("钱乃荣细说上海话"系列之一),上海书店出版社2017年
49 《上海话的海派风情》("钱乃荣细说上海话"系列之一),上海书店出版社2017年
50 《上海话的五花八门》("钱乃荣细说上海话"系列之一),上海书店出版社2017年
51 《上海话的岁月寻踪》("钱乃荣细说上海话"系列之一),上海书店出版社2017年

附录二　钱乃荣发表的语言学主要论文

1　《论普通话的音位系统》(与游汝杰、高钲夏合作,《中国语文》1980 年第 5 期)

2　《新派上海方言的连读变调》(与许宝华、汤珍珠合作,《方言》1981 年第 2 期)

3　《新派上海方言的连读变调(二)》(与许宝华、汤珍珠合作,《方言》1982 年第 2 期)

4　《新派上海方言的连读变调(三)》(与许宝华、汤珍珠合作,《方言》1983 年第 3 期)

5　《关于苏州方言连读变调的意见》(与石汝杰合作,《方言》1983 年第 4 期)

6　《语法学习漫谈——体系、语素、词类、词组,句子,复句、句群》(《文科月刊》1983 年第 1、3、4、5 期)

7　《比喻纵横谈》(《文科月刊》1983 年第 6 期)

8　《句法结构的多合性——评张志公主编〈现代汉语〉语法编中的词组、句子的分析法》(与陆丙甫合作,《语文学习》1983 年第 7 期)

9　《上海话单音动词举例》(与许宝华、汤珍珠合作,《语文论丛》第 2 辑,上海教育出版社 1983 年)

10　《语素的异同和分类》(《语文学习》1984 年第 3 期)

11　《上海市郊音变的词扩散》(Journal of Chinese Linguistics, Berkeley, U. S. A., 1985, NO. 2)

12　《上海方言的熟语》(与许宝华、汤珍珠合作,《方言》1985 年第 2 期)

13　《上海方言的熟语》(与许宝华、汤珍珠合作,《方言》1985 年第 3 期)

14　《上海方言的熟语》(与许宝华、汤珍珠合作,《方言》1985 年第 4 期)

15　《论汉字与现代汉语相适应》(日本东京《アジア・アフリカ语の计数研究》第 26 号,1986 年 3 月)

16　《关于"连读变调"的再认识》(与汪平、石汝杰、石锋、廖荣容合作,《语言研究》1986 年第 1 期)

17　《汉语的语法单位》(《电大教学》1986 年第 6 期)

18　《吴语研究综述》(《语文导报》1987 年第 2 期)

19　《上海方言音变的微观》(《语言研究》1987 年第 3 期)

20　《也谈吴语的语法、词汇特征》(《温州师范学院学报》1987 年第 3 期)

21　《奉贤东西乡的语音同言线》(复旦大学《语言研究集刊》第 1 辑,1987 年 7 月)

22　《现代吴语中的是非问和反复问句》(《文字与文化丛书》(二),光明日报出版社 1987 年)

23　《论普通话语音的音位和区别性特征》(《汉语学习》1988 年第 1 期)

24　《上海方言词汇的年龄差异和青少年新词》(《上海大学学报》1988 年第 1 期)

25　《吴语声调系统的类型及其变迁》(《语言研究》1988 年第 2 期)

26 《建设新的〈现代汉语〉教材》(与游汝杰合作,《语文建设》1988 年第 3 期)

27 《上海话的虚词"辣"和"勒"》(《吴语论丛》上海教育出版社 1988 年)

28 《论现代汉语的特点》(《上海大学学报》1989 年第 1 期)

29 《话题句和话题链》(《汉语学习》1989 年第 1 期)

30 《十里洋场话方言》(《档案与历史》1989 年第 4 期)

31 《试论现代汉语的结构分析法》(《汉语学习》1990 年第 1 期)

32 《宁波新派音系分析》(《语言研究》1990 年第 1 期)

33 《上海方言音变的语法扩散》(《现代语言学——全方位的探索》,延边大学出版社 1990 年)

34 《古吴语的构拟(一)》(日本东京,《中国语学研究・开篇》第 7 卷,1990 年 6 月)

35 《古吴语的构拟(二)》(日本东京,《中国语学研究・开篇》第 8 卷,1991 年 4 月)

36 汉语规范之我见(《语文建设》1991 年第 6 期)

37 The Changes in the Shanghai Dialect (Journal of Chinese Linguistics, Monograph Series Number 3, Berkeley U. S. A. ,1991)

38 《汉字与现代汉语相适应》(《语文论丛》第 4 辑,上海教育出版社 1991 年)

39 《学习汉语的难和易》(《语文学习》1991 年第 10 期)

40 《论汉语的向心多分析句法和句型》(日本福井,《福井大学教育学部纪要》第 I 部人文科学,第 41 号,1991 年)

41 《古吴语的构拟(三)》(日本东京,《中国语学研究・开篇》第 9 卷,1992 年 4 月)

42 《也谈短语的分类》(《语文学习》1993 年第 1 期)

43 《汉语规范宜宽松》(《语文建设》1993 年第 8 期)

44 《现代汉语的结构分析和句型》(与金立鑫合作,收录邵敬敏主编:《九十年代的语法思考》,北京语言学院出版社 1994 年)

45 《〈肉蒲团〉〈绣榻外史〉〈浪史奇观〉三书中的吴语》(《语言研究》1994 年第 1 期)

46 《比喻与类比的异同》(《语文学习》1994 年第 12 期)

47 《上海市郊一县的语音考察——奉贤语音的内部差异》(日本东京,《开篇》第 12 卷,1994 年 12 月)

48 《汉语方言研究中的新收获——祝贺现代汉语方言音库发行兼评〈上海话音档〉》(《语文研究》1995 年第 4 期,人大复印报刊资料语言文字学 1996 年第 5 期转载)

49 《从上海话流行语中看到的》(《上海大学学报》1996 年第 1 期)

50 《上海方言的语气助词》(《语言研究》1996 年第 1 期)

51 《词类与句子成分的对应关系》(《汉语拼音小报》1996 年 6 月 19 日)

52 《吴语中的"来"和"来"字结构》(《上海大学学报》1997 年第 3 期,人大复印资料语言文字学 1997 年第 10 期转载)

53 《吴语中的 NPS 句和 SOV 句》(《语言研究》1997 年第 2 期,人大复印报刊资料语言文字学 1998 年第 4 期转载)

54 《上海城市方言中心的形成》(《上海大学学报》1998年第3期,人大复印报刊资料语言文字学1998年第10期转载)
55 《加强〈现代汉语〉教材的现代性和科学性》(《语文建设》1998年第5期)
56 《吴语中的"个"和"介"》(《语言研究》1998年第2期)
57 《语言规范和社会发展》(《语文建设》1998年第12期)
58 《日常用语中的商务气息》(香港《词库建设通讯》总18期,1998年12月)
59 《新词新语访谈录》(《文汇报》1998年11月29日)
60 《吴语中的虚词"仔"》(《方言》1999年第2期)
61 《北部吴语的代词系统》(《代词》,"中国东南部方言比较研究丛书"第4辑,暨南大学出版社1999年)
62 《吴语中虚词"仔"的意义和语源》(NACCL 11, East Asian Language Programs, Harvard University,1999)
63 《上海语言的变迁》(《社会科学》2000年第2期)
64 《体助词"着"不表示进行意义》(《汉语学习》2000年第4期,人大复印报刊资料语言文字学2000年第12期转载)
65 《吴语中的虚词"咾"》(《上海大学学报》2000年第8期,人大复印报刊资料语言文字学2001年第2期转载)
66 《上海方言中的介词》(《介词》,"中国东南部方言比较研究丛书"第5辑,暨南大学出版社2000年)
67 《现代汉语的反复体》(《语言教学与研究》2000年第4期;又刊侯精一、施关淦主编:《马氏文通与汉语语法学》,商务印书馆2000年)
68 《"酷语"在造词上的新特点》(《语文建设》2001年第12期)
69 《北部吴语的特征词》(《汉语方言特征词研究》,厦门大学出版社2001年)
70 《进行体、持续体和存续体的比较》(《中国语文研究》2002年第1期)
71 《20世纪初上海话和北京话中的体助词"着"》(《东方语言与文化》,东方出版中心2002年)
72 《论本世纪初流行的新词新语》(《上海大学学报》2002年第5期)
73 《苏州方言的语气助词》(上海语文学会、香港中国语文学会合编:《吴语研究》第2辑,第二届国际吴方言学术研讨会论文集,上海教育出版社2003年)
74 《对整理异形词中区分"画"和"分"的几点意见》(《语言文字周报》2003年1月22日)
75 《老派上海方言的连读变调》(《北部吴语研究》,上海大学出版社2003年)
76 《上海方言的历史沿革》(《北部吴语研究》上海大学出版社2003年)
77 《上海方言的反复体》(《北部吴语研究》,上海大学出版社2003年)
78 《上海方言的结构助词》(《北部吴语研究》,上海大学出版社2003年)
79 《上海的洋泾浜语》(《北部吴语研究》,上海大学出版社2003年)
80 《上海方言的否定词和否定句》(《北部吴语研究》,上海大学出版社2003年)
81 《杭州方言的基本面貌和语法特点》(《北部吴语研究》,上海大学出版社2003年)

82 《苏州方言中动词“勒浪”的语法化》(《中国语言学报》第 11 期,商务印书馆 2003 年)

83 《一个语法层次演变的实例——上海方言 160 年中现在完成时态的消失过程》(《中国语文》2004 年第 3 期;人大复印报刊资料语言文字学 2004 年第 7 期转载)

84 《质疑“现代汉语规范化”》(《上海文学》2004 年 4 月号)

85 《“语言”拒绝“规范化”》(《新京报》2004 年 4 月 10 日)

86 《上海方言中的虚拟句》(《方言》2004 年第 2 期)

87 《拯救方言》(《新闻周刊》2004 年第 30 期)

88 《论向心多分析句法》(《汉语教学与研究文集:纪念黄伯荣教授从教 50 周年》,高等教育出版社 2005 年)

89 《论语言的多样性和“规范化”》(《语言教学与研究》2005 年第 2 期)

90 《经济全球化背景下上海语言发展的现状和对策》(上海“世博会语言环境建设国际论坛”,2005 年 9 月 13—14 日)

91 《上海方言音变的双向扩散》(《吴语研究》第 3 辑,第三届吴方言学术研讨会论文集,上海教育出版社 2005 年)

92 《保护上海文化基因》(《新民周刊》2005 年第 18 期)

93 《传承上海话,就是传承上海文化基因》(《解放日报》2005 年 7 月 28 日)

94 《上海方言 150 年来授受类双及物结构形式的变迁》(《语言文字研究》,中国社会科学出版社 2005 年)

95 《怎样看待新流行语、网络语言和短信语言》(上海《东方论坛》讲演稿,写于 2005 年 8 月;《现代汉语研究论稿》,学林出版社 2006 年)

96 《保护汉语方言、弘扬地方文化议》(发表于北京大学中文系“汉语语言学”网《质疑“现代汉语规范化”》栏下,2004 年 4 月 16 日;《现代汉语研究论稿》,学林出版社 2006 年)

97 《论开放性大都市社会中语言的多样性》(香港理工大学“两岸四地语文政策国际学术研讨会”报告;《现代汉语研究论稿》,学林出版社 2006 年)

98 《〈申〉报语言中的上海精神》(在复旦大学新闻学院举办的“《申江服务导报》创办 8 周年《申》报现象研讨会”上的发言,2005 年 10 月 28 日;《现代汉语研究论稿》,学林出版社 2006 年)

99 《上海话在北部吴语分区中的地位问题》(《方言》2006 年第 3 期)

100 《英国传教士 J. Edkins 在吴语语言学上的重要贡献——〈上海方言口语语法〉评述》(复旦大学《语言研究集刊》第 3 辑,2006 年 7 月)

101 《吴语中时体结合的复合时态》(《山高水长:丁邦新先生七秩寿庆论文集》,台湾“中央研究院语言学研究所”《语言暨语言学》2006 年 12 月)

102 《上海话:方言中所见的生活市民精神和风采》(《海派文化的十大经典流变》,上海书店出版社 2007 年)

103 《从利玛窦寻找“官话化石”》(《新民周刊》2007 年 11 月 9 日)

104 《吴语和老湘语中的浊音声母》(与罗永强合作,收录《语言接触和比较》,学林出版社

2007 年）
105 《宁波方言的时态》（《吴语研究》第 4 辑，第四届国际吴方言学术研讨会论文集，上海教育出版社 2008 年）
106 《风雨际会上海话》（《书城》2008 年第 3 期）
107 《新世纪的语言环境和上海话的变化》（《现代人文 · 中国思想 · 中国学术》（上海市社会科学界第六届学术年会文集），上海人民出版社 2008 年）
108 《又到风云激荡时——上海方言变化的展望和对策》（《上海文化观察》，文汇出版社 2009 年）
109 《上海话中的城市精神》（《上海采风》2009 年第 2 期）
110 上海方言的时态及其流变（《东方语言学》第 5 辑，上海教育出版社 2009 年）
111 弘扬上海特色的语言文化，建设多语和谐的都市乐园（钱伟长主编：《上大演讲录》2008 卷，上海大学出版社 2010 年）
112 《从〈沪语便商〉所见的老上海话时态》（美国伯克利 *Journal of Chinese linguistics*（《中国语言学报》）2010 年 7 月）
113 《上海话的前世今生》（《ICON 云中往来》2010 年 9 月）
114 《SOV 完成体句和 SVO 完成体句在吴语中的接触结果》（《中国语文》2011 年第 1 期）
115 从语序类型来看上海方言（纪念李方桂先生中国语言学研究会、香港科技大学中国语言学研究中心：《中国语言学集刊》第 5 卷第 2 期，2011 年 9 月）
116 《试论现代汉语中的时态》（《汉藏语学报》第 5 期，商务印书馆 2011 年）
117 《语言不仅是交际工具》（《东方早报》“海上心影”专栏，2011 年 12 月 29 日）
118 《方言妙语间有人性中的“神”》（《东方早报》“海上心影”专栏，2012 年 1 月 11 日）
119 《上海港诞生上海话》（《东方早报》“海上心影”专栏，2012 年 2 月 9 日）
120 《二百年前的上海话》（《东方早报》“海上心影”专栏，2012 年 2 月 21 日）
123 《上海话走向辉煌》（《东方早报》“海上心影”专栏，2012 年 3 月 7 日）
124 《万变不离其宗》（《东方早报》“海上心影”专栏，2012 年 3 月 15 日）
125 《上海话中商业语词的生活化》（《东方早报》“海上心影”专栏，2012 年 3 月 28 日）
126 《20 年里上海方言向奉贤南桥扩散的结果》（台北《语言暨语言学》专刊系列之四十九，“语言时空变异微观”，“中央研究院语言学研究所”，2012 年 6 月）
127 《怎样使上海小囡说起上海话来》（《东方早报》“海上心影”专栏，2012 年 7 月 6 日）
128 《为“嗲”而辩 50 年》（《东方早报》“海上心影”专栏，2012 年 4 月 17 日）
129 《元音极地金汇话》（《东方早报》“海上心影”专栏，2012 年 7 月 20 日）
130 《词典收词要宁滥毋缺》（《东方早报》“海上心影”专栏，2012 年 8 月 14 日）
131 《网络影响语言文字发展》（《东方早报》“海上心影”专栏，2012 年 12 月 4 日）
132 《短信语言的魅力》（《东方早报》“海上心影”专栏，2013 年 1 月 4 日）
133 《上海方言中的外来词》（《东方早报》“海上心影”专栏，2013 年 1 月 17 日）
134 《上课讲普通话，下课讲上海话》（《东方早报》“海上心影”专栏，2013 年 1 月 31 日）

135 《语言自会择优除劣》(《东方早报》"海上心影"专栏,2013年3月2日)

136 《上海话新流行语的诙谐和童趣》(《东方早报》"海上心影"专栏,2013年7月20日)

137 《上海话里的城市文化密码——独家对话著名沪语研究专家钱乃荣》(《解放日报》2013年11月15日)

138 《上海方言中的定指指示词"箇个"》(《方言》2014年第1期)

139 《上海方言的过去和现在》("上图讲座",上海图书馆,2012年2月26日;《青年报》公开课版全文转载,2014年1月19日)

140 《从19世纪英国传教士上海方言著作中的五项音变看词汇扩散》(《大江东去:王士元教授八十岁贺寿文集》,香港城市大学出版社2014年)

141 上海方言中的后置词(《吴语研究》第7辑,第七届国际吴方言学术研讨会论文集,上海教育出版社2014年)

142 《从上海方言惯用语中看上海》(《民俗风》2014年第4期)

143 《土山湾出版的传教士编写的上海方言著作》(《徐汇文脉》,上海锦绣文章出版社2015年)

144 《上海方言的"还是"差比句》(《吴语研究》第8辑,第八届国际吴方言学术研讨会论文集,上海教育出版社2016年)

145 《上海方言四音节惯用语的结构类型及其表义特征》(在香港城市大学举办的"中国南方语言四音节惯用语研讨会"上的报告,2015年5月18日;澳门《粤语研究》2016年)

146 《上海方言和海派文化》(在上海"东方论坛"、上海档案馆、各学校、各区社区文化、上海语委上海话教师培训等讲坛上的报告,2012年至2015年;《钱乃荣语言学论文集》2016年)。

147 《网络对语言文字发展的贡献》(在香港理工大学召开的"国际社会语言学学术研讨会"上的报告全文,2008年3月;《钱乃荣语言学论文集》,上海大学出版社2016年)

148 《上海方言的名词后缀》(《钱乃荣语言学论文集》,上海大学出版社2016年)

149 《上海言话的"言"》(在2016年苏州召开的"第九届吴语国际学术研讨会"上的报告;《钱乃荣语言学论文集》,上海大学出版社2016年)

150 《论北部吴语从邪澄崇船禅母音变中的词汇扩散——答陈忠敏先生》(《方言》2016年第3期)

149 《网络时代,我们的语言变贫乏了吗?》(《解放日报》2016年12月12日)

150 《我教学生写诗词》(《新民周刊》2017年第7期)